李有成，曾任"中央研究院"欧美研究所特聘研究员兼所长、高雄中山大学合聘教授、台湾大学与台湾师范大学兼任教授、《欧美研究》季刊主编、《中外文学》与《师大学报》等学术期刊编辑委员。另曾担任台湾地区比较文学学会理事长、英美文学学会理事与常务监事；现为中国现代文学学会理事长，《中国现代文学》半年刊发行人，《中外文学》、《英美文学评论》、《中山人文学报》、Concentric 等学术期刊编辑顾问。并曾在美国杜克大学、宾州大学、纽约大学、英国伦敦大学、东英格利亚大学、布鲁内尔大学担任访问学者。除中英文期刊或论文集学术论文外，其学术近著有《在理论的年代》《逾越：非裔美国文学与文化批评》《他者》《离散》《记忆》《和解：文学研究的省思》《记忆政治》等。另著有散文集《在甘地铜像前：我的伦敦札记》《荒文野字》《诗的回忆及其他》及诗集《鸟及其他》《时间》《迷路蝴蝶》《今年的夏天似乎少了蝉声》等。

# 歷史的魅影
## 文学与文化研究集稿

李有成 著

Copyright © 2024 by SDX Joint Publishing Company.
All Rights Reserved.
本作品版权由生活·读书·新知三联书店所有。
未经许可，不得翻印。

**图书在版编目（CIP）数据**

历史的魅影：文学与文化研究集稿 / 李有成著. —北京：生活·
读书·新知三联书店，2024.10
（乐道丛书）
ISBN 978-7-108-07585-7

Ⅰ.①历… Ⅱ.①李… Ⅲ.①世界文学-现代文学-
文学评论-文集 Ⅳ.①I106-53

中国版本图书馆 CIP 数据核字（2022）第 233436 号

| | |
|---|---|
| 特约编辑 | 刁俊娅 |
| 责任编辑 | 王婧娅 |
| 封面设计 | 麦梓淇 |
| 书名题字 | 张斯翔 |
| 责任印制 | 洪江龙 |
| 出版发行 | 生活·讀書·新知 三联书店 |
| | （北京市东城区美术馆东街 22 号） |
| 邮　　编 | 100010 |
| 印　　刷 | 江苏苏中印刷有限公司 |
| 排　　版 | 南京前锦排版服务有限公司 |
| 版　　次 | 2024 年 10 月第 1 版 |
| | 2024 年 10 月第 1 次印刷 |
| 开　　本 | 880 毫米×1230 毫米　1/32　印张 17.5 |
| 字　　数 | 442 千字 |
| 定　　价 | 108.00 元 |

# 目录

**自序** – 001 –

**绪论　淑世批评** – 001 –

**壹　文学史与文学事实** – 001 –
文学史的政治 – 003 –
历史与现实
　　——张错的诗观与其离散诗 – 016 –
晚期风格
　　——论余光中的长诗《秭归祭屈原》 – 046 –
白璧德、新人文主义与中国 – 058 –

**贰　文学行动与文化批评** – 085 –
阅读行为的伦理时刻 – 087 –
理论旅行与文学史 – 097 –
《拉奥孔》的文学中心主义 – 109 –
阶级、文化唯物主义与文化研究 – 125 –
《关键词》与威廉斯的"文化与社会"方法 – 141 –
帝国与文化 – 154 –

帝国主义、文学生产与远距离控制 -179-

## 叁　历史记忆与文学生产 -199-

历史的鬼魅

　　——李永平小说中的战争记忆 -201-

温祥英小说的文学史意义 -222-

三年八个月

　　——重读依藤的《彼南劫灰录》 -245-

在种族政治的阴影下

　　——论20世纪60年代的马华新诗 -257-

《婆罗洲之子》

　　——少年李永平的国族寓言 -274-

"五一三"的幽灵 -290-

胶林之外

　　——论冰谷的散文 -316-

六十年来家国

　　——论潘正镭的《太阳正走过半个下午》 -365-

诗的政治

　　——有关20世纪60年代马华现代诗的回忆与省思 -397-

## 肆　离散与文化生产 -415-

《密西西比的马萨拉》与离散美学 -417-

赵健秀的文学英雄主义

　　——寻找一个属于华裔美国文学的传统 -435-

记忆政治
　　——赵健秀的《唐老亚》 -463-
陈查礼的幽灵
　　——赵健秀的《甘卡丁公路》 -483-

## 附录

理论的基因——访李有成谈理论、年代与创作 -507-

# 自 序

在编选这本论文集时，新冠病毒正在肆虐全球。在防疫期间，不少作家或以纪实文字，或以虚构情节，为这场不知何时可以终了的人类浩劫留下记录。另有一些学者著书立说，或回顾历史上几场灾情惨重的瘟疫，或检视文学史上有关瘟疫的诸多名著。过去这段时间，还有不少讲座、期刊、研讨会等，尝试以不同方式举办与瘟疫或病毒相关的活动。在这些形式与名目繁多的活动中，对人类世（Anthropocene）的反省不在少数，思考的维度也多环绕着人与自然、人与环境、人与生态、人与疾病之类的议题开展。这些活动一再提醒我们：地球并非为人类所独有，人类不应该继续对地球巧取豪夺，而应该休养生息，学习与其他物种和生命共生共存。这是对人类中心论（Anthropocentrism）的彻底反思。由于疫情严峻，国际旅行一度几乎停顿，学术界还因此开发了线上演讲、座谈、研讨会等新形式与新技术。线上教学甚至也曾经成为常态。这只是学术界，这一场病毒对其他面向的人类生活乃至于人类的未来究竟会造成怎样的冲击，由于疫情尚未完全平复，至今尚难评估。

这场疫情也让我们具体地看到学术是如何介入现世，如何体现我念兹在兹的淑世功能。这段时间除非必要，我鲜少外出。在读书写作之余，正好利用时间编选这本文集。其实这几年我一直希望编选这样的一本文集，希望这本文集能够反映我多年来的文学与文化关怀及学术信念。生活·读书·新知三联书店适时的邀稿给了我很大的动力实现这个希望，这本文集也因此才有机会与大陆的同行和一般读者见面。收入这本文集的论文原先刊登在不同的期刊或专题论文集里，为了辑入这本文集，有些论文曾略经修饰或增删，注释格式也做了统一，跟最初发表的形式可能稍有不同，这是应该说明的。

这本文集能够顺利问世，我要特别感谢生活·读书·新知三联书店的王婧娅和刁俊娅两位编辑。婧娅最早跟我联络，多次书信往来，很有耐心地等待我修改文稿。俊娅接下后续的工作，在文集出版的过程中细心尽责，并且提供了不少编辑与印制方面的建议和协助。后来由于俊娅个人的生涯规划，这本文集最后的修订编校工作又回到婧娅手上。婧娅一如以往，在出版的细节上继续给予我不少协助与建议。这两位编辑的专业与认真令我深为感佩。文集中有若干论文在发表前曾经单德兴、冯品佳、张锦忠、王智明、高嘉谦等过目，我内心十分感激。年轻书法家张斯翔特地为文集封面题写书名，特此致谢。此外，我以前的助理曾嘉琦在繁忙的工作之余，帮助我处理编校方面的琐事。文集里的论文初稿是我以钢笔一字一格在稿纸上完成的，嘉琦费心地把初稿输入电脑，再经我多次修改后帮我存成电子档，也使得我的文稿能够完整保存下来。谢谢嘉琦的辛劳。是为序。

2022 年 11 月 20 日于台北

2024 年 7 月 12 日修订

# 绪 论

## 淑世批评

> 年齿渐长，阅事渐多，每与人言，多询时务，每读书史，多求理道，始知文章合为时而著，歌诗合为事而作。
>
> ——白居易《与元九书》

## 一

20世纪70年代伊始，我初上大学，不久即认识了勒内·韦勒克（René Wellek）的大名，后来读到他与奥斯汀·沃伦（Austin Warren）合著的《文学理论》（*Theory of Literature*）一书，开启了我对现代理论与文学研究比较系统的了解。韦勒克为捷克人，在维也纳出生，就读于布拉格的查尔斯大学（Charles University），等我上研究所时我才知道，他还是著名的布拉格语言学派（Prague Linguistics Circle）的发起人。这个学派的重要成员还包括日后在文学理论方面对我有颇多启发的穆卡若夫斯基（Jan Mukařovský）与雅各布森（Roman Jakobson）。欧洲"二战"前夕韦勒克移居伦敦，任教于今天的伦敦大学学院（UCL）；"二战"爆发后他横渡大西洋来到美国，最初在爱荷华大学教书；1946年转任耶鲁大学教职，并在耶鲁设立了比较文学系。

《文学理论》一书出版于1949年。七十余年后的今天，愿意认真阅读或讨论此书的人可能不多了；不过在出版之初，此书可是英语世界少有的志在建立文学学术的一部著作。数十年后重读《文学理论》，我仍然以为此书堪称体大思精，至少作者相当有系统地论证了文学与文学研究的本质与范畴，可说开此类著作的先河。《文学理论》全书分成三大部分。第一部分旨在界定文学与文学研究之间的关系，除分章分节描述文学的功能外，还为文学理论、文学批评及文学史划定范畴，最后尚为一般文学、比较文学及国家文学区隔分界。第二部分篇幅最短，只是提纲挈领地讨论了从事文学学术研究的若干基础功夫，诸如版本、考证、编纂、书目、笺注、训诂等传统学问。韦勒克与沃伦的重心显然摆在第三与第四章，也就是文学的外缘研究（extrinsic study）与内缘研究（intrinsic study）。这两章又各分数节，合起来竟占了全书约五分之四的篇幅。从篇幅所占的比例不难看出这两章的重要性。

将文学研究就其性质与方法做二元区隔无疑是《文学理论》一书最令人印象深刻的地方。在文学的外缘研究方面，韦勒克与沃伦依序分析了文学与传记、文学与心理、文学与社会、文学与思想、文学与其他艺术的关系。他们开宗明义指出，文学的外缘研究关注的是作品的背景、环境与外在因素等。"虽然'外缘'研究可能只是尝试以文学的社会脉络与前因后果诠释文学，但是在多数的情况之下，这样的研究不免沦为'因果'的解释……最后甚至将之降为文学的起源论。"[1]他们并不否认，具备文学生产条件的适当知识是有其启发意义的，其诠释价值也是毋庸置疑；只是在他们看来，"因果研究显然无法处理像文学艺术作品此一客体中描述、分析及

---

[1] René Wellek and Austin Warren, *Theory of Literature*, 3<sup>rd</sup> ed. (New York: Harcourt, Brace & World, 1956), p. 73.

评价的问题"①。

从上述的总结不难看出,韦勒克与沃伦对文学的外缘研究是有所保留的。此之所以《文学理论》一书的重点其实是内缘研究,他们认为,这才是文学研究的健康发展,用他们的话说:"文学研究最重要的应该是去关注实际的文艺作品本身。"② 换言之,文学研究必须就文学论文学,这不仅是文学研究的正途,更是内缘研究的基本精神。因此他们对当时的某些发展趋势感到振奋不已,譬如文学研究正以现代用词重新评估"古典修辞、诗学或韵律学等老方法",同时也不断引进以"现代文学广泛形式为基础的新方法"。③《文学理论》一书的大部分篇幅因此用来论证文学之所以成为文学的基本构成要素,也就是文学之被视为美学艺术的重要成分。这些要素或成分正是内缘研究的主要关怀。在紧接下来的篇幅中,韦勒克与沃伦分别讨论了诸如谐音、节奏、格律、风格、文体、意象、隐喻、象征、神话、文类、评价、文学史,以及叙事的本质与模式等。这些修辞策略、美学技巧或形式结构塑造了文学身份的辨识标签,或者构成了韦勒克与沃伦所谓的"存在模式"或"本体情境",④也就是俄国形式主义者(Russian Formalist)所强调的文学作品的文学性(literariness)。

韦勒克与沃伦在谈到文学研究的老方法与新方法时,他们的指涉除了美国的新批评、英国的实际批评、法国的文本分析(explication de textes)及德国的形式分析外,还有俄国形式主义及

---

① René Wellek and Austin Warren, *Theory of Literature*, p. 73.
② René Wellek and Austin Warren, *Theory of Literature*, p. 139.
③ René Wellek and Austin Warren, *Theory of Literature*, p. 139.
④ René Wellek and Austin Warren, *Theory of Literature*, p. 142.

其捷克和波兰的追随者。①我在本文一开始就提到韦勒克如何参与布拉格语言学派的建立,这个学派师承俄国形式主义,其成员之一的雅各布森后来也参与布拉格语言学派的成立——雅各布森即是俄国形式主义者中最早提出文学性概念的人。1977 年,韦勒克在为穆卡若夫斯基的一本英译论文选集撰写《前言》时,特别提起他在 1936 年发表的一篇论文《文学史的理论》("The Theory of Literary History");他在论文中自承"深深受惠于穆卡若夫斯基与雅各布森的著作"。②《文学理论》一书确曾谈到文学性这个概念,书中为内缘研究所列举的诸多重点或要件也无非在为文学性张目。细心的读者不难发现,尤其在论及文学评价的时候,在韦勒克与沃伦的规划里,内缘研究明显地要重于外缘研究,这样的规划甚至形成二元对立,而在此对立关系中,孰重孰轻,泾渭分明,而且似乎只见差异,未经辩证,独尊内缘研究的形势于焉形成。

二

《文学理论》一书多处论及俄国形式主义。譬如在讨论内缘研究中有关文学评价的问题时,韦勒克与沃伦就特别引介什克罗夫斯基(Victor Shklovsky)的陌生化(defamiliarization)概念。什克罗夫斯基刻意突出求新求异作为评价诗的准绳,不过在韦勒克与沃伦看来,至少自浪漫主义以降,这个规范早就广为人知。虽然如此,

---

① René Wellek and Austin Warren, *Theory of Literature*, pp. 139 – 140.
② René Wellek, "Foreword," in John Burbank and Peter Steiner, ed. and trans., *The Word and Verbal Art: Selected Essays by Jan Mukařovský* (New Haven and London: Yale Univ. Pr., 1977), p. vii.

他们却也认为,求新求异其实是相对的。他们借用穆卡若夫斯基的看法表示,诗的风格未必就一成不变,每在过于熟烂之后,诗的风格就可能推陈出新,旧瓶也可以装上新酒。①既然谈到陌生化的问题,这里不妨引述我在接受同事单德兴访谈时的一段回忆,总结多年前我阅读什克罗夫斯基著作时对这个问题的了解:

> 这个概念原本是为了处理诗的语言。什克罗夫斯基认为,诗的语言不同于日常生活的语言,前者是一种形式化(formed)的语言,比较迂回、间接,后者则属于散文的语言,比较简易、直接,陌生化造成二者的分野。艺术重在技巧,将那些看似陈腔滥调的事物陌生化的正是技巧;换言之,技巧使之耐读耐看,因而延长了我们观赏艺术或阅读文学的过程,这个过程本身就是美学目的。熟悉的事物不容易引发我们新的知觉,陌生化因此具有激发我们重新审视熟悉的事物的功能,新的知觉带来新的视角,熟悉的事物也会产生新的意义。②

这里简要地重温陌生化概念,目的不在检视韦勒克、穆卡若夫斯基与什克罗夫斯基之间在文学理论上的系谱关系。我的用意毋宁是在回顾与反省 20 世纪七八十年代我求学那十余年间理论带给我的冲击。除了先前在英语世界早就流行一时的新批评、实际批评、神话批评等理论之外,前述斯拉夫语系的若干理论,如布拉格语言学派、俄国形式主义、巴赫金(Mikhail Bakhtin)的形式方法,也

---

① René Wellek and Austin Warren, *Theory of Literature*, p. 242.
② 单德兴,《台大岁月:李有成访谈录(三)》,《中山人文学报》第 49 期(2020 年 7 月),页 156。

陆续被引介到西欧与北美,然后再越过太平洋,旅行到亚太地区来。其后在法国所发展的结构主义与后结构主义、德国的接受美学、美国的新历史主义,以及滥觞于英国伯明翰,并带有新左派色彩的文化研究,也在亚太地区的学院中引领风骚。当然,在美国另有源于20世纪60年代反越战、反体制、反歧视的女性主义、弱势族裔论述等。几乎同时,我们也开始接触到"二战"之后,根植于"第三世界"反帝与反殖民政治的后殖民论述。

这一套套、一波波的理论在短时间内几乎同时登场,一时风起云涌,目不暇给,不仅充斥了学院课程,也为整个人文科学(human sciences)带来重大的变化,既影响了我们看待历史的方式,也模塑了我们理解外在世界的角度。我躬逢其盛,正好赶上了这样一个所谓大理论(grand theory)的时代。用英国批评家伊格尔顿(Terry Eagleton)的话说:"当日常的社会或知识实践已经失灵,出现麻烦,且急需自我反省的时候,大型的理论就会出现。"①这些理论衍生于不同的意识形态环境,回应不同社会或文化的需要,却也或多或少反映了20世纪下半叶世界许多地区的思想脉动。不过就理论的生产而言,这个现象倒也颇为符合马克思主义历史学家霍布斯鲍姆(Eric Hobsbawm)的自传书名所说的"有趣的时代"。②

迄至20世纪80年代中期,法国几位影响深远的理论家如巴特(Roland Barthes)、阿尔都塞(Louis Althusser)、福柯(Michel Foucault)、拉康(Jacques Lacan)等先后离开人世,预示着大理论

---

① Terry Eagleton, *Literary Theory*, 2nd ed. (Oxford: Blackwell, 1996), p. 190.
② Eric Hobsbawm, *Interesting Times: A Twentieth-Century Life* (London: Pantheon, 2003).

开始日渐式微。2003 年 9 月 25 日萨义德（Edward W. Said）病逝于纽约，2004 年 10 月 8 日德里达（Jacques Derrida）在巴黎辞世，在象征意义上无异于宣告大理论时代的结束。经过了数十年的嬗变，此起彼落，各领风骚，大理论的时代确实已经过去，而且这种规模与野心的理论容或一时再也不容易出现，有的学者如威廉姆斯（Jeffrey Williams）甚至认为，其实自 20 世纪 90 年代以后，我们就已经进入所谓的后理论世代。[1]可是这并不表示我们从此可以松一口气，从此可以不必理会理论，然后回到伊格尔顿所说的"前理论的天真无邪的时代"。伊格尔顿想说的是："倘若理论指的是理性地对我们诸多指导性假设做系统性的反省，那么理论始终是不可或缺的。只不过我们现在是活在所谓的高理论的余波里，活在一个在某些方面早已超越阿尔都塞、巴特及德里达等思想家的时代，这些思想家曾经以其真知灼见丰饶了这个时代。"[2]我自己的看法并不复杂，就像孟子说的，"观于海者难为水"，"理论其实已经成为我们知识传统的一部分，成为许多学术领域里必需的装备，甚至自成领域，成为学术研究的对象"。我自己的体验是："理论改变了整个人文科学，也改变了我们了解文本，了解文化实践与社会现象，乃至于了解世界的方式。理论不会消失，只会以不同的面貌不断出现。"[3]

---

[1] Jeffrey Williams, "The Posttheory Generation," in David R. Shumway and Craig Dionne, eds., *Disciplining English: Alternative Histories, Critical Perspectives* (New York: State Univ. of New York, 2002), pp. 115–134.
[2] Terry Eagleton, *After Theory* (New York: Basic Books, 2003), pp. 1–2.
[3] 李有成，《在理论的年代》（台北：允晨文化实业股份有限公司，2006），页 11。

## 三

我的学术的形塑期就是在这样的理论环境与知识氛围里度过的。从新批评到后结构主义，尽管理论修辞和批评策略大异其趣，对语言符号的关注却是不分轩轾的。笼统言之，这个时期文学批评所经历的主要是语言的转向（the linguistic turn）。韦勒克与沃伦视"文学作品为美学客体，能够激发美学经验"，而且"使文学作品之成为文学的，正是文学作品的美学结构"。他们更进一步总结："在一件成功的文艺作品里，其素材会被完整地融入形式中：曾经的'世界'就变成了'语言'。"①在他们的认知里，创作所指涉的"世界"最后只能是语言的构成。"世界"不论伟大或渺小，完整或琐碎，诗人与作家最初与最后所仰赖的总是语言——语言才是美学结构的基础。韦勒克与沃伦论证文学性，绍续的是俄国形式主义的传统，其标准与规范无非建立在这样的美学结构上。《红楼梦》或《哈姆雷特》之伟大与否，对他们而言，文学性是最重要的考量。文学性让文学自身俱足，正好体现了文学的自主性。

语言的转向到了结构主义与后结构主义无疑是另一个高峰。譬如巴特，在《意象-音乐-文本》（*Image-Music-Text*）一书中他这样概括书写的本质："说话的是语言，不是作者"；因此书写时是语言在行动，在"演出"，不是"我"。②他甚至把这个理解推到极致：

---

① René Wellek and Austin Warren, *Theory of Literature*, p. 241.
② Roland Barthes, *Image-Music-Text*, Stephen Heath, trans. (New York: Hill and Wang, 1977), p. 143.

"书写文本的我本身从来就只是一个纸上的我。"①巴特的意思是,这个"纸上的我"其实就是个语言的构成,其存在大抵是书写的结果。书写只是语言的效应。

文本在这样的脉络之下也有了新的意义。德里达的名言"文本之外无他"或"别无外在文本"不时被援引说明后结构主义看待文本的立场,或者对文本性(textuality)的普遍看法。②按后结构主义——至少德里达的解构批评——的说法,文本既受制于语言,而语言的意符(the signifier)既暧昧而又模糊,其符意(the signified)更是变动不居,语言终究只是层层轨迹,任何诠释所仰赖者只有文本,没有指涉(the referent),没有始源,没有中心,没有终极意义。文本因此成为一个开放的空间,一个不断自我解构的系统。诠释更没有所谓的权威或者"超越的符意"(transcendental signified)。③这样的文本观显然是反文学的脉络主义(contextualism)的,等于否定各种版本的模拟论(mimesis)。哲学家罗逊(Richard Rorty)即据此称之为文本主义(textualism),并且语带嘲讽地表示:"在我们的世纪,某些人写作,仿佛除了文本之外,就别无其他。就像十九世纪时有人相信,理念之外别无其他。"④

当德里达说"文本之外无他"或"别无外在文本"时,他其实

---

① Roland Barthes, *Image-Music-Text*, p. 161.
② Jacques Derrida, *Of Grammatology*, Gayatri Chakravorty Spivak, trans. (Baltimore: Johns Hopkins Univ. Pr., 1976), p. 158. 德里达的话原文是:"Il n'y a pas de hors-texte."
③ Jacques Derrida, *Of Grammatology*, p. 158.
④ Richard Rorty, *Consequences of Pragmatism: Essays, 1972—1980* (Brighton: Harvester, 1982), p. 139.

不在否定指涉的存在，其重点在凸显语言的重重迹痕如何导致指涉不复可求。换言之，经历文本化之后，指涉即成为文本的建构，指涉既经文本中介，只能潜存于文本之中，不在文本之外。我后来的理解是，文本性之排斥指涉，与文学性之否定世界其实是异曲同工的，而且都与语言有关，都是在刻意排除外在的干预，要从外在世界的束缚中解放出来。从这个视角理解，两者都有其正本清源的积极意义。仅就研究文学而言，这样的理解让我可以理直气壮地论说文学的自主性，甚至文学研究如何自成领域，而与其他学术领域如何有所区隔。

不过我很快就另有其他体会，尤其是在多方阅读弱势族裔论述、后殖民论述及文化研究理论之后，我深切体会到文学的生产和领受是如何紧扣情境的（situated），如何受制于现实人生、感情生活、经济活动，乃至于思想意识的。文学有其指涉性，与世界有密不可分的关系。萨义德即曾以现世性（worldliness）与环境性（circumstantiality）等概念描述文学介入现世的复杂现象。他说：

> 文本有其存在的方式，即使是最稀有的形式，文本总是为情境、时间、地点及社会所牵绊——简单言之，文本是在世界里，因此是现世的。某个文本不论是否被保存或被搁放了一段时间，不论是否在图书馆的书架上，不论是否被视为危险，这一切都与这个文本之存在世上有关，这是要比阅读的私密过程更为复杂的事。[①]

---

[①] Edward W. Said, *The World, the Text, and the Critic* (Cambridge, MA: Harvard Univ. Pr., 1983), p. 35.

萨义德相信大部分批评家都会同意："每个文学文本总在某个程度上负载着其情境的重担，负载着文学文本从中冒现的显而易见的经验现实。"①为了突出他的观点，萨义德甚至引述中世纪阿拉伯世界中不同解经学派对《古兰经》的诠释传统。他的论证相当繁复，无须赘述。简单言之，他特别推崇扎希利派（Zahirite）的理论，这个理论代表了处理"文本作为有意义的形式"的某种命题，"现世性、环境性、文本作为既有感情独特性与历史偶然性事件的地位，这一切都被要求纳入文本之中，成为传达与生产意义的能力不可或缺的一部分"。因此在萨义德看来："一个文本自有其独特的情境，对诠释者及其诠释均给予约束，不是因为情境以神秘之姿隐藏在文本里，而是因为情境也像文本客体那样，存在于同一层次的表面特殊性上。"②

萨义德对耽于所谓文本性迷宫的游戏颇有微词，他戏称德里达与福柯为"欧洲革命文本性的先知"③，对他们跨越大西洋被美国文学理论界典律化和本土化很不以为然。他批评"美国甚或欧洲的文学理论现在很明显地接受了不介入原则"，力求避免与"现世、环境，或受社会污染的任何事物"发生瓜葛。他因此将文本性非难为"神秘与消过毒的题材"。④文本性不仅成为历史的"对立与换置"，文本性似乎真有其事，只不过不知此事发生在何时何处。⑤换言之，

---

① Edward W. Said, *The World, the Text, and the Critic*, p.39.
② Edward W. Said, *The World, the Text, and the Critic*, p.39.
③ Edward W. Said, *The World, the Text, and the Critic*, p.3.
④ Edward W. Said, *The World, the Text, and the Critic*, p.3.
⑤ Edward W. Said, *The World, the Text, and the Critic*, pp.3-4.

文本性抽离了历史时空，使文本沦为非历史的与非社会的孤立个体。最后，萨义德宣示："我的立场是，文本都是现世的，在某个程度上，文本也是事件，而且即使文本否认这一点，文本总还是社会、人生，当然也是文本之被存在与诠释的历史时刻的一部分。"①

依萨义德的说法，文学文本既存在于现世，亦且是现世的，因此乃其所置身于被诠释的社会、生活及历史的一部分，为人世种种所牵绊，本身就是个事件。既是事件，就可能引发效应或造成某些后果。萨义德揭橥他所说的世俗批评（secular criticism），所据即上述他对文学文本的认知。文学批评的工作就是要揭露文本与其生产或领受时空环境——萨义德所说的现世——的纠葛或合谋共计。依此而论，文本是过去的，批评则属于未来。批评也是现世的，与批评家的生命关怀及其身处的历史时刻或意识形态环境有关。批评的目的无非在于解放——在于将被压抑、换置或泯除的声音自文本的文本性中解放出来。萨义德还因此将文学批评与其他文类等量齐观，认为批评同样紧扣情境，是"持怀疑论的，世俗的，同时反思地接受自身的失败。这并非意味着批评是价值中立的。相反的是，批评意识无可避免的轨线是在探索阅读，生产与传输每个文本时所蕴含的政治、社会及人的价值背后的某种深意"。②

上述的论证当然无法全面涵盖萨义德的批评事业。他固然对德里达式的文本性论说深表不满，但他不可能不知道文本性是文学文本的基础，他质疑的无非是沉湎于文本性的语言游戏，担忧的是刻意将文学文本隔离在社会人生的无菌室内。他之所以主张世俗批

---

① Edward W. Said, *The World, the Text, and the Critic*, p. 4.
② Edward W. Said, *The World, the Text, and the Critic*, p. 26.

评,目的在强调,并不是"文本之外无他";文本之外其实另有天地,这个天地,一言以蔽之,就是纠葛万端的对世俗的关怀。他反复论说文学批评的功能,就是要解放文本性中被压抑的诸多价值与现世之间的复杂关系。萨义德论东方主义与其所持的后殖民主义批判立场无不是出于这样的批评意识。有趣的是,即以其对东方主义的剖析与批判而论,他明显地诉诸结构主义所惯用的二元对立(binary opposition),同时也是德里达所说的暴虐层系(a violent hierarchy)。①我后来发现耶鲁大学的弗莱(Paul H. Fry)也有类似的体认。他说:"萨义德的东方主义是透过结构主义的假设操作的,其主要关怀是自我与他者之间彼此相互依存的二元对立。"②萨义德对结构主义的议程并无兴趣,只不过结构主义的二元论假设正好为他提供了适切的论述策略,揭露东方主义如何成为西方强势文化的共谋,不露痕迹地将东方模塑为他者,东方主义也因此沦为具有宰制意义的学术与意识形态工具。原先只是为解释符号系统如何经由对比生产意义的分析方法,在萨义德的操作之下,二元对立也因此一变而为具有批判意义的论述策略。

萨义德的做法当然也引发不少批评。论者或谓自我与他者之间虽属二元宰制关系,东西方的地理二元论却也未必那么截然分明,尤其摆在殖民情境,就事论事,殖民者与被殖民者之间未必就不存在着模糊暧昧的关系。再用弗莱的话说:"这之间有殖民者对被殖民者的矛盾暧昧,以及底层民众的矛盾暧昧。促成殖民的不会只有

---

① Jacques Derrida, *Positions*, Alan Bass, trans. (Chicago: Univ. of Chicago Pr., 1981), p. 41.
② Paul H. Fry, *Theory of Literature* (New Haven: Yale Univ. Pr., 2012), p. 289.

一种态度。"① 话虽如此,我们别忘了,萨义德论述的地理空间主要是中东与"第三世界",而历史上宰制这些地理空间的是美欧霸权,他对新旧帝国主义的批判旗帜鲜明,并无模糊暧昧的必要。萨义德曾就李欧塔(Jean-François Lyotard)——以及福柯——对"解放与启蒙的叙事"缺乏信仰表示不以为然。他义正词严指出:

> 在李欧塔与福柯两人身上,我们确然发现用来解释对解放叙事的政治大失所望的同样譬喻。……再也没有什么值得期待:我们深陷入我们自身的圈子里,而现在圈子被一条线封住了。支持阿尔及利亚、古巴、越南、巴勒斯坦、伊朗的反殖民斗争,代表的是许多西方知识分子积极介入政治与哲学上的反帝国殖民,经过多年之后,疲惫与失望的时刻终于到来。②

显然,萨义德对李欧塔论后现代主义缺少大叙事(a grand narrative)的说法大表不满。在他看来,面对美欧霸权,"第三世界"仍然需要解放的大叙事。这话说得不假,不论就地缘政治或地缘文化而言,当侵略、压迫、歧视与苦难在人世间依然时有所闻,解放的大叙事还是不可或缺的。只是萨义德忽略的是,解放的大叙事固然重要,小叙事所代表的文化霸权之外微弱的声音,显然也不应该受到压制。小叙事让弱势者或边缘主体不至于遭到噤声或消音。

---

① Paul H. Fry, *Theory of Literature*, p. 294.
② Edward W. Said, *Culture and Imperialism* (New York: Alfred A. Knopf, 1993), pp. 26 – 27.

同样的道理似乎也适用于萨义德对德里达的批评。德里达的文本性概念其实与其语言符号理论有关。后结构主义——或者德里达的解构批评——强调符号的不稳定性和意义的不确定性，对传统上所谓的真理、始源、中心、真实等意义不再持稳定的看法，因而对许多建制的结构无不存疑，甚至因此松动了任何形式的"法西斯主义的语言——种族主义与帝国主义、父权与强制认同、严苛的一元或二元思考、功利理性"等。[1]我的看法是，后结构主义的符号理论不只适用于处理书写与意义的问题，其实也可以启发我们思考在全球化之下各式流动——诸如人员、文化、物资、资金等——所造成的现象，包括家园、属性、再现、身份认同等过去总以为稳如磐石的观念。20世纪90年代以后，我在德里达的许多著述与访谈中看到这种政治与伦理的转向，再回头思考他之前讨论语言与文字的若干著作，明显地产生跟过去不同的体会。德里达后来不止一次析论公义、责任、友情、宽恕、送礼、待客之道、世界主义等日常生活中可能碰触到的政治与伦理时刻。他甚至不避夫子自道，提醒我们过去他若干被视为解构的文本和论述其实无不涉及政治与伦理议题。解构活动既始于松动与复杂化某些价值的吊诡性，这样的政治与伦理时刻正好标志着德里达理论原本潜在的解放面向。

## 四

我的学术的形塑期大致就是在这样的理论环境与知识氛围中度

---

[1] Peter Collier and Helga Geyer-Ryan, "Introduction: Beyond Postmodernism," Peter Collier and Helga Geyer-Ryan, eds., *Literary Theory Today* (Ithaca, NY: Cornell Univ. Pr. 1990), p. 3.

过的。2006年我出版《在理论的年代》一书，书中所收论文颇能反映这段大理论时期我亲历的一些轨迹：我如何徘徊在文本性与现世性之间，又如何从专注于文本性的研究转向涵纳现世性的重大关怀。对我个人而言，这个转折至关紧要。经历了这段形塑期，我逐渐模塑了自己的批评立场，也明确了自己的学术关怀。在大理论之后，当然还会有其他理论出现，成一家之言的理论家依然大有人在，像德勒兹（Gilles Deleuze）、阿甘本（Giorgio Agamben）、巴迪欧（Alain Badiou）、洪希耶（Jacques Rancière）等等，不过这些都是后话了。而且这期间我也清楚意识到，理论也是现世的，与其出现的时空环境密切相关，理论更是具有文化的独特性。我曾在《他者》一书的绪论中指出："早在20世纪80与90年代，克里斯蒂娃（Julia Kristeva）就一再析论陌生人的角色；德里达也反复讨论如何待客，如何悦纳异己；列维纳斯（Emmanuel Levinas）则以伦理学为其哲学重心，畅论自我对他者的责任；哈贝马斯（Jürgen Habermas）更主张要包容他者。这些论述或思想之出现并非偶然，其背后应该有相当实际的现实基础与伦理关怀。"[①]这里所说的现实基础与伦理关怀无非指的是理论出现的时空环境和政治与文化条件，在在涉及欧洲过去二三十年所面对的移民问题。尤其在经济不振、失业率高的时候，有些人——特别是政治人物——在束手无策之余，就开始寻找替罪羔羊，客工与移民往往就成为首当其冲的对象。就像我在《我写〈他者〉》一文中所说的："各种形式的反移民活动因此时有所闻，各国以反移民为号召的极右翼民族主义政党

---

① 李有成，《他者》（台北：允晨文化实业股份有限公司，2012），页15；简体版见：李有成，《他者》（杭州：浙江大学出版社，2016），页6—7。

与新纳粹主义运动也应运而起。反移民所具现的排外恐惧说明了法西斯主义的阴魂仍然潜伏在某些人心中,并未形消于无。历史血泪斑斑,殷鉴不远,许多思想家忧心忡忡,因此才会几乎同时纷纷著书立说,以各种论述尝试打开困境。"①

类似的事例也促使我反省文学与文化研究乃至于人文学术的重要意义。学术重在创新,科学是个现成的例子。科学追求创意,正因为不断推陈出新,科学才能日新月异,才能造成孔恩(Thomas S. Khun)所说的典范转移,甚至引发科学革命。②人文学术自然也不例外。如果故步自封,拾人牙慧,少了创见,人文学术就不可能开发新的议题、拓展新的领域,遑论丰富人文传统。因此人文学术也跟科学一样,必须重视创见。只是在创见之外,人文学术应该还有其他的关怀。这让我想起一位英国朋友跟我说过的一件事。我的朋友是位社会学家,当时担任西伦敦一所研究型大学的校长。有一次一位研究干细胞的同事去办公室见他,目的在说服我的朋友支持他的研究计划。他的同事表示,他的研究是为了改善人类生活,追求更美好的人类社会。我的朋友在向我讲述这件事时,还补上一句话:"那不是我们一直在做的事吗?"

我的朋友的意思是,身为人文学者或社会科学家,我们投身学术研究,无非希望我们的研究成果能够激发思考,带来改变,让社会更为公平合理,生活更为美好幸福,文化更为丰美坚实。如果不是这样,如果脱离了人与社会,人文与社会科学恐怕只会沦为空

---

① 李有成,《我写〈他者〉》,收入《和解:文学研究的省思》(台北:书林出版有限公司,2018),页15。
② Thomas S. Khun, *The Structure of Scientific Revolution*, 2$^{nd}$ ed. (Chicago: Univ. of Chicago Pr., 1970), pp. 52 - 76.

谈，既失去对人世的关怀，也无法回应社会的需要。因此我非常了解我的朋友那句问话的意思。回到我比较熟知的文学研究，应该从我的学术形塑期开始，我就深刻体会到，与其他的学科领域一样，文学是非常重要的知识形式，是我们了解世界，体察人生的重要方式。我始终相信，文学在文学性或文本性之外，或者说在美学功能之外，应该还有其他的淑世功能。对我而言，研究文学是为了了解世界，体察生命，是为了激发思辨，甚至与现实协商，带来改变。透过文学研究检讨与省思这个世界或现实人生所面对的种种问题，看似迂回，或许不如某些社会科学那么直接，有时候由于文学的感性反而能够直指核心。显然，文学的功能也不只是为了陶冶性情，变换气质，或者点缀性地为某些人增添人文气息而已——这些当然都很重要，但是文学的功能不应仅此而已。[①]

我早年研究非裔与亚裔美国文学，这样的感受与体认尤其深刻。以非裔美国文学而论，其历史虽然不是很长，但是其发展经验特殊，反而具有启发意义。两百多年来，非裔美国作家与批评家不断以其创作与批评论述挑战和碰撞由白人男性所主导的美国文学典律（canons），或者以另类或修正主义的文学史观，批评主流美国文学史的偏颇与武断，把非裔美国文学排拒在传统的美国典律之外。过去三四十年，美国学术界不时有重写美国文学史之议，非裔美国作家与批评家的努力不无推波助澜之功。非裔美国批评家雷丁（J. Saunders Redding）曾经称非裔美国文学为"必要的文学"，既要突出其美学功能，还要兼顾其出于现实需要的政治目的。[②]这里说

---

[①] 李有成，《我们一直在做的事》，收入《和解：文学研究的省思》，页34。
[②] J. Saunders Redding, *To Make a Poet Black* (Ithaca: Cornell Univ. Pr., 1988 [1939]), p. 3.

的政治其实未必与时际的政治有关,而是希望经由某种批评和反思的过程,带动某些理想的实质改变。

我的看法与雷丁类似,不过我更重视的是非裔美国文学背后的逾越现象,我因此称之为逾越的文学:

> 非裔美国作家企图逾越的不仅是美国文学的霸权典律而已,这是文学建制与美学系统的问题,其背后所牵涉的仍是结构性的种族歧视现象;他们同时有意借其文学实践,逾越美国社会中由种族这个类别所蛮横界定的政治、经济及文化藩篱。从广泛流传于美国黑人社群的捣蛋鬼(trickster)的故事,到民间传唱的灵歌、民谣与劳动歌曲的抗争意识,到内战前后风行一时的黑奴自述(slave narratives)中诸多颠覆蓄奴制度的越轨行为,到现当代非裔美国文学中常见的种种跨界现象,两百多年来,非裔美国文学生产所塑造的无疑是一个逾越的文学传统——非裔美国作家不但勇敢逾越种族疆界,亦且进一步挑战性别与阶级等类别所划定的界线,如种族隔离(segregation)时代的许多社会实践,更重要的还是无形的种族、性别、阶级等的歧视行为。有形的疆界比较容易逾越,无形的疆界存在于人心阴暗之处,隐晦而不容易侦测,因此益发难以逾越。①

非裔美国文学生产显然紧扣非裔美国人的历史经验和当下现实境遇,其挑战美国文学典律、介入现世并且尝试引发思辨甚至改变美

---

① 李有成,《逾越:非裔美国文学与文化批评》(台北:允晨文化实业股份有限公司,2013),页19—20;简体增订版见:李有成,《逾越:非裔美国文学与文化批评》(杭州:浙江大学出版社,2015),页27。

国社会种种歧视性安排的意图至为明显。在这样的文学传统下所滋生的批评产业,其面貌与功能自然也饶富类似的淑世意义。

这是我心目中理想的淑世批评。我发现晚近发展的许多批评产业无不隐含这样的功能与目的:弱势族裔论述、后殖民主义、文化唯物主义、女性主义、生态批评、环境研究、失能研究、创伤研究、记忆研究、医疗人文研究等等,关怀容或不同,方法与取径容或有异,但其初心始终不脱淑世的本意,都是我所向往的淑世批评。这些丰硕多样的批评产业也反映了文学的繁复面向与多元关怀,同时更反证了现世人生如何复杂,议题如何层出不穷。

## 五

这本选集收入的论文多少反映了这些年来我对文学与文化研究的基本想法,我希望这些论文能够具现我念兹在兹的学术的淑世意义。为了方便阅读,我把这些论文分成四辑,当然这样的分辑有时候也会显得武断和勉强,因为有些论文在议题上其实也可以跨辑分列。这一点只能要求读者自行参照了。辑壹所收论文与现当代文学有关,所论涉及文学史、作家或个别作品,我希望我的论证能够紧扣历史现实,不至于无的放矢。辑贰偏于理论,触及的议题包括阅读伦理、理论旅行、阶级与文化研究、文化与殖民统治等,这些论文透露了后结构主义、文化唯物主义、后殖民主义等理论对我的启发。我向来对套用理论诠释文学文本有所保留,不过从我的论证过程不难看出,某些思想家或批评家的真知灼见是如何帮助我处理若干文学与文化议题的。辑三所收论文性质相对一致,这些论文都与马来西亚或新加坡华文文学有关,尤其马华文学,无疑是两岸之外最重要的一支华文文学。马华文学虽然只有百余年历史,尽管历史上与两岸文学有些牵连,但是早已自成传统,近年来渐受国际学界重视,两岸研究马华文学的学者也大有人在,而在两岸出版其个人创作的马华作家也日见增多,马华文学研究是个甚具潜力的新兴学术领域。辑肆诸篇都涉及离散的议题,我希望借由这些论文思构离散的理论与关怀重点。其中三篇论文集中以离散的视角讨论赵健秀(Frank Chin)的理论及其小说,赵健秀为著名华裔美国作家,他的文学产业总与美国华人的移民历史与现状密切相关。

书名《历史的魅影》演绎自我论李永平小说论文的篇名。重读这些论文,我发现自己的论证背后多半潜藏着强烈的历史意识,这样的历史意识或许可以让我的研究免于陷入议题的孤立与视野的褊狭。我和李永平认交四十年,他不幸于2017年夏秋之间因病离世。2014年他荣获第三届中山杯华侨华人文学大奖(现改称中山文学奖),遵医所嘱,他还特地邀我陪他赴广东中山市领奖。倏忽间老友离去已数年,本书书名脱胎自讨论其小说的论文篇名,除了刻意彰显书中论文所隐含的历史意识外,多少也有纪念老友之意。

此外,书中有不少论文涉及离散的议题,由于我出版过专书《离散》,这几年我常会被问到这个议题。我最常碰到的问题是:离散是否应该有个尽期?换言之,离散是否应该设定结束的时间?譬如说,在一个人入籍其他国家之后?我对这一类机械性的问题其实兴趣不大。非洲人被迫离散黑色非洲不下四百年了,学术界不是还在讨论非洲离散(African diaspora)或黑人离散(black diaspora)?犹太人的状况更是为大家所耳熟能详。离散显然不是时间的问题。在我看来,离散除了是一种生存状态之外,还是一种心境,一种心态。"离散意识本来就超越国家疆界,召唤的不仅是共时的、平面的生存经验,同时还有历时的、垂直的文化经验;在离散意识的观照下,这样的经验不只具有当下现实的意义,而且还展现了历史纵深的维度。从这个角度不难看出离散与文化记忆的关系,离散之为方法因此也不难了解。"①

对历史与现实的关怀正好体现了文学与文化研究根本的淑世功能。

2021年5月8日于台北

---

① 李有成,《自序》,收入《和解:文学研究的省思》,页3。

# 壹　文学史与文学事实

# 文学史的政治

美国文学史学家埃利奥特（Emory Elliot）于 2009 年 3 月 31 日因心脏病发而与世长辞，消息传来，令我颇为感伤与意外。埃利奥特去世时得年六十六岁，比我想象中年轻。我们并无深交，记忆中多年前通过几次信，2007 年他到台北访问，10 月 23 日下午我主持了他在"中央研究院"欧美研究所的演讲，那天他的讲题是"美国文学与文化学术的新方向"（"New Directions in American Literary and Cultural Scholarship"）。我们最早认识其实是在 1998 年 5 月间，当时我到奥地利萨尔斯堡（Salzburg）——莫扎特的家乡——参加一个有关美国文学研究的工作坊。这个工作坊规模不大，参加者只有二十几个人，都是来自世界各地从事美国研究的学者，而以人文学者居多，且多数为欧洲人，我刚好是唯一受邀的亚洲学者。一个星期的工作坊，我们就住在电影《真善美》（*The Sound of Music*）拍摄场景中的雷恩波德斯克恩宫（Schloss Leopoldskron），每天阅读文史方面的论文或文学创作，然后参与讨论，晚上或看电影，或听小型音乐表演，或喝啤酒闲聊，轻松而愉快。埃利奥特的角色是讲员，记忆中他做了两场演讲，又跟我们讨论了一部以美国得克萨斯州为背景、由约翰·塞勒斯（John Sayles）执导的影片《致命警徽》（*Lone Star*）。埃利奥特是加州大学河滨校区的美国文学教授，曾经担任美国的美国研究学会会长。不过我最早知道他的大名却是由于他所主持编纂的《哥伦比亚版美国文学史》(Columbia Literary History of the United States)①。

1988年我到杜克大学研究，这一年《哥伦比亚版美国文学史》刚好问世，篇幅可观，精装厚厚的一大本，价格不菲，我从图书馆借来一本，选择自己最感兴趣的几章，匆匆读过一遍。当时美国校园的文化论战正当炽热，有关美国文学典律（canon）的辩论时有所闻，我的研究领域又是文学理论与美国弱势族裔文学，因此特别留意这部文学史如何处理相关的议题。这是一部多人合撰的文学史，每一个断代都有一位主编，而每一章又有个别的撰述者，埃利奥特综理全书的编辑，但赋予各断代主编与各章撰述者充分的自由与自主性，因此各章不论在方法、语调或风格上差异均甚大。埃利奥特吁请参与撰述的学者不要"因为性别、种族，或基于民族、文化背景的偏见，而将某些作家排除在外"②。他特别强调，这部文学史无意以"前后连贯的叙事"诉说一个"单一的、统一的故事"。③跟过去多部美国文学史最为不同的是，《哥伦比亚版美国文学史》是一部饶富修正主义色彩的文学史，把美国文学的源头指向"美洲印第安人在洞穴壁上绘刻的故事"④，推翻过去习惯上视欧洲文学传统为始源的说法。这种重新认祖归宗的宣示，多少是出于新的种族与文化政治，反映在文学上则是女性文学、族裔文学及原住民文学

---

① Emory Elliot, ed., *Columbia Literary History of the United States* (New York: Columbia Univ. Pr., 1988).
② Emory Elliot, *Columbia Literary History of the United States*, p. XII.
③ Emory Elliot, *Columbia Literary History of the United States*, p. XXI.
④ Emory Elliot, *Columbia Literary History of the United States*, p. XV.

日渐受到重视,于是才有重建美国文学典律与重写美国文学史之议。在这样的氛围与气候之下,文学的政治性无疑备受重视,这种文学政治所抗拒的对象正是抱残守缺、捍卫现状的社会或文化的支配性意识形态。在出版《哥伦比亚版美国文学史》之前,埃利奥特发表了一篇题为《文学史的政治》("The Politics of Literary History")的论文,在谈到此新编文学史的目的时,他就这么指出:"《哥伦比亚版美国文学史》旨在结合学术与典律重估中晚近的发展,创作一部足以表现文学的多样性与当前批评理念的多元性的书。其结果应该是动摇,而非再次确保本书读者的信心。"① 换言之,他主编的文学史势将挑战美国文学的既存观点,质疑当权的典范与宰制的典律。因此埃利奥特坦承,文学史本质上就是政治的。这些观点足以说明,埃利奥特所认知的文学史既是一种知识方法,同时也是一种权力形式。透过这种知识方法与权力形式,他与他的同僚重新检视与掌握美国文学的遗产与过去。

20世纪80年代,刚好中国学界"重写文学史"的呼声也一样高涨。1980年,王瑶在现代文学研究会的首次年会上发表颇具纲领性的《关于现代文学研究工作的随想》一文,可以视为改革开放初期重写文学史活动的滥觞。此时"文革"结束不久,改革开放还在摸着石头过河,王瑶表示"我们必须坚持历史唯物主义的原则,尊重客观事实,坚持党性和科学性的统一",并且同意文学史免不了会指涉文学运动,但更重要的是,他主张"文学史应该以创作成果为主要研究对象。衡量一个作家对文学史的贡献,主要看他的作

---

① Emory Elliot, "The Politics of Literary History," *American Literature* 59.2 (May 1987), p. 269.

品,看作品的质量和数量,然后对它做出应有的评价。文学史不能以文学运动为主,尤其不能以政治运动为主"。① 王瑶接着进一步申论他的上述立场:

> 文学史既以创作成果为主要研究对象,因此对作家的评价也主要是看他的作品的成就与贡献,不能牵扯到作家的其他许多方面。一个作家是一个社会的人,他除了创作以外,当然还有其他的社会活动和政治活动,特别他会关心和参加文学领域的运动和论争;我们当然应该注意到他的多方面的社会实践作为研究他的作品的背景和参考,但我们研究和评价他的成就的主要依据是他的作品,而不是他在各种运动中的表现。他在文艺运动或论争中的活动当然会反映出他的文艺思想的某些观点,这些观点当然也会对他的作品产生影响,但我们仍然不能直接以他的主张或观点来代替对他的作品的分析和评价。②

若置于一般正常状况之下,王瑶这一番话其实稀松平常,只是常识,并非什么高论,但对当时刚刚经历了十年史无前例的文化浩劫,满目疮痍、百废待举的学术环境而言,王瑶的主张无疑具有振聋发聩、拨乱反正的作用。王瑶的论述过程虽然仍不时指涉政治语言,不过整篇文章却处处可见其去政治化的用意。譬如:"由于过去政治运动接连不断,每一次运动就砍掉一批作家作品,也就把范

---

① 王瑶,《关于现代文学研究工作的随想》,《中国现代文学史论集》(北京:北京大学出版社,2008),页239。
② 王瑶,《关于现代文学研究工作的随想》,《中国现代文学史论集》,页240。

围缩紧一些,以致到十年浩劫期间就只剩下一个孤零零的鲁迅了。"① 因此,即使他意识到文艺运动对文学史发展与作家创作可能产生的影响,他还是谆谆告诫:"重要的是文学史不能仅仅从政治的角度来考察文艺运动,而必须着眼于某一运动对创作所产生的实际影响——看它是促进了还是阻碍了文学创作的向前发展,或者根本没起什么作用。"② 评估文艺运动如此,评论作家的创作更是如此:"文学史只能根据作品在客观上所反映的思想倾向和艺术成就来评价,而不能根据作者在政治运动中的表现来评价。我们做出的评价无论是否准确或允当,它是可以讨论的学术问题,与政治结论是完全不同的。"③ 这个观点在王瑶六年后所发表的《关于现代文学研究工作的回顾和现状》一文中说得更为清楚:

> 确认文学史具有"文艺学"的性质,首先是对长期存在的"以政治鉴定代替文学评价"的庸俗社会学倾向的一个否定;并由此明确了文学史应该以创作成果为主要研究对象。即衡量一个作家对文学史的贡献,确定其历史地位,主要看他的作品的质量和数量;而对作品质量的评价则应该坚持思想与艺术的统一,注意文学艺术本身的规律和特点。……如果说过去分析作家一般偏重其政治倾向和社会思想的话,那么今天还同时重视作家的美学观点和艺术特色;以前着眼于作品的主题、题材,主要在说明作品的社会内容和思想意义,现在则除此之外

---

① 王瑶,《关于现代文学研究工作的随想》,《中国现代文学史论集》,页237。
② 王瑶,《关于现代文学研究工作的随想》,《中国现代文学史论集》,页239。
③ 王瑶,《关于现代文学研究工作的随想》,《中国现代文学史论集》,页240。

还要探讨它的艺术风格和美学成就。①

一言以蔽之,王瑶此处所楬橥的就是后来广为人知的"文学回到自身"或"把文学还给文学史"的文学史论述立场,其目的无非是要将文学解放出来,重建文学的主体性,找回文学的自主性。王瑶的去政治化的主张,在当时而言反而是相当具有政治性的,他所倡言的是一种与过去数十年截然不同的看待文学史的态度。

1988 年,也就是出版《哥伦比亚版美国文学史》的那一年,正好是中国改革开放十周年,《上海文论》第 4 期 (7 月) 即曾开辟栏目,由陈思和与王晓明主持,鼓吹重写文学史,探讨文学史的写作问题。后来王瑶在"重写文学史"的座谈会上应邀发言,强调重写文学史"就要真正做到百花齐放,百鸟齐鸣",并且鼓励"每个人都谈自己的观点和评价,不要被以前框框所拘束"。② 可惜事与愿违,《上海文论》开辟"重写文学史"专栏一年后就停刊了。在某个意义上,文学史倒真的变成了柏金斯 (David Perkins) 所说的"文学研究动荡的中心"。③ 主其事者之一的陈思和之后在总结与反省这次经验时这样表示:"这个专栏所发表的文章现在看起来并不怎样深刻和击中要害,更主要的是那些文章还没有来得及展开对文学史理论本身的探讨,本来想先针对旧文学史的既定结论作些正本

---

① 王瑶,《关于现代文学研究工作的回顾和现状》,《中国文学:古代与现代》(北京:北京大学出版社,2008),页 109。
② 王瑶,《文学史著作应该后来居上——在〈上海文论〉主持的"重写文学史"座谈会上的发言》,《中国文学:古代与现代》,页 418—419。
③ David Perkins, *Is Literary History Possible?* (Baltimore and London: Johns Hopkins UP, 1992), p. 11.

清源的工作,以求引起学术界的注意,然后吸引同行们来进一步讨论有关文学史的理论,结果是道高一尺魔高一丈,终于不了了之。"① 陈思和还在别的文章里澄清,当时他们所谓的"重写","真正用意也就是想提倡'怀疑精神'……并非在于对具体文学史现象或人事的评价",更不是"一场学术界的翻烙饼运动"。而所谓怀疑精神,在他们的认知里,不外是"希望在指出真理的有限性以后,将原来的文学史理论观念内涵的缝隙撑开,从中发现被遮蔽的隐性现象和提出新的解释理论"。② 陈思和这些识见其实颇富福柯(Michel Foucault)知识考古学的意涵,显然有意凸显文学史进程中普遍可见的缝隙、断裂与非延续性(discontinuity),其目的在挖掘或解放此进程中被压抑或被边陲化的文学事实与成分。

　　重写文学史的工作后来由在海外出版的《今天》延续了下来。《今天》有关重写文学史的专栏始于1991年,终于2001年,有十年之久,发表的论文共计二十九篇。李陀后来从中挑选了十一篇,辑成《昨天的故事:关于重写文学史》一书。李陀认为,《今天》和文学史写作之间的联系"完全是一个颠覆和破坏的关系",在他看来,"文学史是任何一种文学秩序的最权威的设计师和保护神……换句话说,《今天》的挑战和质疑的矛头,并不是只指向写作,而且也直接指向文学史写作"。③

　　李陀其实看出《今天》与文学史写作之间的反讽关系。"《今

---

① 陈思和,《回顾脚印(代序)》,《新文学传统与当代立场》(济南:山东教育出版社,1999),页4。
② 陈思和,《关于现代文学研究的一封信》,《新文学传统与当代立场》,页7。
③ 李陀,《先锋文学运动与文学史写作》,《昨天的故事:关于重写文学史》(香港:牛津大学出版社,2006),页 IX—XI。

天》所追求的写作永远是拒绝和反抗的象征。"① 有趣的是,《今天》所刊登的有关文学史的论文,其目的仍在建立某种秩序与规范,在做法上与《今天》的体制和方向是相当扞格的,尽管李陀也承认,某些作者确实有意通过自己的"重写","对旧的文学史做出质疑与批判"。②

正因为彼此在体制上的差异,李陀将《今天》与重写文学史活动的相遇视为"一段插曲"。他虽然注意到近年来也出现若干"为某些更具批判性的'重写'开辟空间的尝试",只不过他认为"这些批评无论在大的理论框架上,还是在具体的概念分析上,还都受制于……命题、方法、范畴等等方面的规定,要想有真正的解放性的突破,几乎不可能"。③ 李陀因此提出以其他形式或内容——如回忆录、个人经历、语言变迁、文学形式的衰亡、作家的交游活动、文学期刊的兴衰等——重写文学史的可能性。李陀的批评充分体现他对形式的意识形态与体制的政治性的认识,换言之,在他看来,若要釜底抽薪,真正做到"重写",就必须在理论和实践上对文学史进行颠覆,以新的形式赋予文学史写作新的气息与生命。

过去二三十年,中国学术界对文学史的讨论并未完全停滞,还出版了若干引起不少争论的现代文学史著作。在《上海文论》的"重写文学史"专栏结束二十年后,《读书》在2009年1月同时刊登了两篇有关文学史的文章,一是陈平原的《假如没有"文学

---

① 李陀,《先锋文学运动与文学史写作》,《昨天的故事:关于重写文学史》,页XIII。
② 李陀,《先锋文学运动与文学史写作》,《昨天的故事:关于重写文学史》,页XII。
③ 李陀,《先锋文学运动与文学史写作》,《昨天的故事:关于重写文学史》,页XXII。

史"……》,另一是旷新年的《把文学还给文学史》。这两篇文章立场与论点不尽相同,其共同点俱在反省之前二十年来重写文学史的基本关怀与相关论述。

在陈平原的理念中,文学史指的"不仅仅是具体作家作品的评价,甚至也不只是学术思路或文化立场,还包括课程与著述、阅读与训练、学术研究与意识形态、校园与市场等"①。文学史涉及庞大的文学建制与文学产业,因此在面对文学史时,我们关心的其实不只是美学的问题,还包含了政治、教育、学术、生产与消费等非关美学但涉及建制与意识形态的问题。这已经跨进文学社会学的范畴,甚至带进社会与文化资本的分配问题。这样的文学史理念大抵是对的,陈平原至少看出,"文学回到自身"或"把文学还给文学史"之类的假设的局限性,即使在回避意识形态的影响时可以发挥功效,这样的假设本身显然仍有不足之处,无法较全面地观照文学建制与产业的各个环节。

不过陈平原在文章里也诟病当前人文学"跟着社会科学跑,越来越关注外在的世界"。显然文学研究或文学史的教学与著述也难免受到这种风气的影响。他特别批评指出,由于意识形态与道德思想教育的介入,以文学史为中心的教学体系往往"窒息了学生的阅读快感、审美趣味与思维能力"。② 他以萨义德(Edward W. Said)为例,认为萨义德晚年特别呼吁要"回到语文学"(philology),也"就是对言词、对修辞的一种耐心的详细的审查"。③ 对照陈平原前面的观点,他此处的批评容或旨在纠正人文学乃至于文学史对外在

---

① 陈平原,《假如没有"文学史"……》,《读书》(2009年1月),页70。
② 陈平原,《假如没有"文学史"……》,《读书》(2009年1月),页73。
③ 陈平原,《假如没有"文学史"……》,《读书》(2009年1月),页73。

世界的过度关注,警惕忽略对文辞的审视与欣赏,这样的批评是合理的。不过我们也知道,萨义德一辈子提倡世俗批评,在《世界、文本及批评家》(*The World, the Text, and the Critic*)一书中,他更以"现世性"(worldliness)与"环境性"(circumstantiality)等用词来描述文学介入现世与外在社会的复杂现象,而对耽于所谓文本性(textuality)迷宫的活动则颇有微词,他认为这等于接受了文学实践的不介入原则,让文学沦为非历史与非社会的孤立个体。① 即使在《人文主义与民主批评》(*Humanism and Democratic Criticism*)一书中,在《回到语文学》这一章里,萨义德也强调,伟大的作品会"引发更多,而非更少的复杂性",最终会构成威廉斯(Raymond Williams)所说的"通常互为矛盾的文化符号的整体网络"。②

旷新年的《把文学还给文学史》主要在探讨20世纪80年代以来重写文学史活动所造成的后遗症。他认为,"把文学还给文学史"这个概念为过去二三十年重写文学史的活动提供了合法性与基本动力。旷新年提出历史化(historicize)的问题,强调当时学术界之所以主张"把文学还给文学史",其实是希望让"文学的概念重新开放,拓展对文学的理解"。③ 这些论点我在前面析论王瑶的若干文学史理念时已经多所着墨,此处不赘。在历史的脉络下,旷新年基本上是同意这个概念的,他的疑虑在于:"回到文学自身"或"把文

---

① Edward W. Said, *The World, the Text, and the Critic* (Cambridge, MA: Harvard Univ. Pr., 1983).
② Edward W. Said, *Humanism and Democratic Criticism* (New York: Columbia Univ. Pr., 2003), p. 24.
③ 旷新年,《把文学还给文学史》,《读书》(2009年1月),页77。

学还给文学史"的概念不幸"逐渐形成了一种'纯文学'的宗教"。① 任何理念一旦被奉为宗教,就会压缩思辨的空间,形成宰制的力量,反而有违将文学概念重新开放的初衷。在这种情形之下,难免又造成了过犹不及的后果,那就是"文学与政治的关系,以及文学的社会作用被回避或隐蔽起来了"②。

旷新年认为:"任何文学都有赖于特定的制度和规律。无论提到任何一个文学概念,后面都蕴涵了一整套体制和一个知识的网络。"③ 多年前我在一篇讨论文学史的论文中,曾经以文学规范系统的概念检视文学史的断代问题④,旷新年文中所提到的有形或无形的制约,包括特定制度和规律或体制与知识网络等,大致可以归纳为我所说的规范系统。文学史大抵是规范系统的产物,何者(包括作家与作品等)被纳入,何者被摒除在外,完全是自然化、规范化的结果,在某个规范系统中备受压制或忽略的成分,换了另一个规范系统,很可能会被凸显出来,成为俄国形式主义者所说的主导成分(the dominant),在文学史中占据支配性的地位,而原来的主导成分,也可能因时过境迁而逐渐退位,或遭到压抑而不再扮演支配性的角色。

就文学史而言,规范系统的改变至少有两层意义。一是新的社会构成带来了新的声音,挑战原有的文化霸权,形成新的语言与批判空间,新的典律就会逐渐浮现。在新的典律的检验下,旧的文学

---

① 旷新年,《把文学还给文学史》,《读书》(2009年1月),页82。
② 旷新年,《把文学还给文学史》,《读书》(2009年1月),页82。
③ 旷新年,《把文学还给文学史》,《读书》(2009年1月),页79。
④ 李有成,《理论旅行与文学史》,《在理论的年代》(台北:允晨文化实业股份有限公司,2006),页159—172;另参见本书,页97—108。

史难免显得捉襟见肘，尴尬万分。譬如，在《哥伦比亚版美国文学史》之前广为流传的多部美国文学史中，我们难得看到女性或弱势族裔作家与其作品。这些文学史所叙述的总是白人男性基督徒作家的成就。一旦新的典律形成，规范系统改变，我们看待文学史的角度与框架也会改变。

规范系统的改变也与诠释典范的兴替有关。过去数十年各种诠释系统与知识理论络绎不绝，各擅胜场，对文学的研究带来很大的冲击，不仅影响我们对文本的诠释，我们对过去的文学事实的了解也因此产生新的面向。新的文学史论述和写作不可能不受到这种种改变的影响，否则也不成其为"新"，也谈不上是"重写"了。

旷新年文章的主要立意，即在于重新政治化文学史的论述与著述。他援引中西文学作品与理论，凸显文学的淑世功能，用他的话说，"文学的社会作用都是客观存在的"。[①] 旷新年说："在文学与政治的关系上，中国文学与他国文学有根本的区别。"[②] 推远一点，百余年来衍生于帝国主义侵略的强国梦也让许多作家与批评家特别突出文学的载道传统，普遍视文学作为政治革新与社会改造的工具。除此之外，其他国家的文学在重视文辞与审美之外，也未必没有隐含丰富的社会与政治指涉。不过持平而论，旷新年之重新召唤文学的政治性，重新将文学政治化，其实并非要将文学置于政治的羽翼下，只不过有意将文学再一次解放，让文学成为真正自由开放的建制。文学如此，以文学为对象的文学史当然无法例外。

20世纪80年代美国与中国重写文学史的活动显然出于截然不

---

① 旷新年，《把文学还给文学史》，《读书》（2009年1月），页82。
② 旷新年，《把文学还给文学史》，《读书》（2009年1月），页83。

同的历史条件,关怀不同,策略有异。埃利奥特在编纂《哥伦比亚版美国文学史》时应该并不清楚中国学术界正在进行重写文学史的活动;反之亦然——在20世纪80年代重写文学史的活动中,中国学者显然也未提到美国学界反省文学史的现象。在埃利奥特的文学史论述中,我们看到性别、种族、族群性,乃至于阶级等类别的介入,文学史本身因此形成庞大的政治性建制。20世纪80年代中国学界有关重写文学史的呼声则旨在摆脱政治框框,还原文学的本来面目;经过了二三十年的论述与实践,学术界又重新回头思考文学之为一种建制的政治与社会功能,重新审视文学的淑世作用与载道传统,重新省思白居易所说的"文章合为时而著,诗歌合为事而作"的文学角色。这种再政治化的过程,固然未必如埃利奥特的文学史那样,受到本质性类别如种族、性别与阶级等的影响,因为历史条件不同,社会发展也有其差异,只不过其重视文学史的政治则显然是不分轩轾的,而且在不同程度与不同层面上都涉及被压制者的归来(the return of the repressed)。

(2009年)

# 历史与现实

## ——张错的诗观与其离散诗

### 一

张错早期两部诗集的序文中有若干自传性的文字,对了解他的离散诗很有帮助,文字稍长,我想摘录如下,作为本文讨论的基础。在《双玉环怨》(1984)的序言里,张错这么说:

> 我从大学毕业后,离开了台湾——一个我寻到自己的根的地方,又重新我的浪游生涯,我也曾一度为向往的书剑江湖而自喜,一度为自己颠沛流徙而自悲,在时间的流变里,我也曾为主题的失落而无所适从,也想从现代主义虚无的穷巷走出来,但又为乡土隔阂的有限意识与表达而惊心;而当我环视四周,最大的矛盾竟是,到处都是从流落而安居在美洲的中国人。①

---

① 张错,《激荡在时间漩涡的声音》,现收入《张错诗集Ⅰ》(台北:书林出版有限公司,2016),页105—106。

类似的漂泊感怀更清楚可见于诗集《槟榔花》（1990，1997）与书名同题的序言：

> 我的童年往事，虽是凛冽情怀，然而我厌恶……种种的专横跋扈，以及大不列颠的帝国优越，虽说我曾受益于耶稣会神父英国式的中学教育，然而奔流在我体内的民族血液，却依然混沌一片，无所适从，一直到抵台为止，情况才见乐观。……我在海外漂流多年，却是心有隐痛，隐痛来自一种缺憾，渊明误落尘网，一去三十，我在异域居留追索田园，以求归居，然而回观过往，却无一熟悉之土地堪足淹留，先从脚下的土地说起，亚美利加虽标榜为大熔炉，然我曾花费五年时间，追寻早期华工淘金血泪，顿觉华人在美，无论是早期或近期，都是熔炉底下的柴薪。近年在美华人精英四起，在本地社会俨如一股少数民族代表，我们甚至可以在享受华文报纸与中国菜市场之余，更自许为海外力量，与国内挂钩；然而以我黑白分明性格而言，我却更临睨旧乡。①

这些文字处处可见"浪游""漂流""颠沛流徙"之类的描述，其充满离散意识自不待言。我们从中可以看到人类学家克利福德（James Clifford）在论证离散时所提到的两个重要概念，即"根"（roots）与"路"（routes）。② 依克利福德的说法，"根"属于离散

---

① 张错，《槟榔花》，《槟榔花》，现收入《张错诗集Ⅱ》（台北：书林出版有限公司，2016），页 10。
② James Clifford, *Routes: Travel and Translation in the Late Twentieth Century* (Cambridge, MA and London: Cambridge Univ. Pr., 1997), p. 250.

的始源，是家国，是原乡，是过去与记忆之所在，是有朝一日可能回归的地方，至少是可以寄托乡愁的地方；"路"则指向离散的终点，即居留地，是离散社群赖以依附并形成网络的地方，因此属于未来，导向未知。张错的情况相当特别。他童年与少年时代分别在澳门与香港度过，后来赴台至政治大学念书，毕业后不久远赴美国深造，之后就留在美国教书，长年居留美国，只是在感情上他却认同大学四年待过的台北。

张错写下这些文字时，澳门与香港尚未回归，因此字里行间也不免夹杂其后殖民的批判。这些不满无意中强化了他的民族意识，甚至在心理上影响了他对美国经验的评断。在他看来，不论是早年的华工移民或者新来乍到者，华人都只不过是美国所谓"熔炉底下的柴薪"而已。美国这个他日后的居留地，自然不是在感情上可以寄托或认同的地方。他所眷恋的显然是台北这个他心目中的"旧乡"。萨义德（Edward W. Said）曾经在他的回忆录中表示："我生活过的各个地方……都是一套复杂、密致的价值网，是我成长、我养成认同、形成自我意识与对他人的意识的非常重要部分。"① 类似的情形也发生在张错身上。萨义德的话反映的是他颠沛流离的生命历程，这个历程也是许多巴勒斯坦人的生命写照，正好可以用来为张错的离散经验作注解。

上述《双玉环怨》序言中的引文除了悲叹生命的漂泊流徙之外，张错还特别提到他在创作上因"主题的失落而无所适从"的困境，甚至还进一步非难"现代主义虚无的穷巷"，所以亟思走出这

---

① Edward W. Said, *Out of Place: A Memoir* (New York: Alfred A. Knopf, 1999), p. XII.中译见萨义德，《乡关何处：萨义德回忆录》，彭淮栋译（台北：立绪文化事业有限公司，2000），页44。

条穷巷，摆脱困境，开发诗创作的康庄大道。张错写诗，其实也论诗，而他论诗往往取径于他的创作实践，是他对诗创作反省的结果。在新版《槟榔花》的附录二《文学不可儿戏》一文中，他特别谈到纯诗的问题，在某个意义上可以说是他对现代主义间接的批评。他指出早期中国现代派如何受法国象征派的影响，如何着力于"对紧缩语言的承继与发扬"，不过"由于忽视内容（尤其舍弃现实因素），曾几何时，就在新月派因早期新诗先驱如胡适等人语言松散而提出新诗形式的纯化以后，便转趋式微"。① 许多诗人也因此在创作上做了很大的转变，不过1949年以后这些诗人大多留在大陆，"反倒是纪弦及覃子豪现代派一脉（甚至可以说是法国影响的一脉，如戴望舒），却得以在台发扬光大"②。依张错的看法，台湾现代诗的发展走上纯诗的窄巷无疑是历史的错误，是无可奈何的抉择。用他的话说："禁忌是一回事，阴错阳差也是另一回事，历史的潮流无法抹杀，我们不要以为走向天国的路就是唯一狭窄的路。"③ 最后谈到纯诗在西方的命运时，他首先借诗人罗伯特·潘·华伦（Robert Penn Warren）的观点表示"纯诗的理论在实践上是站不住脚的"，接着更以艾略特（T. S. Eliot）的论说为纯诗画下句点。他说："艾略特虽然欣赏纯诗在语言精练以及对现代主义的贡献，但严格来说，他指出，纯诗发展到梵乐希已寿终正寝了，并不能用来当作现代诗人的导向。"④

我在这里转述张错对纯诗的批评是有原因的，这主要涉及他的

---

① 张错，《文学不可儿戏》，《槟榔花》，现收入《张错诗集Ⅱ》，页91。
② 张错，《文学不可儿戏》，《槟榔花》，现收入《张错诗集Ⅱ》，页91。
③ 张错，《文学不可儿戏》，《槟榔花》，现收入《张错诗集Ⅱ》，页92。
④ 张错，《文学不可儿戏》，《槟榔花》，现收入《张错诗集Ⅱ》，页92。

诗观与诗风的转变，而他的离散诗又与这样的转变有很大的关系。这样的转变影响了他对题材的选择、对主题的处理、对诗语言的调整，这是在论张错的离散诗时常为论者所忽略的地方。

张错最早主要以笔名翱翱行世，写诗，写评论，写散文，也译诗。他以翱翱为笔名出版的诗集就有四部之多，包括《过渡》(1965)、《死亡的触角》(1967)、《鸟叫》(1970)及《洛城草》(1979)。随后的《错误十四行》(1981)是他舍弃翱翱，改用张错为笔名所出版的第一本诗集。对于改用笔名一事，他的说法是这样的："名字亦不过象征而已，与情一样，是人世间一点一滴的积累，一分一秒的护卫，朝朝夕夕的了解与修改，所以，过去可有可无，现在亦何尝不可有可无，我从来没有现在这么勇敢，这么有信心过地展望明天，光明已经来临到我身上，我必须不断地歌唱。"① 此外，张错另有短文解释其改名的因由，他说："当年改名原因，一是觉得原名'翱'字难写，二是觉得自己已找到了语言风格，开始了诗创作的分水岭，可以另取一个新名字以志历程。诗人之为诗人，是他能不断有勇气地否定过往，有信心地肯定将来。"② 张错说得没错，名字是象征，是符码，与属性有关，改换笔名当然另有意义。这两段文字充满雀跃之情，自信、乐观、希望跃然纸上，显然改换笔名与他在创作上心境的改变关系密切，他的整个诗观面临很大的修正。他清楚表明"自己已找到了语言风格，开始了诗创作的分水岭"，心情激奋，溢于言表。

熟悉张错早期诗作的人不难发现，这座分水岭不可谓不大。越

---

① 张错，《原版〈错误十四行〉》，《错误十四行》，现收入《张错诗集Ⅰ》，页101。
② 张错，《伤心菩萨》(台北：允晨文化实业股份有限公司，2016)，页350。

过这座分水岭,张错等于舍弃了求学时期的现代主义诗风,走出纯诗的巷弄,找到自己创作的新方向。他在上引《双玉环怨》的序文中也做了同样的自剖。改换笔名无异于改换了身份,俨然为改变诗观、调整诗风的指标,因此要"另取一个新名字以志历程"。不过我想指出的是,这个历程并非始于《错误十四行》,在以翱翱为笔名所出版的最后一本诗集《洛城草》中,这个历程已经昭然可见。他在这本诗集的后记里这么宣示:

> 多年来我快快乐乐地歌唱,但已不再唱向虚无的自我,我开始把自己的经验放大入大众的经验,并且向他们学习和认识,因为如果我要把个人放入整体,我必须去明白整体的过往与现在,过往的不平等,我必须争斗,现在的奋斗,我必须歌颂——这也是《洛城草》内有关美洲华侨及少数民族的一个主题。①

这个宣告等于与过去的诗风决裂,挥别"虚无的自我",并极力表明要拥抱集体,把"个人放入整体"中。他日后的诗作也因此另有关怀。这个关怀就是他所说的"赤裸裸的历史和现实",因为在他看来,"没有这些历史与现实的了解,诗就没有深度"。诗集《洛城草》,依他的说法,"是把我自己的现实世界带入一个更多姿多彩的新现实世界的开展"。他甚至宣告:"也许,我真的从现代的死巷走出来了!"②

---

① 翱翱,《后记》,《洛城草》(台中:蓝灯文化事业股份有限公司,1979),页224。
② 翱翱,《后记》,《洛城草》,页225。

这里自然无法讨论现代主义的功过得失。张错早年现代主义时期的诗也未必全然与历史和现实无关。譬如属于香港时期的《死亡的触角》就多少触及时事，甚至还可见到像诗集第十三首这样的诗行：

> 绝不能以数字来统计的
> 我严峻地拒绝你
> 我的文字是象形而四方的
> 电算机跳不出结果①

此诗写于1967年，中国内地"文革"已经开始，香港左派蠢蠢欲动，暴动时有所闻。当然，那时中文电脑（电算机）还不算发达。只是对许多人而言，香港何去何从却是立即的存在问题。在这种情境下，诗人省思自己的身份，并借赖以自豪与安身立命的文化抗拒英国，也算是肯定自我存在的一种选择。法农（Frantz Fanon）在《大地哀鸿》(*The Wretched of the Earth*) 一书中辟有专章讨论民族文化，处理的就是这个问题，特别是如何将民族意识转换为政治与社会意识的问题。② 摆在当时的脉络中来看，上引张错的诗显然事关历史与现实。只不过在最早出版的几本诗集里，类似的诗相对比较少见，更多的是张错后来自省时所说的"沉迷于意象与象征"或技巧的作品。③ 从《洛城草》的同名开题诗可以看出他如何尝试

---

① 翱翱，《死亡的触角》（台北：星座诗社，1967），页28。
② Frantz Fanon, *The Wretched of the Earth*, Constance Farrington, trans. (New York: Grove Pr., 1968), p. 203.
③ 翱翱，《后记》，《洛城草》，页225。

走出困境,力图以自己的生命贴近日常生活,并以诗来捕捉现实人生。对他而言,诗的政治就在《洛城草》一诗最后一行所说的"走向人烟处":

> 我开始聆听
> 
> 沙沉落沙的声音
> 
> 水波翻卷水波的声音
> 
> 每一道声浪
> 
> 就在我身体
> 
> 雕成美丽的花纹
> 
> 每一道磨蚀
> 
> 就是美满的经验,
> 
> ……
> 
> 我是什么
> 
> 都不重要
> 
> 重要的是我是,
> 
> 故我行吟
> 
> 走向人烟处。①

---

① 翱翱,《洛城草》,页5—7。同时见张错,《张错诗集Ⅰ》,页83—84。这个宣示尤其清楚可见于收入《洛城草》的《释天籁》一诗。诗的其中一节是这样的:"也许应该想到人墙的背后/是市井升斗的血泪,/是稚子企待了整个黄昏的面包,/是妻子惊喜的一只鸡或一尾鱼;在车喧的屏障后/是一觉醒来的希望,/以及与生活搏斗的铿锵,/或是仅仅为了公务,/不计五斗米,/仆仆于风尘。"见翱翱,《洛城草》,页182—183。这是张错在《致施友忠师书》一文中所说的"非一非二和谐":"是一种奔向,从自我之孤绝奔向集体之融洽;一种基督释迦之入世精神,从神佛之个体投入尘世之整体;一种不计个人名利生命持久的奋斗与奉献。"见翱翱,《致施友忠师书》,《洛城草》,页191—192。

## 二

张错的离散诗是他改弦更张,在创作上重视历史与现实之后的产品。在张错的经验世界里,离散既是历史,也是现实,其实两者互为因果,很难截然分开。对散居各地的华人而言,情形更是如此。这个情形似乎也与前述克利福德有关离散的说法遥相呼应。历史仿如克利福德所说的"根",是过去,是记忆;现实对离散者而言则好比"路",是当下,更可能是未来。哈金(Ha Jin)的小说《自由生活》(*A Free Life*)第六部分第二十一章所叙为男主角武男(Nan Wu)参加亚特兰大华人社区中心一个研讨会的经过。武男已经决定入籍美国,但却因此面临道德与伦理困境,其中所涉主要为忠诚与背叛的问题。武男之所以参加这个研讨会,无非想借此厘清他在道德与伦理上的困扰。这个研讨会的目的是探讨《中国可以说不》这本畅销一时的书,结果却演变成各说各话,各种立场与各种利益互相颉颃角力,最后甚至沦为互揭疮疤,人身攻击。研讨会结束前武男抓住机会发言,他说:"中国是我们的出生地,美国是我们后代的家乡——也就是说,是我们未来的地方。"[①] 武男的话非常贴切地道尽离散者如何徘徊在"根"与"路"之间,如何面对历史与现实,在过去与现在,乃至于未来之间彷徨,挣扎。

张错原本就是一位深具历史意识的诗人,历史因此是他众多诗

---

① Ha Jin, *A Free Life* (New York: Pantheon Life, 2007), p. 495;哈金,《自由生活》,季思聪译(台北:时报文化出版公司,2009),页468。

作的重要关怀,这样的例子俯拾皆是,举不胜举,以下只能列举与离散议题相关的几首稍加析论。诗人如何面对历史,如何以历史为创作素材始终是张错思索再三的课题。在诗集《飘泊者》(1986,1994)的自序中,他谈到诗创作与历史经验的关系,他的态度与策略是这样的:

> 我经常把个人放在历史时间的组合,希望在今昔强烈的时空对比中,呈现出人类生存繁衍不息的主题,在个人经验与性情的演习里,我在追求一个震撼的主旨⋯⋯绝对的经验不尽是绝对现场的投入,正如希腊悲剧的净化情感,或布雷希特史诗剧强调的异化效果,历史的事件,或是人间的悲喜剧,身历其境是有限的,诗人的一个任务,就是如何去用最有效的语调与形式,叙说这些事件和戏剧。①

既然"身历其境是有限的",诗人不可能亲历所有的历史现场,要将这样的历史记忆以诗呈现,除了诉诸张错所说的"有效的语调与形式"外,还必须仰赖许多当事人留下的记忆,诸如非裔美国小说家莫里森(Toni Morrison)所说的再记忆(rememory),或者贺琦(Marianne Hirsch)提到的后记忆(postmemory)。不论是再记忆或后记忆,无非是承传自走过历史现场的前人或祖辈,包括市井传说、文字记录或影像档案等等。② 在以下讨论与历史记忆有关的离

---

① 张错,《自序》,《飘泊者》(台北:书林出版有限公司,1994),页18。
② 这里无法详论再记忆与后记忆的内容,我在《记忆》一书中对这些概念有扼要的讨论,有兴趣的读者可以参考:李有成,《记忆》(台北:允晨文化实业股份有限公司,2016),页11—19。

散诗时,我会再就相关的概念进一步说明。

张错论诗多半透过诗集的序文或后记,而其论述又多基于自身的创作经验与省思,这些序文或后记因此貌似西方文学批评史上常见的诗辩(in defense of poetry)。无论他对现代主义与纯诗的批评,或者对个体与集体的思辨,或者对个人性情与历史记忆的思考,无不让我想起恩古吉(Ngũgĩ wa Thiong'o)念兹在兹的清贫理论(poor theory)。恩古吉在其近著《全球辩证法:理论与知情的政治》(*Globalectics: Theory and the Politics of Knowing*)中指出,清贫理论虽然在许多方面回应了英国史学家汤普森(E. P. Thompson)为批判阿尔都塞主义(Althusserianism)而写的《理论的贫乏》(*The Poverty of Theory*)一书,不过此处所谓的清贫并不等同于贫乏。清贫理论之为一种批判理论,其实并不以一穷二白为荣,其尊严反而来自与贫困的战斗。清贫"毋宁暗示少之又少"(the barest)。恩古吉进一步解释说:

> 当理论沦为风筝那样,失去了停靠而留在空中飘浮,再也没有可能回到陆地上时,清贫理论可以提供解药;或者说,对撰述理论时以文字密度取代思想密度——这个趋势是一种现代经院主义——清贫理论也可以提供更为迫切需要的批判。……清贫理论容或单纯地提醒我们,文字密度未必等同于思想的复杂度,有时候这样的密度会模糊了思想的清晰。我喜欢道家,因为道家看似简单的书写所负载的思想却毫不简单,也不消极。我很想将清贫理论视为理论的道家。就像道家那样,清贫

理论也不一定非属消极不可。①

在恩古吉的论证中,清贫理论反而是一种积极的理论。就像在社会生活中,"为了生存,清贫意味着具有极度的创造性与实验性"②。因为出于需要(necessity),清贫的人也非如此不可。"清贫理论与其实践暗示要最大化最低度所隐含的各种可能性。"③ 在恩古吉看来,英国浪漫主义诗人布莱克(William Blake)所说的"一沙一世界"正是清贫理论最适当的写照:一粒沙何其渺小,布莱克却能够在其中窥见娑婆世界。

在诗集《飘泊者》的自序中,张错也曾提出类似的看法,特别在讨论人和物与历史的关系时,他所尝试铺陈的,在我看来,其实也是一种清贫理论:回到基础与根本,并以清澄明晰的文字直指核心,层层剥开人与物在历史发展的进程中可能的意义,俨然与恩古吉乃至于布莱克的理论遥相呼应。张错相信:

> 宇宙的一草一木,一幢房子,一个悬崖,无不显示出一种真理,而这真理也就是人与物关系的一种续延,无论是生物或是实物,个体或是整体,都因为彼此的连锁反应而产生在文学艺术里某种共同的象征,譬如,一幢房子,或一个茶杯,它本身的历史无疑就是人的历史,虽然形体上房子和茶杯没有变化

---

① Ngugĩ wa Thiong'o, *Globalectics: Theory and the Politics of Knowing*, the Wellek Lecture in Critical Theory (New York: Columbia Univ. Pr., 2012), pp. 2-3.
② Ngugĩ wa Thiong'o, *Globalectics*, p. 3.
③ Ngugĩ wa Thiong'o, *Globalectics*, p. 2.

（假如房子没有倒塌或茶杯没有损坏），可是因为人的历史的流动，却同时牵动了房子与茶杯历史的流动，人存物亡，物存人亡，人在物在，都是流动的不同方向。……诗人的素材并不完全是情感的激发，他必须不断地观察身边的事物（现实）与沉思人与物的关系（浪漫与想象），进而探讨深一层与新一层的意义……①

最后张错提出诗人在创作的过程中以小见大或以今思古的重要性："我企图在最微小的事物找出它最广大的幅度，恒春古城墙垣损坏的悲痛和长安古都的断垣残柱都是一般的时光悲剧，只不过是百年与千年之分而已。"② 这样的心境显然意在泯灭大小之别，消磨古今之分。换言之，在时间的长河里，一切的对比最后似乎都形消于无，或者变得意义不大。

我们试看《洛城草》中的《天使岛》一诗。此诗写于1979年夏天，内容涉及历史与离散，是张错告别现代主义、摆脱早期诗风的一首甚具实验性的力作，可说实现了他在《洛城草》后记中所说的"要把个人放入整体"，并且要去"明白整体的过往与现在"的想法。这个想法处处可见于《洛城草》里"有关美洲华侨及少数民族的一个主题"。《天使岛》一诗处理的正是这样的主题。我说这首诗甚具实验性，因为整首诗表面上看似简单，实质上其形式结合了抒情与叙事，同时还穿插了童谣与方言——主要为粤语。单就叙事而言，很明显地全诗穿梭于过去与现在、历史与现实之间。从这个

---

① 张错，《自序》，《飘泊者》，页18—19。
② 张错，《自序》，《飘泊者》，页19—20。

视角看,《天使岛》一诗可说是张错当时诗观的完整实践。诗以仿童谣的形式开始:

> 天使岛
> 天使岛
> 天使岛是
> 白衣天使
> 金发天使
> 手持宝剑的天使的小岛。①

这几行诗仿如中世纪的英国民谣,语言单纯,句法则由易趋难,张力也逐步增强,把我们从一个纯真的童骏世界带进另一个相对复杂的世界,最后一行有关"手持宝剑的天使"的描述可以写实,也可以是个隐喻,暗示血腥与暴力。不过重要的是,这个天使是个"白衣天使/金发天使"。

这段童谣在诗里重复四次,每一次出现都戏剧性地引进一段独白,而每一段独白更像是一段控诉。譬如,第一次吟唱之后,接下来是一位"抛儿别女"的华工——诗中所谓的"猪仔"——以粤语指控"鬼佬"如何说他有肺病,又如何将他拘留在天使岛上等待遣返唐山。第二次吟唱之后提出指控的是一位曾经"饱受水手的凌辱"的妇女,也在天使岛上苦待"大眼鸡船"返回唐山故乡。不管是历史上的天使岛,或者张错诗中的天使岛,无不是这些华工挥之不去的梦魇。张错著有纪实文学《黄金泪》一书,他以田野调查、

---

① 翱翱,《洛城草》,页 17;张错,《张错诗集Ⅰ》,页 70。

文献档案、影像记录等所组构的后记忆，为一两百年来前仆后继远赴北美的华工留下一部血泪史。他在《黄金泪》的序文中表示："即使是历史，我觉得也有义务去用我的观点与立场，重新追溯过往，反映现在，展望将来。……人生不过数十寒暑，华工的一代已慢慢风化在美国历史的陈迹里，但是他们的断垣残瓦却是年轻一代活生生的课本与教育。"①《黄金泪》第十一章题为"天使岛上无天使"，写的就是刚抵达的华工在天使岛——旧金山外海的一座小岛——上候审所中所经历的种种非人待遇。这些华工里有几位略识文墨，就在候审所的木板墙上刻下或蘸墨写下不合平仄，也不全押韵的五言诗或七言诗。张错称这些无名诗人留下的"一首一首的诗歌像火烙的血痕，印在亚美利加光辉的历史上，洗也洗不掉，剁也剁不去"②。这些木屋墙上的诗作后经麦礼谦（Him Mark Lai）、林小琴（Genny Lim）及谭碧芳（Judy Yung）等三人的努力，在抄录、判读、校勘之后，于 1980 年辑成《埃仑诗集》（*Island: Poetry and History of Chinese Immigrants on Angel Island, 1910 - 1940*）一书，收诗文一百三十五篇，以中英文对照的方式出版。③单德兴有长文《"忆我埃仑如蜷伏"：天使岛悲歌的铭刻与再现》，对这些诗文的来龙去脉及其历史与文学意义提出相当鞭辟入里的分

---

① 张错，《黄金泪》（台北：时报文化出版事业有限公司，1985），页 5。
② 张错，《黄金泪》，页 138。
③ 麦礼谦等人编辑的《埃仑诗集》初刊于 1980 年，1991 年改由华盛顿大学出版社重新出版。该出版社复于 2014 年出版《埃仑诗集》的增订第二版。此增订版篇幅大增，增加部分主要为增补绪论，并另外加入天使岛华工的口述历史等，请参考：Him Mark Lai, Genny Lim and Judy Yung, eds., *Island: Poetry and History of Chinese Immigrants on Angel Island, 1910 - 1940* (Seattle: Univ. of Washington Pr., 2014[1991])。

析。简单言之,单德兴认为,这些诗文乃是早年华工在"期盼、挫折、蒙受歧视及虐待之下所书写的悲愤之作……见证了在美国历史的特定时空中华人的花果飘零,漂泊离散"①。单德兴的话可以概括说明张错的《天使岛》一诗的要义。

《天使岛》一诗前半部所叙正是《埃仑诗集》的故事,而其所仰赖的创伤与苦难记忆无非是后世代(postgeneration)美国华人所继承的先人的记忆,也就是贺琦所说的后记忆。后记忆之所以为"后",因为后世代只能借口述、文字记录或影像档案等"重温"其先人的惨痛遭遇。② 我在《记忆》一书中特别说明,对后世代而言,"后记忆的意义主要在捍卫,保存与延续前面世代的记忆"③。这也是张错的《天使岛》一诗所彰显的重要意义——重建天使岛华工的悲惨记忆其实也是一种纪念或哀悼的仪式。不过我还要进一步指出的是,诗中借华工的苦难所进行的人道批判也同样坐实了我在《记忆》一书中所强调的,记忆"是某种形式的行动主义(activism),召唤记忆是为了拒绝遗忘,或者……抗议扭曲或泯灭过去,目的在纠错导正,追求公义,让受污蔑的可以抬头挺胸,让受屈辱的可以获得安慰"④。

《天使岛》一诗的野心显然不止于此。在诗的下半部,尤其是再一次重复那首童谣之后,诗的叙事时空整个儿做了个大转变,就像置身穿越剧那样,张错把我们从百年前的天使岛带到 20 世纪的

---

① 单德兴,《"忆我埃仑如蜷伏":天使岛悲歌的铭刻与再现》,《铭刻与再现:华裔美国文学与文化论集》(台北:麦田出版社,2000),页 38—39。
② Marianne Hirsch, *The Generation of Postmemory: Writing and Visual Culture after the Holocaust* (New York: Columbia Univ. Pr., 2012), pp. 4-5.
③ 李有成,《记忆》(台北:允晨文化实业股份有限公司,2016),页 19。
④ 李有成,《记忆》,页 19。

天使城——洛杉矶：

> 我来到天使城
> 
> 满目是灿然的缤纷
> 
> 天使城的天使在歌颂：
> 
> 二百周年，二百周年
> 
> 解放黑奴
> 
> 自由平等博爱
> 
> 我和他们握手
> 
> 他们和我拥抱
> 
> 天使城的天使在唱歌：
> 
> 伟大的国家
> 
> 伟大的传统
> 
> 伟大的爱与和平的追求
> 
> 伟大的熔炉①

跟前半部充满控诉与抗议的语调不同，从这一部分开始，诗中说话人（persona）直接现身，接连以夸饰的语言（hyperbole）颂扬美国独立两百年的伟大成就，特别在种族问题方面，百年前天使岛上华工所遭受的歧视与迫害仿佛已成过去，顿然成为历史的陈迹。以洛杉矶为现代美国的缩影，眼前所见尽是一片光明璀璨，族群平等，人民友爱，这是一个令人钦羡的新天堂，因此我们听到"天使城的

---

① 翱翱，《洛城草》，页 21—22；张错，《张错诗集Ⅰ》，页 72。引诗最后一句"伟大的熔炉"在《洛城草》中"熔"字误置为"溶"，这句诗后本有句号，本文所据为《张错诗集Ⅰ》的校订本。

天使在唱歌"。这一节诗的诗句粗浅直白，宛如口号，如果再读下去，我们发现，这些诗行所叙确实只是美丽的口号，实际的情形并非如此。形式与内容在这些诗行里果然取得完美的契合。

在同一节诗的最后几行，我们看到"伟大的熔炉"是如何成为伟大的。原来为了要让熔炉的火焰烧得旺盛，诗中的说话人必须变身为柴薪，沦为成就"伟大的熔炉"的牺牲品。本文一开始我曾引述张错为诗集《槟榔花》所写的序言，此序言完成于《天使岛》一诗十余年后，张错在序言中再次提到《天使岛》诗中同样的题旨："亚美利加虽标榜为大熔炉，然我曾花费五年时间，追寻早期华工淘金血泪，顿觉华人在美，无论是早期或近期，都是熔炉底下的柴薪。"这样的题旨早见于《天使岛》一诗：

> 我的手指着了火，
> 头发在燃烧，
> 衣服在燃烧，
> 身体在燃烧，
> 我的眼泪
> 滴在我松枝般佝偻的身体上
> 发出吱吱的怪叫声和香味[1]

这几行诗等于反转了先前对美国全心全意的颂赞，使得诗中的反讽跃然纸上，从天使岛到天使城，从百年前到百年后，表象上的改变并无助于粉饰美国社会实质的情境，弱势族裔如华人者不少仍是大

---

[1] 翱翱，《洛城草》，页23；张错，《张错诗集Ⅰ》，页73。

熔炉里的边陲者或底层分子。至此我们不难看出，《天使岛》一诗其实联结了历史与现实，是张错当时诗观很有代表性的一次演出。诗的最后部分充满了戏剧性，竟然是穿越古今的一场大合唱，将过去与现代相互联结：

> 蓦然，在火焰的最深处
> 升起广东老乡们深沉的歌声：
> 同乡们，唱吧，让我们一起唱，
> 唱到两千周年——①

诗最后的呼告（apostrophe）看似浅白直接，实则摆在整首诗的脉络里，这个突如其来的呼告很有效地重新召唤有关天使岛华工的历史记忆，把过去导向现代，把历史带进现实，赋予记忆当代的意义。有趣的是，这些广东同乡高声合唱的竟是诗中一再重复的那首有关天使岛的童谣。换言之，张错的《天使岛》以这首童谣始，也以同一首童谣终。只是经过中间的转折，童谣的前后意义已经大异其趣了。

《天使岛》是一首抗议诗殆无疑虑。张错在接受单德兴访谈时，自承是"一个离散诗人或放逐诗人"，② 他正好善用自己的离散位置，将离散转换为象征性资本，并在诗中将之模塑为一个公共领域，开展他的人道批判，他的若干诗中的反抗政治（politics of

---

① 翱翱，《洛城草》，页25；张错，《张错诗集Ⅰ》，页74。
② 单德兴，《文武兼修，道艺并进：张错先生访谈录》，孙绍谊与周序桦合编，《由文入艺：中西跨文化书写——张错教授荣退纪念文集》（台北：书林出版有限公司，2017），页37。

resistance）也因此隐然若现。这是像《天使岛》一类的诗之所以隐含进步或积极意义的地方。我在《离散》一书中一再论证离散如何是一个"具有历史意义与当代意义的普世经验"，以及离散经验所开拓的"宽广的批判空间"①，张错的《天使岛》一诗无疑是个适切的例证。

这样的例证不在少数。张错在诗文中处理这一类有关华工历史的题材，在我看来，其目的与黄秀玲（Sau-ling C. Wong）在讨论亚裔文化民族主义时所说的认据美国（claiming America）未必相同。黄秀玲视认据美国为一种"本土化典型"，也就是公开宣称将美国据为己有，换句话说，"任何有亚裔血统的人想要赢得'亚美人'的称号，就必须在'美国'国土上获得'美国'凭证（如盖铁路、用英文写作）"②。张错显然另有所图。以其《黄金泪》的计划而论，他说自己最初的动机"不是像亚裔的第二代或第三代，有一种追溯先祖拓殖的感情，我也没有研究少数民族的野心，去肯定华人在美国的地位，我写《黄金泪》主要是一种认同，一百多年前有一批金山客来了美国，留下来或返回唐山也好，归化成美国人或回去做中国人也好，这一批人从头到尾都是中国人，他们既没有想到要变成美国人，也没有可能将自己变成美国人"。③

张错的目的无疑是为了抗拒遗忘，要为这些面貌模糊、身份卑微的早期离散华人留下历史记忆，甚至为他们所蒙受的屈辱与不公

---

① 李有成，《离散》（台北：允晨文化实业股份有限公司，2013），页36。
② 黄秀玲，《去国家化之再探：理论十字路口的亚美文化批评》，李有成与张锦忠主编，《离散与家国想象：文学与文化研究集稿》（台北：允晨文化实业股份有限公司，2010），页59。
③ 张错，《黄金泪》，页1—2。

伸张正义。除了《天使岛》,《洛城草》中另一首《石泉·怀奥明》更留下令人发指的悲剧:

> 某一天,石泉镇民
> 全是屠夫;
> 面对着三百条长辫子,
> 六百双恐怖失神的眼睛
> 千声万声无助的呼号——
>
> 一轮乱枪
> 所有脸孔
> 变成了历史
> 的一张
> 发黄而残损的
> 旧照片①

诗末有附注曰:"美国哥伦比亚电视公司的《六十分钟》节目曾报道某小城为市长贪污包庇,嫖赌饮吹,并云该镇早年时曾一日枪杀三百华人云。"② 这就是上引诗句中所谓"三百条长辫子"的指涉依据。这一场已被历史遗忘的悲剧借由张错的诗保留了下来。遗忘不表示记忆并不存在,正好相反,遗忘其实反证记忆的存在。

莫里森在其小说《宠儿》(*Beloved*)中,曾经提到再记忆这个

---

① 翱翱,《洛城草》,页39。
② 翱翱,《洛城草》,页40。

概念,她透过小说女主角柴特(Sethe)对女儿丹佛(Danver)所说的话阐明何谓再记忆:

"……有些事你会忘记,有些你永远也忘不了。其实不然。那些地点,那些地方依旧存在。倘若一栋房子烧掉了,它就没了,但是那个地方——它的样子——依旧存在,不只存留在我的再记忆里,而且还存留在这个世界上。我所记得的一幅画面,漂浮在我的脑海之外。我的意思是,尽管我不去想它,尽管我不在人间,我的所作所为或所知所见的那幅画面还是留着,就留在它原来发生的地点。"①

柴特借用的譬喻相当鲜活——房子烧掉了,形体不再存在,但房子所在的地方并未消失。再记忆往往为集体所有,以柴特的经历为例,身为黑奴的记忆并不会因为废除蓄奴制度而消失。因此即使未曾经历蓄奴时代的非裔美国人,也不难想象或体验此制度的存在——房子被烧毁了,可是那个地方还在。就像张错在《石泉·怀奥明》一诗所见证与控诉的,三百条人命的悲剧不会因为事过境迁或刻意遗忘而不存在,这个悲剧会像"一张/发黄而残损的/旧照片",以后记忆的面貌存在。像《石泉·怀奥明》这样的一首诗,其实就是一座卑微的纪念碑,一方面纪念,另一方面更是为了伤悼这些客死异乡的无名冤魂。百年倏忽,一批又一批的华人怀抱着各种目的与梦想涌向北美大地,有多少人知道或关心这个石泉悲剧?

---

① Toni Morrison, *Beloved* (New York: Alfred A. Knopf, 1987), pp. 36–37. 译文所据为何文敬的翻译,为行文需要,曾稍作修饰。见童妮·摩里森(莫里森),《宠儿》,何文敬译(台北:台湾商务印书馆,2003),页44。

张错的诗公开哀悼这些死于非命的华工,通过迟来的哀伤展现巴特勒(Judith Butler)所说的"对苦难本身的认同"①。

如果说《石泉·怀奥明》是一座卑微的纪念碑,那么收在《双玉环怨》的叙事诗《浮游地狱篇》无疑规模较大,也较复杂。这首长诗曾经荣获1982年第五届时报文学奖叙事诗首奖,评审委员之一的郑臻(郑树森)对这首诗的看法值得参考。他说:"这首诗语言相当独特。第一篇和第三篇均杂以广东方言……这种做法,除突出地方色彩外,亦颇能配合两篇里的人物身份。第二及第四篇则以一般语言出之,和其他两篇刚好对比。"郑臻另外就这首诗的题材指出:"在经验面上,这首诗也相当新鲜。除了早期的华工自己创作的文学(《(反美)华工禁约文学集》收辑了一部分),和1949年前少数几首作品,华工在美的惨痛'猪仔'经历,甚少在中文作品里出现。这是本诗特别可取的一点。"此外,郑臻也对这首诗的形式与结构表示赞赏:"这首诗的表现方式采取'戏剧性的独白'(dramatic monologue)。但四个独白又代表了四个叙事观点,从不同的角度来述说这件历史惨案。这样的处理,比全知观点的直线叙述要来得吸引人。"②

郑臻的评语颇能概括张错这首叙事诗的特色。《浮游地狱篇》内容所叙为1871年5月间的一场火灾船难,一艘载运被拐骗往新世界的"猪仔"华工在火船上集体蒙难,他们被关在船舱里,船沉时无法泅泳自救,溺毙者有五百多人。诗的主体为幸免者在香港警

---

① Judith Butler, *Precarious Life: The Power of Mourning and Violence* (London and New York: Verso, 2004), p. 30.
② 郑臻,《〈浮游地狱篇〉决审意见》,《中国时报·人间》,1982年10月30日,第8版。

察局所录的四份口供或证词,也就是郑臻所说的戏剧性独白,两份口供出自苦力陈阿新和徐阿三,另外两份证词属于水手阿伯特·赫克与查理士·柯考普。诗最后的供词则来自沉尸海底的五百苦力冤魂。这四个人虽然惊魂未定,但是立场不同,角度有异,言词也大异其趣。这样的结构也因此使得全诗充满戏剧性张力。在语言上,前面四份个人口供或证言与最后五百苦力的供词也大不相同。郑臻就这么指出:"这四个独白的语言都相当'散文化',但综结时,作者撇开刻意模拟日常语言的手法,改用'诗语言'。当然,在一首诗里模仿日常用言,也就是另一形态的诗语言,仍然是处理过的语言。"① 语言的差异当然也是为了营造实际的戏剧性效果。

诗的第一篇是苦力陈阿新的口供。他自陈是"广东新安县沙埕村人/身家清白,世以捕鱼挖蚵为业"②。有一天早晨,他受乡亲与家人之托,带了三十块银元到香港购买鸦片和渔具,结果钱被他拿去赌得一文不剩。后来遇到同村本家的陈阿胜,诳他到澳门去,以三十银元要他暂时顶替一个叫张阿福的瘸子当"猪仔"出洋打工,待上船后,张阿福就会出现把他替换下来。结果他发现这是一场骗局,自己最后真的沦为"猪仔"。他泪湿衣襟,跟船上的葡萄牙人争论,不料却跟其他二十多人被锁了起来:

  船开后三天的一个下午,
  大舱就有浓烟冒出,
  有人大叫火烛,

---

① 郑臻,《〈浮游地狱篇〉决审意见》,第8版。
② 张错,《张错诗集Ⅰ》,页172。

>有人大叫救命,
>我看到四处乱窜的火舌,
>我看到四处乱跑的水手,
>我看到舱底几百个老乡的呼喊,
>那些哭号啊,
>那些哭号啊,
>和着风声和浪声,
>那些在底舱的哀号啊,
>恰似自十八层地狱传来的鬼叫,
>我们廿多人齐力挣脱链子,
>跳海逃生,
>……
>数百条活生生的人命啊,
>真是惨绝人寰的惨事……①

当时像陈阿新那样被骗沦为"猪仔"的华工应该大有人在。不过在陈阿新的供词中,最让人愤慨与心酸的恐怕是在火海中从船舱所发出的哀号声,也就是陈阿新所说的"自十八层地狱传来的鬼叫"。这也是诗题《浮游地狱篇》有意凸显的恐怖的悲剧场景。这些苦力就像更早之前被运往北美洲的非洲黑奴,无非是殖民资本主义经济的生产工具。从这个角度看,这个悲剧其实也隐含张错的后殖民人道批判。这样的人道批判极可能早就潜存在他少年时代所接受的教育中,是他的成长经验的一部分。他在诗集《槟榔花》的序文中即

---

① 张错,《张错诗集Ⅰ》,页174。

说过:"我厌恶……种种的专横跋扈,以及大不列颠的帝国优越。"

陈阿新描述的火烧船场景所激发的情感与美学反应在在与暴力和创伤有关,这个无法名状的景象或经验,正是费尔斯基(Rita Felski)所论证的令人瞠目结舌的效应,也就是她所说的惊吓美学(the aesthetics of shock):"惊吓意指对惊人的、痛苦的,甚至骇人听闻的事物的反应。"① 类似的叙述尚可见于第三篇徐阿三的口供。徐阿三混过江湖,见过世面,即连供词的口气也不一样。他将船上发生的惨剧以一连串的质疑反问:

> 那日大火烧船时,
> 我能挣脱的——
> 只是我们廿多人
> 一链同锁,一命相连
> 不甘同被淹死的恶运,
> 可是,在上的各位大老爷
> 你们听过五百多人死前齐声的呼唤吗?
> 你们明白他们的言语吗?
> 你们晓得死前那一阵栗然的恐惧吗?②

徐阿三指着"你们"接连的大哉问义正词严,其实他根本不需要答案。他的问题就是答案,同时也是一连串沉痛的控诉与抗议,非常具体地描述了那些身陷火海,又惨遭大海吞噬的苦力在死亡扑身而

---

① Rita Felski, *Uses of Literature* (Oxford: Blackwell, 2008), p. 105.
② 张错,《张错诗集Ⅰ》,页184。

来时的恐惧与无助。死神一步步逼近，他们反抗无力，求助无门，在绝望中哭声震天。徐阿三自称"是一个目不识丁的粗人/但是我知道举头三尺有神明"①，像这样的一个人尚且明白内疚神明的道理，在张错诗中，除了那两位被迫作证的水手外，该为那五百亡灵屈死负责的人却都沉默无言。倒是水手阿伯特·赫克的证词中回忆那二十位苦力被铐上锁链的情形，读来令人发指：

> 船长令我们把这廿人
> 全部套上铁链，
> 每两个人联锁在一根链条上，
> 然后把铁链烧红，
> 趁热焊在他们脚踝上，
> 看着他们疼痛得满地乱滚，
> 呼爹唤娘般的喊叫，
> 可真令人不寒而栗，
> 有两个人忍不住疼痛，
> 冲出船舷跳入海里，
> 船长又命令水手把他们救回船上……②

不论是苦力的供词或水手的证言，语多重复的是船上众多苦力所经历的折磨、苦难、恐惧及死亡。全诗的高潮当然是完结篇里那五百苦力的供词。张错透过这段供词所召唤的其实是一个庞大的文学传

---

① 张错，《张错诗集Ⅰ》，页183。
② 张错，《张错诗集Ⅰ》，页180。

统——鬼魂现身的母题。鬼魂现身的原因很多，有不少是因为蒙冤而死，心有不平，还魂是为了清理是非曲直，以求冤情得解，甚至报仇雪恨。换句话说，这个母题不无是为了诗的正义（poetic justice）。不论是哈姆雷特的皇父对他显灵，或者窦娥的冤魂向父亲喊冤，也不论是皇胄或是平民，在生前蒙冤不白的，清平世界，朗朗乾坤，死后还是得要回公道。不过文学中常见的冤魂一般多属单打独斗，像张错在《浮游地狱篇》中那样同时为五百亡灵招魂，却是绝无仅有的事。

这场集体供证的过程更宛若一场法事，诗人如施法者，要为这五百死于非命的悲苦冤魂安灵。五百亡灵魂兮归来，齐声悲歌他们的冤屈与仇怨，供词中自然充满了不平与抗议。诗末这一场安排无疑完全符合一般华人的民间信仰，冤死者沦为孤魂野鬼，魂魄飘荡，既无法安魂，也无法投胎为人。更重要的是，最后这场供词的过程其实也是生者与死者共同经历的集体祭仪，是一场伤悼与追思仪式。供词的最后一节诗是这样的：

> 如今夜冷星沉，
> 碧海青天
> 有五百个梦
> 缓缓的扩散，
> 朝东，不向西，
> 有五百种独白。
> 深沉的叮咛诉说，
> 火是热的，
> 可是我们没有忘记回来，

我们一定要回来。①

这些亡灵的最后心愿也与一般民间信仰若合符节：虽然冤死异乡，尸沉大海，死后仍要回返家园，因此这些亡灵想要"朝东，不向西"。抛开民间习俗不说，在理论上这些亡灵显然服膺于一种家国理想主义（homeland idealism）的离散意识，由于时空距离，这样的意识让他们一方面与家国认同（identification），另一方面则将家国理想化（idealization），家国神话因此成为驱动离散经验的有效力量。② 事实上这些亡灵与现实中某些离散者一样，他们之所以经验离散，家国才是根本的问题。假如家国不是问题，他们也许就无须离乡背井，甚至冤死他乡异国，尸沉海底。这是《浮游地狱篇》一诗尝试反证的政治与社会意义。换另一个角度看，正当美国的社会与文化日趋排外，尤其敌视移民的时候，张错的诗所召唤的鬼魅的转折（the spectral turn），正好让我们重温华工历史记忆中悲怆的一页。

本文所论张错的几首离散诗虽然规模不一，但是大致都可归入心理分析学者卡鲁斯（Cathy Caruth）所说的历史灰烬里的文学。③《浮游地狱篇》终篇时五百亡灵在他们的告白中提到"据说西潮仍然涌向彼岸"，而且还说"我们细心的聆听着／每一段黄金之岸的典

---

① 张错，《张错诗集Ⅰ》，页189—190。
② Regina Lee, "Theorizing Diaspora: Three Types of Consciousness," in Robbie B. H. Goh and Shawn Wong, eds., *Asian Diasporas: Cultures, Identities, Representations* (Hong Kong: Hong Kong Univ. Pr., 2004), p.54.
③ Cathy Caruth, *Literature in the Ashes of History* (Baltimore: Johns Hopkins Univ. Pr., 2013).

故/黄金之岸/黄金之岸/就是我们一生的婚配"。① 由此可知，无论悲剧的面貌为何，西潮依然汹涌，怀抱黄金梦的人仍旧前仆后继，以不同方式朝太平洋彼岸前进，只是今日的淘金梦更为多元繁复而已。过去的众多悲剧只能像灰烬那样被扫进历史的角落，没有人再有兴趣闻问。张错在诗集《双玉环怨》的序言中即曾说过："当我环视四周，最大的矛盾竟是，到处都是从流落而安居在美洲的中国人。"在《槟榔花》的序文中也再次提到："近年在美华人精英四起，在本地社会俨如一股少数民族代表。"这些事实只是印证了五百亡灵所言不虚。当历史成为灰烬，文学或许可能成为救赎，莫非这正是张错这些刻意以华工为历史主体的离散诗欲盖弥彰的政治潜意识？

（2017 年）

---

① 张错，《张错诗集Ⅰ》，页 189。

# 晚期风格

## ——论余光中的长诗《秭归祭屈原》

### 一

余光中生前出版的最后一部诗集《太阳点名》收诗八十二首，共分三辑。第三辑收入长诗四首。在诗集的后记中，他对这四首长诗有以下的说明：

> 除《秭归祭屈原》是应灵均出生地的县政府之邀请而用心创作之外，其他三首都是因为美加上宗教的感动而自动挥笔。《花国之旅》是咏台北市花博会之盛况，开头的一段用披头（士）迷魂恍神的声韵，希望能追摹翩如飞（groovy）的快意。《大卫雕像》寓抒情于叙事与玄想，并且不刻意押韵，《卢舍那》亦然。①

在总结上述的说明时，余光中显然颇为自得，欣喜其诗艺并未因迈入老年而显露疲态或停滞不前。因此他说："老来还能锻炼新的诗

---

① 余光中，《太阳点名》（台北：九歌出版社，2015），页253。

艺，可见得诗心仍跳，并未老定。"①

余光中一生的诗作超过千首，已出版的诗集就有二十种，即使年至耄耋，仍然志气克壮，创作不辍。在这千余首诗作中，长诗数量不多，其实他并非不擅此道，20世纪60年代中期前后，他就创作了几首长诗，譬如后来收入诗集《天狼星》（1976）里的《大度山》与《忧郁狂想曲》等都完成于20世纪60年代初。此外，余光中还视与诗集同名的《天狼星》为一首长诗，尽管在我看来，《天狼星》是组诗的成分高于长诗。这组诗共有十首（余光中称之为"章"），1976年的修订版合计近六百行。后来在题为《天狼仍嗥光年外——〈天狼星〉诗集后记》的长文中，他对《天狼星》组诗做了相当深刻的反省，他说："以我当年的那点功力，无论如何苦心酝酿，反复经营，也写不出一首较好的《天狼星》来的。"②

初稿完成于1966年的《敲打乐》诗长一百五十二行，创作此诗时"文化大革命"初起，诗人驾着"乳白色的道奇"，带着"三千里高速的晕眩，从海岸到海岸"。③他在幻想与现实之间，遥想过去与眼前所发生的一切，诗人喃喃自语，不断重复的是"不快乐，不快乐，不快乐"④，他甚至借此感叹自己的离散命运："你是犹太你是吉普赛吉普赛啊吉普赛/没有水晶球也不能自卜命运/沙漠之后红海之后没有主宰的神。"⑤《敲打乐》应属余光中所谓的民谣时期

---

① 余光中，《太阳点名》（台北：九歌出版社，2015），页253。
② 余光中，《天狼星》（台北：洪范书店，1976），页156。
③ 余光中，《余光中诗选，1949—1981》（台北：洪范书店，1981），页213。
④ 余光中，《余光中诗选，1949—1981》，页208。
⑤ 余光中，《余光中诗选，1949—1981》，页213。

的作品，统摄了《敲打乐》《在冷战的年代》及《白玉苦瓜》诸诗集中众多作品的主题与关怀。

其后余光中并非没有尝试较长的诗作，只是以规模而言，这些诗作不仅无法与《敲打乐》之类的作品相匹比，也难与《太阳点名》中的长诗一较长短。举例言之，像诗集《隔水观音》（1983）中的《湘逝——杜甫殁前舟中独白》《第几类接触？》，或像《藕神》（2008）中的《入出鬼月——to Orpheus》《千手观音——大足宝顶山摩崖浮雕》等，都是小有规模的制作，只不过去长诗还有一段距离。这么说来，《太阳点名》中那几首被余光中称为长诗的作品就显得与众不同了。这几首长诗体积可观，为余光中上千诗作所少见，而其所展现的诗人心境，又与其早期之长诗者大异其趣。这样的心境，无以名之，或可称之为晚期风格（late style）。

众所周知，晚期风格一词因萨义德（Edward W. Said）的著述而广受注意，这个用词其实源于阿多诺（Theodor W. Adorno）对贝多芬音乐的评论。在《论晚期风格——反常合道的音乐与文学》(*On Late Style: Music and Literature Against the Grain*) 这本遗著中，萨义德开宗明义，在第一章就很尽责地追溯这个用语的阿多诺根源，并且反复论证阿多诺对晚期贝多芬音乐风格评论的得失。萨义德认为，依阿多诺的看法，"晚期作品里的贝多芬似乎是一种悲憾的人格，他留下尚未完成的作品或乐句，作品或乐句被突兀地丢下不管，例如F大调或A小调四重奏的开头。这抛弃的感觉与第二阶段作品充满驱力而毫不放松的特质相形之下，特别尖锐，第二阶段的作品，像第五号交响曲，到第四乐章结尾之类时刻，贝多芬仍似欲罢不能"①。

萨义德的论证主要在指出阿多诺如何刻意突出晚期贝多芬音乐风格与前不同之处。在萨义德看来,"这位逐渐老去、耳聋、与世隔绝的作曲家形象成为阿多诺心服口服的文化象征"②。显然,在众多有关"晚"(lateness)这个概念的界定因素中,时间或生理因素——"逐渐老去"——相当重要,因此萨义德说,"晚"字"当然包含一个人生命的晚期阶段"。③ 他自承这也正是《论晚期风格》一书的主题:

> 人生的最后或晚期阶段,肉体衰朽,健康开始变坏;即使是年轻一点的人,这些或其他因素也带来"终"非其时(an untimely end)的可能。我讨论的焦点是伟大的艺术家,以及他们人生渐近尾声之际,他们的作品和思想如何生出一种新的语法,这新语法,我名之曰晚期风格。④

萨义德此处所说的"新的语法",我以为与余光中在诗集《太阳点名》的后记中提到的"新的诗艺",可说异曲同工,相互辉映。

---

① Edward W. Said, *On Late Style: Music and Literature Against the Grain* (New York: Pantheon Books, 2006), pp. 11-12;中译见:艾德华·萨义德,《论晚期风格——反常合道的音乐与文学》,彭淮栋译(台北:麦田出版社,2001),页90—91。本文无意讨论阿多诺的观点,因此这里不再申论。其观点主要见 Theodor W. Adorno, *Beethoven: The Philosophy of Music*, Edmund Jephcott, trans. (Stanford: Stanford Univ. Pr., 1998)一书;本书中译请见:阿多诺,《贝多芬:阿多诺的音乐哲学》,彭淮栋译(台北:联经出版事业公司,2009)。
② Edward W. Said, *On Late Style*, p. 8;艾德华·萨义德,《论晚期风格》,页87。
③ Edward W. Said, *On Late Style*, p. 13;艾德华·萨义德,《论晚期风格》,页92。
④ Edward W. Said, *On Late Style*, p. 6;艾德华·萨义德,《论晚期风格》,页84。

萨义德论晚期风格,有绍续阿多诺的高见,也不乏自己的发明。他基本上将晚期风格粗分为两种。关于第一种晚期风格,萨义德的说法是这样的:

> 在一些最后的作品里,我们遇到固有的年纪与智慧观念,这些作品反映一种特殊的成熟、一种新的和解与静穆精神,其表现方式每每使凡常的现实出现某种奇迹似的变容(transfiguration)。……这些作品流露的与其说是睿智认命的精神,不如说是一种更新的、几乎青春的元气,成为艺术创意和艺术力量达于极致的见证。①

在萨义德心目中,索福克勒斯(Sophocles)的《俄狄浦斯在科罗诺斯》(*Oedipus at Colonus*)、莎士比亚的《暴风雨》(*The Tempest*)或《冬天的故事》(*The Winter's Tale*),乃至于威尔第(Giuseppe Verdi)的歌剧《奥塞罗》(*Othelo*)与《佛斯塔夫》(*Falstaff*)均属这类作品。依《论晚期风格》一书的译者彭淮栋的说法,在萨义德所列举的这些作品中,"一切获得和谐与解决,泱泱有容,达观天人,会通福祸,勘破夷险,纵浪大化,篇终混茫,圆融收场"②。

尽管萨义德赞扬这类作品为作家与乐人"毕生艺术努力的冠冕"③,他的兴趣却是第二种晚期风格——阿多诺论贝多芬时所看到

---

① Edward W. Said, *On Late Style*, pp. 6-7;艾德华·萨义德,《论晚期风格》,页84—85。
② 彭淮栋,《译者序——反常而合道:晚期风格》,艾德华·萨义德,《论晚期风格》,页53。
③ Edward W. Said, *On Late Style*, p. 7;艾德华·萨义德,《论晚期风格》,页85。

的若干现象或特质。与第一种晚期风格截然不同的是,第二种晚期风格展现的是矛盾、疏离,缺乏秩序或无法调和。萨义德这么问道:"如果晚期艺术并非表现为和谐与解放,而是冥顽不化、难解,还有未解决的矛盾,又怎么说呢?如果年纪与衰颓产生的不是'成熟是一切'(ripeness is all)的那种静穆?"[1] 萨义德特意以易卜生(Henrik Ibsen)最后若干剧作为例,表示这些剧作"完全没有呈现问题已获解决的境界,却衬出一位愤怒、烦忧的艺术家,戏剧这个媒介提供他机会来搅起更多焦虑,将圆融收尾的可能性打坏,无可挽回,留下一群更困惑或不安的观众"[2]。换句话说,第二种晚期风格"涉及一种不和谐的、非静穆的(nonserene)紧张,最重要的是,涉及一种刻意不具建设性的、逆行的创造"[3]。这一切仿佛是晚年萨义德在面对病痛与死亡时挥之不去的重要关怀,因此单德兴认为,《论晚期风格》一书其实"是处于自己生命晚期的萨义德由亲身的体验出发,以生命来印证音乐家与文学家晚年之作的风格与特色,并坦然接受其中的不和谐与不完美,视缺憾为人生与天地间难以或缺的一部分"[4]。

二

就萨义德所规划的两种晚期风格而言,诗集《太阳点名》中的长诗明显地偏于第一种,余光中借这些长诗所展现的"新的诗艺",

---

[1] Edward W. Said, *On Late Style*, p. 7;艾德华·萨义德,《论晚期风格》,页85。
[2] Edward W. Said, *On Late Style*, p. 7;艾德华·萨义德,《论晚期风格》,页85。
[3] Edward W. Said, *On Late Style*, p. 7;艾德华·萨义德,《论晚期风格》,页85。
[4] 单德兴,《未竟之评论与具现》,艾德华·萨义德,《论晚期风格》,页12。

无论如何并未见萨义德论第二种晚期风格所说的种种负面现象：矛盾、疏离、不协调、不和谐等等不一而足。萨义德的《论晚期风格》全书旨在论述第二种晚期风格，对第一种反而着墨不多。他对第二种晚期风格的论说无非在突出若干文学和音乐作品中负面现象可能隐含的正面意义。譬如《论晚期风格》第四章论法国剧作家让·热内（Jean Genet），萨义德首先叙述他与热内邂逅的经过，并兼及剧作家如何介入阿尔及利亚与巴勒斯坦的反殖民斗争，读来令人动容。萨义德在热内后期作品中发现某种绝对性（the Absolute），他视之为"不安顿、不受纳编、拒绝驯化的那个东西"。他在总结其讨论时表示："甚至我们合上他的书，或演出结束而离开剧场之际，他的作品也教导我们把歌停掉，怀疑叙事与回忆，别理会为我们带来那些意象的审美经验。"① 换句话说，正是那个不调和的、拒绝顺从的东西赋予热内的作品激切而强烈的不肯妥协的解放力量。萨义德甚至因此这样赞誉热内："20世纪末没有第二个作家笔下，灾难带来的宏壮危险，与细腻抒情的情感如此宏伟、无畏并立。"②

我特意引述萨义德论热内的例子目的在说明，《论晚期风格》一书所论都是类似的例证。而与这些例证相较，余光中最后的长诗展现的则是晚期风格的另一个面向，不但形成强烈的对比，更是萨义德所谓的第一种晚期风格的适切例子。以下我想以《秭归祭屈原》一诗为例试加说明。这首诗全长八十六行，分六节，每节行数

---

① Edward W. Said, *On Late Style*, p. 90；艾德华·萨义德，《论晚期风格》，页192—193。

② Edward W. Said, *On Late Style*, p. 90；艾德华·萨义德，《论晚期风格》，页193。

不等。余光中一生以屈原为创作题材的诗文不在少数,像早年的《淡水河边吊屈原》《水仙操》《竞渡》《漂给屈原》《凭我一哭》等都与屈原或龙舟竞渡有关;近作除《招魂》《秭归祭屈原》外,尚有《藕神》中的《汨罗江神》与其姐妹作的散文《水乡招魂——记汨罗江现场祭屈》,收入与《太阳点名》同时出版的散文集《粉丝与知音》(2015)中作为第一辑之首篇。最后这几篇应该都是2005年端午余光中应邀赴汨罗江参祭屈原并参观国际龙舟赛的产品。诗长二十四行的《汨罗江神》正是诗人出发前夕传去长沙给湖南卫视的。散文《水乡招魂》叙述诗人亲临祭屈仪式与国际龙舟竞赛现场观礼的经过。其中以写三百青衣童男与三百红衣童女齐声朗诵《离骚》中的名句与诗人之《汨罗江神》一诗最为壮观动人。[①]

《秭归祭屈原》的主要内容从散文《水乡招魂》中已可管窥一二。诗第一节共八行,形式近乎诗的序曲:

> 莽莽草木,滔滔仲夏
> 日在毕宿,人在三峡
> 大江东去,烈士淘不尽遗恨
> 又是剑挂菖蒲,香飘角黍
> 鼓声将起,龙舟待发
> 翼然欲飞,两舷的排桨
> 只等令旗一挥,就破浪拨浪
> 去迎接远去的孤臣还乡[②]

---

[①] 余光中,《粉丝与知音》(台北:九歌出版社,2015),页20。
[②] 余光中,《太阳点名》,页203。

诗第一句显然出自屈赋《怀沙》："滔滔孟夏兮，草木莽莽。"其目的应该在召唤读者对端午的文化记忆，并联结这首诗与屈赋的关系。不过第一节诗的主要用意也在一一点明全诗涉及的时、地、人、事等各种要素：时在仲夏端午，地在三峡，人指烈士孤臣的屈原，而事与龙舟竞渡有关。整节诗节奏明快，画面清晰，颇富即临感。对一般华人读者而言，不论身处何方，这一节诗所呈现的节日细节应该耳熟能详，因此很容易就被带进全诗刻意经营的民俗世界。

第二节十五行与第三节二十行暂时离开龙舟竞赛当下，回返历史或传说现场，诗人尝试以第三人称演绎《离骚》的部分内容，既指出屈原的字号，也描述屈原行吟泽畔的落拓形象：

> 他佩的是长剑之陆离
> 戴的是高冠之崔嵬
> 他手捻兰花，翩然两袂
> 乱发长髯，任江风拂吹
> 眼神因不胜远望而受伤①

屈原沉吟伤痛的原因诗中也作了交代："国破城毁，望不见郢州/遑论上游更远的秭州。"下一节则大量用典，余光中复以中国历史上不同时代与不同形式的流放者，在不同情境下或彷徨无依，或走投无路的共同命运类比屈原的不幸遭遇，并且借鲑鱼洄游的意象暗示

---

① 余光中，《太阳点名》，页204。

屈原最后的抉择："你是鲑鱼，逆泳才有生机/孤注一跃才会有了断。"①

第四节是全诗重要的转捩点。诗人从屈原的流放联想到自己的离散命运，甚至觉得自己的诗"《乡愁》虽短，其愁不短于《离骚》"，只是与屈原的命运不同的是，诗人"浮槎渡海，临老竟回头/回头竟有岸"②。在与屈原对比之下，诗人庆幸自己尚可亲临故园，尽游山河。下一节语气与话锋一转，"把一生的悲愤倒收起来"，诗人特意突出屈原所展现的气节与傲骨，此时气愤与悲情退去，原先落魄行吟泽畔的三闾大夫一变而为"不朽的江神"：

> 不懈的背影高冠巍巍
> 为我们引路，引渡，告诉
> 我们，切莫随众人共浊合污
> 你才是天问的先知，年年
> 踏波为我们带路，指路③

《秭归祭屈原》是一首叙事与抒情兼具的应景诗（occasional poem），出入于过去与现在、历史与现实，因时空的变化，孤臣孽子的屈原在诗中被尊奉为先知或江神，不仅启迪众生，遗世独立，提示我们"切莫随众人共浊合污"，亦且"为我们带路，指路"，指明未来的

---

① 余光中，《太阳点名》，页206。
② 余光中，《太阳点名》，页206。
③ 余光中，《太阳点名》，页208。

方向。① 在《秭归祭屈原》一诗中，祭屈与观赏龙舟竞渡虽然始于个人参与，甚至一度指涉诗人的身世（如诗的第四节所示），不过全诗结束时整个活动仍然回归到公共领域，环绕着屈原的众多活动与象征性细节最后也升华为"无人不信的民俗"。终篇时诗人仿效屈赋《招魂》的修辞，透过祭仪"乱曰"："历史的遗恨，用诗来补偿／烈士的劫火，用水来安慰。"② 遗恨终于因诗而获得消解，劫火也为江水所扑灭，对步入暮年的诗人而言，创作直如荡涤心胸，最终能够释然以对所有的误解、冲突、怨怼与伤悲。《秭归祭屈原》一诗不只见证余光中在诗境上"新的诗艺"，在心境上更是趋于恬适平和，因诗艺的成就而能超克世俗恩怨，追求圆融与和解。这样的晚期风格应该隐含萨义德所说的"新的和解与静穆精神"。孙过庭《书谱》中说的"不激不厉，而风规自远"，容或近乎这个意思。

英国批评家伊格尔顿（Terry Eagleton）论诗，一向视诗为某种社会建制（social institution），诗因此"与我们文化实存的其他部分具有复杂的亲和关系"③。伊格尔顿的简单声明其实主要在突出诗的现世意义，即诗与文化和社会的可能关联，或者再用他的话说："实用的与诗的（the pragmatic and the poetic）并非总是互相排斥的。"④ 萨义德更早于伊格尔顿以现世性（worldliness）与环境性（circumstantiality）等词语来描述文学如何介入现实人生的复

---

① 《太阳点名》诗集另收有一首写于 2014 年的《招魂》，可能是余光中最后一首有关屈原的诗作。诗结束时大抵重复《秭归祭屈原》一诗的题旨："你高瘦的背影请一回顾／众人皆昏唯独你清醒／这时代尤其要你带路。"见余光中，《太阳点名》，页 151—152。
② 余光中，《太阳点名》，页 209。
③ Terry Eagleton, *How to Read a Poem* (Oxford: Blackwell, 2007), p. 39.
④ Terry Eagleton, *How to Read a Poem*, p. 41.

杂现象。[①] 余光中的《秭归祭屈原》一诗表面看只是一首有关祭屈与龙舟竞渡的诗，往深一层分析，整首诗可被视为对纷扰的现实与文化环境的批判性回应。当黄钟毁弃，瓦釜雷鸣，《秭归祭屈原》终篇时力求和解与宽谅，其实在我看来，这样的心境多少隐含实用的解放意义。

(2018 年)

---

[①] Edward W. Said, *The World, the Text and the Critic* (Cambridge, MA: Harvard Univ. Pr., 1983), p. 3.

# 白璧德、新人文主义与中国

一

韦勒克(René Wellek)的《现代文学批评史》(*A History of Modern Criticism*, 1750 – 1950)第 6 册主要是讨论 20 世纪前半叶的美国文学批评,其中辟有专章探讨曾在 20 世纪二三十年代领一时风骚的新人文主义(New Humanism)及其代表人物白璧德(Irving Babbitt)与穆尔(Paul Elmer More)。韦勒克在该章一开始即指出:"人文主义或新人文主义运动是美国有关文化与文学的辩论中的一个插曲……时至今日,早已为人所遗忘。"① 韦勒克此话大致不错,不过也不尽然。新人文主义可能为大部分批评家所遗忘,但在我比较熟悉的非裔美国文学研究领域里,新人文主义的余绪仍隐约可见。至少时至 20 世纪 80 年代,我们发现仍有若干批评家直接或间接援引新人文主义的理念与主张来讨论黑人文学。②

新人文主义的余波荡漾,初不限于北美,即使在海峡两岸,到

---

① René Wellek, *A History of Modern Criticism, 1750 – 1950*, Vol. 6, *American Criticism, 1900 - 1950* (New Haven and London: Yale Univ. Pr., 1986), p. 17.
② 杰克森(Richard L. Jackson)的专书虽未直接引述新人文主义的观点,(转下页)

了 21 世纪前后，有关白璧德与新人文主义的介绍仍然时有所闻。①白璧德及其新人文主义在现代中国批评史上确曾扮演过相当显眼的角色，从 20 世纪 30 年代到 80 年代，时间横跨半个世纪，空间则从中国大陆到台湾地区，其与现代中国文学批评之间复杂的关系，实为近代中西比较文学批评史上所少见的。而其在中国现代文学批评界的起落兴衰，显然又与中国数十年来的意识形态环境纠结难分。

思想或理论毕竟是社会与历史时空的产物，在被移植到新的环境时，也难免要受制于新的社会与历史情境。考察思想或理论的移植过程，我们不难发现，在旅行、移植的过程中，思想或理论往往会遭遇被挪用、省略或变形的现象：或因水土不服，而与异乡的社会、文化、政治情况扞格不入；或因投合异国流行的意识形态或社会情势，而得以大放异彩，甚至垄断整个思想或理论市场，成为市场中独大的力量。不过，尽管造化有别，但在迁徙、移植的整个符码化、建制化的过程中，外来的思想和理论几乎无可避免地必须面对被分解、系统化乃至于简化的共同命运。

萨义德（Edward W. Said）在《旅行的理论》（"Traveling Theory"）一文中尝以卢卡奇（Georg Lukács）的物化理论为例，说明思想和理论旅行时可能遭逢的际遇。物化理论原为卢卡奇思想体系中的重要支柱，其中辩证体大思精，不是三言两语所能交代，

---

（接上页）但透过美国批评家卡德纳（John Gardner）与古德哈特（Eugene Goodheart）的中介，其与新人文主义之间藕断丝连的关系仍然隐约可见。请参考：Richard L. Jackson, *Black Literature and Humanism in Latin America* (Athens and London: Univ. of Georgia Pr., 1988)。

① 1977 年，台北巨浪出版社曾经翻印白璧德的《卢梭与浪漫主义》（*Rousseau and Romanticism*），同时印行了一本由梁实秋与侯健合著的小书《关于白璧德大师》。

简言之，卢卡奇物化理论主要是借主体/客体的二元对立，进行分化资本社会的客体形式，向资本社会的秩序挑战。这个理论后来为卢卡奇的学生戈德曼（Lucien Goldmann）所挪用，只不过在戈德曼的理论中，卢卡奇原来理论的颠覆性色彩早已尽失。萨义德即认为，戈德曼的做法等于削弱了卢卡奇的理论，降低其重要性，并使之失去即时的力量。然而卢卡奇理论的旅程并未终于戈德曼。1970年春天，戈德曼曾在剑桥大学发表两场演讲，由于这一段因缘，威廉斯（Raymond Williams）才有机会认识卢卡奇的物化理论，了解物化现象对生活与意识的渗透破坏。戈德曼的访问固然将欧陆的理论带进了剑桥大学，可是卢卡奇的革命性理论毕竟不是为剑桥大学的几位教授而建构的，因此他的许多洞见并未被纳入剑桥大学教授们的批评实践中。①

即使从以上粗略的转述也不难看出，从起源到终点，从如何再现到如何建制化，思想或理论的流传、转换、移植其实是个相当复杂且难以预测的过程。尽管如此，萨义德以为这个过程并非没有模式可循。依他的规划，这个模式约略可粗分为四个阶段：一、先有起始点，也就是思想或理论逐渐成形或进入论述的时空环境；

---

① 关于卢卡奇的理论与戈德曼和威廉斯等理论之间较详尽的承传情形，请参考：Edward W. Said, *The World, the Text, and the Critic* (Cambridge, MA: Harvard Univ. Pr., 1983), pp. 230–240。卢卡奇的理论见其《历史与阶级意识》一书：Georg Lukács, *History and Class Consciousness: Studies in Marxist Dialectics*, Rodney Livinstone, trans. (Cambridge, MA: The MIT Pr.)。戈德曼的理论见其《隐匿的上帝》一书：Lucien Goldmann, *The Hidden God: A Study of Tragic Vision in the "Pensées" of Pascal and the Tragedies of Racine*, Philip Thody, trans. (London: Routledge and Kegan Paul, 1984)。威廉斯对卢卡奇和戈德曼的了解与评论，见其《唯物主义与文化的问题》一书：Raymond Williams, *Problems in Materialism and Culture: Selected Essays* (London: Verso, 1980)。戈德曼于1970年春天访问剑桥大学，翌年秋天即以五十九岁之龄去世。

二、必须有横亘于起始点与新的时空之间的距离;三、理论或思想在被移植后必须面对的新的时空条件,包括被接受或抗拒的条件;四、思想或理论部分或全部被新的时空环境接受后所遭到的变形改造。①

萨义德的模式颇能说明思想与理论流布的过程;因此,以下的讨论将以萨义德的模式为基础,除了约略了解新人文主义的兴起与其主要关怀外,本文的重心将摆在白璧德与新人文主义在中国的遭遇。本文之所以选择白璧德,不仅因为他是新人文主义的扛鼎人物,同时也是因为在新人文主义与中国近半个世纪的纠葛关系中,他所扮演的是个枢纽的角色。换言之,如果不讨论白璧德,恐怕无从讨论新人文主义在中国的际遇,我们甚至可以说,如果不是白璧德,新人文主义能否有这一段中国之旅,恐怕仍是个未定之数。

## 二

要了解产生思想或理论的社会与历史时空,我们不妨考察巴赫金(Mikhail M. Bakhtin)所谓的形成思想或理论的意识形态环境(ideological environment)。巴赫金说:

> 社会人为意识形态现象所包围,为不同种类和不同范畴的客体符号所包围:为各种形式的语言(声音、书写及其他等)所包围,为科学陈述、宗教符号与信仰、艺术作品等等所包

---

① Edward W. Said, *The World, the Text, and the Critic*, pp. 226-227.

围。这一切的总体构成了意识形态环境，而意识形态环境又形成牢固的圈圈将人团团围住。人的意识就在这个环境里生存与发展。人的意识透过周围的意识形态世界的中介而得以存在。①

显然，影响或形成意识形态环境的是不同形式的政治、社会与文化的实践，这些践行性的活动——诸如社会与学校教育、宗教、政治与文化宣传等等——不仅在构成人的意识形态方面影响至巨，亦且直接或间接、正面或反面地干涉意识形态的相关活动——特别是文化的生产活动等。

新人文主义的兴起自然也与当时的意识形态环境有关。白璧德的重要著述年代是在 20 世纪初期至 30 年代前后，如果依巴赫金所说，"意识形态环境是某个集体已实现的、物质化的、表现在外的社会意识"②，那么，白璧德在著述当时的确是身处于一个对己身立场颇为不利的环境。20 世纪最初二三十年的美国基本上是陷于思想倾轧、变革纷争中的社会，普遍的社会意识至少倾向于进步主义、政治改革、福特主义（Fordism）的工业生产模式、性革命、黑人蓝调及爵士乐对通俗文化的渗透等等，使得传统的道德价值迭遭挑战，新的行为规范、新的艺术与文化正逐渐摸索冒现，马克思主义也第一次在美国政治与文化舞台上展示其力量。白璧德即面临

---

① M. M. Bakhtin/P. N. Medvedev, *The Formal Method in Literary Scholarship: A Critical Introduction to Sociological Poetics*, Albert J. Wehile, trans. (Baltimore and London: Johns Hopkins Univ. Pr., 1987), p. 14.
② M.M. Bakhtin/P. N. Medvedev, *The Formal Method in Literary Scholarship*, p. 14.

这样的一个意识形态环境，想要力挽狂澜，顿时发现自己身陷重围，四周草木皆兵。

白璧德向被视为当时美国文化保守势力的代表，其思想与学说之荦荦大端，对中文读者而言，自民初《学衡》以降，已有多篇中文文献可以覆按，此处不拟细加介绍。① 简单地说，白璧德一向反对自然主义，也就是反对崇尚自然法则。他所谓的自然主义包括了以卢梭（Jean-Jacques Rousseau）为首的浪漫主义及以培根（Francis Bacon）为代表的科学主义，他视二者为毒蛇猛兽，为当世一切混乱失序的根源。在《卢梭与浪漫主义》（*Rousseau and Romanticism*）一书中，他认为二者其实互为表里，一个强调"浪漫精神"，另一个则强调"科学精神"，二者的"内在联盟"端在重现"表面上看似遥远之事物"，也就是重视"新奇"。这个倾向终于造成了白璧德所谓的"艺术和文学上越来越怪异的构想"，而这一

---

① 《学衡》上有关白璧德的评介多属其著作的翻译，如第 3 期（1922 年 3 月）胡先骕所译的《白璧德中西人文教育谈》、第 32 期（1924 年 8 月）吴宓所译的《白璧德论民治与领袖》、第 34 期（1924 年 10 月）徐震堮所译的《白璧德释人文主义》、第 38 期（1925 年 2 月）吴宓所译的《白璧德谈论欧亚两洲文化》等等。《学衡》第 19 期（1923 年 7 月）另有吴宓译哈佛大学法国文学教授马西尔（Louis J. A. Mercier）所著的《白璧德之人文主义》。《学衡》这几篇有关白璧德的文字后来由梁实秋辑印成册，题名曰《白璧德与人文主义》，于 1929 年由上海新月书店出版。有关白璧德的介绍，比较容易取得的中文资料有：梁实秋的《关于白璧德先生及其思想》，收于《梁实秋论文学》（台北：时报文化出版公司，1978），页 487—494；侯健的《白璧德与当代文学批评》和《白璧德与其新人文主义》，收于《从文学革命到革命文学》（台北：中外文学月刊社，1974），页 237—248，页 249—255。侯健并重译白璧德的《中国与西方的人文教育》（"Humanistic Education in China and the West"），收于同书，页 257—268，此文即胡先骕之前所译，刊于《学衡》第 3 期的《白璧德中西人文教育谈》。侯健另有一篇文章介绍白璧德的生平与思想：《梁实秋先生的人文思想来源：白璧德的生平与志业》，收于丘彦明编，《还乡：梁实秋专卷》（台北：联合文学出版社，1987），页 38—43。

切又与"进步的教条"密切相关。① 白璧德一生始终与现代文学无缘,原因即在于此。

白璧德对卢梭的抨击,当然不仅于此,最重要的是,他自始视卢梭的思想为罪恶渊薮。《卢梭与浪漫主义》一书旨在痛诋卢梭,对于卢梭之反善恶二元论,白璧德尤其深恶痛绝:

> 卢梭说,邪恶与人的本性无关,是外在加诸人的本性的。罪恶的重负就这样轻而易举地被转移到社会身上。人心中旧有的善恶二元论已被取代,虚伪、堕落的社会与"自然"之间的新的二元论于焉成立。②

白璧德既反卢梭与浪漫主义,当然也反浪漫主义余绪的人道主义,其《文学与美国大学》(*Literature and American College*)第二章曾详论培根和卢梭与人道主义的关系,而在《民主政治与领导统御》(*Democracy and Leadership*)一书中,他不仅戏称卢梭为"人道主义的救世主"(the humanitarian Messiah),甚至握拳透爪,以拿破仑未经证实的话说:如果没有卢梭(及其所揭橥的博爱精神),就不会有法国大革命,而没有法国大革命,就不可能产生拿破仑。③ 不过,最令白璧德耿耿于怀的,恐怕还是人道主义对贫苦

---

① Irving Babbit, *Rousseau and Romanticism* (Boston and New York: Houghton Miffin, 1919), p. 64.
② Irving Babbit, *Rousseau and Romanticism*, p. 130. 《卢梭与浪漫主义》原不失为一部组织严谨、资料丰富的学术著作,但白璧德反卢梭可能过于急切,偶尔也会出现闪失之处,他谑称卢梭为"黄色记者之父"(页63)即是一例。
③ Irving Babbit, *Democracy and Leadership* (Indianapolis: Liberty Classics, 1978 [1924]), p. 156.

大众的关注,这份关注他称之为人道主义的"滥情与功利的层面"。① 白璧德批判民主政治,部分原因也是出于这种反人道主义、反平民主义的精英主义,当然,在这方面卢梭又是首当其冲,成为他批评民主政治的鹄的。另外部分原因则是:白璧德认为,"卢梭是……直接民主所有现代理论家中最不肯妥协的一位",因为卢梭是德国的文化(Kultur)之父。白璧德认为,德国人的文化哲学实含有两大层面,其一是科学效率,另一是民族狂热。德国的文化哲学与卢梭思想的关系即建立在第二个层面上,也就是民族狂热。这种民族狂热本质上是帝国主义的温床,以此推论,卢梭式的民主其实是为帝国主义张目的。②

1930 年,白璧德的大弟子福斯特(Norman Foerster)编印了一部旗帜鲜明的论文集——《人文主义与美国》(Humanism and America)。该书的目标之一倒是具有相当强烈的帝国主义色彩:福斯特一方面志得意满地宣称美国的世界强权地位,另一方面则又忧心忡忡,为美国作为"20 世纪不堪胜任的文明模式"而深感自卑,此论文集正好可以回应这两方面的"基本需要"。③ 该书收有白璧德的《人文主义界说》("Humanism: An Essay at Definition")一文,此文其实并无多少新意,白璧德除了重复其多年来对培根、卢梭、

---

① Irving Babbit, *Democracy and Leadership*, pp. 156 – 157.
② Irving Babbit, *Democracy and Leadership*, pp. 141 – 142. 白璧德早在《卢梭与浪漫主义》一书中即称卢梭为德国文化之父(页 194)。顺便一提,梁实秋曾将德文 *Kultur* 一字译为"军国主义",见梁实秋译,《浪漫的道德之现实面》,收于林以亮编,《美国文学批评选》,"美国丛书"之四(香港:今日世界社,1961),页 17。此文原为《卢梭与浪漫主义》的第五章。
③ Norman Foerster, ed., *Humanism and America: Essays on the Outlook of Modern Civilization* (New York: Farrar and Rinehart, 1930), p. XVI.

自然主义、人道主义等等的挞伐之外，还重申他在别的著作中早已提过的人文主义的主张，甚至若干引文在其他的著作中也早经援用。不过，此文倒能反映白璧德若干终生不渝的信念，譬如主张中庸，讲克己复礼，强调礼节（decorum）、均衡（poise）、比称（proportionateness）的重要性，并且视传统为经验赖以指涉的中心。此文也重提白璧德对儒家思想的了解，他援引《中庸》，指涉《论语》，并极力凸显儒家思想的人文主义层面。① 侯健谓白璧德此文"几乎是以儒家思想为阐释的根本"②，大抵可信。白璧德的末代弟子李文（Harry Levin）在一篇纪念乃师的讲稿中指出："白璧德对基督教深感兴趣，对佛教极为着迷，对孔子的俗世信条则可能最感共鸣"③，这些话颇能概括《人文主义界说》一文中白璧德的最后信仰。

　　《人文主义与美国》甫一出版，立即遭到反新人文主义者的迎头痛击。具体的反击就是格拉顿（C. Hartley Grattan）所编辑的《人文主义批判》（*The Critique of Humanism*）一书，该书十三位撰稿人中不乏已享大名之辈，其中包括考利（Malcolm Cowley）、威尔逊（Edmund Wilson）、泰特（Allen Tate）、布莱克默尔（R. P. Blackmur）等左派或自由主义批评家。这些批评家早就对新人文主义者感到不耐，且双方早已争战不断，1930 年这一役可说是全面大决战。当然，交战双方的战场初不限于这两本文集，考利在

---

① Irving Babbit, "Humanism: An Essay at Definition," Norman Foerster, ed., *Humanism and America*, pp. 25 – 51.
② 侯健，《梁实秋先生的人文思想来源：白璧德的生平与志业》，邱彦明编，《还乡：梁实秋专卷》（台北：联合文学出版社，1987），页 40。
③ Harry Levin, *Refractions: Essays in Comparative Literature* (Oxford and New York: Oxford Univ. Pr., 1966), p. 318.

《流放者的归来：20世纪20年代的文学历程》(*Exile's Return: A Literary Odyssey of the 1920s*)一书中有一段生动的文字叙述了这场战役："关于人文主义的这场战役在许多方面与20世纪20年代的游击和骚扰战大不相同。这次规模较大，与役双方的作家涉及许多集团以及两三个文学世代。双方的议题混淆不清……不过，这些议题显然不仅包括个人与美学的问题而已，甚至还包括道德的问题，诸如作家的生活方式以及他们与社会之间的关系。"① 艾伦(Daniel Aaron)在《左翼作家：美国文学共产主义事件》(*Writers on the Left: Episodes in American Literary Communism*)一书中对左派与新人文主义的争执也有颇为详细的交代。② 基本上，在马克思主义者和自由主义者看来，白璧德与新人文主义者所抱持的一切，无疑是"古板、势利、抱残守缺，以及反民主、反科学的偏见"。③ 考利更将白璧德那套强调礼节、均衡、比称的说法，讥为"有闲阶级的理想，……只是以高调重弹的学生美德而已"④。持平而论，白璧德的思想与论述立场在当时的整个意识形态环境中是极不合时宜且相当反动的，《人文主义与美国》的出版或可视为新人文主义在美国的回光返照或最后的呐喊，其实不待经济大萧条的到来以及马克思主义批评的兴起，新人文主义的社会与文化保守主义

---

① Malcolm Cowley, *Exile's Return: A Literary Odyssey of the 1920s* (New York: The Viking Pr., 1951[1934]), pp. 302–303.
② 顺便一提，1930年3月9日，双方约好在纽约卡耐基大厅(Carnegie Hall)举行辩论，新人文主义的代表是白璧德，反新人文主义的代表则是坎比(Henry Seidel Canby)和范杜兰(Carl Van Doren)。轮到白璧德发言时，会场突然停电，辩论竟因而中止。
③ Daniel Aaron, *Writers on the Left: Episodes in American Literary Communism* (New York: Octagon Books, 1974[1961]), p. 236.
④ Malcolm Cowley, *Exile's Return*, p. 34.

及其对现代文艺思潮的厌恶顽抗，早就注定它的没落消沉。它或许未必像伍德（Michael Wood）所说的"此后无声无息"①，但自20世纪30年代以后，它在美国本土的景从者日少，影响力不再，终至一蹶不振，也是不争的事实。

三

白璧德毕生未踏上中国的土地，但他的父亲出生于宁波，他在哈佛大学从游者中又有几位杰出的中国弟子，也许基于这些关系，他对中国——特别是中国文化——另有一番关怀与偏爱。他应该早读过若干翻译的中国经典，但他后来对儒家思想之所以会有较深入的了解与同情，按常理他的中国弟子恐怕出力不少。白璧德的中国弟子中后来在中国文化界扬名立万的主要有梅光迪、吴宓、胡先骕、梁实秋及林语堂等几位。前三位不仅深受白璧德的影响，后来甚至创办《学衡》杂志，极力宣扬白璧德的新人文主义，《学衡》的基本主张于是成为中国20世纪二三十年代的新文学、新文化运动中最重要的对立论述（counter discourse）。梁实秋曾亲炙白璧德一年，自承"受他的影响不小……可是……并未大力宣扬他的主张，也不曾援引他的文字视为权威"②。林语堂在哈佛大学念书时虽曾和吴宓等人"抿嘴坐看白璧德，开棺怒打老卢苏③"，但他主性灵，个性又倾向浪漫主义，尤喜克罗齐（Benedetto Croce），最终不

---

① Michael Wood, "Literary Criticism," Emory Elliot, ed., *Columbia Literary History of the United States* (New York: Columbia Univ. Pr., 1988).
② 梁实秋，《梁实秋论文学》（台北：时报文化出版公司，1978），页5。
③ 即卢梭。

免成为白璧德中国弟子中的异数，"不仅未受笼络，而且还一心要打倒老师"①。当梁实秋在民国十八年编辑《学衡》上有关白璧德的文字，交由新月书店出版时，林语堂即在同年 10 月 5 卷 30 期的《语丝》上发表《新的文评序言》一文予以批评。

在白璧德这批中国门人中，亲炙最早也是最久的当推梅光迪。梅光迪为第三届庚款留美学生，于 1911 年入威斯康星大学就读，两年后转赴芝加哥的西北大学文理学院，在后来成为芝加哥亚里士多德学派（Chicago Aristotelianism）健将的克兰（R. S. Crane）的引介下，初窥白璧德的著作，并惊为圣哲。1915 年梅光迪自西北大学毕业，同年秋天即转往哈佛大学，入白璧德门下专治西洋文学。梅光迪在赴哈佛大学前，曾在康奈尔大学所在地的伊萨卡（Ithaca）过夏，与胡适时相诘难有关中国文学的问题。同年夏天，胡适离开伊萨卡，转往纽约哥伦比亚大学，投在杜威门下改习哲学。第二年 7 月，胡适路过伊萨卡，又遇见梅光迪，两人不免再为文学改革的问题互相辩论。②《胡适留学日记》1916 年 7 月 13 日追记的一条中曾经大约记下两人的谈话内容：

> 吾认为文学在今日不当为少数文人之私产，而当以能普及最大多数之国人为一大能事。吾又以为文学不当与人事全无关系；凡世界有永久价值之文学，皆尝有大影响于世道人心

---

① 侯健，《从文学革命到革命文学》（台北：中外文学月刊社，1978），页 175。"抿嘴坐看白璧德，开棺怒打老卢苏"二句出自林语堂《四十自叙诗》，原刊于 1934 年 9 月 16 日出版的《论语》半月刊，此处转引自林语堂，《四十自述叙诗序》，《传记文学》10 卷 4 期（1967 年 4 月），页 10。
② 胡适，《四十自述》，《胡适作品集》，第 1 册（台北：远流出版公司，1986），页 101—125。

者也。

觐庄①大攻此说，以为 utilitarian（功利主义），又以为偷得 Tolstoi（托尔斯泰）之绪余；以为此等十九世纪之旧说，久为今人所弃置。②

此时的梅光迪已随白璧德读书一年，从他驳斥胡适的话中可见他已完全接受白璧德的论述立场。他对功利主义、对托尔斯泰的贬抑，其实都是来自白璧德对人道主义的攻讦——在白璧德于1919年所出版的《卢梭与浪漫主义》一书中，托尔斯泰不仅被列为卢梭和尼采的同伙，亦且被贴上"假先知"的标签。③

梅光迪在1919年获得硕士学位，次年回到中国。吴宓则在1917年毕业于弗吉尼亚大学，翌年入哈佛大学，受梅光迪的影响，才投在白璧德门下。林语堂就是与吴宓同时期受教于白璧德的。胡先骕则是加州大学的植物学者，曾赴哈佛大学进修，从白璧德游。梅光迪、吴宓、胡先骕等人与白璧德的师生关系至为重要，白璧德一生从未到过东方，他的思想与学说却由于这几位学生的关系而得以旅行到中国来，而且在中国新文化运动的思想市场中，扮演过颇为令人动容的悲剧性角色——在一片反传统、反旧文化的浪潮中，白璧德的思想与其新人文主义的论述立场只能激起几朵消极批判的浪花，梅光迪等人想要借此挽狂澜于既倒当然是不可能的。在这方面，白璧德在自己国家与在中国的命运倒是颇为一致。

---

① 即梅光迪。
② 胡适，《胡适留学日记（四）》，《胡适作品集》，第37册（台北：远流出版公司，1986），页56—57。
③ Irving Babbit, *Rousseau and Romanticism*, p. 352.

白璧德与新人文主义在中国最重要的批判与论述空间当然是上文已提到的《学衡》杂志。《学衡》创刊于 1922 年 1 月 1 日，其灵魂人物如梅光迪、吴宓、胡先骕等不但曾受业于白璧德，而且对白璧德的新人文主义是奉行不渝的。《学衡》创刊号的简章中载有该杂志的宗旨如下："论究学术，阐明真理，昌明国粹，融化新知，以中正之眼光，行批评之职事，无偏无党，不激不随。"这样的宗旨当然是颇合白璧德主中庸、倡传统的论述立场的。《学衡》第 3 期随即发表了胡先骕所译的《白璧德中西人文教育谈》（"Humanistic Education in China and the West"）。吴宓在译文前附上按语，一方面将当世描述为一个"以物质之律施之人事……理智不讲，道德全失，私欲横流……率兽食人"的白璧德式的天启末世，另一方面则力倡"最精确、最详赡、最新颖"的新人文主义，以消"物质之弊"，绝"诡辩之事"，而白璧德之学说"既不拘囿于一国一时，尤不凭借古人，归附宗教，而以理智为本，重事实，明经验，此所以可贵"。《白璧德中西人文教育谈》的对象是中国留学生，白璧德除关怀当时正风起云涌的中国新文化运动外，仍不忘重弹旧调，大肆抨击卢梭，并力陈人道主义及其余绪的流弊，其用意当然是要清除中国新文化运动中的卢梭流毒。这是消极的做法。在积极的做法方面，白璧德以为孔子与亚里士多德代表东西方的人文主义者，"皆主以少数贤哲维持世道，而不倚赖群众，取下愚之平均点为标准也"。因此，他的理想是，两者若能相为结合，互为表里，或能完成"一人文的君子的国际主义"。①

---

① 胡先骕译，《白璧德中西人文教育谈》，《学衡》第 3 期（1922 年 3 月），页 1—12。此文系白璧德于 1921 年 9 月在美东中国学生年会上所做的演讲辞，英文原作曾刊于 *Chinese Students Monthly*, 17.2 (December 1921)。

吴宓也曾译介两篇白璧德的著作,在《学衡》发表,分别是第 32 期的《白璧德论民治与领袖》,以及第 38 期的《白璧德论欧亚两洲文化》,前者为白璧德的《民主政治与领导统御》的绪论,后者则为该书的第五章。《学衡》所刊载较能反映白璧德思想渊源的当数徐震堮所译的《白璧德释人文主义》("What Is Humanism?"),刊于第 34 期,原为白璧德所著《文学与美国大学》一书的第一章。译文前有编者按语,谓《学衡》对白璧德的学说"已屡有所称述。惟念零星介绍,辗转传说,未免失真,而不见其思想之统系条贯。故今决取白璧德所著各书,由徐君震堮依序译其全文,以谂读者"①。按语的前一句当然道尽了思想或理论在旅行、迁徙的过程中可能遭遇的命运,后一句所揭橥的宏愿则始终未曾实现。

《学衡》诸子在翻译白璧德的著作方面的确未竟其功,不仅流于零散,也失之偏颇。《学衡》是反文学革命、反卢梭以降的浪漫主义文学思潮的,但《学衡》所发表的译作却未曾包括可能是白璧德的著作中组织最严谨、论点也较持平的《现代法国文学批评大师》(*The Masters of Modern French Criticism*),以及在反浪漫主义方面较有系统的《卢梭与浪漫主义》。特别是在《现代法国文学批评大师》一书中,白璧德的用心一方面在于探讨圣伯甫(Charles Augustin Sainte-Beuve)的文学批评如何摆脱浪漫主义的缠扰,一方面则论述古典主义传统的重要意义。这两本书在分化或阻扰梁实秋所谓的"现代中国文学之浪漫的趋势"② 方面,不论在理论或策略上,可能都较具说服力。梅光迪说白璧德与穆尔"原著繁多,翻

---

① 徐震堮译,《白璧德释人文主义》,《学衡》第 34 期(1924 年 10 月),页 1。
② 梁实秋,《梁实秋论文学》,页 3—23。

译需时，若仅及一二种，又不足见其学说之全"①。这是实话，却也是遁词，同时也反映了《学衡》的人力有限，要以白璧德等的社会与文化保守主义对抗由达尔文主义、卢梭主义、马克思主义、实证主义等所瓜分的意识形态环境，其结果可想而知。

梅光迪在《学衡》第 8 期所发表的《现今西洋人文主义》一文中透露了他介绍白璧德、穆尔及新人文主义的计划。此文可能为一较大计划的一部分，《学衡》第 8 期所刊载者只是第一章的绪言，此外再无下文。这篇绪言简略介绍了白璧德与穆尔的思想与主要著作，梅光迪也承认这两位新人文主义者为"今日思想界一大反动……惟其为反动，与众异趣，以改造当世文化自任，故不为时俗及少年浮薄者所喜"②。《学衡》上真正有意较全面介绍白璧德及其新人文主义的就数梅光迪这篇论著，可惜未见全貌，在符码化、建制化白璧德的新人文主义意识形态的过程中，只能算是个未竟的计划而已。

胡先骕在《学衡》上发表过两篇原则性的论文，一为第 3 期的《论批评家之责任》，另一为第 31 期的《文学之标准》。前者揭橥批评家的六大责任：一、批评之道德，二、博学，三、以中正之态度为平情之议论，四、具历史之眼光，五、取上达之宗旨，六、勿谩骂。在论述这六大责任的过程中，白璧德的余绪隐约可见，其中如

---

① 梅光迪，《现今西洋人文主义》，《学衡》第 8 期（1922 年 8 月），页 1—17；《梅光迪文录》（台北：中华丛书委员会，1956），页 14—17。关于梅光迪的思想与其对新文化运动的看法，请参考侯健，《梅光迪与儒家思想》，《文学·思想·书》（台北：皇冠出版社，1978），页 145—162；林丽月，《梅光迪与新文化运动》，收于汪荣祖编，《五四研究论文集》（台北：联经出版事业公司，1979），页 383—402。
② 梅光迪，《现今西洋人文主义》，页 3。

非新奇、主中庸、尚精英主义等，都是白璧德思想中的重要支柱。①《文学之标准》一文则纯然是挪用白璧德的论述立场所敷演的道德论述，其对卢梭与浪漫主义及其"变相"如写实主义、自然主义等之攻评，在现代中国批评史上，大概只有梁实秋两年后所发表的《现代中国文学之浪漫的趋势》差堪比拟。②

在整个新文化运动中，《学衡》始终是以中流砥柱的姿态充当对立论述的角色。梅光迪等当然不是顽固的复古主义者，他们是折中派，在极力维护传统之余，也想引进若干西方的思想文化。他们之被白璧德所吸引，显然又与他们维护传统的论述立场密不可分。换言之，在某些情况之下，他们挪用白璧德部分是因为新人文主义的论述立场——尤其是白璧德尊儒、重传统的立场——与他们的立场是若合符节的，在那个挟外自重的年代（这也是《学衡》诸子派给新文化运动者的罪名之一），白璧德及其新人文主义在理论和策略上都有可以借镜的地方。侯健谓《学衡》"明显地给了很多反对新文化而如林纾那样不知如何说理的学者，很大的鼓励"③，不是没有道理的。

如上所述，《学衡》在译介白璧德与新人文主义方面未能发挥更为积极的影响力，当然与新文化当时已经形成的与之扞格不入的

---

① 胡先骕，《论批评家之责任》，《学衡》第 3 期（1922 年 3 月），页 1—14。
② 胡先骕，《文学之标准》关于《学衡》派的主张与评论，见侯健，《从文学革命到革命文学》，页 57—93。另见 Chow Tse-tsung, *The May Fourth Movement: Intellectual Revolution in Modern China* (Stanford: Stanford UP, 1967), p. 282; Bonnie S. McDougall, *The Introduction of Western Literary Theories into Modern China, 1919—1925* (Tokyo: The Centre for East Asian Cultural Studies, 1971), pp. 41-46.
③ 侯健，《从文学革命到革命文学》，页 86。

整个意识形态环境有关。梅光迪等未能注意到美国文化与思想界——特别是文学批评界——对白璧德的严厉批判，以及新人文主义在美国的溃败衰亡，他们未能注意到白璧德及其新人文主义在姿态上与意识形态上若干令人难以忍受的盲点与弱点，而汲汲于将之抽离美国的社会与历史时空，企图以相当片面且简化的形式将之移植到一个在政治、社会、文化各方面都已百病丛生且亟待改革的古老土地上，其反动、其不合时宜、其格格不入可想而知。梁实秋有一段评论《学衡》的文字，颇能说明《学衡》与白璧德的结合何以最后是以落寞收场：

> 《学衡》是文言的，而且反对白话文，这在当时白话文盛行的时候，很容易被人视为顽固守旧。人文主义的思想，其实并不一定要用文言来表达，用白话一样的可以阐说清楚。人文主义的思想，固有其因指陈时弊而不合时宜处，但其精意所在绝非顽固迂阔。可惜这一套思想被《学衡》的文言主张及其特殊色彩所拖累，以至于未能发挥其应有的影响，这是很不幸的。①

《学衡》派自始就非仅以工具论看待语言，对他们来说，语言还是具有意识形态的论述场域——当然，这一点可能当时他们并不清楚。梅光迪等坚持使用文言文，自然是有摆明立场，与白话文和新文学运动互相颉颃的用意，何况文言文本来就是传统的一部分，而传统不正是他们所要维护的吗？换言之，对《学衡》诸子而言，文

---

① 梁实秋，《梁实秋论文学》，页488。

言文不只是工具而已，尚且是意识形态的物质化，这一点恐怕是很难妥协的。

上文说过，梁实秋曾经编辑《学衡》上几篇白璧德著作的翻译，交由新月书店出版。另外，民国十九年施蛰存所主编的《现代》杂志编印美国文学专号时，他应邀写了一篇《白璧德的人文主义》；来台后，他还为香港出版的《人生》杂志（第148期，1957年1月）写过一篇《关于白璧德先生及其思想》。梁实秋自承"并未大力宣扬他[①]的主张，也不曾援引他的文字视为权威"，就上述的成绩而言，这也是实话。不过，梁实秋却也从未隐瞒白璧德对他的影响，"主要的是因为他的若干思想和我们中国传统思想颇多暗合之处"。这许多影响当然包括让他的文学思想"从极端的浪漫主义……转到了多少近于古典主义的立场"。[②]

梁实秋是新文学运动时期最重要的批评家之一。他与鲁迅之间有关文学与革命、文学与阶级意识的辩论，反映的其实是新人文主义和马克思主义之间的意识形态之争。他对西方文学理论的了解，确是五四一辈批评家中所少见，严格地说，他是更有资格宣扬白璧德思想的人。尽管他始终不愿被归为新人文主义者，但他的理论或批评实践确实可以轻易被纳入新人文主义的阵营中。譬如，他早期的评论文集《浪漫的与古典的》，基本上是以新人文主义的论述立场，批评卢梭以降的浪漫主义；他一生对古典主义的坚持，自然也与新人文主义的信念脱不了干系。而最早标示他新人文主义的脐带关系的，则是那篇新文学批评史上的重要文献之一《现代中国文学

---

[①] 指白璧德。
[②] 梁实秋，《梁实秋论文学》，页5、11、489。

之浪漫的趋势》。

《现代中国文学之浪漫的趋势》完成于 1926 年 2 月，随后发表于徐志摩所主编的北平《晨报副镌》，当时梁实秋至少已经随白璧德上过"16 世纪以后之文艺批评"这门课，并且也已转学到哥伦比亚大学。该文借用白璧德的地方处处可见，有趣的是，梁实秋自始不提白璧德的大名，也不提其师长的任何著作。这篇论文不仅在理论上几乎完全继承白璧德的观点，在批判策略上也多采纳白璧德最常用的二元对立（这在《学衡》派的文章中俯拾皆是）。因此，全文到处可见古典/浪漫、本国/外国、理性/情感、模仿/独创等所构成的对立层系，透过这种对立层系，梁实秋技巧性地将浪漫主义及其末流的感伤主义、人道主义、印象主义等逐一加以贬抑、批评。与白璧德一样，梁实秋认为这些浪漫主义的流弊最后都可以回归到卢梭身上。

正因为受限于古典主义或反浪漫主义的立场，现在看来，《现代中国文学之浪漫的趋势》一文当然有其局限或矫枉过正的地方。梁实秋非难外国文学对新文学的影响只是一例，他认为新文学作家之接受外国影响是由于浪漫主义者对新颖、奇异的企求，他甚至将白话文运动归因于外国的影响。此外，他以古典文学的角度，反对他所谓的"型类的混杂"，包括不同文类的混杂，以及艺术类型的混杂。他对儿童文学也不以为然，因为"从这种文学里我们可以体察出浪漫主义者对儿童的态度"；甚至对于民初"歌谣的采集"，他也期期以为不可，因为"从事于采集歌谣者……无论他们的动机是为研究或是为赏鉴，其心理是浪漫的"。[①] 显然，民国十

---

① 梁实秋，《梁实秋论文学》，页 3—23。

五年时的梁实秋所承续的是白璧德那套僵硬的反浪漫主义的意识形态，白璧德一向但见浪漫主义的末流，却未见浪漫主义对自我的解放，对自然的敬仰，对民俗的尊重。尽管如此，《现代中国文学之浪漫的趋势》一文仍不失为一篇匡正时弊且大致颇能切中新文学运动初期创作需要的论文。这篇论文不啻是梁实秋"转到白璧德大旗之下的宣言。自此以后他的文学思想与信仰都是它的延续与阐释"①。

梁实秋容或未像《学衡》诸子那样大力宣扬白璧德的思想，但在利用白璧德方面则是不分轩轾的。梅光迪等人在译介或援引白璧德时固然有高估、简化且企图系统化新人文主义的倾向，但他们努力维持新人文主义作为较宽广的文化论述的意图则相当明显，这一点完全反映在《学衡》所选译的白璧德的著作上面，同时也符合《学衡》"以文化为体，以文学为用的基本立场"②。梁实秋的主要关怀是文学，一生著述泰半未脱离文学，因此在他笔下，新人文主义自始就沦为文学或批评论述，这与上文提到的卢卡奇的物化理论被戈德曼等削弱挪用的情形如出一辙。当然，正如萨义德所言，这种系统化的削弱现象未必具有道德含义，这个过程只是降低思想或理论的色彩，扩大其距离，抽离其立即的力量而已。③思想或理论在融入新的社会和历史时空时，或将因此面临较少的阻力，或者更为切合新环境的需求。梁实秋未曾大张旗鼓宣扬新人文主义，反而不动声色地将之纳入自己的批评体系中，使之成为他的批评活动中的主要成分，今天细想起来，这样的做法毋宁是个更

---

① 侯健，《从文学革命到革命文学》，页151。
② 侯健，《从文学革命到革命文学》，页71。
③ Edward W. Said, *The World, the Text, and the Critic*, p. 236.

具颠覆性的批评行为。

## 四

不过，形势毕竟比人强，白璧德与新人文主义的那一套意识形态终究与当时的意识形态环境有所冲突，即使是梁实秋的没有白璧德的新人文主义，最后也只能知尽能索，对整个大环境是无济于事的。1949年之后，新人文主义在大陆匿迹销声，而定居台北的梁实秋除了在1957年为香港的《人生》杂志写过那篇《关于白璧德先生及其思想》外，再也没有真正为文介绍白璧德。在台湾真正重新介绍白璧德并有心树起新人文主义的旗帜的，却是曾经做过梁实秋学生的侯健。

侯健可能是《学衡》以来对白璧德用功最勤的中国学者，同时也是最有资格在中国继承新人文主义香火的人。自20世纪70年代开始他就不时撰文推介白璧德及其思想，他的若干论述与批评实践基本上都是新人文主义的产物。他对白璧德的钦慕更是溢于言表：

> 我是梁实秋先生的学生，但对他的老师发生兴趣，起初是"崇洋"的结果——读到白璧德《卢梭与浪漫主义》书末所附《中国的原始主义》……就打算将来不写论文则已，写就写白璧德。
>
> 这种开始当然也要算是根据兴趣，但在时间上已持续了十多年，并且已不仅是兴趣，而是觉得找到值得献出毕生精力

的工作。①

从侯健多篇文章可以看出，他在论及白璧德与新人文主义时，总是尽可能将之纳入思想史或文学批评史的脉络中加以讨论。譬如，在评介白璧德的文学思想时，他不仅像《学衡》诸子与梁实秋那样，指出白璧德的思想如何上承英国批评家阿诺德（Matthew Arnold）的文化观，更由于在时间上所占的便利，他还看出新人文主义如何下启新批评、芝加哥亚里士多德学派乃至于弗莱（Northrop Frye）的神话批评，尽管这些批评学派彼此之间在意识形态、批评假设与策略方面多所扞格。②

其次，侯健也较能从比较思想的角度申论白璧德的思想，这一点从他在阐释新人文主义时一再援引儒家思想便可略知梗概。白璧德对孔子学说的推崇固然是主要原因，侯健的做法恐怕也是出于论述策略，用意或是为了将新人文主义中国化，冀望新人文主义至少在台湾地区能够落地生根，成为主流思想的一部分。侯健和他的老师梁实秋一样，基本上都是古典主义者，一生反对浪漫主义及其所衍生的各种思想，而这一切部分或来自白璧德，部分或因白璧德的介入而信念陡增，但就侯健而言，他的古典主义至少是白璧德思想与儒家思想的默契结合。

侯健较有系统也可能最重要的著作当推《从文学革命到革命文

---

① 侯健，《文学·思想·书》（台北：皇冠出版社，1978），页 78；《二十世纪文学》（台北：众成出版社，1976），页 2。侯健 1980 年所完成的博士论文即是以白璧德为研究对象，见 Chien Hou, "Irving Babbit in China," Ph. D. diss., State Univ. of New York at Stony Brook, 1980。此论文也辟有专章讨论《学衡》派与梁实秋。
② 侯健，《文学·思想·书》，页 246—247。

学》。这本书除了附录有若干篇有关白璧德的文章外,全书论述依据处处指涉新人文主义,其情形一如梁实秋的《现代中国文学之浪漫的趋势》。不仅如此,从某个角度来看,这本书其实也可被视为白璧德与新人文主义在中国的接受史(reception history),至少全书最重要的四章中,有一半是在讨论《学衡》派与梁实秋的思想与主张。同时,或基于新人文主义的论述立场,侯健对胡适、陈独秀等人所倡导的文学革命是颇有微词的;而对蒋光慈、郭沫若及太阳社、创造社其他成员所提倡的革命文学则是毫不留情地全面予以批判。在微词和批判之外,当然可以想见的是,全书对梅光迪、吴宓、胡先骕、梁实秋等白璧德的中国弟子(林语堂除外)除了寄予深切的同情之外,更是处处代为辩解与说明。侯健在这本书的结论部分说得很清楚,对文学革命和革命文学"中国这两大文学运动,最能总揽全局的看法,是把它们看作白璧德的人文主义与卢梭的自然主义或浪漫主义(的)论战。……虽然论其局面的广狭与影响的深浅,白璧德的奋斗只能算作小宇宙,而中国才是大宇宙,小宇宙却一向是大宇宙的最佳注脚。……只有根据白璧德的学说,才能使我们了解这两个运动思想根源、本质与后果的前因,乃至其中若干个性的冲突"。[①]

求全而论,这本书的确提供了相当值得参考的答案,对左翼革命文学如何成为主流的来龙去脉有相当生动的叙述,只不过全书对白璧德与新人文主义的失败则较缺少内省的检讨。我们可以进一步追问:美国若干批评家对新人文主义的质疑,是否也适用于中国当时的情境?新人文主义在被移植到中国的过程中,是否连同被攻讦

---

[①] 侯健,《从文学革命到革命文学》,页198—199。

的一切也同时被迁移过来？换言之，除了外在的意识形态环境之外，新人文主义本身的意识形态结构是否也存在着先天的缺陷，以至于陈义过高，而在实践上窒碍难行？譬如，白璧德极端的反浪漫主义与僵化的反人道主义，对当时贫穷、落后且亟待改革的中国而言，未免显得不近人情，难以讨好自然是在预料之中。

不论《学衡》诸子或梁实秋，在宣扬白璧德及其思想上成绩非常有限，甚至梁实秋根本就否定曾经宣扬其老师的思想。在这方面，侯健显然超过他的前辈。不过幸或不幸，在鼓吹白璧德的思想时，他所面对的是一个虽无敌意但却也相当冷漠的环境。20世纪70年代的台湾地区，在"冷战"所默许的戒严的低气压下，马克思主义当然还不能公开讨论，新人文主义因此并未招来任何质疑或反对。但是，就文学理论而言，新批评、神话批评等在70年代早已经陆续进入台湾学界；迨至80年代，结构主义以降各种文学理论逐渐成为学院教育的重要部分，这些文学理论在教学与研究上所造成的冲击，大抵都远超过新人文主义。持平而论，侯健对白璧德与新人文主义的了解，就可见到的文献而言，无疑在他的前辈之上。他或许有意恢复新人文主义作为更宽广的社会与文化论述的面貌，在多方宣扬之余，成效似乎不彰，即使在他自己的著述中，白璧德的思想也总是被削弱而沦为单纯的学术或批评论述，这与他的理想恐怕是有一段距离的。

## 五

思想或理论的旅行是思想史或文学批评史的一部分，若想摆脱知识环境的束缚，引进或输入思想和理论是无可避免的。不过在思想或理论的旅游史上,新人文主义在中国的遭遇显然颇不寻常。它因缘巧合,意外地介入近代中国的文化政治,甚至被迫参与斗争,这一切恐怕连白璧德本人也始料莫及。白璧德与新人文主义在中国的游荡竟达半个世纪,确为中西比较文学批评史所仅见。在这半个世纪当中,中国的政治、社会及文化经历了惊天动地的巨变,新人文主义也在这些巨变之中,由初抵中土时的社会与文化论述,逐渐被削弱而沦为批评论述,及至局促台湾地区一隅时,则演变为学院中的学术论述。这样的变形改造,自然与其在不同阶段所面对的意识形态环境有关。

白璧德的中国之旅毕竟是失败之旅,而其最后落落寡合,终老台湾,则已经与中国当代的文化政治无涉。失败的原因上文曾约略提及,如新人文主义与当时的意识形态环境无法妥协,如新人文主义本身的意识形态过于僵硬而不合当时中国的需求,等等。不过,另一个关键可能在于白璧德的信徒——尤其是 20 世纪 30 年代前后的梅光迪、吴宓、胡先骕、梁实秋等——较缺乏萨义德所谓的批判意识(critical consciousness),他们不了解"不同情境之间的差异",不了解"任何系统或理论都不可能彻底阐述它所出现及被输往的情境",他们尤其不了解理论所遭遇的反抗,也就是不了解"与理论相违的具体经验或诠释所引发的种种反应"。[1] 正因为缺乏这种批判意识,白璧德的中国弟子多无法看清楚新人文主义在意识形态与批评策略上的局限,同时对新人文主义在美国本土所招致的非难与批判也视而不见,甚至未从这些非难与批判中记取教训,结果白璧德初履中土,即马上深陷重围,成为各方攻评诘难的对象。

---

[1] Edward W. Said, *The World, the Text, and the Critic*, p. 242.

新人文主义被输入中国时就注定要担任对立论述的角色,它所反对的浪漫主义、科学主义、人道主义等,正是当时积弱不振而亟待改革的中国所需要的。新人文主义的反潮流自有其中流砥柱的正面意义,但就反面意义而言,白璧德的中国学生对当时中国的实际情况是否也忽略了给予同情的了解呢?

  理论的旅行原因复杂万端,幸或不幸,恐怕涉及许多偶然的机运。白璧德与新人文主义在中国的命运只是一例,但这也是少见的一例,其中所包含的文化政治与其所涉及的实际政治,也是一般旅行理论所少见。不过,就白璧德与中国的纠葛关系而言,我们不妨这么说:理论是政治的,旅行也是政治的。

(1991 年)

# 贰　文学行动与文化批评

# 阅读行为的伦理时刻

## 一

米勒（J. Hillis Miller）在接受单德兴的访谈时，曾经就阅读伦理的问题加以说明。他的答复甚长，不过仍值得援引申论：

> 我认为这根本不是转离解构主义，而是进一步探究解构主义的潜能。有人向解构主义挑战，说它只关心精巧复杂的理论，而不关心政治或社会，我最近的作为是向上述挑战回应，我要显示事实并非如此。所以，我开始思索阅读行为和教学行为的伦理面向的问题。我不是突然对伦理、政治、历史感兴趣，而是对那些事情的关怀更趋明显。我、德里达（Jacques Derrida）或德·曼（Paul de Man）从未对历史或政治漠不关心。德里达的全部作品中也有对历史问题的关怀——从《书写学》（*Of Grammatology*）以来就一直如此。如果说这些东西不存在于他的作品，这个说法是完全错误的。所以，我个人并不是变得愈来愈关心伦理、政治、历史，而是在当前的脉络中直接关注哪些问题是有用的。《抗拒理论》（*The Resistance to*

Theory) 这本书后面有篇访谈录,是德·曼逝世前几个月所做的访谈,其中他被问到有关历史的问题。访问者问道:"我们最近注意到'意识形态'和'政治'这些字眼经常出现,你对这有什么看法?"德·曼回答说:"我认为自己从来就没离开过这些问题,它们以往在我心目中就一直是最重要的。"对德·曼这个被视为非历史(a-historical)的人来说,那是个令人惊讶的回答。但是,他的作品中到处肯定他对历史、政治、意识形态的兴趣。他在大战期间曾有一段很短的时间支持国家主义的、有机性的文学史观(后来却一直要向这种看法挑战),但即使在最近发现的德·曼战时的作品中,也可以看出他对这些问题的关怀。总之,对于历史和政治的关怀在他的作品中一直不断。[1]

依米勒的说法,他后来揭橥阅读伦理,其实是他的解构主义产业的一部分,他的做法只是在发掘解构主义的潜能而已,并未偏离解构主义的主要关怀。米勒并力排众议,强调解构主义自有其政治或历史的层面,换言之,他认为自己晚近的主张与其解构主义的信念是

---

[1] 单德兴,《米乐(勒)访谈录》,《中外文学》20卷4期(1991年9月),页107。米勒提到的德·曼的战时作品,英译见 Paul de Man, *Wartime Journalism, 1940 –1942*, Werner Hamacher, Neil Hertz, and Tom Keenan, eds. (Lincoln: Univ. of Nebraska Pr., 1989)。最先发现德·曼这些战时作品的是一位比利时年轻学者德·葛烈夫(Ortwin de Graef),时在1987年夏天。同年12月1日,《纽约时报》为文揭露此事。德·曼这些战时作品主要刊登在比利时亲纳粹的法文报纸《太阳报》(*Le Soir*)上,其中有少数几篇颇有反犹太倾向。反解构主义者曾经借此大做文章。较持平的评论可参考 Christopher Norris, *Paul de Man: Deconstruction and the Critique of Aesthetic Ideology* (New York and London: Routledge, 1988), pp. 177–189。顺便一提,德·曼当年写这些作品时,年在二十一至二十三岁之间。

前后一致的。

其实早在 1981 年,米勒就已经提出有关阅读的伦理,不过他较有系统地阐述这个理论则是在 1985 年 3 月,当时他应邀担任加州大学欧文分校韦勒克图书馆讲座 (The Wellek Library Lectures),后来他将讲稿修订辑印成册,书名就叫《阅读伦理》 (*The Ethics of Reading*)。米勒曾在书中说明他强调阅读伦理的理由,其中之一就是他在答复单德兴时提到的:为解构主义辩护。在 20 世纪 80 年代初期,正值解构主义风起云涌之际,解构主义最受到批评家误解或质疑的就是其理论的否定性或虚无倾向。① 德里达曾有长文就这一点加以辩诘,他对津津乐道所谓理性原则的保守主义反击说:"理性原则可能具有蒙昧与虚无的效应。这些效应多少四处可见,在欧美那些自认为自己是在保卫哲学、文学及人文学,而向这些新的质疑形态反抗的人身上,都可见到这些效应。新的质疑形态也意味着对语言和传统的一种新关系,一种新的肯定,以及肩负责任的种种新方式。"② 米勒在阐释其阅读伦理的观念时,大抵视书写与阅

---

① 米勒最早讨论阅读伦理的论文为"The Ethics of Reading: Vast Gaps and Parting Hours," in *American Criticism in the Poststructuralist Age*, Ira Konigsberg, ed. (Ann Arbor: Univ. of Michigan Pr., 1981), pp. 19 – 41。这方面比较代表性的意见,请参考 Walter Jackson Bate, "The Crisis of English Studies," *Harvard Magazine* 85 (Sept.-Oct. 1982), pp. 44 – 53; René Wellek, "Destroying Literary Studies," *The New Criterion* (December 1983), pp. 1 – 8。德·曼曾经针对 Bate 的批评提出答辩,见 Paul de Man, "The Return to Philology," *The Times Literary Supplement* (10 Nov. 1982), pp. 1355 – 1356, 本文另收入德·曼的 *The Resistance to Theory*, Theory and History of Literature, vol. 30 (Minneapolis: Univ. of Minnesota Pr., 1986), pp. 21 – 26。
② Jacques Derrida, "The Principle of Reason: The University in the Eyes of Its Pupils," Catherine Porter and Edward P. Morris, trans. *Diacritics* 13.3 (Fall 1983), p. 15.

读为践行性的行为（performative act），因此一再强调书写与阅读所必须承担的责任。① 这一点正好与德里达的说法不谋而合。

解构主义正是德里达所谓的新的质疑形态之一。德里达显然不同意解构主义具有虚无主义倾向的批评，而米勒的阅读伦理的理论则多少是为了因应类似的批评而建构的。米勒曾被戏称为"虚无的魔术师"②，他也曾为此辩护说："解构主义的目标之一正是要把我们从虚无主义的假幽灵中释放出来。"③ 在《阅读伦理》一书中，米勒强烈抨击反解构主义者对虚无主义的误解，他们误以为解构主义主张任何人可以随意自由处置文本，甚至以为自荷马与《圣经》以降的西方文化经典将因解构读法而被摧毁殆尽，西方文化的基本人文价值也将因此动摇。米勒认为这是对解构批评家的误读，在他看来，不论阅读、讲授或撰述批评，伦理时刻（the ethical moment）无所不在。④

米勒提出阅读伦理的另一个理由则是在质疑政治或意识形态的批评论述。他认为政治或意识形态批评使得"逸轨、特异、自由或践行力量"没有存在的余地。"文学研究因而沦为研究某些更真实与更重要的东西的征候或上层结构，文学将沦为历史次要的副产品，而不是……创造历史的东西。"⑤ 他相信文学研究必须是修辞分

---

① J. Hillis Miller, *The Ethics of Reading: Kant, de Man, Eliot, Trollope, James, and Benjamin* (New York: Columbia Univ. Pr., 1987), pp. 106–107.
② Vincent B. Leith, "The Literal Dance: The Deconstructive Criticism of J. Hillis Miller," *Critical Inquiry* 6.4 (Summer 1980), p. 603.
③ J. Hillis Miller, "Theory and Practice: Response to Vincent Leith," *Critical Inquiry* 6.4 (Summer 1980), p. 613.
④ J. Hillis Miller, *The Ethics of Reading*, pp. 9–10.
⑤ J. Hillis Miller, *The Ethics of Reading*, p. 8.

析，必须维持在语言研究的范畴内。在《毕美利恩诸貌》(Versions of Pygmalion) 一书中，米勒依然坚持这个信念，他说："文学的修辞研究对探讨文学所谓的外缘关系——文学与历史、政治和社会的关系，文学与个人和建制的关系——是不可或缺的。"[1] 而米勒所谓的伦理时刻也从来不曾离开这个范畴。

上文约略提过，米勒自始视书写与阅读为践行性的行为。他认为书写"是利用文字使某事发生"，因此是个事件，作家必须为此负起责任，承认他与此事件的"关联"。书写的责任来自实践的效应，可是书写的效应难以捉摸，唯一可以侦测这些效应的领域就是阅读。"书脱离其作者，在世间四处独自漂泊，其效应难以预测，而书被阅读或被误读，甚至不被人阅读，其效应亦复如此。……一本书的正当效应无疑始自有人阅读此书。如果以文字完事之正当效应只能来自阅读行为，那么，唯有重读的行为才能重新肯定以文字完事之责任……"[2] 米勒之重视阅读由此可知，而他在论述伦理时刻之所以偏重阅读行为，原因即在于此。

依米勒的规划，阅读行为的伦理时刻，大致依循两个方向。伦理时刻一方面是一种反应，隐含某种"我必须"(I must) 或"我别无他法"(Ich kann nicht anders) 的祈使命令在内。换言之，在阅读行为中，某种反应必须是必要者 (of necessity)，或者是以某种"不得不尔"为基础，否则与伦理时刻无涉。对米勒而言，阅读从

---

[1] J. Hillis Miller, *Versions of Pygmalion* (Cambridge, MA and London: Harvard Univ. Pr., 1990). 米勒在其描述中有明显简化政治或意识形态批评为机械式反映论的倾向，这一点恐怕不无争议。类似的描述至少若干马克思主义者与新历史主义者恐怕无法苟同。此外，以外缘关系来界定文学与其他论述和建制之间的关系，等于回头重拾新批评武断的文学研究的二分法。

[2] J. Hillis Miller, *The Ethics of Reading*, pp. 101, 106 – 107.

来就不是一个彻底自由或可以为所欲为的行为,因此,任意诠释文本的行为并不符合伦理。① 阅读伦理显然必须建立在某种反应,以及此反应所连带的责任上。米勒此说当然旨在矫正视听,澄清某些论者视解构主义为虚无主义之不当。在他看来,解构主义的读法和其他读法一样,无不涉及伦理时刻。

另一方面,阅读的伦理时刻还会导致行动,此时伦理时刻也就进入社会、政治与建制的领域,这自然不再是普通的阅读行为,像教师授课或批评家从事批评都是伦理时刻引发的行动。② 要教些什么? 要怎么教? 要批评些什么? 要怎么批评? 这一切在在涉及伦理时刻,在在涉及伦理后果。在这种阅读行为中,伦理行为往往与政治行为纠葛难分,但米勒认为,其中分际却也不难辨识。一言以蔽之,任何完全出于政治考虑的伦理行为即不合于伦理。阅读(以及教学或撰述)行为的伦理时刻必须是自发或独立的,既不是政治的附庸,也无须受制于某些认知行为。③ 米勒既反政治或意识形态批评,这样的说法正好反映了他一贯的论述立场。

阅读固然不是一个彻底自由或可以为所欲为的行为,但也必须是一个自由的行为,否则阅读的人无从负起阅读行为的责任。显然,在米勒的阅读伦理的体系里,阅读是个既自由而又不全然自由的行为,拿捏之间端赖伦理。米勒曾在《毕美利恩诸貌》一书中引用亨利·詹姆斯(Henry James)的话,阐明自己的伦理理念。亨利·詹姆斯说:"构成整个人生的行为的是那些已做过的事,而这

---

① J. Hillis Miller, *The Ethics of Reading*, p. 4.
② J. Hillis Miller, *The Ethics of Reading*, p. 4.
③ J. Hillis Miller, *The Ethics of Reading*, p. 4.

些已做过的事必然也会促成其他的事。"① 依米勒看来，阅读就像亨利·詹姆斯所谓的"已做过的事"，必然会引发其他事件。每个人当然都有选择阅读或不阅读的自由，一旦是个人的自由选择，则个人必须为此抉择负起责任。如此说来，即使自由选择也不全然是自由的。既要为自己的抉择负起责任，伦理时刻于焉介入。阅读伦理的吊诡即在于此。

米勒在建构其理论时每爱强调实际阅读的重要性，他不止一次提醒读者，他的理论如何来自他的阅读经验："当人们把德里达、德·曼或我自己的作品化约成抽象的理论形成时，经常忘记这些理论形成中无一不是透过阅读行为所获致的。"② 阅读过程中所发生的一切既充满意外，又难以预测，因此，阅读不仅对理论的形成有其必要，对理论的质疑、改变、修正，乃至于否定，更是不可或缺。此之所以米勒戏称"书为一危险物品，也许所有的书都应该贴上警告标签"③。米勒之所以强调实际阅读的重要性，显然旨在凸显并矫正理论与阅读失衡的危险。以一解构主义者而汲汲于阅读伦理，其阅读行为莫非隐含救赎潜意识？甚至于其阅读行为本身就是救赎行为？

在建构其阅读伦理的理论时，米勒的实例多来自叙事文，不仅因为小说或故事本来就包含许多的伦理情境（如小说或故事中的人物该如何抉择，叙事者该如何判断），同时在阅读小说或故事时，

---

① 见 J. Hillis Miller, *Versions of Pygmalion*, p. 15。亨利·詹姆斯的话出自 *The Golden Bowl*, New York Edition of 1909, vol. 23 (New York: Augustus M. Kelley, 1971), p. XXIV。
② 米勒，《跨越边界》，单德兴译，《中外文学》20 卷 4 期（1991 年 9 月），页 7—8。
③ J. Hillis Miller, *Versions of Pygmalion*, p. 21.

读者也面临较多也较复杂的伦理时刻。《毕美利恩诸貌》一书即是以奥维德（Ovid）的《变形记》（*Metamorphoses*）中毕美利恩的故事为例，并以修辞法中的拟人法（prosopopoeia）作为全书的主导譬喻（trope），阐明自以为是的误读如何导致严重的伦理后果。《变形记》的故事率皆涉及人如何非人化或蜕变为物的经过，唯独毕美利恩的故事例外：这是一个物（雕像）变为人的故事。毕美利恩最大的错误是误信辞喻（figure of speech），而误以拟人法为真。"视某种死的东西为活物，是阅读上的一项错误。"① 毕美利恩不仅因此犯上自恋癖（narcissism），更兼有乱伦之嫌：他不但是葛拉蒂亚（Galatea）的创造者，同时也是她的丈夫。亦父亦夫，毕美利恩的误读所造成的伦理后果何其严重！

二

　　阅读伦理所暴露的显然是米勒久为人知的保守论述立场。米勒其实一向也不讳言自己在文学研究方面的保守主义，他早就说过："我的本能是强烈保留或保守的。我相信英美文学的当权典律以及特权文本这个观念的有效性。我认为阅读斯宾塞、莎士比亚或弥尔顿，比阅读翻译的博尔赫斯，或者，说实话，甚至比阅读弗吉尼亚·伍尔夫要来得重要。"② 米勒大部分著述都是以典律作家与文本作为诠释对象，甚至米勒版本的解构主义也往往是诠释批评的另一个形式，透过所谓有效的阅读，进一步肯定与巩固典律作家和文本

---

① J. Hillis Miller, *Versions of Pygmalion*, p. 11.
② J. Hillis Miller, "The Function of Rhetorical Study at the Present Time," *ADE Bulletin* 62 (Sept.-Nov. 1979), p. 12.

的霸权。所谓典律的解体和重建,在米勒看来,是不可思议的。米勒楬橥阅读伦理,强调阅读或批评的有效性,其最终目的显然在于稳定与巩固他心目中的霸权文学典律。阅读伦理的政治性不啻昭然若揭。

问题是,阅读的有效性本来就隐含层系:某种阅读最为有效,某种阅读不那么有效,或者某种阅读根本无效,本来就是不同阅读之间颉颃竞逐的结果。这样的层系往往不免沦于德里达所谓的暴虐层系 (violent hierarchy)[1]:在这个层系里,不同阅读——或者说,不同读法或批评——之间所形成的不是和平共存的关系,而是一种对立乃至于宰制的关系。以米勒为例,在他的阅读或批评体系里,强调阅读伦理的修辞分析或米勒版本的解构主义自然压制与支配了其他的批评论述,尤其像马克思主义、女性主义、新历史主义、后殖民主义等较凸显文学的政治与意识形态的批评论述。这样的层系关系既是无可避免,那么我们要问的是:支配与建立这个层系关系的,究竟是米勒所谓的伦理,还是政治?

阅读或批评的有效性原是一个正当且不失为有用的观念,颇能描述阅读或批评的实际现象。阅读或批评的有效性既然存在着层系关系,自然难免涉及批评论述之间的权力斗争。在这种情况之下,伦理的考量几乎毫无用武之地。如果我们承认,在阅读或从事批评时,我们其实是建立不同批评论述之间的层系关系,以及不同诠释之间的秩序[2],如果我们也承认,有些阅读或批评是强势的,有些

---

[1] Jacques Derrida, *Positions*, Alan Bass, trans. (Chicago: Univ. of Chicago Pr., 1981), p. 41.
[2] Fredric Jameson, *The Political Unconscious: Narrative as a Socially Symbolic Act* (Ithaca: Cornell Univ. Pr., 1981), p. 31.

则属于弱势，而强势的阅读或批评总会统摄、支配、压制弱势的阅读或批评，那么在阅读、诠释或从事批评时，无时无刻不在的恐怕是政治时刻，而不是伦理时刻。即使有所谓伦理时刻，这个伦理时刻其实也是政治的。

米勒阐扬阅读伦理，一方面旨在澄清解构主义的虚无主义倾向，一方面是为了抗衡政治或意识形态的批评论述，其论述背后隐藏的政治潜意识，乃在于稳定与巩固既存的文学霸权典律。这么说来，阅读伦理其实也无法自外于政治与意识形态。这恐怕是揭橥阅读伦理的米勒所始料莫及的。

（1991 年）

# 理论旅行与文学史

一

萨义德（Edward W. Said）在其广受引述的论文《旅行的理论》（"Traveling Theory"）中对理论的越界已经有过相当详尽的讨论，我也曾在《白璧德、新人文主义与中国》一文中以萨义德的理论为基础，探讨白璧德（Irving Babbitt）与其新人文主义被引介到中国大陆与台湾地区的命运。新人文主义在旅行过程中遭到的多次变形改造，在我的论文中已有详细解析，虽只是实情的叙述，不过应该已足以描述理论旅行时所无法避免的跨文化过程（transculturation）。这样的跨文化过程固然会给在地的系统带来可大可小的冲击，对被移植的理论本身显然也会产生相当程度的变形作用，也就是我所说的"被分解、被系统化，乃至于被简化的共同命运"。欧阳桢（Eugene Chen Eoyang）曾以民俗学上所谓就地调适（oicotyping）的现象，来描述外来思想如何被调整以适应在地情境的过程。[①] 理论旅行的

---

[①] Eugene Chen Eoyang, "Exoterica or Esoterica, Sinicization or Westernization: Outmoded Models of Knowledge," Keynote Address at the Conference on "Globalization/ Localization and Cross Cultural Studies: The Chinese Paradigm," June 8–9, 1996. National Taiwan Normal University, Taipei, p. 1.

最终命运往往不免会陷入这样的结局。

萨义德的关怀主要即在于理论旅行的过程与其结果:"从一个时地移转到另一个时地,思想或理论的力量究竟会增强或是减弱?属于某个历史时期和国家文化的理论,在另一个情境中会否全然走样?"① 对萨义德而言,这种从一个时地移转到另一个时地的行动势必涉及他所说的"与起始点不同的再现与建制化的过程",而这些过程通常都是在重复一个相当清楚固定的模式,其中包含了"任何理论或思想在旅行时所共有的三或四个阶段"②。

简单地说,这个模式是这样的:第一个阶段为起始点,也就是理论或思想进入论述的最初环境;第二个阶段则指思想或理论从最早的起始点移转到另一个时空的距离;第三个阶段涉及思想或理论被接受或遭到排斥的条件,思想或理论被移植时必然要面对这些条件,而且被引介后能否为新环境所忍受端赖这些条件所构成的情境;第四个阶段也是理论或思想成功获得调适的阶段,思想或理论在新的时空环境中成功转型而产生新的效应。③

萨义德的模式虽然并不复杂,但一般而言,已经颇能描述理论或思想被移植到异乡土地后或变形或被同化的过程。这个模式尤能说明理论或思想直接从起始点旅行到其目的地的情形——中间未经转折,不须经过多次符码转换的手续,就能直接由理论或思想最初进入论述的始源跨进另一个时空之中。不过,如果我们所探讨的是西方与非西方之间的文学或理论关系时,情形就大不相同了,萨义

---

① Edward W. Said, *The World, the Text, and the Critic* (Cambridge, MA: Harvard Univ. Pr., 1983), p. 226.
② Edward W. Said, *The World, the Text, and the Critic*, p. 226.
③ Edward W. Said, *The World, the Text, and the Critic*, p. 227.

德的模式也相对地必须经过修正后才能适用。大致言之，除了少数情形之外，大部分的西方文学理论——尤其是当代欧洲理论——是经由美国进口到非西方世界来的。以亚太地区为例，西方理论在亚太地区的命运，以及这些理论究竟如何介入此地的文学教育与学术活动，似乎要看这些理论在美国的表现——美国文学学术与教育界如何看待这些理论，是广被接受或予以排拒？换句话说，这些理论在被输入亚太地区而被部署为批评工具之前，首先必须在美国的批评产业中，透过若干批评或教学计划加以驯服或同化。

这个现象正好说明理论的转移和流通的复杂性。萨义德的模式中所谓的"起始点"显然还有若干问题，必须加以厘清，才能适当地描述西方理论进口到亚太地区的情况。换言之，我们必须考虑在亚太地区的批评场景中塑造西方（欧洲）理论的美国因素。这一点不仅适用于像解构主义之类的批判计划——虽然这一类计划理论上应发展自欧美的异己传统。我们大部分人必须借英译本来阅读伽达默尔（Hans-Georg Gadamer）、利科（Paul Ricoeur）、巴赫金（Mikhail Bakhtin）、德里达（Jacques Derrida）、福柯（Michel Foucault）、伊利格瑞（Luce Irigaray）、德勒兹（Gilles Deleuze）、本雅明（Walter Benjamin）、法农（Frantz Fanon）等等。不仅如此，我们尚且必须透过美国的批评文化和教学机构的中介来了解这些批评家和思想家。换句话说，许多欧陆的思想或理论在越过太平洋，漂洋过海到亚太地区之前，通常必须先适应美国的批评与意识形态环境。许多人对美国批评家和学者移植、诠释、挪用这些理论和思想的情形颇为熟悉，对这些理论在其起始点进入论述的情形反而感到陌生。因此我们可以这么说：许多欧陆思想家或理论家在启航穿越太平洋到亚太地区旅行之前，通常必须先越过大西洋。

理论或思想毕竟是特定历史环境的产物，一旦越界旅行到不同的情境，或者被符码化进入不同的意识形态环境中，很可能产生新的意义与新的重要性。不过，在闯入新的文学系统的同时，新的文学系统也可能暴露这些理论或思想的局限或缺陷。这也正是萨义德特地提醒我们的地方，"如果未加批判、未加限制地重复使用理论"，那么理论的突破"可能成为陷阱"。[①] 批评理论与某一陌生文学系统的遭遇——我们不妨称之为理论旅行的双重时刻。这个双重时刻在文学史或文学批评史上有其重要意义，一方面为批评理论开拓空间，让批评理论在另一个时空环境中测试其力量与其局限；另一方面也提供文学系统接受挑战的场域，让文学系统有机会回头测试自身的潜力与可能性。文学系统或将因此得以修正和扩充，甚至变得更为强健，更为有效。

文学系统和理论或思想一样，有其文化上的独特性，是某一特定社会和文化环境的产物。这样的说法不在暗示文学系统的封闭性，相反，它应该是个开放系统，而且如俄国形式主义者 (Russian Formalist) 所说的，它会演化。文学演化事实上正是造成文学史发展的主要触媒，其过程相当复杂，前因后果甚多，有时彼此牵扯，很难孤立视之。值得注意的是，许多例子可以证明，外来文学思想或理论的入侵正是造成文学演化的重要原因之一。由于输入外来思想或理论，文学系统内部可能产生推移排挤的作用，文学系统中被压制或被宰制的成分可能因此被凸显出来而成为系统中的主导成分或支配者。新的文学现象和事实于焉产生，文学演化就是这样形成的。

---

① Edward W. Said, *The World, the Text, and the Critic*, p. 239.

任何国家或地区的文学系统都无法自外于文学演化的过程。既然文学系统是开放的，就不会是个稳定、超越和非历史性的系统。除非自满或自我陷溺于所谓种族或族群中心的规范标准，它势必得自省地向外开放，批判地与不同文学系统的思想和理论对话。换句话说，它必须对自己范围之外的其他文学和理论传统有所反应。这意味着文学研究往往必须采取较开放的、超越民族或民族主义的观点，同时以超越族群或种族绝对论的批评立场进行批判论述。也许只有在这样的协商时刻才有可能为不同系统的文学比较研究开拓新的批评空间。

综上所述，我想我的立场已经相当清楚。我们不妨视熟悉西方文学理论为一种强化而非奴化的行为。用非裔美国批评家盖茨（Henry Louis Gates, Jr.）的话说，这是将理论"转译成新的修辞领域——透过修正重新创造手边的批评理论"①。转译乃至于修正的行为势必涉及驯服或在地化的过程，而这个过程最终不免会影响我们研究文学的方法、我们看待自己文学系统的方式，以及我们了解与评估自身批评传统的方法。因此，一旦理论跨越疆界，理论将会改变其所接触的文学系统，同时也会被该文学系统所改变。米勒（J. Hillis Miller）认为文学理论在转移之后会带来"新的开始"，指的就是类似的改变。② 我想指出的是，"新的开始"不仅发生在跨越边界的理论身上，也发生在理论所企图入侵的文学系统或文化疆

---

① Henry Louis Gates, Jr., *Loose Canons: Notes on the Culture Wars* (New York and Oxford: Oxford Univ. Pr., 1992), p. 78.

② J. Hillis Miller, *New Starts: Performative Topographies in Literature and Criticism* (Taipei: Institute of European and American Studies, Academia Sinica, 1993), pp. 3-26；另见米勒，《跨越边界：翻译、文学、批评》（台北：书林出版有限公司，1995），页1—32。

界之中。其实这也正是新的自觉时刻的开始。

以上所述目的不在将西方文学理论普遍化,也不在支持以西方文学理论为规范作为文学研究的普遍标准。我深深了解,西方一向具有规范化其本身的在地文化,并使之产生普遍效应的倾向,或者以西方历史经验为基础,建立一套超越、普遍的标准,并以此评估非西方世界的文化。无疑,这种"文化的支配理念"过去是,现在仍是非西方世界的梦魇,而这种文化支配观经常是西方强势文化界定"许多在地文化的多元性"的标准。① 这其实也是亨廷顿(Samuel P. Huntington)在论述文明冲突时无法了解的地方。西方必须学习观看自己,体认自己只不过是更大整体的一部分。

从事文学的比较研究是在承认不同文学传统的价值。这是个多元文化论的计划,其基础大抵建立在泰勒(Charles Taylor)所谓的承认政治上。② 不论我们喜不喜欢,未来我们仍会与西方理论打交道,我们应该培养的也许是萨义德所谓的"批判意识",除了了解情境之间的差异外,也要了解任何系统或理论都无法完全呈现产生或移植此系统或理论的情境,同时更要了解理论所面对的抗拒或反应。③

二

萨义德心目中的批评即根植于上述的批判意识。与批评相对的

---

① David Lloyd, "Race under Representation," *Oxford Literary Review* 13.1 - 2 (1991), p. 70.
② Charles Taylor, "The Politics of Representation," Amy Gutmann, ed., *Multiculturalism: Examining the Politics of Recognition* (Princeton: Princeton Univ. Pr., 1994), pp. 25 - 73.
③ Edward W. Said, *The World, the Text, and the Critic*, p. 242.

活动则是顺从或归顺①,也就是与现存的价值唱和。显然,外来思想或理论所附带的价值将为批评活动开拓新的空间与面向,不仅对在地的文学系统带来冲击,甚至为文学史的著述、研究或教学带来新的刺激。

在以下的讨论中,我想把问题局限在文学史的教学层面,而且还要缩小到我比较熟悉的英美文学史的教学,看看外来的思想与理论如何介入英美文学史的教学活动。首先要问的是:我们究竟想透过文学史传达什么东西?什么价值?什么知识?包括美学的,以及政治的(其实美学的往往也是政治的)。文学史毕竟是自然化、规范化的产物,受制于规范系统;因此问题即在于此:我们的英美文学史教学究竟受制于什么样的规范系统?这个规范系统从何而来?谁模塑这个系统?当整个意识形态环境已经改变或正在改变的时候,这个规范系统是否必须跟着改变?佛克马(Douwe W. Fokkema)认为:"文学史的主要现象之一就是规范系统的改变:写实主义取代浪漫主义,象征主义和现代主义取代写实主义,以及后现代主义取代现代主义等都是文学史上的大事。"② 佛克马所赓续的大抵是俄国形式主义有关文学演化的看法。上文已经约略提到文学演化的观念,这里可以再稍加说明。在俄国形式主义的文学演化理论中,"主导"(the dominant)是个极为重要的观念。雅各布森(Roman Jakobson)即视"主导"为"俄国形式主义理论中最重要、讨论得最详尽,也是最丰饶的观念之一",并且称之为"构成艺术

---

① Edward W. Said, *The World, the Text, and the Critic*, p. 15.
② Douwe W. Fokkema, *Literary History, Modernism and Postmodernism*, Utrecht Publications in General and Comparative Literature, vol. 19 (Amsterdam and Philadelphia: John Benjamins, 1984), p. 5.

品的中心要素，它统摄、决定并改变剩余的构成要素"。① 这个观念说明了文学事实不是一成不变的，而是一个始终运行不定、变换不居的过程，本身有其动力，在某个时代或某个系统中备受贬抑、压制或忽略的成分，换了另一个时代或系统，会被凸显出来，成为主导的成分。最早提出"主导"这个观念的俄国形式主义者狄雅诺夫（Jurij Tynjanov）即曾指出："在某个时代被视为文学事实者，在另一个时代可能只是社会沟通的普通材料，反之亦然，一切要看此一事实所出现的整个文学系统而定。"② 最后一句话显然是在反对孤立任何文学事实。狄雅诺夫提醒我们，文学事实不仅互相牵连，而且充满动力，因此会造成佛克马所谓的规范系统的改变，这是文学变迁或文学演化的主要原因，也是形成文学史的主要内容。

规范系统的改变也造成了文学断代的困难：文学史真的如佛克马所说，由一连串的取代所构成吗？写实主义真的取代了浪漫主义？现代主义真的取代写实主义？后现代主义又真的取代现代

---

① Roman Jakobson, "The Dominant," Herbert Eagle, trans., Ladislav Matejka and Krystyna Pomorska, eds., *Readings in Russian Poetics: Formalist and Structuralist Views*, Michigan Slavic Contribution 8 (Ann Arbor: Michigan Slavic Publications, 1978), p. 82.
② Jurij Tynjanov, "On Literary Evolution," C. A. Luplow, trans., Ladislav Matejka and Krystyna Pomorska, eds., *Readings in Russian Poetics*, p. 69. 布尔迪厄（Pierre Bourdieu）以权力兴替的角度来解释文学或艺术各种可能性的改变，其说法与俄国形式主义者颇有异曲同工之处。布尔迪厄说："在文学或艺术的领域中，由于新的文学或艺术群的出现——也就是带来差异——会修改并移动可能选择的范畴。新的文学或艺术群出现时，整个问题也会跟着改变。举例言之，过去的主导性生产很可能会被推向过时或者经典的地位。"见 Pierre Bourdieu, *The Field of Cultural Production*, Randal Johnson, ed. and Intro. (Cambridge: Polity Pr., 1993), p. 32.

主义了吗？我提出这一连串问题，只是为了说明，基于规范系统改变所写作的文学史断代其实是个总体化的过程，这样的断代或分期终究是詹明信（Fredric Jameson）所谓的同质性的总体系统（total system），具有"统一的内在真理"①，这也是我们检视英美文学史时特别注意到若干无法被总体化、无法被纳入总体系统或者不属于统一的内在真理的成分最终会被泯除或消音的原因。换言之，在总体化的过程中，异质或差异会面临抑制、剔除或出局的命运。

然则文学史难道只是文学主导成分的文学史吗？那些不属于文学主导成分的文学事实应该怎么办？历史再现原本就有共时性（synchronic）与历时性（diachronic）两个层面：前者提醒我们，在同一个世代里，不论是支配性或被支配的成分，彼此关系密切，互相界定，甚至互相依存，互相诠释；后者则暗示历史是个直线进展的过程，世代接替世代，一切循序前进。佛克马所说的规范系统的改变，强调的似乎是文学流变的历时性过程，那么我们应该如何看待文学史的共时性层面呢？

规范系统的改变还有另一层意义。这一层意义主要涉及新典律的建构。新的社会构成也会改变原来的规范系统，给文学史的撰述、研究、教学带来冲击。典律的建构仰赖传统，传统却又是创生、稳定典律的法则或力量。② 不过，正如马克思主义历史学家霍布斯鲍姆（Eric Hobsbawm）所指出的，传统是可以创造、发

---

① Fredric Jameson, *The Political Unconscious: Narrative as a Socially Symbolic Act* (Ithaca: Cornell Univ. Pr., 1981), p. 27.
② Clément Moisan, "Works of Literary History as an Instance of Historicity," *Poetics Today* 12.4 (Winter 1991), p. 691.

明，也就是可以改变的。①

传统一旦改变，新的传统就会出现。典律的建构即有赖传统的稳定性：莎士比亚之成为稳如磐石的典律，就是因为莎士比亚产业是个庞大、悠久的传统。新的社会构成——如非裔美国批评家贝克（Houston A. Baker, Jr.）所谓的"新近冒现的人"②——挑战传统价值，质疑传统的文化霸权，并开发新的语言与批判空间，新的典律于焉逐渐形成。在新的典律验证之下，旧的文学史自然显得捉襟见肘，尴尬万分：例如，在几部多年来广为流传的美国文学史中，我们看不到几位女性或弱势族裔作家，进入文学史的总是那些男性、白人、基督教徒作家。一旦规范系统有了改变，新的典律已经形成，我们看待文学史的角度和框架也会改变。本雅明（Walter Benjamin）说过："就像花朵朝着太阳一样，由于其秘密的向日性，过去挣扎着朝向自历史天际升起的太阳。"③ 我们对过去的看法或诠释，将因为现在的改变而有所不同。在新的典律观照之下，我们应该如何看待传统的文学史，同时又该如何面对新的文学史要求？

规范系统的改变还有另一层意义，这一层意义与诠释典范的斗

---

① Eric Hobsbawm, "Introduction: Inventing Traditions," Eric Hobsbawm and Terence Ranger, eds., *The Invention of Tradition* (Cambridge: Cambridge Univ. Pr., 1992), pp. 1 – 8.

② 贝克所谓的"新近冒现的人"（newly emergent people）包括了"非裔美国人、男女同性恋发言人、男女墨裔美国批评家与艺术家、亚裔美国理论家与活动分子、西裔美国理论家、最近出现的后殖民论述与后现代主义的学者，以及其他向西方霸权对知识与权力的安排严肃地提出质疑的人，这些安排在过去向被视为理所当然"。见 Houston A. Baker, Jr., "Handling 'Crisis': Great Books, Rap Music, and the End of Western Homogeneity ( Reflections on the Humanities in America)," *Callaloo* 13. 2 (Spring 1990), p. 173。

③ Walter Benjamin, *Illuminations*, Harry Zhon, trans., Hannah Arendt, ed. and intro. (New York: Schocken Books, 1969), p. 255.

争与兴替密切相关。符号学、后结构主义、女性主义、文化诗学、弱势族裔及后殖民论述等等诠释系统或知识理论几乎是各擅胜场，不仅影响我们对文学文本的诠释，我们对过去文学事实的了解也因此产生新的面向。新的文学史自然无可避免会受到这些系统和理论的钳制——文学史因此再度居于柏金斯（David Perkins）所谓的"文学研究动荡的中心"①。然则新的文学史果真居于"文学研究动荡的中心"吗？其实不然。任何文学史——不论有多旧或者有多新——势必都会受制于某些系统或理论，世上没有一种文学史是可以不必以某些系统或理论为基础的——称之为史观、史识或文学假设也可以。问题就在这里：文学史需不需要一个大叙事，一个可以从古到今、一以贯之的叙事，作为检视、诠释文学史的流变的根本模式？就像布鲁姆（Harold Bloom）以"影响的焦虑"② 来解释诗史的流变？这样的大叙事会不会是另一个总体系统，牺牲的将是无法被总体化的诸多小叙事？

显然，文学史教学之所以面临以上的问题，其实都与规范系统的改变有关，而规范系统的形成或改变则又处处可见理论或思想的介入。我们的文学史教学也无法自外于这样的规律。我们的规范系统是什么？外来的理论或思想又如何模塑或改变这个或这些规范系统？厘清这些问题，也许才有可能面对上述文学史的教学问题——才有可能思考这些问题的本质，勾勒其面貌，甚至进一步考察解决

---

① David Perkins, *Is Literary History Possible?* (Baltimore and London: The Johns Hopkins Univ. Pr., 1992), p. 11.
② Harold Bloom, *The Anxiety of Influence: A Theory of Poetry* (New York: Oxford Univ. Pr., 1973).

这些问题的方法。换言之,只有以萨义德所谓的"主动的批判意识"① 来看待这些问题,我们才能看清自己所面对的是怎么样的文学与批评危机——或者转机。

(1996年)

---

① Edward W. Said, *The World, the Text, and the Critic*, p. 232.

# 《拉奥孔》的文学中心主义

> 何不泯除文学与绘画之间的歧异？……何不放弃"艺术"的多元性，而更强烈地确认"文本"的多元性？
> ——罗兰·巴特（Roland Barthes）[①]

## 一

文学与绘画之间异同的争议虽然不是始自莱辛（Gotthold Ephraim Lessing，1729—1781），但莱辛却无疑是西方最早较有系统地尝试以符号分类来解决这些争议的批评家。[②] 在《拉奥孔》（*Laokoön: oder über die Grenzen der Malerei und Poesie*，1766）一书中，莱辛正本清源，直指根本，强调文学为时间艺术，绘画则为空间艺术，两者各有范畴，不论题材、媒介，乃至于美学效果各皆不同，不应互越畛域，以免造成艺术类型的混乱现象。自《拉奥

---

[①] Roland Barthes, *S/Z: An Essay*, Richard Miller, trans. (New York: Hill and Wang, 1975).

[②] 对于莱辛之前相关问题的讨论，请参考 René Wellek, *History of Modern Criticism: 1750 - 1950* (New Haven and London: Yale Univ. Pr., 1955), I, pp. 144 - 151, 及 David E. Wellbery, *Lessing's Laocoön: Semiotics and Aesthetics in the Age of Reason* (Cambridge: Cambridge Univ. Pr., 1984), pp. 1 - 98。

孔》面世以后，其对时间艺术与空间艺术的区分，虽然广为批评家所接受，但也有不少批评家另辟蹊径，对这样的区分不断表示怀疑，使得《拉奥孔》的基本立论依然争论不已。

自 1945 年弗兰克（Joseph Frank）提出文学的空间形式理论之后，《拉奥孔》所造成的批评产业可谓另创高峰。弗兰克的灵感虽然来自莱辛，但他在检视现代文学作品之余，却一反《拉奥孔》的基本论点，独崇文学的空间设计。他举艾略特、庞德与乔伊斯（James Joyce）等人的创作为例，分析他们创作中的空间形式设计。他认为这些现代主义大师常以不连贯的句构或字群（word-groups）瓦解英文散文中常态的连续性，营造出一种超越时间的神话共时感，以替代历史与叙事顺序。弗兰克尤其推崇乔伊斯的《尤里西斯》(*Ulysses*)、普鲁斯特（Marcel Proust）的《追忆似水年华》(*À la recherche du temps perdu*)，以及巴恩斯（Djuna Barnes）的《夜林》(*Nightwood*)，特别以这些作品来铺陈自己的观点。弗兰克的理论自有其发人深省之处，但由于他的例证多局限于现代文学（虽然他从福楼拜〔Gustave Flaubert〕的作品中寻找例证，但他大抵还是视福楼拜为现代文学的先驱人物），却又似乎反证了克莫德（Frank Kermode）对他的批评：空间形式理论只不过是"某个过时的断代美学"而已。总之，自弗兰克提出空间形式理论以后，其若干假设即屡遭挑战，支持或继续阐扬其理论者固然不在少数，质疑者却也不乏其人，而弗兰克与克莫德之间的辩论更是引人注目。①

---

① 文学的空间设计理论并非本文的讨论重点，因此不再详述，仅介绍相关的文献如下：弗兰克的论文 "Spatial Form in Modern Literature" 原分三期刊登于 *Sewanee Review* 53.2 (Spring 1945), pp. 221 – 240; 53.3 (Summer 1945), pp. 433 – 456; 53.4 (Autumn 1945), pp. 643 – 653。此文后来经弗兰克略加修订，收 （转下页）

弗兰克与克莫德之争主要还涉及意识形态的问题。克莫德不仅讥讽空间形式理论为一个已经堕落为神话的批评虚构 ①，亦且极力抨击某些现代主义作家与艺术家的法西斯思想。他先以叶芝（William B. Yeats）来说明"早期现代主义作家与独裁政治的关系"，继而指出庞德和法西斯政权的关系更是世人皆知。他又举路易斯（Wyndham Lewis）为例，指责路易斯"反女性、反犹太、反民主"的倾向，路易斯甚至于"写书歌颂希特勒，而且还认为纳粹主义是个适合于'知识贵族阶级'的制度"。换言之，克莫德相信

---

（接上页）入其专书：The Widening Gyre: Crisis and Mastery in Modern Literature（Bloomington and London: Indiana Univ. Pr., 1968), pp. 3 – 62。"Spatial Form in Modern Literature"发表后三十二年，弗兰克终于对批评家的质疑提出较为详尽的答复。见"Spatial Form: An Answer to Critics," Critical Inquiry 4. 2 (Winter 1977), pp. 231 – 252。克莫德对空间形式理论的质疑首见于其 1965 年的系列演讲中，这些演讲后来辑印成书出版。见 The Sense of an Ending: Studies in the Theory of Fiction (London, Oxford, and New York: Oxford Univ. Pr., 1966)。对于 1977 年弗兰克的答辩，克莫德在翌年也有所反应，请参考他的"A Reply to Joseph Frank," Critical Inquiry 4. 1 (Spring 1978), pp. 579 – 581。想进一步了解弗兰克以后空间形式理论的发展，可参考 Jeffrey R. Smitten and Ann Daghistany, eds., Spatial Form in Narrative (Ithaca and London: Cornell Univ. Pr., 1981), 此书有弗兰克的前言，并收有弗兰克的"Spatial Form: Thirty Years After"一文，该文实由 1977 年他发表于《批评探索》(Critical Inquiry) 上的答辩扩大而成。此书所附书目颇为详尽，包括了争论双方的著作，很有参考价值。米哲尔（W. J. T. Mitchell）曾在 1980 年发表长文，再论空间形式理论，其见地、策略皆在弗兰克之上，见其"Spatial Form in Literature: Toward a General Theory," Critical Inquiry 6. 3 (Spring 1980), pp. 539 – 567。此文并未收入 Spatial Form in Narrative 一书中，殊为可惜。此外，"某个过时的断代美学"（an outmoded period aesthetic）原是克莫德在 1974 年 8 月 17 日给福斯特（Donald Foust）信中的用语，引自福斯特的"The Aporia of Recent Criticism and the Contemporary Significance of Spatial Form," Spatial Form in Narrative, p. 180。弗兰克对于克莫德这样的讥讽，曾经有以下的答复："空间形式这个观念不仅切合前卫创作中某一特殊现象，在整个文学史上也扮演了某种角色，即使那只是个次要的角色。"见 Joseph Frank, "Spatial Form: Thirty Years After," Spatial Form in Narrative, p. 228。

① Frank Kermode, The Sense of an Ending, p. 52.

政治或思想的激进主义和艺术的激进主义是互为表里的，两者很难截然分开。他谴责现代主义作家不该向往"现代批评家的空间秩序或封闭的独裁社会"。① 克莫德显然不相信文学观念和术语是个自我封闭的真空状态，能够完全免于意识形态的渗透或支配，甚至于自成一套纯粹中性的后设语言。在他心目中，空间形式理论既是现代主义的断代美学，自然是与法西斯主义遥相呼应，隔岸唱和的。即使十几年后，在答复弗兰克的辩解时，克莫德依然坚持这个看法："现代主义与极右派关系密切"，而现代主义的空间化理论与"政治和文化法西斯主义更是脱不了关系"。②

对于克莫德的严厉指控，弗兰克当然断然否认。他指责克莫德自己不肯把空间形式理论视为"中性的批评虚构"，而强将"自己的憎恶投射到别人身上，让别人成为代罪羔羊"。他批评克莫德不该把空间形式理论和法西斯主义相提并论，这等于给空间形式理论硬塞进"神话"的内容，"仿佛两者之间真的有任何共同点，仿佛提到这个就表示赞成那个"。③

从以上的简述我们大致可以看出，克莫德的策略是尽可能将空间形式理论历史化与政治化，进而从意识形态瓦解空间形式理论的神话，把受到压抑或未被觉察的层面凸显出来。弗兰克则摆出形式主义者的姿态，一味将自己的理论非政治化，并极力否定形成空间形式理论的历史条件。尤其在他扩大的答辩文中，他举证说明空间

---

① Frank Kermode, *The Sense of an Ending*, pp. 108, 110 - 111.
② Frank Kermode, "A Reply to Joseph Frank," *Critial Inquiry* 4.1 (Spring 1978), p. 586.
③ Joseph Frank, "Spatial Form: Thiry Years After," *Spatial Form in Narrative*, p. 221.

形式理论如何为当代某些文学理论所吸收、转化，因此是可以摆在"更宽广的文学范畴"来思考和讨论的。① 争论的双方尽管针锋相对，毫无妥协的余地，但有趣的是，双方的争论却都指涉某些共同的典律，只不过一方是对这些典律的反动，另一方则针对对方的反动加以批判。而形成这些典律的文本，正是莱辛的《拉奥孔》。

## 二

不论从修辞、策略、立意来看，《拉奥孔》本身就是一个引发争辩的议题。莱辛开宗明义，在全书的序中就直指诗（文学）画（造型艺术）不分的危险与不当。对于某些批评家"时而硬把诗塞进绘画的狭窄范围里，时而又允许绘画占据诗的广阔领域"，莱辛深以为忧，因为这种做法"已经造成在诗中追求描绘的狂热，在绘画中追求寓意的狂热，企图使前者变成有声的绘画……而后者则成为无声的诗"。他撰写《拉奥孔》的目的即在于"反击这种错误的趣味与毫无根据的论断"②。莱辛本人对于文学与绘画的态度，在这篇序文中可说已经昭然若揭。譬如，他认为绘画范围狭窄，文学则领域广阔。这种天地大小的认知影响了他整个辩论的立场，同时也说明了在《拉奥孔》的体系里，符号系统与价值判断是密不可分的。

莱辛的主要关怀显然是艺术类型之间逾越范畴的问题。他以文

---

① Joseph Frank, "Spatial Form: Thirty Years After," *Spatial Form in Narrative*, p. 229.
② Gotthold Ephraim Lessing, *Laocoön: An Essay on the Limits of Painting and Poetry*, Edward Allen McCormick, trans. (Baltimore and London: Johns Hopkins Univ. Pr., 1984), p. 5.

学与绘画作为比较的对象,也许是基于两者在符号系统方面的根本歧异:文学仰赖语言符号,绘画则依赖图像符号,其中的差异极为明显。不仅如此,莱辛的整个论述除了辨明两者相异之处外,亦且处处指出彼此之间扞格不入的地方。这样的论述策略不啻为日后有关空间设计理论的纷争埋下了导火线。

关于文学与绘画,或者时间艺术与空间艺术之间的分野,莱辛在《拉奥孔》第十五与十六章中着墨最多:

> 倘若由于绘画的符号或模拟媒介只能在空间结合,绘画就必须全然抛弃时间的元素,那么连续的动作——正因为这些动作是连续的——就不能视为绘画的题材。绘画只能满足于同存并列的动作或单纯的物象,而透过物象的姿态,我们可以猜测某个动作。诗则不然……①

> 倘若在模拟方面绘画确实采用与诗截然不同的媒介与符号,即空间里的形体和颜色,而非在时间里所发出的声音,倘若这些符号与其所表征的物象之间存在着不容置疑的适当关系,那么存在于空间的符号只能表现整体或部分同存并列的物象,而先后承续的符号则只能表现整体或部分前后连续的物象。

> 存在于空间的整体或部分的物象称之为形体。故此,形体与其可以眼见的属性都是绘画的真正题材。

> 先后承续的整体或部分的物象称之为动作。故此,动作是诗的真正题材。②

---

① Gotthold Ephraim Lessing, *Laocoön*, p. 77.
② Gotthold Ephraim Lessing, *Laocoön*, p. 78.

这些文字几由三段论法所构成，借着这些三段论法，莱辛一再突出符号歧异所造成的对立状态。这些文字也证明莱辛所真正关心的，终究还是符号与符号之间的适当关系，也就是逾越或跨界的问题。

除了论述文学与绘画的种种属性之外，莱辛还指出："美是造型艺术至高无上的法则。"① 此之所以塑像中的拉奥孔不得张口哀号："美的要求与痛苦中的激烈身体扭曲是无法相容的。哀号必须缓和为喟叹，倒不是因为哀号与高贵的灵魂不符，而是因为哀号会扭曲容貌，令人嫌恶。"② 莱辛强调造型艺术对美的追求，显然旨不在颂扬造型艺术，反而是为了说明"造型艺术唯一能够达成的只有美"③。至于美以外的种种，包括七情六欲，造型艺术则无能为力，只有文学才能担负起这些任务。

依莱辛的说法，绘画的图像符号属于自然符号（natural signs），文学的语言符号却是人为符号（arbitrary signs）。这样区分符号类型（sign-types），一方面固然彰显了符号之间的歧异，另一方面却也暗示了符号之间的扞格对立，因为这样的区分等于重演了前人有关自然与文化的争执。④ 就《拉奥孔》的论述脉络而言，这种符号区分同样隐含着强烈的价值判断。莱辛这里所谓的"自然"相当于原始的自然状态，是未经雕琢的、粗糙的，甚至是卑贱的。在这个定义之下，自然符号所能负载的符意当然受到很大的限制，因为自然所指涉的大抵是"动物的需要、无法言状的本能和无理

---

① Gotthold Ephraim Lessing, *Laocoön*, p. 15.
② Gotthold Ephraim Lessing, *Laocoön*, p. 16.
③ David E. Wellbery, *Lessing's Laocoön*, p. 63.
④ W. J. T. Mitchell, *Iconology: Image, Text, Ideology* (Chicago and London: Univ. of Chicago Pr., 1986), p. 78.

性"①，所以自然符号只能表现眼见的、物质的、喑哑的物象。相对于自然符号的人为符号则是非自然的（unnatural），象征着摆脱自然、超越自然的自由与成就，人为符号因而能表达精神的事物，乃至于复杂的思想、假设与逻辑推理。文学与绘画的比较、语言/人为符号与图像/自然符号的区分，至此已经完全陷入德里达（Jacques Derrida）称之为暴虐层系（a violent hierarchy）② 的二元对立之中，即灵魂与肉体、精神与物质、文化与自然的永恒抗争，而在这样的对立与抗争里，弱势的一方总是受到宰制。

其实，《拉奥孔》的论述形式与策略自始就是建立在这种对立形态（antithetical modalities）上，用意自然是在凸显文学与绘画之间的歧异与冲突。这些论述形式与策略也处处反映了莱辛的立场，以及《拉奥孔》一书的政治与意识形态。

我在前面提过，最让莱辛感到焦虑不安的是逾越或跨界的问题，这一点其实早反映在《拉奥孔》一书的小标题中。按德文 Grenzen 一词原来就含有"疆界的意义"，《拉奥孔》第十八章有一段文字正好可作为这个字的注解：

> 就像两个公正友好的邻邦，互不允许对方在自己的领土中心采取不当的自由行动，但在遥远的边疆，双方对仓促中迫于形势而造成轻微侵害对方权利的事件，则可以互相容忍，而以和平补偿解决。绘画和诗的关系也是如此。③

---

① W. J. T. Mitchell, *Iconology*, p. 79.
② Jacques Derrida, *Positions*, Alan Bass, trans. (Chicago: Univ. of Chicago Pr., 1981), p. 41.
③ Gotthold Ephraim Lessing, *Laocoön*, p. 91.

莱辛此处所描绘的显然是米哲尔所谓的"一幅稳定的国际关系景象"①。换言之，艺术类型的法则必须维持各种艺术类型之间稳定的国际关系，使彼此能够各安其分，各守其土，任何逾越的行为都会造成国际关系的紧张与不安，因此必须受到批判、谴责与制裁。

表面上看来，莱辛所要制定的似乎是"隔离但平等"（separate but equal）的艺术类型政策；但是细读《拉奥孔》，我们发现却又不尽如此。其实，莱辛在为文学与绘画作符号分类时，多少已经暗示：文学与绘画是生而不平等的。我们不妨以下列简表重述莱辛的观点：

| 文学 | 绘画 |
|---|---|
| 语言符号 | 图像符号 |
| 人为符号 | 自然符号 |
| 动作 | 形体 |
| 感情 | 美 |
| 动态 | 静态 |
| 发声 | 喑哑 |
| 耳闻 | 眼见 |
| 先后承续 | 同存并列 |

---

① W. J. T. Mitchell, *Iconology*, p. 105. 米哲尔甚至认为文学与绘画之间的象征性疆界与《拉奥孔》一书所描绘的欧洲文化地图是若合符节的。贡布里希（E. H. Gombrich）早就指出，《拉奥孔》一书中的辩论就好比"一场欧洲队伍所参加的竞赛。第一回合对抗的是德国人温克尔曼（Johann Joachim Winckelman），第二回合对抗的是英国人史班斯（Joseph Spence），第三回合对抗的则是法国人凯吕（Comte de Caylus）"。贡布里希的原文见"Lessing," *Proceedings of the British Academy for* 1957 (London: Oxford Univ. Pr., 1958)，这里间接引自米哲尔。他说："莱辛既然批评这三个不同国籍的代表无法严守艺术之间的边界，我们难免以为他会采取一个开明的国际主义者的立场，不偏不倚地主持这场竞赛。"其实不然。

从以上的简表可以看得出来，莱辛对文学与绘画的符号分类隐含着男女两性的属性：文学偏向男性属性，擅长于使用语言、动作、声音，在时间（历史）的领域中伸展；绘画则偏向女性属性，"像女性一样，理想的绘画是静态的美丽形体，是为了满足视觉而设计的"，而且是在空间里展示。① 由此可见，莱辛所谓的时间艺术与空间艺术原来并非纯粹"中性的批评虚构"，艺术类型的法则其实是建立在性别法则的意识形态上的。② 文学代表阳性（masculinity）文明、扩张、刚强的一面，绘画则代表阴性（femininity）原始、沉抑、柔弱的一面。对莱辛而言，性别歧异和男女不平等显然是一体的两面，因此，他很巧妙地将艺术类型（genre）和性别（gender）的自然法则结合在一起，以暗示文学与绘画之间的不平等状态。

不仅如此，莱辛早在《拉奥孔》的第六章就已经指出："诗的领域宽广，我们的想象力无边无际，而且诗的形式本质是精神的，虽然数量庞大，花样繁多，却能够同时并存而不至于互相掩瑜，互相损害，这一点却是受到狭窄的时空限制的实物或实物的自然符号所做不到的。"③ 在这种情形之下，"较小的无法包容较大的，但却可以被较大的所包容"④。这些文字在在说明了，在莱辛的艺术或文化地图里，文学是个强权大国，绘画只是个弱势小国，后者可以为前者所并吞、霸占，而在他的艺术或文化国度里，文学是多数民

---

① W. J. T. Mitchell, *Iconology*, p. 110. 本文这一部分的诠释受米哲尔启发甚多，特此声明。类似的简表也可见于米哲尔的著作。
② W. J. T. Mitchell, *Iconology*, p. 109.
③ Gotthold Ephraim Lessing, *Laocoön*, p. 40.
④ Gotthold Ephraim Lessing, *Laocoön*, p. 41.

族,绘画充其量只是少数民族,后者处处受制于前者的文化、政治与经济霸权。文学的帝国主义、扩张主义和种族主义至此可谓欲盖弥彰,而所谓"稳定的国际关系",其实是对绘画而言,对文学并不具任何意义。

这种文学中心主义无异于将绘画贬为边陲地带,并将之划为文学帝国的殖民地,《拉奥孔》一书也因而一变而为殖民论述(colonial discourse)或者殖民主义的文本,因为"殖民论述的目的是要以种族本源为根据,将被殖民者看成堕落的人种,以为殖民主的征服行为辩护,同时也是为了建立行政与教化的制度"①。殖民主和被殖民者之间的矛盾也反映在文学与绘画之间的歧异和对立上。此外,被殖民者既然是被征服者,在殖民主的高压权势下,自然是被迫害、受压抑的弱势的一群——这也是被殖民者阴性的一面。相对而言,殖民主所表现的却是阳性、暴虐、扩张、强权的一面。这种性别法则,上文已经指出,事实上也可见于莱辛的文学与绘画的艺术类型法则上。莱辛以文学的自我为立足点,勾勒出绘画的类型/艺术他性(generic/artistic otherness),这与殖民主加诸被殖民者的种族/性别他性(racial/sexual otherness),显然并无二致。由此可见,在莱辛的词汇里,艺术类型并不只是单纯的术语而已,而是政治的、意识形态的,是一种"排外与强占的行为"②。

在殖民主心目中,被殖民者始终是个他者(the other),既危

---

① Homi K. Bhabha, "The Other Question: Difference, Discrimination and the Discourse of Colonialism," Francis Baker et al., eds., *Literature, Politics and Theory: Papers from the Essex Conference, 1976 – 1984* (London and New York: Methuen, 1986), p. 154.
② W. J. T. Mitchell, *Iconology*, p. 112.

险又不安分，经常会有逾越的行为，因此必须立法加以钳制。莱辛眼中的造型艺术正是如此，因为造型艺术的图像符号具有蛊惑人心的魔力，对文学造成很大的威胁。他认为造型艺术"除了会给民族性格带来无可避免的影响外，还会产生一种效果，应该由法律严加监督"①。莱辛举了人蛇梦交的例子来说明图像符号的魔力：

> 蛇是神性的象征，巴克斯、阿波罗、默鸠里或赫鸠利斯的美丽塑像及画像上面很少没有蛇的。贞洁的母亲白天里目睹神像之后，就会在她们迷惘的梦中回想起蛇的形象。我就这样保全了这种梦，把儿子们由于骄傲以及奉承者因为厚颜无耻所做的诠释抛掉。总得有个理由解释何以奸淫的幻想总是蛇吧。②

梦中的蛇当然是阳物的象征，这个符意其实不待向弗洛伊德求助即已一目了然。莱辛所关心的无疑是蛇的图像符号所展现的性魅力。这种魅力如魔似幻，足以造成邪秽放荡，连"贞洁的母亲"也无法幸免，像亚历山大大帝、奥古斯都等伟人的母亲身怀六甲时都曾经梦到与蛇交合。③ 从这些人蛇交媾的例子中，莱辛看到图像符号所发挥的可怕效果，即无理性的潜意识力量、制造淫乱幻觉的能力，以及违反正常关系的邪恶幻想。④ 总之，人蛇交合向为理性、意识、道德、法律、文化所不容，而这种逾越所谓正常规范的行为却源于造型艺术的图像符号，那么，莱辛要立法严加管制造型艺术当然是

---

① Gotthold Ephraim Lessing, *Laocoön*, p. 14.
② Gotthold Ephraim Lessing, *Laocoön*, pp. 14 – 15.
③ Gotthold Ephraim Lessing, *Laocoön*, p. 14.
④ W. J. T. Mitchell, *Iconology*, p. 109.

件顺理成章的事。

造型艺术既为被殖民者,其任何逾越行为势必对殖民地社会的各方面运作造成颠覆性的冲击,这是身为殖民主的文学或语言艺术所难以容忍的。站在文学中心主义的立场来看,造型艺术的逾越行为等于达到了异族杂婚的欲望(desire of miscegenation),摧毁了种族与性别的藩篱,更象征着边陲企图分化、颠覆中心的努力,当然要严加阻扰、破坏、禁止。《拉奥孔》整体文本的政治性大抵如此。严格说来,整个《拉奥孔》的论述其实是个区别差异的过程(process of difference),在空间上要将绘画或造型艺术与文学区分隔离,以凸显双方的差别与歧异;在时间上则一再推托,阻延双方的婚媾、混血,使异族杂婚的恐惧在拭擦中不断延误下去。

在图像恐惧症(iconophobia)的笼罩下,莱辛不仅无法想象文学的空间设计,也无法接受绘画的时间设计。在艺术类型的问题上,他显然是个文学至上的纯粹论者,不是个调和论者(integrationist)。他替文学与绘画所划分的疆界,今天看起来多少有点像萨义德(Edward W. Said)在《东方主义》(*Orientalism*)中所谓的想象地理(imaginative geography)。萨义德认为,所谓想象地理,原为"我土与夷土"("our land-barbarian land")之分而设计。他批评西方的东方学学者的西方/东方之分,实则乃是我土/夷土之分,原属人为的产物,而非自然事实,且根本不待所谓蛮夷一方的认可或同意。"'咱们'只要在心中划出这些疆界就行了,'他们'自然就成为'他们',他们的领域与心理状态也就此被标明与'咱们的'大不相同。"[①] 而划分这些疆界,标示这些歧异的修

---

① Edward W. Said, *Orientalism* (New York: Pantheon Books, 1978), p. 54.

辞、策略、形式则完全由西方强势的文化和政治典范所提供,东方主义之所以由学术论述演变为帝国主义或殖民主义论述,是件极为自然的事。不过,萨义德认为所谓东方/西方的想象地理却也不是一成不变的。① 我认为莱辛为文学与绘画所立下的疆界也不妨作如是观。整个《拉奥孔》的文本所展示的只不过是文学中心主义的支配性论述,我们看不到绘画方面的对立论述(counter-discourse)及其替代系统,因此在文学霸权的支配下,在《拉奥孔》的论述过程中,绘画一再遭到压抑、殖民、边陲化的命运,也就不足为怪了。

## 三

我对《拉奥孔》的解构,对《拉奥孔》文本中所潜藏的压制计划的质疑与揭露,到这里似乎可以告一段落。在结束本文之前,我想约略谈谈比较文学中文学与其他艺术的比较研究。我无意讨论支撑这个研究领域的理论与途径,也不想检讨这个领域已有的成就。我只想谈谈这个领域所蕴含的政治性。

从《拉奥孔》到文学与艺术的比较研究,整个讨论的转向看似突兀,却也不是没有脉络可寻的。不仅因为莱辛是最早较有系统地比较文学与绘画的批评家,是比较文学在这方面的先驱,更重要的是,《拉奥孔》的论述中所隐藏的意识形态,依我看来,至今仍支配着若干讨论文学与艺术的比较论述。我们且以韦斯坦因(Ulrich

---

① Edward W. Said, "Orientalism Reconsidered," Francis Baker et al., eds., *Literature, Politics and Theory*, p. 211.

Weisstein)为例。

文学与艺术的比较被纳入比较文学研究的范围应该始于20世纪50年代以后,尽管这种活动早已事实存在。韦斯坦因在1968年(英文本1973年)出版的《比较文学与文学理论》(Comparative Literature and Literary Theory)一书中有专章讨论"艺术之间的互相辉映"(the mutual illumination of the arts),即"文学与其姊妹艺术比较研究的问题"。① 韦斯坦因的探讨旨在追溯历史,设定范畴,为比较文学拓展新的势力范围。他虽然称文学以外的艺术为姊妹艺术,但这些姊妹艺术和文学在他的论述中大抵还能维持平等的地位。

十年之后,韦斯坦因却在1979年的一次国际比较文学会议中指出,所谓"艺术之间的互相辉映"其实是用词错误,他认为在文学与其他艺术的关系中,不论是合伙或是合股,也不论是发挥影响或者接受影响,"文学都必须居于中心"。② 由于受到文学中心主义的影响,韦斯坦因1979年的论述也就难怪处处流露排他与蚕食的殖民主义心态:他一方面积极地开疆辟土,重新规划比较文学在这方面的新版图,一方面却又不忘宣告自己的立场,要以文学中心主义划地自限。这样子一张一缩,正好暴露了殖民主义者始终以自我为圆心的扩张窘态。比较文学固然颠覆了国家文学的地方主义,将

---

① Ulrich Weisstein, *Comparative Literature and Literary Theory: Survey and Introduction* (Bloomington and London: Indiana Univ. Pr., 1973), p. 156.
② Ulrich Weisstein, "Comparing Literature and Art: Current Trends and Prospects in Critical Theory and Methodology," Zoran Konstantinovic et al., eds., *Proceedings of the IXth Congress of the International Comparative Literature Association* (Innsbruck: Verlag des Instituts für Sprachwissenschaft der Universität Innsbruck, 1981), pp. III, 19 - 30.

国家文学无法处理的许多文学课题和现象纳入版图,但在文学与艺术的比较研究方面,却又不幸堕入另一种形式的地方主义。这个局限,莫非在莱辛比较文学与绘画的时候即已设定?

文学与艺术比较的论述,自始就饱受文学中心主义的支配。要质疑、瓦解这种支配,显然有赖于建立符号的普遍理论,透过符号的普遍理论,容或可以泯除文学与艺术的想象地理。当许多学科所熟知的文类已经失去原来的稳定性,逐渐成为人类学家格尔茨(Clifford Geertz)所说的模糊文类[1],若干艺术类型之间的界限更是变得难以辨识,在比较文学与艺术的时候,在追问不同艺术之间的关系之余,何不进一步探寻文本与文本之间互为指涉的关系(intertextual relations)?

(1988年)

---

[1] Clifford Geertz, *Local Knowledge: Further Essays in Interpretive Anthropology* (New York: Basic Books, 1983), pp. 19–35.

# 阶级、文化唯物主义与文化研究

## "研究"的意义

着手写这篇论文的时候，我正在意大利撒丁岛（Sardinia）的首府卡利亚里市（Cagliari）附近参加一个学术会议。撒丁岛对我而言别具意义，因为意大利这座位于地中海的岛屿正是葛兰西（Antonia Gramsci）的故乡。葛兰西于1891年诞生于卡利亚里省一个叫阿列斯（Ales）的小村落，1908年搬到卡利亚里市与其兄长住在一起，并进入当地一间公立中学就读。这三年当中，他从意大利文学老师格拉齐亚（Raffa Grazia）那儿学习社会主义与阶级斗争的意义，同时也大量阅读克罗齐（Benedetto Croce）的著作。我参加的是一个有关非裔美国研究的会议，讨论的主题是"交叉路：种族对21世纪的意义"（Crossroutes: The Meanings of Race for the 21$^{st}$ Century）。我提交的论文主要在探讨非裔美国文化批评家盖茨（Henry Louis Gates, Jr.）的著作《十三种观看黑人的方法》（*Thirteen Ways of Looking at a Black Man*）中种族政治的问题。我首先以编年的方式阅读几篇杜波伊斯（W. E. B. Du Bois）讨论"种族"的重要文献，分析其"种族"观念如何随时势而逐渐演化，尤其在杜波伊斯的后期论述中,"种族"经常被部署为黑色美国社会改革的利器。接着我以盖茨和韦思特(Cornel West)的近著《黑人种族的未来》(*The Future of the Race*)一书中的若干观点,分析这两位当代美国黑人知识分子在构思种族属性的伦理内容和黑人领袖的道德责任时,与前一代黑人知识分子如杜波伊斯者差异之处。这些差异形成新的种族政治,盖茨的《十三种观看黑人的方法》基本上是这种新的种族政治的产物——换言之,盖茨正是利用此种族政治所设定的框架来绘制他心目中的当代若干非裔美国精英分子的"图像"(profiles)。

这当然不是一篇传统的文学研究的论文,对于盖茨的《十三种观看黑人的方法》一书是否合乎我们经验中的文学创作也不无疑问,我们甚至很难将之纳入现有的文类中,现存的文类成规显然难以界定此书的属性。我的论文不是例外,在整个会议的三四百篇论文中,类似的例子不胜枚举。传统学科的分类明显地对许多论文束手无策,勉强为之,这些论文大概可以归入非裔美国研究的大范畴内,毕竟这是一个与非裔美国研究有关的学术会议。另一个可能的归类大概应属人类学家格尔茨(Clifford Geertz)所谓的模糊文类(blurred genre)。

这里当然不适合进一步追问:什么是非裔美国研究?非裔美国研究有哪些内容?在方法与方法学上,非裔美国研究与传统学科——如文学研究、史学、社会学、人类学等——有何异同?非裔美国研究作为学术领域与教学实践背后又有哪些问题设定与理论假设?类似的问题应该同样适用于像美国研究、妇女研究、亚裔美国研究、族群研究、同性恋研究等有别于传统学科的学术领域与教学实践。这些以"研究"为名的领域"否定学科单一与专制的含义"。

用英国学者英格利斯（Fred Inglis）的话说，"研究"暗示"众多探索者的集合，而每一位探索者皆友善地向邻近的领域商借知识方法，并拒绝旧式的追求对现实的准确再现以及寻找这些再现的单一方法。'研究'是临时性的，富于弹性，而又变动不居"①。这些第二次世界大战或 20 世纪 60 年代之后兴起的学术领域与教学实践似乎具有共同的权力根源：它们都是认同政治（identity politics）的产物——不管是国族认同、性别认同、族群认同或情欲认同。认同所凝聚的政治力量开拓了新的论述空间，并为学术领域与教学实践开启了新的可能性。

　　这些学术领域与教学实践还有一个共同特色：它们大都是科际整合的、多学科或跨学科的。它们一方面向人文科学（human sciences）中的许多知识传统与学科领域寻求奥援，一方面又与这些提供支援的知识传统与学科领域有所区隔：它们质疑现有知识传统与学科领域的片面性、武断性、同质性与稳定性，这些特性使得人文科学的现有部门难以面对许多新生议题的挑战，显然必须另起炉灶，结合或统合人文科学的若干部门，才能更有效地处理这些新生议题。上述新的学术领域与教学实践固然导源于认同政治，因此或多或少都是权力斗争的产物，但若非新的情势带来新的议题，而人文科学的现有部门在面对这些新的议题时又显得捉襟见肘，这些新的学术领域与教学实践是否能够顺利发展，恐怕不无疑问。

　　在撒丁岛上举办非裔美国研究的国际会议还有另外一层意义。像许多学术领域或研究议题一样，非裔美国研究最初只是美国本土的产物，因此是一个全然在地的现象。美国以其庞大的建制力

---

① Fred Inglis, *Cultural Studies* (Oxford: Blackwell, 1993).

量——研究机构、大学、基金会、学术会议、期刊、出版社、奖学金等——逐渐将之发展为全球性的学术与教学产业。有人戏称：非裔美国人可能是最常被拿来当作研究对象的族群，话虽戏谑，其实不无道理。撒丁岛的非裔美国研究会议所提交的三四百篇论文只是一个明证，参加会议的学者来自世界各地——当然还是以美国学者占绝大多数，西欧次之，学术与社会的经济力量或多或少成正比的关系，这是另一个明证。

我的重点是：非裔美国研究之所以能够形成国际性的学术与教学产业，主要还是拜美国的建制力量所赐。最明显的是，参加这次会议的美国以外的学者几乎毫无例外地都有相当丰富的美国经验——不是在美国取得高等教育学位，就是曾经在美国从事学术研究。这样庞大久远的建制力量是其他国家无法比拟的。也因为这样的建制力量，再加上无远弗届的政治、经济、文化的影响力，许多局部的、在地的议题才会被塑造成似乎是普世的、全球的议题。

## 阶级问题

本文的主要关注是文化研究，不过上述有关非裔美国研究的讨论提到一个重点，可以借用来作为本文的讨论基础，那就是文化研究与认同政治的关系。与上文提到的诸多学术领域一样，文化研究基本上也是认同政治的产物；不过与其他出诸认同政治的学术领域不同的是，其身份认同主要根植于阶级意识。英国学者柯拉克（John Clarke）即曾指出，阶级与文化之间的关系造成了文化研究发展中两个内在的张力：一是以阶级问题介入文化议题的讨论，换言之，"必须自拒绝阶级这个观念的诸多分析形式的束缚中将文化解放出来"①；二是文化研究与文化唯物主义之间的关系，从文化研究的发展看来，文化唯物主义确实扮演了相当重要的角色，但也不是唯一的角色，二者之间的关系也有进一步厘清的必要。这两层张力互为表里，难分主从，我们不妨先从阶级的问题谈起。

20世纪70年代我初读利维斯（F. R. Leavis）的《大传统》(*The Great Tradition*, 1948) 与威廉斯（Raymond Williams）的《文化与社会》(*Culture and Society*, 1780–1950, 1958)，由于初窥现代英国文学批评，只知道这两本著作都是现代英国文学批评扛鼎之作，其中堂奥要到若干年后重温旧卷时才稍有体会。不过初读时对利维斯与威廉斯既能鸟瞰全貌又能爬梳局部的气势与格局则是心仪不已。至于利维斯和威廉斯与英国文化研究的脐带关系，当时自然毫无所悉。事实上初识利维斯与威廉斯的著作时，伯明翰大学的当代文化研究中心（Centre for Contemporary Cultural Studies, University of Birmingham）仍在草创之初，其研究报告甚至仍多以打字油印方式发行，文化研究今天发展的局面与影响，是当初中心的创始者所难以想象的。

当代文化研究中心虽然创设于1964年，文化研究的学术实践却远早于此。譬如，学术界耳熟能详的三部文化研究的典范著作——包括威廉斯的《文化与社会》、霍加特（Richard Hoggart）的《识字的用途》(*The Uses of Literacy*, 1957)，以及汤普森（E. P. Thompson）的《英国工人阶级的形成》(*The Making of the English Working Class*, 1963)——皆出版于中心成立之前。中心

---

① John Clarke, *New Times and Old Enemies: Essays on Cultural Studies and America* (London: HarperCollins *Academic*, 1991), p. 11.

的创设只是使文化研究取得学术与建制的滩头堡,事实上霍加特等文化研究的先驱人物在上述著作中并未使用今天广为流行的"文化研究"一词。这三部文化研究的奠基著作不乏共同之处,最明显的是,这些著作皆根植于英国社会的历史研究,所关心的主要是文化——特别是工人阶级文化——的问题,尤其是政治、经济及文化的关系。质言之,这三部著作都是阶级政治的产物,文化研究与阶级的关系即根源于此。

论述文化,英国有的是悠久绵长的传统。旁的不说,威廉斯的《文化与社会》所论即为工业革命以降两百年来英国知识界有关文化议题的争辩。威廉斯的计划在以历史研究追溯英国文化论述的阶级性(当然他指的是资产阶级),其立论即在指陈此阶级文化论之偏颇。威廉斯的用心不难了解:在打破文化的阶级性之余,他的目的在为工人阶级——至少是非资产阶级——的文化张目。在《文化与社会》一书的结论中威廉斯慨然指出:

> 如果将我们文化的主要部分——即知识与想象作品的文化——称为资产阶级文化,一如马克思主义者所言,则寻找另一种文化,称之为无产阶级文化,毋宁是件自然之事。然而"资产阶级文化"是否为有用之词,实在非常值得怀疑。各个世代所接受作为其传统文化的知识与想象的作品往往不是而且不必然只单单是某一阶级的产物。……即使在一个以某一阶级为主的社会里,其他阶级的成员对一般共同资产显然也可能有所贡献,而且这些贡献可能不受支配阶级的观念与价值的影响,甚至还与之对立。文化的范围通常似乎与语言的范围相当,而不是与阶级的范围相当。支配阶级对整个共同遗产的传

播与分配可以有很大程度的控制,这是实情。若真有其事,我们在观察那个阶级的时候,必须注意这项事实。传统往往有其选择性,而且此选择过程往往与支配阶级的利益息息相关,甚至受那些利益主宰——这也都是实情。由于这些缘故,当阶级力量变动,甚至在新兴阶级尚未确立其贡献之前,传统文化极可能发生质变。类似的观点自有必要强调,但若将我们现有的文化特别描述为资产阶级文化,则其误人之处不止一端。①

威廉斯后来在接受《新左派评论》(New Left Review)访谈时坦承,《文化与社会》的写作动机在于对抗——即"反对挪用长期以来有关文化的思考"②。威廉斯在策略上采用历史考察的方法探讨文化传统的演化,揭露文化传统的复杂性,"驳斥当代与日俱增地利用文化观念反对民主、社会主义、工人阶级或大众教育的做法"③。

威廉斯在论及其写作动机时特别提到两个人:一位是利维斯,另一位是艾略特(T. S. Eliot)。1948 年艾略特的《文化的定义刍议》(Notes Towards the Definition of Culture)在伦敦面世,艾略特为文坛祭酒,身兼诗人、剧作家、批评家与出版家,是年又荣获诺贝尔文学奖,此书一出自然深受重视。威廉斯读后认为此书使他更确定他早已留意的文化议题,这些议题在利维斯更早的著作中其实已见端倪。《文化与社会》中有一节约占十页,对利维斯

---

① Raymond Williams, *Culture and Society, 1780 - 1950* (New York: Columbia Univ. Pr., 1983[1958]), pp. 320 - 331.
② Raymond Williams, *Politics and Letters: Interviews with* New Left Review (London: Verso, 1981[1979]), p. 97.
③ Raymond Williams, *Politics and Letters*, p. 98.

的文化观与批评立场颇多非议，明显反映威廉斯的阶级立场。利维斯上承19世纪阿诺德（Matthew Arnold）的余绪，主张文化的精英主义，认为文化是少数精英的志业，对因所谓"进步"而日趋流俗的大众文化——诸如电影、广告、媒体、流行音乐与文学等——深不以为然，少数精英因此必须当仁不让，扛起维护传统文化的重责大任。利维斯在1930年印行了一本叫《大众文明与少数人的文化》（*Mass Civilization and Minority Culture*）的小册子，开宗明义即直指核心，点出少数精英承先启后，传递文化的天职："依靠这少数人，我们才有力量自往昔最精美的人类经验中获益。这少数人保存了传统中最精妙也最容易被销毁的部分。依靠这少数人，一个时代才能有未明言的标准安排较美好的生活，才能意识到此之价值远胜于彼，此方向而非彼方向较为可行，中心在此而不在彼"[①]。

从小册子的书名即不难看出，利维斯将文明与文化区隔的意图相当明显。文化为少数精英所有，一般通俗文化则属文明的范畴。文化的危机则在于"知识丰富而有教养的大众已不复可寻"，[②] 以致品味难辨、高低不分、鱼目混珠成为普遍的现象。利维斯的文化精英主义自然使他产生今不如昔之叹，在他心目中，比起现代人，一世纪前的古人无论如何是较为称职的读者。现代人面对五光十色的

---

[①] F. R. Leavis, *Mass Civilization and Minority Culture* (Cambridge: Minority Pr., 1930), p. 5. 利维斯在自注中指出，"中心"一词典出于阿诺德的《文化与无政府状态》（*Culture and Anarchy*, 1869）："群众毫不怀疑，这些机制的价值是相对的，端赖其与某正确资讯、品味和智力的理想中心的距离较近或较远而定。"见 Matthew Arnold, *Culture and Anarchy*, Samuel Lipman, ed. (New Haven and London: Yale Univ. Pr, 1993[1869])。利维斯与阿诺德的关系由此可见。

[②] F. R. Leavis, *Mass Civilization and Minority Culture*, p. 17.

读物，除非天赋过人，不然恐怕也会难以明辨高下。当代文化的景况也大致如此："界标移动，重叠，相挤，区隔与分界线模糊了，疆界消失，而不同国家与时代的艺术与文学汇流在一起。"①

摆在隐喻的层面来看，这种地界不明、界标模糊的情景将使得利维斯所向往的有机社群（organic community）分崩离析。社会想要得救，必须找回已经消逝的旧的有机秩序。威廉斯认为利维斯所悼念的其实是乡村英国的消逝，利维斯排斥"都会、市郊、机械化的现代性"，是"中世纪主义的晚近版本"。② 威廉斯后来在《乡村与城市》（*The Country and the City*，1973）一书一开头即指出现代英国文化的矛盾情景："即使后来社会都已显著都会化了，其一世代以来的文化仍显著属于农村；即使进入 20 世纪了，在这个都会化与工业化的国度里，种种旧思想与旧经验仍明显持续存在。"③ 对乡村英国的向往反映的是利维斯相当悲观的文化观。

在当代文化研究中心成立之前，甚至在威廉斯、霍加特、汤普森等的著作面世之前，其实文化研究的学术与教学活动早已存在。这段历史涉及文化研究计划的最早构成，以及此计划构成的阶级基础，有必要在此一并回顾。

文化研究的滥觞实与战后英国成人教育的发展大有关系。威廉斯等人的著作固然是成人教育的副产品，在这些著作存在之前，许多成人教育的教学活动其实攸关文化研究的发展。上文曾经论及利维斯的少数精英主义的文化观，以及威廉斯对此文化观的非议。威

---

① F. R. Leavis, *Mass Civilization and Minority Culture*, p. 19.
② Raymond Williams, *Politics and Letters*, p. 259.
③ Raymond Williams, *The Country and the City* (Oxford: Oxford Univ. Pr., 1973), p. 2.

廉斯曾在 1986 年以《文化研究的未来》（"The Future of Cultural Studies"）为题发表演讲，他在演讲中指出，面对新的文化生产媒介、工具和技术，以及新的政治与经济情势，许多人相信，光靠利维斯式的少数精英是无法产生民主文化的。成人教育——以及附属于成人教育教学实践的文化研究——于是带来了新的契机。这种情形与 19 世纪末叶文学研究与教育的改革颇为相像。按威廉斯的说法，当时有组织的英国文学教育其实并不存在，这种文学教学活动之出现，主要是为了满足英国社会中"两个被忽略与在某个意义上被压制的文化领域的要求"：一、社会上有些被剥夺继续接受正规教育的人本身就是文学读者，他们需要某些适当的场合讨论他们所阅读的作品；二、许多无法接受高等教育的妇女只有透过阅读不断自我教育，她们也有需要与他人交换阅读经验。当时如果有所谓文学教育，其内容主要局限于语文学（philology）与历史考证，这样的教学内容实在与上述两个文化领域读者的经验相去甚远。用威廉斯的话说："这两群人想要讨论他们阅读的东西，而且要在他们自己的境遇、他们自己的经验所形成的脉络中来讨论——这种要求是大学的各种措施所无法满足的……。"[①] 这种讨论文学的要求既然无法在制式的教育系统中实现，结果只能在成人教育与妇女的延长教育中得到满足。

有趣的是，早期所谓现代的英国文学教程大部分都是牛津大学校外进修部的讲师们所规划的。影响所及，很快地这些新的文学教育与研究方法就被纳为大学正规学程的一部分。"进入学院之后，

---

[①] Raymond Williams, *The Politics of Modernism: Against the New Conformists* (London and New York: Verso, 1989), p. 152.

二十年内英文研究将自身转变成一种相当正规的学术教程……此时建制中的英文研究之主要作为大致是在自我复制——这是所有建制必然会做的事：英文研究复制其教师与考评者，而这些人又复制与他们同类的人。"① 既失去了来自原先正规教育系统外的压力与要求，这门新的学科逐渐向内自我凝聚而不再对外挑战，最后变成了一门专业学科，水准提高了，学术性更强了，"但了解其原始计划的人——如利维斯者——却同时被边陲化了"②。于是他们又再度走出学院，企图为英文研究再寻新机。然而这些人往往受限于他们的阶级构成——他们多半出身小资产阶级，对自以为拥有文学素养的上层中产阶级并无好感，但又认为一般大众不仅对文学冷漠以对，甚至敌视文学，给文学带来威胁。他们既视自己为少数精英，又想教导出一批有批评能力的少数精英，他们于是往一些文法学校寻求优秀的可造之才，他们的计划和先前最早的计划已有出入。

文化研究即是在此背景之下冒现的。基本上文化研究所反映的是对此少数精英文化的不满，这当然与文化研究的养成场域——成人教育——有很大的关联。让我再引用威廉斯的话总结这一部分的讨论：

> 文化研究在成人教育中非常活跃。不过只有在这些后来的书（指霍加特、汤普森及威廉斯本人的著作）面世之后，文化研究才有印刷的文字，才获得某种知识上的承认。有许多当时

---

① Raymond Williams, *The Politics of Modernism*, p. 153.
② Raymond Williams, *The Politics of Modernism*, p. 153.

在文化研究方面相当活跃的人并没有发表著述,但他们对文化研究的奉献并不在我们之下。在 20 世纪 40 年代末期,已有人教授视觉艺术、音乐、市镇规划与社群本质、社区营造本质、电影、出版、广告、广播之类的学程,若非发生在这种明显不利的教育环境中,这些学程早就被承认了。只有当它达到全国性的出版水准,或迂回被大学采用,文化研究才会被承认存在。……我可以告诉你们,有一些人,他们的贡献不下于我的世代,现在教文化研究的人并不晓得他们的名字,他们从事文化研究教学,是想在利维斯那群人之外的场域做另类的选择。我要强调这是个选择:我们这些人——汤普森、霍加特、我,以及众多不为人知的人——从事成人教育,很清楚地视之为一种使命,而非一种专业。①

## 文化唯物主义

汤普森对英国工人阶级建制与斗争的历史探索,霍加特与威廉斯为工人阶级文化所做的辩护,他们对大众流行文化的抨击——这一切无非在强调工人阶级作为社会变革的进步力量,因此可以将之组织、操作,以对现存资本主义社会的不公不义进行斗争。对现代大众文化——主要是美式文化工业生产——的斗争其实并非始于威廉斯等文化研究的先驱人物,在 20 世纪三四十年代,利维斯与艾略特在上文提到的著作中早就对此有所评述。利维斯与艾略特所置

--------

① Raymond Williams, *The Politics of Modernism*, p. 154.

身的文化环境早已名副其实属于本雅明（Walter Benjamin）所谓的机械复制的时代，其共同现象正是美国文化以其政治与经济优势大举横跨大西洋入侵英国乃至于整个欧洲，利维斯与艾略特对此现象深表忧心。① 这与19世纪下半叶阿诺德所身处的文化环境毕竟大不相同。阿诺德在论述文化时所目睹的是工业革命带给传统文化的冲击，他所面对的终究只是文化内部的问题，外部则是英国文化挟其帝国淫威不断向外扩张，因此只有文化输出的问题，并没有外来文化入侵的问题。

威廉斯等所面对的是另外的问题。他们认为，文化复制意识形态，形成文化霸权，影响所及，美式文化工业将进一步巩固资本主义宰制的霸权形式。换句话说，威廉斯等的文化研究实践最后的结论是："大众文化在将工人阶级纳入现存的资本主义社会中扮演了重要的角色，而新的消费与媒体文化正在形成一个资本主义霸权的新模式。"②

英国左派的危机不仅来自美式文化工业的入侵，20世纪50年代保守党的长期执政使得危机益形严峻，这种情形颇似20世纪80

---

① 詹明信（Fredric Jameson）在讨论后现代文化的全球化现象时，特别提到美国所扮演的角色。他说："眼前这个既源于美国又已经扩散到世界各地的后现代文化现象，乃是另一股处于文化以外的新潮流在文化范畴里（上层建筑里）的内向表现。这股全球性的发展倾向，直接因美国的军事与经济力量的不断扩张而形成。它导致一种霸权的成立，笼罩着世界上的所有文化。从这样的观点来看（或者从由来已久的阶级历史的观点来看），在文化的背后，尽是血腥、杀戮与死亡：一个弱肉强食的恐怖世界。"见 Fredric Jameson, *Postmodernism, or, the Cultural Logic of Late Capitalism* (Durham: Duke Univ. Pr., 1991), p. 5。詹明信的话说明了美国文化在进行其全球化过程中的军事与经济因素。

② Douglas Kellner, "Critical Theory and Cultural Studies: The Missed Articulation," Jim McGuigan, ed., *Cultural Methodologies* (London: Thousand Oaks, and New Delhi, 1997), p. 17.

年代撒切尔（Margaret Thatcher）政权下的英国。五六十年代新左派对战后英国工人阶级乃至于英国社会整体发展的省思，与80年代的所谓"新时代"（New Times）辩论其实有许多相似之处，基本上都是在保守党执政下左派进行其内部反省、外部批判的活动，其目的在进一步寻求新的语言，规划新的理论，开拓新的批判空间。柯立哲（Chas Critcher）以下这段话差堪说明在左派的观点下战后英国工人阶级乃至于英国社会的危机："资本主义的成功这个观念是建立在对战后资本主义的社会——特别是美国和英国——有限却强有力的阅读上。一般认为，'高度大众消费'的时代产生了'富裕的社会'，在一个具有压倒性中产阶级性格的社会里，工人阶级的存在以及工人阶级这个观念早已落伍。"①

不过，柯立哲也进一步指出在此危机中的矛盾现象：就在工人阶级的存在被视为问题的时候，对工人阶级文化的严肃研究却大量出现。② 上文提到的霍加特、威廉斯、汤普森等人的著作只不过是较著名的例子而已。换句话说，文化研究的冒现基本上实出于对此危机的反应。而在方法与理论上，他们所仰赖的则是文化唯物主义（cultural materialism）或是文化马克思主义（cultural Marxism）。德沃金（Dennis Dworkin）在其讨论战后英国文化马克思主义的专书中即开宗明义指出，文化马克思主义的思构，主要是为了对战后英国社会的发展提供一种社会主义的理解，最重要的是，文化马克

---

① Chas Critcher, "Sociology, Cultural Studies and the Post-War Working Class," John Clarke, Chas Critcher and Richard Johnson, eds., *Working-Class Culture: Studies in History and Theory* (London: Hutchinson, 1979), p. 15.

② Chas Critcher, "Sociology, Cultural Studies and the Post-War Working Class," *Working-Class Culture: Studies in History and Theory*, p. 16.

思主义企图修正传统左派过度依赖政治与经济类别的社会分析。文化马克思主义者"尝试指认战后整个地势的外形,重新界定社会斗争,同时说明在一个高度资本主义的社会中赋予民主与社会主义政治新的抗争形式。在此计划的中心是'文化'"①。

德沃金所谓的文化马克思主义,对威廉斯而言则是文化唯物主义。威廉斯的主要关怀是文化应无疑虑,但他也同时强调文化的物质基础。在他看来,文化从来不是真空的存在,可以抽离其他的社会实践。威廉斯下列的话可以概括文化唯物主义的基本假设:"我们无法将文学和艺术与其他类型的社会实践分开,好让文学与艺术受制于某些相当特别与独特的规律。文学与艺术作为实践活动,可能具有某些特征,但文学与艺术无法自外于一般的社会历程。"② 后来多利莫尔(Jonathan Dollimore)和辛菲尔德(Alan Sinfield)在其编撰的《政治的莎士比亚:文化唯物主义新论文集》(*Political Shakespeare*: *New Essays in Cultural Materialism*)一书的前言中对此有进一步申述:文化唯物主义"坚持文化并未(无法)超越物质力量与生产关系。虽然文化并非只是经济与政治制度的反映,但是文化也无法独立于经济与政治制度之外。文化唯物主义因此研究文学文本在历史中的意涵"③。

---

① Dennis Dworkin, *Cultural Marxism in Postwar Britain: History, the New Left, and the Origins of Cultural Studies* (Durham and London: Duke Univ. Pr., 1997), p. 3.
② Raymond Williams, *Problems in Materialism and Culture* (London and New York: Verso, 1980), p. 44.
③ Jonathan Dollimore and Alan Sinfield, eds., *Political Shakespeare: New Essays in Cultural Materialism* (Ithaca and London: Cornell Univ. Pr., 1985), p. VIII.

## 不是结论

本文或可被视为某种乌托邦的计划。我想回到文化研究在横渡大西洋之前,或在美国建制力量介入之前的最初形态。我想重新找回文化研究最早的理想,重新审视文化研究的阶级基础,及其建立在此阶级基础上的方法与理论。这个阶级基础早为许多从事文化研究的人所遗忘,文化研究的基本方法与理论也久矣未被提起。从这个视角来看,本文也许勉强算是对文化研究的一种乡愁。

(2002 年)

# 《关键词》与威廉斯的"文化与社会"方法

1939年10月,威廉斯(Raymond Williams)靠着一份政府奖学金,离开威尔士的老家来到剑桥大学,在三一学院研读英国文学。威尔士工人阶级的文化与剑桥大学的文化当然大不相同,这一点威廉斯终身感受深刻。两年后,他被征召入伍。在军中四年,就在1945年10月中旬,正当他准备被派赴缅甸的时候,一天早上突然接到退伍令,要他回到三一学院继续未竟的学业。第二年6月他从剑桥大学毕业,同时获得一份研究所奖学金。威廉斯并没有继续深造,他接受牛津大学的聘书,到牛津大学的成人教育班任教。等威廉斯再回到剑桥时,已经是十五年后。那是1961年的春天,他收到剑桥大学的一封信,剑桥有意聘他为英国文学讲师。其实他并不知道有这个职缺,因此根本未向剑桥大学申请。威廉斯重返剑桥后,第一次正式认识利维斯(F. R. Leavis)。其实早在1945年威廉斯退伍回到剑桥时,就结交了一批环绕着利维斯的年轻人,不过当时威廉斯与利维斯私下并不认识,自然也没上过他的课,毕业之前也只听过他一次演讲。1961年威廉斯成为利维斯的剑桥同事,第二年,利维斯即从剑桥大学的唐宁学院(Downing College)退休。

威廉斯对他非常敬仰,两人虽然尝试交谈,只是似乎话题不多。①

利维斯——还有瑞恰慈（I. A. Richards）和燕卜荪（William Empson）这两位师生——是建立现代英国文学批评的扛鼎人物。利维斯基本上是位文化保守主义者,在意识形态上与威廉斯大相径庭,但威廉斯自承深受他的影响。② 不只威廉斯,许多当时的英国左派年轻学子都为利维斯所吸引,因此被称为左派利维斯追随者（Left Leavisites）。马克思主义历史学家霍布斯鲍姆（Eric Hobsbawm）在他的自传中,这样记述利维斯对当时英国左派学子的影响:

> ……等我来到剑桥的时候,我自己对利维斯的激情已经冷却了,但是在他的世纪里,没有一位学人在文学教学方面产生超过像他那样的影响。他有一种令人敬畏的能力,启发未来世世代代的教师,这些教师又回过头来启发他们才情洋溢的学生。③

霍布斯鲍姆甚至指出,英国马克思主义历史学家往往是因为对文学的激情而逐渐走上历史分析的道路的。"这也许有助于解释,何以反马克思主义的利维斯反而带给许多后来成为共产党党员的人令人讶异的影响。"④

---

① Raymond Williams, *What I Came to Say* (London: Hutchinson, 1989), p. 12.
② Raymond Williams, *What I Came to Say*, p. 12.
③ Eric Hobsbawm, *Interesting Times: A Twentieth-Century Life* (London: Allen Lane, 2002), pp. 94–95.
④ Eric Hobsbawm, *Interesting Times*, p. 97.

利维斯虽然和马克思主义者一样对资本主义没有好感，不过双方的出发点完全不同。对利维斯而言，当代社会的危机在于社会的精神与文化层面，而非物质层面。他所向往的是工业革命之前井然有序的有机社会，也就是所谓的农村英国（rural England），可惜这样的社会早已毁于工业革命——包括工业革命所带来的金钱崇拜，以及让中产阶级自得自满的物质主义。最后残存的文学与文化也面临大众媒体、通俗文化及都会流行文学的威胁。利维斯在1930年出版了一本题为《大众文明与少数人的文化》（*Mass Civilization and Minority Culture*）的小册子，对当代英国文化的远景抱持着相当悲观的态度。当理查兹还心怀憧憬，以为文化也许会有否极泰来，缓慢提升的机会，利维斯则认为文化正不断向下沉沦，理查兹的希望因此显得不切实际，因为他看不到任何扭转局势的因素。①利维斯并在1932年创办了《探究》（*Scrutiny*）季刊，印行了二十一年，至1953年停刊。《探究》所揭橥的大抵为利维斯的文化保守主义，对当时英国的文学马克思主义颇有微词。这份期刊在第二次世界大战前后影响现代英国文学批评至巨。

左派利维斯追随者基本上排斥利维斯的政治立场与意识形态，但却认同他的批评语汇中的激进成分——利维斯的激进文化保守主义正好可以补马克思主义经济决定论的不足。威廉斯虽然迟至1961年才与利维斯认交，但是他自剑桥毕业，一出道就是位左派利维斯追随者。1947年至1948年间，威廉斯与友人合办了一份生命很短的刊物，叫《政治与文学》（*Politics and Letters*），企图结合文学

---

① F. R. Leavis, *Mass Civilization and Minority Culture* (Cambridge: The Minority Pr., 1930), p. 31.

分析与社会和政治议题,《政治与文学》即被视为一份左派利维斯追随者的刊物。现代思想史学者德沃金(Dennis Dworkin)即曾指出:

> 威廉斯的理论方向是相当个人的。在一个文学与文化理论因意识形态路线而深深两极化的时代,他所仰赖的是马克思主义和《探究》,避开了马克思主义者以经济决定论阅读文学文本,乃至于利维斯追随者对少数人文化命运的狭隘关怀,以及对群众的反感。①

虽然威廉斯也和利维斯那样,对大众文化的腐蚀效应忧心忡忡,然而他不仅关心大众文化带给文学价值的威胁,更担心大众文化对工人文化的荼害。

威廉斯的左派利维斯追随者的立场充分显示于1958年出版的《文化与社会》(Culture and Society, 1780-1950)一书。《文化与社会》——以及出版于1961年的《漫长的革命》 (The Long Revolution)——采用利维斯所熟悉的实际批评,考察与诠释英国自工业革命之后至1950年的文化理论与社会进程。威廉斯利用利维斯的分析方法,探讨两百多年来英国的文化系统与文化变迁,书中明显透露了他对工业资本主义的嫌恶。从《文化与社会》一书我们已经可以看出,威廉斯在其分析活动中特别强调社会进程的总体性:这是与传统马克思主义突出生产工具与生产关系很不一样的地

---

① Dennis Dworkin, *Cultural Marxism in Postwar Britain: History, the New Left and the Origins of Cultural Studies* (Durham and London: Duke Univ. Pr., 1997), p. 86.

方。威廉斯的分析方法后来即因此书而被称为"文化与社会"方法。

《文化与社会》的出版正值英国新左派（the New Left）运动相当活跃的时候。新左派的蓬勃发展主要是在20世纪50年代末期，本身原就是一个非正式也缺乏严格组织的政治、社会及文化活动，成员相当庞杂，有反核武分子、工会左翼激进分子、反制和反文化的学生与艺术家、脱党或退党的共产党员、工党的异议分子，以及学院中的激进知识分子。新左派在意识形态上无法认同英国共产党与工党极左派所坚持的经济决定论，并自视其政治立场为一种社会主义的人文主义（socialist humanism）。"他们赋予文化与艺术特殊的地位，因为这些实践是整体人生不可或缺的，同时也因为文化机器和建制在人的生活中扮演越来越重要的角色。"①

在论述与批判活动上，环绕着新左派运动的有两个松散的知识团体，这两个团体又以几份期刊为中心。其一为《思考者》（Reasoner），创刊于1956年7月间，第二年夏天改名为《新思考者》（New Reasoner），副刊名即标明这是一份社会主义的人文主义刊物。《思考者》与《新思考者》的编辑委员和投稿者多为前英国共产党党员，包括小说家莱辛（Doris Lessing）、历史学家汤普森（Edward Thompson）、艺术批评家伯格（John Berger）、哲学家麦金太尔（Christopher MacIntyre）、政治学者密里本德（Ralph Miliband）等。《思考者》与《新思考者》旗帜鲜明，批判斯大林主义不遗余力，同时对苏联于1956年入侵匈牙利一事极为愤慨。在意识形态上这些左派知识分子想要召唤的是以莫里斯（William

---

① Dennis Dworkin, *Cultural Marxism in Postwar Britain*, p. 61.

Morris）为主的英国激进主义——一种未被污染的英国早期社会主义思想与实践——以及马克思的批判与历史方法。

和《思考者》与《新思考者》的成员比起来，《大学与左派评论》(Universities and Left Review) 的成员比较年轻，他们大部分为牛津大学的学生，平均二十几岁的年龄，既未曾经历经济大萧条的岁月，第二次世界大战时又还很小。1956年苏联侵略匈牙利对他们是一大打击，同年英国介入争夺苏伊士运河的事件，也令这些左派年轻知识分子深感气愤。文化研究的重要奠基者霍尔（Stuart Hall）在回顾这两个事件对当时左派青年的冲击时这么指出：

> 这两个事件发生在相距数日之内，这个事实升高了二者所带来的戏剧性的冲击，揭穿了宰制当时的政治生活的两个制度——西方帝国主义和斯大林主义——底层的暴力与侵略性，带给整个政治世界一片震撼。就更深层的意义来看，这两个事件也为我的世代的人界定了政治上可容忍的疆界与限度。①

霍尔和当代加拿大著名哲学家泰勒（Charles Taylor）当时都是《大学与左派评论》的灵魂人物。这份刊物也是创刊于1956年，对战后资本主义与美式大众文化的扩张力加批判。《大学与左派评论》

---

① Stuart Hall, "The 'First' New Left: Life and Times," *Out of Apathy: Voices of the New Left Thirty Years on*, Robin Archer et al., eds. (London: Verso, 1989), pp. 13 – 14. 霍尔称1956年之事件所形成的左派为"第一波"新左派（the "First" New Left），以区隔1968年欧洲反战与反现存社会建制的新左派运动。霍尔同时指出，当时他们使用新左派一词主要借自法国的《法国观察家》(*France Observateau*) 周报及其主编波德（Claude Bourdet）所推动的政治运动"新左派"（"nouvelle gauche"）。

有时候也被视为文化论者的刊物,其成员同样反对"庸俗马克思主义"的经济决定论;在他们看来,社会进程受制于政治、经济及文化活动,这些活动并无主从或从属关系。他们尤其视文化为整体的生活方式。1959年12月,《新思考者》和《大学与左派评论》合并为《新左派评论》(New Left Review),由霍尔担任主编。[①]

威廉斯的《文化与社会》一书即是在这样的政治与文化氛围之下出版的。《新左派评论》的编者在此书出版二十年后访问威廉斯时指出,此书"对本国的社会主义思想扮演了一个极为重要的解放的角色"[②]。威廉斯自承,虽然在20世纪50年代他仍参与若干政治活动,可是自1948年动笔撰写此书开始,他就刻意摆脱任何政治上的纠葛。在他看来,"政治的功能通常……是在例行地复制各种争议或利益竞逐,而与社会基本的深层活动没有什么关系"[③]。因此严格说来,威廉斯并未直接或实质性地加入20世纪50年代末期新左派运动的任何阵营:他在年龄上显然属于《新思考者》成员的世代,但在知识上与性情上却较接近《大学与左派评论》的那些年轻人,《文化与社会》一书的部分章节即曾在《大学与左派评论》上发表。一直到《漫长的革命》一书出版,才真正标示威廉斯重新参

---

① 关于英国早期新左派的活动,请参考:Robin Archer et al., eds., *Out of Apathy: Voices of the New Left Thirty Years on* (London: Verso, 1989)。关于《新思考者》和《大学与左派评论》的创刊与合并经过,请参考:Michael Kenny, *The First New Left: British Intellectual after Stalin* (London: Lawrence & Wishart, 1995), pp. 17-23。有关《新左派评论》的发展简史,则请参考:Robin Blackburn, "A Brief History of *New Left Review*"。网址:http://www.newleftreview.net/History.shtml。

② Raymond Williams, *Politics and Letters: Interviews with* New Left Review (London: Verso, 1981[1979]), p. 106.

③ Raymond Williams, *Politics and Letters*, pp. 102-103.

与政治与文化的辩论。

《文化与社会》是一本革命性的书,有意扭转过去两百年英国知识界有关文化的论述方向,威廉斯显然胸有块垒,企图以实际批评与历史分析的方法凸显两百年来英国文化论述的阶级性,目的在纠正此阶级性文化论述的偏颇。威廉斯在谈到《文化与社会》时不止一次指出,写作时他所面对的最大挑战是观念与语词的问题:"这本书是环绕着许多新的问题和疑虑构组的,这些问题和疑虑不仅借文化的新意义表达,同时也以一整批紧密关联的语词表达。"① 在《关键词》(Keywords: A Vocabulary of Culture and Society)一书的序言中,威廉斯以相当长的篇幅阐述撰写《文化与社会》时的困扰:这本书不但难以归类,其整个计划还涉及词汇的应用,尤其是这些词汇在符码意义上的历史流变。"这个研究领域的主要特色在于它的词汇,而值得注意的是,这个词汇并非属于某个专门学科的专门词汇。虽然此词汇与若干学科的词汇时有重叠,但其范围包括了一般性的词汇——从日常生活用法中强烈的、难懂的及诱导性的语词,到若干始于某种特定语境而逐步变成描述范围较广的思想与经验领域的语词。"②

换句话说,这个计划显然需要一套不同的词汇,才能肩负起威廉斯赋予这个计划的政治使命。对威廉斯而言,"语言是一种持续性的社会生产"③,因此语言——以及语言所负载的文化与政治意义——是变动不居的,这个看法当然与利维斯乡愁式的语言与文化

---

① Raymond Williams, *Keywords: A Vocabulary of Culture and Society*, rev. ed. (Oxford and New York: Oxford Univ. Pr., 1983[1976]), p. IX.
② Raymond Williams, *Keywords*, p. 14.
③ Raymond Williams, *Politics and Letters*, p. 176.

观难以相容。威廉斯表示:"利维斯强调语言的文化层面的重要性是对的,但他所持的延续的观念则大有问题,因为这个观念抽离了……历史变迁与逆转,然后提出意义的单一传统,这些意义则认可某些当代的价值。"① 在威廉斯看来,利维斯所秉持的是一种静止的语言与文化观,历史是停滞的,至少某一社会阶级的历史经验是停滞的,这是利维斯以少数人为主体的精英主义的历史与文化观,而工业革命之后的整个历史与文化发展显然难符利维斯的期望。威廉斯后来在《乡村与城市》(The Country and the City)一书中批判这种利维斯式的文化矛盾:"即使后来社会都已显著都会化了,其一世代以来的文化仍显著属于农村;即使进入20世纪了,在这个都会化与工业化的国度里,种种旧思想与旧经验仍然明显持续存在。"②

新的论述必须仰赖一套新的词汇,同时为了解决语言与文化变迁所可能造成的歧义及其延伸的沟通问题,威廉斯整理了一份词汇,共收录了六十个词语,每个词语并附有注解或短评,准备作为《文化与社会》一书的附录,并有意称之为《工业革命期间英语的流变》("Changes in English during the Industrial Revolution"),然而却不为出版社所接受。③ 此后约二十年的时间,威廉斯陆续搜集了更多的例子,并为这些语词撰写注解或短评。这就是《关键词》一书的成书经过。

按威廉斯的说法,《关键词》一书"应该算是一种词汇的探索

---

① Raymond Williams, *Politics and Letters*, p. 177.
② Raymond Williams, *The Country and the City* (London: Chatto and Windus, 1973), p. 2.
③ Raymond Williams, *Keywords*, p. 14.

记录：英文里最常用来讨论一般习俗与建制时所共享的一套语词和意义，我们将这些习俗与建制归类为文化与社会"。威廉斯把这些语词称为关键词，至少有两个互相关联的意涵：一方面，"这些语词在某些活动及其诠释中是既重要且具有约束力的语词"；另一方面，"这些语词在某些思想形式中也是既重要又具有指示性的语词"。威廉斯进一步指出，这些语词的"某些用法与某些了解文化与社会的方法密切相关"，而"某些其他的用法则在同样的一般性的领域中开展出某些议题与问题"。① 这些语词的政治性即在这里：它们不仅是论述威廉斯所说的文化与社会的主要工具，同时它们在讨论文化与社会时还开发了许多新的议题与问题。说得浅显一点，威廉斯的目的在提供一套清楚界定的语词，让工人阶级也能稍具信心地参与文化与社会的讨论——这个心愿其实导源于他在牛津大学成人教育班与工人阶级学生相处的经验：

> 我有个很强烈的感觉……工人阶级的人需要掌握所有处理社会事务的工具。……我故意在书中纳进了某些字词，因为我觉得有的人并不了解这些字词更有趣、更复杂的社会史，这些人因而在使用这些字词时信心不足，或者自这些字词的某些意义退却，而这些意义曾经是统治阶级的报章或政论家强力加诸这些字词的。我要让他们在使用这些字词时对自己的能力信心十足。②

---

① Raymond Williams, *Keywords*, p. 15.
② Raymond Williams, *Politics and Letters*, p. 179.

这正好说明了为什么《新左派评论》的编者在访谈威廉斯时，要把《关键词》一书所激发的知识效应称之为"马克思主义的政治经济学批判"①。如果说《文化与社会》是一本质疑精英主义文化观，并为工人阶级文化张目的书，《关键词》则企图为工人阶级寻找一套可以反映他们的经验与世界观的词汇，整个计划充分体现语言与观念的流动性：语言与观念并未具有普世与永恒不变的价值，二者永远受制于历史时空，并且恒在改变之中。《关键词》因此被视为历史语义学（historical semantics）的产物。

《关键词》的前身既为《文化与社会》的附录，它的左派利维斯追随者的色彩不言而喻。英国批评家诺里斯（Christopher Norris）认为威廉斯早年在剑桥求学时所受的影响也不能忽视——他指的是上文曾提到的瑞恰慈和燕卜荪。这两位师生的几部影响重大的主要著作——像瑞恰慈的《文学批评原理》（*Principles of Literary Criticism*）、《实际批评》（*Practical Criticism*），以及燕卜荪的《朦胧的七种类型》（*Seven Types of Ambiguity*）等——在20世纪二三十年代即已出版，对形塑早期剑桥的文学批评贡献颇大。瑞恰慈提倡实际批评，在方法上强调细读，重视读者对文本中字句的反应。威廉斯对瑞恰慈与剑桥的实际批评曾经有以下的回顾：

> ……如果你了解真正的历史，实际批评这个类型是在20世纪20年代由瑞恰慈在剑桥的英文系建立的。这个用词毕竟是他取的。此后在整个剑桥的英文系，实际批评就成了一个确立的步骤。举例来说，即使在利维斯还遭到英文系排拒的年

---

① Raymond Williams, *Politics and Letters*, p. 177.

代,就像今天的情形一样,在课程的每一个阶段必然维持一份实际批评的报告。①

《文化与社会》和《关键词》中所部署的实际批评其实是威廉斯在剑桥大学的学术养成的一部分,在利维斯介入剑桥的批评实践之前,实际批评早已经广为英文系的师生所接受。诺里斯认为对《关键词》的另一个重大影响是燕卜荪。威廉斯的确在《关键词》的序言中约略提到燕卜荪及其于 1951 年出版的《复杂语词的结构》(*The Structure of Complex Words*) 一书,不过并没有进一步交代《关键词》与《复杂语词的结构》之间的关系。这两本书的最终目的并未殊途同归,但二者却建立在颇为相近的对语言的假设上:语言"事实上可以拥有极为广泛且非常复杂的内在逻辑与语义的含义"②。换句话说,了解语词意义的历史发展,对了解和解决文化与社会问题是极为重要的。

《关键词》从撰写到付梓成书,历经二十余年,此时威廉斯部分影响深远的著作——包括《文化与社会》《漫长的革命》《乡村与城市》,以及几部讨论戏剧与小说的书——业已出版。《关键词》面世后第二年,威廉斯又推出另一本重要的著作《马克思主义与文学》(*Marxism and Literature*),至此与他一生的知识工作息息相关的文化唯物主义 (cultural materialism) ——用伊格尔顿 (Terry Eagleton) 的话说——"已然改变了文化园地中世世代代的学生与

---

① Raymond Williams, *Politics and Letters*, pp. 190 – 191.
② Christopher Norris, "*Keywords*, Ideology and Critical Theory," Jeff Williams, Rod Jones and Sophie Nield, eds., *Raymond Williams Now: Knowledge, Limits and the Future* (New York: St. Martin's Pr., 1997), p. 30.

工作者的想法"①。《关键词》无疑为文化唯物主义提供了相当详尽而有系统的注释,同时也为威廉斯此"文化与社会"方法提供了实际有用的工具。

(2003 年)

---

① 伊格尔顿的话出于 1987 年他对威廉斯的一次访谈,见 Raymond Williams, *Resources of Hope* (London and New York: Verso, 1989), p. 314。

# 帝国与文化

## 一

在萨义德（Edward W. Said）的批评论述中，文化一词具有重大的意义。1986年在与威廉斯（Raymond Williams）的一次对谈中，萨义德指出："文化大抵是个排外而非合作、社群的用词。"威廉斯的《文化与社会》（*Culture and Society: 1780 - 1950*）一书主要讨论工业革命之后若干英国哲人与作家对文化的看法，这些英国先贤在论及文化时几无例外地不忘将"我们的"与"他们的"文化区隔分别。而按萨义德的看法，界定与边陲化"他们的"文化的，本质上靠的是种族这个类别。①

视文化为区分人我的类别实源于萨义德对阿诺德（Matthew Arnold）的批评。阿诺德在《文化与无政府状态》（*Culture and Anarchy*）一书中指文化为"时代最好的知识与思想"，他在序中开宗明义表示：

---

① Raymond Williams, *Culture and Society, 1780 - 1950* (New York: Columbia Univ. Pr., 1983[1958]), p. 196.

本文整个范畴在于荐举文化,将文化视为摆脱现时困境的一大助力。文化就是追求我们整体的至善至美,其手段即在于设法认识世人对我们最关切的事务所有过的最好的想法与说法,而透过这个知识,将新颖与自由的思想注入我们的陈腐观念与习惯中……①

阿诺德并未说明所谓"最好的"意涵为何,其标准或规范何在,又是谁来决定或树立这些标准或规范。显然,所谓"最好的"其实并非不证自明或凭空想象的,而是文化斗争的结果:"最好的"必须与其他"参与竞逐的意识形态、哲学、教条、观念与价值竞争",阿诺德心中理想的文化正是在这种情况下"断然获得与赢取的霸权"。②

问题是,文化的霸权斗争究竟在何处进行?或者说:哪一个机构有权代理文化?阿诺德的答案是国家——其实这也是柏克(Edmund Burke)与柯勒律治(Samuel Taylor Coleridge)等人早先于他提出的答案。在《文化与无政府状态》一书的结论中阿诺德说:"在我们看来,国家……的架构和外在秩序是神圣的。由于文化教导我们培养对国家怀抱着伟大的希望与计划,文化因此是无政府状态最坚决的敌人。"阿诺德之所以视"国家越来越是我们最好

---

① Matthew Arnold, *Culture and Anarchy*, Samuel Lipman, ed. (New Haven and London: Yale Univ. Pr., 1994[1869]), p. 5.
② Edward W. Said, *The World, the Text, and the Critic* (Cambridge, MA: Harvard Univ. Pr., 1983), p. 10.

的自我的表达"①，并不是没有道理的。他说：

> 我们最好的自我并非多重、粗俗、浮动、争乱不休、恒在变动的，而是一统、高贵、安全、平和、放诸四海而皆准的——准此，当诸多值得珍惜之事物面临无政府状态之危害时，我们哪能不以嫌恶视之，哪能不以决心予以抵制！因此，为了眼前，更为了将来，热爱文化的人都是以良知良能、坚定不移地对抗无政府状态的人。②

文化所要追求和发展的正是这样的"最好的自我"，而这个"最好的自我"也正是权威之所寄：

> 透过我们**最好的自我**，我们超越个人，和谐团结。我们将权威赋予这最好的自我，并不会因此陷入危险，因为此自我为我们仅能获得的挚友，当无政府状态危及我们，我们可以满怀信心投靠这个权威。而文化或至善至美的探索企图在我们身上发展的正是这个自我。……我们需要权威，而除了嫉妒的阶级、险阻、僵局之外，我们一无所获。文化意指**国家**此一理念。在我们寻常的自我中，我们找不到坚决的国家权力的基础；文化在我们**最好的自我**中为我们指出了这样的基础。③

---

① Matthew Arnold, *Culture and Anarchy*, p. 136.
② Matthew Arnold, *Culture and Anarchy*, p. 136.
③ Matthew Arnold, *Culture and Anarchy*, pp. 64 – 65.

从上述引文可知，在阿诺德的论述系统中，国家无疑是文化实践的"物质现实"①，文化与国家的表里关系因此可说昭然若揭。然而问题的关键也在这里：阿诺德并未告诉我们，他心目中的国家所指为何？国家究竟意味着什么？它究竟以何种方式、何种手段、何种程序构成？阿诺德认为，不论贵族阶级、中产阶级或工人阶级，都有他所谓的"异类"（aliens）："引领这些人的主要不是他们的阶级精神，而是一股普遍的人道精神，对人类至善至美的喜爱。"② 这些"异类"正是他所谓的阶级的"残余分子"（remnants），也就是后来利维斯（F. R. Leavis）与威廉斯所说的"少数人"（minority）。③ 简单地说，这些少数人能够超越其阶级属性，追求文化，止于至善至美，是文化精英，也是国家机器主要的构成分子，不仅为"我们最好的自我"订立标准，也为社会变迁所导致的动乱设定规范，重建新的秩序。阿诺德虽然未在其论述计划中明言国家的构成过程或程序，但却相当具体点出了国家与文化相辅相成的互动关系。

这样的互动关系也说明了文化权力与国家权力之间的错综重叠：文化端赖国家权力的扶持襄赞或强力介入才能形成霸权，国家则希望透过文化权力的渗透，进一步垄断、散布、延续国家意识形态，巩固国家权力的合法性，并维护既有的法律和社会秩序。因此，对国家而言，文化无异是一种区分、评价、排除异己的系统。

---

① Edward W. Said, *The World, the Text, and the Critic*, p. 10.
② Matthew Arnold, *Culture and Anarchy*, p. 73.
③ F. R. Leavis, *Mass Civilization and Minority Culture* (Cambridge: The Minority Pr., 1930), pp. 5, 25 – 26; Raymond Williams, *Culture and Society: 1780 – 1950*, p. 121.

合于国家意识形态或统治阶级利益的，是属于"我们的"文化，反之则被划为"他们的"文化，文化——就像阶级一样——不啻是模塑社会对立关系的重要类别，也是确立社会之摩尼二元论（Manicheanism）的主要依据。当文化与国家权威的外在架构结合时，文化于是指向萨义德所谓的"国族、家园、社群与归属"[①]。而被排除在这些意义之外的则是"无政府状态、文化上的失势者，以及那些与文化和国家对立的质素——简言之，无家可归者"[②]。

文化既是排除异己的有效系统，凡被视为异己而遭到文化排除在外的，自然被认定为失序、脱轨、卑劣、低俗、背德或无理性，也就是必须透过国家权力及其建制加以钳制、压抑或边陲化的种种他性（alterities）。在这个意义之下，文化显然是个"身份认同的根源"[③]，或者是个"保护性的封闭体"。用萨义德的话说，"在进门之前，先检查你的政治立场"[④]，看看你应属于"我们"或是"他们"，以确定你是否会被纳入同一个归属、同一个社群之中，或者说，确定你和"我们"是否"同国"。这种人/我、异/己、外/内的二元对立，其实隐含强烈的价值判断与层系高低之分。属于"我们的"当然具有高尚且理应发扬光大的价值，属于"他们的"则多半被贬为价值低劣而必须受到压制。萨义德在检视19世纪欧洲思想时，就发现这种以文化为标准作为区分内外、判断优劣的现象。在他看来，奉欧洲文化为圭臬的做法其实包含着"其他可怕的区别"，也

---

[①] Edward W. Said, *The World, the Text, and the Critic*, p. 12.
[②] Edward W. Said, *The World, the Text, and the Critic*, p. 11.
[③] Edward W. Said, *Culture and Imperialism* (New York: Alfred A. Knopf, 1993), p. XIII.
[④] Edward W. Said, *Culture and Imperialism*, p. XIV.

就是"我们的与他们的、适当的与不适当的、欧洲的与非欧洲的、较高的与较低的之间的差别"①。19世纪东方主义（Orientalism）的兴起与发展，主要即建立在这样的二元思考与区隔分类上。整个东方主义对东方的"意识形态假设、意象与幻想"②，就是受制于这样的思考模式。萨义德后来在反省他对东方主义的批评时，仍然坚持这样的看法，他说："就像东方研究者的做法一样，称某人为东方人不仅表示此人之语言、地理与历史为学术论著之材料而已，此词通常蕴涵贬抑之义，表示此人属人类较差之品种。"③ 东方主义不幸为殖民主义与帝国主义所据用，最终甚至沦为殖民与帝国论述，显然其来有自，换言之，东方主义的最后命运在其内在系统的种种预设——包括其研究方法与论述策略——中其实早可预见。

更不幸的是，这样的二元区分泰半是出于人为武断的假设，而支撑萨义德所谓的想象地理（imaginative geography）的，就是由这种违反自然的想象所构筑的摩尼二元论的世界（Manichean world）。这是一种虚构的现实（fictional reality）：

> 一群人居住在数英亩大的土地上，他们在自己的土地与临近的环境和疆域之间划出疆界，并称这片环境与疆域为"蛮夷之地"。换言之，他们在自己的脑海中划定一片熟悉的空间为"我们的"，另外一片在"我们的"之外的陌生空间则为"他们的"，这种普遍做法是一种地理区分的方法，本身可以是完全武断的。……"我土/夷土"之分的想象地理无须获得蛮夷一

---

① Edward W. Said, *The World, the Text, and the Critic*, p. 14.
② Edward W. Said, *Orientalism* (New York: Vintage Books, 1979), p. 90.
③ Edward W. Said, *Orientalism*, p. 45.

方之承认。只要"我们"在我们的脑海中划出这些疆界就够了,"他们"就成为"他们",而他们的疆域和心理就被认定为跟"我们的"大不相同。①

想象地理不仅确立了欧亚两洲的疆界,更重要的是,它也确立了两大洲之间的层系关系:"欧洲强大而有发言权,亚洲则饱经挫败且遥不可及。"② 在这样的层系关系中,东方始终是西方环伺下的一个客体——一个缄默的他者。东方于是陷入一种被萨义德称为化石作用的境地之中,从此在时间里凝固静止。

东方主义基本上是个文化现象,将东方东方化(Orientalized)因此是个文化过程,它将一套词汇、一套再现论述、一套学术规范合法地将东方围堵、驯服,也就是文本化,使之成为可供窥伺、观看、探测与掌握的客体——这个文化过程显然也是个规训的过程。如果说帝国主义或殖民主义需要一套说辞,潜藏在东方主义的文化与规训过程中的意识形态构成(ideological formations)正好提供了一臂之力。这些意识形态构成包括了宰制的观念与知识形式:帝国强权总认为,欧洲以外的许多地区尽是化外之民,他们置身在文化的黑暗长夜之中,正等待帝国的教化与训育。正如萨义德的研究所指出的,"19 世纪古典帝国文化的词汇中充斥着像'卑劣'或'被支配种族''低等人种''依赖''扩张'和'权威'等用词与观念"③。这也是帝国主义者每以教化之名遂行其帝国意志、满足其帝国欲望的最后依据。

---

① Edward W. Said, *Orientalism*, p. 54.
② Edward W. Said, *Orientalism*, p. 57.
③ Edward W. Said, *The World, the Text, and the Critic*, p. 9.

帝国大业固然包括领土的扩张、人力的剥削与资源的掠夺，但要完成与维系此帝国大业，显然还必须仰赖文化的想象。这也是哈佛大学文学教授理查兹（Thomas Richards）所谓的帝国档案（the imperial archive）的由来。档案一词显然演绎自福柯（Michel Foucault）的理论，此处特指"一个完整知识的乌托邦空间"。档案"既不是一幢建筑，甚至也不是文本之搜罗汇集，而是一切已知或可知事物集体想象之总汇，一个认识论式主导模式的奇幻再现，一个帝国都会与帝国的异质性在地知识的实质焦点"①。这样的描述说明了档案与文化想象和知识幻想之间的密切关系，一言以蔽之，构成帝国档案的是文化想象与知识幻想，而帝国大业之所以能够维系不坠则多少有赖日积月累的帝国档案。理查兹认为："帝国档案是人们搜集并统合为国家与帝国服务的知识幻想。它虽然是文学幻想，但却广泛为大家所共享，而且还影响政策的制定。……在帝国档案的幻想中，国家对知识——特别是大量来自帝国各方的知识——的监督事实上做得相当成功。"② 帝国档案的意识形态功能显然在培养与强化帝国臣民的帝国主义心态，康拉德（Joseph Conrad）笔下的马洛（Charlie Marlow）之所以自幼胸怀五湖四海的帝国大志不是没有原因的：

> "当我还是个小孩子的时候，我对地图就情有独钟。我会花上好几个钟头，看着南美洲，或者非洲，或者澳大利亚，而让自己沉迷在许许多多探险的荣耀中。那时候地球上还有许多

---

① Thomas Richards, *The Imperial Archive: Knowledge and the Fantasy of Empire* (London and New York: Verso, 1993), p. 11.
② Thomas Richards, *The Imperial Archive*, p. 6.

空白的地方,当我看上地图上某个特别吸引人的地方(不过所有地方看起来都一样吸引人),我就用手指头指着这个地方说,长大后我要到那儿去。"①

年幼的马洛一副天真无邪,仿佛那"空白的地方"真的空白,真的不见人迹,真的正等待他的"君临"。② 伍德(Denis Wood)曾经以这个教科书的例子说明地图如何以其隐含的力量激发想象③,不过他似乎有意无意忽略的是,对居住在那些"特别吸引人的地方"的原住民/当地人来说,地图所激发的帝国想象却是种族苦难与文化浩劫的开端。换句话说,在暴虐的实际殖民之前,帝国往往早已透过文化想象先行扩张其版图。康拉德即曾在《地理与探险家》("Geography and Some Explorers")一文中回忆幼年时代地图所带给他的乐趣与影响:"我自幼即迷上看地图。看地图激发我们以稳健的好奇心直接接触地球上广大空间的问题,赋予我们的想象力可靠的准确性。19世纪许多可靠的地图培养我对地理事实真相的高

---

① Joseph Conrad, *Heart of Darkness*, Robert Hampson, ed. (London: Penguin Books, 1995[1902]), p. 21.
② 《黑暗的心》(*Heart of Darkness*) 这一幕多少是康拉德的夫子自道。康拉德曾在《地理与探险家》("Geography and Some Explorers")一文中回忆他少年时代对地图的耽迷:"有一天,我把手指头摆在非洲当时纯白的心中央的一点,然后宣布说,有朝一日我将到那儿去。友伴的揶揄我完全可以理解。我则为自己的大言不惭感到羞愧。……然而不争的事实是,大约十八年后,一艘由我操控的破旧的尾外轮小汽船却在某非洲河流靠岸。"见 Joseph Conrad, *Last Essays* (New York: Doubledays and Co., 1926), p. 17. 从想象到实践,地图所隐含的意识形态功能由此可见。顺便一提,康拉德所说的"某非洲河流",应是他在1890年航行其上的刚果河。
③ Denis Wood, *The Power of Maps* (London: Routledge, 1993), p. 44.

昂兴趣，刺激我追求精确知识的欲望……。"① 日后航行刚果河的康拉德，耳闻目睹西方诸国的殖民恶行，在刚果河上的黑夜星空下反省文化想象所激发的帝国欲望及其恶果，内心怆痛之余也只能深感无奈："在此无垠旷野的黑夜中，我身边既无友伴的模糊身影，也无萦绕于怀的记忆，想起的只是某份乏味报纸的丑陋'噱头'，听到的也尽是无耻之极的搜括掠夺之类的恶行，这些恶行已扭曲了人的良知历史与地理探险。一个小男孩梦幻中的理想事实就此结束了。"②

## 二

让我们再回到阿诺德的《文化与无政府状态》。上文提到，阿诺德在论及国家构成时，曾以"异类"或"残余分子"之类的少数人作为构组国家的主体或主要成分，他认为每个社会阶级都不乏这一类少数精英，这些人都是文化的表征，是展现至善至美的理想类别。工业革命之后英国社会弥漫着一股浓厚的重商主义，每个社会阶级都无法幸免，《文化与无政府状态》一书对此甚为不满，阿诺德认为没有任何单一阶级足堪担负重任，传播文化，并以"最好的

---

① Joseph Conrad, *Last Essays*, p. 13.
② Joseph Conrad, *Last Essays*, p. 17. 罗锦良（Gail Ching-Liang Low）认为康拉德的例子可以说明"童年、殖民主义与地理环环相扣的长远关系"。不过康拉德的文本终究记录了童年梦想的破灭，真正把童年、殖民主义与地理结合在一起的反倒是像哈格德（Henry Rider Haggard）之类的作家所撰写的系列冒险故事——罗锦良称之为田园形式（pastoral form）："因为童年代表纯真的世界，未受年龄与文明的污染，男孩自必是唯一能够继承或建立此空白新（殖民）世界的人。"见 Gail Ching-Liang Low, *White Skins/Black Masks: Representation and Colonialism* (London and New York: Routledge, 1996), p. 45。

知识、最好的想法"启迪人心。在重商主义之下，一切为了生产，为了财富，为了个人权力，整个社会变得急功近利，庸俗粗鄙。威廉斯以下的话可以总结阿诺德对不同社会阶级的批评："贵族利用国家权力与尊严作为工具，以保护自身特权为能事。中产阶级则对此群起反对，目的在削弱国家权力，然后妄想靠源于未加节制的个人活动的'简单自然法'来追求至善至美。"① 至于工人阶级，则无疑是阿诺德最大的恐惧。在他看来，这个阶级最缺乏"同情的光明力量与妥为准备的行动力量"，令阿诺德忧心不已的是，"工人阶级目前正急速成长与蹿升"。② 他抨击工人阶级不负责任，为所欲为：

> 工人阶级……经验不足，只是半开化，长期半隐匿在贫穷与脏乱之中，如今正自其藏身之处奋起争取其身为英国人的为所欲为的天赋权利，他们随处游行，随处集会，随意叫嚣，随意捣毁，他们开始让我们感到困惑……③

工人阶级于是成为动乱与无政府状态的同义词，成为破坏文化、威胁理性的敌人。阿诺德主张不惜动用一切行政力量，制止无政府状态，建立新的秩序，他虽然欲语还休，不愿直指工人阶级，但是他主张镇压的对象绝不会是贵族阶级和他自认己身所属的中产阶级：

> 对我们——对我们这些相信正确理性、相信有责任也有可能解救和高举我们最好的自我的人，相信人性是朝至善至美前

---

① Raymond Williams, *Culture and Society*, p. 123.
② Matthew Arnold, *Culture and Anarchy*, p. 67.
③ Matthew Arnold, *Culture and Anarchy*, p. 71.

进的人,——对我们而言,社会体制……是神圣的,不管谁治理这个社会体制,虽然我们可能免除他们的职权,但只要他们一日在位,我们就一心一意、坚定不移地支持他们制止失序与无政府状态,因为没有秩序就没有社会,而没有社会就没有人的至善至美。①

威廉斯不止一次指出,阿诺德之论述文化,抨击无政府状态,动机其实源于1866年7月23日改革联盟(Reform League)在海德公园所号召的六万工人集会,这次集会的主要目的在争取工人的投票权。当工人阶级因不得其门而入而推倒公园栏杆时,阿诺德看到的是失序与动乱。威廉斯认为,阿诺德"在发表后来成为《文化与无政府状态》的第一章演说时,他脑海中浮现的是海德公园。他把这篇演说称作《文化及其敌人》"。显然,阿诺德视海德公园事件为"普遍无政府状态的征兆"②,一如上述引文所示,他的立场旗帜鲜明,那就是惩罚与规训,对动乱分子绝不宽贷,然后他希望透过国家权力,以文化给予教化。至此文化的功能与角色已经相当清楚,用阿诺德自己的话说:"经由文化,我们的路似乎不仅通往至善至美,甚至通往安全。"③ 视文化为通往社会安全的途径,当然也确立了文化作为监控与规训机制的角色。对工人阶级而言,阿诺德心目中向往的文化势将成为新的宰制形式,这个文化也将重新界定现存的权力与社会关系。扬格(Robert J. C. Young)批评阿诺德

---

① Matthew Arnold, *Culture and Anarchy*, p. 135.
② Raymond Williams, *Problems in Materialism and Culture* (London and New York: Verso, 1980), pp. 5 – 6.
③ Matthews Arnold, *Culture and Anarchy*, p. 134.

力主镇压示威群众的说法为殖民主义，简直和"四年前莫兰湾 (Morant Bay) 暴动之后牙买加那些人身上所发生的"没有两样。①威廉斯其实也很担心阿诺德所谓的国家，为贯彻其文化意志，维护"最高的秩序"，而无限上纲成为"真正的'权威中心'"。②

阿诺德之标举文化目的在匡正社会风气，匡正异言异行，希望带动风潮，以其认可之正言正行，重建社会的新秩序。按他的如意算盘，文化不涉政治，正可以稀释或去除异言异行的政治意涵或政治化倾向。不过从上文的分析大致可知，阿诺德期望文化所扮演的其实是意识形态国家机器，为社会言行划定范畴，建立规范，借以区别言行之良窳真伪，文化因此也就成为福柯所说的生产真理的机制，而构成国家、体现文化的那些"异类"或"残余分子"，则无异扮演监管生产真理的人。③ 显然，这样的文化其实与种族之类的类别没有两样，是吉尔罗伊 (Paul Gilroy) 在论种族歧视时所说的"纳入或排除的机制"④。这一点上文已经略有申述，在此情形之下，文化如何可能排除政治？扬格也以类似的说法指出《文化与无政府状态》一书反讽之处。他说："对阿诺德而言，文化的公共功能在于严格地稳定、调解与缓和所有的冲突或异议。但矛盾的是，文化的角色同时也会制造不稳。"⑤ 整个问题即在于文化的区别与规范功

---

① Robert J. C. Young, *Colonial Desire: Hybridity in Theory, Culture and Race* (London and New York: Routledge, 1995), p. 87.
② Raymond Williams, *Culture and Society*, p. 127.
③ Michel Foucault, "Questions of Method," in Graham Burchell, Colin Gordon and Peter Miller, eds., *The Foucault Effect: Studies in Governmentality* (London: Harvester Wheatsheaf, 1991), p. 79.
④ Paul Gilroy, *'There Ain't No Black in the Union Jack": The Cultural Politics of Race and Nation* (Chicago: Univ. of Chicago Pr., 1991[1987]), p. 45.
⑤ Robert J.C. Young, *Colonial Desire*, p. 57.

能：文化同时隐含正负两股力量，是一个纳入同类与排除异己同时进行的过程。正因为这样的区别与规范功能，文化将不免沦为社会倾轧与政治斗争的场域，也因此吊诡地成为失序不安的因素。

阿诺德论述文化的时候，距工业革命的滥觞已有数十年，英国工业资本主义已经成形，工人阶级早已形成组织，社会阶级的对立关系也已颇具规模。因此威廉斯认为，阿诺德的文化论述所反省的，其实是"对全面工业主义的社会效应——特别是产业工人阶级的骚动——所激发的普遍反应"。[1] 扬格也言简意赅说明了阿诺德论述当时大英帝国内外交困的情势，简言之，内有工人阶级的示威骚动，外有殖民地的抵拒反抗。[2] 尤其英国国内，工人阶级所要求的不仅投票权而已，工业资本主义主导下的放任自由贸易已经造成相当严重的贫富不均与阶级对立，用阿诺德自己的话说："我们的自由贸易政策带来令人钦羡的动向，创造了新的工业中心与新的穷苦人家。"[3] 富裕的工业资产阶级和贫困的工人阶级都是工业革命的产物，这两个对立阶级的出现其实与英国的帝国扩张和殖民经济有相当密切的关系。

霍尔（Stuart Hall）在一篇讨论后殖民理念的论文中指出，由于西方帝国主义者殖民扩张的结果，自 16 世纪以后，许多地方的"时间和历史已经暴虐地套牢在一起，再也无法回头。"[4] 霍尔的本意在说明：所谓自主、自生的文化属性，就像自身俱足的经济体或

---

[1] Raymond Williams, *Culture and Society*, p. 112.
[2] Robert J.C. Young, *Colonial Desire*, p. 56.
[3] Matthew Arnold, *Culture and Anarchy*, p. 124.
[4] Stuart Hall, "What was the 'Post-colonial'? Thinking at the Limit," in Iain Chamber and Lidia Curti, eds., *The Post-Colonial Question: Common Skies, Divided Horizons* (London and New York: Routledge, 1996), p. 252.

绝对主权独立的政体一样，其实必须透过他者，经由类同与差异系统，以论述的形式建构。换言之，自我与异己的历史是互相纠结、彼此界定的，大英帝国的历史尤其如此。我们很难想象，少了海外殖民或帝国扩张的经验，近代英国历史会是怎么样的一个面貌。拉什迪（Salman Rushdie）在《魔鬼诗篇》（*The Satanic Verses*）中指出，英国人的历史多发生在海外，可谓一言中的。①

历史学家霍布斯鲍姆（E. J. Hobsbawm）很早在其名著《工业与帝国》（*Industry and Empire*）中，对帝国主义与工业革命的关系，就提供了相当可信的分析。譬如，霍布斯鲍姆以棉花加工业为例，说明工业革命、工业资本主义与殖民经济环环相扣的互动关系：

> 棉花是工业变迁的前导，最早因工业化而出现的地区也是以棉花为基础的，这些地区复以"工厂"这种新的生产形式为基础，形成新形式的社会，即工业资本主义。②

霍布斯鲍姆进一步借棉花工业说明工业革命与殖民经济的关系：

> 棉花制造业是国际商业——特别是殖民商业——迅速扩展潮流下的副产品，少了国际或殖民商业……工业革命的发生将无从解释。棉花制造业的原料……几乎全来自殖民地。……直

---

① Salman Rushdie, *The Satanic Verses* (Dover, Del.: The Consortium, 1988), p. 343.
② Eric Hobsbawm, *Industry and Empire: From 1750 to the Present* (London: Pelican, 1968), p. 56.

到1770年，百分之九十的英国棉花输出品是送到殖民地市场的，主要是非洲。1750年之后，输出的大量扩增刺激了棉花工业：从1750年到1770年之间，棉花输出品成长超过十倍。

工业革命带来了生产技术的改进，到了19世纪初期，整个棉花工业可以说全面仰赖工厂的生产形式了。①

这里简要地借用霍布斯鲍姆的分析，主要在说明因工业革命的发生而崛起的工业资产阶级以及逐渐形成组织的工人阶级，其实与大英帝国的海外扩张及其殖民经济是有直接或间接的关系的。澳大利亚史学家李查兹（Eric Richards）在研究工业革命对大英帝国边陲地区经济的影响时就曾经坦言："殖民本身当然是针对（帝国）都会核心需要的一种反应。至少我们可以这么说，殖民之所以可行，通常是由于殖民提供了与正在工业化的英国进行贸易的机会。'消化余货'以及迅速认定主要出口商品几乎是所有殖民设计者最为优先的想法。"② 他因此认为："不管多么遥远，多么试验性，没有任何殖民地能够避免工业化后的英国的商业拥抱。"③

---

① Eric Hobsbawm, *Industry and Empire*, p. 59.
② Eric Richards, "Margins of the Industrial Revolution," in Patrick O'Brien and Roland Quinault, eds., *The Industrial Revolution and British Society* (Cambridge: Cambridge Univ. Pr., 1993), p. 221.
③ Eric Richards, "Margins of the Industrial Revolution," p. 222. 李查兹的论文所提供的历史经济学分析对本文以下的讨论也颇有启发价值。他所研究的边陲地区（margins）不限于大英帝国的海外殖民地，还包括了帝国本土的若干新兴工业区，如与威尔士相邻的东什罗普郡（East Shropshire）、位于英国东部的东英格利亚（East Anglia）及苏格兰高原（The Scottish Highlands）等。这里无法转述李查兹的分析细节，重要的是他的结论："边陲地区从工业化中受益甚少，而……其人民所分担的工业化问题却不成比例。"（pp. 224-225）明言之："英国新的工业中心的工业化，无疑造成某些地区——如西部高原、部分东英格 （转下页）

马克思提供了这么一个古典的例子。1853 年 6 月 25 日，马克思在《纽约日报》(New York Daily Tribune) 发表专文，讨论英国对印度的殖民统治。马克思指出：印度"典型小型社会的有机组织绝大部分已经解体，或者正在消失之中，倒不全是因为英国税吏与士兵的残暴介入，而是经由英国蒸汽机与英国自由贸易造成的结果"①。马克思的主要关怀是社会革命，他虽然对英国的动机与手段略有微词，但却认为英国帝国资本主义（这当然不是当时马克思的用语）是个历史进程，相对于亚细亚的生产模式及其社会组织，帝国资本主义无疑乃是较为进步的社会与经济制度。为消除时人对其看法的疑虑，马克思甚至不厌其烦地自问自答："问题是，亚细亚社会国家若未经彻底的革命，人类如何能完成其命运？如果不能，不论英国所犯何罪，英国毕竟是导致革命的历史无意识的工具。"②

通过工业革命实践的殖民经济剥削似乎只为工业资产阶级带来好处，一直到阿诺德论述文化的时候，虽然距工业革命已有数十年

---

（接上页）利亚和西威尔士——多数人未来几十年的经济生活更为艰苦。在 19 世纪末叶因大规模的外移而造成人口疏减之前，这些地区人民的生活水准与工业核心的相差甚远。"这些外移的人口当然一大部分是移民海外，据统计，19 世纪英国人民移民澳大利亚的就有一百六十万人之多（p. 223）。单单这一点就可见工业革命与海外殖民的复杂关系。

① 转引自 Bill Warren, *Imperialism: Pioneer of Capitalism*, John Sender, ed. (London: NLB and Verso, 1980), p. 40。

② 转引自 Bill Warren, *Imperialism*, p. 41。一直要到半个多世纪之后，马克思对帝国资本主义的看法才被列宁修正。自列宁之后，在马克思主义的论述中，帝国主义不再具有进步的特性，资本主义也不再代表社会与经济发展的动力。对马克思主义者而言，帝国主义与资本主义的历史使命终告结束。列宁的主要理论见其《帝国主义：资本主义的最高阶段》(*Imperialism: The Highest Stage of Capitalism*, 1917)。

之久，工人阶级仍只能像阿诺德所说的，"长期半隐匿在贫穷与脏乱之中"①。例如在提到他亲眼所见的伦敦东区（East End）时，阿诺德自承他所看到的尽是"诸多令人沮丧的景象"②。事实上东区是大英帝国对外贸易的吞吐口，是最能展现维多利亚王朝殖民经济形态的地方，更是工人阶级、外来劳工聚散之地，阿诺德所目睹的"令人沮丧的景象"，只是维多利亚时代以东区为对象的文化生产中某一殖民他性（colonial alterity）而已。③ 大英帝国虽然国威远播，但是若阿诺德的描述与分析可信，其内政已经问题重重，整个社会正在分崩离析之中；阿诺德之论述文化，本意即在正本清源，匡正时弊，可惜他只看到文化危机与工业和重商主义的关系，并未溯本追源，厘清文化危机与殖民主义和帝国主义的复杂关系。

其实这也是威廉斯的《文化与社会》一书最令人感到困窘的地方。威廉斯最重要的关怀是工业革命以及英国的社会变革与文化思想，他自认《文化与社会》一书"是一部对抗的著作"④，目的在"反抗利用与悠久文化相关的思考，反对如今已确然属于反动的立场"⑤。《文化与社会》一书所关注的时代，从工业革命到 20 世纪上半叶，正是大不列颠帝国主义由兴而衰、活动最为频繁的时期，至少从 1790 年到 1920 年，大英帝国几占地球五分之一的土地，然而

---

① Matthew Arnold, *Culture and Anarchy*, p. 71.
② Matthew Arnold, *Culture and Anarchy*, p. 126.
③ Chris Jenks, "Watching Your Step: The History and Practice of the *Flâneur*," in Chris Jenks, ed., *Visual Culture* (London and New York: Routledge, 1995), p. 151.
④ Raymond Williams, *Politics and Letters: Interviews with* New Left Review (London: Verso, 1981), p. 98.
⑤ Raymond Williams, *Politics and Letters*, p. 97.

威廉斯的整个论述竟几乎未见帝国主义的介入。《新左派评论》（New Left Review）在访问威廉斯时，批评《文化与社会》一书缺乏"国际层面"，不是没有道理的。《新左派评论》的访谈者对威廉斯说："你谈到你的实践活动和思想意识，点点滴滴在在显示你自孩童时期开始，对英国帝国霸权和对外宰制的本质，以及日益茁壮的反霸权、反宰制的殖民斗争就非常了然。可是书中对这些丝毫没有回响。"①

威廉斯想借《文化与社会》建立的无疑是个对立论述，此书所部署的批判立场也相当清楚，像这样的一本书，尤其出诸威廉斯这样的一位文化批评家，竟然未见或几乎只字未提帝国主义这个历史过程对英国文化的影响，的确令人难以理解。

## 三

《文化与社会》一书辟有专章讨论艾略特（T. S. Eliot）。不论从宗教、文化或政治的角度来看，艾略特都是个保守主义者。他对阿诺德虽然略有微词，②但对阿诺德式的精英主义却颇为心仪。阿诺德一方面以阶级——如他著名的阶级三位一体论，即贵族的野蛮人（Barbarians）、中产阶级的菲利士人（Philistines），以及工人阶级的民众（Populace）——作为论述的类别，一方面则对这些阶级

---

① Raymond Williams, *Politics and Letters*, pp. 117–118.
② 艾略特尤其批评阿诺德在讨论文化时完全忽略宗教的重要性，甚至"给人文化较宗教更为面面俱到的印象"。依艾略特看来，宗教的地位无疑高于一切。他说："任何文化若没有宗教作为基础，是不可能存在或维系的。……文化本质上可以说是一个民族的宗教的具体呈现。"见 T. S. Eliot, *Notes Towards the Definition of Culture* (London: Faber and Faber, 1962[1948]), p. 28。

的普遍文化涵养不敢恭维,因此将希望寄托在这些阶级中的少数"异类"与"残余分子"——阶级中的文化精英——身上。阿诺德隐约视此文化精英为新的社会阶级,但他始终无法或未曾设法解决的是:这个新的阶级究竟如何协商或调解与其原属阶级之间的矛盾?艾略特认为,阿诺德的"批评尽是在指控这些阶级的缺点,并未进一步考虑如何使每一个阶级发挥其适当的功能或'臻至完美'"①。艾略特之针砭虽然一针见血,但却也未能体会阿诺德急于建立新阶级的用心——阿诺德对原有的社会阶级结构显然已经缺乏兴趣。

艾略特与阿诺德不同的是,他不再使用阶级一词——特别是这个用词的经济与社会含义。尽管如此,他却继承了阿诺德的余绪,主张一个由精英分子所主导的阶层社会(graded or stratified society):

> 现在某些最先进人士的看法是,我们仍必须承认个体之间存有品质上的差异,较优秀的个体应组成适当的群体,赋予适切的权力,或许另加薪俸和荣誉。这些由个体组成,具有适切治理与行政权力的群体将指导国家的公共生活。组成这个群体的个体就被称为"领袖"。有些是与艺术有关的群体,有些是与科学有关的群体,有些是与哲学有关的群体,还有一些由行动人士组成的群体——这些群体就是我们所谓的精英分子。②

---

① T. S. Eliot, *Notes Towards the Definition of Culture*, p. 22.
② T. S. Eliot, *Notes Towards the Definition of Culture*, p. 36.

这个精英阶层日后"将取代过去的阶级，他们也将担负起阶级的正面功能"。一旦精英阶层成为事实，"所有过去的阶级区分将沦为影子或遗迹而已，精英与社群的其他分子将成为层级的唯一社会区分"①。

艾略特的理想世界大抵是个没有阶级的阶层社会：社会与经济意义的阶级消失了，取而代之的是文化的阶层。问题是：在这样的文化乌托邦里，其社会构成明显地仍须以层级系统为基础，甚至严重地局限于精英/非精英二元对立的层级结构之中，而界定此层级结构的，显然是具有相当排他性的摩尼式的（Manichean）宰制关系。当精英形成新的阶级之后，是否也会像以往的社会阶级——特别是支配性阶级——那样，极力维护其本身的阶级利益，而与对立阶级的非精英分子产生新的矛盾与冲突呢？当然，按艾略特的说法，精英分子不一定等同于社会中的支配性阶级②，但精英分子仍须与某个社会阶级结合在一起，而最可能吸引精英分子的无疑是支配性阶级。③

威廉斯在考察现代主义的历史发展进程时曾经指出，艾略特在其文化现代主义中所展现的其实是一种既传统而又现代的立场，一方面以其不间断的文学实验建立一种有意识的精英主义，另一方面又有意借传统的力量颠覆肤浅、低俗的社会与文化秩序。④ 艾略特的文化乌托邦的意识形态意涵大抵如此。就像其他版本的现代主义

---

① T. S. Eliot, *Notes Towards the Definition of Culture*, p. 36.
② T. S. Eliot, *Notes Towards the Definition of Culture*, p. 39.
③ T. S. Eliot, *Notes Towards the Definition of Culture*, p. 42.
④ Raymond Williams, *The Politics of Modernism: Against the New Conformists* (London and New York: Verso, 1989), p. 61.

一样,艾略特的现代主义的文化逻辑具有强烈的权力意志:他相信透过文化机制可以重建新的社会与文化秩序。艾略特在论述文化时正值第二次世界大战之后,其文化逻辑所透露的战后心情其实不难了解。

艾略特既主张阶层的社会,又视精英分子与支配性阶级的结合为自然现象,这样的主张反而能一眼窥透"政治在文化中的地位",因此他不讳言文化涉及权力关系:

> 较高阶层的一小群人与较低阶层的一大群人同享平等权力,就此而言,文化的层面也可被视为权力的层面。我们也许可以辩说,全面平等意味着普遍的不负责任。而在我想象的社会中,每一个个体将依据他在社会上所继承的地位来继承他对全国国民或多或少应负的责任——每一个阶层都有其不同的责任。①

摆在帝国或殖民的情境中,这样的社会观与文化观自然导致二元的文化宰制现象:"在不同时期,一个文化较弱的国家可能受到一个或另一个较强文化的影响——基于地理或其他原因,真正的卫星文化与较强文化的关系是永久不变的。"② 我们不难看出,艾略特所描绘的是一种井然稳定的层级文化关系:强势文化居于中心,统摄、监控、影响边陲的卫星文化,用他自己的话说:"每一个地区与每一个阶级的文化都可以开花结果,但仍须有某种力量将这些地区和

---

① T.S. Eliot, *Notes Towards the Definition of Culture*, p. 48.
② T.S. Eliot, *Notes Towards the Definition of Culture*, p. 54.

阶级结合在一起。"艾略特视此力量为"纠正力量"。换言之，此纠正力量之作用在于规范与训诫，目的在防止其他地区和阶级的文化逸轨或失控，艾略特认为此纠正力量之形成系基于"信仰与实践的统一性"①，因此是——而且必须是——稳定不变的。

艾略特在《文化的定义刍议》(*Notes Towards the Definition of Culture*) 一书中多处讨论到殖民主义的文化问题。其看法基本上所依循的不脱上述中心/边陲二元论的文化逻辑——甚至是一种文化达尔文主义（cultural Darwinism）。譬如在论及大英帝国与印度的殖民关系时，他认为早期的英国殖民统治者是为统治而统治，较后来的殖民者则"为印度带来西方文明的好处"：

> 他们无意连根拔起或强制（印度人）接受整体的"文化"，不过对他们而言，西方政治与社会组织、英国教育、英国司法、西方"启蒙"和科学的优越性似乎是不证自明的，单单求好的欲望就是推介这些事物充分的动机。②

这样的观点当然有意无意间肯定了殖民帝国的教化任务，将殖民帝国的种种作为合法化，为殖民主义披上美丽的道德外衣。依这样的文化逻辑，艾略特于是为我们指出他所谓的"帝国的文化效应"：

> 外国文化以零碎的方式强行进入，武力所扮演的角色不大。诉诸企图心，以诱惑影响当地人，让他们以错误的原因崇

---

① T.S. Eliot, *Notes Towards the Definition of Culture*, p. 82.
② T.S. Eliot, *Notes Towards the Definition of Culture*, p. 90.

拜西方文明中错误的事物，这些反而较具决定性——傲慢自大与慷慨大度之间的分际总是纠缠不清的。在夸夸自言优越性的同时其实另存用心，也就是荐举以此假定的优越性的生活方式，当地人因而得以一尝西方的生活方式，得以忌羡物质力量，以及对教导他们的人表示愤慨。西化之部分成功……使当地人更为意识到差异的存在，同时也因此泯除了部分差异，造成当地文化最高层面的崩溃。……

我们之所以指出帝国的扩张过程带给当地文化的破坏，绝不是为了指控帝国本身，主张解散帝国的人才会如此推论。诚然，通常这同一批反帝国主义者——他们都是自由派——也正是志得意满、相信西方文明优越性的人，他们无法同时看到帝国政府带来的好处与摧毁当地文化所造成的伤害。①

艾略特所面对的是第二次世界大战之后西方的文化危机：内有文化自信心的崩溃——一个以基督教文明为基础、历经启蒙时代的理性洗礼的文化，怎么会为人类带来如此毁灭性的战争浩劫？艾略特在战后曾对德国人民进行三次广播，总题为《欧洲文化的统一性》（"The Unity of European Culture"）。在总结其三次广播时，艾略特即这样指出："我们的世界目睹了物质方面的毁灭，精神的产业也正面临即时的灾祸。"② 艾略特所描绘的大致是战后欧洲心灵百废待举的精神状态。除此之外，外部还有战后各帝国殖民地的民族解放运动，独立之声此起彼落，西方各帝国的解体只在旦夕之

---

① T.S. Eliot, *Notes Towards the Definition of Culture*, pp. 91 - 92.
② T.S. Eliot, *Notes Towards the Definition of Culture*, p. 124.

间。艾略特的主要关怀是西方内部的文化问题,对西方各帝国——尤其是大英帝国——所面临的外部威胁着墨不多,其看法大致可见于上述有关帝国主义文化宰制的讨论。艾略特言虽精简,其用心当然是在为帝国主义者开脱,企图将文化作为宰制系统的角色合理化与正当化,并说明文化如何与帝国同谋共计,以遂行帝国意志,满足帝国欲望。反讽的是,艾略特之为帝国辩解,目的之一却是反另一个帝国主义——以美国资本主义与好莱坞通俗文化为代表的文化帝国主义。他指责美国透过其商品及其口味"强将其生活方式加诸他人身上",并忧心此文化帝国主义将是"许多受其影响的文化崩解的原因"——艾略特的最终关怀还是欧洲文化面临美式资本主义文化侵蚀的新危机。①

不过对我们来说,艾略特却可能是最为坦然面对帝国主义与文化宰制的紧密复杂关系的人。他的论述明显受制于萨义德所说的"态度与指涉的结构"②,这样的结构不但支撑了旧日帝国主义的文化生产与文化论述,其实不也是半个世纪前艾略特所忧心的,而今更是监控全球的美国文化帝国主义的基础?③

(1997 年)

---

① T. S. Eliot, *Notes Towards the Definition of Culture*, p. 92.
② Edward W. Said, *Culture and Imperialism*, pp. 52.–53.
③ 萨义德自承其"态度与指涉的结构"观念多少受到威廉斯的"感觉结构"(structures of feeling) 的启发。萨义德谓其观念指的是"文学、历史或民俗志的文化语言中所出现的地方与地理指涉的结构",这些结构经常联结许多毫不相干的个别的著述,有时则与帝国的官方意识形态相结合。见 Edward W. Said, *Culture and Imperialism*, p. 52。

# 帝国主义、文学生产与远距离控制

一

1995年冬天,我到伦敦大学金匠学院(Goldsmiths' College)的社会学系研究。金匠学院位于伦敦东南区新十字镇(New Cross),属刘易舍姆区(Lewisham)。我则寄居在与刘易舍姆相邻的格林尼治(Greenwich)一个叫迷丘(Maze Hill)的地方。迷丘不大,我住的是一间已有一百多年的维多利亚式单房公寓,格林尼治公园就在咫尺之间。

伦敦的冬天连伦敦人都抱怨不已,那年的冬天似乎特别令人难受,又风又雨,再加上来自欧陆的寒流,一想到出门就令人心畏。偶尔冬阳露脸的周末,如果没往市中心走,我通常会散步到格林尼治公园去。从我的住处沿特拉法加路(Trafalgar Road)走,约十来分钟,即是格林尼治公园。到了公园对面的皇家海军学院(Royal Naval College),右转,然后顺着公园路(Park Row)朝泰晤士河走,三分钟左右即到河边。若摊开地图来看,这里其实是个U字形的大河湾。迎着寒风面向泰晤士河,我的背后是面貌略已斑驳但仍然不失其帝国气势的皇家海军学院。学院右边是来头不小的特拉法加酒馆（Trafalgar Tavern）。酒馆建于1837年，过去一百六十年间见识过不少风云人物，当年萨克雷（William Makepeace Thackeray）、狄更斯（Charles Dickens）等都是酒馆之常客。皇家海军学院左侧是格林尼治码头，码头右前方约五十米处有个干船坞，停放着快速帆船短衬衫号（Cutty Sark）。这艘帆船于1869年始航，到1938年停役，有六十年之久往返远东与伦敦之间，为帝国臣民运来中国的茶叶与澳大利亚的羊毛。码头边有一圆顶建筑，下方为河底隧道之入出口，此隧道直通泰晤士河北岸，1902年开始启用，算算已有百年历史，当年不少住在河南岸的工人要到北岸船坞或码头工作，靠的就是这条隧道。隧道至今仍然有其剩余价值：从格林尼治可利用此隧道到北岸的犬岛（Isle of Dogs）或岛屿花园（Island Gardens），然后搭乘轻轨捷运到码头区（The Docklands）或伦敦东区。

每次背对皇家海军学院，看着泰晤士河河上水鸟翱翔、船艇穿梭的情景，我会忍不住想象当年大英帝国国威远播，河上桅杆栉比、船来船往的盛况。其实不待帝国主义的高峰时期，早在1730年，诗人汤普森（James Thompson）在其长诗《四季》（*The Seasons*）的"秋天"（"Autumn"）一章，就这样描述他称之为"众河之王"的泰晤士河河上活动频仍的景象：

> 一片桅杆，像绵延的冬日森林
> 竖起尖顶；间中鼓起的帆
> 缠住微风的空洞；煤黑的船身
> 缓慢行驶；壮伟的驳船
> 井然划向和谐；邻近

> 小舟展开双桨飞翼,轻盈掠过;
> 而在水深处,辛勤的声浪
> 从此岸到彼岸,逐渐升高;由橡木撑起的
> 不列颠雷霆号,乌黑、英勇
> 这怒吼的巨轮冲向大海汪洋。①

汤普森的爱国热情溢于言表。在他创作《四季》的时候,英国海外殖民已经颇具规模,工业革命也已经箭在弦上,对外贸易正在急速发展,而伦敦港几乎主宰了三分之二以上的进出口贸易,泰晤士河河上的繁忙景象不难想象。大英帝国大业因商业利益的需要仍在不断扩展当中。

大约一百七十年后,在帝国的巅峰时期,康拉德(Joseph Conrad)在小说《黑暗的心》(*Heart of Darkness*)中描述泰晤士河河上的活动时,我们所看到的又是另外一种场面:

> 入暮以后,河面宽阔的老河流波面平静,多少世代以来,这条河为居于两岸的民族鞠躬尽瘁,以宁静的尊严流向世界尽头。……潮起潮落,永不间歇,充满了多少人与船的记忆,这条河带着这些人与船,或回返家园静养,或往海上战斗。这条河熟知多少令这个国家引以为傲的人,为他们服务过,从德列克爵士到弗朗克林爵士,不论曾否受到册封,这些人都是骑士——都是伟大的海上游侠。这条河负载过所有名字像珠宝般

---

① James Thomson, *The Seasons*, James Sambrook, ed. (Oxford: The Clarendon Pr. of Oxford Univ. Pr., 1981), pp. 124 – 133.

在时间的黑夜中闪亮的船只，从金鹿号到幽冥号和恐怖号。金鹿号因满载财宝归来而受到女皇巡幸，其伟大故事因而传颂一时；幽冥号与恐怖号则因征途殊异而未再返航。这条河熟知那些船只与船员。他们从德特福德（Deptford），从格林尼治，从伊里斯（Erith）出航——这些探险家和殖民者；皇室的船艇和商贾的货船；船长、海军将领、东方贸易的黑市商旅，以及东印度公司舰队的商客。这些争名逐利的人，全都从这条河流出去，挥着长剑，不时也挥着火把，他们都是展现这块土地力量的使者，也是从圣火中带来火把的人，还有什么壮举不曾在这条河上浮沉，航向地球未知的神秘！……人们的梦想，大同世界的种子，帝国的胚芽。①

康拉德所描述的显然不是一条普通的河流，也不是一条河流的平凡生命：他笔下的泰晤士河是帝国命运之所系，多少对外扩张由此开始，多少殖民经济的利益靠这条河流维护。"多少世代以来，这条河为居于两岸的民族鞠躬尽瘁。"如今帝国的光芒早已不再，大不列颠内部甚至还为自身主权的问题与欧洲联盟争吵不休，即使今天，只要在泰晤士河两岸随便走走，旧帝国的过去仍然随处可见。

---

① Joseph Conrad, *Heart of Darkness*, Robert Hampson, ed. (London: Penguin Books, 1995[1902]), pp. 16 - 17. 德列克爵士（Sir Francis Drake, 1540—1596）于1577年乘金鹿号（the Golden Hind）穿越麦哲伦海峡（Straits of Magellan）进入南海，是第一位环绕地球一周的人。弗郎克林爵士（Sir John Franklin, 1786—1847）最早在澳大利亚沿海探险，自1819年开始即在寻找进入太平洋的南北航道，1845年初偿夙愿。幽冥号（the Erebus）和恐怖号（the Terror）皆为此次探险之舰队船只，不幸被冰雪所困，船员在饥寒与疾病交迫之下全部罹难。

二

从皇家海军学院正门越过与特拉法加路接连的隆姆尼路(Romney Road)，顺着国家海事博物馆（National Maritime Museum）旁的威廉王步道（King William Walk）走，很快就进入格林尼治公园。虽然是冬天，草地却仍然油绿一片，并不因季节的变化而干枯。公园有小径若干，迤逦爬上山丘，就是旧皇家天文台(Old Royal Observatory)——世界标准时间由此开始，地球的子午线也是由此开始。批评家扬格（Robert J. C. Young）曾经这样描述旧皇家天文台可能带给人的方位感：

> 循着墙壁走，你来到置于地面的铜条。这镶嵌在地面的平滑金色条带标示着子午线或零度经线。你在这座小山丘上发现自己正身处世界的零度、时间的中心。矛盾的是，要让格林尼治成为时间的世界中心，就必须以方位的他性将之铭刻。站在铜条的左手边，你就身在西半球。若向右小移一码，你就进入东方——不管你是谁，你就会从欧洲人变成东方人。回头将一只脚向铜条左移，你就会与他性游移混杂——你同时既是西方人，又是东方人。①

扬格的兴趣在于属性或身份的混杂性，特别是帝国都会伦敦的异质

---

① Robert J.C. Young, *Colonial Desire: Culture and Race* (London and New York: Routledge, 1995), p. 1.

属性——伦敦之能够"把遥远的边陲吸纳到中心来"①，显然是大英帝国几世纪海外殖民的结果。即使在格林尼治镇上，不仅帝国主义遗迹处处可见，后殖民的现在——海外殖民的结果——也是所见多是：镇上有南亚移民的便利商店、纪念品店、报纸杂志代理商店；小吃广场更不乏东南亚食物、印度咖喱和烤饼等；而在周末市场中，更有印度小牛皮皮包、非洲工艺品和服饰、加勒比海的黑人音乐等等。这些看似属于异国情调的成分，如今不仅与伦敦的生活密不可分，其实早已成为伦敦本地景象的一部分。萨义德（Edward W. Said）在讨论文化的混杂或异质性时，即曾一针见血指出这种现象：

> 文化并非一元、单一或自主的东西，其实文化所僭取的"外来"成分、他性、差异，要比文化有意排除的要来得多。今天在印度或阿尔及利亚，有谁能信心十足地从现况中分割出英国或法国的过去成分？而在英国或法国，又有谁能够为英国人的伦敦或法国人的巴黎清楚画上圈圈，并将印度与阿尔及利亚对这两个帝国都会的影响排除在外？②

大英帝国之所以能够称霸海上，其实与格林尼治的旧皇家天文台密切相关。对西欧若干殖民帝国而言，17、18世纪的大事之一即是解决经线的问题。纬线的问题不难解决，只要以赤道为中线，不论南北，与赤道平行并逐渐向南北两极收缩的圈线都是纬线。经线

---

① Robert J.C. Young, *Colonial Desire*, p. 2.
② Edward W. Said, *Culture and Imperialism* (New York: Alfred A. Knopf, 1993), p. 15.

的问题可不那么简单。在解决经线的问题之前,在浩瀚大海中航行,只能仰赖星宿或天象判断航线或船只的位置。船难频频发生显然与此有关。17 世纪英国著名的日记作家佩皮斯(Samuel Pepys)即曾这样记述航程中船员对航线莫衷一是的混乱情形:

> 最明显的是,要如何判断,判断时的荒谬争执,以及因争执而身陷混乱失序……从这些人所面对的乱七八糟的情形看来,恐怕只有万能上帝的恩慈或者因为命大,海上航行才侥幸没有那么多灾难和不幸发生。[①]

1707 年 10 月 22 日,由索弗尔爵士(Sir Clowdisley Shovell)所率领的英国海军在直布罗陀击败法国地中海舰队之后,返航途中因判断错误而在英国附近的锡利群岛(Scilly Isles)触礁遇难,除索弗尔爵士及其一名手下外,五艘战舰上约两千名的水兵全部罹难。此事震惊英国朝野,解决经线的问题已经迫在眉睫。1714 年英国国会通过《经线法案》(Longitude Act of 1714),悬赏奖金高达两万英镑——当初皇家天文台的建筑费只花了五百二十英镑九先令一便士——寻访解决经线问题的答案。[②] 其实早在 1675 年,英王查

---

① 转引自 Dava Sobel, *Longitude* (London: Fourth Estate, 1995), p. 16。
② 英国国会之所以立法悬赏巨额奖金,而未直接委托任何人或机构解决经线的问题,原因在于当时相关的技术还不是那么发达。而某些致力于研究经线问题的人也一时提不出令人满意的答案。见 Richard Sorrenson, "The State's Demand for Accurate Astronomical and Navigational Instruments in Eighteenth-Century Britain," Ann Bermingham and John Brewer, eds., *The Consumption of Culture, 1600-1800: Image, Object, Text* (London and New York: Routledge, 1995), p. 265。

尔斯二世（Charles II，1630—1685）就命令著名的建筑师雷恩爵士（Sir Christopher Wren，1632—1723）建造天文台。依当时的理论，天象应该是解决经线问题的根本依据。皇家天文台奠基于 1675 年 8 月 10 日下午 3 时 14 分——这是首任天文台台长弗拉姆斯蒂德（John Flamsteed，1646—1719）亲自选定的吉日良辰，第二年 7 月 10 日，未到而立之年的弗拉姆斯蒂德开始进驻，从此展开他长达四十三年的观星岁月。① 今天的旧皇家天文台因此又被称为弗拉姆斯蒂德之屋（Flamsteed House）。查尔斯二世在诏书中清楚谕令弗拉姆斯蒂德："务以细心勤奋修正天体运行图与星宿位置图，寻觅众所欲求之海上经线，俾使航海之术臻至完善。"② 弗拉姆斯蒂德长年观察天象，生活简单，不事人际关系；但他治事严谨，不肯轻易发表其观察记录，因而与当时的科学泰斗牛顿、哈雷（Edmond Halley，1656—1742）——就是发现哈雷彗星的那位天文学家——等时生龃龉。哈雷后来在弗拉姆斯蒂德逝世后继任天文台台长。设立皇家天文台的理论其实非常简单：天文学只是手段，解决经线的问题才是目的。

今天的旧皇家天文台仍然保存着弗拉姆斯蒂德当年的简单起居设备。除此之外，天文台最引人注目的收藏当是四个分别以 H1、H2、H3、H4 命名的计时器。这些计时器至今依然维护良好，是天文台的镇台之宝，而经线问题的解决，靠的就是这四个计时器，与天文知识似乎反倒关系不大。换言之，解决经线问题的并不是天文学家，而是不识天文的钟表匠。这段公案始末，曾任《纽约时

---

① Eric G. Forbes, *Greenwich Observatory: Volume I, Origin and Early History (1675-1835)* (London: Taylor & Francis, 1975), pp. 21-23.
② Dava Sobel, *Longitude*, p. 31.

报》科技记者的索贝尔（Dava Sobel）在其《经线》（Longitude）一书中有相当感人的叙述，个中曲折沧桑，读来令人心酸。

这位钟表匠名叫哈里森（John Harrison，1693—1776）。经过四年的精心规划，哈里森相信自己构思中的计时器可以解决经线的问题。于是他带着设计说明从自己居住的林肯郡（Lincolnshire）到格林尼治，登门拜访时任皇家天文台台长的哈雷。哈雷热诚相待，并引介他认识当时著名的钟表匠格雷厄姆（George Graham）。格雷厄姆对哈里森的计划极感兴趣，甚至主动借贷供他实现计划。哈里森一号计时器（H1）花了六年的时间始告完成。经格雷厄姆的热心安排，在皇家学会（The Royal Society）公开展示，深受行家肯定。更重要的是，经过海上航行测试之后，H1 的精确稳定完全合乎要求。不过哈里森并不满意，他认为还有改善之处，只向主持经线奖金的经线委员会（The Board of Longitude）预支了两百五十英镑，希望能尽早完成哈里森二号（H2）。

哈里森于 1741 年 1 月将 H2 呈交经线委员会，皇家学会 1741 年至 1742 年的报告中对 H2 语多赞赏。哈里森仍不满意，随即着手铸造哈里森三号（H3）。此时哈里森四十八岁，并且已移居伦敦。此后将近二十年的时间，哈里森埋头制造 H3——哈里森工作勤奋，至今仍没有人了解他何以需要这么久的时间来完成 H3。哈里森对 H3 仍不满意，于是再接再厉，于 1759 年完成后来被昵称为"表"（The Watch）的哈里森四号（H4）。这个计时器终于为他赢取了经线奖金，只不过这是他孤军奋斗，力抗经线委员会与皇家学会若干当权科学家的刁难与迫害之后才获得的结果。当权派中最厉害的代表人物是担任第五任皇家天文台台长的马斯基林（Nevil Maskelyne）。其实这里面存在着两条路线的利益斗争。马斯基林出身剑桥大学,受过良好教育,压根就瞧不起没受过多少教育的哈里森。此外,他代表的是另一派相信利用月亮的距离即可测出经线位置的科学家。如果哈里森的 H4 获奖,他就要前功尽弃,利益顿成泡影。因此他利用自己职权上的方便,对哈里森百般阻挠与打击。哈里森逼不得已,只好向英王乔治三世(George III)求援。此时哈里森又完成了 H5,他呈请乔治三世测试,乔治三世测试后对 H5 颇多赞誉。经线委员会于是在 1773 年 4 月 24 日开会,听取哈里森的申诉;三天后国会针对哈里森的案子公开辩论,以还哈里森公道。哈里森终于在七除八扣之余,获得奖金八千七百五十英镑。此时距他完成 H4 已快十五年,而距 H1 的面世也已近四十年矣!三年后,哈里森以八十三岁的高龄去世。

H4 的好处是易于复制。经过改进并大量生产之后,计时器已成为每一位船长必备的工具。海上航行的危险遂告减少,大英帝国的船舰更是纵横海上。索贝尔因此指出:

> 诚然,若干现代钟表学者认为,哈里森的产品帮助英国主宰四海,也因此缔造了大英帝国——就因为凭着计时器,不列颠才会形成海上霸业。①

1884 年 10 月,世界二十五国的四十一个代表团在华盛顿召开国际子午线会议,会中确立了格林尼治标准时间,也确立了经线零度应由格林尼治开始。这一切大概不是一百多年前哈里森设计其计时器时可以想象的。

---

① Dava Sobel, *Longitude*, pp. 152–153.

## 三

　　计时器的发明以及经线问题的解决为航海技术带来新的契机，在完成大英帝国海上霸权、缔造帝国大业上贡献良多。皇家天文台就像大英博物馆与邱园（Kew Gardens）等公共空间那样，成为政治社会学家佐金（Sharon Zukin）所谓的权势地标。① 不同的是，皇家天文台占地不大，房舍简朴，不像若干权势地标那样，或巍峨耸立，或空间广大。皇家天文台之权势显然来自其历史功能，来自其左右世界，统领四方的"中心"地位。

　　"中心"一词系取自法国社会学者拉图尔（Bruno Latour）的科学研究的理论———一个足以引发哥白尼式革命（Copernican revolution）的公共空间或建制。② 我之所以较有系统地阅读拉图尔，其实与阅读福柯（Michel Foucault）有关。福柯曾经自承，他研究监狱史是为了了解"囚禁的措施"，因此他的兴趣主要在于方法，在于"如何"，而非"什么"。甚至在研究所谓疯狂的现象时，他的本意也是在解决"如何"的问题，也就是在于他所说的"道德技术"（moral technologies）的问题：如何囚禁？如何惩戒？或者如何区隔疯狂与理性？③ 宏观而论，这些问题其实最后都可以

---

① Sharon Zukin, *Landscapes of Power: From Detroit to Disney World* (Berkeley, Los Angeles and Oxford: Univ. of California Pr., 1991), p. 18.
② Bruno Latour, *Science in Action* (Cambridge, MA: Cambridge Univ. Pr., 1987), p. 224.
③ Michel Foucault, "Questions of Method," in Graham Burchell et al., eds., *The Foucault Effect: Studies in Governmentality* (London: Harvester Wheatsheaf, 1991), p. 71.

归纳到治理（governmentality）的问题，其答案在于方法，在于卢梭（Jean-Jacques Rousseau）于其《大辞典》（*Encyclopedia*）中所谓的政治经济学（political economy），也就是将经济学带进政治实践中：

> 治理国家……意味着应用经济学，在整个国家的层面上设置一个经济体系，也就是将之运用在国民及其财富与行为上面，这是一种监视与控制形式，其专注犹如一家之主对其家眷与家财的监视与控制。①

殖民统治更是一种赤裸裸的"监视与控制形式"，只是在实质上这种监控形式往往来自遥远帝国都会的"中心"，是所谓遥控或远距离控制（long-distance control）的形式之一。由于担心"鞭长莫及"，同时顾忌到统治的合法性与正当性，殖民统治所仰赖的监控形式无疑更为细腻，更为不着痕迹。

拉图尔并未特别关注殖民统治的问题，只是在研究科学知识的累积与生产时，他也讨论到类似的现象。他称之为远距离行动："中心"如何对遥远的边陲发挥影响力？在《行动中的科学》（*Science in Action*）一书中，拉图尔提到这么一个例子。1787 年 7 月 17 日清晨，法国星盘号（L'Astrolabe）的船长拉佩贺斯（Lapérouse）在东太平洋某个叫库页岛（Sakhalin）的地方靠岸。拉佩贺斯并不清楚库页岛究竟是个半岛或者是座岛屿。有些地图显

---

① Michel Foucault, "Governmentality," Pasquale Pasquino, trans., in Graham Burchell et al., eds. *The Foucault Effect*, p. 92.

示这是个半岛，可是在某些地图上库页岛又是座岛屿。值得注意的是：此时拉佩贺斯的船上已有品质不错的计时器，可以更精确地测量经线的位置。拉佩贺斯在海岸上遇到几位所谓的"野蛮"人，其实他们都是中国人：

> 他们……似乎非常确定库页岛是座岛屿。……一位年纪较长的中国人在沙滩上约略描了一下"满洲"（Mantchéoux）——即中国——这个国家，以及它的岛屿；然后他指手画脚地说明分割二者之间的海峡大小。地图的大小比例并不明确，不过眼看涨潮很快就要冲掉先前（沙滩上）的地图了，一位年纪较轻的中国人于是抓起拉佩贺斯的笔记本和铅笔，另外画了一张地图，并以小记号标明地图的比例，每一个小记号代表独木舟一天的行程。……数月之后，他们终于来到堪察加（Kamchatka），但并未发现什么海峡，他们唯有依赖那些中国人的说法，判定库页岛确实是座岛屿。①

拉佩贺斯于是命人兼程从陆路将相关地图、笔记及海上航行两年期间所记录的星象资料送往巴黎凡尔赛宫——拉图尔所谓的"中心"。在这些笔记资料中，有一项有关库页岛的记载，显示"库页岛的问题已经解决"，同时还记录了"海峡可能的方位"。②

我们可以借用库页岛的例子来说明拉图尔的大差距（Great Divide）理论。库页岛上的中国人"相信"库页岛是座岛屿，相对

---

① Bruno Latour, *Science in Action*, p. 216.
② Bruno Latour, *Science in Action*, p. 216.

于这些中国人而言，拉佩贺斯对库页岛的认识实在有限。此时在双方的大差距中，中国人显然占了上风，拉佩贺斯则远远被比了下去。在拉佩贺斯将其记录和资料送回到凡尔赛宫之后，有关库页岛的一切顿时成为储存于"中心"的"知识"。这样周而复始，经过几次航行与探险，有关库页岛的知识越积越多，于是原先大差距图中的双方开始主客易位，后来的航海者或探险家在累积了不少有关库页岛的知识之后，显然要比只能依赖自己信念与经验的中国人较占优势。拉图尔因此指出：

> 当地人**晦暗**的地理经地理学处理后变为**明晰**，"野蛮人"的**在地**知识变成了地图制作者的**普遍**知识，当地人模糊不清、不甚精确与毫无根据的**信念**被转换为精确、可靠与合理的**知识**。对于与大差距有关之各方而言，从民族地理学到地理学，似乎就像从童年走向成长，从激情走向理性，从野蛮走向文明，或者从初级直觉走向二级内省那样。①

这个现象正是拉图尔所说的科学或知识的累积性：如何将各项资料或记录从远方带回到某个地方分类储存，让其他人也能够熟悉遥远的人、事、物。此外，知识的累积必须借助某些建制或公共空间，天文台、博物馆、图书馆、植物园、实验室、学术性学会或专业团体等等不一而足，这些建制或公共空间所形成的众多"中心"被部署为网络组织，因而能够在"远距离行动"。② 用后殖民论述的术语

---

① Bruno Latour, *Science in Action*, p. 216.
② Bruno Latour, *Science in Action*, p. 232.

来说，这岂非中心对边陲的遥控？岂非帝国都会对殖民地的远距离宰制？

拉图尔的理论与殖民或后殖民论述并无直接关系，不过对我们而言，大差距现象所形成的层系关系却也使他的理论饶富启发性，甚至拉图尔也在有意无意中以相当后殖民的语气指出："在中心从事活动，有时候使得在时空上宰制边陲变成可能。"①

## 四

少年时代读地理，有时候看着世界地图上的大不列颠，再怎么看都不是个大国。像这么一个幅员不算大，又远远孤悬于北海的国家，何以能够操纵世界上许多土地与人民的命运达两三百年之久？北美洲、加勒比海、非洲、大洋洲、南亚、东南亚……多少国家或土地不都曾经或先或后成为大英帝国的属地！后来我才知道，在大英帝国的全盛时期，地图上大约有五分之一的陆地是涂上粉红色的。

帝国的殖民统治是典型的拉图尔所谓的远距离行动或控制。要

---

① Bruno Latour, *Science in Action*, p. 232. 约翰·劳 (John Law) 在研究 16 世纪葡萄牙人的航海术时指出，要确保中心能够顺利控制边陲地区，至少要有三个条件：一、文献，包括地图、图表、星宿图等所有"书写或印刷的文字"；二、仪器，诸如星盘、四分仪、六分仪等；三、人员，包括水手、航海家等，这些人必须拥有丰富的航海知识与经验，绝对不能犯错。这三个条件缺一不可，而且不论文献、仪器或人员，都必须便于移动或行动，同时强韧而耐久。见 John Law, "On the Methods of Long-Distance Control: Vessels, Navigation and the Portuguese Route to India," in John Law, ed., *Power, Action and Belief: A New Sociology of Knowledge?* (London: Routledge and Kegan Paul, 1986), pp. 251 – 254。

维系帝国于不坠,涉及的因素非常复杂,除了船坚炮利之外,显然还必须仰赖各式各样的论述,有关殖民地的民情、风俗、地理、气候、产物,乃至于历史、文化、宗教、神话等等——从遥远的异域带回到帝国都会,分门别类庋藏于"中心"的知识。航海家、探险家、博物学者、人类学家、民族学者、地理学家、语言学家、旅行家、日记作者、外交使节、作家、传教士……这些人络绎途中,往返于帝国都会与异域或殖民地之间,不论他们是否有此居心,不论他们愿不愿意,他们的著作、他们的考察心得、他们所搜集的资料、他们所整理的笔记、他们所绘制的地图,在不同时间、不同场合,极可能沦为帝国档案,成为建立文化他性的文化文本。非西方的文化他者于是被围堵、驯服、固定在这些文本与档案当中,成为帝国强权凝视、想象、分析、研究、监视的客体或对象,这些文本或档案于是变成帝国强权进行地缘政治分割(geopolitical divisions)的主要依据——萨义德所谓的想象地理(imaginative geography)即是以此为基础。当然,这些文本或档案也是萨义德所抨击的东方论述的主要构成分子。东方主义(Orientalism)最终沦为帝国与殖民论述,显非偶然。罗锦良(Gail Ching-Liang Low)认为东方主义是一种激进的写实主义,将欧洲摆在具有弹性的优势位置上,以遂其凌驾异己的意志。① 换言之,东方主义其实是一种模仿(mimesis)的文化过程,以激进的文化再现,将遥远的他者禁锢在特定的分类或类别当中,映照欧洲自我的焦虑与欲望。

如果把论述活动或知识生产视为更大的文化生产的一部分,殖

---

① Gail Ching-Liang Low, *White Skins/Black Masks: Representation and Colonialism* (London and New York: Routledge, 1996), p. 2.

民意识的培养、帝国心态的养成，以及帝国霸权的维系显然还必须仰赖持续不断的文化生产。萨义德在考察英国文学与文化中的殖民意识与帝国心态时早就发现：

> 假如有人开始在英国文学中寻找像帝国的世界地图之类的东西，早在 19 世纪以前，这个地图受到重视的程度及其出现的频繁颇为令人惊异。这个地图的出现不仅具有惯性规律，暗示某种理所当然的现象，而且更有趣的是，它的出现贯穿一切，形成语言与文化实践的结构中不可或缺的一部分。从 16 世纪开始，英国对爱尔兰、美洲、加勒比海及亚洲等海外地区的兴趣早就确定，即使从一份即时清单就可以看出，多少诗人、哲学家、史学家、剧作家、政治家、小说家、旅行作家、编年记传家、军人、神话作家莫不以其持续的关怀珍惜、眷顾与追索这些兴趣。①

萨义德称此现象为文化地形学，支撑此文化地形学的则是"态度与指涉的结构"，也就是"文学、历史或民俗志的文化语言中所出现的地方与地理指涉的结构，其构想有时委婉，有时则细心谨慎，这些结构贯穿若干个别著述，若非如此，这些著述原本彼此毫不相干，与'帝国'官方意识形态也毫无纠葛"②。

其实形成这些结构的何止"地方与地理指涉"而已？若干符码、意象、词汇、信念，以及这一切所构织的文化价值，无不属于

---

① Edward W. Said, *Culture and Imperialism*, pp. 82-83.
② Edward W. Said, *Culture and Imperialism*, p. 52.

这些"态度与指涉的结构"。这些结构自然形成某一时代的精神意向或意识形态环境。布尔迪厄（Pierre Bourdieu）在论文化生产时所谓的习向（habitus），差可描述这样的结构。

布尔迪厄视习向为"具有恒久性，且可以换置的"系统，是"衍生并筹划实践和再现的原理"。习向因此是一套激发视野、模塑实践的性情，是自儿童时代开始，经过长期灌输、耳濡目染的结果。习向所培养的性情可以持续终生，因此"具有恒久性"；但这些性情又可表现于不同的实践与再现活动中，因此是"可以换置的"。布尔迪厄认为："这些实践与再现会客观地'受到管制'与'被规律化'，却不至于沦为听命于条规的产品，这些实践与再现可以集体地被协调一致，但不会是某一指挥家组合行动的产品。"[1] 换言之，这些实践与再现有其集体性，但并不至于丧失其独特性或沦为僵化教条的产品。

若按萨义德的说法，自 16 世纪以降，殖民意识或帝国心态即已是英国普遍的社会性情，是其国民一般习向的一部分，各式各样的文化生产和论述实践或多或少都会受到这样的社会习向的规范。换言之，这种习向不知不觉向文化生产与论述实践渗透，而与许多践行者（作家、艺家、传教士、旅行家、史家、政治家、军人等）的个人习向很难截然分开，因此表现在这些践行者的文化生产与论述活动中，这种习向既是个人的，也是集体的。在社会习向的规范之下，殖民意识和帝国心态是理所当然的结果。这样的习向鲜少面对挑战，难得受到质疑，文化生产与论述活动只是进一步散布，巩

---

[1] Pierre Bourdieu, *The Logic of Practice*, Richard Nice, trans. (Cambridge: Polity Pr., 1990), p. 53.

固这样的习向而已。萨义德因此在检讨英国文学与文化时感慨指出，在不同的想象、感性、思想及哲学活动中，我们却看到"实质一致的目的"，即"帝国必须维系，而且被维系了下来"。[①]

萨义德在简·奥斯丁（Jane Austen）、吉卜林（Rudyard Kipling）、康拉德等人的小说中发现这样的习向与性情，罗锦良也在哈格德（Henry Rider Haggard）与吉卜林的冒险故事中看到同样的习向与性情。其实自莎士比亚以降，英国的文化生产和论述活动与帝国的社会习向即经常相互制约，彼此呼应。这样的说法并非出于简单的模仿论。我想指出的是，诗人与作家一方面固然各有才情，其文学生产固然各有面貌，但却有甚多的实例证明：不少诗人与作家同样无法跳脱社会习向或性情的牵制，有意无意间以其文学生产为帝国主义和殖民主义贡献心力。

我的意思是：文学生产其实可以成为社会控制的重要机制，对远距离控制的殖民统治而言尤其如此。透过殖民地教育系统及其他文化消费系统，这些文学文本往往被典律化成为课堂上的教科书或图书馆等文化机构中所典藏的文化资产。被殖民者往往必须从这些文学文本中认识自己，寻找自己的历史，发现自己的分类——当然，这一切早已经过殖民者的中介，被殖民者所认识的显然不会是真正的自己，找到的也不会是自己真正的历史，发现的更不会是自己真正的分类。在这些文学文本中，殖民意识与帝国心态之类的习向变成了一种社会趋势，其所界定的文化与社会关系也因此成为"自然的"关系。在此情形之下，作为文化资产的文学文本无异于参与了殖民统治的宰制过程，默认了在帝国主义与殖民主义宰制之

---

[①] Edward W. Said, *Culture and Imperialism*, p. 53.

下的社会与文化构成,因此是远距离控制的重要机制。

我要等到许多年后才逐渐明白,少年时代上英文课时,老师所选用的教材何以尽是罗锦良所谓的田园形式或殖民的成功故事:《鲁滨孙漂流记》(*Robinson Crusoe*)、《所罗门王的宝藏》(*King Solomon's Mines*)、《金银岛》(*Treasure Island*)……。① 这些出身于殖民地教育体制下的老师自然并无任何用心,可能只是觉得这种类型的小说趣味盎然,是学习英文的适当教材。只不过这些冒险小说之所以能够成为课堂上的典律文本,其所隐含的文化政治却不一定是我的英文老师所能够掌握的。

(1997 年)

---

① Gail Ching-Liang Low, *White Skins/Black Masks*, p. 39. 罗锦良认为,工业革命之后,乡村人口大量涌进城市,造成城市拥挤不堪,卫生条件恶劣,居住环境每况愈下,感时忧国之士因此担心国民品质低落,国家发展停滞,国防力量衰退,此为维多利亚时代所谓种族环境论(racial environmentalism)之基础。工业革命也给农村带来巨大的变动,农村英国其实早已破产,但城市危机却吊诡地让时人对已消逝的农村生活产生乡愁,因此有田园化英国的说法,视英国农村为堕落前之伊甸园,并将此意识形态提升为国家神话。农村英国的神话所描绘的是个"纯朴、没有阶级的有机社会",以为这才是"英国真正的本质,英国应回到此本质去"。可惜这个农村英国已经不复可寻,充其量只能外求。这个外求当然包括向海外若干所谓蛮荒殖民,在海外重现农村英国的面貌。殖民的成功故事多采罗锦良所界定的田园形式,显然其来有自,除可见证文类的政治性外,也可见证文学形式与意识形态之间互为表里的关系。见 Gail Ching-Liang Low, *White Skins/Black Masks*, p. 18。

# 叁 历史记忆与文学生产

# 历史的鬼魅
## ——李永平小说中的战争记忆

"我自己没有经历过战争,在战争记忆逐渐淡化的今天,我认为重要的是,谦虚地回顾过去,经历过战争的一代应将悲惨的经验以及日本走过的历史正确地传达给不知战争的一代。"
——日本德仁皇太子(2015年2月23日东宫御所记者会)

一

自1992年出版长篇小说《海东青:台北的一则寓言》以后,李永平的每一部小说都或多或少涉及战争记忆,而这些战争记忆主要又与日本侵华战争及太平洋战争的历史有关。李永平的小说向不以完整的情节结构著称,他刻意敷演的多半是插曲式的(episodic)的情节,章节与章节之间未必呈紧密的有机关系,有时候个别章节甚至可以独立存在,而且对前后故事的发展往往影响不大。简单言之,他的小说有别于早期以对日抗战为背景的文学创作,如徐速的《星星、月亮、太阳》或王蓝的《蓝与黑》,也不属于马英文学传统下欧大旭(Tash Aw)的《和谐丝庄》(*The Harmony Silk Factory*)或陈团英(Tan Twan Eng)的《雨的礼物》(*The Gift of Rain*)。在欧大旭与陈团英这两部马来西亚华人作家以英文撰写的小说中，有许多场景直接指涉太平洋战争，特别是1941至1945年间日本皇军在马来半岛的暴虐统治。抽离了这些场景，这些小说在情节结构上就会造成缺陷。李永平的小说不同，他所召唤的战争记忆大部分散见于个别的小说章节中，前后章节多半关系不大，而且通常只属于小说的某一部分，并不是小说的全部。

最早出现这些战争记忆的即是长达五十万言的《海东青》。小说的副书名清楚说明这部小说影射台北。王德威认为"《海东青》摆明了是一则关于台湾的寓言，写留美归国学人靳五和七岁的小女孩朱鸰在海东市（台北？）街头邂逅，竟日游荡的过程。书里情节其实乏善可陈，但李永平在描写这座城市的淫逸混乱上，却呈现了一场又一场的文字奇观"①。王德威点出了《海东青》这部小说的主要关怀，不过细读之后我们发现，《海东青》其实也是一则有关一群人"避秦鲲岛"的故事。②

《海东青》第三部《春，海峡日落》第十一章题为"一炉春火"，主要的情节在叙写海东大学文学院一群教授喝春酒餐叙的经过。这是一个"朔风凄迷，海东三月春雨只管滴沥不停"的夜晚（659），十来位多半仍在壮年、分属文学院不同系所的教授，由中文系丁旭轮教授邀集在学校对面归州路蓬壶海鲜火锅店喝春酒，这一夜正好是"阴历二月十二日百花诞辰，花朝月夕"（674）。他们吃火锅，品女儿红，同座还有一位外文系教授靳五带来的女学生张淼。

这一章甚长，共有一百二十页，却未见情节有何关键性的发

---

① 王德威，《序：原乡想象，浪子文学》，李永平，《迫迫：李永平自选集，1968—2002》（台北：麦田出版社，2003），页16。
② 李永平，《海东青：台北的一则寓言》，二版（台北：联合文学出版社，2006），页608、744。以下引自《海东青》的文字仅在引文后附加页码，不另加注。

展,只见教授们在炉火焰焰、汤雾弥漫中,又烟又酒,语言混杂,汪洋恣肆,即使在十四岁半的小女生面前,众人也是百无禁忌,很能展现王德威所说的"文字奇观"。这批已"在这座狗不拉屎的鲲岛呆了三十年"(684)的学界精英长于诗词歌赋,出口每每措辞拗峭,用典奇僻。他们在杯觥交错之际,不仅月旦天下人物,道人是非,话题更不时沉浸于女性肉体或床笫之趣。他们谈旗袍,谈和服,谈情妇,谈日本电影,谈日本女明星。他们对日本电影工业的了解尤其超乎寻常,以小见大,可以反映他们对战后日本事物的熟悉。在言谈恣意之间,他们也抽考张渼这位女学生的历史知识。历史系谢香镜教授就这样与张渼对答:

"三月十八号!小妹子,那天在咱们中国现代史上发生什么大事啊?老师有没有讲过?"

"南京大屠杀。"

"胡猜!"谢教授拧拧张渼的小指尖,瞪了她两眼,"三一八惨案!五月三号呢?"

"嘻!南京大屠杀。"

"小妹子爱瞎掰!五三济南惨案。"

"对不起。"

"唔,十二月十三号?"

"南京大屠杀。"

"这回,小妹子猜着了。"

"民国二十六年十二月十三号?"

"对!隆冬天,日军第六师团进城展开六个星期的屠杀。"

(699—700)

这一席问答的重点当然是中国近代史上的几个重大悲剧：三一八惨案、五三惨案及南京大屠杀。依事发年代顺序提到这些悲剧显然意在勾起在座学界精英的集体记忆，而这些记忆又直接间接牵涉日本无可回避的角色。这场历史教授与中学生之间的问答看似单纯，却也充分体现了记忆与创伤，以及记忆与历史的微妙关系。这场问答虽属轻描淡写，实则是在为小说这一章另一个更重要的场景预做伏笔。

就在众人酒酣耳热的时候，火锅餐厅门口来了一辆金碧辉煌的巴士，"绽响着喇叭招摇着车身张挂的一幅白幡"，紧接着，"腥风血雨，四五十条小腰杆子佝偻着鞠躬答礼鱼贯进了店门"。（707）进来的四五十位老人是日本老兵观光团。那游览车身张挂的白幡上面写着九个斗大的红漆大字——"三八式步兵铳同好会"：

> "三八式步兵铳吗？"廖森郎教授磕磕烟斗，望了望堂中那团日本观光客，"这玩意儿又借尸还魂来了！直到二次世界大战结束三八式步枪是日本陆军主要武器，明治三十八年出厂，故叫三八式，听家父说，它的象征意义相当于武士刀之于传统武士——这个三八式步兵铳同好会，顾名思义，应是专门收集三八式步枪的日本人组织的同乐会，或者联谊会。（711）

外文系廖森郎教授是本省人，他的日本经验有别于同座某几位教授，可是他对太平洋战争时日本陆军的武器却了若指掌，他甚至将这个三八式步兵铳上溯明治时代。显然,三八式步兵铳是明治现代性,乃至于百年中日关系纠葛的象征——这步兵铳既是两次中日战争里日本陆军的主要武器,因此具体而微地召唤着双方截然不同的战争记忆与历史想象。这两次战争当然更将日本、中国大陆与台湾地区推向不同的历史进程。

尽管战争多半是以悲剧收场,战争却也是许多民族集体记忆的重要构成部分。廖森郎教授认为"三八式步兵铳同好会"是"专门收集三八式步枪的日本人组织的同乐会",可知这批日本老兵观光客独钟这种步枪并非事出偶然,这样的组织在李永平小说的叙事脉络中当然有其象征意义。这些日本老兵借着三八式步兵铳所缅怀的显然是日本军国主义的光荣岁月,如今光荣不再,老兵也已经年华老去,只能以同好会的名义,大剌剌以观光之名,招摇地组团重临故地,廖森郎教授指这批老兵观光客让"这玩意儿又借尸还魂来了",正是这个意思。三八步兵铳投射着日本的近代战争历史,为这些老兵唤回全然不同的战争记忆。

《海东青》这一章的高潮与这些论证有关。接着几位教授高谈阔论:旗袍与和服之间如何有别,穿和服如何"需要一个瘦不露骨兼平滑光洁的背部",麦克阿瑟麾下的美国大兵如何"向东瀛小女子输诚",又如何"枉我们打了八年抗战"。(732—733)正当"春火飈飈,阖座遮住嘴洞剔起牙来"(733)之际,隔邻那三桌日本老兵开始其具有象征性意义的类军事行动:

店堂中,三桌日本白头观光客西装革履团团虾腰恭坐圆铁凳上,五六打啤酒落了肚,脸青脖子红,紧绷住腮帮喽嚓唛喋正在兴头上，忽然，搁下筷子没了声息，一个个挺直起了腰杆子来。堂心日光灯下，碧磷磷三炉瓦斯火蒸腾着三口鱼虾火锅，风中，萧簌起四五十颅花发。……汤雾迷漫中，满堂心登时窜伸出了条条胳臂，捋起西装袖口，捏起枯黄拳头，一板一眼挥舞着擂向心口，泣声起，四五十条苍冷嗓子哽咽着嘎哑引吭高歌起皇军战歌来——君为代呢，千代呢，八千代呢——萧萧白头昂扬炉火朔风中。……歌声中，泪眼婆娑，三个日本老人打开旅行袋捧出一卷泛黄的白绢布，摊开了，满堂心团团招两招，鱼贯，虾腰，迈出皮鞋输呢妈先输呢妈先①一路鞠躬致歉，穿梭过十来桌围炉夜谈的海大师生，来到后墙下，噙住泪水，擦了擦眼皮，问一桌工学院男生借张铁凳，颤巍巍攀爬到凳上，把白绢布挂到墙头，整整身上那套藏青法式双排扣春西装，三个儿排排立正，敬礼，张起爪子拍两推合十顶礼哈腰，朝白绢布泪盈盈拜了三拜。

日光灯下，血迹斑斓。

祈　支那派遣军第六师团

武运久长

(733—734)

在火锅的汤雾缭绕中，日本老兵的仪式性动作看似悲壮，实则时地不宜，尤其集体高唱皇军战歌，不免令人侧目。他们的祭仪无疑展现了他们在意识形态上冥顽不灵的军国主义，时间仿佛静止，他们再次回到皇军铁蹄蹂躏亚洲大地的年代。换句话说，这群老兵

---

① "输呢妈先"（すみません）一词，为日语"不好意思"之音译。

完全无视于餐厅里其他人的反应——这些人极可能是日本军国主义直接或间接的受害者——忘我地企图为军国主义招魂。最能体现军国主义幽灵的当然是那块题有师团名字与"武运久长"祈愿词的白绢布，而最令人触目心惊的正是灯光下绢布上的"血迹斑斓"。① 这也说明了这批三八式步兵铳同好会的成员其实曾经在"支那派遣军第六师团"服役，而且是当年南京屠城的主力部队，其祈愿白绢布上所沾的血迹正是杀戮与暴力留下的印记。②

不过在这样的场合召唤军国主义也坐实了整个仪式的反讽与荒谬：庄严的誓师仪式竟然沦落到只能在人声嘈杂的火锅店举行，难怪这些老兵要"泪眼婆娑"，除了行礼如仪之外，恐怕也只能徒呼

---

① 在《海东青》之后的《朱鸰漫游仙境》中，"支那派遣军第六师团"再度出现。朱鸰与其同学在中正纪念堂见到一批老年日本观光客，同学之一的连明心向大家解释："这群日本老头子是'支那派遣军第六师团'的老兵！领队手里拿的那幅白缎旗子，就是他们的军旗。你们看，旗子上面用黑线绣着'祈武运久长'五个大字，那是他们当年行军的口号。整幅旗子沾着一蕊一蕊的人血，看起来就像满树樱花。……'支那派遣军第六师团'就是赫赫有名的南京屠城部队，一口气杀了三十万中国人。这一群老头子，莫看他们个子矮小、弯腰驼背的，当年都参加过南京大屠杀呢。"见李永平，《朱鸰漫游仙境》，二版（台北：联合文学出版社，2010），页305—306。

② 《海东青》这一章所指涉的战争记忆无疑是南京大屠杀，不过这不是唯一一次提到这场历史惨剧的地方，如第二部《冬，蓬莱海市》第六章《迟迟》，写朱鸰在北门火车站前珠海时报大厦顶楼看到电动新闻字幕报道日本国会议员石原慎太郎坚决否认南京大屠杀一事："日本国会议员石原慎太郎，接受十月号美国《花花公子》杂志专访，竟然否认南京大屠杀。《花花公子》杂志问：美国固然在日本投下原子弹杀死许多日本人，但是日本过去的所作所为，难道就不算残酷吗？中日战争期间发生骇人听闻的大屠杀惨案，你又作何解释？石原慎太郎答：手枪和机关枪哪能跟原子弹相提并论！我们日本人做了什么？哪里有大屠杀？《花花公子》杂志问：只举一个例子，一九三七年十二月十三日的南京大屠杀，起码有十万中国人惨遭日军杀害。石原慎太郎答：大家都说是日本人干的，事实不然，那是中国人捏造出来的谎言，蓄意要诬蔑日本的形象，根本没这回事！……"（312）。

奈何。① 这些日本老兵的战争记忆与邻桌几位教授的显然大不相同。老兵借由祭仪追忆军国主义逝去的荣光，而对邻座的教授而言，这些荣光所代表的却是创伤与耻辱，是国仇家恨，只不过他们对整个场面的反应却仅止于言词上的冷嘲热讽而已。历史系教授谢香镜的评论主要针对绢布上的祈愿词"这十四个字写得张牙舞爪，充满戾气"（735）；田终术教授斥责这些日本老兵为"目无余子"（742）；丁旭轮教授则抱怨"淫啼浪哭，大庭广众吵得人心里发毛"（742）；而何嘉鱼教授也有类似的怨言："这些日本老先生闹酒闹得太过分，不成体统了。"（758）眼看着火锅店老板娘跟着她家男人对那些撒娇起哄的日本老兵鞠躬赔笑，丁旭轮教授也忍不住感叹："咱们兄弟之邦的韩国人管日治时代叫倭政时期——倭，中国史书上的倭人、倭奴、倭寇嘛———同样让日本人统治了几十年，韩国比起这帮海东人要有志气多了。"（746）一口香港口音的外文系教授何嘉鱼则把矛头指向自己人，他以鄙夷的语气痛斥同僚但知对日本女明星品头论足：

---

① 《海东青》里日本老兵"泪眼婆娑"这一幕让我想起依藤（汪开竞）的《彼南劫灰录》。彼南者，即今日马来西亚的槟城，日据时易名彼南。此书出版时距太平洋战争结束不久，作者为槟城钟灵中学教师，书中所叙为太平洋战争期间日军占领下槟城居民的生活点滴与精神状态。其中一章叙述战败前夕日本占领军高级文官的怪异行径："彼南街道上，不时可以看到各式各样的日本人。那些衣冠楚楚、仪表不俗的东洋佬，也喜欢到五盏灯'共荣圈'里去宵夜。有时候到了深夜，人家预备收档了，三四个东洋佬翩然光临；看他们的打扮，分明是高级文官。他们坐在椅上，叫了几色菜，自己带酒来，默不作声地尽情痛喝。……这些东洋佬竟一句话也不说，只是拼命饮酒，饮到一半，有的忽然纵声痛哭，有的则怒发冲冠，不住挥拳击桌，如此闹了一阵子，菜也吃完了，酒也喝光了，然后各人拖着疲乏的脚，一步一蹶的离开了食物摊。"见依藤，《彼南劫灰录》，"钟灵丛书"第二种（槟城：钟灵中学，1957），页 141—142。

"年年十二月十三号,南京大屠杀纪念日,香港同胞都举行哀悼游行,跑到日本领事馆门口抗议!……你们在这个三民主义的模范省、中华文化的复兴基地,四十年来,每年十二月十三日,请问你们这些国人酒足饭饱大脱日本女星衣服之余,纪念过南京大屠杀三十万死难同胞吗?"(765)

何嘉鱼教授这一番话义正词严,不过也说明"避秦鲲岛"数十年后,情势丕变,即使创伤未愈,记忆业已日渐模糊。这里也可以看出李永平创作上所身陷的困境与矛盾,他一方面刻意虚构化《海东青》的叙事空间,如以鲲岛、海东、归州路、艾森豪路等地名与路名掩饰小说的真实空间背景,贾雨村言,虚张声势,仿佛要将真事隐去;另一方面却又强调《海东青》说的是"台北的一则寓言",而且在叙事过程中还不时指涉真实的历史事件,一如现实中台北的某些路名意在复制大陆的元素,《海东青》的整个叙事就是在时假时真、时虚时实的过程中匍匐推进。

尤其在《海东青》这一章里,李永平以凄风苦雨的春夜为背景,以汤雾袅袅的火锅店为舞台,搬演一出虚妄而又时代错误的荒谬剧,议题集中,其批判性不言而喻。他让日本老兵郑重其事地借由祭仪为军国主义招魂,却反讽地勾唤起许多人有关南京大屠杀的战争记忆——对某些人而言,这些记忆恐怕早已化作历史教科书上的日期,或者以考题的形式存在。李永平的用心不难理解:他一方面不假辞色,痛诋军国主义阴魂不散,甚至借尸还魂;另一方面则痛心读书人沉湎淫逸,但知口舌是非,浑然忘却历史的教训。对他而言,历史的鬼魅挥之不去,在关键的时刻仍会以不同的形式还魂现身。

## 二

在《朱鸰漫游仙境》之后，李永平开始构思他后来称之为"月河三部曲"的系列小说①，第一部就是2002年推出的《雨雪霏霏：婆罗洲童年记事》。在《写在〈雨雪霏霏〉（修订版）卷前》一文中，李永平这样回顾他的创作生涯："在创作上，我先写婆罗洲故事，接着写台湾经验，完成五本小说后——包括被看成一部天书的五十万字《海东青：台北的一则寓言》——仿佛神差鬼使般，身不由己地又回头来写婆罗洲。在外迌迌四十多年，兜了偌大一个圈子，在心灵和写作上，我这个老游子终于回到原乡——我出生、成长的那座南海大岛。"②《雨雪霏霏》让李永平从台湾重新联结上他的故乡婆罗洲，用他的话说，这是"某种神秘、坚韧、如同一条脐带般永恒的联结"③。

《雨雪霏霏》由九篇"追忆"的文字集结而成，在形式上是一部短篇小说集，不过视之为一部长篇也无不可。这些"追忆"的叙事者属同一人——已经成为壮年教授的叙事者对小学女学生朱鸰回忆他的童年往事。跟《海东青》与《朱鸰漫游仙境》一样，《雨雪霏霏》所采用的也是插曲式的情节结构。李永平将他的三部曲称作

---

① "月河三部曲"是李永平对我说的，在目前可见的文字中，他有时称之为"婆罗洲三部曲"，有时又作"李永平大河三部曲"。这三部曲包括《雨雪霏霏》与《大河尽头》上、下，及《朱鸰书》。
② 李永平，《写在〈雨雪霏霏〉（修订版）卷前》，收于《雨雪霏霏》，全新修订版（台北：麦田出版社，2003），页13。
③ 李永平，《河流之语——〈雨雪霏霏〉大陆版序》，收于《雨雪霏霏》，全新修订版，页31。

"晚年忏情录"①,《雨雪霏霏》中的每一则"追忆"确实都是名副其实的忏情录,因为"追忆"中所叙述的正是叙事者"心中最深伤疤的一则则童年故事,和故事中一个个受伤的女子,就如同一群飘荡不散的阴魂,只管徘徊萦绕我脑子里"②。在《雨雪霏霏》的九篇故事中,最紧密联结台湾与婆罗洲的是终篇的《望乡》,而在这则"追忆"中让台湾与婆罗洲产生关系的则是日本——这则故事涉及日本殖民台湾的历史与日本南侵的战争记忆。叙事者这样告诉朱鸰:"每次看见台湾芒花,我就会想到婆罗洲台湾寮的故事,心中一酸,思念起那三个一身飘零、流寓南岛的奇女子。"③

这篇"追忆"取名《望乡》显然受到同名电影的启发。电影《望乡》由田中绢代主演,叙述太平洋战争前一群日本女人被浪人诱拐到英属北婆罗洲山打根当妓女的故事。李永平的《望乡》部分情节与电影的故事类似,说的也是女性受骗的故事,只不过背景换成了太平洋战争期间与战后,而叙事者所说的三个奇女子都是台湾人。其中一位名叫月鸾。叙事者这么回忆月鸾的遭遇:

> 十六岁那年夏天,地方上有位绅士忽然带着两个身穿白西装、头戴黄草帽的日本浪人,搭乘吉普车,来到她家田庄,自称是什么"拓植会社"的干部,替皇军招募随军看护到南洋军医院上班。……月鸾和村里六个梦想当护士的姑娘出发啰,兴冲冲喜滋滋,搭火车到高雄港,跟两百多个来自其他乡村的女

---

① 李永平,《写在〈雨雪霏霏〉(修订版)卷前》,页 16。
② 李永平,《河流之语——〈雨雪霏霏〉大陆版序》,页 31。
③ 李永平,《雨雪霏霏》,全新修订版(台北:麦田出版社,2003),页 211。以下引自《雨雪霏霏》的文字仅在引文后附加页码,不另加注。

孩子会合，搭上运兵船，随同日本陆军第一百二十四联队……
漂洋过海来到了英属渤泥岛。日本人讲的渤泥，就是中国人说
的婆罗洲。……登陆后，十五位姑娘被分派到古晋皇军慰安所
工作。那是城中一栋巨大的洋楼，上下两层，底层用木板分隔
成几十个两席大的小房间，里头啥都没有，只摆一张挺坚固的
双人木床。每个房间住一个姑娘，日夜接待皇军，从事慰安工
作。……古晋慰安所的那群服务生，各色人种的女子都有：朝
鲜人、荷兰人、菲律宾人、英国人……（240—241）

这段叙述耳熟能详，说明当年皇军招募慰安妇的大致经过。这段话当然也唤起日本殖民宝岛与占领婆罗洲的历史记忆。身为被殖民者，台湾姑娘就这样在半哄半骗之下别亲离家，远渡重洋，到一个完全陌生的地方充当皇军的泄欲工具，在太平洋战争中被迫扮演她们从未料想过的角色。她们的遭遇构成太平洋战争另一个版本的战争记忆，她们的故事至今尚未结束，而她们的战争经历更是有待妥善清理。[①] 显然，李永平有意借她们的故事寄托他的后殖民的人道批判：这些女人的悲惨命运全然是军国主义意志下毫无选择的结果。《望乡》的叙事者大概不会想到，太平洋战争结束数十年后，历史的鬼魅依然杳杳幢幢，他竟然在月弯的故乡追忆滞留南洋的她和她那群姊妹的悲苦命运。

---

[①] 有关台湾慰安妇的研究可参考妇女救援基金会，《台湾慰安妇报告》（台北：台湾妇女救援基金会，1999）；朱德兰，《台湾慰安妇》（台北：五南图书，2009）。有关慰安妇的英文专书可参考 Yuki Tanaka, *Japan's Comfort Women: Sexual Slavery and Prostitution During World War II and the US Occupation* (London and New York: Routledge, 2013)。

月鸾与其姊妹的悲惨命运并未因日本战败而结束。当被俘的英军又以殖民主之姿重返古晋时,他们立即关闭慰安所,把皇军和慰安妇遣返日本或她们的家乡。月鸾并未返回台湾,原因让人心酸:她的"子宫破烂,永远不会生孩子了,没脸回家见阿爸阿母和乡亲们"(245)。更要命的是,月鸾的臂膀被皇军黥上了一个"慰"字,"这个刺青一辈子留存在姑娘们身上,永远洗刷不掉"(245)。这个耻辱的印记当然也是另一种形式的战争记忆,她们有家却归不得,注定必须无奈地继续她们的离散命运,想起老家时也只能哼唱《月夜愁》与《雨夜花》等闽南语歌曲。至于这些歌曲的流传,其实也与战争有关。叙事者指出:"听南洋老一辈的华侨说,第二次世界大战日本进军南洋群岛,把一些台湾歌谣改编成日语来唱,其中几首变成皇军的军歌,除了《月夜愁》,还有《雨夜花》。"(224)

战后月鸾与林投姐、菊子姑娘——她的另外两个同病相怜的姊妹——只能留在砂拉越①的古晋,以她们的积蓄买下城外铁道旁树林中的一间白色小铁皮屋,由于当地人都知道她们来自台湾,因此管这间小铁皮屋叫台湾寮,她们也只能继续靠出卖灵肉为生。小城民风淳朴保守,台湾寮竟因此变成当地一景,尤其成为一些老男人欲望窥伺的所在。这些老人"拖着他们那鬼魅般瘦佝佝、黑魆魆的一条条身影,慢慢溜达到台湾寮",而在台湾寮里,"偶尔你瞥见一条苍白人影在窗口晃漾,晚风中发丝飘飏,夕阳斜照下幽灵似的一闪即逝……"(228)这样的描述正好衬托出战后的世界一时是如何

---

① Sarawak 有不同中文译名,如砂拉越、砂膀越、沙劳越等,除引文时尊重原作者译法外,本书一律依马来西亚观光局官方网站的译法作砂拉越。

鬼影杳然、幽暗难明。这个世界到了李永平下一部小说《大河尽头》的下卷《山》中更形具体。

叙事者跟老人一样，为台湾寮所迷惑，"那三个肌肤皎白、来历不明的女子……就像奥德赛史诗中那群美艳的海上女妖，一声声召唤，蛊惑七岁的我，诱引我一步一步身不由主抖簌簌走进她们的世界"（229）。他甚至每天中午下课后带着饭盒到小铁皮屋用餐，喝着她们为他准备的味噌汤。久而久之，街坊邻里竟传言他是那三位"来路不明的坏女人合养的私生子"（251）。眼见母亲因此而伤心落泪，这位年仅七岁的小学生在情急之下，向警方告发这几位善意待他的女人与人通奸。最后三姊妹就以"非法卖淫"的罪名，各被判入狱两年六个月。"只是月鸾阿姨出狱后，人就变得有点痴呆，看到马来人就咧嘴嬉笑，像个傻大姊。"（253）

《望乡》之为忏情录不难理解，此之所以叙事者日后一听到闽南语老歌，"心头那块旧疮疤就会骤然撕裂，潸潸流下鲜血来"（254）。不过李永平想要诉说的显然不会只是让叙事者终生懊恼的忏情录而已，《望乡》更大的计划是在追溯台湾女子月鸾与其姊妹悲惨命运的根源——这个根源指向日本的殖民统治，以及其后军国主义者所发动的侵略战争。台湾成为皇军南进的重要踏板与后勤补给站，包括为皇军供应慰安妇。她们的命运就像历史洪流中的无根浮草，只能在不断的冲激中浮沉漂流。《望乡》里因此充满了一声声沉痛的控诉，李永平其实是要为这些因战争而不幸流落南洋的台湾女子讨取公道，为她们清理日渐蒙尘的战争记忆，再一次让世人了解她们所蒙受的屈辱。

## 三

　　李永平分别在 2008 年与 2010 年出版"月河三部曲"的第二部《大河尽头》上、下卷。《雨雪霏霏》中的叙事者已经告别童年，成长为十五岁的少年永。《大河尽头》所叙述的是少年永在十五岁那年夏天，到西婆罗洲的坤甸探望他所谓的洋人姑妈克莉丝汀娜·马利亚·房龙，而意外地开展了一趟诡谲、奇特的大河之旅的经过。此时在《雨雪霏霏》中为朱鸰讲述故事的壮年教授已经移居花莲奇莱山下，任教于东华大学，而且事隔三年，朱鸰也已经在新店溪"黑水潭底幽锢三年"，叙事者对朱鸰呼告，向她招魂，要跟她述说那一年他的溯河之旅。他在《大河尽头（上卷）：溯流》的《序曲：花东纵谷》中，这样告诉朱鸰说："就在克莉丝汀娜·房龙小姐带领下，我跟随一群陌生的白人男女，乘坐达雅克人的长舟，沿着卡布雅斯河一路逆流而上，穿透层层雨林，航行一千一百公里进入婆罗洲心脏。大伙哼嗨唉呦，推着船，闯过一摊又一摊怪石密布水花飞溅的漩涡急流，直抵大河尽头的石头山，峇都帝坂。那时我真的不知道，甚至抵达终点时也没察觉……这趟航程究竟代表什么意义，在大河尽头我又会找到什么东西，发现什么人生秘密。"①

　　这一趟溯河之旅发生在那一年的 8 月，也就是阴历的七月，因此也是鬼月之旅。李永平为《大河尽头（下卷）：山》写了一篇长序《问朱鸰：缘是何物？——大河之旅，中途寄语》，其中有一段文字描述这趟旅程与他笔下之旅之间的亲和关系："成堆成捆的鬼

---

① 李永平，《大河尽头（上卷）：溯流》（台北：麦田出版社，2008），页 32—33。

月丛林意象,决堤般,冲着我汹涌而来,有如婆罗洲深山中众鸟喈喋群兽喧哗,登时充塞我一脑子,竞相鼓噪,央求我发慈悲心,用我的笔超度它们,将它们蜕化成一个个永恒、晶亮的方块字,让它们投生在我膝头铺着的原稿纸上,那棋盘样的三百个格子中,从此一了百了。"① 在这段文字里,写作犹如祭祀,如同做法事超度亡灵,更何况溯流之旅的种种遭遇发生在鬼月,用叙事者的话说,婆罗洲雨林是"满山磷火睒睒,四处飘窜出没的山魈树妖和日军亡魂"(35)。

关于日军亡魂的现身经过,《大河尽头(下卷):山》8月8日这一天有详细的记载。《大河尽头》上、下卷记录溯河之旅日期全部采用阴历,唯独这一章用的是阳历。1945年8月6日与9日,美国分别在广岛与长崎投下原子弹,15日日皇裕仁宣布日本帝国无条件投降,日本政府于9月2日签署《降伏文书》,大东亚战争正式结束。因此在日本现代史上,8月无疑是个意义非比寻常的月份。叙事者借用古晋圣保禄小学校长庞征鸿神父的话说:"8月是日本人最悲惨的季节。"他想起小学毕业到丛林健行时,庞神父告诉他们的话:"阳历8月正逢阴历七月,鬼月,鬼门大开,'二战'皇军亡魂挥舞武士刀蜂拥而出,四处飘荡丛林,游走婆罗洲各大河流域,探访每一个伊班部落,在长屋正堂大梁悬吊的一篓一篓髑髅中,寻找他们失落的头颅。"②

8月8日这一天,少年永的大河旅程因一场突如其来的赤道暴

---

① 李永平,《问朱鸰:缘是何物?——大河之旅,中途寄语》,见《大河尽头(下卷):山》(台北:麦田出版社,2010),页35。
② 李永平,《大河尽头(下卷):山》(台北:麦田出版社,2010),页243。以下引自《大河尽头(下卷):山》的文字仅在引文后附加页码,不另加注。

雨而中断，克丝婷（即克莉丝汀娜·马利亚·房龙）与他折返普劳·普劳村，投宿在一家松园旅馆。这家旅馆"原本是'二战'日本军官俱乐部，有个风雅的名字叫'二本松别庄'，当年乃是婆罗洲内陆一个艳名远播、极风流、极罗曼蒂克、夜夜灯红酒绿笙歌不辍的所在"（239）。当年俱乐部取名二本松别庄是因为其中央庭院内栽种着两棵日本松。这两棵老松"猥猥崽崽缩头缩脑，倒像一对伛偻着枯瘦身子，局躅在市町一隅，眯眼偷看路过女人的东瀛老翁"，又像"一双……孪生老兄弟，分头伫立庭院的东西两端，笑眯眯相对打躬作揖"（240）。这样的描述对比强烈，无论如何，这两棵老松经叙事者拟人化之后，整个旅馆的日本庭园也因此增添了不少幽秘、诡异的气氛。

午后的松园旅馆/二本松别庄空寂无人，少年永身着白底蓝花和式浴袍，百无聊赖，于是取出航程中肯雅族猎头勇士彭古鲁·伊波赠予他的一把日本短刀来把玩鉴赏。刀上刻有四个宋体汉字：秘刀信国。据说这是太平洋战争结束时彭古鲁·伊波自一位日本军官身上取得之物。他炫耀说："此刀是我的战利品。"（245）永仔细端详这把呎日本古刀，他发现，"刀刃两面各镌有一道沟槽（术语叫血沟），映着庭院中的天光和水光，碧磷磷，闪烁着一蓬子朱砂似的血色"（246）。可见这把短刀曾经见血。就在边把玩短刀，边冥想的当儿，少年永着魔般神驰物外，"不知不觉就端正起坐姿，掀开浴袍襟口，双手握刀，阖上眼睛猛一咬牙便举刀往自己左腹刺下"（248）。此时忽闻一声"八嘎"，永才惊醒过来，四周围却空无人影，他只听到"客舍幽深处传出三味线清雅的弦声。有个女人在弹三弦琴，咿咿唔唔，梦呓似的唱着一支凄凉、浑厚、古老的扶桑曲"（249）。紧接着，我们看到李永平的怪谈笔法，绘

声绘影,状写恍神中的少年永如何经历松园旅馆/二本松别庄的悲欢岁月:

> 我身披东洋浴袍腰插日本短刀,悠悠晃晃,独自浪游在这座大和迷宫,探头探脑,走过一间间纸门紧闭,屋中影影簇簇,好似聚集着一群宾客的榻榻米厢房。跫跫,脚下的回音越来越清晰、嘹亮。霎时间我好像听见几十、几百双军靴声,从甬道两旁各个房间中一齐绽起,四面八方杂杂沓沓,混响成一片,仿佛一群奉命出征的军人,赴死前夕,悲壮地聚集在二本松别庄皇军军官俱乐部,饮燕歌舞狂欢达旦。(250)

这段文字波谲云诡,似幻似真,为我们找回松园旅馆/二本松别庄的战时记忆。这些皇军军官死未安息,魂牵梦萦,仿佛世事未了,心有未甘,尚且悬念着当年的征战岁月。他们的三魂七魄显然尚待安顿,而在燕饮狂欢中仍不免潜伏着腥风血雨,这是李永平的怪谈笔法饶富批判性的地方。

少年永后来在空荡荡的大厅发现一排屏风,上面画着日本史上有名的"源平坛之浦合战"① 全景图,顶头横梁上悬挂着一块巨匾,上题"二本松芳苑"五个大字,"笔走龙蛇,雷霆万钧中挟着一股令人冷澈骨髓的肃杀之气"(251),落款者竟是令英军丧胆的日本

---

① 坛之浦为今日山口县关市周边之海域,而坛之浦合战指的是平安末期源氏与平家两大家族最后的决战,时在1185年4月25日。小泉八云有一则怪谈讲无耳芳一和尚的遭遇,主要写坛之浦合战后平家悉数牺牲的亡魂在坛之浦海域及其沿海一带飘荡流窜的故事。请参考小泉八云著,王忆云译,《小泉八云怪谈》(台北:联合文学出版社,2015),页21—32。

南征大将、被称为"马来亚之虎"的山下奉文。屏风前刀架上有一把武士刀，刀身上以变体小篆镌刻着"妖刀村正"四个古字。永转身背向屏风，跪坐地板上，并且抽刀出鞘。此时他蓦然"觉得心旌摇荡，魂飞冥冥，整个人陷入恍惚迷离的状态中"（253）。房舍外雷声轰隆，暴雨大作，他仿如神魔附身，恍然只见"无数飘荡丛林中的无头日军亡魂，这会儿，纷纷赶回二本松别庄避雨。袍泽故友，三五成群，重聚在大厅周遭各个榻榻米房间，叙旧，打探家乡消息。不知谁带着，几百条刚硬的嗓子蓦地一齐放悲声，嘶哑地、呢呢喃喃哽哽噎噎地，唱起了军歌来"（253）。尽管风雨交加，可是当时毕竟是白昼天光，无头日军亡魂照样选在这鬼月重返二本松别庄。倏忽间，永看见厅堂门口有一条影子闪过，然后悄没声响地伫立在他跟前五呎之处：

  无头影子。胸膛上方两片红色领章中间，突兀地耸出一株光秃头脖。颇魁梧结实的一条躯干，胸膛鼓鼓，光鲜地穿着一件赭黄色皇军将佐制服，肩上三朵梅花，熠亮熠亮。莫非他就是这把刀的主人村正大佐，当年，终战时，在这间厅堂中使用短刀自裁。当他整肃仪容，跪坐在地板上，伸长脖子倾身向前准备取刀切腹之际，被站在他身后担当"介错"（斩首人）的部属，猛一挥长刀，砍下头颅。如今，多年后不知因何缘由，他拖着无头的身躯，冒着丛林大雨回到二本松别庄。莫不是前来寻找他失踪的首级？（254）

不仅如此，那群身穿皇军制服的无头影子似乎跟定了永。"只见几百株苍白的无头颈脖，一根根，春笋似的，从那湿淋淋不住滴答的

一堆米黄军服中,倏地冒出来,窸窸窣窣不住耸动,霎时,挤满二本松别庄整条空荡荡的长廊。"(258)

这些在暴雨中回到老巢的日军亡魂最后因一尊白衣飘飘的观世音菩萨像而终告隐去。故事虽然仍有发展,但是无头亡魂现身的情节寓意已经相当清楚。这些亡魂都是因日本战败而切腹殉国,战后二十年来,亡魂在婆罗洲内陆丛林中飘飘荡荡,寻找自己的头颅,怨念深积,阴魂不散,死后犹不得安宁。8月8日这一天适逢鬼月,丛林雷雨交加,亡灵在村正国信大佐引领之下,回到当年众多袍泽把酒欢聚的二本松别庄,悲声高唱军歌。李永平当然不会满足于书写一则惊心动魄的鬼故事而已。这些流落异乡的亡灵虽然为国牺牲,然而似乎心有未甘,寻寻觅觅,却未见有人为他们安灵。亡魂现身,仿如被压抑者的复返(the return of the repressed),要唤醒被压制的战争记忆,有人希望别再提起,叙事者——或者小说家李永平——偏偏要提起,这里其实隐含记忆的政治。召唤记忆,清理记忆,目的在拒绝遗忘,在安顿过去,为过去寻找适当的位置。历史的鬼魅晃荡明灭,假如未妥为安魂,这些鬼魅会不时魂兮归来,蛊惑人心。这些亡魂的故事提醒我们诚实地面对历史的重要性。

## 四

本文讨论了李永平几部小说中的战争记忆,这些记忆涉及日本侵华战争或太平洋战争,不论是南京大屠杀、慰安妇,或者无头皇军军官的遭遇,这些记忆无疑都与日本军国主义有关。李永平对军国主义的批判其理自明。这些惨剧不论发生在受害者或是加害者身上，都是人类的悲剧。此外这些惨剧牵连甚广，在空间上连接了日本、中国及南洋，波及大部分的亚洲地区；而在时间上，从战时到战后，绵延数十年，许多历史问题至今尚未获得解决。

李永平的终极关怀其实也是历史问题。他以其独特的角度，调动文字，一再召唤渐被蒙尘的战争记忆，逼迫世人不可忘记，要为战争中的冤灵招魂，为那些受屈辱者申冤、抗议。他透过小说让历史的鬼魅一再降临，竟意外地以文学处理了历史迄今尚未解决的问题。

（2015 年）

# 温祥英小说的文学史意义

## 一

1974年,马华作家温祥英出版他的第一本小说集《温祥英短篇》。他写了一篇宣言式的序文,对他过去的创作多所反省,对文学的价值及其与现实的关系,也有扼要的检讨和厘清。这篇序文具有指标作用,标志着温祥英在文学思辨与创作实践方面的重要分水岭。他在序文中开宗明义指出:

> 在过去,我虽然写得不少,但大多数都是遵循着某种教条而写的。换句话说,它们全都是 partisan 的作品。这不是欲抹杀我的过去。这,同样的,也是一个不可避免的过程,尤其当你年青,当你热情洋溢,当你满怀理想。可是,一旦滞留下来,一个人也就死了,至少,他的艺术生命也就完了。①

在这篇序文里,温祥英也简要阐释个人艺术的重要性,同时指出

---

① 温祥英,《序》,《温祥英短篇》(美农:棕榈出版社,1974)。

"为人生而艺术"和"为艺术而艺术"这两种创作理念的二分法其实毫无必要,因为"艺术根本就没有这种分界",尤其把"为人生而艺术"的作品视为"高出一层"更属多余,也没有任何理论或实践上的根据。在他看来,"艺术都是个人的,私人的,表现个人对世界的洞察。如果根据某种现成的理论而制造,那种洞察就没有了,作品变成千篇一律,人云亦云了"。此外,他在序文中也简单说明他对内容与形式二分的看法:"内容与形式是二而一,一而二。内容一改,形式也就变了;形式一变,内容也就改了。"①

就文学的本体或创作的本质而言,温祥英这些理念只是基本常识,其中所涉及的问题并不需要丰厚的文学理论或文化资产即可轻易解决。不过在20世纪六七十年代的马华文学界,这些理念仍具有澄清与界说的意义。温祥英所非议的"遵循着某种教条而写的"文学,或者上述引文一再提到的partisan(派系)文学,其实是当时某些作家心目中所谓的现实主义或新写实主义文学。在后来一篇题为《御用文人》的文章中,温祥英重申他的看法:"到目前为止,我仍坚持着文学是非常个人的,表达个人的声音的。其实,正是为了这个原因,我才非议所谓'新写实主义'的作品:一个私人的个性都没有,只是根据某种理论或教条来填充,内容贫乏表面,主题老生常谈。"②

温祥英的省思之所以重要,主要因为他之前也写过若干他所说的"遵循着某种教条而写的"作品。1964年他以笔名山芭仔发表的中篇小说《无形的谋杀》就是一个典型的例子。温祥英在1971年

---

① 温祥英,《序》,《温祥英短篇》。
② 温祥英,《半闲文艺》(八打灵再也:蕉风出版社,1990),页169。

一篇自剖式的析论文章《更深入自己》中曾经提到，他在这篇小说里"对金钱和爱情的比重下了评语"①。不过在我看来，《无形的谋杀》主要还是在处理阶级的问题。这个永恒复现的问题原有其普世意义，只是在这篇小说中，这个问题所企图突出的矛盾显然仍未能摆脱当时所谓的现实主义的窠臼，至少现实主义的遗绪仍在。一位"十二岁过番"来的移民，经过了半生的奋斗，事业小有成就，最后将其产业交由独生子经营，自己则被儿子和媳妇半哄半骗地安置在花园洋房里与他们同住。这位不满六十岁的壮年人在小说叙事中一再被称为"老人家"。他交棒后无所事事，形同遭到软禁，连离开花园洋房也力不从心。他把自己的情景自喻为"无形的谋杀"——这也是小说题目的由来。他是正派生意人，无法认同儿子的做法。在他看来，他的儿子就像商场老千，专以酒色骗人。他对家里的年轻园丁透露，他的儿子会请"大商家小商家吃饭，把他们灌得半醉，带他们去旅馆开房子。在妓女叫来时，等到他们的情欲正上升，他就叫他们签下对他自己有利的合同"②。这种伎俩无异于敲诈，今天看来粗糙而说服力不足，目的只是为了凸显儿子为富不仁的狰狞面目与奸佞恶质。这是温祥英所说的 partisan 文学中常见的典型人物的写法。

小说中的另一个典型人物是园丁称为头家娘的儿媳妇。她颐指气使，盛气凌人，变脸如翻书，可以对老人虚情假意，孝心溢于言表，也可以翻脸斥责老人为"老不死的"。她对着园丁厉声辱骂，视如奴仆，甚至园丁的妻子分娩在即也不肯准假让他将太太送医待

---

① 温祥英，《半闲文艺》（八打灵再也：蕉风出版社，1990），页223。
② 温祥英，《无形的谋杀》（八打灵再也：蕉风出版社，1964），页28—29。

产。园丁气急败坏地去向她请假时,只见她一个人正在大吃大喝。小说刻意利用这个场景把她写成恶形恶状:"她懒洋洋的不理睬他,夹一块鱼肉到口中,细细地咀嚼,用一口酒灌下去"。① 这种恶人——通常是有钱人——必有恶状的扁平写法,在那个年代的马华 partisan 文学中并不少见。

阶级对立与社会不公甚至可见于日常生活的三餐:头家娘吃的是"鸡肉、鱼肉、芥兰、鸡汤",吃饭时还要搭配喝酒②;园丁夫妇的晚餐菜肴却只有"江鱼仔、豆角和青菜汤"③。以这种陈腐刻板的方式状写阶级对立与社会不公,可以说是 partisan 文学或现实主义文学的样板。问题显然不在现实主义,而在现实主义的文学实践,以为非这样处理阶级与公义问题即不足以称现实主义。《无形的谋杀》发表十年之后,温祥英对此所作的自我批判并不复杂,不过却相当一针见血。他说:"partisan 文艺所表现的现实,往往跟我亲自领会的现实,有很大的出入。教条文学也跟学校所教的传统美德一样,是经不起现实的考验的。"④ 温祥英的意思是,这样的现实其实是遵循某种派系路线所规划的现实,是经过刻意包装的现实,甚至是脱离现实的现实,因此与他"亲自领会的现实"距离很大。⑤

---

① 温祥英,《无形的谋杀》,页26。
② 温祥英,《无形的谋杀》,页26。
③ 温祥英,《无形的谋杀》,页14。
④ 温祥英,《序》,《温祥英短篇》。
⑤ 《温祥英短篇》中收有《人生就是这样的吗?(一天的记录)》这篇小说(叙事者兼主角一再强调"这篇东西毕竟不是小说,只是一篇记录,什么都要录下"),温祥英让叙事者兼主角现身说法,尝试巨细靡遗地记录其一天的见闻遭遇,结果他坦承自己"选错了手法",无法达到目的,借以调侃现实主义文学其实并非真的写实。最后他不得不承认:"我也可以搁笔了。写了一个多两个礼拜,手也倦了。要详详细细,一字不误地记录下现实,虽然仅只一天的现实,毕竟(转下页)

在《无形的谋杀》中,阶级对立与社会矛盾并未获得解决——其实也看不出有任何解决的可能性。这是马华现实主义文学的困境——现实主义文学原来就有自己的政治议程,只不过在政治现实中这些议程始终无法付诸实践,最后甚至因政治议程凌驾一切而使得其文学生产陷入窘境,以致沦为温祥英所说的"千篇一律,人云亦云",作家因此不再"对自我忠实"。①尤其在马来西亚这么一个种族政治无所不在,且种族类别足以统摄众多议题的社会里,在文学实践中处理阶级或社会公义的议题,手法势必更需细腻可信,才能自种族类别中破茧而出,另辟蹊径,或者开发温祥英所说的"洞察"②。

我们在《无形的谋杀》中看到的唯一希望是年轻园丁与其妻子之间的爱——以及新生婴儿所象征的新生命。园丁看着刚输完血的"妻子一手紧紧抱住不到十磅重的婴孩。婴孩很安祥(详)地熟睡了"。妻子"提起疲倦的眼皮,对他安慰地一笑如湖面扩开的涟漪。""他觉得他能战胜生活本身。"③这是现实主义小说常见的公式化结局——为受压迫的劳苦大众留下光明的未来。相对而言,我们不难想象,头家一家恐怕将继续深陷于仇恨与怨怼中而难以自拔。

---

(接上页)不是一件容易的事。难怪很多作者在编着神话而美其名曰写实。这种细腻的工作,既吃力又不讨好。这种正对现实的写法,不但得罪人也得罪自己。我已经没有那种耐心了。"(见《温祥英短篇》,页92—93)。张锦忠也有类似的看法,他认为这篇小说"是对(尤其是马华文坛的)现实教条主义者的反讽/反抗,针对现实派的指控(现代主义小说不写实不反映现实)提出反证。"见张锦忠,《温祥英"在写作上"注解》,收入温祥英,《清教徒》(八打灵再也:有人出版社,2009),页186。这篇小说后来也收入2007年出版的《自画像》中。

① 温祥英,《序》,《温祥英短篇》。
② 温祥英,《序》,《温祥英短篇》。
③ 温祥英,《无形的谋杀》,页13。

这样的结局确实涉及温祥英所关注的"金钱与爱情的比重"问题，只不过在这篇小说的脉络里，这个问题最后仍不免归诸阶级问题。

阶级问题在温祥英20世纪70年代中期的创作中还曾经昙花一现，只是作者不再以简单的社会分化或对立的方式处理这个问题，而是把问题与传统伦理价值相互纠结，甚至将阶级问题置于伦理的关怀之下。温祥英在2007年出版其第二本小说集《自画像》，其中收有《蛋》这篇写于1975年的小说。这篇小说的情节相当简单：一位老鱼贩因送蛋到学校给儿子进补，结果不幸在众目睽睽之下被儿子排拒。儿子——小说中的胡老师——因父亲为卖鱼佬的职业而自惭形秽，当然，老父的形象也让他在同事与学生面前无地自容。温祥英这么描述这位老人："大成蓝的唐山装上衣敞开着，露出黝黑的胸膛，每一根肋骨都清晰可数。阔裤管的唐山裤也像上衣一样泛白，只遮至膝盖上，露出两截细纹绷紧的瘦腿，赤着的双脚留满割痕，黑黑的塞满污垢。"[1] 父亲自始至终是位卖鱼佬，儿子则已担任教职，算是白领阶层了，社会经济地位的改变明显地为儿子带来伦理的困扰。对儿子的反应无法置信的老人双手一松，结果是："满地都是摔破的蛋。"[2]

二

要讨论温祥英日后的文学产业，上述的论证显然有其必要。上

---

[1] 温祥英，《自画像》（吉隆坡：大将出版社，2007），页13。
[2]《自画像》中另有一篇题为《玻璃》的小说，可视为《蛋》的姊妹篇，主角也是胡姓教师，同时还提到老鱼贩为儿子送蛋的情节，不过这篇小说主要在处理崇拜胡老师的学生如何目睹他进入风月场所而偶像幻灭的经过。

文曾经提到温祥英的自剖文章《更深入自己》，其实原来是为《温祥英短篇》所写的长序，不过并未收入这本小说集中。① 这篇长文回顾他就学习文的经过，并检讨自 20 世纪 50 年代下半以迄 70 年代初《温祥英短篇》出版时约二十年间他的创作历程与不同阶段的转变。其中很大的转变即他如何有意识地要告别"那种神话化的教条主义，那种歪曲现实"② 的文学。甚至《温祥英短篇》的序，从这个角度看，显然更像是个人的文学解放宣言。正如温祥英在其序文一开头所表明的，《温祥英短篇》所收录的"都是比较个人的东西。……这代表一个很大的转变，一种往成熟，或往建立自己个人风格的途中，所必须经阅（越）的里程"③。

因此我们发现，《温祥英短篇》所辑录的多半为 20 世纪 70 年代前后的创作，他刻意舍弃那些"遵循着某种教条而写的"的少作，既未将这些少作纳入《温祥英短篇》中，也未收入《自画像》（2007）、《清教徒》（2009）及《新宁阿伯》（2012）等三部晚近出版的小说集。《温祥英短篇》收小说十一篇，有些在文字与结构上甚富实验性，温祥英不仅不再拘泥于某种教条公式，在题材或关怀方面更是自由而多样。后来这十一篇长短不一的小说至少有九篇还分别收入《自画像》与《清教徒》这两个集子中，他对这些早年创作的重视由此可见。在出版《温祥英短篇》之后，他还陆续写了《蛋》《玻璃》《脱衣舞》等日后收入《自画像》的几篇小说，接着竟有近十年之久停止小说创作。在回答黄锦树的提问时，他对这大约十年的空白只简单表示，自己"失去了方向"，而且《温祥英短

---

① 张锦忠，《温祥英"在写作上"注解》，见温祥英，《清教徒》，页 185。
② 温祥英，《温祥英短篇》，页 222—223。
③ 温祥英，《序》，《温祥英短篇》。

篇》里有些是"可一而不可再的"作品。① 不过《温祥英短篇》毕竟是温祥英转型时期的重要作品，探索与实验的意味甚重，其中某些关怀甚至影响到他后来的创作，很值得一谈。

　　《温祥英短篇》所辑多属作者所说的"私人的个性"的作品。小说集首两篇《自画像》与《昨日·今天》（最早题为《自画像Ⅱ》）都在处理今昔的对比，同时也隐含现实与理想的对比。② 更贴切地说，这样的对比主要在凸显少年情怀的幻灭。《自画像》开头有一段描写大自然景色——远山、白雾、湖面、月亮——的文字，可以看出温祥英尝试赋予这些景色象征意义：

> 那时才开始懂得美，懂得欣赏清晨隐没在袅娜白雾后的远山，若隐若现，扑朔迷离，可见不可达。我也学会冒着夜寒凝重的露水，坐在湖畔的凳上，从雨树叶丛中观看月亮跃出山顶，骤跌在湖面，成蠢动的金虫，不停地往我心里钻，却仍旧离我那么远。③

笼罩在白雾里的远山若隐若现，似远又近，就像叙事者兼主角所爱慕的对象，月亮映照在湖面上所造成的效应如金虫般挑动他的情欲。日子在忐忑不安中过去，"我偷偷地膜拜我的神"，或者"只能远远地欣赏这美"。④《自画像》的篇幅不长，文字以描述居多，几无情节叙事可言，到了小说最后一段，我们看到时间带来的无情变

---

① 黄锦树，《十问温祥英》，《星洲日报·文艺春秋》（2008年3月23日）。
② 黄锦树，《序：清教徒的自画像》，收入温祥英，《自画像》，页10—11。
③ 温祥英，《温祥英短篇》，页1；《自画像》，页9。
④ 温祥英，《温祥英短篇》，页2；《自画像》，页9。

化,现实戳破了梦想,结果是:"我的神竟嫁一个鬼兵,到外国去了。而现在我却把人视为猴子的后裔,因为我虽仍然懂得欣赏美,我的注意点已从脸孔堕落到胸脯和屁股,而欣赏的主使者由心降到下部发火的部分。"①

今昔之比在《昨日·今天》的题目中一目了然。叙事者兼主角开车带着母亲与妻子回到老家小山城。这段旅程对小说中的"我"来说无疑是一场寻觅过去之旅,他在残存的小山城记忆中努力呼唤一位名字叫梅的女孩。梅就像《自画像》中那位若即若离、似远又近的少女那样,是温祥英笔下一再出现的理想情人,是他许多小说中常被召唤的可望而不可即的"女神"。在《昨日·今天》中,梅忽隐忽现,几乎无所不在,而且小说主角不断以梅与他身边的妻子对照,以凸显昔日梦想与当下现实的对比。小说中有一段文字这样描写他眼前的妻子:"我也看清楚了妻的脸,近在眼前,麻面和几粒黄色白点的暗疮,稳(隐)藏在白粉层后。圆眼镜片只是两片死光。"这是当下必须面对的现实。相对之下,梅有的是"闪光的眼镜片,垂在额上的发丝,苗条的身影"②。

《昨日·今天》像温祥英的许多小说一样,并不以情节取胜,在文字与结构布局方面实验性极强,温祥英刻意让主角的意识在过去与现在之间或跳接,或流动,有时甚至让过去与现在纠葛,造成今昔难分,现实与理想混淆。小说因此留下相当暧昧的结尾:"我

---

① 温祥英,《温祥英短篇》,页2;《自画像》,页10。有趣的是,后来在1985年的一篇小说《她把龙虾的警告抛掉》(收入《自画像》)中,叙事者兼主角竟跳出来说:"妻并不是我第一个发生兴趣的女孩。在《自画像》中我曾把那第一个女孩子的美姿以白纸黑字留存下来"。见温祥英,《自画像》,页103。类似的自我引述或指涉在温祥英的小说中屡见不鲜。

② 温祥英,《温祥英短篇》,页11;《清教徒》,页23。

的过去也死在赤裸裸的毒阳下的小山城中,当我踏着油门,喷烟而去,后座是母亲与大嫂,旁边是妻——梅。"① 三十多年后,温祥英在 2006 年发表其饶富自传性的小说《清教徒》。这篇小说与宗教无关,内容主要涉及主角华华仔的成长经验,特别是失败的性启蒙经验。小说中有一段直接引述《自画像》的文字,追忆华华仔少年时代所暗恋的一位少女。② 之后另有一段文字描述一位叫梅的女孩,整个情景其实早见于《昨日·今天》这篇小说。③ 而在写于 2007 年的《美丽梦者:侧记 1957 年》这篇小说中,叙事者兼主角的"我"也提到一位他所追求的"夜校的女同学"陆月梅,圆圆的脸孔挂着圆圆的镜片④,其形象与《昨日·今天》中所描述的梅如出一辙。⑤ 黄锦树说梅是温祥英"几乎写了一辈子、呼唤了一辈子的永恒少女,女神"⑥,甚是。

回头看《昨日·今天》这篇温祥英早期的作品,其结局似乎有意点破妻和梅其实是同一人,只不过梅是过去,妻是现在,而主角一路寻找的是已经失落的过去。当他一再召唤美梦般的过去时,妻则在一旁不断提醒他当下丑陋的现实。从这个视角看,《昨日·今天》其实是一篇有关伤悼的小说,是对过去的乡愁,对梦想的悼念,以及对现实——尤其是婚姻生活——的无奈。这是温祥英日后

---

① 温祥英,《温祥英短篇》,页 12;《清教徒》,页 24。
② 温祥英,《清教徒》,页 136。
③ 温祥英,《清教徒》,页 140—141。
④ 温祥英,《新宁阿伯》(吉隆坡:大将出版社,2012),页 63。
⑤《美丽梦者:侧记 1957 年》所叙主要为一群中学生的少年成长经历,与其说是一篇小说,毋宁说是一篇有关少年成长的回忆文字。1957 年马来亚(马来西亚前身)脱离英国殖民独立建国,温祥英特地选择这一年作为回忆少年时代的时间背景,当然不无其政治潜意识,这篇叙事文字即在"默迪卡"(独立)声中结束。
⑥ 黄锦树,《序:清教徒的自画像》,页 10。

许多小说的重要关怀。

这样的关怀也可见于《温祥英短篇》中只有数百字长的《凭窗》。"我"每夜凭窗俯视"你"和同伴从窗下的街道走过,久而久之竟堕入以下的幻想中:"你对我说了什么。我俩会心而笑。你偎我更近。我抱你更紧。一个秘密茁长在我俩心中。我俩的依偎击退一街的夜。"不过"我"一个转身,却必须回到现实,"面对一室原子灯。灯下妻儿子女的脸孔","我"终于必须接受"我俩隔着 a world of difference"这个事实。① 温祥英在全篇中文的小说中突然以英文表示差异的世界,显然特意以不同语文突出这种差异,这个差异更是梦想与现实之间的差异。

甚至在那篇以流水账写法嘲弄现实主义的《人生就是这样的吗?(一天的记录)》中,温祥英最后以对婚姻的厌倦作为总结,再一次回到上述几篇小说所企图勾勒的对现实生活的无奈与失望。值得注意的是,在这篇小说里,这样的题旨最后还要靠一幅画来具体展现,作者仿佛有意暗示语言再现的欠缺与不足:

> 他对着墙壁上的一幅画。买了一个月罢了,却已不留意了。一个女的在正中,蓝色的袍子张开。左手曲着,头向左低着,保护着手中的孩子。连着她,但背向着她,是一个男的,只穿一条泳裤似的底裤,瘦瘦黄黄,头垂低着。在女的左脚处,一个男的正抱着双腿蹲在那里,头压在膝上。这一组人物都被团深紫色框着,看似柔软,实则坚韧。题目是:婚姻。②

---

① 温祥英,《温祥英短篇》,页45—46;《自画像》,页83—84。
② 温祥英,《温祥英短篇》,页93;《自画像》,页100。

对百无聊赖的婚姻表示万般无奈的还有《她把龙虾的警告抛掉》这篇小说:

> 其实,也没有什么离异的理由。生活已降入一个例常公式的轨道中。早上我上学,她就在家里搬搬弄弄她的花盆;下午她上学,我把孩子送上送下,或看点书,或写点东西,傍晚就清理屋旁。晚饭后,有时散散步,或看看电视,直至上床睡觉。日子就这样过去,相安无事。难道这就是"婚姻是爱情的坟墓"之写照吗?①

这段文字看似轻描淡写,不痛不痒,所叙也只是日日重复的刻板行为,既无发展,也无高潮,更无终结,婚姻就在这样沉闷而几无变化的生活中拖延下去。这篇小说其实又回到《自画像》与《昨日·今天》中今昔的对比与理想的幻灭。在对婚姻生活失去兴致之后,叙事者兼主角的"我"陷入少年时代如何"痴迷上夜学的一位女同学"的回忆,② 而回忆中的若干情节又与《昨日·今天》者多所重叠,不免让我们联想到《昨日·今天》中的梅。

乏味的婚姻仿如枷锁,将婚姻中的男女紧紧地囚禁在家的笼牢里。为挣脱这个笼牢,当事人在万般无奈之余,甚至计谋诉诸精神或虚拟死亡,以求自婚姻解脱,并换取感情或欲望的自由。《她把龙虾的警告抛掉》中的男主角即"杜撰了一个中篇,安排妻自杀身

---

① 温祥英,《自画像》,页 102—103。
② 温祥英,《自画像》,页 103。

亡，因为我结识了一朵可慕的兰花，鼻子高高的，皮肤黝黑"①。在另一篇《我是妻的宝贝》中，男主角"曾梦想着他能恢复自由身。他幻想着美兰得了什么绝症，如文艺小说所编的，但不久后又为这种冥想而内疚"。②

但是在温祥英的众多小说中，对婚姻彻底失望，并提出强烈控诉的，反而是一位新婚妻子。《温祥英短篇》中收有《天亮前的早餐》这篇小说，写一对年轻夫妇婚宴过后妻子的感受，她甚至把两人行房比作丈夫"合法的嫖妓"。她认为自己"是经合法被卖过去的。她的丈夫给钱，给钱供养她，给她屋子住，衣服穿，饭菜吃，娱乐享受。而她和妓女一样地满足他，只是合法的。她是良家少妇，她是高她们一等的"③。这样的自贬相当不堪，她的婚姻生活刚刚开始，就陷入无法自拔的深渊。这篇小说不能说写得非常成功，婚宴过后妻子的内心转折虽有脉络可循，但说服力不强，只能说两个人尽管两情相悦，毕竟是奉子或奉女成婚。不过对我们而言，妻子这样的体会与温祥英诸多小说人物对婚姻的态度倒是相当一致的。因此作者最后借妻子的哭泣对婚姻提出批判："只有制度，没有人性。"④

## 三

温祥英在他的小说中一再书写的女性角色除了像梅这样的理想

---

① 温祥英，《自画像》，页 105—106。
② 温祥英，《自画像》，页 124。
③ 温祥英，《温祥英短篇》，页 26。
④ 温祥英，《温祥英短篇》，页 28。

情人之外，还有一类与此对比强烈的人物——欢场女性，主要为吧女。他的小说中受缚于家庭的男人在对现实不满，或对婚姻厌倦之余，往往寄情酒色，欢场女性于是成为这类男人纵情泄欲的投射对象。这些女性有的有姓有名，有的面貌模糊，也各有不同的理由以灵肉为生。

这些欢场女子中最早出现的是题为《玛格烈》这篇小说中的吧女玛格烈。在技巧上这篇小说采用的是温祥英转型期小说常用的意识流，在《昨日·今天》中我们早见识过温祥英的实验。而在《玛格烈》中，温祥英的叙事策略主要让玛格烈与小说中名叫容的妻子交互出现，有时一前一后，有时相互重叠，造成身份错觉。当我们注意到主角正与玛格烈打情骂俏时，下一个场景突然跳接到家里主角与妻女的对话。试看以下的景象：

> 我把玛格烈拉到怀中，双手圈住她，脸颊依在她鬓边。我俩默默无言。
>
> 容睡着了，整个人瘫在楼板上，手脚曲屈着，头歪在一边。
>
> 我轻轻地吻玛格烈的头发，轻轻地。她没动，只把整个人溶入我的怀中。
>
> 容在搐动，颤动几下眼皮，然后张开，让黑夜溺死在双瞳中。①

这样的叙事策略当然有其寓意，暗示小说中的男人如何深陷道德困

---

① 温祥英，《温祥英短篇》，页19；《清教徒》，页91—92。

境，左右两难，来回挣扎，最后只能在醉言醉语中呢喃向妻子容求取原谅。困局仍在，现实依旧，情境并未因此翻转或有任何突破。

《一则传奇》中的无名吧女因男友坚持赴美国深造而以陪酒为生。两三年后，久无音讯的男友突然来信表示要放弃学业，回来再续前缘。小说结束时，她手握男友来信，走向海边长堤尽处的岩石，只是"那块岩石已被海浪淹盖了"①。岩石是她几年来守望男友的地方，这则传奇简直是流传于马来西亚民间的中国寡妇山故事的现代版，小说标题作《一则传奇》，结尾又故作暧昧，显非无的放矢。既是传奇，结局当然可以有多重想象，甚至也无须符合现实情境。海浪拍击岩石的意象后来也出现在温祥英写于1990年的小说《闪入那扉窗》中，小说提到男主角唐与吧女梦纳李的关系，叙事者说："人生不像写小说。写小说可以安排某一事件为转捩点，但人生只是日子的堆积，忽然如海浪击在岩石上，哗然轰响，却不知哪是因哪是果。"②温祥英故意以类似的意象为《一则传奇》留下周而复始或无始无终的结尾，正好说明吧女之恋只能像市井传说那样，辗转流传，徒留想象。

《闪入那扉窗》篇幅虽然较长，情节却相当简单，主要涉及唐与吧女梦纳李之间的恋情，这段恋情显然不只是一般酒客与吧女的欢场关系而已。唐参与华人政党的活动，但因为受的是英文教育，在政党里深受排挤，被一些华人民族主义者斥为"吃红毛屎，忘祖忘宗"③，因此在政治上郁郁不得志。他穷途潦倒，阮囊羞涩，没办法整晚包下梦纳李，当梦纳李被预订跑外场时，他为了跟踪梦纳

---

① 温祥英，《温祥英短篇》，页57。
② 温祥英，《清教徒》，页41。
③ 温祥英，《清教徒》，页35。

李,就像"野鬼游魂似的奔波了整个晚上"。像温祥英笔下的许多男人一样,他的家庭与婚姻生活乏善可陈,面对现实生活的呆滞无趣,他只能徒呼奈何,而他的解脱之道,也像我们在温祥英许多小说中所见到的那样,一是在精神上安排妻子的虚拟死亡:"他为什么不是自由身?他冥想着,妻忽然死去了:车祸?急症?她死,他就恢复自由。他没有勇气提到离婚。其实也没有理由离婚。他只是不能一个人同时爱上两个女人:他不能分身。"① 二是逃避,而逃避的不二法门则是寻欢作乐,把吧女当作暂时的情人。用叙事者的话说,"在风月场所中,挖寻某种可以填满,或暂时浑忘心灵空虚的什么"②。简单言之,《闪入那扉窗》所叙述的是一个中年男人追忆生命中一段欢场岁月的故事,他物质不丰,精神空虚,生活颓废,像行尸走肉那样,加上年岁日增,懊恼万分,最后只能"在灯下餐桌,他为自己未能把未来为后一辈弄得更好,而深感愧疚,心痛得不得已"③。

与上述议题有关的还有一篇近作《999:记一段颓废的生活》。这篇小说收于2012年出版的小说集《新宁阿伯》。这是一篇追忆逝水年华的小说,叙事者兼主角的"我"年华老去,回想1969年的"五一三"事件之后,一群同事好友风花雪月的荒唐岁月。那是三四十年前的事了,有趣的是,整个叙事所述尽是这些为人师表者吃喝嫖赌的生活,完全不提他们的居家生活或婚姻状态,是温祥英迄今为止对风月生活着墨最深的一篇小说。这篇小说当然有其政治潜意识。除了上述提到的"五一三"种族暴动外,叙事者兼主角在回

---

① 温祥英,《清教徒》,页41。
② 温祥英,《清教徒》,页35。
③ 温祥英,《清教徒》,页44。

忆中还一再指涉 1967 年底槟城左翼政党主导的罢市行动。当时马币因紧盯英镑而贬值，造成物价上涨，民生颇受影响，罢市难免造成骚动，州政府因此宣布宵禁。小说中的若干情节与宵禁有关。20世纪 60 年代原本就是多事之秋。在马来西亚境外，近在咫尺的有美国在越南的战争与中国大陆的"文革"，世界各地更有风起云涌的反战与反体制运动。以美国而言，政治人物如肯尼迪兄弟、宗教领袖如金牧师（Martin Luther King, Jr.）与马尔科姆·X（Malcolm X）接二连三先后遇害。而在国内，1963 年马来西亚成立，随即遭到印尼的抗议与武装攻击。1965 年新加坡在马来人民族主义者逼迫之下退出马来西亚，仓促独立建国。紧接着就是 1967 年底槟城的罢市骚动与 1969 年的种族暴动。置身在这样一个动荡不安的世界，生命"脆危"（precarious），意志难申，《999：记一段颓废的生活》尽管在叙事背景上无法也无须涉及世界各地的动乱，只是叙事者兼主角毕竟经历了马来西亚境内影响深远的两场政治事件，在日暮途穷、友朋凋零之日，他只能顾影自怜，在酒色中继续麻醉自己，最后他表示："我不是写小说，不必理会前因后果。现在我不就在这里，喝着酒，车着大炮，吃着女陪座的豆腐（当然我不会在她们上台唱歌时，送花圈或花束给她们）。她们都引不起我的心动或下体之动。我对她们没有什么要求了。"[①] 他既现身自承"不是写小说"，那么小说所叙的莫非是真人真事的野叟曝言？而这样的体认莫非也是温祥英笔下众多男性的最后告白？

　　从上面的分析与论证不难看出，大约在 1970 年前后，温祥英在文学的体认与创作方面发生了明显的断裂。这个断裂不仅发生在

---

① 温祥英，《新宁阿伯》，页 58。

他身上，就某个意义而言，也发生在同一世代的许多创作者身上。温祥英与其同代人所面对的是一个扰攘不安与急骤变动的世界，一个诗人叶芝（W. B. Yeats）所说的"中心攫不住"（"the centre cannot hold"）的世界。在创作上原先那种看似清楚而稳定的阶级二元论显然不是没有问题的，而与此相关的再现工具与叙事策略更是问题重重。在《何时曾是现代主义？》（"When Was Modernism?"）一文中，英国已故马克思主义文化批评家威廉斯（Raymond Williams）有一段文字描述文学现代主义者与其前代写实主义小说家之间的关系：

> 如果我们沿用浪漫主义者无往不利的定义，将艺术视为社会变迁的征兆、先驱及见证者，那么我们不妨追问，社会写实主义那些非凡的创新性，如 19 世纪 40 年代之后由果戈理、福楼拜或狄更斯所发现与界定的隐喻上的节制及观看上的简约，何以他们不应该优于普鲁斯特、卡夫卡或乔伊斯等传统上的现代主义者的名字？众所周知，先前的小说家使后来者的作品成为可能，没有狄更斯，就不会有乔伊斯。不过在排拒伟大的写实主义者时，这个版本的现代主义拒绝去体察写实主义者如何设计和组构一整套的语汇与其修辞结构，写实主义者即借由这套语汇与修辞结构掌握工业城市史无前例的社会形式。①

威廉斯的话说得简单扼要，不过就文学史的发展而言，这段话倒是

---

① Raymond Williams, *The Politics of Modernism: Against the New Conformists* (London and New York: Verso, 1989), p. 32.

有几点值得注意：一、威廉斯显然有意继承浪漫主义者的余绪，突出文学史的嬗递与社会变迁的关系，视文学艺术为这些变迁之征候与见证，既有承传，也有断裂，而现代主义者似乎更强调断裂的重要性，背后隐然可见的是库恩（Thomas Kuhn）在论科学革命时所说的典范兴替（paradigm shift）的问题。二、威廉斯的模式俨然呼应布伦姆（Harold Bloom）在研究文学史的演化时所指称的影响的焦虑（the anxiety of influence），是诗人与作家为抗拒前人的影响，逃避前人庞大的阴影所采取的叛逆与决裂行动。三、这个模式完全肯定文学的语言与修辞策略必须与时俱进，换言之，诗人与作家必须寻求新的语言与修辞策略处理新的情势与社会现实。

在同一章里，威廉斯还针对现代主义者进一步表示："这些作家在变造语言的本质方面，在与疑为先前视语言为一面清晰、透明的玻璃或镜子的观点断裂方面，以及在他们的叙事肌理中凸显作者与其权威问题重重的地位方面无不大获赞赏。"[1] 此外，在另一篇题为《前卫的政治》（"The Politics of Avant-Garde"）的章节中，威廉斯还重提断裂的概念，而这个概念又与创造性密切相关：

> 我们已经注意到对创造性的重视。显然，这在文艺复兴时期及后来的浪漫主义运动中都有先例，其时有人创造了这个最初被认为亵渎上帝的用词，并被广泛使用。标记着现代主义与前卫运动二者对创造性的重视的是对传统的蔑视与最终激烈的弃绝，即坚持与过去一刀两断。[2]

---

[1] Raymond Williams, *The Politics of Modernism*, p. 33.
[2] Raymond Williams, *The Politics of Modernism*, p. 52.

现代主义原本就是一个难以界定的文学思潮、运动或断代概念。威廉斯视之为历史与文化现象，是他晚年在处理文化社会学时相当重视的个案研究。对他而言，现代主义非关文学理论，他的主要关怀其实是文学的流变与文学史的断代问题，而他的计划的根本目的主要在析论现代主义（包括文学的前卫运动）的冒现，并规范其所隐含的文化政治。就某个视角而论，威廉斯的论述计划也颇能描述现代主义在马华文学界的出现与发展。这是个相当复杂的议题，这里只能存而不论，不过我们可以借温祥英个人的文学产业以见现代主义深远的影响。

　　就像抗拒 partisan 的作品一样，温祥英自然也不会特意为现代主义写作。因此在接受杜忠全的访谈时，他表示自己并"不太清楚什么现代不现代的写作手法"。他以自己短短数百字的《凭窗》为例，自承这篇小说"纯粹是要跟宗奉现实主义的作家们抬杠的"[1]。温祥英的创作展现的容或并非威廉斯所谓的"有意识的现代主义"（conscious modernism），但他刻意与其所诟病的派系或教条文学断裂则是不争的事实。因此，威廉斯有关现代主义的论证对我们了解温祥英日后的创作显然不无启发意义。

　　我们不妨就以《凭窗》为例进一步说明。我在本文第二节里即曾约略提到，《凭窗》所处理的不外乎是梦想与现实的冲突，窗外是梦想的世界，窗内则是赤裸裸的现实。"我"凭窗俯瞰夜里城市的活动，但一转身却必须面对"妻儿子女的面孔"。这个情境碰巧

---

[1] 杜忠全，《文字心语：马华作家访谈录》（怡保：观音堂法雨出版小组，2016），页 198。

倒是与威廉斯笔下都会现代主义者的身影与精神若合符节的:"孤独的作家从他破落的公寓俯视着不可知的城市。"①

《凭窗》是一篇极为特别的小说,几无情节,文字浓缩,近乎诗化。在叙事技巧方面,温祥英早已舍弃像《无形的谋杀》中那种直线式的平铺直叙,而侧重主角思虑跳跃的意识流。整体而言,《凭窗》是一篇颇富实验性的小说,温祥英以简约的篇幅叙写现代人身陷现实牢笼的无奈,而在无奈中又不肯放弃梦想,因此只能借幻想寻求精神的安慰。不过《凭窗》只是个缩影。在断裂之后,温祥英大部分的小说人物——有不少可以归类为市镇小知识分子——都面临类似的现实窘境:在外在世界的挤压下,对日常生活产生无力感。婚姻的枷锁、家庭的桎梏、现实的压力等迫使他笔下的许多角色寻求逃避,而逃避的方式一般上并不复杂,一是堕入幻想,尝试抓住梦想的尾巴,在现实中做最后的挣扎,另一是躲到风月场所,在酒色竞逐中顾影自怜,随着年华消逝逐渐老去。

温祥英在小说创作上的选择与经历虽属个案,但放大来看却不无文学史的意义。他如何弃绝他所谓的宗派文学或教条文学,如何脱茧而出,以新的语言、形式及技巧处理新的题材,在在反映他后来若干小说的创新性与实验性——而相对于宗派文学或教条文学的陈腐刻板,创新性与实验性正是现代主义初履马华文坛时最明显的标签。许多诗人与作家未必会清楚宣示自己是现代主义者,只是在批评家或文学史学者看来,他们的文学实践其实可以轻易被纳入现代主义文学的范畴内讨论。温祥英在断裂之后的小说创作无疑可以作如是观。

---

① Raymond Williams, *The Politics of Modernism*, p. 34.

1968年的元旦，完颜藉（梁明广）在新加坡的《南洋商报·文艺版》发表了一篇宣言式的专文，题为《六八年第一声鸡啼的时候》，全文明显是在为当时仍颇受敌视的现代文学张目。完颜藉其时任《南洋商报·文艺版》主编，他的若干说法正好呼应温祥英在文学实践上的抉择，今天回头检视温祥英——以及部分其同代人——当时所面对的文学环境，这样的抉择无论如何是具有文学史的意义的。让我引述完颜藉的说法作为本文的结语：

我的题材与形式会新鲜得像刚从报贩手里送来的早报。我放眼看提笔写二十世纪六十年代或七十年代的生活内容。我不理会你们那些八股派的批评家引经据典怎么说不去遵循你们所划下的框子……对陈腐的内容与古董的形式，我义无反顾。我造我自己的车，然后用我自己的车子载我自己的货色。……

我撕的是一九六八年的新日历，两足踏在一九六八年的星马，《阿Q正传》《雷雨》《家》的问题不再困扰我。困扰我的是二十世纪七十年代的撤军、"越南战争"、癌、颜色、语言、所得税、人体机械零件外科手术。……那么多那么复杂的困恼困恼困恼困恼困恼，你发觉到古老的表现方式不够表达，你采用前人没有用过的复杂的手法。……

人今天的生活内容已反叛了人昨天的习惯生活内容，今天的艺术品不得不以不习惯的表达方式去表现不习惯的生活内容，其实故意走不习惯的路，也是艺术工作者的创作本分之一。科学家尽力以机器代替人体器官，艺术工作者却要设法强迫人去运用他自己的器官。二十世纪六十年代的"新八股派"要反对是无可奈何的。新画新诗新文学新电影将以不合习惯的面目源源而出。①

(2013 年)

---

① 完颜藉,《六八年第一声鸡啼的时候》,收入《填鸭》,"蕉风文丛"(八打灵再也:蕉风出版社,1972),页 136—139。另见张桂香编,《梁明广文集·一》(新加坡:创意园出版社,2017),页 195—198。

# 三年八个月

## ——重读依藤的《彼南劫灰录》

### 一

依藤（汪开竞）的《彼南劫灰录》初刊于1957年9月，距日本战败已有十二年，就在这一年的8月31日，马来亚脱离英国殖民统治，宣布独立建国。在《彼南劫灰录》出版五十周年时，我写了一篇叙议并兼的《〈彼南劫灰录〉五十年后》，其中有一段文字，对全书内容有概括的说明，可以作为本文讨论的基础。这段文字稍长，现在抄录如下：

> 《彼南劫灰录》一书除赵尔谦和萧遥天的序言与作者的后记外，共收叙事散文四十四篇，时间自日本向英美宣战，拉开太平洋战争的序幕始，而以广岛与长崎被炸后日本投降终，这四十四篇散文各有关怀，整体视之则构成了一部蒙难实录，记载了槟城居民——尤其是华人——在日据期间所遭到的屠杀、酷刑、侮辱等苦难，他们所身陷的悲惨世界也正好反映了日本法西斯侵略者的残暴不仁。从这个角度来看，《彼南劫灰录》可说是一本抗议的书——抗议这三年八个月期间日本法西斯主

义者惨无人道的烧杀掠夺。从登陆前不分青红皂白地狂炸乱射，到几次肃清行动的滥捕滥杀，到监狱中鞭笞、灌水、炮烙等各种令人发指的恶刑，到"勤劳奉仕队"的劳力剥削与精神迫害，日本侵略者的整个统治可说完全建立在恐怖主义上，只知威吓压榨，无能生产与建设，居民的生活不仅全面倒退，到了日据末期，整个槟岛甚至濒临破产，仿佛发动太平洋战争的目的只是为了烧杀搜刮，而无长治久安的打算。……日据三年八个月，财产损失，身心的创伤不说，依《彼南劫灰录》一书的估计，光被滥炸屠杀的居民至少在一万至一万五千人之间……已经是当时槟城人口的百分之五左右。①

自1941年12月25日至1945年8月15日，日本占领槟城共计三年八个月，而"彼南"正是日本帝国主义者为槟城所取的名字。新的名字象征着新的统治权力，实质统治槟城一百五十多年的英国殖民者在日本军机数日轰炸之后，竟然未经正面交战即仓皇撤退，甚至留下不少粮食与器械。依藤在收于《彼南劫灰录》的《天堂地狱》一文中这么指出："一个不敢令人置信的谣言到底逐渐证明为事实：驻军在神不知鬼不觉中撤走了。接着是行政人员卷起铺盖，都是晚上偷偷溜走了。两天以后，岛上已难得见一个'白皮'，虽说仍有几个不愿马上离开。"② 日本军机于12月11日上午10时左

---

① 李有成，《〈彼南劫灰录〉五十年后》，见《荒文野字》（广州：广东人民出版社，2016），页71—72；另见《诗的回忆及其他》（八打灵再也：有人出版社，2016），页18—19。
② 依藤，《彼南劫灰录》，"钟灵丛书"第二种（槟城：钟灵中学，1957），页18—19。

右开始空袭槟城，英军于 12 月 17 日撤走，日军则于 12 月 25 日进驻槟城，从空袭到占领中间刚好相隔两个星期。①

太平洋战争结束至今已有七十年，此时重读《彼南劫灰录》，更可以看出此书的重要历史意义。过去数十年不乏有关太平洋期间日军占领马来亚与新加坡的著作，不过《彼南劫灰录》极可能是这些著作中最早的一部。依藤此书出版时距日本战败不久，作者对日据时期记忆犹新，书中所叙多属其亲身耳闻目睹的观察与记录，这些纪实散文所叙各节无不以事实为基础，因此《彼南劫灰录》也可被视为槟城沦陷期间亲历者的真实证言。无疑这是一部关乎记忆的书。

《彼南劫灰录》在结集成书前曾以"光明圈外"的栏目在《南洋商报·商余副刊》刊出。作者在后记中表示："我认为遗憾的，就是这本书假使在日本投降后立即问世，则正当星马人民饱经忧患之余，也许会在一般人心目中留下更深刻的印象。而今世界政治局势已有巨大转变，在槟城各大商行里，东洋货琳琅满目，人们也似乎早已忘掉了'彼南时代'的一切惨痛经验，那么，本书之出版，或许要贻'多此一举'之讥吧？"② 作者所谓的"世界政治局势已有巨大转变"指的应该是 1950 年前后，刚刚战败不久的日本竟意外地摇身一变，与美国结成盟邦，成为美国"冷战"部署的重要滩头堡，扮演围堵共产主义力量对外扩张的要角，日本也因此获得喘息与复苏的机会。世事难料，作者的慨叹其来有自，而《彼南劫灰

---

① 杜晖另有一说，他指出，"十九日这一天，日军二百余人正式开入槟城占领。"见杜晖，《三年八个月》（新加坡：真善美出版〔私人〕有限公司，1975），页 97。这两百余日本士兵应该是日军的先遣部队。
② 依藤，《彼南劫灰录》，页 191。

录》的写作目的显然是为了在多变的世界中留住"彼南时代"的悲惨记忆。在作者看来，这些记忆已为各大商行中的日系产品所取代，人们似乎早已遗忘日本军国主义铁蹄造成的祸害。由这个角度审视，《彼南劫灰录》不仅是一部记忆的书，更是一部拒绝遗忘的书。

我曾经在《记忆》一书的《绪论》中以李永平的小说《望乡》为例，将记忆视为"某种形式的行动主义（activism）"。在我看来，"召唤记忆是为了拒绝遗忘，或者抵拒阎连科所说的失记，抗议扭曲或泯除过去，目的在纠错导正，追求公义，让受污蔑的可以抬头挺胸，让受屈辱的可以获得安慰，借此重建人的尊严，并尽可能还原历史的本来面目"①。依阎连科的说法，失记指的是"对现实与历史有选择的抛去和留存"，甚至还包括"今天对记忆的新创造"。②

重读依藤的《彼南劫灰录》，阎连科的失记概念实具有明显的启发意义。以马来西亚的情形而论，萧依钊就曾经这么指出："日本当局篡改历史教科书来掩饰日军在'二战'中的暴行固然令人不齿，但马来西亚官方的历史教科书竟也对日军的侵略轻描淡写，对日军灭绝人性的罪行更是只字不提。"她忧心表示："由于撰写本国历史者对某些政治势力的妥协，对日据时期的历史事实进行颠来倒去的修订或刻意扭曲，以致年轻一代完全不清楚那段日军铁蹄蹂躏下血迹斑斑的历史。"③ 萧依钊所谓的"某些政治势力"指的应该是

---

① 李有成，《记忆》（台北：允晨文化实业股份有限公司，2012），页16。
② 阎连科，《沉默与喘息：我所经历的中国与文学》（台北：印刻文学生活杂志出版有限公司，2014），页11。
③ 萧依钊主编，《序一：历史，不会泯灭》，见《走过日据：121幸存者的泣血记忆》（八打灵再也：星洲日报，2014），页5。

马来人统治集团。这个集团自马来（西）亚建国以来即宰制国家政权，厉行马来人至上的种族政策，集团中某些分子的先人在日据时期颇有一些不堪的事迹，避谈日据时期的历史应该可以理解。依藤在《彼南劫灰录》的"新贵人"一章中特意提到马来人在日军治下的待遇："讲到马来人，在最初一年的日人统治下，着实沾了不少光。日本人把他们当'同志'。……他们对于新主人的一切措施，似乎都觉得新鲜。事实上，日本人在若干地方，的确故示宽容，让他们高兴高兴。那些走不掉的马来亚各州贵族，表面上和日本人也搞得蛮闹热的。"① 另外在书末题为"光明何处？"一章中，依藤语带揶揄地称马来人为"土老儿"，暗示这些"土老儿"其实是太平洋战争最后的受益者："因为他们得天独厚，说来说去到底是'土老儿'，要奈何也奈何不得。或许他们反得感谢'东洋佬'：没有东洋佬来一记'杀手锏'，东南亚一块大陆上正不知还有多少人在那里沉沉酣睡。这一记杀手锏虽把东洋佬自己打得昏昏沉沉，而酣睡的人却反而大梦初醒了。"② 依藤的意思是，太平洋战争虽然让日本濒临亡国，却也唤醒了马来人争取独立建国的美梦。

马来西亚官方教科书之所以对日据时期讳莫如深显然另有原因。当年真正武装抗日的无疑是华人占大多数的马来亚共产党，倘若据实叙述日据三年八个月的历史，又无法略过马共的抗日活动，对马来人统治阶级而言，这是件相当难堪的事。官方叙事基本上是否定马共的反殖反帝的历史事实的，避谈日据时期正好可以避免碰触马共在马来（西）亚历史进程中的尴尬角色。别说教科书，2006

---

① 依藤，《彼南劫灰录》，页53—54。
② 依藤，《彼南劫灰录》，页189。

年华人社会有意竖立抗日纪念碑,此议立即引发统治集团的指责与反对,他们认为向抗日纪念碑致敬即意味着纪念马共,反对者包括当时的内阁新闻部长扎伊努丁(Zainuddin Maidin)与森美兰州州务大臣穆罕默德·哈桑(Mohamad Hasan)。其背后的反对逻辑与教科书现象如出一辙。这是胜利的一方不敢立碑纪念的一个极端怪异的例子。

阎连科的失记概念也适用于日本历史教科书争议的问题,即面对侵华战争与太平洋战争——日本官方所谓的"十五年战争"——时思想史家子安宣邦所说的"重提·再叙述"的问题。子安宣邦批评日本官方以"重提·再叙述"之名,行"隐蔽、藏匿"之实,目的在"修正、改写"国家的历史。他说:"对于教科书的表达、用语要求加以'修正、改写'……这虽然是一种国家行为,却一直被隐蔽起来。通过这种隐蔽、藏匿,国家当事者不仅欺骗他人,也欺骗了自己。隐蔽、藏匿把对过去的'重提·再叙述'转换成了要求'修正、改写'其表达、用语。"[1]

对于日本官方要求对历史教科书的"重提·再叙述"何以会是"修正、改写"的行为,子安宣邦以一个简单的例子加以说明:

> 通过检定要求历史教科书之记述的"修正、改写",很明显乃是作为过去的国家行为之战争在要求"重提·再叙述"。那么,通过对叙述的"改写"怎样来谋求过去的"再叙述"呢?教科书检定官再三要求从始于满州事变到太平洋战争所谓

---

[1] 子安宣邦,《东亚论——日本现代思想批判》,赵京华译(长春:吉林人民出版社,2011),页 224—225。

日本"十五年战争"中，有关在亚洲的战争行为以及这一过程的记述，要删除"野蛮的"这一修饰语。以"野蛮的"修饰语来观察战争的历史学家的视角，其立场乃是要对发动了无法正当化的战争行为和导致悲惨的战争的诱导者进行弹劾并追究其责任的。①

不论是马来西亚或是日本，官方在面对教科书如何处理太平洋战争的历史事件时，竟然不谋而合地诉诸阎连科所说的失记。如果失记的策略得逞，真相会被遮蔽，事实会被扭曲，是非真假难明。从这个角度看，《彼南劫灰录》不仅保存了战争记忆，同时也迫使后来者反思战争所带来的灾祸苦难。

## 二

子安宣邦在论"重提·再叙述"事件时，曾经谈到日本历史教科书检定官对历史学家以"野蛮的"之类的修饰语描述所谓的"十五年战争"大表不满。若就《彼南劫灰录》而论，书中所述除了日据三年八个月期间槟城居民的日常生活与精神状态外，还包括了日本统治者种种倒行逆施的乖张作为与残暴行径，史书笔法，血泪斑斑，"野蛮的"之类的修辞实不足以描述槟城居民所蒙受的身心创伤于万一。日本军方以君临之姿，敲骨吸髓，烧杀搜刮，无所不用其极，其种种暴行简直罄竹难书。这也让《彼南劫灰录》诸篇章节构成一部创伤叙事。

---

① 子安宣邦，《东亚论》，页228。

《彼南劫灰录》的记述偏重集体记忆,因此书中鲜少谈到个人遭遇,依藤所在意的显然也以集体创伤为主。这样的事例全书所见多是。譬如书一开头的"天堂地狱"一章写日本军机的狂炸滥射,三言两语,道尽日本军国主义者的残暴不仁,读来令人瞠目结舌:

> 原来我们这个美丽的城市,自经过日本飞机接连数天的滥炸后,全市已空无一人,到处只见断垣残壁,白天固然荒凉得怕人,一到晚上,那一种阴森森的景象,就不啻是鬼世界一样。日本飞机,却不分皂白地滥炸。因为市区根本不是军事险要,又无防空设备。当第一个炸弹掷下后,市民们疯狂地沿马路奔逃,头上的日本机师就对准了他们以机关枪扫射。日本飞机飞得很低,所以被机关枪扫射致死的人比直接被炸弹炸死的人要多好几倍。……那些被炸死及被机枪击死的尸体,东一个,西一个歪倒在路上:有的人身体还好端端,头却不知去向;有的人臂膀和腿飞散开来,血肉模糊,几只野狗在扯着啃嚼。一个汽车夫前身伏在车上,一片炸弹碎片把他半个天灵盖削掉了。至于房子倒下,连人带屋埋葬在内的更不知有多少。据非正式的估计,第一天出其不意的轰炸结果,约有一二千人死于非命,这数目并不算是夸大。①

这段叙述具体而翔实,仿如战争电影画面,尤其若干近镜特写,其残酷嗜血远超过一般人的想象。那些遇难者尽是手无寸铁的无辜市民。越南裔美国学者与小说家阮越清(Viet Thanh Nguyen)在其新

---

① 依藤,《彼南劫灰录》,页10。

著《永不消逝：越南与战争记忆》(Nothing Ever Dies: Vietnam and the Memory of War) 中曾经以他者或非我族类的概念讨论战争中空军轰炸的问题。他的讨论对象是我们所熟知的美军。他说："我们可以经由我们看待轰炸的途径衡量我们被教导了解他者的程度。我们想要投下多少炸弹？哪种类型的炸弹？投在哪里？投在谁的身上？美国之所以可能毫无区别地、大规模地轰炸东南亚，那是因为美国人早已认定东南亚的住民并不是人，或者不足为人。"① 从美国的越南战争到晚近的阿富汗战争与伊拉克战争，阮越清的指控其实不乏事证。六十年前依藤笔下日本军机对槟城无辜居民的狂炸滥射，何尝不是出于同一心理？驾着军机的日本士兵如同参与狩猎活动，在他们看来，那些在街头观望或逃跑的槟城市民充其量只是他们的猎物而已，借用阮越清的话说，这些市民"并不是人，或者不足为人"。这种滥杀无辜的情形是全然否定他者或非我族类的存在意义。

从这一点看来，日本军机惨无人道的疯狂屠杀也见证了美国性别研究学者巴特勒 (Judith Butler) 所说的"去真实化暴力"(the violence of derealization)。巴特勒的说法背后隐然可见的是某种残酷无情的假设，即某些生命是真实的，某些则未必。依她的说法，"在某个意义上，那些不真实的生命就已经受到去真实化暴力的伤害"②。据巴特勒的推论，所谓"不真实的生命"(unreal lives) 即"不可活的生命"(unlivable lives)，因此不值得悲伤 (ungrievable)。去真实化表示"某些生命不被承认为生命，他们无法被人性化，他们无法被摆进人的主要框架里……他们首先被非人性化，然后引发

---

① Viet Thanh Nguyen, *Nothing Ever Dies: Vietnam and the Memory of War* (Cambridge, MA: Harvard Univ. Pr., 2016), p. 276.
② Judith Butler, *Undoing Gender* (London and New York: Routledge, 2004), p. 33.

身体暴力,这种暴力在某种意义上传达了去人性化的信息,这样的信息早已潜藏在此文化当中"①。

《彼南劫灰录》的叙述为巴特勒"去真实化暴力"的论证提供了真实的事例。这样的实例在依藤书中所见多是。因此从某个角度看,《彼南劫灰录》是一部充斥着暴力的书。在"彼南的黑日"一章里特别谈到肃清行动,此行动目的在搜捕反日分子与共产党人,在这些行动中,这种去真实化暴力的现象至为明显。依藤指出:"皇军做了彼南主人,彼南人民在他们眼中只是比猪狗略为高等一点(?)的动物,何况凡被皇军捉进去的人,他们一概认作坏蛋,他们并不以人的资格来审问这些被捕者,所以日本宪兵部里最新式的刑罚——如灌水、炮烙等,就一件一件搬出来应用。"② 据依藤的观察,槟城市民在皇军眼中只比"猪狗略为高等一点",因此无须"以人的资格"相待。这不也正是阮越清在批判美军空炸时所说的,这些受难者在某些人心目中"并不是人,或者不足为人"吗?

日据期间皇军还有筹组所谓勤劳奉仕队的计划,此计划也是令人谈虎色变。第一批勤劳奉仕队被派到苏门答腊,结果当然是有去无回。在"勤劳奉仕队"一章中,依藤写道:

> 到了第三年开始,皇军又大举抽丁,这一次是被派往暹罗去,建筑那条有名的所谓"死亡铁路"。据最近报纸所载,日人为建造这条铁路,曾动员大队英澳军俘虏,但星马一带被强迫前去的华人也不在少数。《南洋商报·商余副刊》还曾刊载

---

① Judith Butler, *Undoing Gender*, p. 34.
② 依藤,《彼南劫灰录》,页65。

过一篇九死一生者的报告,我相信每一个读过那篇报告的读者,对于日本人那种惨无人性的行为,绝不会加以宽恕。可是就当时言,谁人不幸被抽去,谁人秘密失踪,却都讳莫如深。总之,凡被遣送到苏门答腊或暹罗去的,大抵"凶多吉少",他们之中,很少有生还的希望。①

这段文字看似轻描淡写,虽未见灌水、炮烙等酷刑,却处处可见日军令人发指的暴行,以及暴行下的死亡阴影。有时候暴行所造成的创伤过于巨大或深沉,以至于难以具体叙述,或者细加刻画,因此也可能造成依藤此处所说的"讳莫如深"。齐泽克(Slavoj Žižek)论创伤时有一句名言曰:"创伤的本质恰好是创伤过于恐怖而无法让人记住,无法纳入我们的象征性世界中。"② 经过了几个世代,今天重读依藤的《彼南劫灰录》,齐泽克所说的"过于恐怖"的创伤仍然像鬼魅般那样飘然若现,无法获得慰藉,甚至尚待安魂。晚近萧依钊所编的《走过日据》一书是个明证,甚至 2016 年 9 月 9 日至 10 日在高雄中山大学人文中心所举行的"三年八个月:太平洋战争与马来西亚文学国际研讨会"也可被视为追念这些创伤的另一个仪式。更重要的是《彼南劫灰录》书中所提供的种种事证,这些事证更构成了新马华人后代对日据时期的后记忆(postmemory)材料与基础。③

---

① 依藤,《彼南劫灰录》,页 75。
② Slavoj Žižek, *For They Know Not What They Do: Enjoyment as a Political Factor* (London: Verso, 1991), p. 272.
③ 有关后记忆的讨论,请参考贺琦(Marianne Hirsch)的说法:"'后记忆'是在描述'后面世代'与前面世代的关系,这些关系涉及前面世代个人的、集体的及文化的创伤——他们只能借由他们成长的过程中所耳闻目睹的故事、影像(转下页)

上文说过,《彼南劫灰录》记录的是以集体创伤为主,对个人的遭遇几乎只字未提。尤其在国家拒绝保留这些创伤记忆的情形之下,像《彼南劫灰录》这样的个人书写就变成了非常重要的悼念仪式。依藤的书写虽然着眼于集体创伤,但是他的书写也让我们了解到这些集体生命其实是可悲伤的(grievable)——悲伤是回应苦难生命的方式之一。我曾在《他者》一书中提到:"悲伤是要我们省思,伤悼,并体认生命的脆危与软弱。"① 巴特勒也曾就悲伤的概念更进一步表示,悲伤所展现的,是我们与他者的关系,我们既为这些关系所役,也未必能够清楚重述或解释这些关系。②《彼南劫灰录》中的集体生命固然无名无姓,悲伤却让我们与这些生命遥相建立关系。我们因悲伤而伤悼,正如《彼南劫灰录》的作者在后记中所说的:"死去的人不可复活,但活着的人应知所警惕。"③ 伤悼不仅是要见证事件的发生,更要提醒我们在往前迈进时知所警惕。

(2016 年)

---

(接上页)及行为来'记住'这些经验。只不过这些经验是如此深沉、如此动人地传递到他们身上,最后似乎成为他们自身的记忆。因此后记忆与过去的连结其实并非经由回忆的中介,而是经由想象、投射与创作。……不管是如何间接,后记忆将由造成创伤的片段事件所形塑,而这些事件尚有待叙事重建,并且超乎理解之外。这些事件发生在过去,其效应却延续到现在。我相信这就是后记忆的结构与其形成的过程。"见 Marianne Hirsch, *The Generation of Postmemory: Writing and Visual Culture After the Holocaust* (New York: Columbia Univ. Pr., 2012), p. 5.
① 李有成,《他者》(台北:允晨文化实业股份有限公司,2012),页 86。
② Judith Butler, *Undoing Gender*, p. 13.
③ 依藤,《彼南劫灰录》,页 192。

# 在种族政治的阴影下

## ——论 20 世纪 60 年代的马华新诗

在盲黑的寒冷中
一点烛火　流不尽历史的
悲哀

——陈政欣《烛》

一

讨论马来西亚大山脚地区的华文文学，陈政欣的《文学的武吉》恐怕是一本无法不提的书——至少这本书是个适当的讨论起点。众所周知，书名中的武吉指的就是大山脚。作者在书的代序中说，他要"用文学的韵律与想象来书写"，因此，"虚拟、幻想魔幻再加虚构与推理，把武吉推到远方飘渺处，用上千多字，再文学构思，就这样写武吉"。① 换句话说，在陈政欣的构想中，武吉——或大山脚——是文学的建构，有虚有实，而在虚实之间，他以讲古的方式叙述武吉的前生今世，既有武吉的历史掌故，也有武吉的文学、风水、街道、人物及传说，《文学的武吉》因此是一本包罗万

---

① 陈政欣，《文学的武吉》（八打灵再也：有人出版社，2014），页 14。

象，尝试以一篇篇文字，从不同面向为武吉作传的书。陈政欣甚至以武吉取代华人所熟知的名称大山脚，似乎有意透过俄国形式主义者所说的陌生化（defamiliarization）过程，让读者重新认识这个马来半岛北部的市镇，尽管"'大山脚'是属于华文社会的，甚至报章媒体都得接受这事实，就连中国出版的世界地图，也没有'武吉'而有'大山脚'的地名"。①

《武吉的文学》第二辑题为"武吉文学"，顾名思义，写的是大山脚的文学，尤其是几位广为人知的诗人与作家，其中又以诗人居多。陈政欣在这一辑中提到的诗人就有王葛、萧艾、忧草、艾文（北蓝羚）、沙河、陈强华、方路、邱琲钧等，此外尚有旧体诗诗人蓝田玉。而在辛金顺主编的《母音阶：大山脚作家文学作品选集，1957—2016》一书中，还要加上陈政欣不曾提及的诗人如杨剑寒、张光达、吴龙川、张玮栩、郑田靖等。当然，陈政欣也没有提到他自己——其实20世纪60年代中期他初履文坛时即以绿浪的笔名写诗。若论大山脚文学，诗的质量颇为可观，建树不小，其数量甚至可能在其他文类之上。

辛金顺在《母音阶》一书的序文中，对大山脚的写作者有这样的期待："从原乡出发的创作，当然不能止于原乡，而是要走得更远、更长，更久的路途。如此，才能走出一条宽大和长远的路来。"② 这样的期许显然必须建立在对过去的了解上。换言之，这是一个文学史的问题，检视过去的文学遗产，清理这些遗产的面貌与历史意义，或许有助于了解这些遗产的当代意义，鉴往知来，对未

---

① 陈政欣，《文学的武吉》，页22—23。
② 辛金顺，《从在地出发：看见大山脚》，收入辛金顺编，《母音阶：大山脚作家文学作品选集，1957—2016》（八打灵再也：有人出版社，2017），页12。

来的创作走向容或会有若干启发价值。在以下的讨论中，我的主要关怀是大山脚的诗创作，尤其是20世纪60年代若干诗人的作品。我将举例讨论这些诗的生产背景，并以跨越时代阅读的方式探讨这些诗的当代意义。在一个弥漫着政治悲观主义的年代，我希望以淑世批评的视角重新进入这些诗所建构的世界。

## 二

我想就以萧艾的《在武吉马达让中》一诗开始我的讨论。诗题中的武吉马达让即大山脚，马来文作 Bukit Mertajam，此诗收入1963年出版的诗集《思慕的时刻》，不过诗的初稿完成于1959年11月，距马来亚脱离英国独立仅两年多。诗分两组，四行一节，相当有规律，而且叙事与抒情兼具，唯叙事主要还是为了替抒情铺路。第一组诗题为《沙烈》，乃诗中主角马来青年的名字。沙烈以打猎为生，不仅如此，他"带领年青的一群/把武吉马达让/当作自己的母亲"[1]。沙烈热爱生活，努力工作，因此，"有一次大家问他/谁是国家真正的公民/他平静地回答——/要让工作来决定"[2]。在沙烈心目中，显然只有全心奉献、埋首工作的人才配当"国家真正的公民"。"公民"这个概念当然来自国家的独立，等于国家的主人翁，被殖民者并非法理上的公民。萧艾写作这首诗时，公民还是一个新鲜的概念，而马来青年沙烈对公民这个概念的界定非常简单："要让工作来决定。"

---

[1] 萧艾，《思慕的时刻》（八打灵再也：黎明文学社，1963），页77—78。
[2] 萧艾，《思慕的时刻》，页78—79。

第二组诗题为《哈玛》,原来这是沙烈父亲的名字。这组诗所叙并不复杂,诗人主要借猎人哈玛观察儿子沙烈的行为,表达独立建国后对理想社会与美好生活的向往:

犬吠声中马来猎手哈玛
望着孩子沙烈走下了山径
带领着华印青年
欢乐揉亮了眼睛

……

谁说风俗语言不同
华巫印水火不亲?
何必再为过去叹息呢?
及时看到了亲诚友爱的日子降临

当他想起孩子的话
不觉地手抚着爱犬
——为了共同理想而工作
我们互助,我们相亲相敬①

这些诗行明朗易懂,在20世纪60年代的马华文学环境中,轻易会被纳为现实主义的作品。不过如果我们认真细读,这些诗行其实浪

---

① 萧艾,《思慕的时刻》,页79—80。

漫多于写实，其所勾勒的是未来愿景多于当下现实，透露的是诗人对多元种族与多元文化社会的美丽想象。他所描绘的很可能也是当时新近摆脱英国殖民统治，以为从此可以当家作主的人对国家未来的美好憧憬。

正如陈政欣所指出的，《在武吉马达让中》一诗的主旋律"意味深长，是那个时代的国家精神特征"[①]。陈政欣所说的"那个时代"正是马来亚独立之初，马来西亚尚未成立，1969年5月13日的种族暴动仍无法想象，新经济政策还不存在，种族政治更未笼天罩地、无所不在的时代。再用陈政欣的话说："那时的政治气氛与理想，可不是目前我们的政治意识可以比拟的。"[②] 陈政欣的读法正是我在前文提到的跨越时代的读法。从萧艾创作《在武吉马达让中》的20世纪50年代末期到今天，短短一甲子时间，在眼前的政治悲观主义的观照下，当年的美好梦想显然产生了不同的意义。

马英作家欧大旭（Tash Aw）的首部小说《和谐丝庄》（The Harmony Silk Factory）中有这么一幕，叙述的大抵就是这里所说的政治悲观主义。小说主角之一的雅斯培（Jasper）在一家咖啡店里从电视观看独立纪念日的庆祝活动，他回想1957年的马来亚独立日，在电视上目睹当时开国首相东姑阿都拉曼如何在庆典中领导群众三呼"默迪卡"（Merdeka，马来文"独立"之义），欧大旭借由雅斯培的话这样批判马来西亚的现状："独立。自由。新生活。那就是这个词对我们的意义。虽然自那些年之后，我们对我们国家诸多天真的梦想已经死去，被我们自己毒发的野心窒息而死，但我

---

[①] 陈政欣，《文学的武吉》，页109。
[②] 陈政欣，《文学的武吉》，页109。

们所感受的一切永远丝毫无损。"① 欧大旭笔下的政治悲观主义不言而喻,对照萧艾诗中那种乐观向往的精神,不难看出在当前的政治情势下,《在武吉马达让中》一诗可能的反讽意义。

《在武吉马达让中》一诗的题目虽然明指大山脚,但是其叙事背景并非一定发生在大山脚不可。萧艾在诗的附注中指武吉马达让为大山脚"境内的山"②,不过除诗题外,诗中并无一字提到武吉马达让。摆在隐喻的层面,武吉马达让可以是马来半岛任何覆盖着山林的地方。放大来看,诗中所歌颂的种族多元,彼此合作无间——"亲诚友爱""相亲相敬"——的理想世界,在国家独立之初也很可能是许多公民的共同愿望。无奈在独厚单一种族的新经济政策之下,这个理想世界已经走向崩解与幻灭。

本文一开始我特意以较多的篇幅析论萧艾的《在武吉马达让中》一诗不是没有原因的。不仅这首诗以武吉马达让/大山脚为叙事背景,具有清楚的在地意识,更重要的是,这首诗所处理的是20世纪60年代萧艾许多作品中永恒复现的重要主题。这个主题在当时的马华文坛恐怕也具有相当普遍的意义。譬如萧艾诗集《思慕的时刻》中的《一朵不谢的花》《八月》《来自新村的乡亲》《思慕的时刻》《他们》《月圆的夜上》等诗,以及同一年出版的另一部诗集《比鲜花更美》里的《序诗》《一个马来军人》《阿旺的心思》《英雄的山城》《送别》《我们是垦荒者》《八月之晨》等等无不与类似的主题有关。就以诗集《比鲜花更美》中的《阿旺的心思》一诗为例,这个各族团结合作、追求美好生活的主题更是直接明白:

---

① Tash Aw, *The Harmony Silk Factory* (London: Harper Perennial, 2005), p. 89.
② 萧艾,《思慕的时刻》,页81。

来自各地的青年
当我们第一次握手
祖国在我心上叮嘱：
"这是你的兄弟。"

马来亚建国的历史
告诉了我什么？
呵，黄皮肤和黑皮肤的
我们是一家人①


在萧艾这些写于20世纪60年代前后的诗中，土地、阳光、汗水、鲜花、大海、山林、稻田等等是经常可见的意象，这些意象所负载的直接或间接与诗人刻意经营的主题密切相关。1977年，萧艾出版其诗集《当一颗心在跳》，比起1963年出版的上述两本诗集，这本诗集在语言上明显地较为成熟，形式与题材也较为多元繁复。不过即使经历了"五一三"事件，同时在雷厉风行的新经济政策之下，国家正逐渐深陷种族政治的泥淖，诗人之前的信念似乎并未动摇，他仍然一本初衷，对国家的未来依然抱持着乐观的盼望。譬如在《我们——由人力动员令写起》一诗，一开头诗人就表明："我们选择的是路向/向祖国辉煌的理想。"他接着这样呼吁：

　　让脚步跨过藩篱

---

① 萧艾，《比鲜花更美》（八打灵再也：黎明文学社，1963），页50。

跨过阶级

且打破一切偶像

让每一个国民骄傲于

头上的屋瓦

脚下的土地

让各种各色的花

在这里野餐

让传统和现代

让自然和文明

让和平和科技

携手而行①

## 三

萧艾这几本诗集除了擘画国家独立后的美丽新世界外，并无一语触及独立前的英国殖民统治，更遑论独立过程中不同形式与阶段的政治斗争。这些并不是萧艾诗中的关怀。即使如此，独立建国与反殖民运动其实是一体的两面，或者说，独立建国是反殖民斗争的结果。从这个角度看，萧艾诗集中的若干诗作也可被视为"二战"之后风起云涌的反殖民运动的产物。这些诗所透露的，是摆脱殖民统治的桎梏之后，人民渴望当家作主、实现建国理想的集体愿望。只有摆在这样较为宽广的历史脉络中，也许才会在直接明显的意义

---

① 萧艾，《当一颗心在跳》(居林：海天出版社，1977)，页31。

之外，赋予这些诗更多的历史联想。这种迂回的后殖民读法有意将这些产生于大山脚小镇的诗创作带进世界历史的时空，与"二战"后众多反殖民、去殖民或后殖民的文学生产遥相呼应。这样的世界化（worlding）过程有助于把文学创作连接上"抒情诗小我之外的世界"①。

在忧草出版于1962年的诗集《我的短歌》中，有一首《当别离就别离》，相当具体地表现了这种连接世界的世界化（worlding the world）精神。诗分四节，每节四行，这种形式在20世纪60年代的马华诗坛风行一时。诗中说话人在与伙伴挥手告别之际，诗人以常见的象征手法表示天空"乌云聚满要化雨"，最后两节则在抒写说话人的抉择、决心与期望：

今天是别离的日子，
我向着大路走去，
转入小径，
到贫瘠的农村居住。

不要流泪，不要忧戚，
只要心联结在一起，
亲爱的，圆的是地球。
东西终归要连结在一起。②

---

① Rob Wilson, "Afterword: Worlding as Future Tactic," in Rob Wilson and Christopher Leigh Connery, eds., *The Worlding Project: Doing Cultural Studies in the Era of Globalization* (Santa Cruz: New Pacific Pr., 2007), p. 213.
② 忧草，《我的短歌》（香港：艺美图书公司，1962），页3.

在这两节引诗中,第一节诗中说话人毅然决然走向农村是当时马华新诗相当普遍的母题,在忧草的作品中这种选择还具有强烈的城乡对比,甚或是二元对立——城市代表虚伪与堕落,农村则象征纯朴与新生。在诗集《我的短歌》中这样的刻画所见多是,像《在那山芭地方》《栏》《我歌唱自己》等诗无不充斥着这样的实例。这样的对比其实也隐含阶级差异或矛盾,譬如《栏》一诗最后一节以栏内栏外的生活对比刻意凸显阶级矛盾:

> 栏是一线鲜明的界限,
> 欢乐笙歌彻夜弥漫在里边,
> 夏日黄昏,有人在阳台欣赏,
> 栏外的人们挣扎在生活深渊。①

当然这里并未状写农村生活,但在忧草与其同时代诗人的作品中,劳动是农村典型的生活形态,这里把诗人所描述的栏外生活比拟为农村生活应无不可。

《当别离就别离》一诗最后一节强调"圆的是地球"当然不只是事实的陈述,在象征意义上表示人类是一体的,各国是平等的,地球为全人类所共有。这种世界化的概念与近二三十年来广为大家所知的全球化稍有不同。全球化主张地球是平的,是新自由主义经济的产物。诗最后一句是对世界和平的期许:"东西终归要连结在一起。"忧草写作《当别离就别离》一诗时的 20 世纪 60 年代,朝

---

① 忧草,《我的短歌》,页 26。

鲜战争结束不到十年，东西方"冷战"正值高峰，在欧洲有北大西洋公约国家与华沙公约集团的对峙，在亚洲则有美国的越南战争，美国为执行其围堵共产主义力量的政策，更北自韩国，经日本，南至菲律宾广建基地，形成一条防卫链，包围亚洲大陆东部，保卫太平洋中美国的岛屿国土与美国西岸。在这样的背景下，诗人对东西方和解的希望固然显得有些满腔热血，一厢情愿，却也颇为令人动容。1989年，随着柏林墙崩塌，苏联分裂，东欧集团解体，加上欧盟东扩，形式上东西"冷战"结束，只不过在亚洲，虽然有中国的改革开放，朝鲜半岛却核子危机未除，南海风云再起，六十年后的今天重读忧草的诗句，能不让人唏嘘！

不过在诗集《我的短歌》里，最具有世界化精神的应属《我梦里有一个梦》这首八行短诗：

> 我梦里有一个梦，
> 梦见世界的大同，
> 全世界是一个大国，
> 全世界的人居住其中。
> 共有的土地，共有的权力，
> 黄种的、白种的和黑色肤的兄弟，
> 生活在一起，平等的法律
> 爱驱除了人与人之间的距离！①

诗一开头所召唤的是《礼运大同篇》的乌托邦梦想，同时也让我们

---

① 忧草，《我的短歌》，页34。

联想到美国金牧师（Rev. Martin Luther King, Jr.）《我有一个梦想》("I have a Dream") 的著名演说。这两篇互文（intertexts）相当重要，等于为这首诗的主题定调。正如诗中所寄托的，这是说话人梦中之梦，并不存在于——至少尚未存在于——现实中。这个梦其实也是个世界化的计划，描述的是殖民主义终结，帝国强权崩解，不同民族获得解放，人类的爱成为种族之间平等相待、和平共处的基础。从事世界化研究的威尔逊（Rob Wilson）说过，世界化可以成为后殖民时代一个值得警惕的过程。① 证诸忧草这首《我梦里有一个梦》，信然。只是将近六十年后，倘若以跨越时代的视野重读这首诗，不仅在马来西亚，甚至在世界许多区域，当政治悲观主义成为普遍现象时，这样的一个梦只能说是个讽喻而已。我称之为乌托邦梦想，应该殆无疑义。

跟萧艾一样，在国家独立之初，忧草也在他充满浪漫主义色彩的长诗《我歌唱自己》中热情地讴歌这片新兴国土：

> 这是一个芬馥可爱的国土，
> 八月花开丛丛像火炉，
> 血红的颜色燃烧着心灵，
> 呵！我深爱这片国土！
> 我们长在这里，呼吸着它的空气，
> 死也要葬这里，吻着沃沃的黑泥。②

---

① Rob Wilson, "Afterword: Worlding as Future Tactic," *The Worlding Project: Doing Cultural Studies in the Era of Globalization*, p. 212.
② 忧草，《我的短歌》，页47。

8月是马来亚独立的月份,血红色的花当然是指木槿花,或俗称大红花的马来亚国花。诗人毫无保留地宣誓他如何生死相许,深爱着这片"芬馥可爱的国土"。只是就像我在析论萧艾的《在武吉马达让中》一诗中所指出的,在当下种族政治的严加操弄下,公义不彰,当权者缺乏追求公平社会的意志与理想,政治悲观主义充斥,重读忧草的诗,不禁令人内心怅然。

与萧艾和忧草同时代的大山脚诗人当中,北蓝羚——即后来的艾文——比较少处理上文提到的与集体命运相关的议题。譬如在诗集《路·赶路》中有一首《八月,雨中》,诗中的八月与举国欢腾的国家独立日毫无关系。北蓝羚不写大我,反而专注于经营其小我世界,或者他在诗中所说的"小千世界",结果我们读到的是一首轻盈可喜的三节八行的短诗。① 北蓝羚擅长处理爱情、亲情与友情等主题,形诸诗,语言较为含蓄,感情也相对抑制。写人伦亲情的那几首诗——如《满月酒》《姆嬷·童年》《父母心》《写在祖父的周年祭》等——就颇为简朴自然。只有几首属于自我砥砺的诗,多少可以看出诗人如何有意走出个人的感情世界,面对生活的无情挑战。《路》一诗即以略带象征的手法抒发诗人对外在世界的不满与反抗。诗分四节,每节三行,首二节叙述路如何"永远是沉默地躺着",而且"从小要忍受人的折磨/从小要被人残(践)踏":

> 但是,你是倔强的土地的儿子
> 且看千万年来,你依然躺着
> 而那些轻视你的人却都倒下去

---

① 北蓝羚,《路·赶路》(居林:海天出版社,1967),页15。

> 你是路,你是真理
> 你以沉默回答一切的蔑视①

这里把路喻为"土地的儿子",在20世纪60年代的马华新诗中,诗人以土地的儿子自喻是常有的事,因此将这首《路》视为一首自况诗应无不可,路只是诗人的自喻。换另一个角度看,自喻为土地的儿子不仅表示对土地的认同,更且自认为是土地不可剥夺的一部分——即土地所生养的一部分。今天倘若有人否定儿子对土地的认同,甚至排斥土地为儿子所有,我们要如何理解像《路》这样的一首诗?

北蓝羚后来改换笔名,以艾文继续创作,他日后诗风大变,选择走向现代诗,这种改变在诗集《路·赶路》中其实已经有理路可寻。北蓝羚在语言、形式及题材的选择方面,较之萧艾和忧草,显然大为不同。《路》一诗强调"忍受人的折磨",1973年的《艾文诗》中有一首《苦难》,在题旨上却完全大异其趣。《苦难》不长,写于1973年,收入《艾文诗》中成为诗集的第一首:

> 站起来说话
> 声音
> 仍然藐小
>
> 只是一丁点

---

① 北蓝羚,《路·赶路》,页33。

在黑暗
更不容易瞧见

纵然
土地如此广大
我们拖着的
没有完结
好像还在扩大
　　腐烂①

《路》一诗结束时特意说明要"以沉默回答一切的蔑视",整首诗甚至以"沉默"开始,也以"沉默"结束。约十年后,到了《苦难》一诗,我们至少看到诗中说话人"站起来说话",发出抗议的声音,尽管这个声音"仍然藐小",而且站起来的人"在黑暗/更不容易瞧见"。相对于上文所讨论的其他作品,《苦难》一诗稍稍显得隐晦,结构简单,语言遮掩、简略,就形式的意识形态而言,确实如诗中说话人所说的,这样的声音微弱无比。等我们弄清楚了"站起来说话"的目的,了解了声音的内容之后,我们才看到触目心惊的一幕:"土地如此广大",却"没有完结/好像还在扩大/腐烂"。艾文此诗中的土地显然已不再是萧艾与忧草笔下的土地,后两人诗中生机蓬勃、充满希望的土地,到了艾文诗中已经腐烂不堪,而且情况还要不断扩大,似乎没有终期。艾文创作《苦难》一诗时,"五一三"事件刚发生不久,新经济政策已经开始上路,种族政治逐渐深

---

① 艾文,《艾文诗》(美农:棕榈出版社,1973),页1。

化,今天社会上所弥漫的政治悲观主义实肇源于"五一三"事件后这一连串的政治措施。艾文的《苦难》是当时难得一见的具有批判意义的一首诗,如今跨越时代重读这首诗,不难发现《苦难》一诗的预言价值:一个梦想的毁破,一个乐园的消失,乃至于一个乌托邦的幻灭。

## 四

我对萧艾、忧草及艾文等人若干作品的诠释一方面出于历史化的原则,要把这些作品带回到创作当时的历史时空,白居易在《与元九书》中所说的"文章合为时而著,歌诗合为事而作",指的就是这个道理。另一方面我也尝试将这些作品以跨越时代的方式,带到当下的时空现场,企图挖掘这些作品可能潜藏的当代意义。这是我们在处理世界文学(world literature)这个概念时常用的方法,也就是在阅读文学作品的当下做跨越时代的连接。① 世界化的概念也方便我将这些诗带离大山脚小镇,与世界的其他时空接轨,以凸显这些作品在原先脉络外可能的意义。

整体而言,我在理论上取法我所说的淑世批评,相信任何文本在文本性(textuality)之外,另有天地。这个天地正好建基于上述白居易《与元九书》中对诗文创作所赖的活水源头,更复杂一点的是萨义德(Edward W. Said)所说的文学的现世性(worldliness)。萨义德在他的《世界、文本与批评家》(*The World, the Text, and*

---

① 有关世界文学概念较简要的讨论,请参考 David Damrosch, *How to Read World Literature*, 2nd ed. (Oxford and New York: Wiley-Blackwell, 2008)。

*the Critic*）一书的导论中开宗明义指出："我的立场是，文本都是现世的，在某种程度上，文本甚至是事件，虽然文本看似否认这个事实，但是文本是世事、人生，以及它们所置身于被诠释的历史时刻的一部分。"① 我对 20 世纪 60 年代大山脚几位诗人若干作品的解读无疑契合了萨义德的信念。再用他的话说，我的诠释见证了"文本与人生、政治、社会及事件之间存在事实的关联"②。就如萨义德所言，淑世批评是一种介入型（engaged）的批评，其所隐含的批评意识正好凸显了我在阅读这些作品的过程中遭遇的最大挑战：如何在平静无波的海面下看到暗潮汹涌？对我而言，在当前种族政治的氛围下重读这些诗作，我发现这些诗作显然没说的要比说的来得多。就像萨义德所一再强调的，文本应属事件，批评何尝不是事件？

（2018 年）

---

① Edward W. Said, *The World, the Text and the Critic* (Cambridge, MA: Harvard Univ. Pr., 1983), p. 4.
② Edward W. Said, *The World, the Text and the Critic*, p. 5.

# 《婆罗洲之子》
## ——少年李永平的国族寓言

> 人啊,还是要落叶归根,我的根在婆罗洲这块土地上。
>
> ——李永平

### 一

《婆罗洲之子》是李永平近半个世纪前创作的一部中篇小说。四十余年后在接受伍燕翎和施慧敏的访谈时,他曾经约略提到这部小说的写作始末。他说:

> 高三那年,砂拉越有个"婆罗洲文化出版局"(是英国人留下来的好东西),为了促进文化的发展,特别成立一个单位,专门出版婆罗洲作家的书,语言不限,华巫英都行,每年有个比赛,奖金非常高。当时我想出国念书,家里穷,父亲说,我只能给你一千马币,以后就不给你寄钱了。所以,我大概用了一个学期,写中篇小说,叫《婆罗洲之子》,获得第一名,但我人已经在台湾念书了,他们就把奖金寄给我,刚好正是我最

穷的时候。①

其时李永平正在台湾大学外国语文学系念书，生活困窘："第一年还好，还有钱吃饭，第二年就不行了，所以，为了赚生活费，我很早就翻译，当家教，还好奖金寄过来了，不然就惨了，靠着那笔钱，我过了一年。"②

《婆罗洲之子》应该写于 1965 年左右，也就是李永平就读古晋中华第一中学高三那年。李永平就以这部小说参加婆罗洲文化局（Borneo Literature Bureau）所主办的第三届（1966 年）文学创作比赛，获奖后小说由主办单位婆罗洲文化局出版，时在 1968 年，也就是李永平负笈台北的第二年。就如李永平所说的，婆罗洲文化局确实是英国的殖民产物。依林开忠的说法，"殖民政府于 1959 年设立婆罗洲文化局，并得到当时英国的慈善家那费特（Lord Nuffield）的基金会以及砂朥越与北婆罗洲（即后来的沙巴）政府的资助。成立婆罗洲文化局的目的有两个，一是'提供适合当地的英文、马来文、华文与其他婆罗洲语言的文学作品'，另一个是'经营一个规模宏大的贩售书籍之组织并得以库存大量的文学作品'"③。这样的机构在成立之初当然不免有其自身的文化政治，但在婆罗洲文化局开始主办文学奖的 1965 年，砂拉越已经脱离英国的殖民统治，被纳为新成立的马来西亚的一州。新政府虽然延续旧

---

① 伍燕翎、施慧敏，《浪游者——李永平访谈录》，《星洲日报·文艺春秋》，2009 年 3 月 14 日与 21 日。
② 伍燕翎、施慧敏，《浪游者——李永平访谈录》。
③ 林开忠，《"异族"的再现？从李永平的〈婆罗洲之子〉与〈拉子妇〉谈起》，张锦忠编，《重写马华文学史论文集》（埔里：台湾暨南国际大学东南亚研究中心，2004），页 93—94。

制,保留了殖民时期所设立的婆罗洲文化局,但是可想而知,其法定任务与文化政治则未必一如殖民统治时代。

林开忠在其论文中谈到20世纪五六十年代砂拉越共产党(即砂拉越解放同盟)的斗争活动,他认为"这样的一段历史似乎很难从李永平的作品中展现出来"。当时作家的另一种选择则是"支持殖民政府的决策,他虽然保住了最基本的生命安全,但却可能沦落为殖民政府文化宣传工具的不幸命运"。他进一步指出:"《婆罗洲之子》在砂勝越那样的政治情境里,只能是后一种的命运,但我们很难说这是作者本身选择的,它可能为殖民政府所利用,这在那样的情况底下是很可以理解的,这或许正是对两难的挣扎下作者找到最后可以将情感抒发的主题。"①

暂且不谈作家是否只能有非左即右的两个选择,林开忠为《婆罗洲之子》所作的定位其实大有问题,显然未必符合历史事实,在时间上其论证尤其难以成立。马来西亚成立于1963年,英国对砂拉越的殖民统治宣告结束,砂拉越已是新兴国家的一员,在政治上等于进入后殖民时期。换句话说,李永平在1965年写作《婆罗洲之子》时已经不会发生要不要"支持殖民政府的问题",因此他既无须陷入"两难的挣扎",更不必担心他的小说"可能为殖民政府所利用"。

李永平对北婆罗洲(沙巴与砂拉越)加入马来西亚一向颇有微词。他在接受伍燕翎和施慧敏访谈时即这样坦承:"我不喜欢马来西亚,那是大英帝国,伙同马来半岛的政客炮制出来的一个国家,

---

① 林开忠,《"异族"的再现?从李永平的〈婆罗洲之子〉与〈拉子妇〉谈起》,张锦忠编,《重写马华文学史论文集》,页96。

目的就是为了对抗印尼，念高中的时候，我莫名其妙从大英帝国的子民，变成马来西亚的公民，心里很不好受，很多怨愤。"① 在这之前李永平还接受詹闵旭的访谈，他在访谈中把心里的嫌恶说得更为清楚：

> 我心目中的乡土是婆罗洲，也许不是马来西亚。马来西亚横跨马来半岛和婆罗洲北部，我生长的地方是北婆罗洲，那时是英国殖民地，叫沙劳越，我大概念高中十七岁的时候，马来西亚联邦成立了，那个国家是英国人把马来半岛的马来亚，跟北婆罗洲的英国殖民地，沙劳越跟沙巴，把它结合起来弄个联邦。事实上当时沙劳越的居民，包括华人，包括原住民都反对成立这个联邦，因为这意味着马来人主导整个政治。②

《婆罗洲之子》既不为英国殖民者服务，也无意为新成立的马来西亚摇旗呐喊，少年李永平所在乎的显然是婆罗洲那块土地，也就是《婆罗洲之子》中达雅老人拉达伊所说的"被白种人管的"土地，却也是尚未遭受马来西亚的种族政治污染的土地。我认为李永平在小说获奖后所发表的感言反而相当诚恳而实在地表达了他的写作目的：

> 作者认为他只有一点生活经验，并对于达雅民族的认识不够全面和深入。所以，他恐怕《婆罗洲之子》不是一篇成熟的

---

① 伍燕翎、施慧敏，《浪游者——李永平访谈录》。
② 詹闵旭，《大河的旅程：李永平谈小说》，《印刻文学生活志》（2008年6月），页175。

作品。但从他开始学习写作时起,他就希望能为他们写一点东西。因此他大胆地写了这个发生在长屋的故事。希望大家分享他们的喜、乐和爱,分担他们的哀、愁和恨。愿大家也热爱他们。①

## 二

我在文学作品中初识砂拉越的达雅族人是在读了李永平的《拉子妇》之后。拉子即一般人对达雅族人的称呼——达雅族人显然对此称呼很不认同,不仅如此,现在达雅族人多被称为伊班人。不过远在我读小学的时候,我就知道在砂拉越有这么一个种族叫拉子——那时候马来亚尚未独立,当然更没有马来西亚这个国家,我也当然不知道拉子就是达雅族人。有一段时间父亲从马来半岛飞到婆罗洲的砂拉越工作,通常隔几个月会回家一趟,后来他和同行的友人在闲聊时经常会提到拉子这个用词——有时采福建话(闽南语)发音 la'a,有时则以潮州话称 la'kia,端看聊天的对象是谁。父亲与其友人大概只是沿用砂拉越当地华人对达雅族人的称呼,并不清楚这个称呼是否隐含轻蔑或歧视。② 后来上了中学,在地理课上读到砂拉越的人口结构时,我才知道达雅族人——也就是一般人称

---

① 转引自林开忠,《"异族"的再现?从李永平的〈婆罗洲之子〉与〈拉子妇〉谈起》,页 97。
② 有关拉子称呼的由来与含义,可以参考林开忠的讨论。林开忠,《"异族"的再现?从李永平的〈婆罗洲之子〉与〈拉子妇〉谈起》,张锦忠编,《重写马华文学史论文集》,页 101—104。

呼的拉子——与他们群居的著名长屋。

《婆罗洲之子》出版之初发行有限，五十年后的今天，坊间已无法看到这本小说，因此在这一节的讨论中，我将以叙论相夹的方式分析这本小说的情节布局，借此透露小说的大致内容与主要关怀。简单地说，这本小说所叙述的是一位达雅族青年发现自己身具华人血统的故事。就叙事过程而言，我同意张锦忠的看法，《婆罗洲之子》始于冲突，终于和解，是一部结构堪称完整的小说。① 小说的叙事与其结构彼此呼应，情节中的冲突引发种种失序，最后都逐一获得化解，重归秩序。写作《婆罗洲之子》时的李永平尚未接受正式的文学教育，还是属于他所说的"对文学懵懵懂懂，根本不懂得文学是什么"② 的年龄，不过初试啼声之作却已展露其擅于讲述故事的潜力。

《婆罗洲之子》的故事始于达雅族人的猎枪祭典。青年大禄士受长屋屋长杜亚鲁马（Tua Rumah，即屋长之意）之命在祭典中担任其助手。对大禄士而言，这是极为重要的生命礼仪（rite of passage），象征他被接受成为达雅族成人社会的一员。小说的第一个冲突即发生在祭典启始之时，大禄士被其女友阿玛的父亲利布揭穿身份。利布急躁地说："大禄士不是我们的人，他是半个支那，他会激怒神的。"③ 这个冲突背后其实不只隐藏着大禄士的身份之谜，还指向大禄士的继父鲁干的死亡秘密。用鲁干的弟弟干尼的话

---

① 张锦忠，《记忆、创伤与李永平小说里的历史——重读〈婆罗洲之子〉与〈拉子妇〉》，李永平与台湾/马华书写：第二届空间与文学国际学术研讨会，花莲东华大学空间与文学研究室和英美语文学系主办，2011年9月24日。
② 伍燕翎、施慧敏，《浪游者——李永平访谈录》。
③ 李永平，《婆罗洲之子》（古晋：婆罗洲文化局，1968），页8。

说：" 长屋里的人们一直把这件事当作秘密地保守着，只为着怕冤冤相报，对两家都不好。"① 原来杀害鲁干的正是利布。利布知道大禄士的生父是华人，就不断勒索鲁干。干尼这样对大禄士解释："你爸爸怕这龟子果然张扬出去，坏了你妈的名声，也坏了你的将来，初时也只有忍气和吞声。后来被那龟子缠得厌了，便也不再去理会他。"② 结果在一次狩猎时，可能发生争执，鲁干遭到利布误杀。不过利布也因此"被关了好几年"③。

大禄士"半个支那"的身份一经暴露，他在长屋中的地位随即一落千丈，不仅遭到集体排斥，噩运也因族人的偏见接踵而来。小说的第二个冲突发生在达雅妇女姑纳带着两岁大的女儿被镇上华人头家的丈夫遣返长屋之后。大禄士代母亲送些咸鱼与菜脯之类的食物给姑纳，却被谣传与姑纳之间有所谓"不明不白的事"④。在一个风雨之夜，大禄士突然听到隔房姑纳的尖叫，他冲到姑纳的房里，黑暗中有人冲了出去。正当大禄士询问姑纳事情的原委时，屋长杜亚鲁马刚好带人进来，不由分说将大禄士捆绑起来。利布也趁机指控大禄士的不是。有人更指着姑纳说："你被支那丢了，又跟半个支那相好。"⑤ 后来真相大白，闯入姑纳房间企图非礼她的其实是利布的儿子山峇。

小说的第三个冲突涉及山峇与另一位达雅青年卡都鲁为一队马打（马来语，指警察）和支那便衣所捕，因为两人"竟打抢起

---

① 李永平，《婆罗洲之子》，页52。
② 李永平，《婆罗洲之子》，页54。
③ 李永平，《婆罗洲之子》，页53。
④ 李永平，《婆罗洲之子》，页45。
⑤ 李永平，《婆罗洲之子》，页46。

走拉子屋的支那贩子来"①。结果大禄士却被诬为通风报信的人。按干尼的说法,"他们说具有半个支那才会做这种事情"②。不但利布因此低声下气,央求大禄士向警方否认他对山峇与卡都鲁的指控,连杜亚鲁马也狠狠地斥责他"做得够了"③。阿玛更是对他无法谅解。

从小说情节逐步铺陈的冲突可以看出,李永平在第一部小说中就知道如何经营小说的张力与戏剧效应。他把人物之间的冲突次第堆砌,到达高峰时再寻求解决。不过更值得注意的是这些冲突所直接或间接涉及的人物。放大来看,这些冲突所展现的不仅是大禄士因血缘上的"半个支那"而陷入的生命困境而已,更重要的是,这些冲突其实还界定了故事发生当时婆罗洲的种族关系——这才是少年李永平想要处理的议题,这也才是小说《婆罗洲之子》的终极关怀。

这里所说的"当时",用达雅长者拉达伊的话说:"这个时候,我们这个地方是被白种人管的。"④ 这是《婆罗洲之子》的整个叙事背景,李永平显然有意避开砂拉越加入马来西亚成为联邦一员的政治现实,将小说的叙事时间拉回到英国殖民时期,让白人统治阶级在小说中以隐无的存在(absent presence)介入并宰制婆罗洲的种

---

① 李永平,《婆罗洲之子》,页57。
② 李永平,《婆罗洲之子》,页37。
③ 李永平,《婆罗洲之子》,页62。
④ 李永平,《婆罗洲之子》,页56。张锦忠认为拉达伊所说的"这个时候"是指砂拉越被"白色拉惹"维纳布洛克(Vyner Brooke)的家族统治期间或加入马来西亚之前的英国殖民时期。见张锦忠,《记忆、创伤与李永平小说里的历史——重读〈婆罗洲之子〉与〈拉子妇〉》。我偏向于认定"这个时候"指的是砂拉越未成为马来西亚一州前的英国殖民统治时期。

族关系与社会活动。

简单言之,小说中的冲突无一例外都牵扯到达雅族人与其所谓的支那人这两个种族。小说中的离散华人固然不乏像在山里救助过拉达伊的善心支那阿伯①,或者吃不起头家铺里的米的贫困支那农人②,或者遭到达雅青年抢劫的"走拉子屋的支那贩子"③,可是小说中主宰或牵动叙事情节发展的却是另一批离散华人。他们包括大禄士那位抛妻弃子回到唐山的头家生父、将姑纳与女儿赶回长屋的支那头家,以及属于殖民统治机器的支那"暗牌"(指便衣警探,为新马一带通俗用语)等。我们不难看出,论社会经济地位,后面这一批离散华人显然远高于小说中众多的达雅族人。在殖民情境下虽然同属被殖民者,这批离散华人的处境明显地较原住民的达雅族人者为佳,在某种程度上还扮演了加害者、剥削者,或统治者代理人的角色。身为婆罗洲原住民的达雅族人则沦为殖民状态下受到双重宰制的弱势者中的弱势者。从这些事实可以看出其间种族与阶级的纠葛状态。甚至"半个支那"的大禄士在赌气时这样描述华人与达雅族人之间的支配性关系:"支那拼命在刮达雅的钱,玩了达雅女人又把她丢掉,留下可怜的半个支那给达雅人出几口鸟气……"④小说中扮演负面角色的山峇一再以警句提醒其族人"支那不好做朋友,石头不好做枕头"⑤,语虽戏谑,而且充满偏见,但也相当生动地描述了在殖民状态下婆罗洲的种族关系。

---

① 李永平,《婆罗洲之子》,页34。
② 李永平,《婆罗洲之子》,页43。
③ 李永平,《婆罗洲之子》,页57。
④ 李永平,《婆罗洲之子》,页67。
⑤ 李永平,《婆罗洲之子》,页25、34。

山峇关于华人的警语也许出于长期与华人互动的经验,却也颇能反映达雅族人对华人的刻板印象。刻板印象是种族论述中极为重要的议题,是再现过程中的一种围堵策略,也是种族论述中种族想象(imaginaries)的一部分。刻板印象背后其实隐藏着一个欲盖弥彰的欲望:将某个种族刻板化、扁平化,在某些情况下甚至扭曲化,以达到将其围堵或固定在某个再现空间里,凸显其危险性与威胁性,目的不外乎在谋求自身的安全。其实不论任何种族,以种族内部的复杂性与异质性而言,刻板印象只能说是种族偏见的产物,用今天流行的术语来说,是将种族他者化(otherizing)的结果,只见集体,而不见个体的存在。①

《婆罗洲之子》中山峇对华人的辞喻当然不能反映实情,不过也多少透露了在殖民情境下扭曲的或不平衡的种族关系。在处理这样的种族关系时,在策略上李永平一方面诉诸去刻板印象化(de-stereotyping),不忘透过像拉达伊那样的达雅长者强调华人中的善良形象,另一方面则在小说情节上极力突出达雅族人中为非作歹的少数人,借以勾勒种族内部的复杂性与异质性,用意当然在斥责种族偏见之不当,并厘清种族关系中隐晦阴暗的层面。

从这个角度看,《婆罗洲之子》所敷演的不啻是李永平的种族论述。② 这是一个抽离政治的或者未经政治介入的种族论述,既将殖民权力的可能分化排除在外,也未预见日后由马来人霸权所界定

---

① Michael Pickering, *Stereotyping: The Politics of Representation* (New York: Palgrave, 2001), pp. 47–48.
② 李永平的种族论述在后来的小说如《拉子妇》中仍继续有所发挥。请参考张锦忠的看法,见张锦忠,《记忆、创伤与李永平小说里的历史——重读〈婆罗洲之子〉与〈拉子妇〉》。

的新的种族关系。换句话说,李永平似乎特意在政治的真空下规划他的种族论述。他的种族论述最后以大禄士的启示录视境这样展现:

> 我心里一亮,眼前出现了一幅壮丽辽阔的土地的画面,那是我前些时从头家的铺里回来时,在路上的一个土坡上偶然发现的。这块土地上有支那、达雅也有巫来由。大家要像姆丁所说的那样:你不再叫我支那,我不再叫他巫来由,大家生活在一起,那我们的土地该会多么的壮丽。①

这个视境在小说结束时逐渐转化为一种信念。在连串冲突获得化解之后,大禄士与阿玛重归旧好。换句话说,所有的失序重返秩序。他们还进一步为未来的婆罗洲擘画一个没有种族的种族论述,旧有的种族界限从此消融泯灭,取而代之的是一个叫"婆罗洲的子女"的新兴民族。这当然是李永平的种族论述的最后结论:

> "阿玛,以后没有人再叫我半个支那了。"我愉快地说,"我相信有一天,没有人再说你是达雅,他是支那了。大家都是在这块土地上生活的。正如姆丁所说的。"
> "姆丁这么说过吗?"阿玛微微惊讶地偏过头看我一眼,然后领悟似地点头说,"是的,我们都是婆罗洲的子女。"②

---

① 李永平,《婆罗洲之子》,页 67。引文中的"巫来由"指马来人(Melayu)。
② 李永平,《婆罗洲之子》,页 78—79。

## 三

　　小说结束前大禄士与阿玛的对话为李永平的种族论述提供了一个乌托邦式的国族想象。在此之前，大禄士身陷连串的冲突，达雅族人的长屋社会也多次面临失序状态。冲突必须化解，失序必须恢复秩序，要解决这些冲突，重建这些秩序，李永平求助于大自然的灾变，借以排解个人乃至于社群内部的危机。张锦忠借用希腊悲剧的术语，称李永平为小说情节解套的手法为"机器神"（deus ex machina）①。在大禄士被诬指向警方告发山峇和卡都鲁之后不久，大自然突然有了回应，闪电与雷雨骤然大作，河水暴涨，山洪暴发。"污黄的洪水挟着巨啸，澎湃汹涌地卷来。眼看家园被吞没了，山头上到处都是哭声。"② 在小说情节的脉络里，山洪当然有其象征意义，其指涉就是前面所说的冲突与失序。不论大禄士或整个达雅族人的长屋社会，若能通过这场风雨和洪灾的考验，自然就会雨过天晴，光明在望。有趣的是，就在这场洪灾中，姑纳的支那头家竟然划着舢板到来。舢板不幸翻覆，大禄士英勇地跳进洪水中救人。当大禄士救起支那头家之后，"山头上忽然响起了一片欢呼声。大家围了上来，仿佛忘了风和雨，热烈地慰问和赞扬我们。"③

　　经过了这场生死患难，不仅一向剥削达雅族人的支那头家要把船上的饼干分赠给大家，连仇敌利布都跟大禄士自承"以前的都是

---

① 张锦忠，《记忆、创伤与李永平小说里的历史——重读〈婆罗洲之子〉与〈拉子妇〉》。
② 李永平，《婆罗洲之子》，页 69。
③ 李永平，《婆罗洲之子》，页 72。

误会"，① 甚至欣然同意其女儿阿玛"以后跟着大禄士"②。此时"太阳从东方升起。洪水开始退去"③。达雅人、支那人及半个支那人过去的种种恩怨情仇也都适时获得抚慰与化解，种族之间的鸿沟形消于无，李永平所思构的显然是一个没有种族他者（racial others）的世界。此情此景的确令人动容，甚至小说的叙事者最后也忍不住跳出来，以超越种族类别的心情，将层次拉高到人类携手互助的境界，并且激动地感性表示："人类的温情感动了每一个人的心。"④

创作《婆罗洲之子》时李永平只有十八岁，在他这部初履文坛之作中要求他处理盘根错节的历史问题与政治现实可能不尽公平。他既未深入厘清婆罗洲的种族问题与殖民历史的关系，也未省思砂拉越在成为马来西亚一员之后所必须面对的新的种族政治，反而在小说中一厢情愿地刻意打造其心目中的婆罗洲国族。这个乌托邦式的未来愿景显然属于非历史性的（ahistorical）建构。这样的建构正好可以让我们将《婆罗洲之子》视为李永平的国族寓言（national allegory）。

国族寓言为詹明信（Fredric Jameson）的用语，且已广为大家所耳熟能详。詹明信认为，第三世界的文学必然是寓言的，应该被当作国族寓言来阅读。詹明信当然不至于无知到不了解第三世界的复杂性，但他以为，第三世界国家大都经历过类同的历史经验，也就是被殖民主义与帝国主义宰制的经验。第一世界则是资本主义的

---

① 李永平，《婆罗洲之子》，页76。
② 李永平，《婆罗洲之子》，页76。
③ 李永平，《婆罗洲之子》，页78。
④ 李永平，《婆罗洲之子》，页72。

世界，第二世界却属社会主义的阵营。詹明信的论文发表于 1986 年，当然他未及见到苏联与东欧社会主义集团的瓦解。他又以自承过分简化的方式将资本主义一分为二，也就是小我与大我的分裂，诗与政治的分裂，性和潜意识层面与政治、经济、阶级等公众世界所构成的层面之间的分裂，也就是说，"弗洛伊德对上马克思"。第三世界文学即属于后者。①

詹明信发表其第三世界文学的理论时，后殖民论述已在学院中广为人知，他的理论引起了不少的回响。最严厉的批评是来自印度的马克思主义学者阿罕默德（Aijaz Ahmad）。他原本就不赞成三个世界的分法，更重要的是，他认为詹明信根本忽略了第三世界在文化、语言、历史、政治、经济等方面的繁复异质。阿罕默德尤其不满詹明信分别以生产模式（资本主义与社会主义）来描述第一与第二世界，却又以外力强加的经验（被帝国殖民的经验）来界定第三世界。他以为这无异暗示前二者为创造人类历史的主体，而后者则只是历史的客体。在他看来，这其实是另一种形式的东方主义。不过，阿罕默德对詹明信的国族寓言之说倒也不完全否定，只不过认为詹明信不应以偏概全，单凭自己所读过的几本英文创作或被译成英文的第三世界文学作品，就认定所有第三世界的文学都是国族寓言。其实第一世界——如美国——的文学中也有不少国族寓言。有趣的是，阿罕默德所列举的美国文学作品中，有不少倒是属于弱势族裔或女性的创作，如赖特（Richard Wright）的《原乡之子》（*Native Son*）、埃利森（Ralph Ellison）的《看不见的人》

---

① Fredric Jameson, "Third World Literature in the Era of Multinational Capitalism," *Social Text* (Fall 1986), p. 69.

(*Invisible Man*),以及艾德里安娜·里奇(Adrienne Rich)的《你的家园,你的生命》(*Your Native Land, Your Life*)等。不过,阿罕默德所在意的可能还是"representation"的问题。在当代文学与文化研究中,这是个很重要的字眼,它至少有两个意义:一个是"代表",另一个是"再现"。在阿罕默德看来,詹明信规划其第三世界文学理论时,一方面既想代表第三世界发言,另一方面又意在再现第三世界,这样的角色正是阿罕默德所要质疑的。①

不过我认为詹明信的本意主要是想提出一种主导叙事(master narrative)来解释第三世界的文学,这是将第三世界文学经验总体化的结果。许多主导叙事其实在处理经验的细节上难免挂一漏万,这是可以理解的,但以国族寓言的概念阅读某些第三世界或弱势族裔的文学仍不失其有效性。我之所以将《婆罗洲之子》视为李永平的国族寓言,因为这本小说相当清楚地展现了李永平少年时代的国族想象。按詹明信的说法,在第三世界的文学中,个人命运的故事往往就是公共文化斗争与社会斗争情势的寓言。②《婆罗洲之子》的叙事过程除了隐约提到砂拉越的殖民情境之外,并未指涉特定的政治现实或历史事件,不过我们从小说的叙事过程中也不难看出其间种族关系的复杂与社会阶级的纠葛。只是李永平的国族想象并非源于民族解放或反帝国与反殖民抗争,也与阶级斗争没有直接关系。他的国族想象既是他的乌托邦计划,却也同时反证其内心世界的焦虑与欲望。这些焦虑与欲望在《婆罗洲之子》的国族想象中暂时获

---

① Aijaz Ahmad, *In Theory: Classes, Nations, Literatures* (London and New York: Verso, 1992), pp. 99 – 110.
② Fredric Jameson, "Third World Literature in the Era of Multinational Capitalism," *Social Text*, p. 69.

得纾解。在往后数十年的创作生涯中,李永平还要一次又一次重返婆罗洲,就像福克纳(William Faulkner)在创作中一再造访他所建构的美国南方一样,这个事实也许正好说明,这些焦虑与欲望其实并未彻底获得解决。从这一点也可以看出,《婆罗洲之子》虽然是李永平的少作,但是在他的整个文学产业中却扮演了举足轻重的角色。

(2011 年)

# "五一三"的幽灵*

繁茂生长的
唯毒草之芽
长锈的铁蒺藜
新旧交替更换

历史之手:
那血染的脉搏
你往哪甩了?①

一

　　黄锦树有一篇题为《开往中国的慢船》的小说,情节所叙饶富寓意,对本文的论证具有启发意义,我想就从这篇小说谈起。马来

---

\* 本文为"后'五一三'马来西亚文学与文化表述国际会议"之主题演讲(高雄中山大学人文研究中心,2019年5月13至14日),承张贵兴与高嘉谦提供若干研究资料,特此致谢。
① 阿都·拉笛·莫希丁(A. Latiff Mohidin),《历史之手》("Tangan Sejarah"),收于庄华兴编译,《西昆山月:马来新诗选》(加影:獏出版社,2006),页64。

西亚华裔少年铁牛因听信镇上一位老人"唐山先生"所说的故事，以为三宝公郑和"其实在某个地方还留下了一艘宝船，在北方某个隐秘的港湾，每年端午节前夕会开始出发，以非常慢的速度，开往唐山。三年或五年才会到达，抵达北京。之后再回来，在原来的港口等上船的人"①。据说这艘慢船只载十三岁以下的小孩。铁牛的父亲在他三岁时因在大芭伐木被大树压死，日后母亲却每每以其父"去唐山卖咸蛋"一语搪塞铁牛的询问。② 铁牛在"唐山先生"讲述宝船的传说时多方探询，包括宝船"停泊的地点、时间、要不要船票、从哪条路去等细节"③。搜集了足够的资讯之后，有一天，铁牛瞒着母亲，带着平日放牧的水牛，一大早"收拾了仅有的几件衣服，沿着河，向着北方缓缓的离去"④。他就在老牛的陪伴下展开寻访宝船往唐山寻父之旅。《开往中国的慢船》情节诡谲，枝节蔓生，真真假假，虚虚实实，布局想象近乎汪洋恣肆，黄锦树刻意打破常情常理的叙事逻辑，将铁牛寻觅宝船之旅托付魔幻写实，并且借市井传说托意说事。铁牛与其老牛先是深陷猛虎和野猪出没的原始森林，人骑着牛狂奔数十英里后来到一处河边，之后又走到铁路旁，走过一个又一个的马来甘榜（乡村），在城镇上碰到有人示威抗议，接着"几度穿过深林，生怕再遇上老虎，还好顶多遇见大象、野

---

① 黄锦树，《开往中国的慢船》，《由岛至岛》，王德威主编，"当代小说家"第 19 册（台北：麦田出版社，2001），页 247。黄锦树这本小说集书名故作悬宕，意义游移。书名扉页作《由岛至岛》，书脊作《刻背》，封面则加马来文作《由岛至岛 Dari Pulau Ke Pulau》。甚至目次题目也与内文者不同：《开往中国的慢船》在目次中作《慢船到中国》。本书修订版改以书名《刻背》刊行（台北：麦田出版社，2014）。
② "去唐山卖咸蛋"为马来半岛华人社会的日常用语，表示与世长辞。
③ 黄锦树，《开往中国的慢船》，《由岛至岛》，页 247。
④ 黄锦树，《开往中国的慢船》，《由岛至岛》，页 249。

猪、狒狒、四脚蛇、眼镜蛇、乌龟、螃蟹和其他从没听说也没吃过的地上爬的动物"①。等他最后来到港口时,他从沉睡中醒来发现,自己原来已经身在巨大的宝船上:

> 突然,他看到了,或者说他觉得自己看到了,虽然看起来沉没已久但仍可以见它的巨大,它让整个港犹如一片死地。堵塞在港口、倾斜着,桅杆已歪斜或断裂,朝天伸出尸骸的手臂,褪色破烂的帆已经看不出原来是什么颜色。有的破布上还可以见着残缺的汉字,残缺的部首或残剩的局部,在风中脏兮兮的呼呼抖动不已。风吹过船骸发出巨大的呼吼声。上头栖满了乌鸦,墨点般的,哀哀不已。②

就小说的题旨而言,这段文字寓意不难体会,宝船桅断帆烂,船骸残破,堵塞在港口中,早已不堪航行,往中国之路终究已经断绝。《开往中国的慢船》因此可说是黄锦树的解构计划,意符(the signifier)断残模糊,符意(the signified)暧昧难明,就像风帆布上的汉字,只剩下"残缺的部首或残剩的局部",始源与意义显然已不复可寻。铁牛最后被一位开卡车回乡的马来人司机带到一处偏僻的渔村,"此后他就留了下来,寄养在一户年迈而贫困的马来人家庭中,没有子嗣的他们把他的到临看成安拉的恩赐,在一个寻常的日午,他面无表情地被带去割了包皮皈依了清真,且有了另一个名字,鸭都拉"③。

---
① 黄锦树,《开往中国的慢船》,《由岛至岛》,页259。
② 黄锦树,《开往中国的慢船》,《由岛至岛》,页263。
③ 黄锦树,《开往中国的慢船》,《由岛至岛》,页263。

换言之，回归故土，落叶归根既然已经无望，另一个选择——不管是心甘情愿或是半推半就——则是落地生根，不过铁牛的例子较为极端，最后他竟为马来人收养，取了个马来名字，从此信奉真主安拉，彻头彻尾马来化与伊斯兰化。黄锦树的顽童流浪记最后以铁牛改名换姓，栖身异族异教画下句点，其中寓意不言而喻。王德威因此视《开往中国的慢船》为华人的离散寓言，他问说："名与实已经不符，时空已经离散。开往中国的航期何在？六百年后的华裔子弟还赶得上吗？"① 张贵兴则干脆称这艘慢船为"离开中国的慢船"，从此一去不返，再无航期。② 高嘉谦对铁牛的最后命运更是忧心忡忡，他的忧虑隐藏在他的提问中："这会不会是作者暗示'马华'的一种出路？"③

　　值得注意的是，铁牛的最后归宿发生在1969年5月13日的种族暴动——俗称"五一三"事件——之后不久，在他来到港口发现宝船的残骸之前，他亲身经历这场暴动：

> 　　金光里，来到一个从未见过的地方。没有什么树，路很大，可是非常奇怪的是没有车在路上走。到处都有人躺着一动也不动。地上左一洼右一洼深红，躺着的人身上也都染了一片红。有的房子在冒着烟。不断的有人从街的一端跑到另一端，

---

① 王德威，《坏孩子黄锦树——黄锦树的马华论述与叙述》，见黄锦树，《由岛至岛》（台北：麦田出版社，2001），页15。
② 张贵兴，《离开中国的慢船》，《"中央"日报·副刊》，2001年12月10日。
③ 高嘉谦，《历史与叙事：论黄锦树的历史书写》，收入马来西亚留台校友会联合总会主编，《马华文学与现代性》（台北：秀威，2012），页85。另见高嘉谦，《骸骨与铭刻：论黄锦树、郁达夫与流亡诗学》，《马华文学批评大系：高嘉谦》，钟怡雯与陈大为主编（中坜：元智大学中语系，2019），页135。

后头追赶的人用布包着脸,右手长刀高高地举起,两个人的嘴里都发出奇怪的叫声。或者一声长长的惨叫。有人在猛力撞门,或挥棒敲击着窗子。什么地方有女人和小孩的哭声。披头散发的人彼此追赶着。

停在路边的(车)都是被打扁的,玻璃窗都被打破了,地上都是碎玻璃,牛慢慢走动踩出许多声音。一栋栋火柴盒式的楼,一整排一整排的,挂满了国旗和各式各样飘扬的旗,牛头称仔,大粒人的大头大齿牙。警察、红头兵,一群人跑出来,鞭炮声,许多人便怪叫着倒下。红头兵对着跑着的人,不管是跑前面还是后面,逮到就是一棒。①

上述引文虽属小说家言,却是马华文学中少见的对"五一三"暴动某个场景的叙述。铁牛与其老牛亲历的暴力现场过了若干时日之后竟演变为小报上的乡野传奇:

就在那不久之后,在许多华人村庄里都不约而同地暗地流传着那样的小报:头版上刊出一幅彩色照片,背景是大片殷红的血和成堆的尸体,模糊的烈士铜像;前景是一头牛和牛背上的小孩,小孩恰好把头转过来,夕阳余晖把他的头照得泛出金光,其上是几只乌鸦或鸽子扑翅翻飞的模模糊糊影像。间中泼

---

① 黄锦树,《开往中国的慢船》,《由岛至岛》,页261。引文第二段中提到的"牛头称仔"为当时马来西亚政党的党徽。牛头属左翼的劳工党,该党其实杯葛1969年那场大选。称仔即天秤,为后来执政联盟国民阵线(Barisan Nasional)的党徽。当时执政党巫统、马华公会及印度国大党联盟的党徽为一艘帆船。"大粒人"应指各政党候选人之竞选肖像,"红头兵"为马来西亚镇暴部队之俗称。

洒过血痕似的斗大血红标题:"五一三"暴动。①

这段文字相当重要,一方面证实铁牛亲眼所见的血腥场面确为"五一三"暴动,另一方面则反讽地指出历史的吊诡与无奈:暴动过程中所留下的"殷红的血和成堆的尸体",在时日推移之下,早已沦为小报照片的背景,其前景反而是在暴动场景中不期路过的铁牛与其老牛——他们的最后命运似乎才是照片的重点。经过了"五一三"事件,用张贵兴的话说:"不管那艘船有多慢,我们已经离去。"② 其实不仅船已经离去,在暴动事件之后,留下来必须面对的将是新的身份与新的认同。

## 二

据小说集《由岛至岛》所附《黄锦树创作年表》所示,《开往中国的慢船》发表于 2000 年 11 月③,此时距"五一三"事件已超过三十年。④"五一三"事件无疑是马来西亚历史的重要分水岭。事

---

① 黄锦树,《开往中国的慢船》,《由岛至岛》,页 263—264。
② 张贵兴,《离开中国的慢船》。
③ 高嘉谦、胡金伦、黄锦树辑,《黄锦树创作年表(1998—2001)》,见黄锦树,《由岛至岛》,页 380。
④ 像某些历史事件一样,"五一三"种族暴动至今真相难明,官方与民间各有说法。官方将事发原因归咎于反对党因大选后挑衅游行造成的后果;民间则多视此为执政的巫统内部权力斗争的阴谋设计。历史学者廖文辉甚至认为"这是场有计划的政变",当时以副首相敦阿都拉萨(Abdul Razak)为首的巫统少壮派借暴动逼迫开国首相东姑阿都拉曼(Tunku Abdul Rahman)让出政权。见廖文辉,《马来西亚:多元共生的赤道国度》(台北:联经出版事业公司,2019),页 409—410。另请参考王国璋,《马来西亚民主转型:族群与宗教之困》(香港:香港城市大学出版社,2018),页 39—41。有关"五一三"事件的英文著作请参考 Kua (转下页)

件发生后,政府宣布国家进入紧急状态,宪法冻结,国会停止运作,并且成立国家行动理事会(National Operation Council),由副首相敦阿都拉萨负责,等于架空首相东姑阿都拉曼的权力。敦阿都拉萨的新权力结构随即借一个个行政命令改变过去的政策。东姑阿都拉曼于1971年2月辞职,由敦阿都拉萨接任首相。1971年开始实施新经济政策,接着推行国家文化政策,企图以这些国家政策进一步巩固马来人至上(Ketuanan Melayu)的思想意识。其后果是,用政治学者王国璋的话说,这样的国家政策"严重压缩非马来人在政经文教诸领域的空间,让他们沦为某种程度上的二等公民"①。"五一三"事件之后政府毫无顾忌地扩大与深化这些独尊单一种族与文化的政策,马来西亚从此深陷种族政治的泥淖之中,种族对立,社会分化,至今无法自拔。诗人艾文在其1973年的短诗《苦难》中,早已预见这样的结果。这首诗的意象令人触目心惊,以下是诗的最后一节:

纵然
土地如此广大
我们拖着的
没有完结

---

(接上页)Kia Soong, *May 13: Declassified Documents on the Malaysian Riots of 1969* (Petaling Jaya: Suaram Komunikasi, 2007); Leon Comber, *13 May 1969: The Darkest Day in Malaysian History* (Singapore: Marshall Cavendish, 2009)。有关"五一三"事件的口述历史则请参考"五一三"事件口述历史小组编,《在伤口上重生——"五一三"事件个人口述叙事》(八打灵再也:文运企业,2020)。

① 王国璋,《马来西亚民主转型》,页42。

> 好像还在扩大
> 　　腐烂①

土地广大，不幸却已经腐烂，而且情况不仅继续扩大、恶化，至今没有终结。艾文的《苦难》是在新经济与文化政策下少见的具有批判意义的一首诗，半个世纪后的今天重读这首诗，我们不难发现，诗人仿如预言者，诗末所抒发的忧惧显然并非危言耸听，无的放矢。②

"五一三"事件三十年后黄锦树发表其《开往中国的慢船》，马来西亚的种族政治业已铺天盖地，笼罩整个国家的政经文教生活。心所谓危，黄锦树在三十年后召唤"五一三"事件的创伤记忆，说明此创伤记忆仍像幽灵那样，盘桓在马来西亚的历史时空，始终未曾获得安顿。《开往中国的慢船》中铁牛的最后出路是以易名改教安身立命，断骨疗伤，不得不然。不过另外有人却别有其他选择，另觅出路。

原籍马来西亚的华美女作家林玉玲（Shirley Geok-lin Lim）在"五一三"暴动发生二十五年后出版其回忆录，其中有若干章节特别回忆事件的经过及其影响。1969年"五一三"暴动时林玉玲二十四岁，为马来亚大学英文系的硕士研究生。5月13日星期五这一天，她在学校上课，正好上到莎士比亚《麦克白》（Macbeth）一剧中女巫现身的一幕，她在回忆录《月白的脸：一位亚裔美国人的家

---

① 艾文，《艾文诗》（美农：棕榈出版社，1973），页1。
② 我对艾文《苦难》一诗的诠释另见本书《在种族政治的阴影下：论20世纪60年代的马华新诗》一篇，或见《马华文学批评大系：李有成》，钟怡雯与陈大为主编（中坜：元智大学中语系，2019），页110—111。

园回忆录》(Among the White Moon Faces: An Asian-American Memoir of Homelands)中将剧中这部分情节与马来西亚社会对比："这样的情节在鬼影幢幢的马来西亚社会，读起来如儿童漫画里的恶魔。跟马来西亚人想象中的吸血女鬼（pontianak）和开膛破肚的恶鬼（hantu）比起来，'蝾螈的尾巴'与'蟾蜍的眼睛'全都成了滑稽突梯的小玩意儿。"① 这段引文当然是追忆文字，目的无非在营造"五一三"事件发生前的社会氛围，未必是作者其时的想法。值得注意的是这段文字所仰赖的魅惑论（hauntology）修辞，将当时的马来西亚描述为一个鬼魅横行、邪气祸祟的世界，正好为即将到来的血腥暴力铺路。

暴动这一天林玉玲人在事发地点的吉隆坡，她在加油站被服务人员劝导离去，回到住处才知道吉隆坡发生种族暴动。她在回忆录第七章中这么记述当时的情形：

家里只有收音机，没有电视，所以戒严这五天我们完全和消息隔绝。从收音机里，听说有一群来自乡下的马来民众，因为抗议华人举办选后胜利游行，跑来示威抗议。报导指称他们原本身上佩着巴冷刀自卫，结果演变成暴力事件。过了一些时候，先是谣传，后来看到外电报导，证实在吉隆坡有许多华人

---

① Shirley Geok-lin Lim, *Among the White Moon Faces: An Asian-American Memoir of Homelands* (New York: The Feminist Pr., 1996), p. 134. 本书于 1997 年出版东南亚版，副书名改为《一位娘惹女性主义者的回忆录》（"Memoirs of a Nyonya Feminist"），由新加坡国际时代图书出版社（Times Book International）出版。引文所据是张琼惠的译本，因行文需要，部分译文曾略加修饰。见林玉玲，《月白的脸：一位亚裔美国人的家园回忆录》，张琼惠译（台北：麦田出版社，2001），页 222。

的商店遭人纵火烧毁,数百名华人被杀。事后统计,大屠杀的结果有大约两千人丧生。军队进来了,可是马来军人处理种族暴动的速度缓慢,据说还反而射杀了一些华人。①

林玉玲的简单叙述说明了暴动的表面原因与大致经过。由于官方说法始终讳莫如深,坊间对"五一三"的真相因此多所臆测,莫衷一是,林玉玲的说法只是民间传言的一个版本,只不过这却也是一般非马来人社会愿意接受的版本。

"五一三"事件之后余波荡漾,后来的发展前文已经略加说明,林玉玲也以她在事件后的抉择与亲身经历,分析这个事件对她个人乃至于众多马来西亚人的冲击:

> 在马来西亚精英逐渐成形的过程中,"五一三"暴力事件变成一场血腥革命,马来西亚的愿景原本希望达到多元文化一律平等的理想……如今却变成以马来人为主导、种族阶级分明的态势。……
>
> 即使已经过了二十五年,到现在我还是无法确定自己当时所做的决定是否正确。……像我这样的人,思想并没有受制于种族歧视的意识形态,原本希望建立一个美丽的新国家,但梦想破灭之后,出走似乎是比较容易选择的路。后来有成千上百的马来西亚人移民到澳大利亚、中国香港、新加坡、英国、加

---

① Shirley Geok-lin Lim, *Among the White Moon Faces*, p. 135;林玉玲,《月白的脸》,页222。引文中的巴冷刀(parang)为马来人使用的一种无鞘弯刀。

拿大以及美国。①

对许多马来西亚人而言，"五一三"事件标志着建国理想的破灭，此后的当权者只想透过种族政治谋取个人与集团的利益，缺少追求公平社会的思想、理想与意志。在这种情形之下，出走对某些个人而言可能是更好的选择。林玉玲即是其中之一。她是受英文教育的精英分子，用她后来自嘲的话说："现在看起来，独立后的十二年就像过渡状态下的空白期，我们这些年轻被殖民的喜爱英语的僵尸，仍然吮吸着一个叫英国的已经分离的死亡的奇幻母国的血。"②国家语文政策的改变对她的打击可想而知，在独尊马来文的情况之下，殖民遗绪的英文优势不再，她的华人身份更使得她失去公平竞争的机会。③ 二十五年后，"五一三"事件仍像幽灵那样蛊惑她的离散生活，成为驱策她动笔撰写其回忆录的重要动力。

1999 年，在去国离乡三十年后，林玉玲接受她的回忆录的译者张琼惠的访谈，在谈到撰写回忆录的动机时，她对"五一三"事件后马来西亚各方情势的发展仍然耿耿于怀，难掩心中的失望与悲愤：

---

① Shirley Geok-lin Lim, *Among the White Moon Faces*, p. 136；林玉玲，《月白的脸》，页 224。
② Shirley Geok-lin Lim, "The Breaking of a Dream: May 13th, Malaysia," *Sun Yat-sen Journal of Humanities* 48 (Jan. 2020), p. 40.
③ 在接受胡迪（Timothy Fox）的访谈时，林玉玲曾经这样表示："在马来西亚的青年时期，我的确想象自己参与那个民族主义蓬勃的后独立运动，那真是后殖民历史的一刻。"见 Timothy Fox, "Just Another Cell in the Beehive: Interview with Shirley Geok-lin Lim, Feminist Scholar, Teacher and Poet," *Intersections* 4 (September 2000)。Retrieved from http://intersections.anu.edu.au/issue4/lim_fox_interview.html

> 我主要的动机是想写下华人的马来西亚（听起来似乎报复心切），这样马来西亚的华人以后才会了解过去他们身上发生了什么事。……目前所实施的种族配额制度是个极度不公不义的制度，简直是将华人贬为次等公民。有些马来西亚华人已经接受自己不算是真正马来西亚人这样的想法。我写回忆录的原因，就是要让华人知道他们已在马来西亚定居了数个世代，他们跟马来人一样，都是马来西亚的公民，他们没有必要忍受那样的不公不义。①

林玉玲的省思充满了批判意义，这段话不仅反映了她对故土建国之初理想的幻灭，她的回忆录更是意在颠覆强势种族与国家机器所宰制的国族叙事。她的离散故事也是她那一代马来西亚人——尤其是少数族裔——与后来者的离散叙事。这一切的后果无疑都可回溯到1969年5月13日这场种族暴动的悲剧。

《月白的脸》自然是一部离散回忆录，离散在这个情况之下也不免被模塑为深具批判意识的公共领域。② 林玉玲在她的回忆录中，不断借由这样的公共领域对她生长的故国表示异议与抗争。她因此将自己的回忆录归类为生命书写（life writing），而与一般所谓的自我书写（self-writing）大异其趣，用她自己的话说："作家如果自视为某个集团——国民、种族，或者任何方面都属于弱势者（族裔、少数分子、女性、身障者等等）——的一分子，势必很难书写

---

① Joan Chang, "Shirley Geok-lin Lim and Her *Among the White Moon Face*," *New Literature Review* 3.5 (Summer 1999), p. 4.
② 有关离散公共领域的讨论，请参考李有成，《离散》（台北：允晨文化实业股份有限公司，2013），页36—43。

肖像型的自传,把整个叙事缩减为只是个人的个性,也就是自我书写。相反的是,我们所说的生命书写必然会采用与自传相关却又有所区隔的文字类型:历史、实录、日记、散文,甚至诗。"在这样的生命书写中,个人的"个性"将"成为更大的纷扰的社会、经济及政治结构与力量的一部分"。① 基于这样的体认,林玉玲的回忆录所尝试再现的,在更大的意义上,是某些马来西亚华人在"五一三"事件后的生命遭遇。

2001年林玉玲出版其经营了不下二十年的长篇小说《馨香与金箔》(*Joss & Gold*)。这部多少带有自传色彩的小说重提"五一三"事件。《馨香与金箔》全书共分三大部分,每一部分又细分成若干章节。"五一三"事件与其后续发展出现在第一部分《交遇》("Crossing")第十至十二章。第十章主要为女主角丽恩(Li An)的日记,可是日记只从5月1日写到5月12日,13日之后阙如。12日的日记一开头就写道:"令人兴奋的周二。今天大选。我们这一边看来会取得若干胜利。我们这一边?我没投票,但我有选边,也知道心有所好。"② 丽恩为马来亚大学英文系的研究生,嫁给商人叶亨利(Henry Yeh),却又与在系上任教的美国和平工作团(Peace Corps)团员查斯特(Chester)要好。5月13日这一天两人原先约定至丽恩友人艾伦(Ellen)住处见面,没想到却被艾伦放鸽子,丽恩即随查斯特回返他与马来人朋友阿都拉(Abdullah)与沙

---

① Shirley Geok-lin Lim, "Academic and Other Memoirs: Memory, Poetry, and the Body," Rocío G. Davis, Jaume Aurell, and Ana Beatriz Delgado, eds., *Ethnic Life Writing and Histories: Genre, Performance, and Culture*, Contribution to Asian American Literary Studies, Vol. 4 (Berlin: Lit Verlag, 2007), p. 24.
② Shirley Geok-lin Lim, *Joss & Gold* (Singapore: Times Books International, 2001), p. 90.

默（Samad）合居的住处。阿都拉和沙默都是狂热的马来人民族主义者。阿都拉更是思想偏激，暴动发生过后，他一度对丽恩说："我告诉过你，华人不要逼我们太甚。这是我们的国家。如果他们想找麻烦，麻烦就会找上他们。"①

丽恩随查斯特来到其住处后，才从沙默那里获知吉隆坡一带因暴动已经宵禁。丽恩以电话与家里联络，佣人告之亨利也因宵禁无法回家。与回忆录《月白的脸》不同的是，《馨香与金箔》中对"五一三"暴动的描述着墨不多，林玉玲在叙事过程中表现得相当节制，主角不在风暴现场当然是主要原因，其叙事观点难免受到限制。作者因此采用侧写的策略为暴动经过留下想象的空间。在获知吉隆坡发生暴动之后，丽恩跟随查斯特爬上其住处屋顶，想了解事态的严重性：

> 当她睁开眼睛，她看见夜空的一边一片橙黄色。在橙黄色中有细微的黑丝线冉冉上升，就像飘动的蜘蛛网丝那样。他们什么也没听见。整个楼房密集的社区寂静无声。宵禁之外仿佛还同时停电。每个人似乎都把灯火熄了，像沙默那样把门关上，然后隐身消失。②

接着她还看到"八打灵再也暗色静寂的地区，天边燃烧着暗淡的火，还有一圈圈软如绒毛的烟"③。这些远景的描述当然未见血腥或杀戮场面，冯品佳认为这样的"叙事有如遵循亚里士多德式的古典

---

① Shirley Geok-lin Lim, *Joss & Gold*, p. 98.
② Shirley Geok-lin Lim, *Joss & Gold*, p. 95.
③ Shirley Geok-lin Lim, *Joss & Gold*, p. 96.

悲剧律法，完全以间接方式表达暴力"①。后来我们知道亨利的父亲叶先生（Mr. Yeh）被暴民杀害，可是"警方不愿交还叶先生的遗体。家人可以筹办葬礼，但不能瞻仰遗容，以免进一步引发公共失序"②。同样的亨利父亲受害的经过在小说中也是一笔带过，林玉玲只以其极度低调的葬礼凸显当权者如何投鼠忌器。

而在私领域里，因为宵禁的关系，丽恩留在查斯特住处过夜，两人就在"五一三"事件这一天发生了一夜情，丽恩竟因此暗结珠胎，后来生下混血的女儿素音（Suyin）——这个名字不免让我们联想起著名女作家韩素音（Han Suyin）。素音因此称得上是"五一三"事件的结晶，而《馨香与金箔》往后的叙事即环绕着素音的成长而开展。从这个视角看，丽恩与素音母女的故事自然会被注入"强烈的国族寓言意涵"③。

不过摆在本文的论述脉络里，"五一三"事件之后丽恩以下的思考更具意义：

> 你无法出生与成长在一个你一生不为你所属的地方。你怎么能够不生根，把你附属于某片土地的无形细丝，水的根源？如果把一棵树从它所屹立的土地拔起，剥夺其水分，它就会死去。④

---

① 冯品佳，《漂泊离散中的华裔马来西亚英文书写：林玉玲的〈馨香与金箔〉》，见《她的传统：华裔美国女性文学》（台北：书林出版有限公司，2015），页107。
② Shirley Geok-lin Lim, *Joss & Gold*, p. 100.
③ 冯品佳，《漂泊离散中的华裔马来西亚英文书写》，《她的传统：华裔美国女性文学》，页105。
④ Shirley Geok-lin Lim, *Joss & Gold*, p. 98.

这段文字的譬喻简单，将人喻为树，如果失去所属的土地，也就失去了根，失去了水分，树就只有枯萎死去。林玉玲此处显然有意透过丽恩的想法论证公民与国家的关系——这正是"五一三"事件后种种不公不义的政治安排所造成的问题。我想指出的是，不论是回忆录《月白的脸》或小说《馨香与金箔》，林玉玲似乎无法抗拒将这些叙事文类转换成某种论辩（polemic），这样的结果其实都与"五一三"事件后种族政治全面宰制马来西亚的公民生活密切相关。

三

黄锦树在《开往中国的慢船》中透过主角铁牛亲历"五一三"暴动的叙述，或者林玉玲在其回忆录中对同一事件报道的追忆，马来女作家汉娜·奥卡芙（Hanna Alkaf）在其小说《天空沉重》（*The Weight of Our Sky*）中对这场血腥动乱的记述相对之下更为详尽细腻：

> 街道一片荒凉。空荡荡的店铺墙壁尽是最近纷争留下的伤痕：溅血的痕迹与弹孔，这些毫无意义的暴力标志。这里是被焚毁的汽车残骸，那里是商店橱窗散落一地的玻璃碎片，更远处的路面则是蔓延一地的污迹，就像澳大利亚的外形那样，一眼可知那是晒干的血迹。还有一个似曾相识，但刹那间我并未意识到怪异的场景，只因为我在脑海中对这一切早已习以为常：那些失去生命的遗体，数量之多，难以计算。男人、女人，甚至儿童，有些看起来接近我的年龄，有些甚至比我还

小，有些还穿着校服。有个女孩的蓝色丝带拖曳在她躯体后面，就躺在路面上，丝带与其半成形的辫子散发交织在一起。①

与林玉玲和黄锦树这两位离散作家不同的是，汉娜·奥卡芙虽然曾经留学美国，并在美国短暂工作，目前则在她的出生地吉隆坡定居。《天空沉重》是她的第一部小说。上述引文中的"我"是位叫默拉蒂·阿默（Melati Ahmad）的十六岁马来女子中学的学生——她是小说的主角兼叙事者。默拉蒂的父亲是位警员，1967年11月槟城发生罢市暴动，他奉派至槟城执勤，第二天就不幸被暴徒杀害。默拉蒂为强迫症（Obsessive-Compulsive Disorder，简称OCD）患者，大致在父亲遇难之后，她就为这个精神疾病所困。病发时她的心中会不时出现一个像阿拉丁神灯里那样的精灵（the Djinn），一再提醒她自己如何是位扫把星，总是为身边的人带来噩运。一旦遭到精灵现身蛊惑，默拉蒂只有不断以手指头持续拍打身边的物品三次，而且还得"一二三，一二三"不断轻声细数，才能短暂解除此强迫症——因此默拉蒂始终认为"三"是她的神奇数字。用她的话说："只要我满足他（精灵）的要求，他就保证我妈妈的安全。当我因不堪为这些数字所役，深感挫折而企图反抗时，他又在我的脑海中展开另一连串的死亡，继而对我的恐惧反应大笑不已。"② 她的母亲了解她的状况，在寻求现代医学协助无效之后，只好诉诸民俗疗法，花了两个小时的巴士车程，带她到芙蓉（Seremban）郊区向某位著名的巫师求助。结果却仅获得三小玻璃

---

① Hanna Alkaf, *The Weight of Our Sky* (New York and London: Salaan Reads/Simon & Schuster, 2019), pp. 122 - 123.
② Hanna Alkaf, *The Weight of Our Sky*, p. 26.

瓶的神水救助——其中一瓶据巫师说还得到《古兰经》的加持。

除了若干倒叙，《天空沉重》的叙事时间在一周左右，而这也是"五一三"暴动最关键的一周。从这个视角看，《天空沉重》不仅是马来少女默拉蒂的种族暴动历险记，"五一三"事件本身更是小说无所不在的主角。在小说第二章里，汉娜·奥卡芙借默拉蒂与其同学好友莎菲雅·阿德南（Safiyah Adnan）的一场对话，大致交代了暴动前夕马来西亚的政治情势与社会氛围。默拉蒂这么回想：

> 我不太理会政治——在我看来，政治就是一群老男人比赛谁的声音最大——就在几天前，执政的联盟第一次没赢得超过半数的选票，而两个华人政党却让人跌落眼镜，赢得胜利。这个余震动摇了我们的左邻右舍，每个人无不对这件事议论纷纷。①

5月13日反对党举行胜利游行，引发流血冲突，烧杀破坏随即扩大蔓延，最后酿成暴动。官方将暴动归罪于共产党，只是不敢也不便明言的是事件背后所涉及的两种意识形态的斗争，一种视马来西亚为马来人的土地，另一种则是马来西亚人的马来西亚。这两种意识形态的对立并非全然始于1963年9月16日马来西亚的成立，早在1957年8月31日马来亚独立建国时即已隐然若现：当时马来亚的正式国名英文作 Federation of Malaya（马来亚联邦），马来文却作 Persekutuan Tanah Melayu（马来人的土地联邦）。不同语文的国名

---

① Hanna Alkaf, *The Weight of Our Sky*, p. 18.

其实隐含不同的政治或意识形态假设。① 不过汉娜·奥卡芙并未在她的小说中深入探讨类似的议题，她只是透过小说人物在言谈中提出这两个无法相容的概念。

《天空沉重》的叙事情节始于5月13日这一天。默拉蒂与莎菲雅放学后至吉隆坡市中心茨厂街（Petaling Street）旁的丽士（the Rex）电影院观赏保罗·纽曼（Paul Newman）主演的电影。看完电影，莎菲雅意犹未尽，想要再看一遍，默拉蒂只好独自离去。等默拉蒂走进茨厂街时，她发现街上空无一人："商店铁门拉下来了，小贩也失去踪影，只留下市场常见的废弃物。"② 一位三轮车夫催她赶紧回家，因为"马来人和华人正互相砍杀"③。默拉蒂随即回到丽士电影院，要把莎菲雅带走。此时电影银幕已经打出"宣布紧急状态"的字幕。

在混乱中一群手持各种武器的华人冲进电影院来，劈头就要求观众中的马来人往一边站，当默拉蒂还来不及反应时，一位华人太太一把拉着她，告诉领头的人默拉蒂是位欧亚混血儿（Eurasian, Serani），是她八打灵再也邻居的女儿。默拉蒂眼看同学莎菲雅被留滞下来，自己却随华人太太逃脱现场，内心深感自责不已。随后几天精灵一再现身她的脑海，谴责她必须为莎菲雅的死亡负责。华人太太自称美姨（Untie Bee），她带着默拉蒂在茨厂街一带躲躲藏藏，一度在一位马来人三轮车夫的协助下躲过马来人的追杀。默拉蒂亲

---

① 陈政欣的小说《我爸一九四八》对这个问题有简要的讨论，见陈政欣，《小说的武吉》（八打灵再也：有人出版社，2015）；另见林春美与高嘉谦主编，《野芒果：马华当代小说选，2013—2016》（八打灵再也：有人出版社，2019）。
② Hanna Alkaf, *The Weight of Our Sky*, p. 30.
③ Hanna Alkaf, *The Weight of Our Sky*, p. 31.

眼见到一群马来人疯狂地在茨厂街烧杀掠夺,甚至连开车路过的印度人也遭殃:"在他想再说些什么之前,他的车子突然起火,他从车中跳出来,哀号惊叫。他还来不及反应,暴徒就冲了过来,一阵飞拳重击他身体的各个部位,发出噼啪与令人内心怵然的嘎扎声,直到最后他一身伤痕与血迹……他朝火焰飞扑过去。"① 这个场景让默拉蒂震惊不已。在惊慌中美姨的儿子文生(Vincent)适时出现,开车将他们救离火海中的茨厂街。

我简单交代《天空沉重》开头部分有关"五一三"事件的叙述是有用意的。小说的肇始部分其实决定了往后小说情节的发展与结束。就情节铺陈而言,不难看出汉娜·奥卡芙在叙述暴动场景时如何在策略上求取平衡:如果提到华人的暴力行为,接着几无例外会补上马来人如何杀人放火;反之亦然。就像小说中一再引述的,华人要马来人回到森林中去,马来人则要华人滚回中国。这样的平衡策略主宰了整本小说的情节安排,书中例子甚多,这里不再一一列举。即使小说最后提到难民的收容场所,华人被安排到精武体育馆,马来人则有国家体育馆——虽然前者为私人所有,后者则属国家机构。而默拉蒂却是唯一曾经在动乱中到过这两座体育馆的人。以下是她对这两个体育馆的观察:

> 我发现不是(国家体育馆)比较大——而是这里人比较少。不像拥挤不堪的精武体育馆,人必须在彼此之间与家当之间缩紧自己的身体,在国家体育馆行动比较自由,可以占用较大的空间,为自己制造某种像家那样的感觉。空气间少了些紧

---

① Hanna Alkaf, *The Weight of Our Sky*, p. 48.

张,多了些呼吸的空间。①

这样的对比当然也是作者刻意的规划,其实隐含她对整个事件的合理推论,即"五一三"事件中华人受到的伤害与灾难要远大于马来人。

政府既已宣布戒严,家显然已回不去了,美姨要默拉蒂暂时跟她回家。美姨的先生姓钟,默拉蒂称他钟叔叔(Uncle Chong),除文生外,他们还有一位儿子法兰基(Frankie)。文生对整个事件的看法较为中立平和,法兰基则较为激进,总站在华人立场大肆抨击马来人,他甚至无法认同母亲把默拉蒂带回家里来。兄弟之间立场不同,看法互异,当然也是汉娜·奥卡芙的平衡策略之一。这个策略在整本小说中前后是相当一致的。此时电话已经不通,默拉蒂只好留住钟家。这是默拉蒂第一次与华人同住,样样新奇,尤其置身于不同的意识形态环境,面对不同政治立场的冲击,这是默拉蒂心智成长的开始。

在某种意义上,《天空沉重》确实可以被纳为一本成长小说(Bildungsroman)。钟叔叔与美姨善良大方,随后还收留了不少上门求助的难民。儿子文生不晓得如何申请到红十字会志工的证件,不时驾车外出寻找食物。事件发生三天后政府宣布短暂解除宵禁,默拉蒂坚持要随文生外出寻访母亲。他们先到默拉蒂居住的甘榜峇鲁(Kampong Baru),结果获知母亲在事件发生后就回到吉隆坡中央医院加入救援工作。等他们赶到中央医院时,却发现母亲其实也出外寻访默拉蒂。接下来的小说情节可以归之为默拉蒂的寻母历险记,

---

① Hanna Alkaf, *The Weight of Our Sky*, p. 200.

汉娜·奥卡芙借默拉蒂寻母之旅，透露了吉隆坡在种族暴动之后的悲惨状况。这些经历带给默拉蒂巨大的冲击。她冒着生命危险先后来到收留难民的精武体育馆与国家体育馆，甚至重回茨厂街附近的丽士电影院，以为母亲可能在那儿等她出现。在这个过程中她参与救助临盆的妇女及与母亲失散的儿童——一位自称为美（May）的小女孩，她发现在救难时种族身份完全毫无意义。最后她在茨厂街附近的一所华文中学（当时的坤成女子中学？）找到母亲，原来她在那儿协助救护伤患。母亲的一位伤患伊丹（Ethan）伤势较重，必须立刻送医救治。母亲于是开着学校的小型厢型车往医院飞奔，不料路上却遇到华人与马来人两方暴徒持械对峙，而华人一方带头的竟是默拉蒂认识的法兰基——钟叔叔与美姨的儿子。由于事态紧急，默拉蒂在气愤之下冲出车子，对着对峙的双方喊叫：

> 我抬头看着午后蔚蓝的天空，设法整理我的思绪。"Di mana bumi dipijak, di situ langit dijunjung. 你们之前听过这句话吗？意思是说，我们立足的地方，也就是我们撑起天空的地方。我们的生死依靠的是我们生活的土地的律法。只不过这个国家为我们全体所共有。我们创造我们的天空，我们也可以将天空撑起来——共同合力撑起来。"①

一旦将自己心中的愤怒宣泄，默拉蒂内心突然感到平和，长期困扰她的精灵消失离去，她的强迫症似乎不药而愈。此时法兰基已经受伤，文生也不期而遇，尽管华人与马来人双方还互相辱骂，一时不

---

① Hanna Alkaf, *The Weight of Our Sky*, p. 264.

肯离去，母亲却趁机载着法兰基、文生、伊丹、默拉蒂及小女孩美往中央医院奔驰而去。在这段情节结束时，作者透过叙事者兼主角的默拉蒂这么说："在我还来不及回神之前，我们早已身处彼此的怀中，哭泣，欢笑，彼此紧握着手，仿佛永远不愿放开。"① 汉娜·奥卡芙为小说留下一个充满希望的结局——一个和解的可能性。

《天空沉重》以简短的《尾声》（"Epilogue"）结束全书：在一个阳光明媚的清晨，默拉蒂到她的同窗好友莎菲雅墓前哀悼，这时动乱早已结束，而且距莎菲雅的葬礼已有两个月。《尾声》不只交代了莎菲雅受害的事实，更重要的是，汉娜·奥卡芙刻意让叙事者的话证实传闻中政府处理受难者遗体的情形：

> 当医院满是尸体，一片混乱，无法确保将这些遗体归还给他们的家人时，政府就采取强硬的措施。遗体被带走，埋在几个大墓穴里，每个人一个大坑，这就是他们挤满友伴的最后安息地。你根本无从抗议，无从知道心爱的人是否属于其中一位。……
>
> 根据政府的说法，在紧张、混乱的那一周，整个城市被撕裂，街道满是鲜血和尸体，共有四百三十九人受伤，一百九十六人被杀。②

---

① Hanna Alkaf, *The Weight of Our Sky*, p. 270.
② Hanna Alkaf, *The Weight of Our Sky*, p. 272. 实际的"五一三"受难者墓园位于吉隆坡近郊的双溪毛糯（Sungai Buloh），在一座小山坡上，山坡下为双溪毛糯医院所属的清真寺，称伊本西那清真寺（Masjid Ibn Sina），医院就在清真寺旁。墓园经民间整理后才略成目前规模，只是至今尚无碑文说明事件经过。我有诗《访"五一三"事件受难者墓园》，刊《星洲日报·文艺春秋》（2019年7月20日）。

这个伤亡数据随即遭到质疑。作者借默拉蒂母亲——别忘了她是中央医院的护士——的话否定官方说法。"'我亲眼见到这些遗体,'她说,同时以手轻拍报纸,摇摇头,'不可能只有一百九十六人。不可能。'"①

## 四

2018年12月9日的《亚洲周刊》有一篇林友顺的分析报道,题为《大马反种族歧视公约触礁》,旨在析论何以马来西亚甘冒违背普世价值的批评,不愿签署联合国的《消除一切形式种族歧视国际公约》(The International Convention on the Elimination of All Forms of Racial Discrimination,简称ICERD)。反对者主要为支持巫统和伊斯兰教的马来人,理由很简单,他们担心这个公约会影响他们目前所享有的各种特权与利益。林友顺的文章特别提到当时执政者希望联盟(Pakatan Harapan)成员党之一的民主行动党领袖林吉祥的说法:

> 行动党资深领袖林吉祥指责一些不负责任人士企图利用ICERD课题,煽动种族情绪来引发种族冲突。他说,如果签署ICERD会引起类似(1969年)"五一三"事件的种族问题,他相信大马人不会坚持要签署这份公约。②

---

① Hanna Alkaf, *The Weight of Our Sky*, p. 272.
② 林友顺,《大马反种族歧视公约触礁》,《亚洲周刊》(2018年12月9日),页15。

林吉祥所斥责的"一些不负责任人士"指的就是那些汲汲于巩固自己的特权地位的马来人领袖,他们早已多次集会游行,反对政府签署这个反种族歧视合约,而且在游行集会中,部分极端分子还一再召唤"五一三"的幽灵,并以之裹挟政府,甚至扬言重演"五一三"事件也在所不惜。这也是林吉祥之所以话中有话,担心再次引发类似五十年前的"五一三"流血暴动。"五一三"事件所带来的政治影响上文已多所论述,不过正如参与"五一三"事件口述历史计划的傅向红所指出的,其效应尚"以其他方式在人们的日常生活中延续":

> 有人从此不敢踏进电影院,有些死难者伴侣必须单独抚育孩子,有些人持续活在恐惧、创伤、怨恨或愤怒中,有些人选举前必然囤粮,有人自觉或不自觉地对特定族群产生偏见,有人不断自我提醒不可仇恨特定族群,有些人担心谈论该事件会再次引起暴动或被官方对付,也有人因为曾经亲睹血腥暴力而痛恨血腥暴力,有人因此怀疑民主而拥护威权……①

这正是黎紫书小说《流俗地》的叙事者所说的:"谁没经历过当年的'五一三'事件呢?……大家提起这个仍禁不住脸上色变,对时局越发担忧。"②事隔五十年后,"五一三"的幽灵依然盘桓在

---

① 傅向红,《反思"五一三"事件:个体叙事、记忆政治与和解的伦理》,"五一三"事件口述历史小组编,《在伤口上重生》,页23。
② 黎紫书,《流俗地》(台北:麦田出版社,2020),页41。此书另有马来西亚简体字版:黎紫书,《流俗地》(八打灵再也:有人出版社,2020),及大陆版:黎紫书,《流俗地》(北京:十月文艺出版社,2021)。

马来西亚的天空，形成汉娜·奥卡芙小说书名所谓的"天空沉重"，显然还犹待安魂。有关"五一三"事件的文学创作虽非汗牛充栋，但也不在少数。这篇论文讨论了不同种族、世代及语文的作家与作品，包括黄锦树的小说《开往中国的慢船》、林玉玲的回忆录《月白的脸》与小说《馨香与金箔》，以及汉娜·奥卡芙的小说《天空沉重》，以展现这些作家如何以自己的独特方式为"五一三"的幽灵安魂——甚至于为五十年前"五一三"事件的蒙难者安灵。

(2019 年)

# 胶林之外

## ——论冰谷的散文

### 一

冰谷早期散文以书写胶林生活著称。马华文坛其实不乏以胶林为背景的作品，但冰谷的作品题材广泛，关怀细腻，而且数量可观。1973 年，他将这些作品结集成《冰谷散文》[①]出版，只是这本散文集发行有限，况且年代久远，早已绝版。四十年后，他复将《冰谷散文》合并若干题材相近的作品，以《橡叶飘落的季节——园丘散记》为书名重新出版，我们才有机会重温他这些旧作。冰谷创作其胶林系列散文时是在美农（Bedong）的一座橡胶园工作。美农是马来西亚吉打州中部的一个小镇，其邻近的乡镇如新文英（Semeling）、马莫（Merbok）、成杰（Singkir）等处处都是胶林。胶林里的橡胶树就像冰谷在《与山林接触》一文中所说的那样，"无论你平步多远，不管你朝哪个方向探索，迎接你的是等距离的

---

[①] 冰谷，《冰谷散文》（美农：棕榈出版社，1973）。

树行,一样的手掌,一样的体高,一样的颜容"①。那个年代整个马来半岛处处都是胶林,橡胶树可能是多数人最为熟悉的植物。

　　冰谷成长于胶工家庭,从小就必须起早摸黑与母亲在胶林劳动,在马来亚的紧急状态(State of Emergency)期间,一家人还被迫迁入所谓的新村(New Village)②,割胶工作却并未因此中断。成年后他离开家乡瓜拉江沙(Kuala Kangsar)北上美农,虽然不再割胶,但是仍然与橡胶为伍,在一座两千三百英亩的大园丘担任书记工作,据他在《巡园》一文中的说法,"早上巡园,中午称胶液,月杪结账"③。后来职位当然屡有升迁,可也就这样在园丘里服务了二十五年,正如他在《橡叶飘落的季节》再版序《纪实与历史》一文中所说的:"全然投入一个可以点燃生命的园地,悠悠廿五年。"④ 1986年冰谷离开美农的园丘时,胶业的荣景已有变化,逐渐取而代之的是棕榈业。日渐失去的胶林不仅是某些个人的乡愁,同时也是国家社会的集体记忆,或者某个世代残余的意象。冰谷与张锦忠、黄锦树、廖宏强等合编出版的《胶林深处:马华文学里的橡胶树》⑤适时为这个意象留下动人的记录,在我看来,既是追忆,也是伤悼!

---

① 冰谷,《与山林接触》,《阳光是母亲温暖的手》(台北:酿出版,2015),页27。本书另有马来西亚简体字版,见冰谷,《阳光是母亲温暖的手》(八打灵再也:有人出版社,2013)。
② 关于马来亚的紧急状态与华人新村的设置,详见本文第四节的讨论。
③ 冰谷,《巡园》,《橡叶飘落的季节——园丘散记》(台北:秀威,2011),页51。本书另有马来西亚简体字版,见冰谷,《橡叶飘落的季节》(八打灵再也:有人出版社,2013)。
④ 冰谷,《纪实与历史》,《橡叶飘落的季节》,页21。
⑤ 冰谷、张锦忠、黄锦树、廖宏强合编,《胶林深处:马华文学里的橡胶树》(居銮:大河出版社,2017)。

今天重读冰谷的《橡叶飘落的季节》，这样的感受尤其强烈。马华作家以那样的规模书写胶林生活，冰谷恐怕是无出其右者。《橡叶飘落的季节》约五十篇散文写童年回忆、胶工生涯、园丘生态、季节变化等，题材包罗万象，文字质朴写实，胶园生活里的喜怒哀乐尽在其中矣！这本散文集中的大部分作品完成于冰谷初履文坛的20世纪60年代，与他在21世纪后所完成的《走进风下之乡——沙巴丛林生活记事》与《掀开所罗门面纱》等散文集，尽管性质类似，唯无论文字修辞或叙事布局，当然无法同日而语。冰谷在回顾他早年这些环绕着胶林岁月的创作时，也有类似的省思与感叹。在《橡叶飘落的季节》的再版序《纪实与历史》一文中，他提出这样的观察与体会：

> 不只是季节随时序而变更，环境与时事也在不断呈现新的地貌，在静穆中或许令人无法窥视与觉察。所有的这些更替和变化，有正面的时代进步也同时融合着负面的退化影子。疏雨骤风里的感触，落叶斜阳里的抒怀，当年只是生活寂寥时随意的填补，没有任何文学上的企图。真是无心插柳，因为环境的变迁与橡树的消逝使这些园丘散记转成历史的纪实。……园丘的景象一旦消逝即无法还原，唯有文字的叙述可以追忆。①

人事沧桑，世事无常，冰谷这些带有自传意义的纪实散文不仅为自己与家人留下生命记录，同时还意外地见证了社会变迁与时代嬗递，铭刻着马来西亚部分族群——尤其是离散华人与印度人——的

---

① 冰谷，《纪实与历史》，《橡叶飘落的季节》，页20—21。

共同记忆。这容或正是这些散文所具有的文学史的意义。

二

冰谷的散文多半关乎他的生命历程，因此自叙性强，不论载道或言志，记事或抒怀，无不根植于现实人生，无不出于他个人的生活历练。在《橡叶飘落的季节》一书中，这样的例子俯拾皆是。冰谷有短文《文学书写人生》，收入2015年出版的散文集《阳光是母亲温暖的手》里，强调"文学离不开生活，生活也离不开文学"①，他显然尝试身体力行，在散文创作中实践这样的文学理念。之前曾提到《与山林接触》一文，无疑是冰谷典型的自叙文。他在文中回顾他自幼时至微入老年与山林为伍的一生，同时叙写他不同人生阶段的抉择与际遇，是一篇很能统摄其文学关怀的重要作品。在这篇相对篇幅较长的散文里，冰谷畅谈他生命中三次重要的职业选择，除了上一节提到的二十五年的胶林——他慨叹的"刻板没有变化的人造风景"——生涯外，还包括后来在东马沙巴与所罗门群岛的垦荒岁月。如果说早年的胶园生活留下的是一部《橡叶飘落的季节》，后来离家别乡的拓荒日子则让他完成了《走进风下之乡——沙巴丛林生活记事》与《掀开所罗门面纱》这两本散文集。跟《橡叶飘落的季节》一样，这两本散文集也具有明显的自叙成分，叙述的都是冰谷在异乡荒野开垦拓荒的艰苦岁月。在马华文学界，写胶林生活的作品不在少数，可是像冰谷这样的规模以山林荒野为题材的创作，就我的阅读经验而言，却是绝无仅有的。

---

① 冰谷，《文学书写人生》，《阳光是母亲温暖的手》，页132。

在讨论《走进风下之乡》这本回顾沙巴垦荒岁月的散文集之前，试看冰谷如何总结其所谓风下之乡沙巴的经验。在《与山林接触》一文里，他说：

> 离开那片四野平阔的橡林，一飞冲天，跨洋越海远赴风下之乡，伐木开荒，投入另一项农耕天地。也从那一刻启蒙，我生命的旅程正式与黑暗的蛮荒接轨，一项须与野兽日夜枪孔对望、相互仇视的工程。在经济摇旗的前提下，绿色环保的呼声疲软乏力，于是链锯声震耳不绝，铁履装甲车呼天抢地，那是一支朝向山林冲锋陷阵的精锐队的组合。①

这段话语多省思，冰谷一方面将其沙巴的农耕经验描述为一场"黑暗的蛮荒"之旅，另一方面则反省在这段旅程中如何与自然界交恶，砍伐雨林，猎杀动物，要将蛮荒辟为经济园丘，他感叹无法在经济发展与生态保护之间取得平衡。在《走进风下之乡》开首第一篇《逐渐消失的鸟兽天堂》里，冰谷坦然指出，资金雄厚的财团如何"每年以五千英亩的开发速度侵略雨林，掀开了飞禽走兽的天然帷幕"②。残酷的事实是："野兽禽鸟遂成为土地发展中最先的牺牲者，逃亡的逃亡，死亡的死亡；更多是被枪弹追踪，变为餐桌上的佳肴，满足了垦荒者的味蕾。"③ 这是飞禽走兽，雨林呢？冰谷这么

---

① 冰谷，《与山林接触》，《阳光是母亲温暖的手》，页28。
② 冰谷，《逐渐消失的鸟兽天堂》，《走进风下之乡——沙巴丛林生活记事》（台北：秀威，2010），页24。本书另有马来西亚简体字版，见冰谷，《走进风下之乡》（八打灵再也：有人出版社，2007）。
③ 冰谷，《逐渐消失的鸟兽天堂》，《走进风下之乡》，页24。

回忆:"我踏入沙巴丛林稍晚。我来时,90年代的列车已经启动,从山打根到拿笃镇的近百里公路上,原始树林早已绝迹,除了沼泽和石山,沿路尽是绿掌铺天盖地的棕榈林,还有就是农业的新宠可可。"① 面对这种惊心动魄的杀戮与砍伐,冰谷也不免自内心发出这样的大哉问:"重要是,如何在惊动热带雨林的同时,保持自然生态的均衡?"② 只不过残酷的答案是:"当我们还在犹豫未决,举步不定的时候,沙巴的鸟兽天堂已逐渐消失。"③《逐渐消失的鸟兽天堂》一文写于2009年杪,距冰谷离开沙巴回返马来半岛已有十余年,此时业已退休的他定居临近美农的双溪大年,却不幸于2006与2007接连经历了中风与骨折,生死疲劳,用他在《走进风下之乡》的自序《风沙与丛林的记忆》中的话说,"当年或因忙于农耕或因疏懒,前尘往事徒留胸臆"④,因此在遭遇病痛折磨之后,才有这本散文集的创作。

细读《走进风下之乡》诸文,不难发现《逐渐消失的鸟兽天堂》被置于全书之首是有道理的,此文大致为全书的主要内容定调。冰谷在自序中说,他于1990年中初莅沙巴,"发现原来风乡是一片人间乐土,树高林密,土地肥沃"⑤,不仅是走兽、飞鸟、水族之乡,青蔬野菜与奇花异果更是取之不尽。用今天流行的话说,就是随处可见生物多样性(biodiversity)。尽管如此,真正生活其中却未必那么浪漫,那么充满田园之乐。在《寂寞的山寨》一文中,

---

① 冰谷,《逐渐消失的鸟兽天堂》,《走进风下之乡》,页24。
② 冰谷,《逐渐消失的鸟兽天堂》,《走进风下之乡》,页25。
③ 冰谷,《逐渐消失的鸟兽天堂》,《走进风下之乡》,页25。
④ 冰谷,《风沙与丛林的记忆》,《走进风下之乡》,页14。
⑤ 冰谷,《风沙与丛林的记忆》,《走进风下之乡》,页13。

冰谷这么描述他真正生活的环境:

> 扎在森林边缘的山寨,周遭除了可可与油棕,更辽阔茂密的是原始热带雨林,一望无际。走出户外,四面八方只有几条通向园边山野的泥路,蜿蜒而狭窄。泥路只清晨和午后有赶路的工人与稀落的车声,其余的时间却是一片静谧清冷,到了夜晚还成为大象、山鹿、野猪和刺猬觅食的通行道,大大小小、深深浅浅的蹄印直叫居城的人退避三舍,见之心寒![1]

真正的现实世界未必那么友善、写意与舒适,尽管如此,冰谷却因此经历了生命中一段难忘的旅程,留下《走进风下之乡》这么一部风格独特的散文集。冰谷自许这是一部追忆他所说的前尘往事之作,在我看来他却意外地为沙巴的生物多样性留下珍贵的文字记录。我粗略统计了一下,出现在冰谷笔下的,光爬虫走兽就有黑熊、大象、蜥蜴、野猪、刺猬、人猿、猴子、蟒蛇、山鼠、仓鸮、羌鹿、蝙蝠、果子狸、鼠鹿等等。沙巴雨林原是这些动物的栖息地,财团为大规模垦殖可可与棕榈而大肆破坏雨林,摧毁了这些原生动物的固有家园。晚近有居住正义之说,若从生物中心论(biocentrism)而非人类中心论(anthropocentrism)的视角来看,这些动物的栖息地横遭摧毁,它们赖以存活的食物链也随着雨林的消失而告断裂,居住正义也因此荡然无存。它们的反扑无非为了生存,在垦殖者看来却是对他们辛勤耕作成果的毁坏。散文集中有《耕农与野兽拔河》一文,记述的正是这种存在的两难现象。冰谷

---

[1] 冰谷,《寂寞的山寨》,《走进风下之乡》,页170—171。

认为"这是一场难以避免而令人心痛的角力"。① 他感叹说:"鸟为食亡,野兽也一样,为了油棕果食和风味独特的可可,以生命典当——枪声、子弹、鲜血、挣扎,最后都是奄奄一息。"②

冰谷为这场人兽对峙的过程留下不少记录。在《象鼻原来是珍馐美味》一文中,他写自己初抵他所谓的山寨——他工作的园丘——的第一天,在与公司同事共进晚餐时尝到一道美味,他有些疑惑,这道菜"配上香菇、肉丝和姜片,类似海参,却不知是什么山珍海味"③。散席后有人告诉他,这道菜叫象鼻焖香菇。"我如梦初醒,原来吃下脆爽可口的竟然是象鼻,心中不禁涌现了阵阵恻隐不忍。"④ 初尝象鼻之后,接下来的几篇却与猎象有关。冰谷先是在《大象的智慧》一文中说明大象肆虐园丘的实情:这些大象"成群结队,经常以沉沉的夜幕护航,侵犯我们苍绿的可可和刚下土的棕苗,饱餐之余还将树连根拔起。当我们发现时,遗下东一堆西一堆的粪便,和深入泥层的圆脚印"⑤。具体的破坏事例可见于紧接的下一篇《驱象,血的战役》,原来在冰谷巡园时,几位印尼女工"一把鼻涕一把眼泪"向他投诉,她们辛苦采收的可可仁全被象群吃掉,由于她们是按采收的果仁重量计酬的,没有果仁,她们的心血等于白费,一无所有。冰谷把这件事跟其他同事说明之后,众人于是提出猎象之议。《驱象,血的战役》主要的篇幅在叙述当天夜里冰谷与其他三位同事分乘两部敞篷开山车深入林间猎象的经过。过

---

① 冰谷,《耕农与野兽拔河》,《走进风下之乡》,页26—27。
② 冰谷,《耕农与野兽拔河》,《走进风下之乡》,页27。
③ 冰谷,《象鼻原来是珍馐美味》,《走进风下之乡》,页57。
④ 冰谷,《象鼻原来是珍馐美味》,《走进风下之乡》,页58。
⑤ 冰谷,《大象的智慧》,《走进风下之乡》,页61。

程惊险而富戏剧性,最后是冰谷的同事以猎枪结束一头大象的生命。冰谷亲眼见证整个事件的经过,他说:"被连串子弹击中,庞然大物居然没有倒下,只是步履蹒跚、体态微晃,转身往森林一步一步走去。这时候,鲜血从它的头部、前肢、背脊和下腹,簌簌流下。"① 这一幕让人触目惊心,冰谷说自己从未见过那么多鲜血,显然也是心有不忍。他回忆说:"那一晚,熄灯之后,我在床上,睁眼面对着黑暗的天花板,满脑海浮荡着大象的影子,还有鲜血……"②

在《驱象,血的战役》一文中,冰谷与野象的遭遇战最后是以野象的死亡画下句点,过程悬宕、惊险,却也充满血腥暴力。冰谷文末的幻象说明这次猎象行动对他所造成的心理冲击。在下一篇《丛林边缘的火炬运动》中,冰谷叙写再次与象群的冲突,暴力虽然犹在,血腥却不见了。农耕队员点燃数十支火炬,不断添加燃料,企图以熊熊火焰与其发出的噼啪声驱赶群象。这一招果然奏效。"正当声响愈来愈近之际,突然传出象蹄频密的窜跑声,仿佛受到惊吓,一面还发出'哦哦哦……'的啸鸣,声震山岳,四野回响。但是,蹄声很快就消逝,啸鸣声也愈来愈小,证明火炬发挥了效应,象群折返森林了。"③ 这个结果不必见血,应该是冰谷所乐见,因为"野象没有遭受伤害就跑回森林,油棕平安成长"④,等于各安其所,互不伤害。《象鼻原来是珍馐美味》《大象的智慧》《驱象,血的战役》《丛林边缘的火炬运动》,以及另一篇《夜幕低垂,

---

① 冰谷,《驱象,血的战役》,《走进风下之乡》,页67。
② 冰谷,《驱象,血的战役》,《走进风下之乡》,页68。
③ 冰谷,《丛林边缘的火炬运动》,《走进风下之乡》,页71。
④ 冰谷,《丛林边缘的火炬运动》,《走进风下之乡》,页71。

象鸣啸啸》其实构成了相当完整的雨林叙事，记述冰谷在其垦殖生涯中与野象直面遭遇的独特经验，这些作品确实为马华文学所少见。

大象之外，还有其他动物。《耕农与野兽拔河》文中就提到野猪与羌鹿。冰谷提到他亲眼看见野猪渡河的景象，果然是难得的奇观。他这样回忆："有一次黄昏，我在巴当岸河垂钓，亲睹一群野猪渡河，一只衔接一只，排列成直线，没有争先恐后，显示了高度的智慧。我约略点算，大小至少有五十只浮在河面。那群家伙如果潜入我们的可可园，树毁果坠，场面肯定惨不忍睹。"① 这个平静的奇观其实为接下来的灾难预留伏笔。冰谷接着回忆："我一到丛林就接管油棕苗圃，每天面对几万株绿油油的秧苗，灌溉、施肥、除草，工作倒也简单，一路来轻轻松松。有一天无意间发现了野猪出现的踪迹，做详细巡视后不禁捶胸击肺，原来猪群悄悄作歹，苗圃边缘丝毫未动，却潜入中央地带大肆饱餐。待我发觉时，它们不知在里面活动了多少个晨昏了。"② 这是冰谷纪实的叙述，我后来读到张贵兴的虚构小说《野猪渡河》，背景换成紧邻沙巴的砂拉越，叙述的也是开芭垦殖后野猪的反扑。小说家言，不仅情节离奇，文字更是汪洋恣肆：

> 奋斗数月后，村人发现猪窝遍野，猪屎满地，猪蹄印浩瀚，猪啼声不绝于耳，有鬃毛奋张的老猪，有獠牙突兀的青壮猪，有大肚子的母猪，有棕色条纹未褪的小猪，有安居乐业的在地猪，也有放荡不羁的流寓之猪。村人鹊巢鸠占后，猪群开

---

① 冰谷，《耕农与野兽拔河》，《走进风下之乡》，页27。
② 冰谷，《耕农与野兽拔河》，《走进风下之乡》，页27—28。

始反击,有时候成群巡弋,有时三五只打游击战,蹂躏农地,摧毁畜舍菜棚,攻击村人。1911年猪芭村发现石油后,大批华人技工和移民涌入,木板店铺林立,野猪栖息地被大量侵蚀,猪群骚动不安,由一头体形如牛的猪王带领,开始频繁和有计划地驱逐人类,半年内敉平农地无数,夺走三个小孩、两个女人和一个老妪性命,死者不是被践踏成肉酱,就是被囫囵啃食……①

张贵兴这段文字把人猪之间的冲突交代得相当淋漓尽致,双方结局都很悲惨。相对而言,冰谷的纪实散文文字朴素无华,人猪双方的冲突固然难免,最后只以园丘的损失收场。

《走进风下之乡》另有一篇与野猪有关的散文,文中野猪的下场就特别让人揪心难忘。《猎猪传奇》记述的是冰谷下属的荒诞猎猪经过。冰谷小时候就见过父亲与其友人挖设陷阱捕捉野猪,在山林中垦殖户枪杀野猪更是常有的事。《猎猪传奇》所叙与一般情形不同,过程分外离奇。一次是发生在夜里,园丘司机自镇上载货返回山寨,路上碰上一群野猪,这些野猪"毫不知趣,犹在悠哉悠哉横过泥路,司机踏尽油门,对着猪群向前猛冲,野猪轰然倒下,只发出几声哀鸣即成为车下亡魂"②。显然这是司机的蓄意行为,与狩猎无异。被他撞死的野猪一共七头,猪死还须放血,于是工友"把猪只拖集一处,抽出腰间的长刀,往猪的咽喉刺进去,暗红的血液

---

① 张贵兴,《野猪渡河》(台北:联经出版事业公司,2018),页64—65。这本小说有大陆版:张贵兴,《野猪渡河》(成都:四川人民出版社,2021)。
② 冰谷,《猎猪传奇》,《走进风下之乡》,页79。

飞喷而出"①。另有一次野猪的伤亡却事出意外。工人为了拓荒开芭不惜锯掉"一棵枝粗叶茂的大树",树倒之际,突然"听到猪只的惨叫声,他们赶忙跑去搜索,竟然有五头野猪遭殃,死的死伤的伤,结果一起用车载回山寨里,被剁成餐肉"。②

冰谷这几篇散文其实互有关联,无不在叙写第三世界发展论下雨林与其原始住民的悲惨遭遇。在电锯与推土机的不断追击之下,雨林节节后退,栖息其间的动物突遭酷刑,惨遭杀害,不论冰谷是否有意,这些散文见证了雨林的消失与动物的沦亡。叶茂浓荫的大树轰然倒下,大象与野猪血溅雨林,事过境迁之后,冰谷回头以散文记述这些经过,反倒像是在追悼自己亲历的一场场悲剧。马华文学虽然不乏雨林叙事,但是这些叙事似乎多与马共或砂共的武装斗争有关,雨林所扮演的多半是这些斗争的空间背景,冰谷这些散文直接叙写他所亲眼见证的雨林生态变化,为马华的雨林书写另辟天地。在雨林日渐消失的当下——而且不限于马来西亚——这些散文特别值得重视。

除了大象和野猪,《走进风下之乡》里另有其他动物遭逢不同形式的伤害。黑熊、大蜥蜴、刺猬、蟒蛇、山鹿等都难逃人类的毒手。冰谷虽有资格拥枪,但在《拥枪的喜悦》一文中,他表示"不只对枪弹没有好感,其他杀伤力强的武器也同样恹恹然"③。而在另一篇《懒猴,无惧无畏》中,他提到自己挥棒袭击懒猴那一刹那如何心生不忍:"那毛茸茸灰白的身体,清纯可爱,它幼稚的心灵完

---

① 冰谷,《猎猪传奇》,《走进风下之乡》,页79。
② 冰谷,《猎猪传奇》,《走进风下之乡》,页79。
③ 冰谷,《拥枪的喜悦》,《走进风下之乡》,页184。

全不设防。"于是他"扔弃了手中的木条,慢慢地缓步离开,让纯洁的小动物静静享受林间的孤寂与和谐"。① 我特意引述这些文字,无非要澄清血腥暴力其实并非冰谷雨林生活的全部,在与动物交手的过程中也未必需要以伤亡收场。

《走进风下之乡》一书另有不少篇章录写沙巴的生物多样性。动物之外,各种果蔬若非满山遍野,似乎也是处处可见,种类繁多,数量惊人,可惜未必受到珍惜。冰谷在《原生种榴梿与山竹》一文中就这么感叹:"山林丛野里的原生种水果,除了榴梿与山竹,我还见过山红毛丹、山龙眼,森林是天然资源,或许还有更多原生异种果树等待发掘。只是多数人只以平常树看待,砍伐后焚烧,难逃灰飞烟灭的恶(厄)运。"② 他有几篇以当地蔬果为题材的散文特别充满野趣。《指天椒的蓬勃姿彩》一文写指天椒如何与灌木蔓草争夺生存空间,冰谷并自其蓬勃生机中领悟若干生存法则:指天椒"能以茎矮叶细、枝桠孱弱的形象突围而出,且生生不息地遍野成长,这显示了它们除有坚韧的自然意志力,而兼有超卓不群的生命姿彩"③。指天椒顽强的生命力也让冰谷对生态现象多了一层了解。在他看来,"土壤、空气没有受到污染,一切植物,包括指天椒,因为生长健壮而产生了自然抗病力,这应该是无可置疑的"④。指天椒之外,《走进风下之乡》还提到野茼蒿、酪梨及空心菜等。《野茼蒿随风飘长》一文写新垦地焚烧的黑土如何长出"茎高呎许、叶呈

---

① 冰谷,《懒猴,无惧无畏》,《走进风下之乡》,页182。
② 冰谷,《原生种榴梿与山竹》,《走进风下之乡》,页106。
③ 冰谷,《指天椒的蓬勃姿彩》,《走进风下之乡》,页107。
④ 冰谷,《指天椒的蓬勃姿彩》,《走进风下之乡》,页109。

羽状"① 的茼蒿，这野茼蒿不仅成为园丘晚餐的桌上佳肴，更因此激发冰谷的乡愁，让他想起小时候随母亲至旷野采摘野菜的往事。野茼蒿正是当时他最爱吃的野菜之一。酪梨在沙巴更是随处可见，制成酪梨奶汁，口味尤其独到。《酪梨营养丰富》一文则借酪梨比较东西马对这种水果认知上的不同，在沙巴"大受欢迎的水果，西马半岛却无人品尝"②，来自西马的冰谷因此引以为憾。《空心菜吹起了喇叭》一文写庶民蔬菜的空心菜，这篇散文兼具知识与趣味、叙事与抒情，可说恰到好处。冰谷首先将空心菜分成籽生与水生两种，在马来半岛，不论籽生或水生，一般人只能花钱在菜市场购买空心菜，但是"在沙巴远离城镇的原野边陲，只要有阳光撒（洒）落的角落，就有空心菜的影子，在山道两旁匍匐蔓延，或在溪边河畔繁衍蔓长"③。因此在园丘工作的人，"假如你想吃空心菜，只要到可可或油棕园里去，泥径两旁和流水不急的河溪，你会轻易地发现这种翠绿肥美的茎类植物，顺手一摘，'啪'的一声，断节时发出清脆的声响，那是又嫩又脆的讯号"④。这段长句有画面有声音，是冰谷散文的上品。冰谷还说，他们吃空心菜"专挑鲜嫩新长的尾节"，若搭配野生的指天椒炒过，即可端出令人"回味无穷、耳鼻生烟"的"马来风光"这道庶民炒菜。冰谷赞赏空心菜选择在渺无人烟的赤贫地带生长，"自由绽开喇叭状的白色花朵"，展现其"潇洒的生命"。⑤

---

① 冰谷，《野茼蒿随风飘长》，《走进风下之乡》，页110。
② 冰谷，《酪梨营养丰富》，《走进风下之乡》，页140。
③ 冰谷，《空心菜吹起了喇叭》，《走进风下之乡》，页152。
④ 冰谷，《空心菜吹起了喇叭》，《走进风下之乡》，页152—153。
⑤ 冰谷，《空心菜吹起了喇叭》，《走进风下之乡》，页154。"马来风光"为新马一带以辣椒酱热炒空心菜之俗称。

## 三

《走进风下之乡》无疑是一部难得的垦荒文学作品,不仅扩大雨林作为创作题材或元素新的可能性,更为雨林书写开拓另一个新的面向。由于关怀不同,冰谷这部散文集虽然主要以雨林为背景,但却不属于一般生态文学批评(Ecocriticism)所说的自然书写(Nature Writing)。自然书写有其严谨的界说、范畴与关怀,生态批评学者蔡振兴在其近著《生态危机与文学研究》中即指出:

> 所谓"自然书写"……通常是作者远离城市的尘嚣,到某个地方住上一段时间,并把自己所见所闻、对自然的观察、凝视、沉思、反省,以一种像日记般的文学形式记载人与自然、人与环境、人与土地的关系。"自然书写"虽然是一种人为构设的文学形式,但它的主角是有情的"自然",而不是"人"。因此,它要凸显的不是人的价值观,而是自然的价值观;它所要表达的是人从自然的观察中所得到的顿悟;它所要歌颂的不是以人为中心的思想,而是从生物中心论(biocentrism)所领悟出来的一种人与自然共生共荣的想法。①

蔡振兴对自然书写的描述有几点值得注意:一是摆脱以人为中心的自然观,强调地球不只为人所独有;二是由此衍生出众生平等的观念,人因此不是征服者,而应与自然万物共生共荣,这当然是对所

---

① 蔡振兴,《生态危机与文学研究》(台北:书林出版有限公司,2019),页40—41。

谓人定胜天之类概念的否定。此之所以梭罗（Henry David Thoreau）的《瓦尔登湖》（*Walden, or, Life in the Woods*，另一常见译名为《湖滨散记》）会被视为自然书写的重要经典。

瓦尔登湖位于距波士顿不远的康科德镇（Concord）近郊，面积25公顷，周长2.7公里，只能算是小湖，不过四周林木茂盛，树种不少，当然因梭罗的名著而闻名于世。梭罗自1845年7月4日至1847年9月6日，在瓦尔登湖边其友人爱默生（Ralph Waldo Emerson）所有之土地自建小屋居住了两年两个月又两天，日后他为这两年之所见所思设定主题，写成《瓦尔登湖》一书，只是他在书中把时间浓缩为一年。经过数年并八易其稿之后，此书终于在1854年出版。一百六十年来对梭罗此书的讨论可说汗牛充栋，晚近更有不少学者与批评家以自然书写的视角析论这部名著，并视之为自然书写的基础文本。尤其自1995年哈佛大学的讲座教授布伊尔（Lawrence Buell）出版其近六百页的巨著《环境想象：梭罗、自然书写与美国文化的构成》（*The Environmental Imagination: Thoreau, Nature Writing, and the Formation of American Culture*）之后，《瓦尔登湖》在自然书写的地位已成定论。① 梭罗在瓦尔登湖畔的两年其实是在进行一场实验，他想确定远离尘嚣，回归自然，尝试了解自然，并在自然中寻求简朴生活的可能性。在"我的住所与我为何而活"（"Where I Lived, and What I Lived For"）一章中他阐明选择幽居树林的本意：

---

① Lawrence Buell, *The Environmental Imagination: Thoreau, Nature Writing, and the Formation of American Culture* (Cambridge, MA and London: The Belknap Press of Harvard Univ. Pr., 1995), pp. 115–126.

> 我到树林去,因为我想小心谨慎地生活,想仅仅面对生活的基本事实,看看自己能否学会生活必须教导我的东西,而非到临终之日才发现自己一生白活。我不想活得不像生活,活着是那么珍贵;除非有必要,我也无意过退隐生活。我想要深入生活,吸纳生命的全部精髓,稳稳当当地,像斯巴达式那样地生活,从根拔去所有不属生活的东西,像修剪田地,修剪得那么紧凑,把生活逼到墙角,并将之减缩到最低的条件……①

因此在同一章里面,梭罗一再提醒我们简朴生活的重要性:"简朴,简朴,还是简朴!"(Simplicity, simplicity, and simplicity!)② 在湖畔林中的简朴生活里,梭罗观察四季周遭环境的变化。譬如,在"声音"("Sounds")一章里,他专心聆听自然界里各种生物发出的声音;在"野兽邻居"("Brute Neighbors")一章里,他观察各种鸟兽冬季的活动;而在"春天"("Spring")一章里,他看到群雁北飞,孤鹰在空中盘旋嬉戏。在湖畔林中,梭罗与飞鸟走兽为邻,深刻体会到人只是自然界的一部分,并无权主宰自然万物。自然界的种种活动其实也叩应着人的情感起落,而在这样的简朴生活中,人才能摒弃世俗的生活羁绊与物欲要求,在冥想中追求精神复苏。

这里当然无法详论《瓦尔登湖》一书。对梭罗而言,林中湖里的生命律动无不是他苦思冥想的对象。他写作《瓦尔登湖》,用蔡振兴的话说,就好比《我的住所与我为何而活》一文中提到的司晨

---

① Henry D. Thoreau, *Walden*, ed., Walter Harding, An Annotated Edition (Boston and New York: Houghton Mifflin, 1995), p. 87.
② Henry D. Thoreau, *Walden*, p. 88.

雄鸡，要以啼声把"人们从深沉的睡眠中唤醒"①。这里特意以梭罗的名著为例，主要在说明自然书写的本质与基本关怀，其中尤其隐含美国生态学家利奥波德（Aldo Leopold）在其名著《沙郡年记》（A Sand County Almanac）所提到的土地伦理（land ethic）。利奥波德认为："土地伦理从智人（Homo sapiens）的角色，从土地社群（land-community）的征服者改变为此社群单纯的成员和公民，表示对其他成员的尊重，以及对此社群的尊重。"② 换言之，强调土地伦理无非旨在设法维护生物社群（biotic community）的完整与稳定。在《瓦尔登湖》一书里，梭罗清楚告诉我们，人与湖泊、树林，以及树林中的鸟兽和植物都是组成土地社群的一分子，基于这样的认知，人不应该成为自然与土地的征服者或掠夺者，而应该与社群中的其他组成分子彼此尊重，相互依赖，和谐共存。这是人置身于土地与自然中的伦理抉择。再引蔡振兴在《生态危机与文学研究》一书中的话说："自然就像神一样，人端详自然并与自然沟通，就像是一种精神上的启迪与再生。"③

从上述的简要分析我们不难看出，自然书写与垦荒文学之间具有无法调解的根本差异。这一点认识非常重要，重点不在二者之间的轻重对错，我要强调的是，就文学论文学，清楚辨识作品的类型属性在诠释上的重要性。回头看冰谷的《走进风下之乡》，虽然整体而言，此书无法归类为自然书写，但是书中确有少数几篇却颇富自然书写的元素。譬如在《又是蝙蝠起飞时》一文中，冰谷回想小

---

① 蔡振兴，《生态危机与文学研究》，页61。
② Aldo Leopold, *A Sand County Almanac with Essays on Conservation from Round River* (New York: Ballantine Books, 1970), p. 240.
③ 蔡振兴，《生态危机与文学研究》，页42。

时候住在山脚岩壁石屋常见蝙蝠粪便的往事,他还提到大蝙蝠如何"是榴梿花的主要交配媒介"。原来"榴梿花在静夜里开放,日间忙碌的昆虫都歇息了,而大蝙蝠即在那时刻登场,因榴梿花淡然的幽香而长途跋涉"①。这段话相当贴切地描述了自然界相依相辅、共生共荣的和谐现象。作者夜里推窗仰望,偶见蝙蝠井然有序地成群翱翔,"夜空荡荡如浩瀚银海,那些徐徐滑行的小黑点,仿佛是银海里缥缈的点点小舟,向明洁的夜空荡荡飘去,没有雁鸟凄切的长唳,也没有野鸭失群的孤鸣"。最后两行状写雁鸟与野鸭的悲伤当然是拟人化的笔法,无非在凸显蝙蝠翩然守序的集体意志与智慧,即使"在风紧雨急的夜晚",这样的"阵容依然没有改变"。② 冰谷对蝙蝠习性的观察无疑为他带来某种顿悟,他不仅在蝙蝠身上看到集体守望的美德,同时也体会到自然界互依共存的现象。

  1995年4月2日,冰谷告别工作了五年的沙巴雨林。离开的原因很简单,可可的市场一蹶不振,园主无法承受连年的亏损,不得已把全部产业变卖。所幸有位股东在马来半岛的大港(Sungai Besar)附近承接了一座一千五百英亩的油棕种植园地,让冰谷有落脚之处。冰谷于4月2日回到吉打州家门,席犹未暖,翌日又匆匆收拾行囊,跟园主倥偬上路,到霹雳州南端去开天辟地。那是一片沼泽荒地,冰谷面对另一项垦荒的考验。幸亏这段日子不长,一年半的苦心经营之后,他获得一个出国的机会,受聘为一个挂牌公司的高级种植经理,辗转十余小时的飞行,来到另一座雨林——位于南太平洋的所罗门群岛——继续其垦荒栽植棕榈的工作,一直到

---

① 冰谷,《又是蝙蝠起飞时》,《走进风下之乡》,页178。
② 冰谷,《又是蝙蝠起飞时》,《走进风下之乡》,页179。

2003年才离开。① 所罗门六年，工作之余，冰谷勤于写作，留下一部《掀开所罗门面纱》。这本书的形成颇为曲折，应该一提。就如同撰写《走进风下之乡》，冰谷初抵所罗门群岛约一年后即开始陆续书写他的南太平洋经验。2005年他将所罗门系列相关的若干散文集结成《火山岛与仙岛》出版，五年后有关所罗门经验的系列散文另外以《南太平洋的明珠》为书名在台北面世。这部2017年的《掀开所罗门面纱》则是以《南太平洋的明珠》为基础，另加上退休后在《南洋商报·商余副刊》"文明边缘"专栏所写的作品编辑而成，冰谷显然视之为《南太平洋的明珠》之增订版，还为此写了一篇增订版序，慨言"自己在岛上走过的路也不是短途，也历过所岛一场相当惨烈的内战，凡此种种，都丰富了作品的内容和增加文字的含量"。增订版序也表明他所写的是所罗门这个"蕞尔小国的山光水色、奇异习俗，以及许多有别于别国的趣事异闻"。②

冰谷这种体认非常重要，在某种意义上无异于为这部《掀开所罗门面纱》的本质定调。就文学人类学（literary anthropology）的视角而论，冰谷这部散文集对所罗门群岛的民俗、节庆、饮食、传说、艺术、文学，以及地理、环境等提供了第一手的观察与记录，就像人类学家的蹲点笔记或报告，是研究所罗门乃至于南太平洋群岛文化的重要材料。冰谷是一位资深的散文作家，他的观察与记录与一般人类学家的活动不尽相同，《掀开所罗门面纱》一书所涉及的更多的是文学再现（representation）的问题。这跟人类学家刻意追求所谓科学和客观的调查有其本质上的不同。后者企图建档的是

---

① 这段经历主要据冰谷致笔者电邮所叙（2020年4月13日）。
② 冰谷，《掀开所罗门面纱》（八打灵再也：有人出版社，2017），页15。

他们信以为真的历史、社会及文化文献，前者在乎的则是再现过程中的风格与感性。不过晚近也有人类学的文学转向（literary turn）一说，譬如美国著名人类学家吉尔兹（Clifford Geertz）所推崇的文化的符号分析，其实与他早年研究印尼巴厘岛斗鸡时采用的深厚描述（thick description）策略有关，这种策略注重细节，像文学叙事那样细致地再现客体文化的背景、内容等。① 《掀开所罗门面纱》当然不是一部人类学著作，对冰谷而言，所罗门是一个他者（the other），是他凝视的客体，他的再现出于散文作家的体察与感性，但这并不妨碍此书可能具有的人类学意义。

在《嵌在南太平洋里的明珠》一文里，冰谷以鸟瞰的视野再现所罗门群岛鬼斧神工的自然地貌，并从其再现的地貌中看到难能可贵的土地伦理："潮起潮落，这些形状不一的岛屿夜以继日地任由惊涛骇浪拍击它们的岸边，但土地并未因此而遭受腐蚀，反而在潮声里安然从容、坚毅不拔地，保持着片片深绿与青春，让繁花碧树、奇禽异鸟与人类，在它们肥沃的土地上不断地衍长。"② 这里提到奇禽异鸟，特别值得注意。所罗门群岛百分之九十的土地为热带雨林，却与沙巴大不相同，在《山林绿色的呼唤》一文中，冰谷说这里"并不是猛兽窝藏的地方"。相反地，在所罗门，"无论多荫郁深邃，我一样可以毫无顾忌地高歌阔步，走入林间，消受雾散云聚、风涌岚逝的悠闲"③。在同一篇散文临结束时，他以类似的语气表示，在所罗门"苍茫浓密的林间，除了啾啾鸟语，唧唧蝉鸣，虫

---

① 请参考 Clifford Geertz, *Works and Lives: The Anthropologist as Author* (Cambridge: Polity, 1988)。
② 冰谷，《嵌在南太平洋里的明珠》，《掀开所罗门面纱》，页 24。
③ 冰谷，《山林绿色的呼唤》，《掀开所罗门面纱》，页 131。

蛇绝迹,猛兽无声。一到日落西沉,夜幔低垂,深深的原野,只闻林高风响,无边落木萧萧下。没有日里水蛭缠腰的烦忧,亦无夜半兽撼的惊慌"①。显然这是一个相对安详平和的世界,这也说明了,即使同样身处雨林,同样是垦殖生涯,冰谷的所罗门经验和感受与之前在沙巴者截然不同。反映在散文创作中,《掀开所罗门面纱》与《走进风下之乡》展现的是完全不同的面貌,至少前者少了后者不时可见的血腥、暴力与艰险,这些现象不仅说明了两者雨林生态的差异,也透露了掌握权力的人面对生态环境的心态。

　　冰谷不止一次将自己滞居所罗门群岛的六年岁月比喻为流亡,从相对开化的马来西亚到他所说的文明边缘,仿佛这是一种自我放逐。有趣的是,相较于《走入风下之乡》,《掀开所罗门面纱》对他在岛国六年的垦殖工作其实着墨不多。《荒村风雨夜》一文记述冰谷在风雨之夜滞留本迪卡罗村(Bunikalo Village)久候渡轮的经过。夜深人未必静,加上屋外风雨交加,他瞻前顾后,不免心有感怀:

> 从事农耕数十载,一向惯于早睡早起,此刻已过了我平日就寝时间,难禁绵绵的睡意,看着窗口间架着几片木板,刚好足够容纳我瘦削的身型,于是爬了上去,以一块方木为枕,如此就将两百六十余根骨头平铺下去。近十年来,因三餐而四处漂泊流离,早惯于随遇而安,所以无需舒适服帖的床被,头枕粗木背靠硬板,流落在荒原僻野的一间杂乱空屋里,竟也宾至

---

① 冰谷,《山林绿色的呼唤》,《掀开所罗门面纱》,页132。

如归……①

或者在告别所罗门群岛前夕,他在《走出苍林,作别蓝海》一文中回首四十年农耕与垦荒生涯后发出感慨:"许多人像我这把年纪,早已撇下一切俗务,含饴弄孙或游山玩水去了。只有我年逾六十,依然在人生的旅途上颠沛奔波,像晚空迟归的一只雁,在暮霭沉沉里犹疲惫盘旋又盘旋。"②

前面曾经提到,《掀开所罗门面纱》的重要贡献之一是其文学人类学的意义。冰谷在农耕之余,以其散文揭开所罗门面纱背后的多重样貌,其中有几篇涉及这个岛国的历史。《骷髅岛》一文所叙为冰谷与其夫人在旅游途中乘快艇探访骷髅岛的经过。抵达岛上,"沿着荒径走不到二十步,便见到一座礁石堆砌而成的台阶,高四英尺许,有十余英尺宽大,其上歪歪斜斜地摆着一个陈旧不堪的 A 字形木盒"③。快艇主人将木盒门盖打开,里面齐整的礁石竟嵌藏着一百多个骷髅——据说那些都是部落酋长的头颅。原来这些骷髅背后竟深藏着所罗门群岛住民血腥暴虐的史前史:"在二次世界大战之前,所罗门群岛还处在混沌的蛮荒时期,各地分成大大小小的部落,由酋长统治,而酋长头颅不保,也就等于一个部落宣告灭亡,土地遭占领,壮丁被敌方歼灭,小孩妇女成为俘虏。"从现代人的角度看,这是屠族灭户的悲剧。因此冰谷在文末会有这样的感叹:"我想,这些堆垒成台的礁石,每一块,必都沾满过腥膻的血渍,

---

① 冰谷,《荒村风雨夜》,《掀开所罗门面纱》,页 172。
② 冰谷,《走出苍林,作别蓝海》,《掀开所罗门面纱》,页 207。
③ 冰谷,《骷髅岛》,《掀开所罗门面纱》,页 100。

和历史沉痛的记忆!"①

《霍尼亚拉风情》一文记述的则是所罗门国都霍尼亚拉（Honiara）的前生今世。霍尼亚拉是新首都，"二战"前只是个小村落，现在已蜕变为这个岛国的政治、商业与文化中心。在叙述霍尼亚拉的现代化发展之余，冰谷不忘提及太平洋战争期间所罗门群岛的遭遇——盟军与日军曾经在这一带发生毁灭性激战，双方伤亡惨重。战后美国人在霍尼亚拉竖立了和平纪念碑悼念这场战事：

> 于凄凄的山风里，（你）目睹朱砂色大小高矮不一的碑墙，读墙上密密麻麻地刻满战情的文字，你不禁深沉体验到人性底（的）残酷。军队登陆的时间和地点，炮艇沉没的数目和名号，美日双方军官和士兵的死亡人数等等。总之，战事自幕起至幕落，均有详细清楚的记载，这无疑是一部墙的史书，有令人喟叹的生命的牺牲，也有叫人惋惜的金钱的损失。②

另一篇《铁底海峡的历史伤痕》也涉及所罗门的战争记忆，文中特别提到，这座美国和平纪念碑建于1992年，除交战双方人员的伤亡外，军舰与战机的损毁也很惊人，不难想象当年战况的惨烈：

> 就沉没于海底而无法重见天日的军舰和战机数目，已令人惊讶不已——美国二十八艘，日本十六艘，澳洲（澳大利亚）、纽西兰（新西兰）各一艘，单以这些折损的数字，便可窥视当

---

① 冰谷，《骷髅岛》，《掀开所罗门面纱》，页101。
② 冰谷，《霍尼亚拉风情》，《掀开所罗门面纱》，页77。

年瓜打肯纳岛之役（The Battle of Guadalcanal），确是一场惨绝人寰、惊天动地的浴血战。这些花费数千亿元制造多年始完工的军备，在短短的半年之间（此役于 1942 年 8 月 7 日爆发，1943 年 2 月 9 日结束）变成海底废铁。兵燹战火之残酷无情，真是人为的人间惨剧，人性丑恶的一面暴露无遗。①

在这些损失数字背后更悲剧的当然是人命的伤亡。这两段文字都以冰谷的喟叹终结，不过在喟叹之余，他的文字也唤起了所罗门的战争记忆，让所罗门的历史联结上世界现代史。只是不幸的是，这个岛国的现代性竟然是以战争开始的，边陲的化外之地也无法自外于更大的世界的历史进程。

与这些战争记忆相关的则是两篇所罗门民族英雄雅谷·武射（Jacob Vouza）的传奇故事——《生命的奇迹》与《寻找英雄冢》。前者叙述武射在英国殖民时期如何因优秀表现而"成为一名警民爱戴的警官"，而在日据时期，他被吸收加入美国情报组织，不幸为日军所捕，"一阵威迫利诱之后，日军见武射视死如归，深知难以得逞，遂将他捆于树上，向他开了一枪，又在他颈上刺了数刀，日军见他血流如注，以为必死无疑"②。没想到日军离去之后，昏迷中奄奄一息的武射竟奇迹地苏醒过来，甚至还能在没有人助的情形之下自行脱逃，并且在向美军报告敌人行踪之后才肯接受就医疗伤。英、美两国政府还因此分别颁赠武射银星勋章与勇士勋章，冰谷认为武射的事迹"宛如一则融合了神秘、诡异的传奇故事"③。后者则

---

① 冰谷，《铁底海峡的历史伤痕》，《掀开所罗门面纱》，页 157。
② 冰谷，《生命的奇迹》，《掀开所罗门面纱》，页 135。
③ 冰谷，《生命的奇迹》，《掀开所罗门面纱》，页 136。

追述冰谷与其夫人造访武射墓园与故居的经过。武射于 1984 年 4 月 15 日病逝,虽然霍尼亚拉警察宿舍前竖立有武射的塑像,但其墓园却在远离都城的加利福尼亚村(California),车子须东拐西弯,路经崎岖泥路、棕榈园、树林等,到了"树林尽处,果然出现几间硕茇叶搭建的房子,周遭是疏疏落落、高耸挺拔的热带标志——椰子树,低矮但茂密的香蕉和木薯"①。武射与其夫人的墓园就在其故居旁边。在参观了武射的墓园与故居之后,冰谷颇多感触,为武射埋身的这个"具有历史痕迹却遭长期冷落的村庄"② 感到可惜。

上述几篇散文无疑为《掀开所罗门面纱》一书增添了若干历史的纵深,多少让我们看到所罗门群岛如何被迫卷入现代亚太地区历史的发展进程。除了历史,书中另有两篇散文提到这个岛国的文学。其一《所罗门群岛的摇篮曲——岛国独立后第一本文学作品》评介的是一本叫《宝鲁宝鲁》(*Poru Poru*)的童谣集,出版于 1980 年,虽然只有二十首,却是所罗门妇女写作人协会十二位成员在各地采集后,以罗马化土语与英语编写而成,薄薄二十四页,是岛国自 1977 年独立后出版的第一本本土文学作品,因此有其文学史的意义。其二《把和平列车开入诗坛——幸会所罗门著名女诗人朱莉·麦金妮》则是回顾他与朱莉·麦金妮(Jully Makini)两次会面的经过。冰谷笔下的麦金妮不仅是位诗人,还是六个孩子的母亲,更身兼职业妇女与社会运动者。她的经历与生活体验自然就成为她的创作素材,像世界和平、核子废料、女性婚姻之类的议题都是她的诗的重要关怀,因此她的诗具有明显的政治立场与批判意识。由

---

① 冰谷,《铁底海峡的历史伤痕》,《掀开所罗门面纱》,页 140。
② 冰谷,《寻找英雄冢》,《掀开所罗门面纱》,页 142。

于麦金妮任职于当地的世界野生动物基金会，冰谷觉得自己"却天天伐林砍木，种植油棕，彼此因职责而形成对立"①，不免有些尴尬。其实冰谷倒是颇能欣赏她的诗的，文中还译了麦金妮两首诗的部分诗行，以展现这位女诗人的风格与关怀。

不过在我看来，《掀开所罗门面纱》的重要成就是那些与海洋生活有关的散文，这类散文数量不少，为过去冰谷散文创作所少见，反而构成这本散文集明显的特色。这些散文在某些地方有可能会被归类为山海文学，但特定的山海文学偏于依山靠海的少数民族的创作，又与冰谷的散文有所不同。晚近学术界有大洋洲文学（Oceanian Literature）这种区域文学的分类，泛指夏威夷以东南太平洋大小岛国的文学事实，这些岛国固然拥有本土的原住民语言，唯就书写文字而言，因受美、英新旧殖民帝国的影响，英文仍为主要的创作语文。② 冰谷的《文化村，传统艺术汇流站》一文有一段文字描述南太平洋若干岛国的人种与复杂的语言分布，值得参考："美拉尼西亚、波利尼西亚、密克罗尼西亚三大种族所分布的这些岛国，各有其不同的历史背景和文化传统，同时由于居岛交通不便，语言的分歧迥异不必待言。根据了解，共有一千二百种通用土语，而单在所罗门群岛，有记录的土语就有八十七种，不可谓不

---

① 冰谷，《把和平列车开入诗坛——幸会所罗门著名女诗人朱莉·麦金妮》，《掀开所罗门面纱》，页 152—153。
② 有关大洋洲的历史与文化论述，可以参考汤加作家兼人类学者豪奥法（Epeli Hau'ofa）的看法，见 Epeli Hau'ofa, "Our Sea of Island," in Eric Waddell, Vijay Naidu and Epeli Hau'ofa, eds., *A New Oceania: Rediscovering Our Sea of Islands* (Suva, Fiji: The Univ. of the South Pacific in association with Beake House, 1993), pp. 2 – 16. 另请参考 Hester Blum, "The Prospect of Oceanic Studies," *PMLA* 125.3(2010), pp. 670 – 677。

多,因为所罗门只有九个省,平均每省有近十种不同的语言。"① 唯就书写而言,这些岛国的文学创作语言反而以英文为主。除了书写的英文创作之外,口述(orality)也是这些岛国的重要文学传统。冰谷提到的所罗门的第一本文学作品《宝鲁宝鲁》,成书之前原来就是从各地采集来的流传民间的童谣合集。

大洋洲文学与亚洲、非洲、欧洲、北美、拉美文学不同,主要在于其独特的地理与生态环境——海洋与岛屿界定了大洋洲文学的属性。冰谷散文中的所罗门经验就有不少涉及海洋与岛屿,毕竟所罗门是个浮出海面的群岛之国,海洋与岛屿左右了这个国家的文化、宗教与日常生活。譬如《在大海与陆地之间》一文,写的就是所罗门岛民背山面海淳朴实在的生活:"一叶扁舟,一支渔具,加上长刀一把,就涵盖了他们全部生活的内容:出海打鱼,入山耕作,那是很原始的生活模式。森林和原野提供了一切用品,大海与土地捐献了所有的粮饷。"② 从冰谷简单的描述不难看出,海洋与岛屿的确主宰了所罗门岛民的基本生活与经济活动。冰谷当然不是所罗门作家,《掀开所罗门面纱》也不属于所罗门文学,不过若摆在大洋洲文学的脉络中解读,这本散文集是可以产生新的面向与意义的。

《碧海蓝天,桨声舟影》一文的主题是所罗门随处可见的独木舟。某日傍晚,冰谷在海边散步,刚好见有一艘独木舟准备靠岸,划舟的竟是一对六岁和四岁的姐妹。这个插曲很重要,两位小姐妹划舟的胆识与能耐引发了作者对独木舟的兴趣。首先是独木舟与所

---

① 冰谷,《文化村,传统艺术汇流站》,《掀开所罗门面纱》,页 60—61。
② 冰谷,《在大海与陆地之间》,《掀开所罗门面纱》,页 122。

罗门地理与生态环境的关系,按冰谷的说法,所罗门因为是群岛之国,公路较少,发展缓慢,独木舟反倒成为主要的交通工具:

> 土人似乎全部结庐海湾,依水而居,一是避风,二是少浪,三是方便出门,省脚力。庭前虽无标致的车子,屋后却有身轻如叶的扁舟。登上舟子,木桨轻轻一摆,东南西北任由选择,不必担心油价问题,也绝无途中塞车那种烦恼,逍遥而自在。
>
> 所以,土人家有一舟,如有一宝,无不视其为第二生命。出海垂钓,摸海参,捞虾捉蟹,靠它;找村友,探亲戚,不能没有它。总之一桨在手,便可以在浩瀚的海波中遨游无阻了。①

这些文字看似简单,却清楚赋予独木舟在大洋洲群岛世界中的人类学意义。由于所罗门是个群岛之国,独木舟就像漂浮的小岛,形成岛屿之间的桥梁,联结所罗门的大小岛屿。独木舟更是岛民的生产工具,对岛民而言,是赖以为生的基本器材。除此之外,也是维持家族乃至于社群关系的重要媒介。小小的一艘独木舟,在所罗门群岛岛民的经济与文化生活中扮演多元的角色,发挥多重的功能,因此产生了别开生面的独木舟文化,甚至造就了民间的艺术形式。《文化村里的热浪》一文中就提到一种叫《划舟》的传统舞蹈,即演绎自独木舟在岛民日常生活中的特有地位。原来这种舞蹈是由两队妇女演出的,"她们赤裸上身,下体(身)穿着椰丝织成的条状

---

① 冰谷,《碧海蓝天,桨声舟影》,《掀开所罗门面纱》,页126。

围裙,每人双手握着竹竿,弯成独木舟的形状。两队编成两只独木舟,她们在大海中划呀划呀,一面划舟一面歌唱,鼓声螺声骤然紧密起来。她们的动作与螺鼓的配搭倒也齐整灵巧"①……

由于独木舟在所罗门岛民经济与文化生活中的特殊地位,如何确保制舟材料供应无虞于是成为至关紧要的问题。冰谷在《碧海蓝天,桨声舟影》中做了这样的说明:

> 用以建造扁舟的舟木,为所罗门热带雨林中的特产,贱生易长,叶片又阔又厚,树干高耸,外皮灰白,为所罗门政府禁止输出的木材,专保留供土人造舟之用。舟木的木质其实不算坚硬,唯富有强大的韧性,且浮水性高,绝对是林木中造舟的翘楚。所罗门岛民的祖先在蛮荒时期已经懂得以舟木造舟,把舟木当作天然财宝。②

所罗门得天独厚,获得上天的眷顾,山林中竟然孕育着制作独木舟的原始树木,而更重要的是,这种树木受到法律的保护,其独木舟文化才能自成传统,并在日常生活中继往开来,显然不是没有原因的。所罗门的独木舟文化并非留存着流为节庆日的表演项目而已,而是寻常日子里岛民生活中不可或缺的一部分。《碧海蓝天,桨声舟影》一文最后以冰谷亲眼所见的一场奇景展现独木舟在所罗门岛民现实生活中的难以替代的意义,在别的文化中恐怕难得一见:

---

① 冰谷,《文化村里的热浪》,《掀开所罗门面纱》,页 67—68。
② 冰谷,《碧海蓝天,桨声舟影》,《掀开所罗门面纱》,页 127。

那时是下午一时许，正当我们的快艇乘风破浪之际，前方海面蓦然涌现舟影点点，迎面缓缓而来，靠近时我才恍然大悟，舟上三五成群都是学生。原来是放学时刻，村落的学童正轻呼浅笑地划木舟回家。他们背着书包，由一人撑桨，轻轻松松、平平稳稳地在波光粼粼中友善地向我们点头致意。他们的舟子都染上色彩，有的浅蓝，有的绿红，二十余只木舟顿时把沉寂的海面调得灿烂起来。①

《碧海蓝天，桨声舟影》始于两位小姐妹的划舟活动，而以学生海上群舟的画面终，前后呼应，结构完整，象征独木舟文化在所罗门岛民生活中如何生生不息，世代相传。这是一篇颇能紧扣大洋洲文学中海洋与岛屿属性的重要散文作品。

类似的作品在《掀开所罗门面纱》中其实不少，像《嵌在南太平洋里的明珠》写作者初抵所罗门群岛的惊喜印象，《鱼鳞的滋味》写香炸鱼鳞如何令人难忘，《纳利果实走过苦旅》写所罗门岛民如何视纳利果树（Ngali nuts tree）为国之瑰宝，《番薯，非象征荒凉岁月》写番薯如何"成为岛民生活里不可割舍的经济粮食"②，《所罗门宝藏》写岛国丰富多样而又廉宜的海产，《槟榔的诱惑力》写槟榔被岛民"誉为穷人的啤酒"，只因槟榔价格低廉，又兼"可以刺激脑神经"③，《貌丑味美的椰子蟹》写所罗门群岛与南太平洋诸国常见的螯如铁钳的椰子蟹，《火山岛上的仙鸟儿》写美加宝鸟如

---

① 冰谷，《碧海蓝天，桨声舟影》，《掀开所罗门面纱》，页127。
② 冰谷，《番薯，非象征荒凉岁月》，《掀开所罗门面纱》，页88。
③ 冰谷，《槟榔的诱惑力》，《掀开所罗门面纱》，页96。

何因蛋大且具经济价值而必须给予保护……对所罗门岛民而言原属稀松平常的事物，在冰谷这位外来者的视角下却样样新奇，甚至让熟悉的因为变成陌生而产生新的意义。从以上的分析不难发现，界定《掀开所罗门面纱》中的诸多散文的，一言而蔽之，大抵就是海洋与岛屿，我们从中也可以看出这本散文集与大洋洲文学的亲和关系。

## 四

上文曾经提到，冰谷的散文自叙性强，主要因为其作品多半源于自己的生命历程与生活经验，以上的讨论对此也已指证历历。2011年冰谷出版其《岁月如歌——我的童年》，书分三辑，收入自传散文五十篇，顾名思义，这些散文处理的正是他的童年往事，不论追念父母亲情，或者记述胶工的贫困、求学的艰辛、新村的噩梦，正如在冰谷《翻阅童年——自序》中说的，这些往事"都是堪足回味的，值得我再三思索……让除了我自己，别人也能或多或少体悟那个时代的历史变迁，和乡野村民的求生挣扎景观"[①]。因此在冰谷的构思中，这些自传散文既是个人的，也是集体的；既是家族的，也是时代的。除了记录其个人与家人的生命经历之外，也见证了马来亚独立前——距马来西亚这个国家的成立还很遥远——某一段重要的历史时刻，这也正是《岁月如歌》一书的历史意义。

我在析论《橡实爆裂的季节》时多少已经触及冰谷童年时代的

---

① 冰谷，《翻阅童年——自序》，《岁月如歌——我的童年》（八打灵再也：有人出版社，2011），页13。本书另有繁体字版，书名改为《辜卡兵的礼物——翻阅童年》（台北：酿出版，2015）。

胶工生活，此处不赘。诗人陈大为在题为《回甘》的序文中以"苦难"一词统摄《岁月如歌》全书题旨，应可视为定论。不过他也发现："冰谷的童年记忆中饱含着一份超越物质的幸福。在这么多年后蓦然回首，以细腻、轻快的笔触去书写孩童岁月，那远去的苦难已转化成珍贵的生命内容。此刻下笔成文，虽有八分艰苦，仍带两分甘甜。"① 这其实也是冰谷众多自叙性散文之所以令人省思的地方。《岁月如歌》里有若干篇章牵扯到马来亚共产党，陈大为认为"冰谷对马共的叙述完全限制在亲身经历范围内，没有据此进行传奇性扩张"②，这也是实话。日本于1945年8月15日投降，太平洋战争结束，英国殖民主重返马来半岛，马共选择继续其反帝反殖的武装斗争，一些橡胶园的英籍经理因心生畏惧而纷纷离去，有的橡胶园就交由华人"管迪力"（contractor）管理，马共则迁怒于这些为殖民主服务的华人，甚至施以暴力惩罚。《岁月如歌》里有一篇《恐怖的枪杀事件》，叙述的正是冰谷大约七岁那年亲历的血腥事件。有一天晌午，冰谷与母亲收完胶液，来到秤胶棚准备称重，正当母子坐在棚外的土墩休息时，事情发生了：

> ……突然有三个穿绿色军服的陌生汉，神色匆匆地撞进来，惊动了正在繁忙的众人。"管迪力"一见被吓得脸青额白，立刻抛下一切，拔腿飞奔，往胶林斜坡的方向逃命，陌生汉默不出声一起追过去，"管迪力"逃不到百步忽然传来"砰砰砰"三响枪声。然后一切回归静寂。③

---

① 陈大为，《回甘》，见冰谷，《岁月如歌》，页11。
② 陈大为，《回甘》，见冰谷，《岁月如歌》，页9。
③ 冰谷，《恐怖的枪杀事件》，《岁月如歌》，页120—121。

事出突然，"像一阵海啸卷上堤岸"，大家一时惊慌失措。冰谷则躲在母亲臂膀战栗不已。"这一刻，整片胶林陷入从未有过的死寂，连平日爱在枝头上喧闹的鸟儿也噤若寒蝉。"① 对冰谷而言，半个多世纪之后，这个宛似小说情节的枪杀事件依然历历在目。他在回忆中提到当年某些乡民对马共的印象，显然负面居多，他们甚至以"山老鼠"称呼马共。"因为当时游击队经常从山林出来骚扰乡民，马共已是人人心目中的恐怖分子，自然变为禁忌。"② 读过马共总书记陈平回忆录《我方的历史》的人都知道，类似的枪杀事件在马共的斗争史中并不少见③，不过冰谷下笔相当自制，并未透过回忆过度渲染这起事件。他们园丘的"管迪力"不幸在数日后在医院逝世。

在冰谷的童年回忆中，马共的直接效应主要是华人新村事件，他的童年就无可避免受到这个事件的影响。1948年英国殖民政府颁布紧急状态，1951年10月7日钦差大臣亨利·葛尼（Henry Gerney）遭到狙击身亡，英国人因剿共无功而归罪于华人，于是决定切断华人与马共的关系，防堵华人对马共主动或被动的援助，因此才有华人新村的设置。④ 新村是马来亚历史特定时期的产物，华

---

① 冰谷，《恐怖的枪杀事件》，《岁月如歌》，页121。
② 冰谷，《恐怖的枪杀事件》，《岁月如歌》，页120。
③ 请参考陈平，《我方的历史》（新加坡：Media Masters Pte Ltd, 2004）。
④ 关于马来亚紧急状态的研究，较早的重要著作请参考：Noel Barber, *The War of the Running Dogs: How Malaya Defeated the Communist Guerrillas, 1948–1960* (New York: Collins, 1971)。较新的研究请参考：Roger C. Arditti, *Counterinsurgency Intelligence and the Emergency in Malaya* (New York and London: Palgrave Mcmillan, 2019)。

人受到极大的冲击。冰谷在《动荡的岁月》一文中简要说明设置新村的背景：在亨利·葛尼被杀后，其继任者决意实施铁腕政策，要把"散居在胶林、矿场与农耕的华裔进一步严管，做一轮惊天动地的逼迁，拆家毁业，全部被迁进铁刺篱围绕的新村里。对于华人，这风厉雷动的大行动，（是）要比警急状态法令更坏的消息"①。这是警急状态下一次华人的大迁徙，对华人社会影响至巨。这与珍珠港事件后美国政府将日裔美国人隔离拘留（internment）如出一辙，当时约十一万日裔美国人也是弃家毁业，被强制搬迁到分置于美国中部与西部的十来个拘留营，生活与工作受到严格管制。这些拘留营在战后逐一废除，大部分日裔美国人才有机会重返其原先家园。这是美国人权历史上极不光彩的一页，1988年美国国会还因此正式向日裔美国人表达歉意，并赔偿被拘留者每位美金两万元。②

冰谷一家是新村事件的受害者。1951年8月，他们被迫离开住了两年的新建亚答屋，搬到距皇城江沙五哩外设于瑶伦（Julun）的一个新村。半个世纪后冰谷回忆当年情景，心中依然颇多感慨与不

---

① 冰谷，《动荡的岁月》，《岁月如歌》，页210。有关马来亚华人新村的研究，请参考：Paul Street, *Malayan New Villages: An Analysis of British Resettlement of Ethnic Chinese People during the Malayan Emergency, 1948－1960*, Kindle ed. (2014)。中文方面可参考：林廷辉与宋婉莹合著，《马来西亚华人新村50年》（吉隆坡：华社研究中心，2020）。另外陈丁辉最新的英文专书《铁丝网内外：马来西亚紧急状态下的华人新村，1948—1960》也值得参考：Tan Teng Phee, *Behind Barbed Wire: Chinese New Villages during the Malayan Emergency, 1948－1960* (Petaling Jaya: SIRD, 2020)。另请参考黄贤强对本书的书评：黄贤强，《大时代的小人物——评介一部另类的华人新村史》，《联合早报·阅读》，2020年8月17日。

② 有关"二战"时日裔美国人拘留营的研究，请参考：Richard Reeves, *Infamy: The Shocking Story of the Japanese American Internment in World War II* (New York: Henry Holt, 2015)。创作方面可参考大冢茱丽的小说《阁楼里的佛陀》：Julie Etsuka, *The Buddha in the Attic* (New York: Anchor, 2012)。

平:"旧巢虽然简陋,却为我们遮风避雨长达两年,我在亚答屋檐的油灯下开卷,读书习字,一家人挤在有限的空间里,其乐也融融。而今因世局动荡,无奈被迫离去,心中不禁涌起无限依恋。"① 更重要的是,搬到新村之后,割胶与上学都不方便,基本生活大受影响。最后为了便于赶早到胶林工作,冰谷的母亲还得带着女儿与侄子在小城赁屋居住,冰谷则留在新村陪伴父亲,一家人竟因为这个严酷的政策而分居两地。除了《动荡的岁月》,《岁月如歌》里还有《铁刺篱内》《栅门前的人潮》《一分为二的家》《夜半敲门声》《趴地看电影》《铁蒺藜外的蓝天》等文,让我们一窥新村的内部状况与居民的日常生活。

自1951年以后,英国殖民政府在马来半岛一共辟建了四百五十个新村,冰谷在《铁刺篱内》一文里追忆当年无数华人携家带眷,被迫迁入新村的情形:"当年家家扶老携幼翻山越岭,用两肩双手搬运家具或以脚踏车推动,那种百般无奈、求救无门的苦悲,今天依然牢牢地触动我尘封的记忆,成为我童年一段永不泯灭的历史。"② 冰谷称新村为集中营,理由不难理解,因为居民"出入限时,男女搜身,出门工作只允携带个人午餐与开水"。换言之,新村的居民失去人身自由,行动受到极度的限制,无异于陷入半囚禁状态,称新村为集中营实不为过。冰谷这样描述在新村内近乎囚犯的生活:"我们被困在恐怖的铁刺网内,早上刺网栅门打开,大家争先恐后拥出去,下午回来铁栅锁上,几百户人家只能在铁刺网内

---

① 冰谷,《动荡的岁月》,《岁月如歌》,页212。引文中提到的亚答屋多见于马来西亚乡村。为以水生植物亚答树(或称水椰,马来文作atap,属棕榈科)之树叶作为屋顶材料的房屋。
② 冰谷,《铁刺篱内》,《岁月如歌》,页213。

活动。"① 他进一步指出:"我们的窝(蜗)居就被锁在一片四方土地。全村只有一个栅门开向马路,日夜由军警驻守,村民限时出入,作息不得自由,形如囚犯。"②《铁刺篱内》一文对新村的地理环境与空间分布也有相当细致的素描,事隔五十余年,冰谷记忆中的画面仍然非常清晰,可见新村在他幼小心灵留下的创伤让他无时或忘:

> 我不清楚新村屋地是如何分配的。英政府发派的近铁刺网门牌编号,如硬要挤出一丁点优势的话,第一是地势平荡,第二靠近马路和栅门。我到过丘陵起伏的村尾,屋前或屋后需锄造泥级,出入极为不便。住下来我又发现,霹雳河乡下的村友,相隔一两哩路的"远邻",在新村都变成了左邻右舍,呼唤相闻了。
>
> 进了栅门,一条笔直的马路把新村切成两半,右旁为村长官府,接着是启智小学(后改为瑶伦国民型华文小学)。马路右边不远处有间小巴刹,近村尾横出一条马路,与栅门的马路衔接成T字型(形)。从我家走路上学,不过百步之遥,不到十分钟。③

冰谷新村的家靠近栅门,因此他对栅门附近的活动一目了然。先是他的母亲、姐姐及堂哥早起赴胶林割胶交通顿成问题。第一天

---

① 冰谷,《铁刺篱内》,《岁月如歌》,页214。
② 冰谷,《铁刺篱内》,《岁月如歌》,页213。
③ 冰谷,《铁刺篱内》,《岁月如歌》,页215。引文中的"巴刹"一词为新马华文用语,指"市场",为印尼文与马来文"pasar"之音译。

清晨五点半到栅门等候,没想到却无法挤上巴士。第二天三人起得更早,在《栅门前的人潮》一文中冰谷这样回忆:"我听说清晨的栅门人潮如墟(市),也跟着去凑热闹。才五时许,栅门前面已挤得水泄不通,有提桶挑箩的,有推脚踏车的,大家都往前挤,希望争到有利的位置,取得先机,第一个跨出栅口。"① 这个末世景象仿如逃难,人们无非为了挤上栅门外停在马路上的两辆巴士。这一天,冰谷年轻力壮的堂哥挤上了车子,母亲和姐姐却摸不到车门,当然搭不上车,因此才有后来母亲决定带着姐姐、妹妹与堂哥在小城江沙租屋居住的安排,无非就是为了方便赶早到胶园劳动。《一分为二的家》一文记述的就是这件事。冰谷除了叙写母亲离开前他如何恳求搬去江沙同住的经过,同时也回忆他与父亲同住那段时间的生活点滴。到了星期天一大早,父亲又如何骑着脚踏车,载他到旧家的亚答屋与在附近割胶的母亲和姐姐等人会面。文中有一段朱自清《背影》式的文字,冰谷描述其父亲辛苦骑车的情形,读来令人动容:"那时父亲已年过六十,我坐在他背后,发现他的背微微佝偻。他踏脚车的速度不快,上斜坡的时候倍感吃力。马路上来往的车辆不断,尤其重型的罗哩带着一阵疾风卷过,整辆脚车都会摆荡,父亲闪避往往把脚车踏在路旁的草坡上。"②

冰谷与其家人的遭遇看似个案,却也是紧急状态下新村居民普遍生活的缩影。冰谷这些散文告诉我们,个人的生命在历史的大洪流中只能顺势浮沉,就像他们一家,在逼仄的时代窘境中存活下去,虽然卑微,但也是个庄严的问题。新村这个梦魇留给他——以

---

① 冰谷,《栅门前的人潮》,《岁月如歌》,页 217。
② 冰谷,《一分为二的家》,《岁月如歌》,页 223—224。引文中的"罗哩"即卡车或货车,为新马一带华文日常用语,为英式英文"Lorry"之音译。

及那个世代的许多华人——的恐怕正是这种关乎存在的根本问题。梦魇不是感受或者想象而已,在《夜半敲门声》一文里,梦魇是实质存在的,存在于新村形同监狱的肃杀氛围里。在冰谷的记忆中,新村警戒森严,滴水不漏,主要为了吓阻马共的可能活动:"新村西边沿着铁蒺藜建有好几个辽(瞭)望台,日夜由警卫轮流驻守,因为那边属黑区。我有几个同学住在那区,我看过高台上的警卫,荷枪实弹,眼睛死死地盯着远处苍郁的山岭,仿佛要望穿整座森林的秘密。"① 这篇散文提到恐怖的肃清这件事。在华人的历史记忆中,肃清并非新鲜事物。在日据马来半岛三年八个月中,日本皇军就有过针对抗日分子进行肃清的恐怖事件。② 英国殖民政府为了剿共,以肃清的手段对付亲共人士也是时有所闻。冰谷的新村也曾因村长被杀而进行肃清。一天夜里冰谷父子被粗暴的叫门声吵醒,持枪的警卫要他们立刻到学校集合,说是为了肃清。匆忙慌乱中他们来到学校,一路人影杂沓,都是睡眼惺忪中被迫面对肃清的村民。冰谷回忆说:"这是搬进新村以后不久发生的恐怖事件,听说肃清之后有很多村民被召去问话,其中有几名嫌疑分子还遭江沙警局扣押。"而且为了采取防范措施,新村的篱笆还被"改为双重铁蒺藜,中间安置电缆,将整个村子围绕在电流的网路中,栅门成为唯一的安全出口"③。这是肃清的后果。

肃清无疑是新村岁月令人惧怕的插曲。在近著《斑鸠斑鸠咕噜噜》中另有长文《篱笆和历史的纠缠》,冰谷再次回忆他的新村岁

---

① 冰谷,《夜半敲门声》,《岁月如歌》,页 226。
② 关于日据时期日军的肃清活动,请参考:依藤,《彼南劫灰录》(槟城:钟灵中学,1957),页 62—65。有关《彼南劫灰录》的讨论,请见本书,页 245—256。
③ 冰谷,《夜半敲门声》,《岁月如歌》,页 228。

月。按他的叙述,他只在新村待了两年,之后就与父亲搬去江沙与母亲同住。只是在冰谷的记忆中,新村始终是个"含蕴着无限血泪的名词",更是殖民强权暴力压迫下的产物。他说:"英殖民政府利用征用法令,把一片蓊翳广袤原是生产胶乳的橡胶林毁尸灭迹,伐木推土后,将手握锄头家徒四壁的农民迫迁,有的是来自附近的农家,而手握胶刀的我们翻山越岭,从霹雳河岸跋涉十余哩乖乖上路,忍着簌簌泪水融入新村这个大熔炉,接受命运的冲击和考验。"① 我将新村事件视为华人移民史上的一次大迁徙,正是出于这样的认知。冰谷有关新村生活的系列散文正好为这次大迁徙留下文学的见证。

## 五

在冰谷的众多散文中,有一批内容相近,却鲜少被人讨论的作品,这批作品与病疗有关,我称之为疾病书写(pathography)。跨入2000年不久,冰谷辞去所罗门群岛的工作,告别南太平洋,回到马来西亚。就在2006年8月31日马来西亚建国纪念日清晨,多年垦荒,身体一向硬朗的冰谷不幸突然中风,翌年3月12日又在浴室摔倒骨折,可说雪上加霜,身心备受煎熬。所幸在现代医疗的诊治与家人亲情的照护下日见康复,虽然后遗症难免,但是他却因此写下了数量可观的散文,回顾其患病的漫长心路历程,书写于是变成兼具疗愈与励志的活动。这些散文大部分收入《阳光是母亲温

---

① 冰谷,《篱笆与历史的纠缠》,《斑鸠斑鸠咕噜噜》(八打灵再也:有人出版社,2020),页137。

暖的手》一书，以"走出中风的魔咒"为题，构成该书辑三的主要内容。另有数篇写于书成之后，则散见于新近出版的散文集《斑鸠斑鸠咕噜噜》里。冰谷的疾病书写，一如他的其他散文，同样富于自叙性，无不是他的生命经验的产物。整体而言，这些散文涉及患病经过、治疗过程、复健程序，以及这些经验带给他的心得与感想，形成颇为完整的医疗叙事（medical narrative）。美国宾州大学医学院人文学系的霍金丝（Anne Hunsaker Hawkins）在《疾病书写：患者的疾病叙事》（"Pathography：Patient Narratives of Illness"）一文中指出："疾病书写不只清楚说出疾病常见的希望、恐惧与焦虑，而且还可作为医疗经验本身的指南，形塑读者对某种疾病与其疗程的期望。就疾病的各个方面而言，疾病书写对病患的种种态度与臆断都是名副其实的金矿。"[①] 冰谷的医疗叙事可说完全符合霍金丝的期待。

霍金丝也明确区分医师的医疗报告与病患的疾病书写之间的根本差异。简单言之："医疗报告一般上与就医状况及其疗程有关；另一方面，疾病书写则关涉病患对其病痛与治疗的了解。两者在题旨与写作上有所不同。通常医疗报告是由医疗照护人员就病征、检测结果及治疗反应的客观说明所构成，疾病书写却是单一作者扩大的叙事，作者将疾病与治疗摆置于其生命之中，并将之与其生命的意义互相联结。疾病书写是从个别病患的角度叙说疾病的故事。"[②] 这些说明有助于我们了解冰谷的疾病书写。在《走出中风的魔咒》

---

① Anne Hunsaker Hawkins, "Pathography: Patient Narratives of Illness," *Western Journal of Medicine* 171.2 (August 1999), p. 127.
② Anne Hunsaker Hawkins, "Pathography: Patient Narratives of Illness," *Western Journal of Medicine* 171.2 (August 1999), p. 128.

一文里,冰谷首叙他中风的经过。他发觉"右脚和右手全然失去了活动能力"①。于是他坐着轮椅被送到双溪大年的专科医院检查,经过脑部扫描,证实是血管阻塞,也就是俗称的中风。从上文析论的几部散文集我们知道,冰谷大半生过的是上山下海的日子,就如他在《轮椅的行程》一文中所说的,随着时日流逝,"身体机能虽然老化了些,唯两根脚腿儿还挺争气,去巡视油棕、橡树或可可,跨河登山,越蛮荒渡沼泽,从未退缩"。中风后的轮椅人生是他无法想象的。因此他说,"当我坐在轮椅上,由医护或家人徐徐推动时,我的落寞就像滚滚的波浪,无法熨平"②。

冰谷是因为血管阻塞,以致右半身无法正常活动,只剩下左半身还堪使用,形同半身瘫痪。在他的医疗叙事中,这种左右二分的修辞策略颇为常见,主要在凸显身体功能在中风后的失衡状态。譬如在《走出中风的魔咒》一文中,他这样描述四肢协调合作的正常现象:

> 过去左脚和右脚合作无间,互相协调,从不怠惰,像两根铁铮铮的柱子,几十年来不避风雨、不辞苦劳,随时待命,伴我行走江湖。只须轻呼一声"走呀",即撑起五十公斤的血肉和两百余支钢骨,让我可以在城乡的边缘地带——那片深邃的热带雨林里探步,利用体能和汗滴,掀开蛮荒阴森森的面纱。
>
> ……
>
> 那只右手呢,更是我不可或缺的挥棒。平日生活起居、待

---

① 冰谷,《走出中风的魔咒》,《阳光是母亲温暖的手》,页169。
② 冰谷,《轮椅的行程》,《阳光是母亲温暖的手》,页167。

人接物，所有举措，全通过力拔山兮的腕臂。更不可忽视的是文字书写，尤其是印证身份的签名，只有通过右手指尖的挥毫，才能过关。那真是不可或缺的重要组合啊！①

这是左右手脚平衡的情形，数十年如一日，因为正常，所以冰谷视这一切为理所当然，一直到中风之后，平衡状态消失，他才惊觉原以为理所当然的一切已经发生巨变，即连日常签名都成问题。在一个以签名认证的国家，这个问题影响不小。这个悬念挥之不去，在《寻找失落的记忆》一文中，他更以老树枯枝比喻失灵的右手右脚："从我中风那天起，右手和右脚就突然失忆，形式上依然和我形影相随，牢固地连接着我的躯体，然已毫无感应，功能尽失。就像老树上垂挂的枯枝条，与母树紧紧亲密，毫无裂痕，但徒占空间，已没有输送养分和吸收阳光的力量，去处是回归尘土，与蓑草落叶同朽。"② 语气与心境充满悲凉，令人心有不忍。

不过细读冰谷这一系列散文所构组的医疗叙事，我们发现，这些叙事有不少是在录写他如何想方设法，力求恢复巨变前原有的平衡状态。在这个过程中，冰谷充分展现了他的决心、坚持及毅力，这些叙事文字平实，不事造作，自励励人，是积极感人的疾病书写。在《两个另一半》一文中，冰谷继续以其左右二分的修辞策略表达身体失去半边功能的懊恼与痛苦。他说："到了出院，割断了所有的依赖，失去另一半的惊奇，骤然掩面扑来。脑部缺氧传递的密码，是半边肢体的联络网突然性中断，都麻痹了，再无法和总站

---

① 冰谷，《走出中风的魔咒》，《阳光是母亲温暖的手》，页171。
② 冰谷，《寻找失落的记忆》，《阳光是母亲温暖的手》，页177。

互通讯息。欠缺另一半的扶持,我整个人落到冬眠状态,躯体仿佛走进了深深的幽谷。"这段话也用了讯息传送的意象,中风使身体的讯息只能局部传播,因此是不完整的,也就是前面提到的失衡状态。不过在身体的半边功能失效时,冰谷却发现生命中的另一半始终不弃不离、不眠不休,随侍在侧。用他的话说:"往后有一段日子,她将代替我失去感应的另一半。"① 换言之,他深刻体会到,身体消失的那一半功能此后将由妻子担负,而他最重要的工作即在于克服万难,找回身体失去的另一半。正如他在《寻找失落的记忆》文末所说的:"回到现实,无论有多困难,总得按图索骥,设法为另一半解开密码。纵然,千呼万唤,换回来的记忆或许也残缺不全的,形成一些阻碍、少许印痕,说哀恸也可以,更恰当是永恒的遗憾。"②

冰谷的疾病书写其实隐含某种欲望——某种追寻,目的在改善中风后左右手脚的失衡状态,找回另一半的身体功能,重建仰赖了数十年的平衡感。这个过程备极艰辛,只是这种经验之谈却也是疾病书写最具励志价值的地方。收入《阳光是母亲温暖的手》一书的《病疗思考》《五指之内》《跨出一小步》《手杖与拐杖》《放下拐杖》《银针在穴道上摆阵》《七十二岁还发驾照梦》《左撇子的情怀》,以及辑入其近著《斑鸠斑鸠咕噜噜》的《中风的那只手没有废》《以汗滴换回的健康——我的康复经历》,及《没有终点的旅程——回顾中风八年》等篇章,记录的都是冰谷在《人生的无奈》文中所说的"一场望不到尽头的人生挑战"。③ 这场挑战耗时耗神,万般艰

---

① 冰谷,《两个另一半》,《阳光是母亲温暖的手》,页103—104。
② 冰谷,《寻找失落的记忆》,《阳光是母亲温暖的手》,页178。
③ 冰谷,《人生的无奈》,《阳光是母亲温暖的手》,页216。

苦，甚至相当复杂，除了定期诊疗用药，复健过程就包含物理治疗、针灸、推拿等，融合现代与传统，不拘一格，但求有效，而且必须持之以恒，最忌一曝十寒。有的决定还颇费周折。即以是否采用针灸而论，其过程就相当曲折。原来在接受物理治疗初期，冰谷是排斥针灸的，他只想依赖现代医学的药物与物理治疗，对针灸的疗效不敢确定，因为各种说法——包括中医师的说法——莫衷一是。有一天，冰谷的儿媳妇从娘家带来一部厚达六百余页的《中医家庭顾问》，他在书中的《中风篇》读到如下的说法："针灸治疗中风偏瘫病人有独特的疗效。一般取瘫痪侧阳穴为主……。"简单的几行字竟然产生棒喝之效，让他恍然大悟，从此改变态度。他在《病疗思考》一文中表示："每一种疾病，民间传统都出现众多疗效的议题，有时确令病人深感困惑，正负难辨。我正走到这个抉择的关口，是认定方向的时候了。药物治疗、物理治疗已经在我身上发酵，功效显著；现在应该加上针灸治疗、推拿治疗，作为辅助，添增元素把康复的期限拉得更近。"① 《银针在穴道上摆阵》全文所叙就是冰谷接受针灸的经过，他把整个过程喻为侠客对决时的布阵，而且还是传说中的梅花阵。以下是他对针灸的体验：

> 渐渐地，针穴次第启开了一系列的窗——我感到筋脉里有肿胀的悸动，轻微的、缓慢的，不怎样觉得难受；觉得难受的是我躺下来半句钟了，像一具默然的僵尸，想动却不能动，要搔痒不能搔痒；还有镶在天花板上一百瓦的光管，那样无情地往下瞪眼，令我……迷眩。这都远比密麻的针阵难捱（挨）。

---

① 冰谷，《病疗思考》，《阳光是母亲温暖的手》，页176。

穴道的膨胀力随时间加强，我依然僵尸一般仰卧着。不久忍不住阖上眼皮，懵懵懂懂睡去，迷蒙里依稀轻盈的脚步又出现了。……①

这是少见的以文学笔法叙写针灸的过程，画面清晰，在纪实中多了想象，读来仿如身临其境。

冰谷的疾病书写大抵属于霍金丝所谓的载道式疾病书写（didactic pathography）。在这类著述中，患者的主要目的有二：其一是借写作止痛疗伤，寻求慰藉，并且自我砥砺，以期渡过难关；其二是以自己亲历的病痛与疗程，以及相关知识和资讯为其他病患提供协助。② 病痛其实是某种形式的创伤，不仅身体功能失衡，心情沮丧，亦且日常生活失序，家人生活甚至可能受到影响。疗愈的过程除了减缓病痛，找回健康之外，无非也是为了重建生活秩序，恢复正常生活。冰谷的疾病书写处处流露这样的用心，更重要的是，他的书写多能摆脱技术用语，平铺直叙，在细节中每见真意，反而平实可信。《以汗滴换回的健康》全文反映的就是这种特色，下列这段文字可以为证：

> 我中风后坐轮椅那段日子，的确凡事都要依赖旁人，但自从能挂拐杖行走，生活上的需求即逐渐自己动手。儿子媳妇上班，家有孙儿，那时家里虽有女佣，但起床后整理床榻，折叠被单、睡衣睡裤，早餐泡饮料烘面包，洗杯子汤匙等工作，从

---

① 冰谷，《银针在穴道上摆阵》，《阳光是母亲温暖的手》，页196。
② Anne Hunsaker Hawkins, "Pathography: Patient Narratives of Illness," *Westen Journal of Medicine* 171. 2 (August 1999), p. 171.

不假手于人。下午我习惯喝杯果汁,把青苹果、红萝卜、马铃薯切成块状,挤入果汁机搅压成果汁,再把果汁机洗刷晾干,这些每天周而复始的琐碎工作,我都当作康复的连续操练。之坚持自己动手,原因是我发觉中风的五指从折叠床被、砍切薯果、搅拌饮料各方面的运动中,不只引导手指活动,腕肘甚至于肩膀也随着摆动,对于整只瘫痪的臂膀自然有疗效作用。其他方面如尝试以中风的五指挤牙膏、握牙刷刷牙,涂抹发油,尝试握梳子梳理头发,都要从头学起,始能康复。中风是动作失却记忆,加上日久僵化,恢复功能的唯一办法是不断重复动作,日久有功。①

这段文字娓娓道来,都是日常琐事,但对中风的人而言,由于失去某些肢体功能,琐事都可能是大事。在这段叙述里,冰谷不厌其烦,以身作则,告诉我们疗效通常就显现在日常琐事中,正常的复健固然需要,但复健的行动无时不在,也无所不在,重建生活秩序其实必须自日常生活做起。冰谷的疾病书写显然并非特意而为,只是在回忆与反省其病疗的痛苦经历时,也为我们留下了感人而实用的典范。

## 六

这篇论文讨论了冰谷几部重要的散文集,我的讨论聚焦于他的生命历练,并非以其文集的出版先后顺序为考量。由于叙写他早年

---

① 冰谷,《以汗滴换回的健康》,《斑鸠斑鸠咕噜噜》,页76。

胶林生活的散文过去较受到重视，我的讨论主要聚焦在《走进风下之乡》与《掀开所罗门面纱》这两本与他在沙巴和所罗门群岛垦荒有关的散文集。此外我还从《阳光是母亲温暖的手》与《斑鸠斑鸠咕噜噜》这两本内容较为庞杂的文集中选读若干与病疗有关的作品，并视之为冰谷在疾病书写方面的重要贡献。冰谷退休后经历中风与骨折，身心的创痛旁人很难想象，可是他以坚毅的决心面对病痛，而且时刻不忘恢复写作，还因此写下不少以健康换取的感人作品，其心境令人动容。我的论证依循的明显是冰谷大半生经历的时间顺序，因此结构清楚，不难看出我的企图主要在紧扣其散文创作与生平叙事之间的关系。换言之，这篇论文尝试借冰谷的散文建构的是一部秾华丰富的生命书写——我在行文的过程中一再强调冰谷散文的自叙性，原因即在于此。即使在析论《岁月如歌》这本童年回忆文集时，我特意重视冰谷有关新村生活的回忆，目的就是为了填补《橡叶飘落的季节》一书中阙如的一章。

冰谷的散文题材虽说出于他的生命际遇，却也因为不同阶段的人生际遇而各有面貌，反映在创作上结果也颇多差异。一般而言，冰谷的文字质朴无华，修辞平实恳切，容易亲近，其散文最大的变化显然在于题材。他写西马的胶林生活、东马的雨林拓荒、所罗门的海岛垦殖，乃至于童年时代的新村噩梦与晚年的医病经验，题材丰富多变，在马华文学界相当少见。这篇论文的重要工作即在为这些繁复多样的散文寻方设法，尝试将之纳入适当的文学家族，以方便在诠释上建立秩序。这样的工作让我发现，冰谷的许多散文其实与当下若干新兴的文学议题颇多关系，一方面他的散文可以丰富这些议题的探讨，另一方面这些议题反过来也有助于我们进一步阐释他的散文。就此而论，冰谷无疑是一位勇于开拓散文题材的作家。

他新近的散文集《斑鸠斑鸠咕噜噜》开卷之作题为《暮年的活动天地》，冰谷因自家棕榈园的收成而内心欣慰不已。他回顾大半生他所说的耕人生涯，对眼前自己的园丘生活不免产生怡然恬适之感，他说："年少时走进橡胶林是学习劳役和体验生活，壮年时投入可可油棕园是给未来更好的规划，漫长的旅途中遍布荆棘与险滩。今天我走进自己的园地，完全脱离了过往那种责任的承担，也没有丝毫的工作压迫感。我仿佛走入全然属于自己的世界，以悠然闲适的心情接触自然悠游于一个远离尘嚣的绿色环境里。"[①] 这岂不是陶渊明《归园田居》诗所说的"开荒南野际，守拙归园田"？

（2020 年）

---

[①] 冰谷，《暮年的活动天地》，《斑鸠斑鸠咕噜噜》，页 64。

# 六十年来家国

## ——论潘正镭的《太阳正走过半个下午》

一

潘正镭退休后不久曾有台北之行,带给我他的诗集《@62》。封面是老友新加坡著名多媒体艺术家陈瑞献的设计,书名反白,全然是网络时代的产物。除此之外,陈瑞献所书"潘正镭诗集"五个行书大字特别醒目。我读后发现,原来《@62》的设计是一年一诗,从退休之日倒数,沿生命之河回溯,一路回到源头,六十二首诗每首看似独立,合起来实为一体,甚至构成长篇叙事,就像诗人在这本《太阳正走过半个下午》开卷之作《西瓜切半边》一文所说的:"从@2016年起笔,溯年回写,至父母生我之@1955。末篇以@2017为终结。这一体制,串联62首作品,总体一首诗。"① 这样的设计构思饶富创意,诗人虽谦称此"不过一人之诗记尔"②,但20世纪70年代第二波女性主义早就提醒我们,the personal is political——个人的也是政治的。换言之,个人的背后可能联结更

---

① 潘正镭,《西瓜切半边》,《太阳正走过半个下午》(新加坡:大家出版社,2020),页34。
② 潘正镭,《西瓜切半边》,《太阳正走过半个下午》,页34。

大的外在世界，个人因此可能与集体有关，既指涉横向的社会现实，也召唤垂直的历史记忆。我初读《@62》即留下这样的印象。

去年与潘正镭几次相聚，他谈到在《联合早报·四面八方副刊》的随笔专栏，每周五见报，试以散文为《@62》诸诗注释。我这才恍然大悟，《@62》只是他所谓的"半边书"，另一边则是其专栏文字，这样诗文合体，才算完整，两个半边西瓜才复归原状。这本《太阳正走过半个下午》正是诗文合体后的产物。由于诗完成在先，文补写在后，我们很容易视这样的书写过程为以文证诗，不过细读这本诗文集，说是诗文互证可能更为贴切。收入《@62》的诗长短不一，短者一行，属单行诗，长则数行，最长者也不过十余行，形式自由，意象质朴，留下宽广的诠释空间。我读过多本潘正镭的诗集，诸如《再生树》《天微明时我是诗人》《天毯》等，他的诗多半语言纯净，少有拖泥带水，《@62》在这方面更是推前一步，除了纯净，语言更见精省、简朴，甚至让我想起日本庭园的枯山水。《太阳正走过半个下午》在诗文之外另附有照片或图片，三者交互印证、发明乃至于诠释，更因此构成内部某种形式的互文关系（intertextual relations）。这显然是一本难以归类甚或拒绝被归类的书。

20 世纪 80 年代中期，我有中、英文长文析论罗兰·巴特（Roland Barthes）的《巴特论巴特》（*Roland Barthes by Roland Barthes*），那是我的后结构主义（poststructuralism）时期，行文不免带有一些巴黎腔的批评术语。[①]《巴特论巴特》也是一本不易归类

---

① 请参考李有成，《〈巴特论巴特〉的文本结构》，《在理论的年代》（台北：允晨文化实业股份有限公司，2006），页 54—80；Lee Yu-cheng, "On *Roland Barthes by Roland Barthes*: An Essay in Textual Criticism," *Studies in Language and Literature* 2 (Oct. 1986), pp. 56–73。

的书，主要部分由一百多页或长或短的文字片段（fragments）组成，这些片段大致依字母的顺序排列。在一则题为《字母》（"The Alphabet"）的片段中，巴特解释说，这样的安排是为了制造"一个想法一则片段，一则片段一个想法"①的效应。夹杂在这些片段之间的是巴特的手稿、笔记、乐谱影本，甚至还有一幅毛里斯·昂利（Maurice Henry）的著名漫画，画中人物即20世纪60年代前后巴黎当红的结构主义者，巴特之外，还包括福柯（Michel Foucault）、拉康（Jacques Lacan），及列维-斯特劳斯（Claude Lévi-Strauss）。诸多片段之后，尚附有巴特简单的年谱，而且简单到只列举了几个事实。巴特甚至在年谱最后将他一生的活动、际遇及感受简略地纳入括弧里："（一生：读书、疾病、约会。其他的呢？遭遇、友谊、爱情、旅行、阅读、享乐、恐惧、满足、愤怒、沮丧。用一句话说：回响？——存在于文本之中——但不在作品里）。"②

在《巴特论巴特》中，文字片段之前另有约四十页附加说明的照片，呈现的是不同时期——特别是童年与青少年时期——的巴特。因此我们并不清楚，《巴特论巴特》这个文本究竟是始于片段，抑或始于照片？可以肯定的是，照片对内文各个片段是有指涉与参考的意义的。巴特显然刻意要将《巴特论巴特》模塑为他所说的文本（text），而非传统意义的作品。对巴特而言，文本不同于作品，文本不是一个封闭而稳定的系统，由于符号的变动不居，文本因此排斥任何形式的脉络主义（contextualism），并且否定直指根源，回到始源或者最初意义的可能性。德里达（Jacques Derrida）的名

---

① Roland Barthes, *Roland Barthes by Roland Barthes*, Richard Howard, trans. (New York: Hill and Wang, 1977), p. 148.

② Roland Barthes, *Roland Barthes by Roland Barthes*, p. 184.

言"别无外在文本"(Il n'y a pas de hor-texte)① 就经常被援引以说明文本的自主与开放。他并不否认脉络或指涉,只不过他相信,文本化已使脉络或指涉不复可求。我那时的兴趣是自传研究。我怎么看《巴特论巴特》就是一本自传——或者反自传,因为巴特的文本原本就异于传统意义的自传,缺乏自传文类所预期的完整结构与连贯叙事。巴特说过,他没有传记,如果有人想要为他作传,他希望他的一生最后"被缩减为一些细节、一些偏好、一些变化",也就是他所说的"传素"(biographemes)。其实在我看来,《巴特论巴特》正是一本由许多"传素"构组的文本,充斥着人物、地点、时间、事件等等记忆的碎片。

潘正镭的《太阳正走过半个下午》勾起我三四十年前细读《巴特论巴特》的记忆。我无意将此书视为一部巴特式的文本,只是从文本的概念出发,这本诗、文、图交织而成的著作,与《巴特论巴特》一样,正面挑战的正是文类的归属问题。潘正镭自承志不在写史,他想留下的,用他自己的话说:"多是彼事彼物彼情彼景此心之岁月片羽。"② 不过他的话并不妨碍我在这些"岁月片羽"中看到自叙传的成分,而他所指的"彼事彼物彼情彼景",非但远比巴特心目中的"传素"来得复杂、丰富,其诗文的规模也不能简单以巴特式的片段视之。尤其那些散文,一年一则,每一则的叙事相当完整,把这些叙事交互串联,自然构成更大的叙事,而其中的角色总不脱作者与其身边的人物,我称之为自叙传因此并非无的放矢。潘

---

① Jacques Derrida, *Of Grammatology*, Gayatri Chakravorty Spivak, trans. (Baltimore: Johns Hopkins Univ. Pr., 1976), p. 158.
② 潘正镭,《西瓜切半边》,《太阳正走过半个下午》,页 34。

正镭的自叙传也是依时序发展，只不过这个时序却是以倒叙的方式，从2016年他退休那年开始，采一年一段记忆往后逆向回溯，至1955他出生那年为止。整个文本至此应已结束，其自叙传则始于文本结束之时。紧接着2017年的一诗一文既总结自己的媒体生涯，同时标志未来另一个旅程的新起点，即诗中所说的，凭"一本天朗护照"，"安静续程"。① 从我的描述不难发现，潘正镭显然有意借独特的形式结构营造其文本的叙事性，这反而是巴特的文本所刻意回避的。

## 二

《太阳正走过半个下午》文本的终结却是潘正镭生命肇始之时。这一年是1955年，诗《@1955》一开头就开宗明义，揭开他的名字之谜：

　　春天我来到世间
　　父亲说："天公打雷
　　　　按个金吧"
　　安正
　　我所属字辈②

释名之后则是追溯他的家族根源，从个人到家族，自叙传的雏形在

---

① 潘正镭，《@2017》，《太阳正走过半个下午》，页289。
② 潘正镭，《@1955》，《太阳正走过半个下午》，页285。

《@1955》一诗中已见端倪。诗最后四行是这样的：

> 驶过那道阳光的
> 门户，岛对岛
> 我家属于向北之南方
> 之国域①

这节诗提到的地理相关细节，潘正镭在散文《春雷》中有进一步说明。这篇散文表面所叙为作者偕妻子初访父母海南老家的经过，实则更重要的是这表面背后所牵涉的家族故事：父亲如何于20世纪30年代南下泰国谋生，如何于20世纪50年代初返乡再娶，之后又别乡离家，母亲又如何在数年后南来新加坡与父亲团聚。这些细节正好回应了《@1955》一诗首行潘正镭的自述："春天我来到世间。"② 作者另有一姐一妹，再加上父亲前妻所生的大哥，潘家开始在新加坡落地生根，开枝散叶。在《春雷》一文中，潘正镭对父母亲的离散命运颇多感触，他说："红火炙人的中国风潮动荡，南洋小岛虽人浮于事，但处在社会边缘谋生计却相对的令人卑微居安，家小在此即以此为家，乡心的距离愈离愈如远去的雁影，隐入悠远无涯的时空。"③ 潘家的故事具有相当的普遍意义，恐怕也是许多离散华人的故事。"红火炙人的中国风潮动荡"一语指的是自20世纪50年代末期以迄"文化大革命"结束约二十年的岁月，潘正镭的父亲从此再也没有重返家乡，因此才有1987年他偕妻子代父母返乡

---

① 潘正镭，《@1955》，《太阳正走过半个下午》，页285。
② 潘正镭，《@1955》，《太阳正走过半个下午》，页285。
③ 潘正镭，《春雷》，《太阳正走过半个下午》，页282。

之旅。

诗《@1955》最后一节有"岛对岛"一句,指涉的正是潘家与海南岛和新加坡这两座岛屿的关系叙事。人类学家克利福德(James Clifford)在长文《离散》("Diaspora")中,尝以"根"(roots)与"路"(routes)这两个概念描述人的离散状况。① "根"属于离散的始源,是故园,是原乡,也是过去与记忆之所在,是有朝一日可能落叶归根的地方,至少是可以寄托乡愁的地方;"路"则指向离散的终点,即居留地,是离散社群赖以依附并形成网络的地方,因此属于未来,导向未知。潘正镭诗中的两座岛屿分属"根"与"路",分属过去与未来,不过有了未来,却未必需要遗忘过去。诗《@1955》与散文《春雷》所叙为现在连接过去的故事。尤其《春雷》,最后以潘氏家族的流徙与离散终结,讲述的正是典型的"根"与"路"的故事:

在潘氏家谱中,寻得父亲这一脉。先世由河南荥阳,南移福建莆田而后潮州。七百年前,海南潘氏先祖,万春、万秋、万里和万全,四兄弟先后由潮州渡琼,我家属万里一支,繁衍至第二十代父亲一辈,两位伯父早逝,姑姑已离世,姑丈落户泰国,家里仅父亲扎根赤道边上的星洲。

泰戈尔《飞鸟集》诗曰:"根是地下的枝,枝是地上的根。"七百年后,设若大地为一面平镜,树枝与树根相对照,向北,是根的方向,于南,则是热带岛国散叶开花,生命之

---

① James Clifford, *Routes: Travel and Translation in the Late Twentieth Century* (Cambridge, MA and London: Harvard Univ. Pr., 1997), p. 250.

树,天水相依。①

《@1955》与《春雷》这一组诗文另附有一张幼儿的坐姿照片。幼儿数月大,身套肚兜,坐姿端正,两眼炯炯有神,正是幼儿潘正镭。这张照片光影甚佳,恰好是潘家南来岛国散叶开花的结果。

我以较长的篇幅析论潘正镭生命初始的这一组诗文图是有原因的,《太阳正走过半个下午》文本的整个性质自此定调。依全书目录所示,自这组诗文图接续发展的还有《全家福》《手足》《父亲》《母亲》《鲜花与诗》《女儿》,甚至《虎豹别墅》《120号》等篇。譬如《全家福》一文,所附为潘家六口的家庭合照,装框后还见有摄影室的名称,沧海桑田,可也留下潘家在新加坡散叶开枝的明证。文末这样写着:"回忆照人,岁月含光,不让容颜老去,像山中那花,凋谢循环,芬芳依旧。它驮着过去,也默然地驰向未来。"②此处再次重复过去与未来的修辞策略,凸显的未必是今昔对比,反而是家族绵延不绝的母题。这是离散的积极意义。《手足》一文的主角是潘正镭大妈所生的哥哥,少年时代渡海南来,在新加坡长大,好学深思,后来投身工团与社团工作,热心政治,甚至身体力行,参与1963年的大选——这一年马来西亚成立,新加坡是这个新兴国家的一员。搭配《手足》的诗《@1983》有诗句云:"哥,请安心穿行吧/那林子漆黑。"③这一年他大哥四十五岁,壮年弃世,"看不到一对儿女成长"④。《手足》一文自然以缅怀兄长为主,不过行

---

① 潘正镭,《春雷》,《太阳正走过半个下午》,页283。
② 潘正镭,《全家福》,《太阳正走过半个下午》,页279。
③ 潘正镭,《@1983》,《太阳正走过半个下午》,页173。
④ 潘正镭,《手足》,《太阳正走过半个下午》,页171。

文中潘正镭再次提到家族的离散经历,甚至从他大哥工作的国泰酒店谈到新加坡被英、日帝国殖民的历史,他大哥参加 1963 年大选一事更挑起新加坡短暂加入马来西亚的复杂政治记忆。

离散经验复以故园之思出现在《@1972》一诗。此诗开头一节只有三行:

> 故乡　家乡
> 故国　家园
> 记忆无暇太多从前①

短短三行写出离散的无奈,故园之思总熬不过生活的压力,展现在眼前的却是新的现实——新的家庭、新的国家、新的身份,因此故园的种种只能留给"从前",而"从前"却永远成为前面提到的"根"的一部分。《@1972》是首悼念诗,这一年潘正镭的父亲在移民新加坡约二十多年后离世,终其一生未再返回海南老家。这也是那一代离散华人的普遍命运。散文《父亲》则以较多细节追念父亲的一生。潘正镭的父亲因心脏病猝逝,不过他一生受肺疾折磨,而他的肺疾又与太平洋战争有关:"他的肺咳,就在胶林里遭遇上。日本侵略,他被日军拷问灌水,幸好情势转急,鬼子兵撤转,父亲活着,从此一生与心肺顽疾苦斗。"② 1991 年,潘正镭随亚细安记者团参访广岛原子弹爆炸现址时,在记者交流会上他想起父亲的遭遇,忍不住发言质问:"我坚持说一群彼此陌生的地球人何以被残

---

① 潘正镭,《@1972》,《太阳正走过半个下午》,页 217。
② 潘正镭,《父亲》,《太阳正走过半个下午》,页 215。

酷对待？被残酷报复？原子弹展示品，何以日本侵略战争在此缺席？何以抹去因果？"这些大哉问当然现场不可能会有答案。其实广岛与长崎的和平纪念公园虽说旨在追求和平，其整个叙事更在于凸显日本如何是受害者，对日本在侵华战争与太平洋战争中加害者的角色不是只字未提，就是轻描淡写，一笔带过。原子弹无疑提供了一个契机，让日本巧妙地将自己从加害者的角色转换成受害者。这样的失忆其来有之。

《母亲》一文则在追思母亲的离去。诗《@1995》仅得五行，写作者小时候在夜里久候母亲回家的情形：

> 坐在村口
> 小童
> 看着妈妈
> 走下
> 末班夜车[①]

诗采童稚用语，形式平整，画面清晰，恐怕只有寒门亲情才会出现这样的画面。这个画面记忆鲜明，在《母亲》一文中，潘正镭以散文演绎短诗中的画面，感人至深："我守着烛火，母亲您明白，小时为何有一回我紧紧跟着不舍让您去上夜班；母亲您明白，走过漆黑甘榜径道，您的儿子何以坐在路口，在昏黄的街灯下，等待您走下巴士。"[②] 描绘这个画面时，小童已经微进老年，可是他仍然坚

---

[①] 潘正镭，《@1995》，《太阳正走过半个下午》，页125。
[②] 潘正镭，《母亲》，《太阳正走过半个下午》，页123。引文中的"甘榜"一词为新马一带华文用语，指乡村，为马来文"kampong"之音译。

信:"永远不老的,是你不曾带着母亲的记忆老去。"①《@1995》与《母亲》这组诗文所附照片应是潘正镭与母亲之合影,据作者电邮相告,背景为南洋大学宿舍走廊,青年潘正镭穿长袖衬衫与喇叭裤,正是20世纪70年代年轻人之流行打扮。这张照片说明了,小时夜里在村口等候母亲的小童已经长大,当时走下巴士的母亲已渐年老。一张母子合影隐含深切意义。潘正镭在《母亲》一文中特意提到寡母的一段遭遇,读来令人动容:

> 父亲职厨师,母亲在英军家当佣人,放工后,有时会到个别餐馆帮手。我们尚在求学时,父亲离开人世,事出突然,生活重担,母亲一肩扛。她被主人家狗咬伤,大概也没医好,身体状况从此滑坡,皮肤病屡医不愈,求助无门,只好听人言,一个人跑到海边,浸泡海水,寄望盐水生效,恳求老天爷开恩。熬过来的感慨,这是母亲后来无意间的透露。②

含辛茹苦,莫此为甚。潘正镭回忆这段往事,也自觉"仍不能自已"。

## 三

《父亲》与《母亲》二文所叙显然非仅家族经历而已,潘正镭父母的故事其实也是新加坡的故事——除了早年华人的离散记忆之

---

① 潘正镭,《母亲》,《太阳正走过半个下午》,页123。
② 潘正镭,《母亲》,《太阳正走过半个下午》,页122—123。

外，其父母的遭遇更直接指涉英国与日本两大帝国殖民新加坡的历史。上文已在多处谈到华人的离散记忆，这里不再赘述。《父亲》一文里的潘父在日据时期曾遭日军折磨，虽为太平洋战争幸存者，却长年为肺疾所苦，其肺疾即为日军所赐，这个细节召唤的正是三年六个月新加坡的"昭南"时代记忆。日军自1942年2月15日春节占领新加坡，至1945年8月15日无条件投降，其凶残暴虐罄竹难书，尤其华人，惨遭屠杀者难计其数，据保守估计应不下两三万人。这是新加坡建国前最黑暗的一段历史。《母亲》一文提到潘母在英国军人家里帮佣，竟然为英人家犬咬伤，以致健康日衰。这个插曲背后当然是英国对新加坡约一个半世纪的殖民历史。

《国家》一文记述1965年新加坡退出马来西亚独立建国，潘正镭不忘以父母职业服务的对象召唤英国的殖民记忆：

> 母亲在殖民军人家帮佣，童时到实里达机场营地玩耍，雇主家就在园内。洋夫妇俩曾带小女儿到我家甘榜来，金发蓝眼的"洋娃娃"，惊动左邻右舍，不在话下。父亲在红沙厘（实龙岗花园）咖啡座当厨师，客人以洋人居多。那时候洋人，鼻高一级，穿着整洁、有礼。戏院里开映前播放《天佑女王》。英国乃宗主国，当时年纪小，不明白殖民地是什么东西。①

这些文字无疑是事后反省的结果，小时候的潘正镭当然无从了解殖民的意义。20世纪80年代我初识后殖民主义（postcolonialism），因而遍读法农（Frantz Fanon）的主要著作，诸如《黑皮肤，白面

---

① 潘正镭，《国家》，《太阳正走过半个下午》，页242。

具》（*Black Skin，White Masks*）、《大地哀鸿》（*The Wretched of the Earth*）、《消亡中的殖民主义》（*A Dying Colonialism*）等，法农之主要研究在被殖民者的自卑心理，因此有心理病理学（psycopathology）一说，其关心重点为长期殖民下被殖民者的心灵与情感创伤。这些创伤未必因殖民状态结束而告疗愈，所以后殖民未必等同去殖民（decolonization），这是由于被殖民者往往内化了殖民主的文化与价值，甚至以此骄人或自觉高人一等。法农的著作中类似的事例不在少数。潘正镭上文提到惊动左邻右舍的"金发蓝眼的'洋娃娃'"，或者"鼻高一级，穿着整洁、有礼"的洋人，语含揶揄，略带后殖民的反思，不过也坐实了法农的殖民心理学。在新加坡仓皇建国之日召唤殖民的历史记忆显然另有深意。

《国家》一文讲述的自然是新加坡的故事：从维多利亚音乐厅前的莱佛士塑像谈到英国的殖民统治，并回述新加坡命名的神话，之后是1963年加入马来西亚当时的纷争。那一年潘正镭八岁，入小学不久，学校除了增添"国语"（马来文）科目，还要教唱马来西亚国歌。"曲调缓慢，堂上老师着实敷衍，怎唱也唱不上口。"[①]马来西亚成立之初，内外不乏反对势力，风云激荡，对少年潘正镭而言，却只"残留几分淡远记忆"。这样纷纷扰扰两年过去，突然间，新加坡脱离马来西亚，独立建国了。十岁大的潘正镭只留下简单模糊的记忆："在小甘榜把天线伸高树巅，以接收琼剧和马来亚革命之声的角落，收音机里流出新加坡脱离马来西亚联合邦的沉重信息。有人说年轻的李光耀总理哭了。"[②] 而对新加坡国家命运的省

---

[①] 潘正镭，《国家》，《太阳正走过半个下午》，页243。
[②] 潘正镭，《国家》，《太阳正走过半个下午》，页243。

思当然是后来的事,这是自叙传写作常见的现象。潘正镭以下的反思应该可以获得多数新加坡人的认同。他说:"弹丸小岛,各色人种源自四方,为逃难,为避灾,为追求实在生活,颠沛流离而凑合,在被殖民与反殖民中觉悟争取,150万人命运的共同体,当代政治学现代国家之定义,当头套不上,这里自有奋斗生存的定律。不可能必须使之可能,社会开始大追寻。"① 我早年研究自传,透过法国结构语言学家班凡尼斯德(Émile Benveniste)的理论发现,自传文类其实主要是由叙事(histoire)与论述(discours)这两种语言分类构成,两者既有区分,却也相辅相成。② 简单言之,叙事指涉传主的往事,论述则是对往事的感怀或反省。潘正镭在回顾少时新加坡独立的经过之余,对建国之后新加坡未来命运的省思无疑是书写当下的论述。

在上述引文中潘正镭特意提到:"有人说年轻的李光耀总理哭了。"我那时在槟城钟灵中学念高中,在这之前不到十年之间,经历了马来亚脱离大英帝国独立、马来西亚成立,以及新加坡退出马来西亚仓皇建国,这些经历影响我成年后对国家本质的看法,也让我比较容易理解李永平与张贵兴等出生于砂拉越的好友对马来西亚这个概念的想法。我那时已经略知世事,确实在电视上看到李光耀拭泪的镜头。我记得1963年大选时,他飞到槟城助选,有一个晚上我还特地跑到关仔角的操场听他在群众大会上演讲,他提出的"马来西亚人的马来西亚"概念启发了很多人,当然也因此无法见容于主张马来人至上的民族主义者。新加坡往后的命运可能在马来

---

① 潘正镭,《国家》,《太阳正走过半个下午》,页243。
② Émile Benveniste, *Problems in General Linguistics*, Mary Elizabeth Meek, trans. (Coral Gables, FL: Univ. of Miami Pr., 1971), p. 206.

西亚成立当初就早已注定了。《国家》一文所附就是李光耀在电视上以手帕掩脸擦泪的情形。这个历史镜头应该深植人心,其政治意涵不言而喻。诗《@1965》中间一节四字一行,形式工整,相当具象地刻意展现新加坡多元一体、众志成城的国家意志与愿景:

> 四方河流
> 一个方向
> 四方肤色
> 一样血红
> 四方言语
> 一个音调①

有趣的是,除了《国家》一文约略谈到马来西亚之外,诗《@1963》的主题却与新加坡加入马来西亚毫无关系,与此诗搭配的散文题为《校友会》,也完全不提马来西亚。潘正镭从他所属的光洋校友会谈到华校的命运——如何遭到英国殖民政府白眼,又如何在1960年被人民行动党政府镇压。三十五年后,他以这样的四行诗句开始《@1998》一诗:

> 是你,根,把语言
> 注入了血性
> 将养液

---

① 潘正镭,《@1965》,《太阳正走过半个下午》,页245。

输入枝叶经脉①

在名为双语教育,实则以英语作为主导教学语文的政策下,华校早已名存实亡,正因为这样,潘正镭才会将华语喻为华人之根,树木能否长成枝叶葳蕤,根是关键。因此在《华彩之母》一文中他说:"你长成草,长成树,你感觉你变成绿色,开成姹紫嫣红,灼灼其华,根是华彩之母。"② 回到《校友会》一文,应该一提的是潘正镭少年时代留下的有关南洋大学的印象:"对南洋大学四个字的最早认识,是幼时探头看大人传阅发生在云南园学生与政府领袖对垒的黑白照,南大自此被当权者视为眼中钉,逐步被政策盯梢,此成为日后我辨析南大命运历史因果的一个起点。"③ 这里其实只是伏笔,《太阳正走过半个下午》书中 20 世纪 70 年代的若干诗文还会重拾南大的议题。

1963 年马来西亚成立后的第一次大选,当时执政的联盟(The Alliance)应该已经意识到李光耀可能带来的威胁,尤其是联盟主导成员党的巫统(UMNO)。李光耀的"马来西亚人的马来西亚"意识,明显是对马来人宰制地位的挑战。当时新加坡一百五十万的人口中,马来人只占少数,虽然巫统仍然执掌中央政权,在新加坡却惨遭败选,若干极端政客与该党所属的《马来前锋报》(*Utusan Melayu*)于是不时煽风点火,利用种族议题见缝插针,制造社会矛盾,刻意分化新加坡的族群关系。1964 年 7 月 21 日,伊斯兰教先

---

① 潘正镭,《@1998》,《太阳正走过半个下午》,页 113。
② 潘正镭,《华彩之母》,《太阳正走过半个下午》,页 110—111。
③ 潘正镭,《校友会》,《太阳正走过半个下午》,页 251。

知穆罕默德诞辰纪念日,马来人群众在游行中与维持秩序的华裔警察发生冲突,新加坡终于爆发种族动乱。即使政府宣布全岛戒严,这次暴动也断续拖延了一个多月,至9月初才告结束,却也为隔年新加坡退出马来西亚埋下导火线。这一次种族冲突也预见了日后数十年两国不同的发展方向——新加坡大致摆脱了种族问题的干扰,大步迈向现代化,马来西亚却始终深陷于种族政治的泥淖,再加上后来的宗教问题,至今无法自拔。

潘正镭在《@1964》一诗中以直排的一行诗记述这次种族动乱:"哈山家和我家家家心急如焚自己的爸爸工作都还没有回家。"① 种族容或不同,平凡百姓心中的焦虑不安却不分轩轾。再现这些焦虑不安的是一张警察拔腿冲前,力阻民众打人的照片,这个画面当然反映了当时情势之紧张。记述这次种族暴动事件的散文也题为《1964》。这一年潘正镭九岁,还在小学念书,大概无法理解大人复杂的世界:

> 隔着篱笆哈山住家是间工人宿舍,他老爸是洋房人家的司机。园里红毛丹成熟时,会采摘丢过篱笆来,互相喜乐。他家办喜事,隔着篱笆把放着一个鸡蛋的小篮子送给我们这些华人小孩。由我家到学校,抄捷径必须经过罗弄阿苏的一个马来甘榜,我喜欢看他们的屋子,收拾得比华人家整洁。曾几何时开始,大人一直提醒上下学要走大马路。但学校里有两位异族同胞,我们在马来甘榜里有朋友呀。不断被提醒的教育,猜疑笼

---

① 潘正镭,《@1964》,《太阳正走过半个下午》,页249。

罩互信。①

这段话清楚表示，原本互信互爱的种族，一夕之间竟然互信不在，仇恨滋生。原来安详平和的世界也开始质变。早年担任南洋大学秘书长的古典诗人潘受——曾经在英国殖民时期被林有福政府吊销其自治邦公民权——写过一首五言律诗，题为《七月二十一日新加坡通夜戒严连三日未能解除杜门枯坐感成此诗记之》，写的就是当时的紧张情势：

　　严警如临敌　危言忽满城
　　家居聊戢影　巷杀不闻声
　　久矣华巫契　浑然水乳情
　　是谁投鸩毒　原火一星生

成年后的潘正镭在《1964》一文中，除了简述事件起因与始末之外，不免要总结这段少年记忆留给他的教训："煽动、分割、撕裂、恐惧的伤疤，只要被恶魔一揭，不管谁是谁，喷洒的永远是彼此亲人身上一样红的鲜血。"② 政客嗜血，权位所趋，哪里在乎人民的鲜血？

## 四

　　潘正镭在《校友会》一文曾经约略提到少时对南洋大学的印

---

① 潘正镭，《1964》，《太阳正走过半个下午》，页 246。引文中的"罗异"指"巷"，马来文作"Lorong"。
② 潘正镭，《1964》，《太阳正走过半个下午》，页 247。

象,其时他可能不会想到日后自己会成为南大的一员,而且自己还亲历南大的末日。1976 年,他初进南大,就已经觉察到学校正身陷政治风暴之中,甚至已在风雨飘摇中做最后的挣扎。潘正镭在《昨天一样的雨》一文里这样回忆:"不时听学长忆以述之的南园旧事,一些断断续续的事件衔接,南大命运之伏笔,时不我予兮早已埋之。深谋的政策,特意的人事安排,与不利南大毕业生的扭曲报道,华社与大学理事会空有其名的无力感,预知了被动的方寸。"①在这样的氛围中,诗《@1977》才会出现"冷风吹刮云南园/冷对偏见撕裂历史"②这样的控诉。1977 年,潘正镭所属的南大诗社主办"全国新诗创作比赛",为了筹办一个别开生面的颁奖典礼,次年还特意在校外推出"诗展78",用潘正镭在《只有森林知晓》一文中的话说,诗展"是一块女娲预留的石子,投在南大湖中激荡起的涟漪,在风雨欲来前夕,云南园学子用诗和艺术向社会展颜,发出回馈的微笑"③。简单言之,在特定的历史时刻,潘正镭与其诗社同学仍不忘以诗向社会展现南大的价值与存在意义。

不过这并不足以改变南大的命运。尽管学校前途难卜,潘正镭与其同学并未忘记自己的社会责任,特别是对社会弱势者的关怀。诗《@1978》同样以直排的一行诗状写失能者的哀伤与无助:"睁着眼睛的社会看不到盲者眼角的孤泪。"④《眼角孤泪》一文则回顾在风暴来袭前夕,一群南大学生投身社会服务的经过。潘正镭被派

---

① 潘正镭,《昨天一样的雨》,《太阳正走过半个下午》,页 198。
② 潘正镭,《@1977》,《太阳正走过半个下午》,页 197。云南园为南洋大学师生对该校校园之昵称。
③ 潘正镭,《只有森林知晓》,《太阳正走过半个下午》,页 194—195。
④ 潘正镭,《@1978》,《太阳正走过半个下午》,页 193。

到当时的新加坡盲人协会,主要工作在整理名单,希望找回失联的视障人士。他在社会服务中亲身感受到生活不便的身障者如何渴望社会的关爱。只是要来的终归要来,1979 年,南大的命运终于底定。在《站在桃花边疆》一文以一句话这样交代南大最后的命运:"上世纪 50 年代轰轰烈烈民办的南洋大学铁定拉闸,将以连同新加坡大学合并之名被鲸吞,复喷洒成新加坡国立大学。"① 潘正镭显然觉得这样还不足以概括说明南大的命运,因此在文中另以括弧加注的方式简述南大遗事:"南洋大学 1955 年创办,1980 年关闭。1981 年原址设立南洋理工学院,1991 年易名南洋理工大学。"不知潘正镭可曾发现,南洋大学与他同年诞生,却在他大学毕业次年寿终正寝?如果南洋大学还在,今年已经六十五岁。一所来不及茁壮成长的大学就这样横遭噩运,功败垂成,应该是很多南大人心中永远之痛。四十年后,到了退休之年,末代南大毕业生的潘正镭回顾这段创伤历史仍然无法释怀:

> 南大关闭前夕,停止招生,人气虚弱,原有宿舍让顿然变成过渡时期"联合校园"的学生入住,倒为云南园注入另一批新鲜人的活气,但青春雷同,神情迥异,无疑挟带着南洋大学在教育版图上逐渐消蚀,一幅残秋萧瑟叶落尽的寥落。怎任凭一人的偏执陷众志成城之城于狂澜既倒?②

在《李光耀回忆录,1965—2000》第十一章"一种共同语"

---

① 潘正镭,《站在桃花边疆》,《太阳正走过半个下午》,页 186。
② 潘正镭,《站在桃花边疆》,《太阳正走过半个下午》,页 187。

中，李光耀极力为他当年逼迫南洋大学与新加坡大学合并的决定辩护。他所持的理由很简单，由于南大以华文作为教学语言，学生英文程度不佳，致使谋职困难。他回忆说："既然南大无法把教学语言改为英语，我于是说服南大理事与评议会成员，把整所大学连同师生一起迁入新大校园。"① 不过他也坦承，其主要内阁同僚包括杜进才、吴庆瑞、林金山、王邦文、巴克（Edmund William Barker）等，对他的决策不是持反对态度，就是有所保留。经过了四十年，是非功过已难论断，只是对照李光耀自己的说法，潘正镭所说的"一人的偏执"② 看来并非无的放矢。将新马华人辛苦建立的南大废校，真的仅出于李光耀自己的功利主义吗？相信单纯出于这个动机的人应该不多。潘正镭感叹道，当废校之议"一锤定音，相比于当年前辈兴学的火炽，社会的冷噤反常的（地）大反差。"③ 四十年前的政治氛围与后李光耀时代的今天当然无法同日而语，1963年9月大选过后，南洋大学理事会主席陈六使立即被褫夺公民权，至1972年逝世时仍然无法恢复其公民身份，殷鉴不远，寒蝉效应弥漫，社会有这样的反应不难理解。

于是名为合并，实同废校，成立仅二十五年的南洋大学从此走进历史，留下学校大门入口处那座著名牌坊。《南大牌坊》一文所记正是此事。对于这座牌坊，潘正镭特意留下这样的一个注记："牌坊之所以幸存，竟有'没有承包商愿意成为历史罪人'，拒绝承接拆迁之说。"④ 这个注记无非想要说明，逼迫南大关闭是如何不得

---

① 李光耀，《李光耀回忆录，1965—2000》（台北：世界书局，2012），页174。
② 潘正镭，《站在桃花边疆》，《太阳正走过半个下午》，页187。
③ 潘正镭，《站在桃花边疆》，《太阳正走过半个下午》，页186。
④ 潘正镭，《南大牌坊》，《太阳正走过半个下午》，页183。

人心。李光耀晚年在回忆录中汲汲于为当年自己的决定辩解,容或已多少体会到个中的历史功过。正如在《南大牌坊》文中潘正镭自引其诗所说的:"牌楼,孤守子孙的忏悔:/会的,时间老人会回来的/史册上打扫叶落点数光华。"①

这座牌坊原来上有于右任所书之"南洋大学"四个大字,从右至左,校名上方另有阿拉伯数字"1955",以志南大建校之年。《南大牌坊》附图就是牌坊原貌,不过现存的牌坊校名和年代已经不见,不知何时与何故无翼而飞,潘正镭向南大职员旧识打听也不得要领,他因此感叹:"昔人已乘黄鹤去,所踪均已成谜"。② 沧海桑田,令人不胜唏嘘!潘正镭在《南大牌坊》文末称之为"一个无字碑,一个历史的站岗人"③。诗《@1980》特以此无字牌坊为题材,最后两节这么写着:

> 南大牌坊
> 无字碑
> 孤望
> 一朵云
> 一朵大灵魂的
> 朵云 ④

经过了岁月的推移,原先的牌坊竟已转化为一座无名纪念碑,一件

---

① 潘正镭,《南大牌坊》,《太阳正走过半个下午》,页183。
② 潘正镭,《南大牌坊》,《太阳正走过半个下午》,页183。
③ 潘正镭,《南大牌坊》,《太阳正走过半个下午》,页183。
④ 潘正镭,《@1980》,《太阳正走过半个下午》,页185。

历史的残骸，甚至是华人的文化图腾。

在《太阳正走过半个下午》书中，20世纪70年代下半那几年都与南洋大学有关，不仅因为潘正镭亲历南大的末日，睁眼目睹多少华人寄望的母校隐入历史，南大那些年也正好是他生命中重要的形塑期（formative years），他初窥世事，从一位懵懂少年突然间发现人世的幽暗诡谲，连理应单纯的校园也因政治势力的介入而危机四伏，动荡不安。潘正镭在《南大牌坊》中以一句话总结他的南大岁月："风雨来去，我的云南园生活早化成一声飞逸远去的鸟啼。"①将逝去的南大岁月喻为飞鸟啼声，意象鲜活，深有寓意。飞鸟远去，踪影虽不复可寻，鸟声啁啾却依稀可闻，是鸟啼声召唤过去的记忆。在一场题为"记忆的场所"（"The Site of Memory"）的演讲中，1993年诺贝尔文学奖得主莫里森（Toni Morrison）提到密西西比河泛滥的情形。她说那不是泛滥，而是回忆，是河流回忆它的来处。她说：

> 所有的水都有完美的记忆，永远想要回到它的来处。作家就是这样：记住我们从何处来，我们路过的那个山谷，河岸又是何种模样，那里可见的光，以及回归我们最初来处的路途。这是情感记忆——神经与皮肤所牢记的，以及情感记忆出现的样子。想象的汹涌正是我们的"泛滥"。②

莫里森用的当然是个隐喻，河流泛滥只是因为想要寻找记忆，想要

---

① 潘正镭，《南大牌坊》，《太阳正走过半个下午》，页183。
② Toni Morrison, "The Site of Memory," *What Moves at the Margins: Selected Nonfiction* (Jackson: Univ. Pr. of Mississippi, 2008), p. 77.

循着原路回到来处。这是莫里森所说的再记忆（rememory）。同理，在潘正镭的隐喻里，飞鸟即使已经远去，鸟啼的记忆却依然存在，循声或可找回飞鸟的记忆——对潘正镭而言，那正是南洋大学"风雨来去"的最后岁月。

南大的重要记忆还包括前面已经提到的诗社活动。潘正镭写诗其实早于就读南大之前。1974年，他还在服国民兵役时，即与诗友筹备，于次年初出版《8人诗集》一书。诗《@1974》所志即为此事，并且以诠释陈瑞献的封面设计为主。附图即此诗集封面：八位年轻诗人的头照底片以四人一排显影，周边有数只白鹤展翅高飞。潘正镭在《8人诗集》一文中这样阐释诗集封面，他认为陈瑞献"选'鸟鸣婉啭（转）'四字静观，顺笔序一划或一勾，把字体解构，在他心中重生为一只美目灵动，活泼泼的飞禽，复从飞禽之身，一丝不苟地移去一切，到一对尖喙衔走一滴饱满的内容，没入空无。他用这方法进入八个诗人的诗境。二百五十字的序文予我有杜甫'万古云霄一羽毛'的启发"①。这个诠释当然隐含陈瑞献对这几位年轻诗人的期许与祝福。

再看下列另一段文字："《8人诗集》为六七十年代引领风骚的五月出版社出的最后一本书。当时芽笼28巷陈宅，往来多现代文学旗手，可谓新加坡现代文学的摇篮。我者后辈，亦喜结伴造访，亲沐这位我们熟读其诗集《巨人》的兄长的豪爽教泽。出版一本合集即孵育此间。"② 这段文字说明《8人诗集》的出版缘由，诗集却也是五月出版社印行的最后一本书。巧的是，五月出版社的第一本

---

① 潘正镭，《8人诗集》，《太阳正走过半个下午》，页206。
② 潘正镭，《8人诗集》，《太阳正走过半个下午》，页206。

书就是陈瑞献以笔名牧羚奴出版的诗集《巨人》，1968年出版，允为新加坡华文现代文学开山之作。潘正镭这段文字显然具有文学史的意义。讨论新华现代文学，牧羚奴与其《巨人》恐怕是无法绕过的文学事实，甚至隔着长堤的马华现代文学也受到影响。牧羚奴在《巨人》宣言式的自序中提出"恒在求索"的创作观，对当时许多年轻诗人颇多启发。潘正镭称芽笼28巷陈瑞献的住家为"新加坡现代文学的摇篮"①，当年确实那是一个非正式的文艺沙龙。我记得1970年我与马华文坛前辈姚拓和白垚等初访新加坡，3月29日上午我们与围绕五月出版社的一群年轻诗人座谈，地点就在陈瑞献住家。② 潘正镭有三百五十页大书《天行心要：陈瑞献的艺踪见证》，2012年出版，透过访谈、特稿、诗及散文等文类，详细记录过去数十年陈瑞献的艺术经历与成就。他在后记中回顾1971年十六岁中四毕业后，自己为筹办文学报，与同学拜访陈瑞献的经过，从此展开两人五十年亦师亦友的情谊。我曾在《天行心要》推荐语中表示，潘正镭"与陈瑞献并肩同行，一路见证，他观察敏锐，笔触真诚，为我们打开陈瑞献既深邃而又辽阔的世界"③。这是实话。

## 五

1979年，潘正镭自南大毕业，谋得第一份职业，到2017年退休，始终在报界工作，从记者到编辑到副刊主任到总编辑，用现在

---

① 潘正镭，《8人诗集》，《太阳正走过半个下午》，页206。
② 座谈会记录后来以《那些人，那些事》为题刊于《蕉风》第212期（1970年8月），页4—17。
③ 见潘正镭，《天行心要：陈瑞献的艺踪见证》（新加坡：创意园，2012）。

的话说，资历完整，是不折不扣的媒体人，而且是平面媒体人。他最早在新加坡人民协会的《民众报》服务，第二年就被《南洋商报》物色，不及数月，又奉命转去报社仓促成军的《快报》，除当记者，另外兼编副刊。结果不到三年，不可思议的是，在新加坡政府"拉线下"（潘正镭的用语），《南洋商报》与《星洲日报》这两家宿敌竟然解体合并，改名换姓分成《联合早报》与《联合晚报》印行。原来的两家大报重蹈数年前南大的命运，从此烟消云散，暗淡没入新加坡华文报业史中，成为其中隐晦的一页。潘正镭再转到《联合晚报》当采访组副主任，不及五年，又改道转去《联合早报》接掌副刊，开始其后二十年的副刊编辑的岁月，还因此坐上副刊主任的位子。2009年他重作冯妇，回到《新明日报》与《联合晚报》，接掌两报的联合新闻部。2012年出任《新明日报》总编辑，至2017年退休之日止。这些经历俱见于《太阳正走过半个下午》一书压卷之作《天朗护照》。潘正镭在报界近四十年，从基层记者到总编辑，几乎遍历新加坡的各类型报纸，亲历多少变革，见证多少人事浮沉，对晚近新加坡华文报业的流变所知想必既广又深，《天朗护照》一文只是轻描淡写，略叙其个人经历，并借此向同事告别。

在近四十年的报人生涯中，潘正镭当然有很多机会与闻新加坡国内外大事。《塌楼》一文记1986年实龙岗路七层楼高的新世界酒店倒塌，酿成数十人伤亡的惨剧，对既无地震亦无台风的新加坡而言，高楼坍塌自然非关天灾，只能归诸人祸了。潘正镭身在报社，掌握第一手资料，对灾情与救灾经过着墨甚多，不过以其媒体人的敏感，对整个事件不免产生疑虑："才建成十五年的建筑，一场悲剧揭开从一开始的一连串人为的贪婪、欺瞒、疏忽、愚昧是罪魁祸首,已经是调查后话。"① 诗《@1986》即以此次楼塌事件为题材,其主题侧重在救灾的公共感受。附图正是楼塌后数十人在残垣断壁上参加搜救的情形,场面令人触目惊心。这些救援人员中可能杂有伤亡或失踪者的家属,因此诗《@1986》会以诗句"我们的亲人/要回家"② 结束,大悲无语,在极简的语言中隐含难言的悲痛。

潘正镭还记录1998年的金融风暴,其造成的后果不限于一时一地,亚太地区某些国家更是首当其冲,他将之归于"金融大鳄"索罗斯(George Soros)覆雨翻云的结果。他在《快熟面金融风暴》一文中指出:"邻邦泰国和印尼,首当其冲,情况惨烈,国家经济崩盘,社会动乱,盘踞山头的政治枭雄也落马。大批的下层人民不知所以然地遭殃。"③ 这次金融风暴,很多人应该记忆犹新,许多金融产品也为之泡沫化,20世纪80年代以来的新自由主义经济弊端暴露无遗。诗《@1997》不写香港回归中国,而写对亚洲带来巨大灾难的金融风暴:

暴掠的
数字猛吐狂洋一片
数字浑水
数着巨鳄肠胃
数着金融盆口

---

① 潘正镭,《塌楼》,《太阳正走过半个下午》,页159。
② 潘正镭,《@1986》,《太阳正走过半个下午》,页161。
③ 潘正镭,《快熟面金融风暴》,《太阳正走过半个下午》,页115。

数化不了吊丝上的尸体①

诗《@1997》明显地将金融巨灾喻为海啸，但见巨鳄在海啸中张着血盆大口，准备吞噬落水的灾民。

  有趣的是，在《快熟面金融风暴》一文里，潘正镭以近乎偷换概念的方式，将亚洲金融风暴联结上快熟面——中国大陆称方便面，台湾地区谓泡面或速食面，香港地区则叫公仔面。这种联结仰赖的是修辞上的奇喻（conceit），将毫无关系的事物相互比喻，使之产生新的联想。潘正镭提到大阪的速食面博物馆，为日本日清食品公司所设，另有一间位于横滨。日清的创办人安藤百福为华裔日本人，原名吴百福。"二战"之后战败的日本民生凋敝，人民生活困苦，传说安藤百福因见东京街头人们在寒冬里大排长龙等候热面，因而产生制作速食面的念头。速食面可说是战争的产物，安藤百福即认为他的产品是"被饥饿催生的灵感"②。潘正镭笔锋一转，将安藤百福经历的战争与亚洲当前正在发生的金融"战争"相提并论："安藤万万想不到，在他去世的二十多年后，东南亚发生了一场资本主义发展极致，完全人为制度保护下'无血而几乎血流成河'的'战争'，那是世界上聪明的人搞的制度供更聪明的脑袋合法钻洞利用，虽不闻枪炮硝烟，但空气中的病毒刺杀更厉。"③ 而在这场寂静却惨烈无比的金融战争里，安藤百福意外地再次扮演战后他所担当的角色。潘正镭在印尼的排华暴行中找到这样的关联。让

---

① 潘正镭，《@1997》，《太阳正走过半个下午》，页117。
② 潘正镭，《快熟面金融风暴》，《太阳正走过半个下午》，页115。
③ 潘正镭，《快熟面金融风暴》，《太阳正走过半个下午》，页114。

我直接引述他的话:"在金融风暴引发排华掠劫的印尼,一名余生者说,快熟面是最棒的干粮,他们在地窖里躲避趁乱洗劫的种族主义者的恶狼,就靠这平时积存的快熟面,不煮亦可果腹。"① 这些印尼华人吃的未必是日清食品的速食面,只是追本穷源,安藤百福的历史身影毕竟是无法略过的。潘正镭称金融风暴为"一头被贪婪催生的恶狼",② 而将速食面这种庶民食物放大为"抵挡"(原文用语)这头恶狼的救命利器。

再举另一件国际大事。2003年严重急性呼吸综合征(SARS)肆虐,新加坡也笼罩在病毒的魅影中,伤亡不轻。潘正镭以散文《回回歌》记述这场灾难,只不过在这场跨国灾难中,他的姊夫却因其他病痛,在奋战三年之后,终因不敌病魔而撒手尘寰。《回回歌》其实是一篇悼文,题目实出于《@2003》一诗:

陪你喝一杯
是一杯
陪你吃一餐
是一餐

陪你
走一段
陪你
静默一回

---

① 潘正镭,《快熟面金融风暴》,《太阳正走过半个下午》,页115。
② 潘正镭,《快熟面金融风暴》,《太阳正走过半个下午》,页115。

一回

　　　是

　　一回①

少了秀丽靡华的文字,极简的日常记忆反而衬托出两人朴素真挚的亲情。潘正镭带着哈姆雷特式的感叹指出"没有生命能穿越深渊回来",他最大的不舍是他对姊夫说的:"你终于来不及老。"②《回回歌》在悼念其姊夫的同时,还旁及当时新加坡人在病毒肆虐下所面对的死亡恐慌。"人人活在大恐惧中,生命的敌人隐身虚空,英勇的医护人员边战边调整,毫不畏惧地坚守岗位,救护病人。……生命无常,肉躯何其脆弱,在三个月的战役中,33人不治,其中5名医护人员牺牲。"③ 这种源于个人而扩及集体的书写策略,在《太阳正走过半个下午》一书中并不少见。《回回歌》所悼念的非仅为潘正镭的家人而已,其实这更是一首为病毒阴影下的新加坡所写的挽歌。

## 六

　　校订这些文字时,整个世界仍笼罩在新型冠状病毒(COVID-19)的威胁中,灾情极为惨重,全球确诊者已达一千六百万人,并

---

① 潘正镭,《@2003》,《太阳正走过半个下午》,页93。
② 潘正镭,《回回歌》,《太阳正走过半个下午》,页91。
③ 潘正镭,《回回歌》,《太阳正走过半个下午》,页91。

有六十余万人死亡，① 远远超过2003年SARS造成的灾难。新加坡也无法幸免，原先对疫情的控制可圈可点，后来发生外籍员工集体感染，导致五万多人确诊，死亡二十六人。潘正镭的《太阳正走过半个下午》若非在2017年戛然而止，从他处理2003年的SARS事件几乎可以确定，2020年的诗文必然会环绕新冠病毒发展。类似的公共议题在这本书中所占比例甚多，即使若干看似纯属个人的经历，包括一些家族纪事，背后其实往往包含更大的集体记忆。《太阳正走过半个下午》因此是一部记忆的书，它不仅是潘正镭个人的自叙传，这个自叙传既有离散华人的故事，更多的恐怕是新加坡的故事。潘正镭以其独特的方式，选择他生命中的某些记忆，并且透过这些记忆叙写他的家国情怀。

1932年本雅明（Walter Benjamin）四十岁，他开始撰写他的《柏林纪事》（"A Berlin Chronicle"）。这篇貌似自叙传的长文其实与传统意义的自叙传不尽相同，与其说本雅明所叙为他少年时代的成长经验，他更大的关注在一般性的柏林童年。阅读潘正镭的《太阳正走过半个下午》，我的重要参照除了本文开头提到的《巴特论巴特》外，就是本雅明的《柏林纪事》。潘正镭以一年一诗一文一图所绘制的孤立影像，摆置在一起竟意想不到产生可观的蒙太奇效应，并为我们拼凑出一部跨越时空的家国叙事。本雅明在《柏林纪事》中也谈到记忆的问题。他说："记忆是过去经验的媒介，就像土壤是掩埋毁弃的城市的媒介一样。有人若想要触及自己被深埋的过去，那么他就必须扮演挖掘者的角色。挖掘与否决定了一个真实

---

① 此为2020年中撰写本文时的数据。据世界卫生组织（WHO）所公布的资料，至2024年初，全球确诊者已高达七亿七千四百多万人，死亡者不下七百万人。

回忆的语调和姿态。他必须毫不畏惧地一遍又一遍回到同一事件上,像揉碎土块般将之揉碎,像掀翻土壤般将之掀翻。"① 他把埋藏在土块或土壤中的珍宝称为"意象"。潘正镭就像本雅明笔下的挖掘者,他检视挖掘出来的意象,不论欣喜或是哀伤,不管大事或是小事,这些意象引领他回到过去,六十年来家国多少意象,《太阳正走过半个下午》正好为这些意象留下动人的真实记录。

(2020 年)

---

① Walter Benjamin, "A Berlin Chronicle," *Selected Writings, Volume 2, 1927 - 1934*, Rodney Livingston et al., trans., Michael W. Jennings, Howard Eiland and Gary Smith, eds. (Cambridge, MA and London: The Belknap Pr. of Harvard Univ. Pr., 1999), p. 611.

# 诗的政治

## ——有关20世纪60年代马华现代诗的回忆与省思

### 一

2006年，我从1970年出版的诗集《鸟及其他》中挑选出若干诗作，再加上1970年以后发表的数首，结集成《时间》一书，收入我在1966年至1976年这十年间的主要作品，交由台北的书林出版有限公司出版，纳为"书林诗集"第三十六种。我在诗集之前写了一篇《诗的回忆——代自序》，追忆这些诗作的写作经过，反省自己创作当时的美学与现实关怀。我在这篇回忆序文中指出："我发现这些诗不论言志或载道，其背后所体现的，仍然不脱萨义德（Edward W. Said）在论文学与外在世界的关系时不止一次提到的现世性（worldliness）。对于富有创造力的诗人与作家而言，真正的挑战主要还是在于如何有效地处理创作与现世之间的关系。"①

这几句话大致总结了我数十年来的文学理念。从很年轻开始，我就相信文学与现世——不论是现实、人生、人的内在或外在世界——之间的密切关系，作家与诗人的重责大任乃在于以他们所认

---

① 李有成，《时间》（台北：书林出版有限公司，2006），页17。

为适当的方式与态度处理这层关系,这就牵涉到文学的美学与政治问题。

诗集《时间》出版后不久,任教于高雄中山大学的张锦忠到加拿大研究,他通过电邮对我越洋访谈。在访谈中张锦忠提到20世纪60年代我开始创作时马华文学的现状,特别是现实主义与现代主义之争。我的回答甚长,其中有部分文字涉及上述我对文学的基本信念,容我摘录如下,以便进一步申说:

> 我对文学流派没有意见,问题也不在于写实主义或现代主义,而在于你写得好不好。我那时读到的一些所谓现实主义的作品其实并不写实。我在渔村长大,是劳动阶级的孩子,不劳别人告诉我什么叫现实,什么叫生活,我们每天都跟现实挣扎,跟生活搏斗。文学当然关系到现实人生,我们要问的是:这是什么样的关系?作家该如何看待,如何处理这样的关系?总之,当时我读到的现实主义的作品能说服我、感动我的并不多,那些作品中的现实和我所了解的现实总有一些距离,而且呈现的手法吸引人的也不多。
>
> ……其实我那些年读的中文创作大部分是写实主义的作品。鲁迅那数量不多的小说我大部分都读了,也读了巴金、茅盾、郭沫若、郁达夫、曹聚仁、叶灵凤等的若干著作。……
>
> 我早年的阅读经验和文学氛围是相当写实主义的,甚至我刚刚学习创作的时候,发表的诗也很写实,主要取材自我童年时代的渔村生活经验。我逐步转向现代诗是因为创作上的需要,我希望能写出不一样的东西,原来的创作形式已经无法令我满意。这种转变是很自然的事。我不久前重新整理自己的诗

作，那些诗不仅写实，有些还颇具批判性。①

这些文字所描述的大致是20世纪60年代当时马华文学界的整个文学意识形态环境，用张锦忠在提问时的话说："60年代的马华文学主流是写实主义（其实是社会现实主义）。"② 这一点是毋庸置疑的。不仅是主流，在某种程度上甚至形成霸权，宰制了马华文学界大部分的文学生产。整个文学的生产场域几乎为现实主义所垄断。

在这样的文学意识形态环境之下，任何非现实主义的创作行为往往会被视为逾越。现代诗的写作尤其如此。逾越挑战原来清楚的畛域，侵犯原来的意识形态环境，使得原先的系统不再稳定。逾越将会带来改变，这是任何权力阶级所不愿意看到也不允许的。

马华现代诗的滥觞当在20世纪50年代末期，当时即有若干诗人发表了一些在语言、结构乃至于题旨上堪称现代诗的创作。白垚曾有专文谈到当时诗坛的状况，他把现代诗的出现视为叛逆行为，现代诗人则为叛逆者。他说："20世纪50年代后期，马华文坛即有叛逆者揭竿而起，突破专横，激发一场影响深远的反叛文学运动，到90年代，叛逆者的形象已无所不在，有诗的地方，就有他的英名。马华文坛叛逆者的名字，不是个人的名字，而是反叛文学作品共有的名字：'现代诗'。"③ 白垚所说的叛逆，正是我前面所提到的逾越行为。即使如此，以当时马华文学界的情形而言，现代诗也只

---

① 李有成、张锦忠，《过去的时间，不同的空间：李有成答张锦忠越洋电邮访谈》，《星洲日报·文艺春秋》，2007年4月22日，18版。
② 李有成、张锦忠，《过去的时间，不同的空间》，18版。
③ 白垚，《林里分歧的路：反叛文学的抉择》，收于《缕云起于绿草：散文、诗、歌剧文本》（八打灵再也：大梦书房，2007），页82。

能在主流之外,在边陲骚扰与战斗。现代诗日后的发展,是当时我们许多人所无法想象的。

我个人开始写作现代诗是在20世纪60年代中期以后。就像我在答复张锦忠的提问时所说的,我最早的创作应该很符合现实主义的美学标准与政治要求。这些诗热爱土地,歌颂劳动,主要取材自我童年时代的渔村经验。当时种族政治还不是那么明显,至少在我童年的渔村,种族政治不是日常生活的重要成分。我对外在世界的了解相当有限,渔村对外近乎隔绝的生活构成了我早年那些诗作自身俱足的世界。这个世界随着我的年龄日增,涉世稍深,对外在世界多了一些好奇与了解之后,虽不至于幻灭,但也逐渐产生新的意义。反映在我的创作上,则是我对诗的形式要素——包括语言、结构、节奏等——与关怀的反省。我已经无法满足于原来的创作形式。我的语言、形式与关怀正在改变,我想寻找不同的诗的语言与形式来负载我的新的关怀,没有人告诉我这么做,也没有人教导我该怎么做。这是个人在创作的需要与压力下思考的结果,当时我对20世纪50年代末期马华文学界正在发生的变化并无所悉,自然也不可能意识到这样的变化与我的创作有何关系。我只是单纯地创作——用自己所能掌握的语言与形式去处理自己想要处理的题材。

我开始意识到自己的创作可以被称为现代诗是在加入银星诗社之后。2007年7月,新加坡的方桂香为了撰写有关现代主义的博士论文,曾经函询我几个问题。是年8月间我到伦敦短期研究,利用空闲时间回答方桂香函询的问题。2011年初,黄俊麟筹划在《星洲日报·文艺春秋》推出我的专号,希望我能撰写有关早年写诗与担任编辑的回忆。我把回答方桂香的文字寄给黄俊麟,经过黄俊麟重新编辑之后,我的回答竟然变成了一篇首尾兼顾的文字,并且以

《1960年代的文学往事》为题刊出。在这篇回忆文字中，我提到自己与银星诗社的关系：

> 我不记得怎么会知道有这么一个叫银星的诗社的。那时诗社是设在槟城的学友会（《学生周报》辖下的青年学生社团）里，先是在中路（Jalan Macalister）槟城佛学院附近一间排屋，后来搬到车水路（Jalan Burma）的一间楼房公寓。我去参加诗社的活动，无非是讲讲诗，办办壁报等。银星诗社的主要成员有乔静、秋吟、星云、陈应德等，诗社有一份诗刊，就叫《银星》，是一份现代诗的刊物，原来还出过单行本的诗刊和诗页，后来后继无力，就借《光华日报》的版面出刊，每月半版。那个年代还有这种事，现在大概不可能了。我后来编《银星》的时候，已经是借《光华日报》的版面出版，而且是最后几期了。每个月稿子弄齐后，我就负责送到《光华日报》的编辑部给温梓川先生，画版、发排都是温先生帮忙的。我那时候所写的当然已是所谓的现代诗了。①

银星之为诗社其实是个相当松散，谈不上有组织的团体。我记忆中并无所谓社员的名目，我们参与诗社活动的人从未登记为社员，既无人要我们登记，也不知要向谁登记。我们也从未缴交社员费。我从不知道谁是社长，也没听说有什么诗社干部的结构。诗社的活动不多，偶尔周末时会举办活动，或是讨论诗，或是出版壁

---

① 李有成，《1960年代的文学往事》，《星洲日报·文艺春秋》，2011年3月13日，18版。

报，刊出诗作或发表诗的分析之类的文章。我前面提到的所谓"诗社的主要成员"其实指的是较常参与诗社活动的几位，并非严格意义的社员。

《银星》是一份真正揭橥现代诗的诗刊，只刊登现代诗与现代诗论。以五十年前的情境而言，乔静（何殷资）、秋吟（黄运禄）等所发表的若干诗作在质量上已属颇为可观。可惜乔静、秋吟等后来不再写诗，这些年来讨论马华现代诗，鲜少有人提到《银星》，更遑论探讨他们的创作。这是马华现代诗一个相当重要的失落的一环（the missing link）。

我个人的主要诗作并非发表在《银星》诗刊上。不过透过诗社的活动，特别是后来参与诗刊的编务之后，我对诗坛渐渐多了接触，也有了些许了解。我除了定期阅读《学生周报》与《蕉风》之外，也有机会读到《海天》《荒原》等刊物。当时新加坡尚无《联合早报》，有的是《南洋商报》和《星洲日报》两份大报，不像现在两报都在马来西亚出刊，而且同属一个媒体集团。新加坡的《南洋商报》与《星洲日报》在文艺副刊方面各有坚持，前者趋向现代主义，后者则力守现实主义立场。我也不记得自己是在什么机缘之下，读到在中国台湾出版的《星座》诗刊。我发现在文学创作上，有不少人的想法与我相近。20 世纪 60 年代的马华现代诗人后来还继续创作，并取得很高成就的大有人在，现代诗史会记录他们的名字，我就不一一列举了。因为参与《银星》诗刊编务的关系，在乔静、秋吟等人之外，我至今还记得几个久被大家忽略的诗人名字，像笛宇、毕洛、黄怀云等。麦留芳（刘放、冷燕秋）也是当时已经熟知的名字，要到许多年后，文化人类学家庄英章跟他提起我是他在"中央研究院"的同事，我们才再次见面。

我早年参与编务的文学刊物都与推动现代文学有关。《银星》是个起点，而且是个相当重要的起点。《银星》后来停刊，究竟是因为《光华日报》不再出借版面或者因为我的离去，我现在已经记不起来了。《银星》既无财力，也无有形的组织，其实有没有《光华日报》的支持，早晚都要停刊的。这个昙花一现的现代诗刊究竟曾经造成什么样的影响，我现在无法评估。这是研究马华现代诗一个很重要的课题，希望将来有人能够搜集完整的《银星》诗刊，较全面地评论这份现代诗刊的功过得失。《银星》诗刊的规模虽小，却让我累积了一些编辑文学刊物的经验，对我后来参与《学生周报》与《蕉风》的编务是有帮助的。

应该是1968年，刚好周唤要离开《学生周报》，姚拓与白垚两位希望我到《学生周报》接下周唤的工作。我当时无所事事，就一口答应他们。在这之前的大半年，还发生了一件事。事情是这样的：不记得当时是在怎么样的情境之下，我写了一篇短文，对现实主义有所批评。短文的详细内容我已不复记忆，我大概批评了现实主义要求文学为政治服务的主张，同时也对现实主义文学语言的陈腐、形式的俗套、内容的贫乏颇有意见，当然短文最后不免要为现代文学张目。我当时不知天高地厚，只以为自己不过发表了一篇不符文坛主流意识形态——这是我后来才学到的用词——的短文，殊不知我其实已经踩到某些人的政治红线。那篇短文立刻受到批判，其猛烈的程度倒是出乎我意料。不仅某些坚持现实主义立场的报章杂志以近乎人海战术的攻势对我大加挞伐，许多作者用的都是陌生的笔名，有的更诉诸"文革"的用词。有的人将我的诗文断章取义，挪揄嘲讽，斥责我颓废堕落，是典型的小资——老实说，若一定要论出身不可，我还是根正苗红的劳动阶级。我逐渐感觉到我面对的是一个庞大而有组织的集团,这些人绝不是游兵散勇。事件发展的高潮是某左翼政党的外围刊物《浪花》不惜出版专号对我展开批斗。其实那时候我偶尔也读《浪花》,对这份刊物的文学与政治立场相当清楚。

面对笼天罩地的攻击,我毫无奥援,只能孤军作战。不过我也只是写了几篇文字回应,可惜我的手边并无存稿或剪报,详细的内容我已毫无记忆了。《浪花》的专号可能是围剿我的高潮,也许经过观察,发现我的回应并不热烈,同时也未见我有任何帮手,显然我的背后并无任何集体支援,之后整个事件就渐趋平静。当时我读到的唯一一篇支持我的文章是也写诗的归雁(林本法)所写的,发表在《马来亚通报》的副刊上。这个事件也让我获得许多教训。我深刻感受到集团背后那种排山倒海的斗争力量,个人是不容易抵御的。这次事件让我日后比较容易了解"文革"期间众多文人学者的遭遇,也让我彻底明白,我们彼此之间使用的其实是不同的语言,我关心的是文学,他们关心的是政治——对他们而言,文学仅只是政治斗争的工具而已。我们的关怀不同,不可能有共同的交集。我可以有自己的文学主张,但我的文学主张绝对不许妨碍他们的政治进程。这个教训非常重要,此后四五十年,我再也没有,其实也不愿意再涉足任何文学论战。这次事件也有个好处:我发现自己的文学知识不足,从此砥砺自己潜心向学,大量阅读,我后来在文学理论上尚知用功不是没有原因的。

1968年间,我从槟城南下八打灵再也,开始担任《学生周报》的编辑。最初我主要负责与文学有关的版面,如"文艺""诗之页"等,后来又加上封面的"文艺专题""影艺版"。至于参与《学生周报》编务之后,又如何加入《蕉风》的编辑团队,我在《1960年代的文学往事》一文中有以下的回忆：

> 参与周报的编务几个月后，应该是1969年中，不知道为什么友联出版社内部工作有了调整，黄崖不再主编《蕉风》。我在友联时有一段时间经常看到黄崖，他主编《蕉风》时发表过我的作品，不过我们不熟，也没有机会交谈。我倒是读了几本他由高原出版社印行的小说。姚拓、白垚两位接下《蕉风》编务之后，我也顺理成章参与《蕉风》的工作。陈瑞献也受邀参加，我们几个人就组成一个编委会，开始《蕉风》的改版工作。《蕉风》那个时候发展已经到了瓶颈，不改版也不行了。姚先生基本上放手给我们做，白垚点子较多，瑞献除了提供意见外，还要写稿、邀稿，甚至设计封面、内页插画等。我主要负责执行编务，包括选稿、邀稿、校稿与联系工作等。因为我手头上还有《学生周报》，加上《蕉风》的编务，一份是周刊，一份是月刊，所以相当忙碌，创作相对之下就少了很多。①

改版后的《蕉风》是许多人都已知道的第202期，不仅封面与开本令人耳目一新，内容也整个改头换面，用今天的话说，是真正的本土化，因为整本《蕉风》所刊登的全是新马两地作者的创作。扉页之后的征稿启事是白垚写的。《蕉风》多年来给人的印象是一份推动现代文学的刊物，不过这则征稿启事却强调《蕉风》是一份不分文学派别的开放性刊物，只问作品好坏，或者是否具有新意。白垚

---

① 李有成，《1960年代的文学往事》，《星洲日报·文艺春秋》，2011年3月13日，18版。

也为改版后的《蕉风》撰写编后话。在我执行《蕉风》编务的那一段时间内，我的确遵行征稿启事的约定，只问作品是否具有创意，许多并不熟悉的年轻作者受到鼓舞，纷纷把作品寄到《蕉风》来。《学生周报》的作者更愿意将他们的创作交由《蕉风》发表。因此那一段时间《蕉风》与《学生周报》的作者有不少是重叠的。

值得一提的是，在我参与编务的那一段不算长的时间内，《蕉风》竟推出了诗、小说、戏剧等几个专号，以当时新马的文学环境而言，这是很不容易的事。这几个专号都颇受好评。在当时的文学刊物中，专号其实并不常见，《蕉风》之所以有能力推出这几个专号，平心而论，陈瑞献在整个筹划的过程中扮演了相当吃重的角色。他既要写稿、译稿、约稿，还要设计封面、内页插画等。当时《蕉风》在文学的译介方面固然以西方为主，但也多少开始注意新马两地文坛的成就。总之，那一段时间相当热闹，我们的确尽我们所能，为马华文学界打开了几扇窗口。

因为参与《学生周报》与《蕉风》编务的关系，那一阵子我跟陈瑞献函电往来相当频繁。我和陈瑞献认交其实早在我来《学生周报》工作之前，那时候我们就有书信来往，我之前就读过他不少富于现代意识的创作，很有启发性。当时环绕着陈瑞献的是一批创作力充沛的年轻诗人，他们以五月出版社为中心，开展具有现代意义的创作空间。这些年轻诗人后来也成为《学生周报》与《蕉风》的基本作者群。

在推动现代文学方面，应该一提的一位关键性人物是梁明广（完颜藉）。自1965年以后，新马在政治上虽然已经分家，但是在文学创作上——至少在华文文学创作上——并不像在政治上那么泾渭分明。《学生周报》与《蕉风》月刊固然在马来西亚出版，照样可以在新加坡发行。《南洋商报》与《星洲日报》在新闻处理上分别有新加坡版与马来西亚版，不过在副刊方面新马是共用一个版本的。梁明广那时候主编《南洋商报》的"文艺版"。这是一份水准很高的文学副刊，梁明广敢于发表一些实验性的创作，同时还不时译介西方现代文学作家与作品，的确为相对沉闷的文学环境注入一些朝气与新意。梁明广与陈瑞献是南洋大学现代语文学系的先后期同学，在他主编《南洋商报》的"文艺版"那段时间，陈瑞献是他背后的主要助力。基本上梁明广所扮演的是开风气与推波助澜的角色，在编文学副刊之余，他也广泛为文，大力营造多元开放的文学环境。在《蕉风》的小说专号上，梁明广发表了他所翻译的《尤利西斯》（*Ulysses*），只可惜没有译完。我要在若干年后读到乔伊斯（James Joyce）的这部巨著，才体会到翻译《尤利西斯》的艰苦。

20世纪60年代中期以后马华文学界也出现了若干独立的同仁出版社，设于槟城的犀牛出版社是其中之一。犀牛出版社的创办虽然与我有一些关系，但是我对出版社后来的营运与发展并无任何贡献。创办犀牛出版社其实是相当意外的：

那时候我已经在《学生周报》工作，有一次回槟城，和槟城一群朋友闲谈，大家提议办一份文学刊物，而且要我就近在吉隆坡向内政部申请出版准证。回八打灵再也后不久，我就着手申请准证，还跑了一两趟内政部，说明办刊物的目的等等。等了好一阵子，准证没有下来。后来周报方面也有意见，简单地说，就是利益冲突。我其实从没向任何人提过办刊物的事，因为我只是挂名协助申请准证，将来处理出版、编辑等事务势必是槟城那些朋友的事，我已经忙不过来，也知道我的身份更不适合参与编务。我不清楚周报方面是否受内政部官员所托，希望我打消办刊物的念头。总之，为了不让彼此为难，我就告诉槟城的朋友，申请出版准证的事我没办法帮忙了。后来大家决定放弃办刊物，改设立出版社。于是才有后来的犀牛出版社。①

我从未参与犀牛出版社的业务。出版社在印行几本书之后就无疾而终，这几本书包括了两本现代诗集——我的《鸟及其他》与梅淑贞的《梅诗集》。

1970年8月我离开马来西亚负笈台北，结束我在马来西亚的创作与编辑生涯。20世纪60年代的马华诗坛，诗写得比我好比我多的颇不乏人，我只是因缘际会，先后参与了三份推动现代诗不遗余力的文学刊物，这样的经验却是其他的诗创作者少有的。张锦忠曾经戏称我那一代为马华文学界的"1960年代"，不仅时间巧合，那一代在精神上也确实饶富叛逆性，对当时既存的文学典律——如果也称得上典律的话——深为不满，创作现代诗因此被视为是对典律的挑战。离开马来西亚之后我虽然偶有诗作发表，但是已经不再介入马华现代诗的活动了。

二

就马华现代诗而言，20世纪60年代仍属于筚路蓝缕的一代，

---

① 李有成,《1960年代的文学往事》,《星洲日报·文艺春秋》,2011年3月13日,18版。

诗途险阻，文学环境并不友善。在某种意义上，当时许多参与现代诗活动的人都是逾越者，希望冲破文学有形或无形的藩篱，开拓一个较为多元繁复的文学环境，其中是非功过，不应该也不需要由也算是当事人之一的我来置喙。至少到了 20 世纪 70 年代以后，创作现代诗已经逐渐蔚为风气，因此会有白垚相当乐观的话说："横竿击壤，四野飞声起草根，都是凯旋的呼叫，现代文学已十路书声，迎向一个现代的春天。"① 20 世纪 70 年代之后我已不再参与其事，不过据我的观察，往后的世代创作现代诗已是理所当然的事，不必再忍受我那一代许多诗创作者不时面对的挞伐与敌意。从这个角度来看，当时推动现代诗的逾越行为其实是隐含解放意义的，要将诗乃至于文学自现实主义的束缚中解放出来。这正是本文题目所说的"诗的政治"。

这里所说的政治非关作家诗人在现实生活中的政治信仰或政治立场，因此"与作家介入他们的时代的社会或政治斗争无关"，同时也"与作家在他们的著作中再现社会结构、政治运动或某些属性无关"。② 按朗西埃（Jacques Rancière）的说法，所谓文学的政治意味着"文学就只是以其作为文学的身份从事政治"，因此我们无须担忧作家是否应该介入政治或者应该坚持其艺术的纯粹性。文学的政治这个用词暗示："在政治作为独特的集体实践与文学作为清楚定义的书写艺术的实践之间存在着某种基本的关联。"③ 我要引申朗

---

① 白垚，《卷土穿山，兼天写地：反叛文学的凯歌》，收于《缕云起于绿草：散文、诗、歌剧文本》（八打灵再也：大梦书房，2007），页 100—101。
② Jacques Rancière, *The Politics of Literature*, Julie Rose, trans. (Cambridge: Polity Pr., 2011), p. 3.
③ Jacques Rancière, *The Politics of Literature*, p. 3.

西埃的说法指出，文学作为自主的书写实践与政治作为集体实践之间是可以有密切的关系的。这是朗西埃所说的文学的政治性（politicity）。就 20 世纪 60 年代的马华现代诗而言，其政治性即在于现代诗的书写实践所带来的改变，因为自此之后，马华文学界在诗的创作方面与过去已经不能同日而语，情境不再一样了。简单言之，既存的文学典范遭到挑战，新的典范正在逐渐冒现，最后造成典范转移，甚至典范兴替。

典范一词当然是库恩（Thomas Kuhn）的用语。库恩在从事科学史研究时发现，一门学科从前科学（pre-science）期进入成熟科学（mature science）期的过程中，会出现"一组反复出现的标准范例，展示各种理论在观念上、在观察上以及在仪器上的应用。这组范例就是该科学社群的典范，它们出现于教科书中、课堂上及实验室中"[1]。换言之，典范乃是某一科学社群的成员在从事科学研究时所接受的基本共识，包括基本观点与研究方法等，依此典范之观点与研究方法所发展建立的科学乃称为常态科学（normal science）。常态科学家的工作主要是依典范之设计来解决各种谜题（puzzles），库恩称成功解决这些谜题的常态科学家为解谜者（puzzle-solver）。谜题的挑战正是驱策科学家向前迈进的动力之一。[2] 库恩的论述旨在解释科学革命的形成，因此其中所涉及的主要还是典范兴替的问题。库恩认为，若依现有的典范规定，虽经科学社群的多方努力，有些谜题也无法获得解决，在这种情形之下，这样的谜题就成为典范中的异常现象（anomaly）。一般而言，异常现象对现存的典范不

---

[1] Thomas Kuhn, *The Structure of Scientific Revolutions* (Chicago: Univ. of Chicago Pr., 1970), p. 43.

[2] Thomas Kuhn, *The Structure of Scientific Revolution*, pp. 35–37.

一定会构成威胁或形成危机，相反，库恩以为，科学上的发现往往始于科学家对异常现象的觉察，他们觉察到自然违反了典范所做的推论。不过，倘若异常现象已经明显地质疑现存典范的基本假设，或者说异常现象过多，而无法在现存的典范中获得解决，同一科学社群的成员因此对现存的典范开始产生怀疑，于是造成典范的危机。为了因应这样的危机，科学家势必得修正原有的典范，或者提出新的观点、新的方法、新的词汇，向现存的典范挑战，新的典范即可能因此成形。当新的典范逐渐形成规模，且足以跟原有的典范抗衡时，科学于是进入革命阶段。等到典范的兴替逐渐形成，旧典范为新典范所取代之后，新的常态科学于焉产生，科学革命才算完成。①

现代诗的出现仿若马华文学既存典范中的异常现象，当异常现象发展到一定的规模，威胁到既存典范的稳定性，文学社群里的成员也会采用新的语言、新的形式、新的视角，质疑与挑战既有的典范，现存典范既不为文学社群里的成员所信任，现存典范就会逐渐萎缩、衰微，文学典范就会开始转移，最后甚至于造成典范兴替。在这方面，20世纪60年代的马华现代诗运动无论如何是有推波助澜的作用的。

现代诗运动所激发的思考与改变也展现了朗西埃所说的文学的民主性：写诗原来可以不必为特定阶级、特定意识形态，甚至特定政治进程服务的。写诗原来可以自由采用任何语言、形式、结构，诗人也可以处理个人或集体的关怀。就领受的一方而言，诗人也不必针对特定阶级、特定政治信仰，或特定感性的读者而创作。诗的

---

① Thomas Kuhn, *The Structure of Scientific Revolutions*, pp. 52 - 76.

空间原来是可以开阔、繁复而多样的。

朗西埃也提到文学性（literarity）这个概念。这是俄国形式主义与结构主义的用语，指的是文学的独特属性，在语言的部署方面尤其如此。朗西埃对这一点另有意见。在他看来，"文学性使文学作为一种语言艺术的新形式成为可能，但这并非文学语言的某些特性。任何人都可以拥有的语言的那种激进民主，反而让文学性成为可能"①。因此朗西埃认为，民主的文学性（democratic literarity）才是构成文学独特性的条件，不过这个条件也可能摧毁文学独特性，因为在这个条件之下，艺术语言与日常生活语言之间的区隔已经不复存在。

我无意在这里讨论文学性的问题。朗西埃所说的民主的文学性其实是民主重于文学性，他考察法国文学的语言如何从高官贵族的语言（言说的语言），在左拉与福楼拜的世代走向平民大众的语言（书写的语言）。他认为"文学正是书写艺术的新建制，在这个新建制里，作家可以是任何人，读者也可以是任何人"②。显然，在新的建制里，书写——而非言说——成为文学民主性的指标，他称之为喋喋不休的缄默主义（garrulous mutism）：以语言为行动者与声音嘈杂的受苦者之间的区隔不见了，以行动见长者与仅知苟活者之间的区分也消于无，文学的民主性即在于允许任何作家去掌握这样的语言，去处理他想处理的任何题材。③

朗西埃的观察对我们的讨论饶富启发意义。20 世纪 60 年代的马华现代诗运动可以说是一场文学的民主化运动，一方面要消除文

---

① Jacques Rancière, *The Politics of Literature*, p. 13.
② Jacques Rancière, *The Politics of Literature*, p. 12.
③ Jacques Rancière, *The Politics of Literature*, p. 13.

学的阶级划分,另一方面则要泯除文学的语言畛域,让文学真正走向自由开放、多元繁复。从这个视角来看,跟某些人的想象与期待大异其趣的是,20世纪60年代的马华现代诗风潮其实是一场具有解放意义的文学的民主运动。

(2012年)

# 肆　离散与文化生产

# 《密西西比的马萨拉》与离散美学

## 一

旅居纽约的印度裔导演米拉·奈尔（Mira Nair）曾经在一次访谈中就自己的电影题材指出："我真的对居住在边缘的人……边缘人，或者被视为边陲的人感兴趣。我想那是由于……我对捕捉人的复杂性和生命的复杂性深感兴趣的缘故。"① 从奈尔目前为止的两部剧情片看来，她所谓的"复杂性"显然涉及其电影角色的属性问题，包括这些角色的社会经济状况与其性别、种族、阶级等文化属性。奈尔的第一部剧情片《向孟买致敬！》（*Salaam Bombay!*, 1988）以孟买的妓女生涯为背景，探讨娼妓制度的文化经济学，处处显露其敏锐的观察力以及对从属阶级（the subaltern）② 或边陲住

---

① 转引自 Samir Dayal, "The Subaltern Does Not Speak: Mira Nair's *Salaam Bomboy!* As a Postcolonial Text," *Genders* 14 (Fall 1992), p.16。
② "从属阶级"一词出自葛兰西（Antonio Gramsci）。葛兰西认为，如果说统治阶级的历史统一性是政治社会与公民社会的有机关系造成的，从属阶级（the subaltern classes）则难以统一，他们的历史和公民社会相互纠结，而且断烂朝报，支离破碎。即使他们起而反抗，他们仍然不免受制于统治阶级的活动。见 Antonio Gramsci, *Selections from the Prison Notebooks*, Quintiro Horace （转下页）

民的同情与关怀。《向孟买致敬!》被视为"一部具有后殖民主义与女性主义下层文本的电影"①,可谓其来有自。

《向孟买致敬!》同时也是第三世界内部的第三世界声音②。这样的标签旨在说明第三世界其实并不是一个同质谐一的实体,其内部叙事一样潜存着和第一世界内部类似的多元与矛盾。斯皮瓦克(Gayatri Chakravorty Spivak)曾经说过:"我们必须……坚持被殖民的从属阶级主体莫不是异质的。"③ 殖民过程虽然错综复杂,但基本上这是一种结构性的支配关系,任何异质性都不免在这样的关系中遭到压制、泯除。斯皮瓦克的话等于告诉我们,在殖民的过程中原就有许多被消音、同质化的他者(others)存在,即使在殖民状态结束之后,只要结构性的支配关系仍然存在,同质化的情况也不会因政治独立而有所改变。像《向孟买致敬!》这样的一部电影之

---

(接上页) and Geoffrey Nowell Smith, trans. and eds. (New York: International Publishers, 1971), pp. 52 – 55。南亚论述中所谓的从属阶级主要即依据葛兰西的说法,意指社会中的"卑微阶级"(inferior rank)。在南亚社会中,此从属的属性(attribute of subordination)可以"借阶级、种性(caste)、年龄、性别及职位或任何方式表现"。见 Ranajit Guha, ed., *Subaltern Studies I: Writings on South Asian History and Society* (Delhi, Oxford and New York: Oxford Univ. Pr., 1982), p. VII。

① Samir Dayal, "The Subaltern Does Not Speak: Mira Nair's *Salaam Bomboy!* As a Postcolonial Text," *Genders* 14, p. 16.
② "第三世界内部的第三世界声音"一词受到詹明信(Fredric Jameson)的启发,唯用法上略与其原意不同。詹明信所谓的"内部的第三世界声音"(internal third world voices)泛指第一世界内部他者的声音,如美国的黑人女性文学与墨裔美国文学等。见 Fredric Jameson, "Modernism and Imperialism," in Terry Eagleton, Fredric Jameson and Edward W. Said, *Nationalism, Colonialism and Literature* (Minneapolis: Univ. of Minnesota Pr., 1990), p. 49。
③ Gayatri Chakravorty Spivak, "Can the Subaltern Speak?" Cary Nelson and Lawrence Char, eds., *Marxism and the Interpretation of Culture* (Urbana and Chicago: Univ. of Illinois Pr., 1988), p. 284.

所以重要，部分原因即在于：它一再提醒我们第三世界的异质多样——它要我们倾听被边陲化的住民喑哑的声音。

但《向孟买致敬！》这样的一个电影文本同时还是离散的声音（diaspora voice）。"这部电影对本土从属阶级的凝视（gaze）具有离散的新来乍到的人那种不动声色的也毋庸辩解的坦诚——与迷惑。"① 奈尔出身哈佛大学，受过良好的西方教育，在导演《向孟买致敬！》这部剧情片之前，曾经导过四部纪录片，《向孟买致敬！》之所以貌似实录剧（docudrama），除了蕴涵形式的意识形态之外，在艺术经验上显然是有所本的。奈尔以其离散的后殖民观察者的身份，企图为从属阶级主体寻找一种足以再现与代表他/她们的电影语言——一种以性别和阶级政治为基础，既是后殖民主义的，同时也是女性主义的电影语言。在从属女性无法自己发声的情况之下，奈尔的电影语言——其摄影机呈现电影主体的方式——似乎有意客观化摄影机的凝视，希望借此重新找回从属女性的主体效应（subject-effect）与自我身份（self-identity）。这是奈尔电影的批判力量。

在奈尔的另一部电影《密西西比的马萨拉》 (*Mississippi Masala*, 1991) 里，这个批判力量依然劲道十足。奈尔仍然维持其离散的后殖民观察者的立场，但她的新片镜头所凝视的对象却是真正在海外离散的一群人，其场景则从印度本土移转到美国密西西比州一个叫格林伍德（Greenwood）的印度人聚居的南方小镇。奈尔借格林伍德创造了一个混杂的第三空间（a third hybrid space），让

---

① Samir Dayal, "The Subaltern Does Not Speak: Mira Nair's *Salaam Bombay!* As a Postcolonial Text," p. 18.

不同的色调与文化在此混交,而在混交的过程中又不断强调不同区域的独特性——最能表现这种混杂的第三空间的,当然是由男女主角的异族爱情所导出的身份政治。奈尔在谈到《密西西比的马萨拉》的拍摄过程时曾经说过:"这部电影把来自不同文化与表演传统的人融合成一个可以理解的独一的世界。"① 其实这部电影戏里戏外,都是真实生活中随处可见的种族与文化的混杂现象。

《密西西比的马萨拉》当然不会只是单纯的异族相恋的故事而已。故事始于1972年的乌干达。独裁者阿敏(Idi Amin)下令没收亚裔人的财产,并将亚裔人驱逐出境。世居乌干达的印度后裔杰伊(Jay, Roshan Seth 饰)因对英国广播公司(BBC)批评阿敏邪恶而被捕下狱,经其乌干达友人奥克罗(Okelo, Konga Mrando 饰)营救出狱后,带着妻子吉诺(Kino, Sharmila Tagore 饰)与女儿米娜(Mina, Sahira Nair 饰)出走,在英国居住了十余年,最后选择定居密西西比的格林伍德。1990年8月间,亭亭玉立的米娜(Sarita Choudhury 饰)因驾车而撞上非裔美国青年狄米屈斯(Dimitrius, Denzel Washington 饰)的工作车,两人复在迪斯科舞厅相遇而渐生情愫。米娜与狄米屈斯后来相偕出游,在旅馆共宿时为米娜亲友所见而引起争执。狄米屈斯以清理地毯为业,其雇主不乏经营旅馆业的印度人。自他与米娜的恋情曝光后,生意因受到印度人的抵制而顿时陷入困境,两人更因此误会而黯然分手。米娜之父杰伊多年来不断向乌干达新政府追索被没收之产业,此时正好获得乌干达政府回音,要求杰伊亲返首都坎帕拉(Kampala)出庭。杰伊无法忘情于坎帕拉的家园,因此建议举家迁回乌干达。米娜趁其

---

① Tej Hazarika, "Mississippi Masala," *Black Film Review* 7.1(1992), p. 30.

父母打点行李之际，自行驾车寻找狄米屈斯。两人在误会冰释之后，决定一起离开格林伍德另创天地。杰伊则独自重返乌干达，目睹旧日家园残破，老友奥克罗在阿敏当政时神秘死亡。杰伊在人事全非，黯然神伤之余，只能踽踽街头，最后置身乌干达年轻人的歌舞声中……

## 二

以上的叙述显有简化《密西西比的马萨拉》为滥情的爱情故事之嫌。按奈尔自己的说法，其实"这是一部涉及一位从未到过印度的印度人和一位从未到过非洲的非洲人的电影"①。这样的关怀，再加上奈尔极富批判意识的场景调度（mise-en-scene）——如选择种族隔离现象仍然若隐若现的格林伍德作为影片的背景，把有色人种放在前景让他们杂处互动，同时让白人在影片中"以强势隐没"（powerfully absent），成为再现的实践过程中无声、隐形的客体或他者——使《密西西比的马萨拉》成为一部蕴涵着许多弱势族裔论述与后殖民论述潜层文本（sub-text）的影片，让我们重新思考这些论述之中与国族国家（nation）、族群、阶级等属性——霍尔（Stuart Hall）所谓的封闭体（closures）②——有关的课题。

影片一开始奈尔即以差异政治（politics of difference）质疑属性或身份的意义。杰伊因得罪阿敏而锒铛入狱，奥克罗行贿而使杰

---

① Marpessa Outlaw, "The Mira Stage," *Village Voice* 37.7 (18 Feb. 1992), p. 64.
② 霍尔认为所有用来强化社群认同的观念都是武断的封闭体（arbitrary closures）。见 Stuart Hall, "Minimal Selves," *Identity*, ICA Document 6 (London: Institute of Contemporary Arts, 1987), p. 45。

伊获释。影片即以奥克罗驾车载着惊魂甫定的杰伊开始,车子在途中为士兵所拦查时,奈尔不断以放大的近距离镜头捕捉杰伊与奥克罗脸部的焦虑与恐惧。回到奥克罗的住处,奥克罗劝杰伊离开乌干达,杰伊拒绝。他说:"乌干达是我的家园!""不再是了!"奥克罗说,"非洲是非洲人的非洲,黑色非洲人的非洲!"("Africa is for Africans, black Africans!")以奥克罗对杰伊的友爱,他的话应该并无恶意,他不过借用阿敏的话提醒童年好友正视自身处境之艰险。"非洲是非洲人的非洲"或类似的口号其实源于一个看似明确,实际上相当笼统的疆界与文化空间,明显地简化与窄化了后殖民状态中的政治、社会与文化论述,目的在建构一个安德森(Benedict Anderson)所谓的国族国家——一个"想象的政治社群"[①]。

影片的开头部分大抵是在铺陈和批判这种版本的第三世界的民族主义——应该说假民族主义之名而合理化种种压制性的排外行为。奈尔以阿敏的巨型肖像、声音(广播),以及街头、野外荷枪实弹的军人,显示权力如何以不同的机制、面目、手段不断自我复制,同时展现统治阶级无处不在的宰制机能与支配意志,在压制性与意识形态国家机器的重重支配下,杰伊一家人身陷恐惧、惊慌与无助之中。如上所述,影片中的阿敏自然是一个透过肖像、声音、牢狱及军警特务虚构的历史人物,我们很难自"非洲是非洲人的非

---

① 安德森认为国族国家是"想象的","因为即使是最小的国族国家,其成员大部分彼此既不熟悉,也从未谋面,甚或未听过对方,但在每个人的脑海中却存活着彼此团聚交会的景象"。此外,国族国家之所以是一个"社群","因为国族国家一向被视为一个深挚、平等的同志的结合。就是这种兄弟之爱最终使得过去两百年来,千百万人愿意为此狭隘的想象,死而后已……"。见 Benedict Anderson, *Imagined Communities: Reflections on the Origin and Spread of Nationalism*, rev. edn. (London and New York: Verso, 1991), pp. 6-7。

洲"这么一句简单的口号窥测其民族主义的内涵。简单言之,作为一个总体化的论述,这样的民族主义已是萨义德(Edward W. Said)所谓的"独立于世界时间之外的"本土论(nativism)。这样的本土论往往"脱离了历史的世界,而去追求形而上的本质……这是抛弃历史。在后帝国主义的背景之下,倘若整个运动具有任何群众基础的话,抛弃历史往往会导向某种盛世将临之说(millenarianism),或者堕入小规模的自我疯狂,或者轻率地接受帝国主义所鼓吹的种种刻板典型、神话、怨恨及传统"①。

这样旗帜鲜明的民族主义显然有总体化不同非洲论述之嫌,非洲于是成为一个同质混一的存在。总体化非洲当然牺牲了非洲的多样性与异质性,目的无非是为了寻回、重建、统一非洲的主体与属性,以对抗非非洲的一切——包括非洲境内较富裕的少数族裔。②阿敏仇外的(xenophobic)民族主义其实与种族主义很难分开。种族主义不一定是民族主义造成的结果,也不一定要有种族主义,民族主义才会出现。二者的关系可谓模糊而复杂。显然,在奈尔镜头凝视之下的阿敏式的非洲民族主义,乃是巴利巴尔(Etienne Balibar)所谓的外部种族主义(external racism)与内部种族主义(internal racism)的综合——在仇外之余,复对境内的少数族裔进

---

① Edward W. Said, "Yeats and Decolonization," in Terry Eagleton, Fredric Jameson and Edward W. Said, *Nationalism, Colonialism, and Literature*, p. 82.
② 其实法农(Frantz Fanon)对此总体化的现象早有批评。他说:"黑人经验不是整体的,因为黑人不仅只有一个,而是有许多个。"他还说:"实际的情形是,黑人已经是四处飘零,不能再说是个整体了。"不过,法农也承认:"不管黑人走到哪里,他永远是黑人。"见 Frantz Fanon, *Black Skin, White Masks*, Charles Lam Markmann, trans. (New York: Grove Weidenfeld, 1967), pp. 136,173。

行迫害。① 此外值得注意的是，阿敏的民族主义除了具有强烈的种族主义之外，还披上了阶级意识的外衣。当阿敏说："亚洲人富有，非洲人贫穷"，他的泛非洲论述显然又是以经济条件作为基础的。杰伊的家产被没收，一家大小被驱逐出境，从这个事实不难看出，当权者如何利用种族和阶级等文化属性巩固其统治基础，强化其政权的合法性。杰伊似乎也有同样的体会。在重返乌干达前夕，他在醉言醉语中以自我批判的揶揄对友人指出："我们制造了这个疯子（指阿敏）。大部人生来就有五种感觉，我们只有一种，那就是财富。"在重返乌干达前夕，杰伊和米娜之间也曾有一段恳切的父女对谈，这段对话透露了杰伊对种族身份的了解：

> 杰伊：你知道为什么我们要离开乌干达吗？你知道吗？
> 米娜：他们把你关进牢里去。
> 杰伊：经过了三十四年，我的兄弟奥克罗最后告诉我：非洲是非洲人的非洲，黑色非洲人的非洲！经过了三十四年，最后竟是这样的结果。我皮肤的颜色——这就是我们离开的原因，并不是因为阿敏或任何类似的原因。米娜，相信我，我这是经验之谈，人是同类相聚的。等你年纪大了，你就不得不接受这一点。我只不过想让你少受些罪而已。

---

① Etienne Balibar, "Racism and Nationalism," in Etienne Balibar and Immanuel Wallerstein, *Race, Nation, Class: Ambiguous Identities* (London and New York: Verso, 1991), p. 38. 另请参考：Kwame Anthony Appiah, *In My Father's House: Africa in the Philosophy of Culture* (New York and Oxford Univ. Pr., 1992), pp. 13 – 15。

从杰伊的遭遇看来，身份似乎乃是历史条件的产物，只是这些条件并不一定是主体所能掌握或建构的。杰伊视乌干达为其家园，只是整个时空条件都不为他所有，当他的身份为官方论述所否定时，他与妻小随即遭到放逐，并且沦为没有疆界的人。在身份被否定，又失去了疆界之后，杰伊一家注定要变成双重离散的移民——他们既未到过印度，又必须离开世居的乌干达。杰伊一家的漂泊旅程——离开乌干达，经过英国，定居美国——无疑象征了他们对身份的追寻。因此我们不妨把身份视为一个过程，只不过这个过程显然无法摆脱情境（situation）的限制。质言之，任何身份的讨论必然受制于情境（situated）或时地（placed）——至少你必须从某处开始。此之所以即使定居格林伍德之后，杰伊仍然心系乌干达，始终未把美国当作家园。当他向乃妻吉诺透露回返乌干达的心愿时，他说："我们都日渐年老了，我不想死在某个陌生的国度。"界定身份的显然是情境，不是本质，因此其中不免涉及霍尔所谓的位置政治（politics of position）①。对杰伊而言，乌干达——不管是作为国族国家、文化、历史、家园或记忆——乃是分辨你我、区别归属性（belongingness）与他者性（otherness）之间差异的根本类别（category）。像许多被流放的人一样，他心中的身份属于过去，对他来说，身份显然是存有的（being）。

　　身份既受制于位置政治，因此也就无法免于历史文化的介入。同时，当我们强调身份是个过程时，我们也无异于承认身份也是逐渐形成的（becoming）。杰伊一家的遭遇只是比较明显的例子而已。

---

① Stuart Hall, "Cultural Identity and Cinematic Representation," *Framework* 36 (1989), p. 72.

这一点下面还会进一步申论。我想先借用霍尔的话来结束这一部分的讨论。霍尔说:"文化身份根本不是固定的本质,可以自外于历史与文化而恒常不变。它不是我们身外某种普遍与超越的精神,可以免于历史留下的烙痕。它不是断然现象(once-and-for-ever)。它不是一个固定的源头,可以让我们做最后与完全的回归(Return)。"①

## 三

霍尔的话适足以说明他在论述文化身份时所持的立场。霍尔显然排斥以本质主义的方式来思考文化身份。这种思考方式强调文化身份的单一性(oneness),相信所谓"单一的、共享的文化,一种集体的'单一真正的自我'"。霍尔认为:"在此定义的观照下,我们的文化身份反映我们共同的历史经验与共享的文化符码,在我们真正的历史推移不已的分裂与荣枯之中,提供我们——作为'一个民族'——稳定、不变与持续的指涉与意义的架构。"② 这样的文化身份立场在后殖民环境中曾经扮演过相当重要的角色。殖民主义原本就是一种怪异、蛮横的论述机器。法农(Frantz Fanon)在讨论民族文化时特别指出:"殖民主义不会满足于仅仅控制某个民族并掏空当地人民一切形式与内容的心智而已。出于某种不正常的逻辑,殖民主义转向被压迫人民的过去,将这个过去扭曲、破坏、摧

---

① Stuart Hall, "Cultural Identity and Cinematic Representation," *Framework* 36 (1989), pp. 71 – 72.
② Stuart Hall, "Cultural Identity and Cinematic Representation," *Framework* 36 (1989), p. 69.

毁。今天这种贬抑殖民前历史的工作隐含着辩证的意义。"① 这个辩证的意义除了可见于被殖民者反否定（counter negation）② 的活动外，最常见的就是对过去历史的乡愁与向往："这种热情的研究私底下莫不冀望在今日的痛苦之外，自悲、自弃、逆来顺受之外，能发现某些美丽而辉煌的时代……。"③ 我们所熟知的非洲黑人意识（négritude）运动只是法农所举的例子之一。

非洲黑人意识运动的目的大抵是在重新发现非洲黑人的文化身份。这种身份论述的逻辑当然相信身份的稳定不变——身份就像被刻意掩埋的过去，就在那儿，等待人们重新发现。身份于是成为最终指涉的中心，成为一个可以一再重新回溯的定点，或者说，一个超越的符意（signified）。不过所谓"重新发现"恐怕也是想象的，是重述、重建的结果，是"对散落和分崩离析的经验赋以想象的连贯性"④ 而形成的。

另一种思考文化身份的方式则是强调身份的双重性（doubleness）。按这种身份逻辑，文化身份"不是某种已经存在的东西，可以超越空间、时间、历史与文化。文化身份来自某处，而

---

① Frantz Fanon, *The Wretched of the Earth*, Constance Farrington, trans. (New York: Grove Pr., 1968), p. 210.
② Abdul R. JanMohamed, *Manichean Aesthetics: The Politics of Literature in Colonial Africa* (Amherst, MA: Univ. of Massachusetts Pr., 1983), p. 4. 法农说过："殖民者的任务在于使当地人民甚至连梦想自由都不可能。当地人民的任务则是想象所有可能的方法来摧毁殖民者。就逻辑层面而言，殖民主的摩尼二元论（Manicheism）就会衍生当地人民的摩尼二元论。回答'当地人民绝对邪恶'的理论的是'殖民主绝对邪恶'。"见 Frantz Fanon, *The Wretched of the Earth*, p. 93.
③ Frantz Fanon, *The Wretched of the Earth*, p. 210.
④ Stuart Hall, "Cultural Identity and Cinematic Representation," *Framework* 36 (1989), p. 70.

且有其历史。不过就像每一种与历史有关的事物一样，文化身份会不断变形。这些身份绝非永恒固定在某些本质化的过去，它们受制于历史、文化与权力持续的'游戏'。这些身份绝非仅仅根植于'重新发现'过去……我们被过去的叙事以不同的方式摆置（positioned），也以不同的方式将自己摆置在过去的叙事内，身份就是我们赋予这些不同的方式的名字"①。这就是霍尔所谓的文化身份的双轴或双重性：一轴是类同与延续，另一轴则是差异与断裂。②这样的身份政治尽管承认文化身份受制于情境、时地或脉络，但却更强调文化身份的繁复多样与变动不居。上文已经说过，身份是个过程，是透过差异政治逐渐形成的。因此，与其压制差异，以凸显文化身份的同质谐一，新的身份政治必须含纳差异观念，承认身份的含混、错置、繁复。这样的身份政治才能界定霍尔所谓的新族群性（new ethnicity）。霍尔认为，新族群性"为身份界定新的空间。身份无不受制于或摆置在某种文化、语言、历史之中，基于这个事实，（新族群性）坚持差异。……它坚持特殊性，坚持结合现象（conjuncture）"③。在霍尔看来，新族群性正好可以取代或对抗诸如民族主义之类的旧论述。

新族群性仰赖新的再现政治（politics of representation）。在奈尔的《密西西比的马萨拉》中，新的再现政治可以说完全根植于弱势族群的离散经验——新族群性也是这个经验滋养的产物。电影开

---

① Stuart Hall, "Cultural Identity and Cinematic Representation," *Framework* 36 (1989), p. 70.
② Stuart Hall, "Cultural Identity and Cinematic Representation," *Framework* 36 (1989), p. 72.
③ Stuart Hall, "Minimal Selves," p. 46.

始不久,杰伊一家人就被迫离开乌干达。他们乘坐巴士赶赴机场,途中曾经为阿敏的士兵所拦截。吉诺被逐出巴士,项链且为士兵所夺。不巧此时大雨滂沱,吉诺在枪口胁迫下,打开随身携带之录音机,雨中传出印度歌曲,歌词曰:

> 我的鞋子是日本的
> 这些裤子是英国的
> 我的红色帽子则是俄国货
> 但我的心——我的心属于印度。①

摆在《密西西比的马萨拉》的叙事脉络中,这首歌具体而微地说明了离散经验是如何混杂、错置、多样。奈尔似乎有意借这首歌暗示离散的过程(diaspora-ization)乃是"未定、再结合、混杂、'切割与混合'(cut-and-mix)的过程"②。歌词中的"印度"(或任何文化、历史、传统、记忆、国族国家或其他封闭体)表面上是离散的

---

① 其实这是电影《420先生》(*Mr. 420*)的插曲,拉什迪(Salman Rushdie)的小说《魔鬼诗篇》开始时法利希达(Gibreel Farishta)自天堂降落,当时唱的就是这一首歌。见 Salman Rushdie, *Satanic Verses* (New York: Viking, 1989), p. 5。
② Stuart Hall, "New Ethnicities," *Black Film/British Cinema*, ICA Documents 7 (London: Institute of Contemporary Arts, 1988), p. 30. 同时参考:Stuart Hall, "Cultural Identity and Cinematic Representation," *Framework* 36 (1989), p. 90。"切割"(cut)与"混合"(mix)原指流行音乐的修裁过程。赫伯狄齐(Dick Hebdige)认为"切割与混合"(cut 'n' mix)是20世纪80年代英美流行音乐的主要风格,其根源为加勒比海音乐。不过他也同时指出:"这些根源本身永远是在流动与变动的状态中。根源不会停留在一个地方。它们会变形。它们会变色。而且它们会成长。根本没有纯粹的源头这回事……但这并不意味着没有历史。"见 Dick Hebdige, *Cut 'N' Mix: Culture, Identity and Caribbean Music* (London: Methuen, 1987), p. 10。

后殖民身份最终赖以指涉的符意,但这个符意显然早已经历层层复杂的中介(mediation)与变形,企图追溯、重现或再经验这个符意已不可能。换句话说,在奈尔新的再现政治之下,这个符意已不再可能是个超越、普遍的类别,甚至连离散的后殖民身份也只能透过上面所说的中介与变形,不断重新自我复制与再复制。

奈尔在影片中另外安排了两场仪式,说明在再现过程中,符意如何一再遭到中介与变形。第一场仪式是一场婚礼,对格林伍德的印度人而言,显然这是一个相当重要的社群活动。婚礼的仪式之一是男方家长致辞。只见这位慈祥的长者拉开嗓子说:"我想说的是最严肃的话,就是说,虽然我们离开印度在千万里之外,但是我们不应该忘记我们的根、我们的文化、我们的传统,以及我们的神。因此请大家一起来跟我祈祷。"这样短短的致辞竟然也被一位醉鬼打断。在祈祷的过程中,摄影机不断来回寻找逸轨或与仪式氛围扞格不入的镜头:有人醉眼蒙眬,有人显露不耐,有人则干脆聊天。第二场仪式则是第二天在男方家里举行,也是由男方家长主持的家庭祭神诵经仪式。奈尔除重复参与者的无奈外,镜头还特意移向屋外,对准小狗衔走参与者的鞋子的画面。目睹这些难以协调的镜头并置呈现,观众难免莞尔。

这些镜头看似小道,其扞格、错置却又让人觉得幽默中不乏哀伤与无奈。更重要的是,这些画面多少透露了奈尔充满反省意识的文化政治(cultural politics)。离散经验乃是另一种形式的流放经验。对流放中的人而言,时间往往是静止的,过去就在那儿,记忆就在那儿,传统就在那儿,故国种种也在那儿,似乎可以随时复制或重新加以经验。电影中主持仪式的男方家长显然未能体会离散经验的繁复混杂,他相信可以未加中介地将"印度"加以复制,其结果已如上述。简单地说,这些镜头建立了奈尔的文化政治与其故国种种之间的关系。在新的文化政治里,"我们的根、我们的文化、我们的传统,以及我们的神"都不再是随手可即的封闭系统,它们会受到"记忆、幻想与欲望错综复杂的中介与变造"①。

差异政治不仅界定强势族裔与弱势族裔、强势文化与弱势文化之间的关系,也界定了不同弱势族裔或文化之间的关系。弱势族裔论述必须体认,所谓弱势族裔本来就是一个被总体化的实体,换言之,其同质性只是出于假设、想象而已。尽管如此,这些弱势族裔与强势族裔之间的矛盾与对立却也界定了不同弱势族裔之间的关系:他/她们都有被强势族裔或霸权文化消音、宰制、边陲化的共同经验。② 这些经验自成类别,成为反抗政治(politics of resistance)的基础。这些经验尤其发生在离散的族群身上。此之所以在强势文化的支配之下,离散经验往往也包括了抗争的经验。在《密西西比的马萨拉》中,狄米屈斯与米娜之父杰伊的唯一对话发生在他和米娜的爱情触礁之后:

> 杰伊:"我曾经像你们两人一样,我以为我可以改变这个世界,让它不一样。但这个世界并不会这么快改变。米娜是我唯一的孩子,我不要她再经历我所经历的抗争。"
>
> 狄米屈斯:"抗争?我是个黑人,生长在密西西比,去你的你还跟我谈抗争!"

---

① Stuart Hall, "New Ethnicities," *Black Film/British Cinema*, p. 30.
② Abdul R. JanMohamed and David Lloyd, "Introduction: Toward a Theory of Minority Discourse: What Is to be Done?" in *The Nature and Context of Minority Discourse* (Oxford and New York: Oxford Univ. Pr., 1990), pp. 1–2.

杰伊:"你对我到底了解……?"

狄米屈斯:"不,我了解,我了解你和你的同胞天晓得从什么鬼地方来,一旦你们来到这里……你们就开始向白人有样学样……。"

这段对话至少有两点值得注意:一、抗争是许多弱势族裔与文化的共同经验;对许多离散族群而言,抗争也是不可分割的历史经验之一;狄米屈斯在争夺对这个历史经验的发言权时,他的指涉更是三四百年来非裔美国人前仆后继的抗争历史。二、不同弱势族裔之间的关系往往与他们和强势族裔之间的关系互成纠葛。狄米屈斯在探索他和米娜情海生变的原因时,直指白人种族主义,他指责杰伊与格林伍德的印度人内化了白人的价值观,以白人的价值观界定他们与黑人之间的关系,因此成为霸权文化的代理人。倘若狄米屈斯所言属实,白人不仅如奈尔所说在影片中"以强势隐没",白人更是隐无的存在(absent presence),在背后隐约主宰弱势族群之间的互动关系。新族群性的观念不仅提供空间让弱势族裔思考彼此之间的差异,显然也必须能自边陲不断质疑、颠覆强势族裔与文化的支配性论述,以避免在有意无意间内化了后者的霸权价值,甚至成为宰制阶级的一部分。

## 四

狄米屈斯第一次邀请米娜到家里做客时,路上两人有一段对话值得申论,并作为本文的结束:

狄米屈斯：你来密西西比多久了？

米娜：三年了。

狄米屈斯：在这之前呢？印度吗？

米娜：在这之前我在英国，而在这之前我在非洲。

狄米屈斯：真的？

米娜：真的。我从没到过印度。

狄米屈斯：从没到过印度？你在开玩笑？

米娜：不，我没开玩笑。我是个混杂的马萨拉。

狄米屈斯：马萨拉？那是什么？……

米娜：一堆辛辣的香料。

狄米屈斯：啊，辛辣的香料。马萨拉小姐——

马萨拉（masala）是一道相当普通的印度菜，由多种辛辣的香料和蔬菜或肉类混杂烹煮而成，由于用料内容混杂，通常也被用来称呼离散的印度人。米娜一家之所以成为离散的印度人，完全要拜殖民主义之赐。她的祖父被英国人征召到非洲建筑铁路，后来就留了下来。"就像奴隶那样！"狄米屈斯的弟弟说。他的指涉当然是非裔美国人的历史经验，但他的话也在无意中普遍化和总体化了弱势族裔或被殖民者的历史经验。

离散经验也是众味杂陈的马萨拉经验。离散美学（diaspora aesthetic）因此是一种混杂、错置、含混、差异的美学。它指涉新族群性，根植于新的身份政治与文化政治。由于离散经验的特殊性，离散美学不仅必须仰赖新的再现政治，两者其实互为表里，相辅相成。离散美学亦且逾越论述的疆界，制造论述性的骚扰，同时解放被压制、被边陲化的知识，让这些知识渗透进入支配性论述中,或者将支配性论述逆转,使之成为自我解构的工具。离散美学因此也隐含反抗政治,只不过如巴巴(Homi K. Bhabha)所说的,"反抗并非一定是具有政治意图的对立行动,也不是简单的否定或排斥某一异己文化的'内容'",反抗也可以是"含混造成的效应"。①

本文自始视《密西西比的马萨拉》为一弱势族裔的文本与离散美学的论述。影片结束前,杰伊重访其乌干达的旧日家园,就在他徘徊低喟的时候,观众听到一首悠扬感伤的口琴音乐。这是在格林伍德一位时常光顾杰伊酒馆的黑人最爱吹奏的曲子。镜头随即跳接吉诺在格林伍德阅读杰伊来信的情形。非洲、美国、印度人后裔、非洲人后裔……奈尔似乎有意借这首口琴音乐将这一组镜头与意象串联起来,并且透过这些镜头和音乐再次标出(map out)漂泊离散的意义。奈尔电影的复杂性也许就在这里。

(1993年)

---

① 在巴巴的后殖民论述的脉络里,支配性论述设定了若干识知规律(rules of recognition)。要认识殖民权力,端赖如何立即辨认这些识知规律,唯重复、错置等现象会抵制知识,因此会产生所谓"含混造成的效应"。见 Homi K. Bhabha, *The Location of Culture* (London and New York: Routledge, 1994), pp. 171 - 172。

# 赵健秀的文学英雄主义
## ——寻找一个属于华裔美国文学的传统

我们的声音含着尖刻的抗议,我们必须暂停书写我们所熟悉的创作形式,而去谈论我们赖以创作的黄种人的文学传统和感性的历史与根源。从来没有人认真处理过以历史上的亚裔美国文学为基础的亚裔美国文学传统。[①]

如果我们众多人民没有文学传统,没有文本,没有相当数量的童话与神话来反复咀嚼伦理、个人、家庭、国家、世界的意义,以及随伴我们孩子成长并为他们所了解的,乃至于他们教给他们孩子的故事中的是非真假的意义,不论国家当局喜不喜欢,我们的人民就没有文化,也就不配自封为一个民族。[②]

## 橱窗少数族裔

在讨论种族刻板印象的著述中,赵健秀(Frank Chin)与陈耀

---

[①] Frank Chin et al., "Aiiieeeee! Revisited: Preface to the Mentor Edition," Frank Chin et al, eds., *Aiiieeeee! An Anthology of Asian-American Writers* (New York: Mentor, 1991 [1974]), p. XXV.
[②] Frank Chin, "Rendezvour," *Conjunctions* 21(1993), p. 296.

光（Jeffery Paul Chan）两人合著的《种族歧视之爱》（"Racist Love"）是一篇相当重要但却鲜少受到重视的文章。此文完成于1972年，距美国的越南战争结束不出几年，20世纪60年代各种社会与文化运动的余绪犹在，美国社会一时洋溢着普遍反省的精神，最显著的是，民权运动所揭橥的政治目标大抵初成，重新界定种族或族群关系的种种活动正方兴未艾。虽然黑人、白人关系的调整仍处于痛苦调适的阶段，但是非裔美国人与若干弱势族裔内部的自我反省以及外部对白人强势种族与文化的批判已是屡见不鲜。以我较熟知的黑人文化运动而言，于20世纪60年代领一时风骚的黑人美学（the Black Aesthetic），到了20世纪70年代，其理论与实践大致已经甚具规模。

这里当然不适合详述黑人美学之论述主张与历史功过。简单言之，黑人美学企图自我形塑的乃是一个美学的对立系统，用黑人美学的理论大将尼尔（Larry Neal）的话说，黑人美学希望能建立"分别独立的象征、神话、批判与图像系统"[①]，其最终目的当然是为了对抗白人的强势文化价值与主流美学观点。要达成这样的目的，黑人美学的主要工作大致有二。一是发掘，创造与建立非裔美国文学传统。黑人美学不可能凭空产生，它必须根植于非裔美国人数百年来的日常生活经验与文化传统，包括黑人宗教、音乐、舞蹈、口述与修辞策略、街头民俗活动等等。换言之，黑人美学的养分必须来自非裔美国人独特的历史经验以及此经验所支撑的创作活动。二是摸索，形塑与创建一套属于非裔美国人的美学标准与价值

---

① Larry Neal, *Visions of a Liberated Future: Black Arts Movement Writings*, Michael Schwartz, ed. (New York: Thunder's Mouth Pr., 1968), p. 62.

系统,借以分析、诠释、评断非裔美国人的文学生产与论述活动。非裔美国文学既衍生自有别于美国白人主流文学的历史传统,就必须建立一套属于此历史传统的术语、符码与分析策略,才可能真正有效地诠释与评论其文学生产。白人的理论与诠释策略受制于自身历史经验与美学系统所造成的文化偏见,显然并不适用于诠释与评断非裔美国人的文学生产。黑人文学长期受到排斥、贬抑、变形、扭曲的命运,道理不难想象。总之,黑人美学相信文学理论与批评系统有其文化独特性,其所隐含的种族与文化政治明显在于:一方面消极地抗拒与颠覆白人的霸权文学理论与诠释系统;另一方面则积极地建立一套以非裔美国人的历史经验与文化传统为基础的理论与批评系统,以新的语言与批评策略检视非裔美国人的文学生产与文学流变。黑人美学基本上乃是文化与经验本质主义的产物,其背后的主导符码很明显是黑人文化民族主义,种族于是扮演了盖茨(Henry Louis Gates, Jr.)所说的"批评理论中的控制机构"[①]。

赵健秀——以及陈耀光——20世纪70年代的论述活动是否受到当时黑人文艺运动(the Black Arts Movement)和黑人美学的影响,并不在本文的讨论范围之内,但赵健秀当时至少在许多理论与批评实践中不时征引非裔美国人的文化状况与政治实践作为指涉对象,却也是不争的事实。即以《种族歧视之爱》一文而言,此文不仅反映了写作当时的意识形态环境,其发表过程也颇为曲折,其间甚至还得力于非裔美国小说家芮德(Ishmael Reed)的协助。陈耀光在给单德兴的电子邮件中透露了此文出版过程的秘辛,值得引述

---

① Henry Louis Gates, Jr., *Figures in Black: Words, Signs and the "Racial" Self* (New York and Oxford: Oxford Univ. Pr., 1987), p. 31.

作为进一步讨论的基础:

> 《种族歧视之爱》系由我和赵健秀所合写,我们当时受全国英文教师协会(National Council of Teachers of English)之邀,拟对亚裔美国文学的构成与教学提供意见。我们在伊利诺伊州待了一周,白天参加餐会,夜里则心情愤慨地在汽车旅馆振笔疾书。我们完成此文之后,他们却拒绝采用,因为他们觉得此文太富于爆炸性。他们于是另邀许芥昱撰写一篇较为温和的文章,并且请我们离去。幸好芮德成立了一家出版社,他很高兴接受了我们的文章。①

陈耀光信中所提到的全国英文教师协会态度颇为暧昧矛盾。赵、陈二人之能够受邀为亚裔美国文学的教学提供管见,多少反映了该协会力图自省的用心,但其自省却显然有其局限,而该协会之拒绝赵、陈两人的若干论述观点即出于这个局限。换句话说,全国英文教师协会早为亚裔乃至于一般弱势族裔论述设定活动疆界或范畴,逾越这个疆界或范畴势将造成失序与不安,因此该协会需要的乃是许芥昱"较为温和的文章",这样既可借许芥昱的文章证明其勇于自省与重新界定族群与文化关系的努力,原有的文化秩序与宰制关系又因许芥昱的温和立场而得以维系与巩固。全国英文教师协会的作为固然暴露了本身在面对弱势族裔文化时所采取的围堵或笼络策略,其困窘处境与断然排拒赵、陈之决定也多少印证了上文提到的

---

① 陈耀光致单德兴电子邮件,1995 年 10 月 12 日。我要特别谢谢单德兴同意我参考并引用他与陈耀光的来往电子邮件。

在调整种族与文化关系时所遭遇的痛苦调适阶段。有趣的是，在《种族歧视之爱》一文中，赵、陈两人似乎早就洞悉强势种族与文化对维护原有种族、文化与社会秩序的强烈欲望，这也是塑造种族刻板印象最重要的目的之一。赵健秀与陈耀光指出：

> 任何种族刻板印象的普遍功能在于建立与维系社会不同成分之间的秩序，保持西方文明的延续性与成长，并以最少的努力、注意力和代价来执行白人至上的权力。……
> 刻板印象是以某种行为模式来运作。它制约大众社会的观感与期望。社会也被制约在刻板印象的界限内接受某一弱势族裔。主体弱势族裔则被制约以完成刻板印象来回报，依刻板印象而活，谈论它，拥抱它，以其设定之条件衡量群体与个人的价值，同时相信它。①

概略言之，《种族歧视之爱》一文的主要关怀有两方面：一是上述引文已经约略提到的有关种族刻板印象的问题，另一则是华裔美国人的双重性格问题（dual personality）。实则这两个问题互为表里，很难截然分开讨论。赵健秀和陈耀光将种族刻板印象粗分为被接受的与不被接受的两种类型：

> 有了傅满洲（Fu Manchu）与"黄祸"（the yellow peril），就有陈查礼及其长子。不被接受的模型之所以不被接受是由于

---

① Frank Chin and Jeffrey Paul Chan, "Racist Love," Richard Kostelanetz, ed., *Seeing Through Shuck* (New York: Ballantine, 1972), pp. 66 – 67.

白人控制不了他。被接受的模型之所以被接受是因为他驯良温顺。种族歧视之爱与恨俱在其中矣。倘若此系统行得通,被分派给某些种族的种族刻板印象就会被这些种族所接受,并将之视为实情,视为事实,种族歧视之爱就会支配一切。弱势族裔对种族歧视政策的反应是接受与明显的满足。秩序保住了,世界在非白人毫无怨尤之下运转不息。①

赵健秀与陈耀光所描述的现象,一言以蔽之,正是弱势族裔内化强势族裔的价值,接受其规范的文化过程,其背后之心理因素大抵是我在讨论赵健秀的小说《甘卡丁公路》(Gunga Din Highway)时所说的甘卡丁情结(Gunga Din complex):"为了追求同化,为了被主流社会接纳而内化白人的文化价值,在文学再现中甚至不惜扭曲和变造自己的历史与文化,以迎合白人的品味,满足白人的想象。"②在甘卡丁情结的纠缠摆布之下,弱势族裔只能被动地接受或认同强势种族与文化为他们所模塑的种族刻板印象,大部分已经失去或根本缺乏反省、质疑、批判、抵拒、抗议的能力。

诚然,种族刻板印象乃是种族歧视思想与行为中最常见的形式之一,"本身即是一种高度总体化与概括化的过程,是泯灭个别差异,模糊个人的独特面貌,纳入固定分类,代之以定型,并重复、强化种族偏见的结果"③。因此,正如我在另一个场合所指出的:"刻板印象助长边陲化,是一种知识停滞或不求长进的行为……

---

① Frank Chin and Jeffrey Paul Chan, "Racist Love," *Seeing Through Shuck*, p. 65.
② 李有成,《陈查礼的幽灵——赵健秀的〈甘卡丁公路〉》,见本书,页 490。
③ 李有成,《记忆政治——赵健秀的〈唐老亚〉》,见本书,页 476。

（其）背后所潜藏的其实是一种对逾越行为的恐惧。"① 弱势族裔或与强势族群共谋合计，或不自觉地掉入其部署与设计之中，以自身行为、表现、言辞迎合此文化想象的结果，除巩固强势族群与文化所设定的标准与规范外，并从中获取交换价值。华裔与若干亚裔美国人被白人主流社会誉为"模范少数族裔"，道理不难想象。"模范少数族裔"一词看似赞誉，说穿了仍是主流社会与文化的围堵策略与笼络手段之一，具有分化弱势族裔、造成弱势族群对立的政治作用。因此在赵健秀看来，所谓模范少数族裔充其量只是"橱窗少数族裔"（showcase minority）②，黑豹党的希利亚德（David Hilliard）甚至讥之为"汤姆叔叔型的少数族裔"（Uncle Tom minority）③，只能在白人主流社会与文化的呵护鼓动之下猛扯非裔美国人的后腿。

刻板印象属结构性与建制性的种族偏见，是萨义德（Edward W. Said）在论犹太复国主义（Zionism）时所说的细节政策（policy of detail）④ 的产物，必须通过一连串的细节规训（a discipline of detail），经过长期绵密的思构与设计才逐渐形成。鲍德温（James Baldwin）曾经在黑奴解放一百周年纪念日给他的侄儿写了一封信，信中特别提到："人家早就处心积虑将你生命中的种种细节和象征

---

① 李有成，《论道地：〈郊野佛陀〉中的文化政治》，《中外文学》25 卷 9 期（1997 年 2 月），页 108。
② Frank Chin, "Confessions of the Chinatown Cowboy," *Bulletin of Concerned Asian Scholars* 4.3(1972), p. 60.
③ Frank Chin and Jeffrey Paul Chan, "Racist Love," *Seeing Through Shuck*, p. 74; Frank Chin, "Confessions of the Chinatown Cowboy," *Bulletin of Concerned Asian Scholars* 4.3(1972), p. 60.
④ Edward W. Said, *The Question of Palestine*, New ed. (London: Vintage, 1992), pp. 94 – 95.

详加设计，要你相信白人所说的有关你的一切。"① 刻板印象的形成正是这种细节政治造成的结果。

刻板印象在助长边陲化弱势族裔的同时，也延续、巩固了白人至上主义。其负面心理效应之一正是华裔美国人个人与集体的自轻自侮：既"接受白人有关客观、美、行为与成就的标准，视之为道德上的绝对，同时承认他永远无法完全达到白人的标准，因为他不是白人"②。自轻自侮之成为华裔美国人的文化个性的一部分，主要乃是基于华裔美国人因种族歧视而形成的双重性格，华裔美国人必须在此双重性格中择其一作为行事表现的标准：一是选择做同化的外国人，其地位要看其内化白人价值的程度以及是否为白人世界所接受而定；另一个选择是被迫在文化上认同外国——也就是中国。尽管是土生土长的美国华裔，但肤色却成为其文化归属的最后决定因素。③ 赵健秀后来在《回嘴》（"Back Talk"）一文中指出："界定我们行为与外表的每一个层面的，不是中国观点就是白色美国观点。"④ 这句话很能说明华裔美国人非此即彼（either/or）的两难处境。换言之，双重性格逼使华裔美国人陷入文化认同的窘境之中，只能在内化白人价值或认同早已陌生的中国文化之间摆荡，无法成为真正的华裔美国人。

---

① James Baldwin, *The Fire Next Time* (New York: The Dial Pr., 1963), p. 22.
② Frank Chin and Jeffrey Paul Chan, "Racist Love," *Seeing Through Shuck*, p. 15.
③ Frank Chin and Jeffrey Paul Chan, "Racist Love," *Seeing Through Shuck*, pp. 72-73.
④ Frank Chin, "Back Talk," Emma Gee et al., eds., *Counterpoint: Perspectives on Asian America* (Los Angeles: Regents of the Univ. of California, 1976), p. 557.

## 被阉割的男性气概

我以较多的篇幅讨论《种族歧视之爱》一文，不仅因为此文对种族刻板印象现象的分析值得重视，更重要的是，此文所设定的若干议题其实涵盖了赵健秀过去数十年来文学生产与论述活动的主要关怀。赵健秀在其论述与创作中反复探讨这些议题，而这些议题也主宰了他的文学生产与论述活动，我们视赵健秀的创作为抵抗文学，其论述为对立论述，关键即在于此。换句话说，这些议题所指涉的华裔美国人的历史与日常生活经验，正是赵健秀创作与论述主要的活水源头，而赵健秀与某些作家之间最大的争执，以及若干批评家对他的批判，其症结也在这里。甚至赵健秀多年来锲而不舍，汲汲于想要建立的华裔美国文学传统，追源溯流，其根源也在这里。

种族刻板印象除了引发诸如自轻自侮与双重性格等心理过程或现象外，最严重的是全面否定华裔美国人的男性气概。这也是白人主流社会对华裔美国人的刻板印象最与众不同的地方。赵健秀与陈耀光在《种族歧视之爱》中指出："这是唯一完全缺乏男性气概的种族刻板印象。我们的高贵就像能干的家庭主妇那样的高贵。我们最差劲的时候也是我们最卑下的时候，因为我们女性化、娘娘腔，缺乏所有传统的男性气质，没有创意、气魄、勇气、创造力等。我们不会直言不讳，也不会直接反击。"[1]

在发表《种族歧视之爱》的同一年（1972年），赵健秀又在

---

[1] Frank Chin and Jeffrey Paul Chan, "Racist Love," *Seeing Through Shuck*, p. 68.

《唐人街牛仔的自白》("Confessions of the Chinatown Cowboy")的长文中探讨种族刻板印象与否定男性气概之间的关系:

> 我们是个没有男性气概的种族,整个美国文化是那么彻底、那么微妙、那么久远地弥漫着这样的刻板印象,此刻板印象已成为美国意识中理所当然的一部分。白色美国对身为男人的我们深感安全,毫不在意,就像庄园主人对他们忠心耿耿的家中"黑鬼"的感觉一样。美国就是要把我们塑造成家中"黑鬼",赏识我们的耐心、柔顺、唯美、被动、亲切、本质上女性化的个性……白人所谓的"儒家"那一套,把我们设想为值得保存的愚蠢版本的中国文化,让我们成为白种男人梦想中的少数族裔。①

这段话清楚勾勒出白人社会对华裔美国人的刻板印象:一个丧失男性气概的种族,一个柔弱、被动、逆来顺受的弱势族裔。这样的形象盘踞在赵健秀的心中,像梦魇那样挥之不去,他往后大部分文章都是在与此被阉割的男性气概的刻板印象缠斗,他三四十年来的主要论述计划与文学生产几乎都是为了扫除或纠正华裔美国人被女性化的刻板印象。赵健秀在1985年所发表的《这不是自传》("This Is Not an Autobiography")中就这样开宗明义指出:

> 在我能够实践或讨论文学之前,我必须解释我们的世界、

---

① Frank Chin, "Confessions of the Chinatown Cowboy," *Bulletin of Concerned Asian Scholars* 4.3(1972), p. 67.

我们的感性、文学、历史。在我能够做这一切之前，我必须像抗体那样，清除美国英文读者灵魂与宗教中对黄种事实与真相的诸多刻板印象。而在我能够清除这些刻板印象之前，我必须让读者相信他们怀有这些刻板印象。①

赵健秀对若干白人作家的抨击，对某些华裔美国作家的批判（其批判对象显然不限于女作家），对华裔美国自传文学的贬抑，甚至他所构思、规划、模塑的华裔美国文学传统——一个他自信根植于华裔美国人的历史经验与中国文化英雄主义的文学传统——无不是出于这样的信念：都是为了埋葬这样的刻板印象，恢复或重建华裔美国人的正面形象。换言之，不论创作或论述，对赵健秀而言，都是止痛疗伤的复原过程。

种族刻板印象既为结构性与建制性的种族偏见，自然是经年累月、细心设计的结果。赵健秀与陈耀光在《种族歧视之爱》中提到的法制化的种族歧视（legislative racism），对强化与延续白人对美国华人的种族刻板印象贡献很大。② 这是透过压制性国家机器公然合法化种族歧视的例证之一。1924年美国国会立法严禁中国妇女进入美国，赵健秀认为，这正是阉割美国华人男性气概，让华人自

---

① Frank Chin, "This Is Not an Autobiography," *Genre* 18 (Summer 1985), p. 109. 类似的说法也出现在1991年新版《哎呷！》（*Aiiieeeee!*）一书的序中："在我们能够谈论文学之前，我们必须解释我们的感性。在我们能够解释我们的感性之前，我们必须叙述我们的历史。在我们能够叙述我们的历史之前，我们必须清除刻板印象。在我们清除刻板印象之前，我们必须证明刻板印象的错误……。"请见 Frank Chin et al., "Aiiieeeee! Revisited," *Aiiieeeee! An Anthology of Asian-American Writers*, p. XXVI。

② Frank Chin and Jeffrey Paul Chan, "Racist Love," *Seeing Through Shuck*, pp. 70–71.

然灭族灭种的种族歧视政策：华人男性于是成为没有女人的男人。赵健秀因此在《唐人街牛仔的自白》中指出："这个法律对付我们的妇女，否定我们的男性气概，要把我们赶出这个国家，消灭我们。……二十到三十个男人才有一个女人，女人不会也不能嫁给任何一位不在这里出生的中国佬。"①

其次是文化再现的问题。在法制化的种族歧视结束之后，文化再现仍继续扮演着边陲化华裔美国人的角色，甚至以更细腻、更微妙、更深入的方式，进一步巩固强势种族与文化对华裔美国人的刻板印象。从赵健秀近二十年的大部分论述与创作——特别是小说《唐老亚》（Donald Duk）和《甘卡丁公路》——看来，文化再现的问题显然已成为他的主要关怀。我在讨论《甘卡丁公路》一书时，对这个问题已有较详尽的分析，这里无须重复。简单地说，《甘卡丁公路》一书借环绕虚构人物陈查礼的再现问题，探讨华裔美国人自我文化再现的可能性。我的看法如下："陈查礼是白人种族歧视下的产物，我们在他身上看到的是白人对中国人根深蒂固的种族刻板印象。他既是白人的发明，又由白人饰演，强势文化操弄再现政治的霸道与压制性由此可见。更重要的是，这个现象也否定了弱势族裔自我再现的可能性。"② 因此，就赵健秀的整个计划而言，我认为"《甘卡丁公路》所揭露的无疑是华裔美国人相当悲观的文化自我再现现象"③。

选集《哎咿！》1974年初版的序曾经这样形容陈查礼："肥胖、

---

① Frank Chin, "Confessions of the Chinatown Cowboy," *Bulletin of Concerned Asian Scholars* 4.3(1972), p. 62.
② 李有成，《陈查礼的幽灵——赵健秀的〈甘卡丁公路〉》，见本书，页493。
③ 李有成，《陈查礼的幽灵——赵健秀的〈甘卡丁公路〉》，见本书，页506。

神秘兮兮、花俏但却言语连连犯错,是一位娘娘腔的矮个子侦探。"事实上在原作者比格斯(Earl Derr Biggers)笔下,陈查礼即是一位如"妇女般步履轻盈娇柔"① 的中国侦探。更早的时候,譬如在1972年的《唐人街牛仔的自白》中,赵健秀即认为像陈查礼之类的白人文化想象,其实是对中国人男性气概的彻底否定,因为在陈查礼身上,压根就看不到美国文化中所有正面、进取的成分。赵健秀说:"我们之缺乏男性气概,缺乏在这个文化中男性气概所意味的一切……进取心、创造力、个性、被认真看待……在电影以及模仿此暗影艺术的人生中微妙且明明白白地获得肯定。美国华裔被耍弄成一个因男人没有女人而逐步走向绝灭的种族。……身为男人的我们在好莱坞被认为一无是处。"②

赵健秀之排斥华裔美国自传文学,原因泰半也与此有关。《哎咿!》1974年的序即对早期华裔自传与自传体小说中所模拟、发扬的陈查礼原型深表不满。③ 1991年新版《哎咿!》的序更直指"基督教华裔美国自传作者"助纣为虐,诋毁自己的种族与文化:"多年明显的缄默教我们苟同基督教华裔美国自传作者那些不知毁掉多少中国人与华裔美国人历史的连篇谎话和卑鄙下流。"④ 不过,赵健秀以较长的篇幅,真正对华裔美国自传与自传文学展开全面挞伐

---

① Frank Chin et al., "Preface," Frank Chin et al., eds., *Aiiieeeee! An Anthology of Asian-American Writers*, p. XVI.
② Frank Chin, "Confessions of the Chinatown Cowboy," *Bulletin of Concerned Asian Scholars* 4.3(1972), p. 67.
③ Frank Chin et al., "Preface," *Aiiieeeee! An Anthology of Asian-American Writers*, p. XVII.
④ Frank Chin et al., "Aiiieeeee! Revisited," *Aiiieeeee! An Anthology of Asian-American Writers*, p. XXXIV.

的,则是《这不是自传》与 1991 年论亚裔美国文学的长文《真真假假的亚裔美国作家盍兴乎来》("Come All Ye Asian American Writers of the Real and the Fake")。赵健秀在这两篇相隔五六年的文章中,不仅继续抨击过去不时被他揪出来示众的早期华裔自传作家如容闳、刘裔昌(Pardee Lowe)、宋李瑞芳(Betty Lee Sung)、黄玉雪(Jade Snow Wong)等,对 20 世纪 70 年代中期及 80 年代以后成名的汤亭亭(Maxine Hong Kingston)、黄哲伦(David Henry Hwang)、谭恩美(Amy Tan)等,更是不假辞色。著名的华裔作家几乎无一幸免。

略知非裔美国文学传统的人大抵同意,非裔美国文学实滥觞于黑奴自述(slave narratives)。其实从黑奴自述开始,非裔美国自传最重要的议题即是在质疑与驳斥美国白人的种族主义。盖茨即曾指出,黑奴自述的作者"发表他们的自传,指控西方文化的现存秩序,对他们来说,蓄奴制度则是此秩序中最显见的符号"[①]。自黑奴自述以降,道格拉斯(Frederick Douglass)、雅各布斯(Harriet Jacobs)、华盛顿(Booker T. Washington)、杜波伊斯(W. E. B. DuBois)、赖特(Richard Wright)、鲍德温、马尔科姆·X(Malcolm X)等黑人自传作者莫不以其自身的经历提供其族人在白人种族主义的宰制下种种反抗与生存之道。非裔美国自传之成为抵抗文学的一大传统,原因即在于此。类似的文化政治显然并不存在于赵健秀所认识的华裔美国自传文学。

在《这不是自传》一文中,赵健秀曾就自传文类的问题,假关

---

① Henry Louis Gates, Jr., *The Signifying Monkey: A Theory of African-American Literary Criticism* (New York and Oxford: Oxford Univ. Pr., 1988), p. 167.

公之口自问自答：

> 自白是什么？承认有罪，让我的自我任由他人裁判。……自白……本质上是自轻自侮的表现，是一种背叛你的自我的自取其辱的表白……自白的整个形式和观念及其背后的一切令人厌恶……自传是更长、更驯良的自白形式。它是从自白发展出来的。……自传这种形式本身即是基督教设下的陷阱。……自白与自传颂扬从被鄙视的客体改变为被接受的客体。……顺从和被动、自轻自侮与哀哀恳求……那就是自白与自传的形式。①

这些近乎格言或语录的简单描述赋予自传文类相当负面的道德与政治内涵，颇能说明文学形式的意识形态意涵——当然同不同意此意识形态内容是另一回事。赵健秀的论述逻辑不难理解：自传源自基督教的忏悔形式，自传行为则是出于自传主体自轻自侮的原始动机，因此自传是一种压制性的文类，整个自传行为往往就是一个自我贬抑的过程。② 不少"基督教华裔美国自传作者"即透过此文类

---

① Frank Chin, "This Is Not an Autobiography," *Genre* 18, pp. 121-124.
② 顺便一提，赵健秀认为"自传不是中国的形式"。见 Frank Chin, "Come All Ye Asian American Writers of the Real and the Fake," in Jeffrey Paul Chan et al., eds., *The Big Aiiieeeee! An Anthology of Chinese American and Japanese American Literature* (New York: Meridian, 1991), p. 11。这恐怕言过其实。中国文学本身其实不乏自传传统，从《太史公自序》《五柳先生传》到《浮生六记》，乃至于胡适的《四十自述》，自传虽然不像韵文、散文及说部那样支配中国文学传统，但此文类传统延绵不绝，始终存在。请参考吴百益有关中国自传传统的专书：Pei-yi Wu, *Confucian's Progress: Autobiographical Writings in Traditional China* (Princeton: Princeton Univ. Pr., 1990)。

形式,以其自身及族人的经历印证白人强势种族与文化长期对华裔美国人的刻板印象,并借此表明心迹,追求统合与同化。对赵健秀而言,华裔美国自传所贩卖的无疑是虚假的中国文化,兜售的更是变造的、扭曲的华裔美国人的历史。他对若干他所谓的"基督教华裔美国自传作者"的严厉批判,原因即在于此。在他看来,这些自传作者与强势种族与文化勾肩搭背,眉来眼去,无异助长白人社会继续其对华裔美国人的边陲化,巩固其对华裔美国人的种族刻板印象。总之,若按赵健秀在《真真假假的亚裔美国作家盍兴乎来》一文中的说法,"从梁国云(Leong Gor Yun)和黄玉雪,到汤亭亭和谭恩美,自容闳以后的每一部华裔美国自传都是出诸基督徒的中国人,(这些自传)延续并进一步强化对中国文化的刻板印象——那么卑鄙,对女人那么残酷,那么荒谬的文化,善良的中国人都有道德义务群起将之消灭。"①

这里无意检讨赵健秀有关自传的界说是否符合自传文类的发展历史,也不在争辩其对若干华裔自传与自传体小说的征候式读法是否允当合理——尤其是否一体适用于自容闳以至谭恩美近百年的华裔美国自传与自传体文学。我想指出的是,赵健秀对自传文类的贬斥以及其征候式读法毕竟乃是道地政治(politics of authenticity)的产物:真不真实、道不道地自有一套衡量的标准与规范,若干华裔美国自传或自传体文学所再现的个人或集体经验显然与此标准与规范有所扞格。换句话说,赵健秀相信自传行为必须是个模拟的过程(process of mimesis),必须能够再现真正道地的华裔美国人的个人

---

① Frank Chin, "Come All Ye Asian American Writers of the Real and the Fake," *The Big Aiiieeeee! An Anthology of Chinese American and Japanese American Literature*, p. 11.

与集体自我——这一点尤见于他对汤亭亭、黄哲伦与谭恩美等人的批评。同理,像朱路易(Louis Chu)和张粲芳(Diana Chang)等20世纪五六十年代的作家之所以受到赞誉,其实也是出于同样的道地政治。① 对赵健秀而言,道地政治无疑是区分人我、判定真假最重要也是最根本的界定工具。

## 没有文学遗产

赵健秀不止一次感叹华裔美国人没有文学遗产。在种族歧视的阴影之下,早期华人移民因受到自轻自侮的心理打击,不愿为他们饱受屈辱的新世界经验留下任何记录或见证:"彻底自轻自侮的结果是,华人的美国没有什么文学遗产。留下来的中国人中没有留存任何完整的中国人在加州的生活记录,不论是日记、札记或任何形式的通讯,也没有任何口述历史。"② 华裔美国人于是沦为没有过

---

① Frank Chin et al., "Aiiieeeee! Revisited," *Aiiieeeee! An Anthology of Asian-American Writers*, p. XIV.
② Frank Chin and Jeffrey Paul Chan, "Racist Love," *Seeing Through Shuck*, p. 70; Frank Chin, "Confessions of the Chinatown Cowboy," *Bulletin of Concerned Asian Scholars* 4.3 (1972), p. 62. 华裔美国人是否真如赵健秀所说的没有文学遗产,其实不无争论的余地。一个最好的例子是天使岛(Angel Island)上拘留营中的墙上题诗,其中不乏反抗与抵拒之作,更不缺控诉和复仇的主题,正是典型的抗议文学,显然是赵健秀心目中值得向往的文学遗产。这些墙上题诗目前最理想的版本是麦礼谦、林小琴与杨碧芳合编的《埃仑诗集》(Him Mark Lai, Genny Lim and Judy Yung, eds., *Island: Poetry and History of Chinese Immigrants on Angel Island, 1910-1940* (Seattle: Univ. of Washington Pr., 1991[1980])。单德兴有长文详论这些题诗,立论鞭辟入里,值得参考:单德兴,《"忆我埃仑如蜷伏"——天使岛悲歌的铭刻与再现》,《铭刻与再现:华裔美国文学与文化论集》(台北:麦田出版社,2000)。不过我应该在这里指出,赵健秀的论点发表于1972年,《埃仑诗集》则迟至1980年才印行初版,显然赵健秀发表其观点时尚未及见《埃仑诗集》。

去、没有历史的种族。① 任何华裔美国人的过去都是经过白人中介的过去，任何历史都是白人再现的历史：华裔美国人要不是自美国历史中消失，就是在历史再现中扮演历史客体的角色。换言之，华裔美国人只能在无史的状态下继续缄默。

文化再现进一步扭曲这样的无史窘境。白人强势种族的文化再现塑造了主流社会对华裔美国人的刻板印象，造成了华裔美国人在历史与文化认同方面的严重困境。举例言之，据传在早年的美国西部，华工每见陌生白人到来，就会退缩一旁，两手垂直肃立。在以讹传讹的影响之下，中国人即以这样的形象一再出现在西部电影之中，经过长期刻意复制之后，华裔美国人的刻板印象就此定型。赵健秀据此说明华裔美国人的文化与心理危机：

> 这不是孩子想要寻找或者炫耀的祖先，而是跟我们有关的新电影、新文学所喜爱与赞扬的人物。我们这样的历史制造有关儒家那一套种族歧视的幻想，有关退缩一旁、双手下垂的娘娘腔，弯腰、叩头，磨尽中国人的骄傲，这样的历史视境切断多少世代的我们，使我们不愿去探索我们的美国的过去。我们的美国的过去所剩极少。从美国正直的白人笔下爬出来的每一个新字，都是我们感性的墓志铭，另一个字、另一个人、另一个世代又远离了真相……②

---

① Frank Chin, "This Is Not an Autobiography," *Genre* 18, p. 119.
② Frank Chin, "Confessions of the Chinatown Cowboy," *Bulletin of Concerned Asian Scholars* 4.3 (1972), p. 69.

换句话说，白人的文化再现不是去真相甚远，就是扭曲真相。世世代代的华裔美国人实在很难或羞于认同这些文化再现中的历史与日常现实，以及在这些历史与日常现实中活动的主体，或者说被动的客体——华裔美国人的自身形象。

甚至华裔美国人的自我文化再现，特别是深受赵健秀诟病的自传或自传体文学，依他的看法，非但未能扭转这种趋势，或者纠正这些错误，反而为这些带有种族歧视的刻板印象背书，进一步边陲化华裔美国人的历史与文化。赵健秀之所以一再严词批判自梁国云至汤亭亭等华裔自传和自传体文学作家，主要原因即在于此。在总结其观察与分析时赵健秀指出：

> 到了20世纪70年代，种族歧视的刻板印象已经完完全全取代了历史，根本无须再去争辩；甚至无须再加断言——可耻的中国男人推行一种憎恨女人的虐待狂文化，实在没有生存的道德权利；而被迫害的中国妇女则向美国和西方价值寻求救援与道德优势。①

赵健秀复引宋李瑞芳1972年的自传《金山》(Mountain of Gold)中的话，指证种族刻板印象确实令华裔美国人在自轻自侮之余，深以身为中国人为耻。宋李瑞芳说："中国人没有完全聚居在这个国家的某一地区。从旧金山和纽约的漩涡向外扩散的情况应该受到鼓励。这应该是中国人的长程目标，因为零散分布就会降低能

---

① Frank Chin, "Come All Ye Asian American Writers of the Real and the Fake," *The Big Aiiieeeee! An Anthology of Chinese American and Japanese American Literature*, p. 26.

见度。"① 中国人因此只能以隐无的情况存在——最理想的情况也许是没有能见度,也就是根本不存在。这正是赵健秀所说的"消灭黄种人,为白人所接受,并与白人同化的黄种代理人"的典型例子。②

这一切皆出于无史的悲哀。没有历史——尤其没有文学遗产——的严重后果是:华裔美国人缺少可以辨识的文学传统。

## 英雄主义的传统

赵健秀恐怕是这数十年来认真严肃思考华裔美国文学传统的极少数作家之一。我实在想不出还有任何华裔美国作家像他那样,不厌其烦地一再透过论述活动与文学生产,站在华裔美国人的主体位置,企图还原华裔美国人的历史面貌,挖掘或收复华裔美国人的文学遗产,并寻找一个属于华裔美国人的文学传统。我在本文一开始曾经就黑人美学的工作与成就略作评述。在很多方面,赵健秀和许多黑人美学家之间确有其亲和之处。他像黑人美学家那样,希望从自己社群或种族的民俗活动、历史现实及街头日常生活经验中寻找文化传统,此传统甚至可以上溯其先人绵远流长的文化根源。换言之,赵健秀也像黑人美学家那样,相信文学活动的文化独特性,因此必须以文化差异来凝聚文化认同,并借此凸显白人强势种族的文化偏见与种族歧视。此外,赵健秀还像黑人美学家那样,力图以其

---

① 转引自 Frank Chin, "Come All Ye Asian American Writers of the Real and the Fake," *The Big Aiiieeeee! An Anthology of Chinese American and Japanese American Literature*, p. 26.
② Frank Chin, "This Is Not an Autobiography," *Genre* 18, p. 110.

论述活动建立一套有别于白人的批评系统与价值，此系统与价值必须根植于他急于重建的华裔美国文学传统。唯有这样，才能挣脱白人美学系统的钳制，才能一举替代笼罩在种族主义阴影下的文化价值与美学标准。面对白人强势种族与文化的种族歧视，赵健秀和若干黑人美学家的愤怒与不满其实不相上下。跟这些黑人美学家类似的是，他的论述和文学生产无不都是反抗的计划，他想建立的是明显的另类或对立系统。不过与黑人美学家不同的是，除了陈耀光、徐忠雄（Shawn Hsu Wong）等偶尔拔刀相助之外，赵健秀几乎是以独行侠的姿态，相当孤单地进行他近乎悲壮的反抗计划：内部严词批判若干华裔美国作家的文学生产活动，外部则不断声言抗拒强势种族加诸华裔美国人的文化想象。

上文曾经提到，赵健秀的整个论述与创作计划目的在消弭白人对华裔美国人的种族刻板印象。此刻板印象所隐含的负面价值使华裔美国人耻于认同自己的历史与文化。要消除这样的刻板印象，就必须建立完全对立的另类论述，这正是赵健秀的主要论述策略。在《唐人街牛仔的自白》一文中赵健秀借其中文老师马先生的话指出：

> 那些"中国佬"，那些在铁路上劳动的黄种人，那些被白人矿物压垮、铺道路、建城镇、挨骂受辱、被立法抵制、孩子被迫想要忘记他们的人……他们——中国佬——都是好人。他们战斗过。他们曾是勇士，卓越突出。他们的战斗以及他们之间的勇士已经被遗忘了，被选择牢牢记住的反而是替代中国人的白人战士……同时被延续的是胆怯、温顺、被动的中国佬的

神话。①

在这段话里，赵健秀以对比点出真假华裔美国人的形象：被剥削的中国佬、好人、勇士与白人剥削者所伪造的中国佬神话。赵健秀显然是以身体政治（body politics）来建立其区隔系统：中国佬真正的历史形象是靠体力劳动、开疆辟土的勇士，而白人文化想象中的中国佬则是明显缺乏躯体动力、只能被动反应的刻板人物。

区隔系统无疑是对立系统的形式之一，其功能除了消极地驳斥白人版本的华裔美国人神话之外，积极方面则是以另类叙述建立真正的华裔美国人的历史形象。这样的论述策略背后的意识形态工具显然仍是赵健秀经常引为奥援的道地政治②。换言之，赵健秀的主要目标在分是非、辨真伪，在区别华裔美国人真正的历史形象与白人种族偏见的文化想象，在还原华裔美国人为参与创造历史的主体，而非被动的历史客体，甚或是历史的缺席者。若干批评家在质疑赵健秀时往往受制于性别政治（gender politics），以致无法看出其论述活动中几乎无所不在的道地政治——包括其对汤亭亭、谭恩美等人的非议，无疑皆出于道地政治，而非性别政治。否则我们怎么解释他对林语堂、刘裔昌、黎锦扬及黄哲伦等男性作家的批评？又如何解释他对水仙花（Sui Sin Far，原名 Edith Maude

---

① Frank Chin, "Confessions of the Chinatown Cowboy," *Bulletin of Concerned Asian Scholars* 4.3 (1972), p.69.
② 对弱势族裔而言，道地政治的得失是个相当复杂的问题。拙作《论道地：〈郊野佛陀〉中的文化政治》一文对道地政治与文化再现之间的关系稍有讨论。该文"引文资料"部分列有若干相关论著，或有参考价值。请见李有成，《论道地：〈郊野佛陀〉中的文化政治》，《中外文学》25卷9期（1997年2月），页104—120。

Eaton)、韩素音（Han Suyin）及张粲芳等女性作家的赞誉？细心的读者不难发现，他的褒贬泰皆出于真假之辨，是非之分，而非男女之别。对赵健秀而言，道地政治其实隐含疗伤止痛的过程，也就是哲学家泰勒（Charles Taylor）在论差异政治（politics of difference）时所说的"修正的过程"，是被宰制族群长期遭到扭曲的卑劣形象获得修正的过程。①

与这些好人、勇士的形象作为相呼应的，则是处处可见的英雄主义的符号。赵健秀在《这不是自传》中指出：

> 我总是被英雄传统所环绕。那些瓷器公仔都是些英雄人物，他们来自粤剧、来自故事及连环图画所歌颂的战役，来自玩偶、木偶、浴缸童玩、印刷品、绘画、图像，以及所有中国移民都具备，都直觉了解，都会搜集、倾听的俗言谚语。②

除了这些民俗传统之外，最能凝聚此英雄意识的当数中国移民在各地广设的会堂或会馆。最教赵健秀津津乐道的应是以刘、关、张、赵四姓为基础的龙冈会馆，其设堂开馆的渊源当然可以轻易远溯《三国演义》。按赵健秀的说法：

> 这些会堂也足以证明：我们之利用中国文学中的英雄传统，视之为华裔美国人的普遍道德、伦理及美学根源，绝不是

---

① Charles Taylor, "The Politics of Recognition," in Amy Gutmann, ed., *Multiculturalism and "The Politics of Recognition"* (Princeton: Princeton Univ. Pr., 1992), p. 62.
② Frank Chin, "This Is Not an Autobiography," *Genre* 18, p. 116.

文学修辞或时髦花招,不是一厢情愿的想法,不是理论,也不是煽风点火或设法立规,而是简单的历史。①

赵健秀认为这一切正是解开中国人潜意识之钥。"中国人在中国市场、童玩、连环图、一般家庭古玩店、餐厅艺术与摆设中早已设下典律,并且维护、讲授、使用这个典律。"② 这个典律,无以名之,或可称为赵健秀式的中国英雄主义。

这样的英雄主义不仅可见于美国唐人街的民俗传统、街头仪式或日常生活经验,在赵健秀看来,还可在中国经典与文学传统中理出若干头绪,探源溯流,从儒家经典到民间说部,都可以找到这样的英雄主义传统。在这个传统里,"孔子不是先知。他没有宗教信仰。他是位史家、策士、武士"③。此外,儒家经典如《论语》则"不是一部修身养性或治国平天下的教条或公式的书"。应该以"套"牢记《论语》中的教训。"'套'作为一种形式表现的是以历史为基础的文明,其伦理生活为战争,相信所有男女都是天生的战士。"④ 这种英勇刚强的英雄传统不限于儒家人物与经典:

---

① Frank Chin, "This Is Not an Autobiography," *Genre* 18, p. 127.
② Frank Chin, "Come All Ye Asian American Writers of the Real and the Fake," *The Big Aiiieeeee! An Anthology of Chinese American and Japanese American Literature*, p. 33.
③ Frank Chin, "Come All Ye Asian American Writers of the Real and the Fake," *The Big Aiiieeeee! An Anthology of Chinese American and Japanese American Literature*, p. 34.
④ Frank Chin, "Come All Ye Asian American Writers of the Real and the Fake," *The Big Aiiieeeee! An Anthology of Chinese American and Japanese American Literature*, p. 35.

孔子之进入亚洲年轻人的脑海深处，所循的主要路线是童话与《三国演义》《水浒传》及《西游记》的英雄传统。这个英雄传统还延伸到日本，包括了《忠臣藏》（Chushingura）。《三国演义》《水浒传》《西游记》和《忠臣藏》全都引述、借用、戏剧化《孙子兵法》和吴起的《吴子兵法》中的诗行。孙子和吴起两人的书是完全不同的两套，其设计在训练个人的本能，把生活视为战争，绝不背叛，绝不出卖。①

而处于这个中国英雄主义中心的原型人物，则是赵健秀推崇备至、敬仰有加的关云长。赵健秀认为关公名满天下，更是唐人街家家户户的守护神：

> 尽管关羽并非《三国演义》的主要角色，但他却是《三国演义》中最受欢迎的人物。通俗文化迅速将这位在历史、粤剧和文学上广受欢迎的人物转变成战争、掠夺及文学之神。他是刽子手、赌徒及所有生意人的守护神。他是完美、清廉的人格及复仇的具体化身。……所有俱乐部、团体、各式各样的联谊会，从香港的犯罪调查部门到功夫道馆和唐人街的帮会，都争着供奉关羽——更多人称他为关公（或关老爷）——为守护神。②

---

① Frank Chin, "Come All Ye Asian American Writers of the Real and the Fake," *The Big Aiiieeeee! An Anthology of Chinese American and Japanese American Literature*, p. 37.
② Frank Chin, "Come All Ye Asian American Writers of the Real and the Fake," *The Big Aiiieeeee! An Anthology of Chinese American and Japanese American Literature*, p. 39.

在《这不是自传》中，关羽更是"被践踏者、被压迫者的战士，与腐败的官吏、腐败的政府、腐败的帝国抗争不已"。① 总之，关羽刚正不阿，人格完美，孔武有力，英勇过人，更重要的是，他有仇必报，毫不犹豫，是中国英雄主义传统最理想的具体象征。

其实在赵健秀的中国英雄主义传统中最令一般批评家触目惊心或深感不安的还是报仇雪恨的主题。关羽一介武夫，忠义是尚，固然被奉为复仇的主神；连大半生栖栖惶惶、周游列国、矢志于仁恕之道的孔子，经赵健秀一番陌生化强力挪用之后，其基本思想只剩下两点："第一是报私仇的儒家伦理。第二是向腐败政府讨公道的伦理，或者儒家所说的天命"。② 这样子无限上纲、高度延伸的结果是：固然成就了赵健秀式的中国英雄主义，却也因此模糊或扭曲了儒家传统的本来面貌，略知儒家思想的人恐怕是无法苟同的。甚至赵健秀心仪不已的兵法家孙子，在他不时强势挪用，以其为中国英雄主义奥援之下，变得面目全非。赵健秀所谓引述孙子的话，有时甚至无中生有，单德兴即指证历历，仔细检查了赵健秀引述孙子的地方，证明若干例子"根本是赵健秀想当然耳地变造、伪托孙子之作"。③

不过，本文的目的不在检讨赵健秀式中国英雄主义传统的构成④，我的兴趣在于此英雄主义的文化政治。基本上此英雄主义之

---

① Frank Chin, "This Is Not an Autobiography," *Genre* 18, p. 120.
② Frank Chin, "Come All Ye Asian American Writers of the Real and the Fake," *The Big Aiiieeeee! An Anthology of Chinese American and Japanese American Literature*, p. 35.
③ 单德兴，《书写亚裔美国文学史：赵健秀的个案研究》，《铭刻与再现》，页213—238。
④ 请参考单德兴的看法。单德兴一方面肯定赵健秀企图建立亚裔美国文学传统的雄心大志，另一方面也批评赵健秀整个计划的局限与流弊。赵健秀的做法除了"难逃本质化（essentializing）及总体化（totalizing）之陷阱"外，他"立 （转下页）

构成本意在对应美国白人种族主义与其刻意铸造的种族刻板印象，并非如若干批评家所顾虑的那样，以为是针对女性主义者或女性作家。① 我认为只有面对白人种族主义才能界定赵健秀的英雄主义，才能了解此英雄主义传统的文化政治。换言之，此英雄主义与白人种族主义之间实具有结构性的关系——严格说是对立的关系——其意义必须自这样的关系中产生。孤立看待此英雄主义固然并无多大意义，将之与女性主义对立则忽略其本来的文化政治。唯有将之历史化与脉络化，将之摆在华裔美国人所置身的历史现实和日常生活情境中，才能一窥其文化政治上的意义。赵健秀最重要也是最终的目的在于摧毁白人主流社会的种族偏见及其对华裔美国人的刻板印象，其英雄主义显然是他最为仰赖的意识形态利器：此英雄主义驳斥白人种族偏见之背离历史现实，反证白人刻板印象之谬误，并积极重塑华裔美国人的正面形象，一洗男性气概长期惨遭阉割的耻辱。

  赵健秀式的英雄主义终究是种族歧视的压迫下逼不得已的建

---

  （接上页）场鲜明，且对若干享有盛名的华裔（尤其女性）作家颇多恶评"的做法，也"很可能更坐实了性别歧视及仇视女性的批评"。单德兴质疑："如果赵健秀可以有他个人版本的中国英雄主义，那些经常在作品中质疑、抨击中国传统文化重男轻女观念的女性作家，如汤亭亭，何尝不能有其版本的'中国文学的女性主义传统，或女性主义的中国文学传统'"。请见单德兴，《书写亚裔美国文学史》，《铭刻与再现》，页231。

① 不过我也同意张敬珏（King-Kok Cheung）的说法：赵健秀在建构其英雄主义，以对抗白人的种族主义神话时，往往在不知不觉中接受了"男性特质的父权建构"，因此其英雄主义不无为父权阶级张目之嫌。张敬珏的意见请参考：King-Kok Cheung, "The Woman Warrior versus The Chinaman Pacific: Must a Chinese American Critic Choose between Feminism and Heroism?" in Marianne Hirsch and Evelyn Fox Keller, eds., *Conflicts in Feminism* (New York and London: Routledge, 1990), pp. 236–237。

构。在文学实践上,此英雄主义企图规划的无疑是一种文学男性主义,以阳刚之美替代白人强势种族文化再现中华裔美国人的娘娘腔形象,以种族之怒对抗种族歧视之爱。赵健秀的文学男性主义所叙述的另类故事,其所提供的对立系统显然不脱身体政治:

> 我们生来即是要以战斗维护我们的个人人格。所有的艺术都是武术。写作即战斗。西方文明以宗教为基础,个人受训是为了更能够表达其信仰,更能够向更高的道德权威屈服,以梦想克服现实,以信仰蔑视知识的效应。在亚洲的道德世界中,个人受训是为了战斗。生活即战斗。生命即战争。①

在我武惟扬的道德使命驱使之下,赵健秀的文学男性主义视书写为反否定(counter-negation)的系统,既封闭了协商的空间,更透过不断寓喻化的过程,使文学生产成为华裔美国人的国族想象的一部分。

赵健秀的"写作即战斗"的最高行动纲领,也与芮德的"写作即拳击"的信条相互辉映。这么说来,对某些弱势族裔男性作家而言,在笼天罩地的种族歧视阴影之下,文学男性主义或英雄主义莫非也是不得不尔的选择?

(1997 年)

---

① Frank Chin, "Come All Ye Asian American Writers of the Real and the Fake," *The Big Aiiieeeee! An Anthology of Chinese American and Japanese American Literature*, p. 35.

# 记忆政治

## ——赵健秀的《唐老亚》

## 一

菲律宾历史学者康斯坦丁诺（Renato Constantino）在讨论第三世界的历史书写时，曾经这么指出："一个民族的历史必须重新发现过去，让这个过去能够被一再使用。……倘若要使现在饶富意义，过去不应只是沉思默想的对象而已。因为倘若我们视过去为'冻结的事实'，过去要不是主宰现在，让现在静止不动，就是被认为与今日的种种关怀毫不相干而遭到摒弃。作为具体的历史事实，过去应被视为揭露整体事实的过程中一个不可或缺的部分。"① 站在后殖民情境中思考有关历史的问题，康斯坦丁诺这一席话是相当福柯式的（Foucauldian）。康斯坦丁诺不仅视历史为一知识形式，同时也是一种权力形式，透过这种知识形式与权力形式，史学家得以驯服过去、控制过去，最后造成波斯特（Mark Poster）所说的，史

---

① Renato Constantino, "Notes on Historical Writing for the Third World," *Journal of Contemporary Asia* 10.3(1980), p. 234.

学家其实是"以现在的色彩来涂绘过去的山水风景"①。历史旨在掌握过去,其实最后的指涉还是现在。

以福柯(Michel Foucault)的史学思考来彰显康斯坦丁诺的第三世界史学观看似唐突,稍加研究则不难发现二者其实交集着颇多亲和之处。福柯一向排斥史学所强调的历史发展的规律与延续性,而尝试以其所谓的知识考古学来凸显历史进程中处处可见的缝隙、断裂与非延续性(discontinuity)。依此看来,考古学作为一种知识方法,对康斯坦丁诺的第三世界史学观——或者我所说的后殖民情境中的历史思考——反而可能更具启迪价值。当康斯坦丁诺说"历史必须重新发现过去",他所谓的"过去"其实正是考古学最为关怀的历史发展中的"缝隙、断裂与非延续性"。从后殖民的立场回顾,被殖民的经验中种种被噤声、压制、湮灭但却以不同形式的叙事残存于人民记忆中的"过去",不正是殖民历史进程中随处可见的"缝隙、断裂与非延续性"吗?

大约四十年前,孟密(Albert Memmi)在考察被殖民者的境遇时,就曾经这么指出:"分派给他(指被殖民者)的记忆当然不是他的人民的记忆。传授给他的历史也不是他自己的历史"。② 换言之,被殖民者往往必须面对"无史"或者历史被涂灭、扭曲的历史窘境。历史显然是殖民者的围堵策略中不可或缺的一环,是殖民者赖以进行文化与思想监控的重要工具。康斯坦丁诺在呼应孟密的话时即曾一语道破被殖民者在面对历史窘境时的悲哀:"被殖民者的

---

① Mark Poster, *Foucault, Marxism and History: Mode of Production versus Mode of Information* (Cambridge: Polity Pr., 1984), p. 75.
② Albert Memmi, *The Colonizer and the Colonized*, Howard Greenfeld, trans. Exp. ed. (Boston: Beacon Pr., 1991), p. 105.

悲剧在于疏离其过去。"① 但历史却也是建构后殖民主体性的重要知识方法与形式，透过这种知识方法与形式所找回（reclaim）、重述或重建的过去——不论是后殖民主体的个人或集体记忆——往往是构成后殖民性（postcoloniality）的重要成分，此之所以过去或记忆一再成为后殖民情境的灵感泉源，历史也因此被用来质疑殖民者对知识与权力的霸权部署的一种知识方法与形式。詹明信（Fredric Jameson）在论述后现代主义时说"我们的大叙事（grand narratives）正在崩溃之中"，这个"我们"指的恐怕不是上面所说的后殖民主体或贝克（Houston A. Baker, Jr.）所谓的"新近冒现的人"②。事实上，用吉尔罗伊（Paul Gilroy）的话来说，"我们之间有些人"——我猜想其中包括了贝克所谓的"新近冒现的人"等后殖民论述与弱势族裔论述的论述主体——"正开始建构我们自己的大叙事……作为救赎与解放的叙事"。③ 这些叙事无疑构成了后殖民论述与弱势族裔论述的重要产业，在重新找回或重述被压制及被泯灭的过去和记忆的实践活动中扮演着相当显眼的角色。

这些叙事的面貌繁复多样。詹姆斯（C. L. R. James）曾经数

---

① Renato Constantino, "Notes on Historical Writing for the Third World," *Journal of Contemporary Asia* 10. 3, p. 233.
② 贝克所谓的"新近冒现的人"（newly emergent people）包括了"非裔美国人、男女同性恋代言人、男女墨裔美国批评家及艺术家、亚裔美国理论家与活动分子、西裔美国理论家、最近出现的后殖民论述与后现代主义的学者，以及其他向西方霸权对知识与权力的安排严肃地提出质疑的人，这些安排在过去一向被视为理所当然"，见 Houston A. Baker, Jr., "Handling 'Crisis': Great Books, Rap Music, and the End of Western Homogeneity (Reflections on the Humanities in America)," *Callaloo* 13. 2 (Spring 1990), pp. 173–194。
③ Paul Gilroy, "Nothing But Sweat Inside My Hands: Diaspora Aesthetics and Black Arts in Britain," *Black Film/British Cinema*. ICA Documents 7 (London: Institute of Contemporary Arts, 1988), p. 46.

度为文畅论板球运动与殖民文化的关系。在《西印度文化中的板球》("Cricket in West Indian Culture")一文中,詹姆斯指出,板球之被引进西印度群岛本有其政治目的与文化意义,板球本身原就是为英国殖民主义张目的文化文本。西印度人民固然参与板球运动而内化了英国统治阶级的文化价值,但这些人民也巧妙地借着板球运动,宣泄在政治上受到压抑的社会情感。① 板球更因此成为西印度群岛人民被殖民的集体记忆中无法排除的一章,用詹姆斯的话说:"西印度人对自己历史的根本意识乃是他的板球运动的产物。"② 西印度籍板球选手在球场内外的点点滴滴甚至构成了殖民地的历史文化传统。至少从板球运动所展现的集体记忆中,我们看到了殖民者与被殖民者之间互相含纳而又纠葛难分的历史经验。

法农(Frantz Fanon)则在论述民族文化时,提出另一种对待过去的叙事内容。法农指出:"殖民主义不会只满足于控制某个民族,以及掏空当地人民一切形式与内容的心智而已。出于某种不正常的逻辑,殖民主义转向被压迫人民的过去,将这个过去扭曲、破坏、摧毁。今天这种贬抑被殖民前历史的工作隐含着辩证的意义。"③ 这个辩证的意义除了可见于雷达玛(Roberto Fernandez Retamar)所谓的卡力班辩证法(the dialectic of Caliban)④,以及被

---

① C. L. R. James, "Cricket in West Indian Culture," *Raritan* 6.3 (Winter 1987), p. 94.
② C. L. R. James, "Cricket in West Indian Culture," *Raritan* 6.3, p. 96.
③ Frantz Fanon, *The Wretched of the Earth*, Constance Farrington, trans. (New York: Grove Pr., 1968), p. 210.
④ 雷达玛为古巴著名作家,也是哈瓦那大学的语文学(philology)教授。按雷达玛的说法,殖民者加诸被殖民者身上的任何侮辱或污蔑,经被殖民者的一番辩证,可以一变而为被殖民者的荣耀标记,此即所谓的卡力班辩证法,见 Roberto Fernandez Retamar, *Caliban and Other Essays*, Edward Baker, trans. (转下页)

殖民者前仆后继的反否定（counter negation）①活动之外，最常见的就是对殖民前的过去或历史的乡愁与向往。法农进一步指出："这种热情的研究……私底下莫不冀望在今日的痛苦之外，在自悲、自弃、逆来顺受之外，能发现某些美丽而辉煌的时代。……也许并非有意，在今日的野蛮历史之前惊魂甫定，再也无法承受之余，当地土生的知识分子于是决定往后再退一步，更深入地钻研，而且……他们以最兴奋之情发现，过去并无任何可耻之处，过去有的反而是尊严、光荣与庄重。"② 在这种情形之下，"过去重新被赋予价值"③。

---

（接上页）(Minneapolis: Univ. of Minnesota Pr., 1989), p. 16. 此词显然典出莎士比亚的《暴风雨》(The Tempest) 一剧。

① "反否定"一词系颜莫哈默德（Abdul R. JanMohamed）的用语，指被殖民者以否定反击殖民者的否定，见 Abdul R. JanMohamed, *Manichean Aesthetics: The Politics of Literature in Colonial Africa* (Amherst, MA: Univ. of Massachusetts Pr., 1983), p. 4. 颜莫哈默德后来与劳埃德（David Lloyd）在《弱势族裔论述的性质与脉络》(*The Nature and Context of Minority Discourse*) 一书的导论中指出："弱势族裔之所以否定先前对其所作之霸权否定，乃其最根本的肯定形式之一。"见 Abdul R. JanMohamed and David Lloyd, "Introduction: Toward a Theory of Minority Discourse: What Is to Be Done?" *The Nature and Context of Minority Discourse*, Abdul R. JanMohamed and David Lloyd, eds. (New York and Oxford: Oxford Univ. Pr., 1990), p. 10. 法农也说过："殖民者的任务在使当地人民连梦想自由都不可能。当地人民之任务则是想象所有可能的方法来摧毁殖民者。就逻辑层面而言，殖民者的摩尼二元论（Manicheism）就会衍生当地人民的摩尼二元论。回应'当地人民绝对邪恶'的理论的是'殖民者绝对邪恶'。"见 Frantz Fanon, *The Wretched of the Earth*, p. 93.

② Frantz Fanon, *The Wretched of the Earth*, p. 210.

③ 见 Frantz Fanon, *The Wretched of the Earth*, p. 211. 回到被殖民前的过去有时也会因过于美化和理想化而失之偏颇或造成扭曲。康斯坦丁诺曾以菲律宾若干史学家为例，说明这个现象："受到爱国热诚的感召，某些史学家过度理想化被西班牙殖民前的（菲律宾）文化与社会，另外其他史学家则不问青红皂白地颂扬每一位与西班牙人战斗的领袖，称他们为英雄。"这些所谓英雄之所以反西班牙，事实上不乏出于个人私利，见 Renato Constantino, "Notes on Historical Writing for the Third World," *Journal of Contemporary Asia* 10.3, p. 236.

詹姆斯和法农所提供的另类历史（alternative histories）只是后殖民主体面对过去或殖民记忆时的两种态度而已。[①] 既是另类历史，当然有别于殖民者充满理性规律与延续性的历史——"如果历史由胜利者撰写，那么几乎可以确定的是，这个历史一定会'变造'他者（the others）的历史"[②]。另类历史旨在颠覆、匡正、替代——亦即重新书写——胜利者的历史。依此而论，另类历史所重新发现的过去及其所捕捉的记忆——不管其叙事面貌为何——确是康斯坦丁诺所说的"揭露整体事实的过程中一个不可或缺的部分"。在詹姆斯的板球论述中，殖民者与被殖民者的过去记忆内容也许不尽相同，但由于双方经验乃是一体的两面，过去于是成为殖民者与被殖民者共享的遗产。但在法农笔下，后殖民主体为重建将被殖民经验排除在外的民族文化，不惜越过被殖民的痛苦记忆，企图自民族记忆中重新发现殖民前"美丽而辉煌的"过去。

---

[①] 詹姆斯和法农所勾勒的另类历史基本上只发生在蒂芬（Helen Tiffin）所谓的另类系统（alternative systems）内，也就是在被殖民前本身就存有历史文化的社会，如非洲、南亚与东南亚诸国，当然也包括新西兰、澳大利亚、加拿大的原住民社会。但对新、澳、加等地的非原住民而言，由于是外来者，缺乏蒂芬所说的另类系统，在面对进口的霸权欧洲系统时，则必须诉诸"想象的对立文化"。换言之，这些早已落地生根的非原住民必须站在对立的位置，挑战"帝国的文本档案……质疑这些档案的现存与稳定性"。最常见的策略"包含了激进地重读这些档案——不管是虚构的、历史的或人类学的"，见 Helen Tiffin, "Post-Colonialism, Post-Modernism and the Rehabilitation of Post-Colonial History," *The Journal of Commonwealth Literature* 23.1(1988), p.176。"想象的对立文化"一词系转借自戴许，见 J. Michael Dash, "Marvellous Realism—The Way out of Negritude," *Caribbean Studies* 13.4(1973), p.66。

[②] Janet Abu-Lughod, "On the Remaking of History: How to Reinvent the Past," *Remaking History*, Barbara Kruger and Phil Mariani, eds. (Seattle: Bay Pr., 1989), p.118.

## 二

以上所铺陈的记忆政治（politics of memory）或许有助于我们了解赵健秀（Frank Chin）的小说《唐老亚》（Donald Duk）。如果将这本小说视为后殖民文本，我们会发现作者尝试透过这个文本重新找回的，正是华裔美国人"美丽而辉煌的"过去——当然这个过去充满了英雄主义的色彩，同时也交织着华裔美国人长久以来被扭曲、压制与被边陲化的辛酸记忆。许烺光（Francis L. K. Hsu）有一段文字正可以用来说明华裔美国人如何被迫自美国历史叙事中隐没消失：

> 犹他州的普罗蒙特里波因特（Promontory Point, Utah）是百年前联合太平洋铁路与中太平洋铁路的接驳点，1969年5月10日此地庆祝美国横贯铁路完工一百周年纪念。上万的华工是构成此一横贯铁路成功与速度的一部分。然而当时主持庆祝大会的交通部长沃尔普（Volpe），在热情洋溢地颂赞美国人的勇气与技术之余，却对中国人所扮演的角色只字不提。当然，沃尔普的态度是明显出于迄今依然遍存的白人的优越偏见。有些华人团体表示抗议，但沃尔普部长并未公开致歉。①

沃尔普在庆祝会上所回避或忽略的，却正巧是《唐老亚》这本

---

① Francis L. K. Hsu, "Opportunity, Prejudice and Cultural Differences," *Journal of Overseas Chinese Studies* 1 (June 1989), p. 3.

小说所试图重述或重建的，也就是 19 世纪美国横贯铁路的建筑史，其中尤其涉及华工在整个建造过程中所扮演的关键性角色。① 换言之，透过赵健秀的叙事，《唐老亚》一书暴露了美国历史发展中的"缝隙、断裂与非延续性"，这本小说所再现的华裔美国人的过去，再次以康斯坦丁诺的话来说，是"揭露整体事实的过程中一个不可或缺的部分"。

美国的弱势族群在与白人强势文化与支配阶级的遭遇和互动过程中，似乎都有一段血泪交织、可歌可泣的民族记忆：美国原住民之失土灭族、黑人之沦为商品奴隶、日裔美国人之被扣押拘留营，华人也有天使岛（Angel Island）及种种歧视、剥削华工的事件。这些过去构成美国弱势族裔集体记忆的一部分，在弱势族裔开始反扑的时候，正好成为弱势族裔发言的位置（position）。诚如霍尔（Stuart Hall）所言："过去不仅是我们发言的位置，也是我们赖以说话不可或缺的凭借。"② 不过霍尔也提到，当过去继续对我们说话时，"由于我们与过去的关系就像孩子与母亲的关系，总已'在断裂之后'，这个过去不再是简单、事实的'过去'。过去总是透过记忆、幻想、叙事与神话来建构的"③。

在《唐老亚》中赵健秀则以几次梦境逐步再现华裔美国人的这

---

① 刘伯骥的《美国华侨史》对这段历史有简要的叙述，值得参阅，见刘伯骥，《美国华侨史》（台北：黎明文化事业公司，1976），页 274—278、613—619。另外可参阅高木，见 Ronald T. Takaki, *Strangers from a Different Shore: A History of Asian Americans* (Boston, Toronto and London: Little Brown and Co., 1989), pp. 84–87。

② Stuart Hall, "Ethnicity: Identity and Difference," *Radical America* 23.4 (1989), pp. 18–19。

③ Stuart Hall, "Cultural Identity and Cinematic Representation," *Framework* 36 (1989), pp. 71–72。

一段过去，这些梦境的叙事内容主要环绕着中国工人与爱尔兰工人竞赛铺轨的经过。时在 1869 年 4、5 月间，中国工人以日铺十英里的空前纪录击败了爱尔兰人，将联合太平洋铁路与中太平洋铁路衔接成美国的横贯铁路。由于深知白人的种族偏见不会承认中国工人的劳苦功绩，中国工人于是在他们所铺设的最后一根枕木上刻下自己的名字："一位年轻人用毛笔蘸满了墨汁，在枕木的一面写下自己的名字。他把毛笔递过去，在墨上吹气，要将墨汁吹干，然后开始镌刻他的名字。整根枕木上满是名字。有些是刻上的。有些只是以墨写上。"① 不论是镌刻或书写，都是中国工人为历史留下见证的手段。中国工人似乎早已意识到，所谓历史往往只是霸权阶级或种族赖以垄断其阶级或种族利益的文化场域，弱势族裔必须依靠自己的力量与作为，以突破霸权阶级或种族的围堵，为另类历史提供证据。中国工人以镌刻或书写所留下的虽然只是个别的名字，但这些名字无疑早已构成华裔美国人集体记忆的重要成分。

　　唐老亚为了印证梦中所见的一切，与同学阿扎里（Arnold Azalea）亲赴图书馆翻书查阅，结果在某本书中读到 1869 年 4 月 29 日一节有着这么一段记载："铁路的尽头站着八名魁梧的爱尔兰人，手握着沉重的铁钳。"接着是这八名爱尔兰人的名字。唐老亚读到这里不解地喃喃自语："连个中国名字都没有。我们创造纪录，却一个名字也没有。连我们铺上最后一根枕木也只字不提。"② 唐老亚后来对父亲提起此事，乃父说：

---

① Frank Chin, *Donald Duk* (Minneapolis: Coffee House Pr., 1991), p. 116.
② Frank Chin, *Donald Duk*, p. 122.

"他们不要我们的名字出现在他们的历史书中。那又如何？你惊讶了。如果我们不写我们的历史，他们又何必呢？"

"这不公平。"

"公平？什么是公平？历史是战争，不是游戏！……别以为我会因为白鬼从不在他们的任何书中叙述我们的历史而生气或大吃一惊。……你必须自己保留历史，不然就会永远失去它。这就是天命。"①

这里之所以不厌其烦地叙述唐老亚梦中的部分主要情节，以及这些梦境对他的启蒙与教育，目的在说明"另类历史"在建构后殖民主体性或弱势族裔的自我属性的重要意义。唐老亚的梦无疑是吉尔罗伊所说的"救赎与解放的叙事"，是唐老亚找回其种族记忆、界定其种族属性的知识形式。"没有黑人的过去，没有黑人的未来，也就不可能拥有我的黑人本质。"② 法农的话其实也适用在唐老亚身上。

对饱受白人种族歧视的弱势族裔如华裔美国人而言，唐老亚梦中所再现的过去——白人挫败，华人胜利——的确是个"美丽而辉煌的"过去。唐老亚透过梦境重建其种族记忆，并同时进行其启蒙仪式，他奉命在庆祝活动中担任舞狮的任务。中国工人的工头是位关姓汉子，此人一看便知是关公的化身，也是赵健秀式的中国英雄主义的具体象征。赵健秀说过："将中国文学里的英雄传统视为美国华人社会中普遍的道德、伦理以及美学的根本，并非为了要什么

---

① Frank Chin, *Donald Duk*, p. 123.
② Frantz Fanon, *Black Skin, White Masks*, Charles Lam Markmann, trans. (New York: Grove Pr., 1976), p. 138.

写作技巧的花招,也不是要自以为是地展露什么深奥的思想理论,或宣扬什么教条,只是为了说出单纯的历史。"① 赵健秀显然有意借着敷演他所谓的中国英雄主义传统,重建中国与唐人街的文化脐带关系。在《唐老亚》这本小说里,关姓汉子不仅是位文化英雄,同时也是展现这种文化脐带关系的行为者(agent)。

但放在《唐老亚》的叙事脉络里,关姓汉子所展露的中国式英雄主义显然另有用意。张敬珏(King-Kok Cheung)曾在讨论赵健秀等人所描述的中国式英雄主义时这么指出:"以《三国演义》里的关公为例,他声如洪钟,性烈多情,而且有仇必报,这种'骁勇善战的英雄化身',与安静、被动、卑屈的东方奴仆形象完全背道而驰。也许(赵健秀等)寄望这种威武堂堂的英雄偶像能够破除美国华人柔顺驯良的神话。"② 张敬珏这一番臆测恰好可以用来解释关姓工头的英雄主义:他既不胆怯,也不内向,在与白人的激烈竞争中非但毫不退缩,而且还是个胜利者。关姓工头的英雄化身完全与柔顺、被动、胆怯的华人形象扞格不入,至少在他身上我们看见若干弱势族裔汲汲营造的正面形象:

---

① Frank Chin, "This is Not an Autobiography," *Genre* 18(1985), p. 27.
② King-Kok Cheung, "The Woman Warrior versus The Chinaman Pacific: Must a Chinese American Critic Choose between Feminism and Heroism?" *Conflicts in Feminism*, Marianne Hirsch and Evelyn Fox Keller, eds. (New York: Routledge, 1990), pp. 241 – 242。我必须指出,张敬珏的观点显然不在颂扬这种英雄主义,一方面她认为如果有这么一个传统,这个传统一般是把仁智置于武力之前,另一方面她也担心这种英雄主义将会助长父系专权的观念与行为,见 King-Kok Cheung, "The Woman Warrior versus The Chinaman Pacific: Must a Chinese American Critic Choose between Feminism and Heroism?" *Conflicts in Feminism*, pp. 241 – 243。

关姓汉子手握（中太平洋铁路股东）克罗克（Crocker）的六响枪，在克罗克还来不及面露惧色之前，他已经跃上马鞍，手舞着缰绳。他勒着马忽东忽西，克罗克一身溅满了污泥。关姓汉子转头对唐老亚说："上来，孩子。我要你听着。……"他抓住唐老亚，往身后的马鞍一放，就朝中国人的帐篷奔驰而去。克罗克追赶在后，一身雪白在一片黑衣当中。关姓汉子在飞溅的污泥中疾驰奔往卖点心的帐篷，并以克罗克的六响枪连开三枪。唐老亚拦腰抱住关姓汉子，他感到自己正自滑溜溜的泥马上滑了下来。"明天！十英里！"关姓汉子吼道，"十英里的铁轨！"①

## 三

唐老亚（Donald Duk）这个名字形音皆与迪士尼的卡通角色唐老鸭（Donald Duck）近似。若说唐老鸭是美国典型大众文化的一部分，相对于这个大众文化而言，唐老亚这个名字一方面显得滑稽突梯，另一方面则又显得含混、错置。名字暗示属性，这个名字其实相当生动地勾勒出唐老亚这位生长在旧金山唐人街的十二岁华裔少年暧昧、混杂的边陲性。

这种边陲性促使唐老亚排斥与中国有关的一切："他的名字教他疯狂！长得像中国人教他疯狂！"② 中国新年是"唐老亚一年中最

---

① Frank Chin, *Donald Duk*, p. 78.
② Frank Chin, *Donald Duk*, p. 2.

倒霉的日子。有人会问些有关中国人信仰等怪事的笨问题。中国人所做的怪事、中国人所吃的怪东西，还有：'我在哪里可以买到中国爆竹？'"① 此外，唐老亚"从没想过要邀请任何人到家里来。他的家太过中国化了"②。对中国事物的排斥及其急于内化美国主流价值的心态其实是一体的两面。这一点可见于以下唐老亚所幻想的一场意识流对话，谈话对象是他所崇拜的美国著名踢踏舞星阿斯泰尔（Fred Astaire）：

> "哎，你不像我那么了解这些人。我不仅和这些人住在一起，我还读了不少有关这些人的东西。你知道他们为什么在这里待了这么多年，但却并没有更像美国人？"唐老亚问道。
> "更像美国人？"
> "美国人！就像你和我。创造美国历史的那种人。美国电影演员所演出的那种人。"
> "是的，那种人。"
> "你知道为什么中国人不会是那种人？"
> "为什么？"
> "被动。"
> "是吗？"
> "不只如此！他们竞争力不够，不能承受压力。"③

说中国人被动或竞争力不够，唐老亚所重复的只不过是美国白人社

---

① Frank Chin, *Donald Duk*, p. 3.
② Frank Chin, *Donald Duk*, pp. 9–10.
③ Frank Chin, *Donald Duk*, p. 92.

会对中国人的刻板偏见而已,在内化这些刻板偏见之余,唐老亚深以自己的种族、历史、文化为耻。整个内化的过程部分显然受制于白人种族主义所支配的教学活动。譬如在课堂上讨论加州历史时,唐老亚的白人历史老师就曾这么指出:

> "美国的中国人几世纪以来被儒家思想与禅宗神秘主义搞得被动软弱。他们全然缺乏防备,无法面对极端个人主义与民主的美国人。从他们踏上美国领土的第一步到20世纪中叶,面对侵略成性、竞争激烈的美国人的无情迫害,胆怯、内向的中国人总是束手无策。"①

这种教学内容所再现的中国人形象最终当然造就了法农所批评的"黑皮肤、白面具",唐老亚就像法农笔下长期接受法国殖民文化的马提尼克岛(Martinique)的黑人一样,"承认自己一无是处,绝对一无是处——为了想象自己和其他'动物'不同,他必须结束他赖以生存的自爱自恋"②。法农所说的"动物",其实泛指其他也被殖民的黑人。

唐老亚的白人历史老师对中国人的刻板印象并不是偶然的。种族刻板印象(racial stereotype)其实是种族歧视思想与行为中最常见的形式之一,本身即是一种高度总体化与概括化的过程,是泯灭个别差异,模糊个人的独特面貌,纳入固定分类,代之以定型,并重复、强化种族偏见的结果。用戈德伯格(David Theo Goldberg)

---

① Frank Chin, *Donald Duk*, p. 2.
② Frantz Fanon, *Black Skin, White Masks*, p. 22.

的话说,种族刻板印象乃是"将有限的资料库中自经验观察所得的种族特征过度概括化"所造成的,这种刻板印象被定型之后,该种族的任何成员就会被认定为先验地具备这些特征。因此戈德伯格认为:"种族刻板印象向被界定为某一个种族成员的众人经验的过度概括化。"① 种族刻板印象既是种族歧视的思想与行为形式,是强化种族偏见的产物(其实也同时巩固与加强这些偏见),自然与现实经验扞格不入,而且有违"个别化过程"(individuating processes)。戈德伯格提出两点说明,指陈种族刻板印象在经验与论证上的不当。一、将推定的种族特征加诸个人无疑是对个别差异视而不见,"这将使种族歧视分子对自己的种族属性分类过于自以为是。当现有的证据与他们的刻板印象冲突时,种族歧视分子可能会借着筛选、强调、诠释来扭曲证据,以巩固争议中的刻板印象的适用性"②。二、任何形式的种族刻板印象都不免落入普遍化与概括化个别特征或个别分子的谬误。因此种族歧视分子通常不愿承认个别团体内部的可能差异以及团体之间的可能类同。③ 易言之,制造种族刻板印象(stereotyping)乃是简化复杂性、同化异质性的过程。此之所以刻板印象会被视为种族性格特征的"稳定与重复的结构"④。

巴巴(Homi K. Bhabha)也有一段文字论及殖民经验中刻板印象的问题,可以用来进一步阐释上述观念:"刻板印象不是简化,

---

① David Theo Goldberg, *Racist Culture: Philosophy and the Politics of Meaning* (Oxford and Cambridge: Blackwell, 1993), p. 125.
② David Theo Goldberg, *Racist Culture*, p. 126.
③ David Theo Goldberg, *Racist Culture*, pp. 125–126.
④ Steve Neale, "The Same Old Story: Stereotype and Difference," *The Screen Education Reader: Cinema, Television, Culture* (London: Macmillan, 1993), p. 41.

因为它是对某一现实的虚假再现（false representation）。刻板印象同时也是简化，因为它是一种被迷惑、定型的再现形式，而在否定差异的戏耍之余，在心理与社会关系的表意过程中，它也构成了再现主体的一个问题。"① 巴巴除了质疑刻板印象忽略差异之外，更重要的是，他清楚地指出刻板印象与再现之间复杂的依附关系。巴巴显然有意将刻板印象的问题回归到再现的问题：刻板印象不但是再现的问题，而且根本就是再现的形式之一，就是再现的结果。在《唐老亚》中，赵健秀即借着唐老亚的父亲与田鸡双胞胎姊妹（Frog Twin）之一的对话，批判强势主流文化如何透过文化再现——尤其是电影文化——散播与强化种族刻板印象：

"当好莱坞的中国女孩说她们好厌倦、好厌烦老扮演妓女和异国女人时，还记得人家报上怎么报导吗？"田鸡双胞胎姊妹之一说。

"我知道，我知道，你们都在《大地》里头。我知道你们都参加了电影演员公会。我讨厌东方演员，所以别谈演戏了。"父亲说。

"你这么说，因为你是个异教徒。"

"我希望赛珍珠还活着，而且到我的餐厅来，我要割下她的心肝，我恨透了那部电影"②。

巴巴尝以法农的心理分析，说明殖民阶级如何借影像与幻想

---

① Homi K. Bhabha, *The Location of Culture* (London and New York: Routledge, 1994), p. 75.
② Frank Chin, *Donald Duk*, p. 136.

(image and fantasy) 塑造殖民情境。① 其实好莱坞的电影工业何尝不是如此？对于殖民弱势族裔与第三世界，好莱坞的文化工业在延续、强化种族歧视文化方面居功甚伟。为了满足强势种族与文化的想象欲望，在西方白人的观看凝视（gaze）之下，从陈查礼（Charlie Chan）、傅满洲（Fu Manchu）到苏丝黄（Suzie Wong），中国人的影像在好莱坞文化工业的操弄与再现策略之下，一再重复与强化原先即已先入为主的刻板印象。

不过，《唐老亚》毕竟是一部致力于恩古吉（Ngũgĩ wa Thiong'o）所说的去除被殖民心灵（decolonizing the mind）的文本，也是一部质疑与摈斥种族刻板印象的逻辑，并部署差异政治作为文化抗争场域的弱势族裔文本与后殖民文本。赵健秀的整个计划大抵是以其记忆政治为基础，企图唤起华裔美国人的集体记忆，在找回、重述华裔美国人有意无意间被涂灭、消音的过去之余，同时揭露美国历史——支配阶级所认可的历史——进程中随处可见的"缝隙、断裂与非延续性"。从弱势族裔论述立场来看，《唐老亚》无疑是晚近书写/矫正（writing/righting）美国历史文化的大计划的一部分。

## 四

《唐老亚》因此也是一部莫里森（Toni Morrison）所谓的"再记忆"（re-memory）的书。莫里森本人的《宠儿》（*Beloved*）即是企图透过文本建构，以个人和集体的记忆重新探究历史经验中被弃

---

① Homi K. Bhabha, *The Location of Culture*, p. 43.

绝与掩饰的可能真相,也就是我在前文一再提到的历史的"缝隙、断裂与非延续性"。《宠儿》中的人物把他们记忆中的点滴片段重新组合,在重组建构的过程中重新经历与了解过去的种种事件和感受。"'再记忆'的行为在于将记忆、神话和事实的片段拼凑成连贯有序的经验叙述,这些经验过去曾经横遭某种方式的否定。"①《宠儿》一书的主要关怀不只是书中角色宠儿(Beloved)短暂的一生,以及她后来如何以少女的身份归来的经过而已,书中角色尝试以"再记忆"重构的显然是非裔美国人被非人化的奴隶历史经验。"这些'再记忆'在时间里流动,将过去与现在结合在一起,是重新找回(过去)的有意识行为。"②

类似的"再记忆"行为其实主宰了《唐老亚》一书的整个叙事过程,唐老亚以其一再出现的梦境,点滴断续地重新构筑华裔美国人过去被否定与被湮灭的历史经验。赵健秀的策略是以非理性与断裂的梦境"再记忆"华人先民最初的美国历史经验,正好与强势种族及文化以理性规律和连续性所建构的历史区隔对比。《唐老亚》一书临结束时,唐老亚的历史老师闵赖特先生(Mr. Meanwright)③在教室中放映幻灯片,讲解横贯铁路的建筑史。在讲解的过程中他仍然不忘对中国人加以揶揄:"他们的被动哲学与不擅竞争的本性使他们沦为被剥削与被迫害的对象。……中国人因

---

① Claire Pajaczkowska and Lola Young, "Racism, Representation, Psychoanalysis," *"Race," Culture and Difference*, James Donald and Ali Rattansi, eds. (London: SAGE Pub., 1992), p. 209.
② Claire Pajaczkowska and Lola Young, "Racism, Representation, Psychoanalysis," *"Race," Culture and Difference*, p. 209.
③ 历史老师 Mr. Meanwright 的姓氏音如"mean right"(意味正确),其中反讽跃然纸上。

为淘金失败,为贫穷、胆怯所逼,只好参与修建横贯铁路中太平洋这一段。"① 这些话立即遭到唐老亚反驳,他指责这位老师"把中国人说成被动、不擅竞争是大错特错",他甚至气急败坏地说:"就是因为像你这样知识贫乏的人才会让我们自照片中消失。"② 如果将唐老亚的前后态度两相对照,我们发现,对弱势族裔而言,"美丽而辉煌的"过去似乎具有疗伤止痛、重建自尊的功能:唐老亚在梦中重新经历其富于民俗色彩的民族记忆之后,终于能够排除文化上的自卑,坦然抗拒法农所说的来自强势种族的文化压制(cultural imposition)。

这里既然再次提到法农,我们不妨就引巴巴纪念法农时阐释"缅怀"(remembering)的一段话略加申论,作为本文的结束。巴巴说:"缅怀从来就不是一种内省或回顾的行为。它是痛苦地重归所属(re-membering),拼凑被支解割裂的(dismembered)过去,了解当前创伤的行为"。③ 以这一段话来描述弱势族裔或后殖民主体的历史情境尤其允当。换句话说,对失去历史的族群或人民而言,巴巴所谓的"缅怀"或莫里森笔下的"再记忆"不仅意味着重新挖掘被掩埋的过去,整个行为本身即是个心理重建、重归所属的认同过程。唐老亚断断续续地经历其梦境之后,终能在重新打开其民族历史记忆的过程中构筑其种族自我,并且更由于重归所属而重新认同其族群的历史文化。

历史意识原是意识形态斗争的产物。作为一种知识与意识形式,如果历史"遗忘的比记住的要来得多——更甚的是,如果历史

---

① Frank Chin, *Donald Duk*, p. 151.
② Frank Chin, *Donald Duk*, p. 151.
③ Homi K. Bhabha, *The Location of Culture*, p. 63.

压制千千万万'看不见的'人的故事,然后进而压制那个压制的故事,历史即面临失败的危险"①。依此而论,对弱势族裔或后殖民主体来说,重新找回过去,挖掘被湮灭的集体记忆,不仅是尊重历史作为一种知识与意识形式而已,这一切显然又与今日种种密切相关,都是康斯坦丁诺所谓的"揭露整体事实"的重要计划。从这个角度去审视赵健秀的《唐老亚》,也许我们更能够体会作者整个计划所隐含的文化与政治意义。

(1994年)

---

① Patrick Brantlinger, *Crusoe's Footprints: Cultural Studies in Britain and America* (New York and London: Routledge, 1990), p. 151.

# 陈查礼的幽灵

## ——赵健秀的《甘卡丁公路》

比格斯(Earl Derr Biggers)读到中国侦探张阿伯纳(Chang Apana)的故事。过去他从未听说过什么"中国侦探"。他灵光一现。上帝敲醒了比格斯,命他大致依他的形象给咱们中国佬一个儿子。陈查礼(Charlie Chan)于焉诞生。①

"天上的神献出他全然依白人形象创造的儿子,为白人的罪从容就义,让他带领白人通往救赎之路及地上之天国。好莱坞的白人因而也献出全然依中国佬形象创造的儿子,让他带领黄种人通往接纳与同化之路,陈查礼正是他的名字。"而我们都是陈查礼的子子孙孙。②

一

赵健秀(Frank Chin)的小说《甘卡丁公路》(*Gunga Din Highway*)临结束时,尤利西斯(Ulysses Kwan)从他的父亲关龙

---

① Frank Chin, "The Sons of Chan," *The Chinaman Pacific & Frisco R. R. Co.* (Minneapolis: Coffee House Pr., 1998), p. 132.
② Frank Chin, *Gunga Din Highway* (Minneapolis: Coffee House Pr., 1994), p. 311.

曼 (Longman Kwan) 形同闹剧的葬礼中溜了出来,径往医院探视卧病在床、形容枯槁的同父异母的兄长小关龙曼 (Longman Kwan, Jr.)。病房中的电视恰好正在播映关龙曼生前"最喜爱的电影"①,即乔治·史蒂文斯 (George Stevens) 所导演的《甘卡丁》(*Gunga Din*, 1939,一般译为《古庙战笳声》)。电影正巧播到最后一幕:夜色低垂,一名英军指挥官神情肃穆地主持甘卡丁的葬礼,含泪在旁的除了由加里·格兰特 (Cary Grant)、维克托·麦克劳克兰 (Victor McLaglen) 和小道格拉斯·范朋克 (Douglas Fairbanks, Jr.) 所饰演的三名英国士兵外,还有大名鼎鼎的英国诗人吉卜林 (Rudyard Kipling)。山姆·谢斐 (Sam Jaffe) 所饰演的甘卡丁则安详地躺在地上。指挥官在摇曳的灯光下朗诵吉卜林为甘卡丁所撰写的歌谣,他语带忧伤,极力歌颂甘卡丁大义凛然,为英军壮烈成仁的英勇事迹。赵健秀这样叙述电影最后这一幕:

> 风笛尖细悠长,鼓声砰然,军团奏起《美好往昔》(*Auld Lang Syne*) 的曲子,然后逐渐隐入黑暗之中,山姆·谢斐的脸涂上黑色,身上全副军装,鬼魂般重叠浮现在银幕上。……甘卡丁的鬼魂利落地举手敬礼,露齿微笑。②

这是19世纪英国全面在印度殖民,但也面对印度人民顽强反抗的时代。电影中的甘卡丁是英国军营中的一名印度水夫,他的唯一任务是背着皮制水袋,为操场上或战场上的士兵送水解渴。

---

① Frank Chin, *Gunga Din Highway*, p. 395.
② Frank Chin, *Gunga Din Highway*, p. 396.

由于没有军籍,他最大的梦想就是希望有朝一日能够成为驻印度英军的一员,因此他经常袒裼裸裎,偷偷模仿英军操练,用他不知从何处弄来的一支小喇叭,效法传令兵吹起号角,行径恰如好莱坞所想象与再现的典型有色人种或第三世界人民,其滑稽突梯令人发噱。

某次英军因突袭占据某古庙的旁遮普(Punjabis)反抗军而险遭埋伏,甘卡丁虽身受重伤,犹奋勇爬上庙顶,拼着最后一口气吹起小喇叭,向盲目行进的英军提出警告,英军因而免遭暗算,甘卡丁也在反抗军的枪弹下阵亡。英军获胜之余,因感念甘卡丁为帝国牺牲性命,是帝国大业的正面教材,因此英军指挥官以下士军阶追封甘卡丁,让这位不惜以生命捍卫大英帝国利益的印度人永登英军英烈榜。

电影情节实源于1890年吉卜林一首长八十五行的同名歌谣。吉卜林以一英国士兵的语气追怀印度水夫甘卡丁如何以卑贱之躯,展现其英勇的高贵情操。最重要的是:

> 尽管他皮肤污黑
> 当他在战火中照料伤患的时候,
> 他的内心很白,彻底的白!①

像吉卜林的《营房歌谣集》(*Barrack-Room Ballads*)中大部分的诗一样,《甘卡丁》一诗展示了帝国的威力以及维多利亚女皇

---

① Rudyard Kipling, "Gunga Din," *The Complete Barrack-Room Ballads*, Charles Carrington, ed. (London: Methuen & Co., 1974), p. 53.

的皇恩浩荡:军团中最为卑贱的一名水夫也必须俯首帖耳,对帝国至死效忠。① 诗中的说话人虽然颂扬甘卡丁是位"比我更优秀的人",但甘卡丁之所以"更优秀",显然是由于他完全内化帝国的文化价值,甚至不惜以其卑微的生命来满足帝国的宰制欲望。甘卡丁视死如归的美德正是帝国教化的结果:他必须放弃自己的文化,弃绝其种族自我,向外来的强势文化俯首称臣。甘卡丁可以说是帝国教化成功的最佳例证。诗中的说话人虽然对甘卡丁语多赞扬,全诗实则处处流露白人殖民者沾沾自喜的优越感。

乔治·史蒂文斯的《甘卡丁》是一部典型的帝国主义电影,是创造帝国神话的意识形态机器。② 影片虽以水夫甘卡丁为名,其实甘卡丁只是陪衬人物,乔治·史蒂文斯的主要关照还是殖民者与帝国的利益。布莱希特(Bertolt Brecht)当年在观赏这部影片时,很早就注意到影片场面调度方面所急于建立的殖民情境:"印度人都是粗鄙不堪的怪物,不是滑稽,就是邪恶——效忠英国人时就滑稽,对英国人怀有敌意时就邪恶。英国士兵则都是诚实、和蔼的家伙,当他们向暴民挥拳,教训这些暴民时,观众则大笑不已。"③ 布莱希特的观察极为正确,影片《甘卡丁》所模塑的正是这样一个法农(Frantz Fanon)称之为摩尼二元论的世界(Manichean world)。依法农的说法,殖民者的殖民策略之一即是设法让被殖民者接受他们的负面形象,而建构二元对立的世界乃是完成殖民过程的重

---

① Robert H. MacDonald, *The Language of Empire: Myths and Metaphors of Popular Imperialism, 1880 – 1918* (Manchester and New York: Manchester Univ. Pr., 1994), p. 150.
② Ella Shohat and Robert Stam, *Unthinking Eurocentrism: Multiculturalism and the Media* (London and New York: Routledge, 1994), p. 351.
③ John Willett, ed., *Brecht on Theatre* (London: Hill and Wang, 1964), p. 151.

要步骤。①

　　站在殖民者的立场，甘卡丁之所以值得表扬显然是因为他具现了殖民帝国的理想，他不仅被视为被殖民者的表率，亦且是殖民者理想化的土著（idealized native）——一个失去抵抗能力、无法自我再现的文化他者（cultural other）。不过反讽的是，他被帝国强权同化与接纳的过程却是既艰辛而又惨烈的——他必须背弃自己的种族与文化，甚至必须牺牲一己的生命，才能取得殖民者的承认。福柯（Michel Foucault）说过，规训（discipline）源自规范（norm），其实奖赏何尝不也是源于规范？规范乃是区隔人/我、他者/自我的凭借，合于帝国规范的自然应该获得奖赏，反之则应给予规训与惩罚。甘卡丁与其反抗英国殖民的同胞之所以下场不同，原因不难想象。

　　在吉卜林的笔下或乔治·史蒂文斯的镜头中备受颂扬的甘卡丁，到了赵健秀的笔下却别具新意。《甘卡丁公路》除了结尾时提到电影《甘卡丁》外，1968年夏天某日年轻的尤利西斯开车赶赴机场接机时，在车上听到约翰·韦恩（John Wayne）所主演的电影《绿色贝雷帽》（*The Green Berets*）的插曲，尤利西斯竟不期然联想到甘卡丁：

　　　　夕阳东下②，一位越南小男孩站在海边，他听说照顾他的美国大兵已经阵亡了，他双眼含泪，不断抽噎。小甘卡丁泪眼汪汪地问："现在谁来照顾我呢？"

　　　　约翰·韦恩把阵亡士兵的绿色贝雷帽套在小甘卡丁的头

---

① Frantz Fanon, *Black Skin, White Masks*, Charles Lam Markmann, trans. (New York: Grove Weiderfeld, 1967), p. 41.
② 原文如此。

上。"现在是我的问题了,绿色贝雷帽!"约翰·韦恩以手臂环抱着小男孩说。①

在这段联想中甘卡丁是位心存依赖的小孩——在殖民者心目中,被殖民者何尝不是羸弱怯懦而必须依赖殖民帝国的小孩呢?这样一位年幼且尚无反省能力的亚细亚孤儿,其未来自然是美利坚帝国的"问题"。《绿色贝雷帽》中的美国也就顺理成章取代了电影《甘卡丁》中的大英帝国,约翰·韦恩这位美国西部电影英雄也因此一变而为亚洲的丛林英雄,从美国的荒漠山陵到亚热带森林,继续为实现美国显而易见的命运(manifest destiny)奋战不已。

赵健秀显然有意赋予甘卡丁负面的属性。我们不妨再举一个例子进一步说明。赵健秀一向对接受白人基督教价值的华裔美国人颇有微词。在《这不是自传》("This Is Not an Autobiography")的长文中,他借用关公的话,毫不留情地抨击基督教化的中国人或华裔美国人所撰写的自传,从容闳、刘裔昌(Pardee Lowe)、宋李瑞芳(Betty Lee Sung),到黄玉雪(Jade Snow Wong)、汤亭亭(Maxine Hong Kingston)和黄哲伦(David Henry Hwang),几乎无一幸免。总之,依赵健秀的说法,在华裔美国文学的脉络里,"自传的形式本身即是基督教的陷阱"②,因为自传所歌颂的"是一段由被蔑视的客体转变为被接纳的客体的过程"③。在《真真假假的亚裔美国作家盍兴乎来》("Come All Ye Asian American Writers of the Real and the Fake")这篇论述亚裔美国文学的长文中,赵健秀重复类似的指控。其中较具

---

① Frank Chin, *Gunga Din Highway*, p. 191.
② Frank Chin, "This Is Not an Autobiography," *Genre* 18 (Summer 1985), p. 121.
③ Frank Chin, "This Is Not an Autobiography," p. 122.

体的一个例子是他对黄玉雪的《五女》(Fifth Chinese Daughter) 的批评。黄玉雪以回忆其父亲的心愿结束其自传:她的父亲一方面以中国文化贬抑女性的地位为耻,另一方面则全心赞扬基督教"让女性拥有自由与个性",因此他希望自己的女儿也能够享有这种"基督徒的机会"。① 这样的文化立场自然令赵健秀甚为反感,他说:

> 黄玉雪满怀亲情地将她父亲描绘成一位具有白人优越感的牧师,以满足白人的幻想。……(黄玉雪)所因袭的是陈查礼乖乖牌华裔美国荣誉白人的根本滥调,再把他塑造为一位被阉割、无能且道德怪异的父亲。他是名甘卡丁,手持白人的莱福枪,带领白人攻击自己的同胞与历史。②

显然,在赵健秀的创作与论述活动中,甘卡丁这个符号的符意不是自明的,其符意潜存于对立的层系关系中:甘卡丁作为弱势者的符号,必须一再面对强势文化才能进行其符意的生产与界定。对殖民者而言,甘卡丁是堪为表率的被殖民者,是值得表扬的帝国利益的捍卫者,是等待帝国教化与保护的化外之民:柔顺、服从、被动、落伍、幼稚。换言之,是历史的客体,甚至是历史发展进程中的缺席者。然而从另一个角度来看,甘卡丁却也可能只是殖民者的想象,这个符号既投射着殖民者的欲望,殖民者也借此符号掩饰其

---

① Jade Snow Wong, *Fifth Chinese Daughter* (Seattle and London: Washington Univ. Pr., 1989[1945]), p. 246.
② Frank Chin, "Come All Ye Asian American Writers of the Real and the Fake," Jeffrey Paul Chan et al., eds., *The Big Aiiieeeee! An Anthology of Chinese American and Japanese American Literature* (New York: Meridian, 1991), pp. 24 – 25.

挥之不去的卡力班式焦虑（Calibanesque anxiety）——生怕被殖民者可能抵拒、反抗与颠覆的焦虑。

赵健秀在挪用这个符号时，显然刻意将这个符号转换成一个斗争的场域：一方面批判白人的种族歧视，抨击白人强势文化对弱势族裔文化的扭曲与宰制，其中所涉及的当然是文化再现（cultural representation）的根本问题，这是《甘卡丁公路》中笼罩全局的主要关怀；另一方面，赵健秀也有意借此批判华裔美国人永恒复现的甘卡丁情结（Gunga Din complex）：为了追求同化，为了被主流社会接纳而内化白人的文化价值，在文化再现中甚至不惜扭曲和变造自己的历史与文化，以迎合白人的品味，满足白人的想象。内化往往是一种自我压迫，因此甘卡丁不是莎士比亚笔下的卡力班（Caliban）。卡力班在获取支配阶级的文化资产（cultural capital）——如普洛斯佩罗（Prospero）教给他的语言——之后，即开始不断进行反击与反宰制的活动；甘卡丁却只能在支配阶级之前匍匐顺从，接受支配阶级强加于他的文化想象。因此，这样的甘卡丁情结无异于否定了华裔美国人文化自我再现的可能性。赵健秀多年来所有的批评论述几乎都是在追索、分析与破除这个情结——其中当然包括他对汤亭亭、黄哲伦及谭恩美（Amy Tan）等人相当严厉的批评。《甘卡丁公路》一书另一个更重要的关怀就是华裔美国文化自我再现的问题。而陈查礼这个白人强势文化所想象、发明、建构的中国侦探，依赵健秀看来，正是华裔美国人的甘卡丁情结的具体表征。

## 二

《这不是自传》一文发表于 1985 年，赵健秀在结束这篇长文时，提出两个没有答案的问题："亚裔美国艺术能否改变亚裔美国人的现状？艺术能否重建历史？"① 赵健秀这些年来的主要论述与创作活动似乎都是在尝试回答这两个问题。例如上文已经提到的《真真假假的亚裔美国作家尽兴乎来》一文，即是企图以道地政治（the politics of authenticity）来质疑白人对华裔美国人的种族刻板印象，尽管全文充满文化与经验本质主义，但这是赵健秀作为弱势族裔作家一向坚持的论述策略，是他在重建华裔美国人的正面形象时所仰赖的重要指涉框架。我在讨论《唐老亚》（Donald Duk）这部小说时所提到的"赵健秀式的中国英雄主义"②，差可笼统描述赵健秀整个论述计划的意识形态基础。

1991年所出版的《唐老亚》则是将上述议题叙事化的结果。这

---

① Frank Chin, "This Is Not an Autobiography," *Genre* 18, p. 130.
② 这个议题较详尽的讨论，请参考收入本书有关赵健秀的其他两篇论文：《赵健秀的中国英雄主义——寻找一个属于华裔美国文学的传统》与《记忆政治——赵健秀的〈唐老亚〉》。单德兴对赵健秀式的中国英雄主义曾提出贬多于褒的批评。他说："赵健秀当然有权利/权力以自己对《三国演义》《水浒传》等中国经典小说的诠释来建构'中国文学的英雄传统'……而且对华裔美国（男）作家而言，这种作法在许多方面都有重大意义。然而，这并不意谓对于中国文学（传统）的其他诠释或建构就必然在排除之列。"他进一步就赵健秀对汤亭亭的批评提出质疑："如果赵健秀可以拥有个人对于中国文学（传统）的诠释和建构，那么汤亭亭又何尝不能同样在中国文学中建构出……中国文学的女性主义传统，或女性主义式的中国文学传统？"见单德兴，《析论汤亭亭的文化认同》，单德兴与何文敬主编，《文化属性与华裔美国文学》（台北："中央研究院"欧美研究所，1994），页9—10。廖咸浩在一场"文化属性与华裔美国文学"座谈会上则对赵健秀的态度有相当同情的辩解。他说"在美国的脉络里面华裔是一个极弱势团体的前提下……赵健秀的态度是相当可以理解的，甚至是可以同情的。很明显的，在目前父权价值仍无所不在的情况下，族群属性建立的工作往往被放在男性的身上，男性的种种作为都被认为代表这个族群。而且，华裔在美国历史上被消音的方法就是把男子女性化（feminize）。所以他们积极想用英雄式的气质来重新建构对抗记忆，是可以理解的。"见单德兴与何文敬主编，《文化属性与华裔美国文学》，页159。

是个雄心更大的计划，因为它真正想要回答的正是"艺术能否重建历史"的问题。小说《唐老亚》所提供的另类历史或对立叙事不仅回答了赵健秀自己的问题，其主题的公共性、政治性与集体性也使我们可以很容易将之归类为詹明信（Fredric Jameson）所谓的国族寓言（national allegory）：在这部小说中，我们看到个人的命运如何与集体的命运结合，又如何寓喻整个民族历史文化的状况。①

类似的寓言化过程在《甘卡丁公路》一书中更为明显。《甘卡丁公路》除了更广泛、更深入地探讨赵健秀所提出的问题外，具体而言，它企图透过陈查礼这个符号的符号化过程，回顾、检讨、批判华裔美国人的文化再现与自我再现的问题，它不仅是个国族寓言，更贴切地说，它是"美国弱势族裔自我再现文化政治的寓言"②。

《甘卡丁公路》并没有一个首尾连贯、环环相扣的情节布局，全书涉及的事件难以计数，叙事时间则从第二次世界大战至20世纪90年代前后数十年。书中种种都是透过关龙曼、尤利西斯及其韩姓友伴班尼狄（Benedict Han）和张姓死党狄雅哥（Diego Chang）的声音转述。关龙曼原本是位粤剧大老倌，后来转赴好莱坞发展，以饰演陈查礼的四子闻名，是好莱坞银幕上鼎鼎大名的

---

① 詹明信与其反对者阿罕默德（Aijaz Ahmad）的观点请参考本书《〈婆罗洲之子〉——少年李永平的国族寓言》一文第三节的讨论，此处不再赘述。另一位印度学者布拉萨（Madhava Prasad）则为詹明信辩护说："'第三世界'这个意符在詹明信的文本中获得新的符意。"此词特指某一特定时空，而此时空之特色又与资本主义一统全球的历史有关，见 Madhava Prasad, "On the Question of a Theory of (Third World) Literature," *Social Text* 31/32(1992), p. 60。布拉萨复认为，由于阿罕默德质疑第三世界文学大抵出于民族主义之说，此立场使他排斥将理论普遍化，因而也失去为第三世界文学建构一套更严谨、更广泛、更复杂的理论的机会，见 Madhava Prasad, *Social Text* 31/32, p. 72。

② David Palumbo-Liu, "The Minority Self as Other: Problematics of Representation in Asian-American Literature," *Cultural Critique* 28 (Fall 1994), p. 81.

"送命的中国佬"(the Chinaman Who Dies)。他最大的美国梦是争取成为第一位饰演陈查礼的中国人——因为银幕上的陈查礼一向都是由白人扮演。按他的说法:"想要成为第一位饰演陈查礼的华裔美国人丝毫并不过分。"① 关龙曼是第一代移民,他对美国的了解显然不及他那土生土长的妻子海欣丝(Hyacinth)。"中国男人永远不可能在好莱坞电影中饰演中国男人。"她说:"在让中国男人演出之前,他们会先让白人女性饰演中国侦探。在让中国男人饰演中国男人之前,他们会先让中国女性饰演中国男人;在让中国男人饰演中国男人之前,他们会先找怪胎的中国小男生演出。"②

争取饰演陈查礼当然意味着争夺文化再现的权利。对华裔美国人而言,陈查礼这个符号所隐含的文化政治不言而喻:陈查礼所体现的是美国白人对中国人的长期想象,这个符号投射着美国支配性种族对中国人的欲望与焦虑。如果早于陈查礼出现的傅满洲(Fu Manchu)象征着令白人噩梦不断的"黄祸"(the yellow peril),陈查礼则代表另一极端的"模范少数族裔"(the model minority)。"黄祸"暗示"军事与性征服的阳性威胁","模范少数族裔"则表征"被动与可塑性的阴性化姿态"。③ 具体言之,陈查礼是白人种族歧视下的产物,我们在他身上所看到的是白人对中国人根深蒂固的种族刻板印象。他既是白人的发明,又由白人饰演,强势文化操弄再现政治的霸道与压制性由此可见。更重要的是,这个现象也否定了弱势族裔自我再现的可能性。

---

① Frank Chin, *Gunga Din Highway*, p. 16.
② Frank Chin, *Gunga Din Highway*, pp. 36 - 37.
③ Gary Y. Okihiro, *Margins and Mainstreams: Asians in American History and Culture* (Seattle and London: Univ. of Washington Pr., 1994), p. 142.

《甘卡丁公路》牵涉的再现政治相当复杂，我在下文会更进一步讨论。我们不妨回头考察赵健秀如何塑造《甘卡丁公路》成为华裔美国人的国族寓言。《甘卡丁公路》尽管情节枝蔓庞杂，但其基本轮廓并非没有理路可循。赵健秀似乎有意谐仿（parody）若干华裔女作家成名作的叙事方式，透过不同的声音和角度讲述繁杂多样的美国经验，其中脉络较为清晰的包括：关龙曼的婚姻、家庭与演艺事业；尤利西斯、班尼狄和狄雅哥三人从小到老的友情、个人的种种遭遇及时代的历史风暴，如第二次世界大战、20世纪60年代的反战及民权运动等；穿插其间的还有小关龙曼的"欧战"经验及其家庭与婚姻生活的变化。这些个人或家族的美国经验往往蕴涵更大的文化意义，因为其中有不少涉及文化属性、族群认同、种族歧视、族群互动以及文化再现等议题。《甘卡丁公路》不但在叙事时间上前后纵贯半个世纪，在空间上更横越美国东西两岸并西及美国孤悬于太平洋中的领土：从旧金山、奥克兰（Oakland）、伯克利到纽约到夏威夷。虽然表面上小说叙述的是关龙曼一家两代的家族传奇（family saga），但此书的史诗意图昭然若揭：赵健秀相当有意识地借这样的家族传奇来叙述华裔美国人的集体命运，尤其在文化再现方面所遭受的长期挫折与屈辱，以及在自我再现方面的欲望、抗争与失望。它既是某些个人及家族的故事，同时也是整个族群的故事。"叙述个人的故事与经验最后难免涉及整体叙述集体本身的经验"[①]——詹明信的话大致可以描述《甘卡丁公路》一书的寓言化过程。

---

[①] Fredric Jameson, "Third-World Literature in the Era of Multinational Capitalism," *Social Text*, No.15 (Fall 1986), p.86.

《甘卡丁公路》全书共分成长度不等的四个部分，赵健秀依序将这四个部分称为"开天辟地"（The Creation）、"人世"（The World）、"地府"（The Underworld）与"家园"（Home）。作者在其《卷头语》（"Author's Note"）中指出，这四个部分根据的是中国的创世神话，也就是盘古与女娲的神话（赵健秀视女娲为盘古之妹）。作者所据为何并不清楚，但其内容大抵不出《五运历年纪》所载："首生盘古，垂死化身，气成风云，声为雷霆，左眼为日，右眼为月，四肢五体为四极五岳，血液为江河，筋脉为地里，肌肉为田土，发髭为星辰，皮毛为草木，齿骨为金石，精髓为珠玉，汗流为雨泽。"（《绎史》卷一引）盘古若为自然界之创造者，女娲则除了如《淮南子》《览冥训》所记"炼五色石以补苍天，断鳌足以立四极"外，还是人类与飞禽走兽的创造者。

赵健秀显然有意以这样的创世神话统摄全书的格局。陈查礼——白人强势文化所再现的中国人形象——正是美国华人社群的盘古，因为按小说中好莱坞老牌影星斯宾塞·屈塞（Spencer Tracy）的说法：

"当陈查礼咽下最后一口气，他的气息将化成吹遍华美的变革风云。……陈查礼的左眼将化成华美的太阳，他的右眼将化成月亮。……陈查礼的下半身将化成五大华埠及十八万间各色的中国餐厅。他的血液将转为白色，再转为透明，然后化成华美的江河溪涧的甜蜜流水。他的筋脉血管将化成联结华埠与郊区之间的铁路、桥梁、桥架、隧道和马路。他的肌肉将化成表土层；他身上的皮毛将化成麦草、稻米、竹子、茶树、胡椒树、柚木、棕榈、檀木、樟木、落叶松与松木与白菜、芥兰、冬瓜、苦瓜、姜、蒜、甘蔗与芋头。陈查礼的牙齿与骨头将化成矿物、金属与地质的结晶。陈查礼的精液将化成华美的珍珠。他的骨髓将化成玉。陈查礼的头发、眉毛、胡髭将化成好莱坞上空一颗闪亮的东方之星……。"①

在经历了变形神话的转化过程之后,好莱坞文化工业所构想、生产与复制的陈查礼终于被放大而为华裔美国人的创造者与生命源头——陈查礼就是华人的美国,就是华裔美国人的祖先,后来者只能"踩着他荣誉的长子、次子、三子、四子谦卑而蹒跚的脚印前进"②。但陈查礼也是个早经分配好的角色,在银幕上他甚至是一位白皮肤、一个白面具,由白人的再现政治所操弄的文化产物。陈查礼的任务即在于复制、延续白人对中国人早已存在的种族刻板印象。陈查礼完成了任务,他躺了下来,他咽下最后一口气,他的气息将化成美国华埠变革的风云……。

## 三

因此,对白人支配性文化而言,在没有陈查礼之前,陈查礼其实早已经在那儿,种族刻板印象早已经存在。这就像法农所说的:"并不是我替自己制造意义,意义早已在那儿,早已预先存在,只等待我的到来。"③ 法农的话正好可以说明弱势族裔自我再现的尴尬

---

① Frank Chin, *Gunga Din Highway*, p. 46.
② Jeff Yang, "Secret Asian Man: Live and Let Dialect," *Voice Literary Supplement* 133 (March 1995), p. 28.
③ Frantz Fanon, *Black Skin, White Masks*, p. 134.

处境：弱势自我（minority self）的思构往往是在支配性他者的凝视下形成。这样的凝视事实上必然受制于预存的意识形态框架——也就是马克思所谓的上层建筑的活动。因此在早期白人的文化再现中，中国人不论是不可信赖的异教徒，或是奸诈、邪恶、落伍、非理性的"清客"（Chink），简单地说，都是错误再现或者再现不足所造成的负面种族刻板印象。①

文化再现之造成这样的畸形现象多半是出于"象征权力（symbolic power）的分配不均"②。这已是弱势族裔、妇女及第三世界长期以来所遭遇的共同命运，华裔美国人的情况也不例外。在整

---

① 赵健秀曾在多篇文章中概略举例说明这些错误再现或再现不足的现象。例如，他在《这不是自传》中指出："美国文化中的中国人、中国佬、东方人、异教徒、亚洲佬、亚洲人、华裔美国人、亚裔美国人总是某种形式的废物。从来就不是严肃作品中的严肃角色，总是低俗与垃圾书报、科幻小说、恐怖小说、谋杀案侦探小说中荒腔走板的人物。我们最好的情况充其量只能在严肃文学中的矫情作品里充当垃圾角色，像斯坦贝克（Steinbeck）的《伊甸园东》（*East of Eden*）中那名假正经的王姓男管家（在詹姆斯·狄恩［James Dean］主演的影片中被砍掉了，但没有人注意到），还有康拉德（Joseph Conrad）的《吉姆大爷》（*Lord Jim*）中'物欲熏心'的黄姓角色。"在好莱坞的文化工业中，情形也好不到哪里去。"在电影中我们是废物。虽然在垃圾电视和要命的电影中，我们通常是奢华的阶级废物。演员是最卖身给好莱坞的黄种艺术家。"见 Frank Chin, "This Is Not an Autobiography," *Genre* 18, p. 130。类似的例子另请参考赵健秀的《有约》（"Rendezvous"）一文，见 Frank Chin, "Rendezvous," *Conjunctions* 21(1993), p. 293。
② "象征权力"一词源于拉康（Jacques Lacan）的镜像时期（the Mirror Stage）理论。按拉康的说法，六个月到十八个月大的婴儿依镜中自己的影像或周遭的他者（the others）建构其自我。此为镜像时期的想象秩序（Imaginary order）。但此时期所初步形塑的自我仍未构成主体，必须从想象秩序进入象征秩序（Symbolic order），也就是进入使用语言符号的阶段之后，主体性（subjectivity）才能够逐渐形成。即使如此，拉康认为，语言符号的阶段也充满了异化与否定，象征毕竟受制于无上法则（the Law），也就是他者的中介功能。华裔美国人的自我在进入象征秩序时，也不得不接受白人他者的无上法则，"拒绝或无法这么做将使得表意主体倒回到想象秩序中去，这是个非存在（nonbeing）的阶段"，见 David Palumbo-Liu, "The Minority Self as Other," *Cultural Critique* 28, p. 79。

个象征权力的分配中，白人始终是劳埃德（David Lloyd）所谓的没有属性的主体（Subject without properties）：白人似乎无所不在、无所不能的力量往往使他自命为普世性（universality）的代表，他的宰制活动也因此获得自我正当化（self-legitimating）。其实普世性本来就是一刀的双刃，若按萨义德（Edward W. Said）的说法，个人背景、语言、国民性等"经常使我们无视于他人的实情"，普世性正意味着冒险超越上述个人简单明确的类别。这是普世性较为积极的一面。不过，普世性也意味着"在外交与社会政策等事务方面，为人类的行为寻求并设法高举单一的标准"①。这是普世性蛮横霸道的一面。不幸的是，在欧洲中心论的钳制之下，白人所部署的普世性往往是后者的意义多于前者。劳埃德因此指出，白人之可以四处以普世性的代表自居，其实是出于实际的冷漠（literal indifference），也就是萨义德所说的"无视于他人的实情"。而这个没有属性的主体之所以能够信心十足，自命为普世性的代表，大抵是由于纯粹可交换性（pure exchangeability）所造成的结果：他自信能够取代任何人的地位，占据任何人的地方。他若是普遍存在，其他人就不免被划为个别、部分或不完整。② 基于纯粹可交换性，基于其所代表的普世性，白人当仁不让地在文化再现或文化实践中担负起代表/再现（represent）弱势族裔的任务。这一点似乎反讽地应了马克思的话："他们没办法代表自己，他们必须由

---

① Edward W. Said, *Representations of the Intellectual: The 1993 Reith Lectures* (New York: Pantheon Books, 1994), p. XIV.
② David Lloyd, "Race under Representation," *Oxford Literary Review* 13.1 - 2 (1991), p. 70.

他人代表。"① 虽然马克思所说的"他们"指的是无产阶级,"他人"也不是白人支配阶级。

这个自以为完美、超越、不偏不倚、总已现存的没有属性的主体于是篡夺了弱势族裔文化再现的位置,占据了弱势族裔自我再现的实践空间。这样的例子不计其数。美国电影史上最著名的例子应属格里菲斯(D. W. Griffith)。格里菲斯的美国白人国族史诗《国家的诞生》(*The Birth of Nation*,1915)尽管为电影技术带来相当多的突破,但却也是一部彻头彻尾充满种族歧视的电影。它合理化三K党(Ku Klux Klan)白人至上的意识形态与种族歧视的暴力实践,同时极尽所能地丑化重建(the Reconstruction)时期的黑人形象及其政治实践。用美国电影学者克莱德·泰勒(Clyde Taylor)的话说:"格里菲斯的影片要求观影者以白人的主体位置观察南方作为国家发展的基本场景。"② 值得注意的是,影片中所有的黑人角色都是由白人饰演,并且以烧过的软木炭涂黑化装。格里菲斯的理由是,当时在洛杉矶他找不到任何够格的黑人演员,而且他必须雇用自己的班底。克莱德·泰勒认为这都是好莱坞常见的借口,格里菲斯其实是在"分派演员演出一出私我的/文化的心理剧",希望"在黑质(blackness)的表面兽性之下犹可辨识白质(whiteness)"。③ 支撑这个希望的恐怕是格里菲斯的黑人恐惧症(negrophobia)。

格里菲斯的另一部电影《残花》(*Broken Blossoms*,1919)则

---

① Karl Marx, *The Eighteenth Brumaire of Louis Bonaparte*, Jon Elster, ed., *Karl Marx: A Reader* (London and New York: Cambridge Univ. Pr., 1986), p. 254.
② Clyde Taylor, "The Re-Birth of the Aesthetic in Cinema," *Wilde Angle* 13.3-4 (July-October 1991), p. 17.
③ Clyde Taylor, "The Re-Birth of the Aesthetic in Cinema," *Wilde Angle* 13.3-4, p. 21.

叙述伦敦东区一位黄种人和十二岁英国女孩的悲剧故事。在"黄祸"的恐惧阴影下,当时若干书报杂志中所出现的中国人若非奸诈邪恶,就是幼稚无知。《残花》中的中国人却大异其趣。他敏感、善良,到伦敦的目的完全是为了教化西方,没想到教化不成,反倒流落异乡。与这位中国人对立的反倒是小女孩那位粗暴、残忍的养父——一位充满种族偏见的下层阶级工人。许多人大概都会感到困惑,导演《国家的诞生》的种族歧视分子,到了《残花》一片中难道一反过去,变成反对种族歧视的人?哪一个格里菲斯才是真正的格里菲斯?或者说格里菲斯只歧视黑人而不歧视黄种人?陈国维(John Kuo Wei Tchen)的解释是这样的:

> (格里菲斯)避开前一世纪已经牢牢形成的"异教徒中国仔"(heathen Chinee)的标准刻板印象,而改采另一种"符合西方利益的中国佬约翰"(the good-for-the-West John Chinaman)的形象。"约翰"是温驯、高贵、干净、诚实且通常已被基督教化的中国男人的形象,这也是商人、教士、富人想要塑造的形象,这些人由于直接的个人利益而要促进(西方)与中国的良好关系。这个"善良的中国佬"(Good Chinaman)形象虽然比较容易让人接受,但也像傅满洲博士的纯粹邪恶一样,与现实完全不符。①

---

① John Kuo Wei Tchen, "Modernizing White Patriarchy: Re-Viewing D. W. Griffith's *Broken Blossoms*," Russell Leong, ed., *Moving the Images: Independent Asian Pacific American Media Arts* (Los Angeles: UCLA Asian American Studies Center and Visual Communication, Southern California Asian American Studies Center, Inc., 1991), p. 137.

《残花》至少有一点是与《国家的诞生》一样的，影片中的黄种人也是由白人演员饰演。如果我们套用克莱德·泰勒的话，格里菲斯所在意的可能是黄质（yellowness）表面善良底下犹可辨识的白质。但以白人演员饰演有色人种也隐含白人对他者的支配权力，白人必须确定文化再现的种种活动都会在早已设定的轨道上进行——换言之，一切必须在自己的掌控之中。因此，不论是《国家的诞生》中邪恶与堕落的黑人，或《残花》中阴柔与驯良的黄种人，大抵都是格里菲斯的身体政治（body politics）设计下的产物。"在白人的世界里，有色人种在发展其身体组系（bodily schema）时会遭遇困难。身体意识全然是一种否定的活动。这是一种第三人称的意识。身体会被一种不确定的气氛所包围。"① 法农的话虽然与文化再现没有直接关系，但却清楚说明了白人世界所部署的身体政治如何阻碍有色人种激发其身体意识。所谓"第三人称的意识"既是一种异化的意识，也是一种被他者化（othering）的意识。所以法农会说，在身体组系之下，我们所看到的其实是历史与种族的组系（historicoracial schema）。②

从《残花》中的黄种人到陈查礼，华裔美国人在白人的文化再现中被他者化的轨迹不难窥探：白人观影者容或在黄种人和陈查礼的黄质背后依稀可辨其白质，华裔美国人则无从在他们身上看到自己的面貌。试想非裔美国人如何从《国家的诞生》里那位叫格斯（Gus）的黑人角色身上辨识其黑质——不论我们把黑质视为本质或隐喻，在詹明信所谓的围堵策略（strategy of containment）的运作

---

① Frantz Fanon, *Black Skin, White Masks*, pp. 110–111.
② Frantz Fanon, *Black Skin, White Masks*, p. 111.

下,这个他者"始终不是活跃的发言者"。用巴巴(Homi K. Bhabha)的话说:"这个他者失去了表意、否定、激发其历史欲望、建立其自身建制与对立论述的力量。"① 没有属性的主体的强行介入显然加深了弱势族裔的再现危机。②

不论是探讨白人对华裔美国人的文化再现,或检讨华裔美国人的文化自我再现,《甘卡丁公路》的最终关怀还是来自上述的再现危机。陈查礼既为强势文化所发明,这是个无可奈何的历史现实,除非宣布陈查礼寿终正寝③,将陈查礼自华裔美国人的集体记忆中抽离埋葬,否则眼前的主要关怀必然是如何再现的问题,而如何再现又与何人再现有关。④

这里涉及关龙曼一生最大的梦想,即成为饰演陈查礼的第一位

---

① Homi K. Bhabha, *The Location of Culture* (London and New York: Routledge, 1994), p. 31.
② 苏哈特(Ella Shohat)在谈到弱势族群文化的再现危机时,认为再现权力的不平衡状态实是出于强势族群的三种心态:"一、你们不值得自我再现;二、你们的群体中没有人有能力再现你们;三、我们这些电影产生者才懒得管你们感受不快,因为我们有的是权力,你们奈何不了。"见 Ella Shohat, "The Struggle over Representation: Casting, Coalitions, and the Politics of Identification," Roman de la Campa, E. Ann Kaplan and Michael Sprinker, eds., *Late Imperial Culture* (London and New York: Verso, 1995), p. 171.
③ "陈查礼寿终正寝"(Charlie Chan Is Dead)是菲律宾裔美国女作家哈格多恩(Jessica Hagedorn)编选的一部当代亚裔美国小说选集的书名。哈格多恩在绪论中也提到再现危机的问题,她说:"对我们的想象力的殖民是无情的,而且难以摆脱。不管我们走到哪里,那些被呈现出来的形象都与我们的不符。"见 Jessica Hagedorn, ed., *Charlie Chan Is Dead: An Anthology of Contemporary Asian American Fiction* (New York: Penguin Books, 1993), p. XXIII.
④ 萨义德在讨论西方媒体如何再现非西方的"土著"(natives)时也注意到类似的问题。他认为争论的焦点不仅是再现的内容问题,同时也在它的形式:"不仅在于说了什么,亦且在于如何说、谁说、在何处说,以及为谁而说。"见 Edward W. Said, *Culture and Imperialism* (New York: Alfred A. Knopf, 1993), p. 21.

华裔美国人。关龙曼的梦想未必有意识地出自文化自我再现的考虑,上文说过,他一生重复扮演两个角色,一是陈查礼的四子,另一是送命的中国佬。他甚至感觉到儿子既瞧不起他演的电影,也瞧不起他个人。① 想以第一位华裔美国人的身份饰演陈查礼也许只是他一生所能够梦想的一场小胜利——也许因此能改变儿子对他的观感。但是最先支持他的戴姓女作家潘多拉(Pandora Toy)——班尼狄之妻——却将这个梦想赋予文化政治意义。她在《檀香山星报》(*Honolulu Star-Bulletin*)撰文指出:

"对每一位悬在美国同化活动的文化边缘的华裔美国人来说,除非陈查礼的四子及典型的送命的中国佬关龙曼获得陈查礼的角色,而且要活到剧终,否则这个世界没有天理可言。中国人可以确定的是,有朝一日,在某一部陈查礼的电影里,四子——第四个儿子——将会死去,然后以中国侦探陈查礼的面貌重生。我盼望那一天的到来,关龙曼的名字将出现在陈查礼的新电影的片名上。我终于可以松口气。好莱坞终究是讲正义的。他不必担心,因为陈查礼永远不死。"②

关龙曼在夏威夷拍摄《檀岛警骑》(*Hawaii Five-O*)时读到潘多拉的文章,竟然吓了一跳,幸好旁边无人,因为"我一定是面红耳赤"③。潘多拉之重提陈查礼,只因为有人有意出资续拍陈查礼电影,而且已经在寻找新演员扮演新的陈查礼。关龙曼经潘多拉这么

---

① Frank Chin, *Gunga Din Highway*, p. 36.
② Frank Chin, *Gunga Din Highway*, pp. 18-19.
③ Frank Chin, *Gunga Din Highway*, p. 19.

一提，不免怦然心动。于是趁拍片空档去探访最后一位饰演陈查礼的白人——目前隐居在夏威夷，已经改名亨布鲁克（Henley Hornbrook）的罗伦（Anlauf Lorane），目的显然是寻求罗伦的支持。

罗伦似乎颇能体会陈查礼对华裔美国人的意义，他说："陈查礼带给中国人的伤害已经很明显。"关龙曼认为罗伦目前"正在陈查礼的十字架上受苦，等待中国刺客持刀到来"①。因此他劝他说：

> "即使你因为扮演陈查礼或者因为下流而惹得中国人四处找你，那也是四十年，至少五十年前的事了。即使他们请了飞车党来撞你，那也是四十年前的事了。他们现在可能都垮了，或者都死了。事情不一样了，改变了。老陈查礼已经是怀旧，不再是恐怖。"②

成为怀旧的老陈查礼象征着白人代表/再现华裔美国人的时代已成历史，其中当然也隐含华裔美国人文化自我再现的新契机。在这个新契机里，至少新的陈查礼应由华裔美国人扮演。③"如果各种势力给我那个角色，"关龙曼对罗伦说，"我会把陈查礼演得就像你一样。"④

二十年来第一部新的陈查礼电影将由"当前最热门的黄种人作家"潘多拉撰写剧本，由大公司投资，有大预算，而由金像奖制片

---

① Frank Chin, *Gunga Din Highway*, p. 31.
② Frank Chin, *Gunga Din Highway*, p. 31.
③ Frank Chin, *Gunga Din Highway*, p. 43.
④ Frank Chin, *Gunga Din Highway*, p. 33.

兼导演奥西·克雷（Ozzie Clay）执导。这是一部以越南战争为背景的战争幻想片，影片将刻意把杀害死有余辜者的黄种男人和只能向人乞怜的黄种妇女浪漫化。奥西·克雷和潘多拉保证给观众"一位更真实的陈查礼，而不是刻板印象"。制片人更吹嘘说最大的头条新闻是"陈查礼最后终于由中国演员来饰演"。①

关龙曼终其一生终究只能饰演陈查礼的四子及送命的中国佬，至死似乎也没有人出面请他扮演新片中的陈查礼。倒是在他的葬礼上，所有与新陈查礼影片有关的人马几乎都到齐了，因为这是一个难得具有宣传价值的场合。赵健秀透过尤利西斯的观察这么描述这个场景：

> 他们来参加我父亲的葬礼，期望扮演新陈查礼的白人与扮演新儿子的好莱坞黄种人出现在原来的四子的葬礼上。两代真真假假的陈查礼及其儿子，以及潘多拉这位为新电影撰写剧本的身价百万的华裔美国作家，全到场向陈查礼逝去的四子致敬。②

## 四

新陈查礼电影的新组合隐含更复杂的再现问题。这个新组合包含了新形式的共谋合计，形成阻挠华裔美国人自我文化再现的新共

---

① Frank Chin, *Gunga Din Highway*, p. 354.
② Frank Chin, *Gunga Din Highway*, p. 389.

犯结构。潘多拉在《甘卡丁公路》一书中是位负面人物,赵健秀常借用书中人物的声音抨击她改造中国传说,以投合白人主流文化之所好,她大抵属于赵健秀心目中被白人主流社会同化与接纳的人物,可以被归为所谓虚假的华裔美国作家。很难相信她的剧本可以通得过赵健秀在《真真假假的亚裔美国作家盍兴乎来》一文所部署的道地政治。新陈查礼依然由白人饰演,美国支配性文化的再现政治仍然故步自封。再加上更强势的好莱坞文化工业的生产与消费关系,《甘卡丁公路》所揭露的无疑是华裔美国人相当悲观的文化自我再现现象。

在赵健秀的文化想象中,新的陈查礼依然是甘卡丁情结的投射或具体象征。陈查礼的幽灵在华裔美国人之间徘徊,各种新旧势力正结成联盟,以确保陈查礼的幽灵继续徘徊下去……。

(1996年)

# 附录

## 理论的基因
### ——访李有成谈理论、年代与创作

## 一、 理论的时代性

**萧立君**：既然李老师的《在理论的年代》一书之标题予人一种以过去式的时态描绘理论的年代的印象（必须指出，这本书并未将其盖棺论定），我们就从一些跟先前的系列访谈不一样的出发点，也是比较像修辞的问题（rhetorical question）开始谈起，借此刺激我们的思考：理论的年代何时结束？它结束的内外部成因或条件是什么？当然，许多学者都有共识，更精确的说法应该是，"理论"其实并非就此销声匿迹，而是某种研究理论的方式，或理论扮演的角色似乎已进入一个足以明显区隔出前一阶段的新时期。而我们这方面的讨论同时应该也需要去细究脉络化的议题——理论源头的欧美脉络，中国台湾地区在地的脉络，以及两者（或多方）的牵连。能否请李老师先从上述这两个问题和脉络化的角度切入？

**李有成**：理论其实是无所谓结束的。我在《在理论的年代》一书里所谈的主要是所谓大理论（the grand theory）时代的结束。我指的是从20世纪60年代以后的那一系列理论，以及那一二十年之间出现的一批具有代表性的理论家。笼统地说，那个大理论的年代在形式上已经结束了，有几位参与建构这些大理论的理论家——特别是给人文科学（human sciences）带来全面性冲击的几位理论家——都一一辞世了。大理论年代虽然结束，其他理论却还是不断出现。我们后来也看到，不管在欧陆、美国或英国，都陆续有一些理论家或思想家出现，不过要造成像大理论年代那种风潮可能已不太容易了。经过这样的阶段以后，理论好像变成一个庞大的传统。正如我在自己那本《在理论的年代》书里所说的，理论是我们研究人文科学的基础，是我们的知识传统的一部分，也是我们打开外在世界的钥匙，因此理论不可能完全消失。其实理论本身有其传统。我们都上过西方文学理论的课，自柏拉图以降，这个传统非常庞大。以前的理论比较局限于文学与艺术，等于是文学与艺术内部的讨论；只是自20世纪60年代以后，理论还涉及其他的文化与社会现象等，这是很大的区别。

刚才提到以60年代作为大理论的起始点，其实在英国可能更早。"二战"之后英国出现的现象之一，就是大批移民的到来。由于英国在"二战"期间受创很重，男丁变少，重建英国需要很多人力，英国就大量引进前殖民地的人民，形成英国本土的少数民族。弱势族裔论述和后殖民论述的相关议题就慢慢地应运而生，妇女的议题也跟着浮现。英国本来就有像莫里斯（William Morris）之类的本土左派理论家，后来吸收了若干欧陆理论，形成影响深远的新左派理论，处理的就不只是文学问题了，还有其他的社会与文化问题。像威廉斯（Raymond Williams）就特别注意成人教育的问题，希望帮助那些无法在正式体制内完成学业的人，让他们也有机会接受教育。此外，新左派理论特别关心文化与社会，尤其像妇女、移民、青少年、大众文化等议题。新左派理论后来也吸收了像阿尔都塞（Louis Althusser）、卢卡奇（Georg Lukács）等人对马克思主义的重新诠释。20世纪60年代巴黎的结构主义则可追溯到20世纪20年代的俄国形式主义（Russian formalism）和布拉格语言学派（Prague linguistic circle），一时之间众多理论百花齐放。我们当学生时真是应接不暇。俄国形式主义基本上关心的是文学与艺术，想要建立一套文学的科学，而且还延伸处理电影的问题，较少处理比较形而上的议题。布拉克语言学派也是这样。这些大理论显然并不是突然间出现的，知识的养成、理论的形塑都是水到渠成、渐次形成的，就在那二三十年间，有一大批人在从事类似的理论建构工程。这就是所谓大理论的年代。

**萧立君：** 既然你也以20世纪60年代作为当代理论的一个起始点或重大转折点，我就先提一个常见的答案：在欧美的知识圈中，特别是在批判理论、左派或"基进"的知识传统下，有很多人将May 1968① 视为一个分水岭，是所谓理论迸现的关键时刻。你对这样的观点有什么看法？我们稍微回顾一下欧美的知识脉络，再试着拉回到我们的理论时空，看看跟外界的大环境有什么样的牵扯。

**李有成：** 1968年当然是一个很重要的分水岭，尤其是在做学术史、知识史、社会运动史的时候，这是个很方便的分水岭。主要是60年代以后，欧洲整体社会开始产生许多变化，跟战前相比较变化很大。理论无可避免是要回应这些变化的。战后有一个关键性的

---

① 编者按：通常指1968年5月发生在法国的"五月风暴"。

问题迫切需要清理，一个根本的问题：为什么一个经过希腊罗马文明和基督教文明洗礼，并且经历了文艺复兴的文化，会出现像希特勒这号人物？会发生像犹太人大屠杀这样残酷的事？而且还获得那么多人的默许或支持？西方的现代性发生了什么问题？这是法兰克福学派若干成员不断追问的问题，也是阿伦特（Hannah Arendt）想要解答的问题。甚至到了20世纪80年代，像德国作家塞巴尔德（W. G. Sebald）和施林克（Bernhard Schlink）等人，其实仍在思考类似的问题。对希特勒与纳粹而言，犹太人其实是他者。20世纪80年代之后，欧洲又面对移民的问题，来了更多的他者。我在《他者》一书里也提到，欧洲许多思想家或理论家如克莉丝蒂娃（Julia Kristeva）、德里达（Jacques Derrida）、哈贝马斯（Jürgen Habermas）、列维纳斯（Emmanuel Levinas）等，几乎在同一时间都在思考这个问题。我举这些例子主要在说明，理论的产生常常跟社会上出现的问题有关，理论家或思想家必须思考，必须面对，乃至于回应这些问题。甚至最近这几年，齐泽克（Slavoj Žižek）、巴迪欧（Alain Badiou）这些人思考的许多问题，都与他们面对的苏联与东欧解体后的社会有关。总之，社会面对的新情势会影响理论的发展。理论就是这样产生的，因此理论会有其文化的独特性。

**萧立君**：其实从你刚才的回答可以看出，后结构的思想对我们最重要的启发之一，就是使我们对generalization（概括化）有一些比较健康的怀疑，所以我们不能随便generalize（概括）。这种思想当然还没有离开我们，即使大理论的时代已经结束，我们还是会有这样的警觉。

**李有成**：理论变成了我们的传统。理论被我们吸收之后就变成我们的营养。我们做比较文学的人在谈影响时有这么一个经典的比喻：一头狮子吃了一头羊，这头羊出现在狮子身上的什么地方呢？狮子的脚吗？或是狮子的头？羊其实早已成为狮子的营养，变成狮子的一部分了，两者已经很难截然分开。你吸收理论之后，理论就变成你的营养、你的传统，甚至你的知识系统的一部分，成为你了解世界的一个方式。

**萧立君**：对，理论也可以说是我们了解世界以及回应外在变化的方式。那我们就拉回来谈，我们也有过一个非常理论鼎盛的时代，你也参与其间。针对这个跟当时我们的脉络大环境相关的理论时代，你有什么样的解释和观察？很多人都认为解除戒严是个很重要的分水岭。

**李有成**：有些理论被引介进来跟解不解除戒严应该关系不大，只有与马克思主义及其相关的理论可能有较大的关系，因为解除戒严之后读马克思、恩格斯等不再是个问题。我的大学时代是新批评的年代，顶多加上神话批评。艾略特（T. S. Eliot）的《圣林》（*The Sacred Wood*）、布鲁克斯（Cleanth Brooks）的《精致的瓮》（*The Well-Wrought Urn*）、弗莱（Northrop Frye）的《批评的剖析》（*Anatomy of Criticism*）、坎贝尔（Joseph Campbell）的《千面英雄》（*The Hero with a Thousand Faces*）等都是我们熟悉的著作。还有新批评那三部文本分析的经典教科书：《了解小说》（*Understanding Fiction*）、《了解诗》（*Understanding Poetry*）及《了解戏剧》（*Understanding Drama*）。我们可以说完全吸收了新批评的精髓。那时候非常兴奋，因为在这之前，有的老师上课就是讲讲作者生平，把诗念了几回，然后大略讲了一下诗的背景。我们不知道诗的好处在哪里，是新批评给了我们一套词汇、一套工具，我们好像可以把作品的好处说清楚了，尤其是审美的层面，好像有些科学化了。经过了一些训练，我们可以把文学作品分析得头头是道。

## 二、 理论的基因

**萧立君**：等于是专业化了，颜元叔老师推动的其实就是这个。

**李有成**：有那个样子。今天我们说细读，背后的方法还是新批评。

**萧立君**：已经变成我们的基因了。

**李有成**：对，基因。接下来当道的典范就是神话批评，至少英语世界是如此。神话批评很有意思，突然间你发现文学有一个绵远流长的传统，甚至可以追溯到远古时代，因为神话最核心的主题或母题就是追寻（the quest）。你想想，人生不就是一场追寻吗？然后你知道许多文学经典处理的就是这个主题，《西游记》是这个主题，《堂吉诃德》（*Don Quixote*）是这个主题，《尤利西斯》（*Ulysses*）也是这个主题，因此你感到很兴奋，原来这些文学巨著都可以衔接到远古的神话，文学就变成一个具有绵长传统的艺术，带给你一种纵深感。新批评给你的是平面的（horizontal）分析，跟过去似乎没有什么联结，神话批评正好可以补新批评的不足。学好这两种批评，你就感到得心应手了。可是后来又发现有很多新东西。我念研究所时，结构主义来了。我们发现结构主义原来这么精彩：一首《公无渡河》，周英雄老师可以写出那么长、那么细腻的分析；张汉良老师可以把短短的一篇唐代传奇分析得那么引人入胜。结构主义又有很多看似定义严谨的术语，也很有意思。结构主义其实也提出追寻的问题，那就是：意义是怎么来的？结构主义强调细微的、有意义的对比,如果有热,你就知道还有冷的意义。因为有生,你才知道熟是什么。列维-斯特劳斯(Claude Lévi-Strauss)的结构人类学说得很清楚。我那个时候就常去"中央研究院"的民族学研究所找书,找论文来读,主要就是受到列维-斯特劳斯的启发。也因为这样,我也读了伊利亚德(Mircea Eliade)有关宗教学方面的书,还有荣格(Carl Jung)的心理学,结构主义在那个时候颇有影响,但全面的影响却也说不上。我们也学符号学,读索绪尔(Ferdinand de Saussure)的《普通语言学概论》(*Introduction to General Linguistics*)、艾柯(Umberto Eco)的《符号学理论》(*A Theory of Semiotics*)等。这些理论结合在一起,文学研究就慢慢形成似乎比较科学的东西。换句话说,在建立文学研究这门学科方面,这些理论是很有功劳的。后结构主义的出现更是惊天动地,很多我们认为稳定的东西都不再稳定了,文字就像痕迹一样,像黑板上擦掉板书时留下的那些痕迹,也像羊皮书那一类东西,文字的意义就不再稳定了。我还写过论文分析陶渊明的《桃花源记》,讨论的就是这个问题,不过到现在都不敢拿出来发表。

**萧立君:** 所以你有一篇论文没有发表吗?在我看来这就是典型的德里达式的文本。我知道廖炳惠老师也曾写过以解构批评诠释《桃花源记》的文章。

**李有成:** 没错,是很德里达式的文本。1989年我在杜克大学进修,有一次詹明信(Fredric Jameson)要我做个演讲,我大致就是从这个讲起:《桃花源记》里的武陵人如何进入桃花源,住了几天,后来要走了,就一路上留下标记,留下痕迹,希望改天能再回去。武陵人去跟县长报告他的所见所闻,于是他们循着那些痕迹想去寻找桃花源,回到那个地方去。桃花源就是始源、真理或意义。只可惜这些痕迹并无法引导他们找到桃花源，这不是非常德里达式吗？文字符号原来没有办法带你回到原来的意义。我玩得很高兴。后来觉得自己玩玩就好，不需要发表。我想德里达这一套在西方影响应该很大，因为西方有很强很大的宗教与哲学传统，因此德里达会被批评为虚无主义。像萨义德（Edward W. Said）这些做第三世界或后殖民研究的人就不太喜欢后结构主义，在他们看来，后结构主义让主体性（subjectivity）不见了。

**萧立君**：对，特别是批评他在玩一种语言游戏。

**李有成**：对，第三世界还需要解放，还有很多未竟的事要做。革命尚未成功，怎么可以玩这些东西？第三世界需要大叙事。

**萧立君**：既然老师讲到这一点，我想提一个在我们的脉络之下相当有趣的现象，你刚刚讲到结构主义成为一个新的 paradigm（典范），而在那之后接踵而来的后结构主义思潮，在解除戒严前后的转型期，似乎在学院内外引起了一定程度的风潮。那时候大家已经隐隐感受到它夹带了一个新的、可以让大家大鸣大放的成分。当时我还在读大学，不算在学术圈内，但我仍可感受到并认同有人将德里达的学说当成一种解放的理论，因为你知道在当时那种高压的政治环境及同质性高的文化氛围之下，德里达的理论好像可以让你看到一个突破点。虽然他好像只是在讲 text（文本），但是有人就会倾向将自己的欲望投射其间，把它读成对传统和既有秩序的颠覆。你记不记得 20 世纪 90 年代初有个存活不久的杂志，叫《岛屿边缘》？很多人觉得这个刊物后来就只是在玩弄文字游戏，包括一些当初我们没有想到的中文的用法，特别是拟声字（现在在网络用语中当然是屡见不鲜了），像 Derrida 这个名字就翻译成"第一大"。我们可以说这种在 textual（文本的）层次打破成规的方式好像没有实际上改变政治、社会或文化结构的效用,也可以说那是在整个大环境剧变和既有体制已经开始松动的前提下产生的外围效应,然而,它是否也加速催化"人心思变"的浪潮,更加合理化宏观层次和各个微观面向的改变,或许还很难下定论。重点是,在那样的情境下,许多人好像觉得可以实践一些以前没有想过的颠覆文字的方式,因为在一个相对比较高压的文化氛围之下,打破、玩弄一些我们既有的对文字意义的期待,好像就有一种 subversive(颠覆)的力量。所以在当时脉络下的某个时间点上,是真的有一些想把高压政治体制打破的人,包括接触过德里达学说的知识分子,是不会像其他批判性强的第三世界或后殖民学者那样,认为解构主义只是在玩 language game(文字游戏),或广义的后结构思潮跟我们社会各个层面变革的需求完全搭不上边。即使后来有人已经不再这么想,可是当初它就给人很多这样的启发。也许那样的期望只是个 illusion(幻觉),但我只是要指出,好像在我们这个脉络下,理论旅行到这里来,它好像自然就生出不一样的样貌和想象。

**李有成**:这是萨义德讲的旅行的理论(traveling theory)。当时在学院里,我们还是把解构(deconstruction)当成一套理论,是认识文本的方法。解构这两个字很方便,是不是真的读过或了解德里达是另一回事。由于这两个字真的太方便了,后来我们看到有人要解构这个解构那个,解构就似乎变成颠覆或解放的同义词。德里达一直到晚年回头看他的理论时,才谈到他的理论的解放性与政治性。他大概是在回应人家过去批评他虚无主义,认为自己的学说事实上也是相当激进的。我也觉得德里达其实是把主体解放或颠覆掉,变成多主体了。我们认可多元主体的话,第三世界的人才能够发言。我长期做弱势族裔与后殖民研究,我认为主体很重要。有许多主体,女性才可以发言,第三世界才可以发言,原住民才可以发言,亚裔人才可以发言,性倾向不同的人才可以发言,这是多元主体的结果。

**萧立君**:关于这种潜在的、隐而未显或尚未被读出来的政治性,我想到了一个类似的例子,就是跟德里达及整个解构思潮的引介都有密切关系的米勒(J. Hillis Miller)。我记得你在《在理论的年代》这本书里面引述了单德兴老师跟米勒的访谈。其中米勒也提到,"历史""政治"这些词是在解构主义兴盛期之后,也就是离我们比较近的年代,大家才突然觉得这些词变成关键词了。米勒的回应是,他从一开始就不认为他的著述跟这些历史、政治议题没有关系,他这方面的关怀与思考从一开始就都一直存在,因为他一直在关心阅读的伦理,所以这可能是另外的讲法。

**李有成**:阅读的伦理对我有很大的影响,米勒是熟人,以前跟他接触比较多。我先讲德里达。我对他的学说有一些新的了解,其实也是比较晚近的事。我一直到读了他处理悦纳异己(hospitality)、友情(friendship)等问题之后,才有一些新的领悟,对过去的读法才有一些新的调整。他的东西不可能突然间变得那么政治性,那么介入社会,一定以前就是这样子的,也许我们以前忽略了。早期我只是觉得他的理论对阅读文本很有帮助,因此我也是经过一番波折才对他有一些新的理解的。阅读伦理是早年我们学习新批评时大概不会注意到的问题。后来也是经过了很多年,累积很多经验之后才慢慢知道,阅读是很严重的问题。你做什么样的诠释可能造成不同的后果,所以阅读不再是单纯的、天真无邪的行动,而是一个可能产生后果的政治或意识形态活动。这就牵涉到我们怎么阅读,用的是什么理论,用什么理论去驯化文本。我常常把文本当作一只怪物、一只野兽，你要用一套理论去驯服它。没有一套理论，你不可能驯服它。有人说我没有什么理论，这是不可能的。

**萧立君：** 那是不知道自己用了。

**李有成：** 对，不知道自己用了。因为理论也可以是一般阅读经验累积形成的。譬如说，你如果对武侠小说不了解，没有一些武侠小说的文类知识或阅读经验，你大概不知道你正在读的是武侠小说。在你的文学知识里，一定有一套东西在那儿，这就是我们讲的广义的理论。就是这一套阅读方法、这一套工具，让你可以去驯服手上的武侠小说。因此不可能有真空的、天真无邪的阅读。更严重一点还有那种有意识的阅读。当我们已经深入到理论的时候，我们就知道怎么利用理论，甚至建构自己的一套理论。你如何从文本里面萃取出某些东西，让你使用。让你完成或达成你的阅读目的，换句话说，我们有自己的议程。这是一个方向。另一个方向比较容易了解，也就是说，某个理论可能不是那么完美，那么理想，文本里有些东西或者可以加强这个理论，补这个理论之不足。

**萧立君：** 不能只依赖一副眼镜看那个文本。

**李有成：** 对，就是那个样子。其实有些文本很复杂，不可能说每个文本都可以浓缩为某几个概念。这就是为什么我们需要不同的理论去处理文本，因此也不必把理论当真理。至于有的理论为什么会过时，所谓过时就是意味着理论有些问题，被后来的理论取代了，但这个理论会留下某些东西、某些遗产，成为我们的营养，就像我们吃的食物，有一些营养的东西会留下来。然后又有别的东西进来，可能有一部分就成为我们的传统。大概就是这个样子。新批评看似过时，但是新批评的细读法还是很重要，我们还是会谈意象，谈语言，诸如此类。新批评留下来的是理论传统很重要的一部分。

## 三、"潮"理论？

**萧立君：**我下一个问题是要问李老师怎么把理论跟一波波引进大陆或台湾地区的现代思潮做联结。看得出来你对人文主义传统有兴趣，说不定对你多少有些影响。如果照你刚才讲的，理论是了解外在世界的依据，那么这种我们称之为"理论"的东西，应该不是自20世纪60年代或台湾地区解除戒严前后的年代才开始的。所以我想问，你是否曾经，或者如何将"理论"与之前历史上一波波被引进大陆或台湾地区的现代化思潮做联结？

**李有成：**我以前处理过新人文主义（New Humanism）的问题。我之所以对这个题目发生兴趣，主要是读了萨义德的《旅行的理论》一文，想要看看新人文主义经过了这么些年辗转旅行之后，从美国到中国大陆再到台湾地区会有什么变化。我的论文有很清楚的论证，新人文主义原来的政治层面到了台湾地区完全变成无用武之地，变成单纯的学术论述，只剩下少数人在学院里面谈谈而已。当年新人文主义被引进大陆时，整个大陆的社会与文化面临排山倒海的大变革，有一批人为了维护传统，刚好到美国受教育，接受了白璧德（Irving Babbitt）的新人文主义，觉得可以制衡社会与文化的激进主义，因此引介新人文主义是有政治目的的，理论就变成很政治性的东西。代表性的人物是《学衡》派的那一批人，他们引进白璧德的思想是有选择性的，规模不大，没有造成很大的影响。后来是梁实秋先生把新人文主义带来台湾地区，梁先生又传给侯健老师，应该说只是单传，因此也没有造成太大的影响。从这例子看来,理论的引进跟社会的脉动是有关系的。理论的引介有时候可能只是为了满足知识的好奇,有时候却有其社会、政治及文化的动机与意义,新人文主义就是个典型的例子。我觉得侯健老师很希望新人文主义会有一番新的作为,可是时过境迁,或者时不我与了,整个环境已经改变,没有办法造成任何影响。从《学衡》诸子到侯老师,想要力挽狂澜已不可能。我的论文讲的就是这些,最后只能印证萨义德所说的,理论旅行到不同地方,最后不免会变形,或者产生不同的效应。理论不会在真空的状态下发生,我们必须知道理论的生成是怎么一回事,那不只是为了满足知识的好奇心而已,在引介理论时最好也多少了解理论与我们社会的关系。

**萧立君**:如果我们问,理论新在哪里呢?将理论跟之前一波波的现代化思潮做联结,难免会比较……

**李有成**:我想你应该也有类似的经验。我们在学院里面接触理论,尤其是早年学的理论,基本上局限于文学与艺术方面,这些理论比较少谈文学与艺术以外的东西。不过我们还是可以借用文学与艺术的理论谈些别的东西的。像早年我谈莱辛(Gotthold Ephraim Lessing)的《拉奥孔:诗与画的界限》(*Laocoön: An Essay on the Limits of Painting and Poetry*),我的论证最后朝向去除文学中心论,其实就有一点想要讲后结构主义那一套,这就看你怎么读。只是,从前自柏拉图以降,基本上理论还是在文学与艺术内部讨论居多,除非你有办法把这些理论延伸去谈社会问题。20世纪60年代以后,情况就很不一样了,理论开始介入到文学与艺术以外很多议题的讨论,我想这是很大的区别。这以后做理论就不再那么单纯,不是像早期那样,可以回到田园诗那样的境界里。其实我一直想谈一个人,那就是韦勒克(René Wellek),以及他与沃伦(Austin

Warren）合著的《文学理论》（*Theory of Literature*）一书。他是当年我们读书时一个非常重要的人物。《文学理论》一书中提到内缘研究（intrinsic study）与外缘研究（extrinsic study）。内缘研究当然讲的是文学作品内部的各种元素或成分（elements），外缘研究是要探讨文学作品的作者与其作品的产生背景。把这部分放在今天的脉络，扩大来讲，其实指涉的就是文学生产所面对的政治、文化、经济环境。今天如果重新去读韦勒克和沃伦合著的《文学理论》，我们可能会有一番新的体验。

## 四、理论的"根"与"本"

**萧立君**：如果从文学研究的演进历史来看，理论的"新"就能比较具体地被辨识出来。但你也提到20世纪60年代以后的复杂状况，光是理论所涉及的知识范畴、视野以及处理的议题就十分庞杂，广度和深度可能都是前所未见的，大家对理论的看法、用法、期待、定位与定义似乎越来越有歧义——或许也是"新"在这里吧！讲到这里，我还是难免要问一下这个很难回答的问题：我们现在讲的"理论"是什么？有可能给它一个定义吗？为什么要给一个定义呢？这一系列的问题已经在《中外文学》"理论系列访谈"前几次的访谈中处理过，我们不一定要着墨太多，只须就我们这次论述脉络下相关的部分来谈。我先简短交代一个在之前的《中外文学》系列访谈中提到的背景或重要参考点："理论是否已死"或涉及理论最根本问题的辩论，在英美人文学界已发生过不止一次。我自己也曾发表过相关的论文，引述过亨特（Ian Hunter）这位学者观察这些辩论时指出的有趣现象：反理论与为理论辩护的两边对自己所称的"理论"是什么,其实没有共识,但各方仍然持续地,好像"共谋"地沿用这个模糊的词语进行辩论。当然,我们若仔细再反思自己与他人对理论的认知,大概也会同意亨特也承认的,要将理论的定义定于一尊,几乎是不可能的任务……

**李有成**:我没有现成的答案,不过即使是质疑理论或反理论的说法本身也要有一套理论,不然要怎么质疑,怎么反?跟人家打仗自己也要有武器。其实我也不晓得何以有人要反对理论,可能有人把理论弄得高蹈、玄虚,没几个人可以了解。我没有一个现成的答案,理论总是有一套比较严谨的说法,有时候就浓缩成一个术语或用词,但我们不要忘了背后可能有很多复杂的论证,有些可以形成系统,有些可能只是吉光片羽,你或者可以从这些吉光片羽里面看到某些关怀,我们笼统称之为理论。这里我想到恩古吉(Ngũgĩ wa Thiong'o)的说法。他不久前出了一本理论性的书 *Globalectics*,把 global 跟 dialectics 结合在一起,我把书名译成《全球辩证法》。这是一本系列演讲集,他在书里提出一个清贫理论(poor theory)的概念。简单地说,就是英国诗人布莱克(William Blake)说的"一沙一世界"的概念,把一切降到最根本,从一粒沙看到一个世界,不需要什么复杂的东西。回到最根本的状态,可能才是最澄清的状态。他所说的清贫不是穷困的意思,就算是穷而不困吧!虽然是一无所有,但却不是没有希望,就好像一个街友,给他几块木板或纸板,他自己可能就会弄个遮风避雨的地方。恩古吉希望回到基本,发挥人的创造力和想象力。你要是没有太多东西,你就可能用你身边最基本的东西加以发挥。这当然是有个背景的。早年恩古吉在肯尼亚教书,他和同事要把英文系废止,要回到根本,改名文学系,不再叫英文系,因为英文系是英国殖民者留下来的。回到根本去读文学，不是只读英国文学，还要读非洲文学、第三世界的文学等。《全球辩证法》甚至有一章专谈口述文学。改名文学系后也可以教非洲的口述文学。

**萧立君：**或许可以解读为，他是用一个切身的、返璞归真的角度去谈怎么去定义理论。

**李有成：**恩古吉的意思是，如果你把理论搞得太复杂，可能不是当初做理论的初衷。最初可能是社会上、文化上或政治上出现什么现象，必须用某些概念去解释，去处理，最后才形成某种理论。

**萧立君：**而且以前既有的理论没有办法处理。

**李有成：**通常都是这个样子。如果以前的理论可以处理，最多是做些增补的工作，一定是有新的现象出现，才需要新的理论。我觉得恩古吉的想法蛮有意思的。他已经八十出头了，20世纪90年代初我在纽约大学做研究，经朋友介绍认识他，只是后来没有再联络。前年我去德国明斯特（Münster）开会碰到他，才知道他这一本书。可能年纪大了，要返璞归真，希望从最简单、最根本的入手，再去处理一些复杂的问题，就好像从一粒沙去看世界。

**萧立君：**既然提到恩古吉，那我们就谈谈理论的欧洲中心论（Eurocentrism）。也许他最近想法有一些改变，不过他从一开始对欧洲中心论的批判就不遗余力。

**李有成：**欧洲中心论显然是比较方便的说法，只是这个概念也是总体化的结果，似乎欧洲是个整体。其实欧洲内部有相当大的分歧，因此有些理论可能在某个社会发生，某些理论又可能在另一个社会发生。像接受美学（reception aesthetics）发生在德国，结构主义在法国出现，新左派理论又在英国产生，是不是有特别的因素？这就是我对欧洲中心论的看法，我觉得需要往更细部讨论。欧洲的理论被引介到我们的学术界，我们就要思考我们自己的问题：欧洲所产生的那套知识传统适不适合我们的社会，这可能是个不小的问题。譬如说，产生于欧美的女性主义适不适合用来了解第三世界的性别问题？因此你必须经过协商，需要做调整。我想后殖民论述也是一样。西方知识界提出来的后殖民主义跟我们的经验不太一样。我出生时英国还是马来亚的殖民主，到了我的少年时代，虽然马来亚独立了，但是殖民遗绪还在，是后殖民没错，却还没有真正去殖民。这种情形发生在很多后殖民国家和地区。我少年时代对英国人留下的印象，跟后来我初到英国看到的很不一样。少年时代我看到的英国人都很威武。

**萧立君**：帝国的代表。

**李有成**：你说的没错。大英帝国的公务员五十五岁就得退休。当然以前的人寿命比较短，五十五岁已经算老了，不过在殖民地，英国人也是不想让被殖民者看到他们的公务员老态龙钟的样子。很多年前我第一次到英国，出了机场，看到不少英国人长得不比我高，也有瘦瘦弱弱的，我有点惊讶。我后来读到巴基斯坦裔英国作家库雷希（Hanif Kureishi）的剧本，发现剧本里面的主角第一次抵达伦敦机场后所看到的跟我的感觉很像，这样的亲身体验让我比较了解英国的殖民主义。我不希望自己的亲身经验变成某种本质主义，但是这样的经验对我们形塑自己的理论是有帮助的，甚至对我们批判外来的理论也有用。就好像我在《在理论的年代》书中提到的，我一直想要了解英国人怎么进行他们的殖民统治。你别以为殖民主很威风，其实他们心里都很害怕，一来他们人少，二来他们又猜不透被殖民者心里在想什么。一直到我后来读了法国社会学家拉图尔（Bruno Latour）早期的著作，他的知识社会学启发了我思考殖民控制的问题，这是做理论有趣的地方。拉图尔的东西怎么想都跟殖民主义没有什么关系。不过他启发我去思考。

欧洲的社会学与美国的社会学不太一样，美国的社会学比较注重数据，注重实证。欧洲的比较理论性。吉登斯（Anthony Giddens）、鲍曼（Zygmunt Bauman）、鲍德里亚（Jean Baudrillard）、布尔迪厄（Pierre Bourdieu）等人都偏向理论。回到拉图尔，那是20世纪80年代末，我在杜克大学做研究时读到他的著作。他在《行动中的科学》（*Science in Action*）一书中谈到知识的形成，提出"中心"（the Center）的概念。中心是什么？对拉图尔而言，巴黎的凡尔赛宫就是一个中心，也就是都会中储存档案资料、累积知识的地方。他举例说，开始时有位船长带着一批船员航行到东方来，到了堪察加半岛，船靠岸后，他对靠岸的地方一无所知。他向一位当地人打听，他把这位当地人所说的一切记录下来，派人把这些记录带回巴黎去，存放在凡尔赛宫里，当地人的 local knowledge（在地/局部知识）就变成了档案。第二位船长也要到东方来，出发前他先看了那些档案，等他到了堪察加半岛，也以同样的方式累积知识，又把他的记录送回凡尔赛宫。这样周而复始，经过几位船长的努力，在凡尔赛宫所积存的知识即比绝大部分堪察加半岛的当地人的还要来得丰富。凡尔赛宫就变成了一个中心。我从这里想到，欧洲殖民者要到亚非地区殖民之前，早就掌握了当地的资料。像日本人据台之前，就已经做了很多功课，连淡水的水文都已经一清二楚了。在殖民之前他们所累积的知识，可能比当地人的还强，还丰富。不要说大英博物馆或大英图书馆了，你去看伦敦的邱园（Kew Gardens），这么大的花园有很多温室，有热带的、寒带的、温带的，英国人搜集了世界各地的植物，了解这些植物的生长情形。他们还有热带疾病研究所,还有橡胶研究所。殖民不是派支军队过去就行了,要长期统治就要知识,就要方法。原来英国人在伦敦早就搜集和累积了这么多知识,热带植物学、热带病理学之类的。这些地方都是拉图尔笼统所说的中心。拉图尔这种知识社会学的概念并不是用来解释殖民统治的过程的,不过我们会受到启发。这大概就是你说的理论形成的过程,或者说借用别人的理论模塑自己的理论的过程。我们今天所知道的英国语文学研究(English Studies),其实也是源于印度,也是我所谓的远距离控制的一部分,英国殖民者最先是要帮印度人洗脑,在课堂上让印度的孩子知道英国文化的伟大,这套东西后来才被引介回英国去,在英国成为学校教育课程的一部分。

**萧立君**:Made in India(印度制造)的 English Studies 变成它的始源。

**李有成**:对。英国语文学研究的始源在殖民地。知识的产生确实是满复杂的过程。

## 五、 理论与创作

**萧立君**:最后我们还是回到一个比较狭义的文学领域来讨论。基于你个人的文学创作经验,我也非常有兴趣听听你对于理论与文学创作这两个看似不搭(甚至互相冲突)的场域之间的关联,或"理论作为思想上的创作"这类论点的想法。这方面的参考实例不多,我想得到的一个明显的例子是荷尔德林(Friedrich Hölderlin)的诗对海德格尔(Martin Heidegger)思想的启发。

**李有成**:理论对创作有影响,不过没有那么严重。我早年写现代诗，有点要实践我所了解的现代主义。现代主义的一些想法介入到我的创作里，特别是语言的问题。当然还有现代主义的关怀，譬如对于城市的关怀、现代生活的关怀，以及当时相关的欧陆思潮。我读过一些受到现代主义或者后来笼统被列入现代主义影响的作品，因此那个时候是有些影响的，现代主义对我们那个时代是相当重要的解放的文学思潮。

**萧立君**：台大外文系就是当时现代主义文学最重要的推手之一。

**李有成**：台湾地区因为戒严的关系，政治环境压抑，现代主义带来了一些新的气息。马来西亚刚好相反，在20世纪五六十年代有左派所谓的现实主义，我一直到现在都不认为那是真正的左派，而是partisan（党派的）多于political（政治的），有些人背后或明或暗是有政党的意识形态的，他们对马克思主义恐怕没有多少了解。他们所谓的现实主义跟俄国、日本、英国的realism不一样，严格来说不是我们所熟知的像狄更斯（Charles Dickens）、福楼拜（Gustave Flaubert）、左拉（Émile Zola）或契诃夫（Anton Chekhov）的那种写实主义。现代主义在那时候是个解放的力量，要从现实主义的思潮解放出来。后来我书多读了一些，对现代主义也多了解了一些，才知道现代主义也有反动的一面，特别是像庞德（Ezra Pound）、艾略特（T. S. Eliot）等旧式文人的政治信仰。我发现现代主义还有很多层面需要仔细了解。笼统地说，现代主义早期对我是有些影响的。此外，我读过一些诗，一看就知道受到解构主义的影响，像对历史的解构之类。我到了这个年龄，读了一些书，看了一些事，应该不至于这样了。你一定要模塑自己的poetics（诗学或理论），不能老是拿别人的东西来炫耀。这套poetics或许有别人的营养，就好像健康的身体也要吸收很多外来的营养，但是自己也要运动，要吸收，形成自己的思想、理论或 poetics。你自己要放开一点，不要被固定的东西绑住了。我最近写了不少诗，有些陆续在发表，我不觉得受到什么理论的影响。倒是受到某些议题的刺激，譬如生态议题。我有一首《迷路蝴蝶》，处理的就是生态问题。最近一期的《文讯》月刊也发表了一首《在辛波斯卡墓前》，处理的则是历史的问题、战争的问题。这不一定受到某些理论影响，只是跟你的生命历程可能有些关系。现在回头看写实主义的作品，有很多议题是现代主义没办法处理的。因此各有各的长处。我们读了这么多书，兴趣会比较广泛一点，不会只尝一个味道。

**萧立君**：我猜想李老师是借由创作上的实践去打破一些既有的观念和讲法，因为一直到现在还有人相信这样的讲法：你进入 the moment of theory（理论的时刻）就意味着同时进入 the loss of innocence（失去纯真）的时刻。

**李有成**：真的有所谓的纯真（innocence）吗？你读一个文本，处理一个问题，那不可能是全然纯真的，你背后有一大堆东西，有时候会出现，有时候不见得会显现出来。亚当与夏娃离开伊甸园以后，成了离散（diaspora）的一部分，再也没有纯真了。一旦尝了知识之果，就不太可能保有纯真了。这是个隐喻，你只要接受知识，大概就很难全然天真无邪地处理问题。有人读了后设小说（metafiction）的那套理论，就用那套理论来处理他的小说，如果你熟悉后设小说是怎么一回事，一看知道他照搬过来，那就没什么意思了。文学创作应该给读者一种未知，这是我从学科学的朋友那儿体会到的，好的科学一定是想要有所突破，想去探索未知，假如重复已知的东西就没什么意思了。文学创作也是一样。

**萧立君**：同理，我们也可以说，真正好的、有洞见的理论应该是思想上的创作，不是吗？这当然是讲起来容易做起来难。其实，说不定在当时理论的年代中，那些真正让人觉得耳目一新的理论，应该就是实践某种思想上的创作。我们现在觉得大理论不再有可能——这好像是做理论的人的共同焦虑。于是一方面觉得我们可以庆祝大理论时代的结束，可是另一方面大家好像也很期待能否有真正 groundbreaking（开创性）的东西，却一直又等不到……

**李有成**：也许说大的主体不见了，我们有的是多元主体。

**萧立君**：所以现在要讲 poor theory（清贫理论）！

## 六、 却顾所来径

**李有成**：另一点我想说的是，经过了这么些年，有时候我们是否可以回头看看我们建立了些什么东西，尤其是我们学习外国文学的人。是不是应该回过头来反省，我们建立了什么？留下了什么？

**萧立君**：这就是我们《中外文学》这个"理论系列访谈"所要做的。

**李有成**：我比较关心的是如何建立我们的自信。我的意思是，我们是否应该回过头来检视大家的努力？是不是已经有些东西留下来？换一个角度问：你读不读自己同行的著作？你如果不读，那还期待别人读你的著作吗？问这样基本的问题很令人难过，但这样的问题一直存在。你在往外看之余，也不妨偶尔回头看。有一些反省是很重要的。有时候论述是一回事，实践又是一回事。一个做后殖民研究的人，如果满脑子还是被殖民的想法，这样做理论意义不大。如果说 theory from the South（南半球的理论）有其贡献，我觉得这是一个很重要的贡献。你必须反躬自省，回过头来看看自己的东西。特别是我们做外国文学研究的人，很直接地受到外面的影响，我们更应该问，吸收了这些东西以后，我们自己产生了什么东西？王智明在做一个很重要的计划，就是研究外文学门的建制史，谈到颜元叔老师。我还跟他提到侯健老师、周英雄老师、朱炎老师、朱立民老师、张汉良老师等，未必要谈非常系统的理论，这些老师对文学作品有自己的读法，如何从他们的读法中演绎出一套东西来，或许可以看出他们的基本关怀。为什么在他们的时代他们会有某些关怀？我想这真的是功夫，我们必须谦虚地去面对，去清理这些遗产，也许这是建立自信的一个方式。我觉得 theory from the South 这个实例在建立自信方面是有用的。就像法农（Frantz Fanon）讲民族文化（national culture）。在《大地哀鸿》（*The Wretched of the Earth*）一书里他讲如何建立文化自信。譬如被殖民者要跳过殖民时期，回到纯真的黄金时代，那个还没有被殖民、殖民文化还没有到来的时代，想象那个时代有个桃花源。当然我们不需要这样，即使我们接受了外来文化，经过了吸收与转化之后，一定有一些东西留下来的。我觉得应该回头整理这些遗产，应该也很有意义。

**萧立君**：这就是为什么我希望我们《中外文学》这个版面可以是一个起点，促使大家开始共同地去投入，因为这个工作一定是需要很多人一起努力才能持续下去，光是一个期刊的版面是不可能完成的，但我们至少要有个起头。

**李有成**：就是回到根本。我们要问：为什么读理论，做理论？其实就是要教我们怎么自我批判，自我反省，这是根本的工作。如果连这一点都没办法做到，那真的不知从何说起了。除了这个之外，这也跟我们如何安顿自己，如何安心立命有关。我们不妨思考如何找到自己的位置性（positionality），模塑自己的一套理论，或者我常说的 poetics（诗论）。这样你就不会四处流浪，今天跟这位思想家，明天跟那位理论家，后天又跟另一位哲学家。从求知的角度来看，这样与时俱进也没有不对，不过就是少了些什么，有时反映的可能是心中的焦虑。这是个很重要的问题。今天谈了不少，你的若干想法带给我不少刺激，让我反省了不少问题，谢谢。

**萧立君**：感谢老师今天非常有启发性的访谈。

2017 年 3 月 10 日下午 3 时，台湾大学文学院外国语文学系会议室

访问与修订：萧立君（访谈时任台湾大学外国语文学系副教授暨《中外文学》总编辑，现任东京早稻田大学副教授）

逐字稿整理：王榆晴（访谈时为台湾大学外国语文学系博士候选人，现为淡江大学兼任助理教授）

本文原刊于《中外文学》第 459 期（第 46 卷第 4 期，2017 年 12 月），页 199—217。